CORINA BOMANN

Das Krähenweib

Über die Autorin:

Corina Bomann, 1974 in Parchim geboren, lebt mit ihrer Familie in einem kleinen Dorf in Mecklenburg-Vorpommern. Nach »Die Spionin« ist »Das Krähenweib« ihr zweiter historischer Roman, in dem sie erneut eine starke Frauenfigur erschafft und eine beeindruckende historische Kulisse vor den Augen des Lesers entstehen lässt. Zurzeit arbeitet die Autorin an ihrem nächsten Projekt.

CORINA BOMANN

Das Krähen-weib

ROMAN

FSC
www.fsc.org
MIX
Papier aus verantwortungsvollen Quellen
FSC® C006701

Sonderausgabe für GALERIA Kaufhof GmbH

Ein Unternehmen der Droemerschen Verlagsanstalt
Th. Knaur Nachf. GmbH & Co. KG, München

Umschlaggestaltung: ZERO Werbeagentur, München
Umschlagabbildungen: Portrait of Mrs James Fletcher (née Fell), c.1765 (oil on canvas), Romney, George (1734–1802)/Private Collection/Photo © Philip Mould Ltd, London/The Bridgeman Art Library
Satz: Adobe InDesign im Verlag
Druck und Bindung: CPI – Ebner & Spiegel, Ulm
Printed in Germany
ISBN 978-3-426-65330-2

2 4 5 3 1

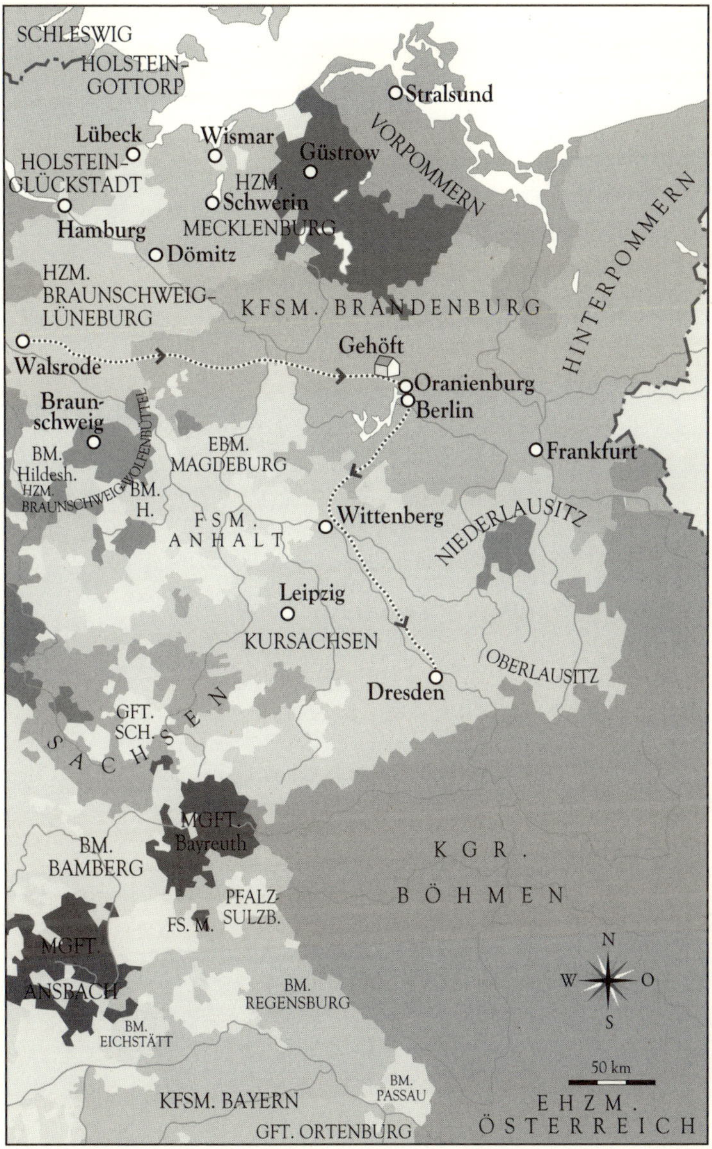
SCHLESWIG
HOLSTEIN-GOTTORP
Lübeck
HOLSTEIN-GLÜCKSTADT
Hamburg
Wismar
Güstrow
HZM. Schwerin MECKLENBURG
Dömitz
Stralsund
VORPOMMERN
HINTERPOMMERN
HZM. BRAUNSCHWEIG-LÜNEBURG
KFSM. BRANDENBURG
Walsrode
Gehöft
Oranienburg
Berlin
Braunschweig
BM. Hildesh.
HZM. BRAUNSCHWEIG-WOLFENBÜTTEL
BM. H.
EBM. MAGDEBURG
Frankfurt
FSM. ANHALT
Wittenberg
NIEDERLAUSITZ
Leipzig
KURSACHSEN
OBERLAUSITZ
Dresden
GFT. SCH.
SACHSEN
MGFT. Bayreuth
BM. BAMBERG
PFALZ-SULZB.
FS. M.
KGR. BÖHMEN
MGFT. ANSBACH
BM. REGENSBURG
BM. EICHSTÄTT
N
W
O
S
50 km
BM. PASSAU
KFSM. BAYERN
GFT. ORTENBURG
EHZM. ÖSTERREICH

Prolog

Lübz, 1684

»Vater!«, hallte es klagend über den Fronhof.

Johann Habrecht hatte sein Pferd gerade in den Stall gebracht, als ihm seine jüngste Tochter weinend durch das Hoftor entgegenstürmte. Ihre Kleider waren schmutzig, ihre Haube hatte sie verloren und die rabenschwarzen Haare klebten an ihrem Gesicht fest. Tränen liefen ihr über die rotglühenden Wangen.

»Was ist passiert?«, fragte der bärtige Mann, ging in die Hocke und fing das Mädchen mit seinen starken Armen auf. Sie schmiegte sich an das Leder seines Wamses und schluchzte und zitterte so sehr, dass sie seine Frage zunächst nicht beantworten konnte.

Sorge stieg in Habrecht auf. War einem ihrer Geschwister etwas zugestoßen? Er hatte sie auf ihr Drängen mit ihren Brüdern in die Stadt gehen lassen, wo die Jungs etwas besorgen sollten. Oder war es etwas ganz Harmloses? Hatten die beiden sie etwa geärgert? Oder jemand anderes?

»Nun sag schon, Lenchen«, redete er leise auf sie ein und wiegte sie sanft. »Was ist geschehen?«

»Die Leute«, presste sie schließlich hervor. Heftiges Schluchzen hinderte sie daran weiterzusprechen.

»Was ist mit den Leuten?«

»Sie haben … mich geschubst … sie haben gesagt … ich sei ein Krähenbalg.«

Habrecht war sprachlos. Als Scharfrichter der Stadt Lübz war er es gewohnt, dass die Leute ihn missachteten und Verleumdungen über ihn verbreiteten. Zaubern sollte er können, aus dem Samen Gehenkter Alraunen züchten und Gold mit Wünschelruten finden.

Er war es gewohnt, dass man seine großen Töchter als Huren beschimpfte, obwohl sie doch tugendhafte Mädchen waren. Und er war es gewohnt, dass seine Söhne mit blutigen Nasen nach Hause kamen, weil sie jemandem, der ihre Eltern oder ihre Geschwister beleidigt hatte, ordentlich die Dummheit aus dem Pelz geprügelt hatten.

Doch dass seine Jüngste, die mit ihren sechs Jahren noch nicht viel von der Welt und deren Grausamkeiten wusste, derart angegangen wurde, erregte den Zorn in ihm. Er wollte das Mädchen gerade nach ihren Peinigern fragen, da traten seine beiden Söhne ebenfalls durch das Tor.

Hinrich war mit siebzehn Jahren der Älteste, Joachim war vierzehn. Beide Burschen hatten die kräftige Statur ihres Vaters geerbt und auch dessen helle Haare.

»Gott sei Dank, da ist sie!«, rief Hinrich, und auch Joachim war erleichtert. Beide Jungs hatten Risse in ihren Kleidern, ihre Gesichter waren schmutzig, das Knie des jüngeren aufgeschlagen. Es war offensichtlich, dass sie in eine Rauferei verwickelt gewesen waren.

»Was ist passiert?«, fragte Habrecht, richtete sich auf und hob seine Tochter auf den Arm.

»Ein paar Kinder sind vom Sohn des Bürgermeisters angestiftet worden, Annalena zu ärgern«, berichtete Hinrich. »Als sie sich wehrte, kamen ein paar Männer, haben sie in den Dreck gestoßen und beschimpft.«

»Du meinst, erwachsene Männer haben sich an eurer Schwester vergriffen?« Während er sprach, fühlte er, wie sich Annalenas kleine Finger in sein Lederwams krallten.

»Es waren die Knechte des Bürgermeisters«, antwortete Joachim. »Annalena hat dem Bürgermeistersohn eine Maulschelle gegeben, so fest, dass er angefangen hat, zu flennen. Da haben sie sich eingemischt. Sie haben sie Krähenbalg genannt, sie geschubst, und ehe wir ihr helfen konnten, ist sie weggerannt.«

Sosehr ihn das Gehörte empörte, so stolz machte es Habrecht, dass sich sein Mädchen gewehrt hatte. Er kannte den verwöhnten Sohn des Bürgermeisters, und auch wenn Annalena diejenige war, die den Kürzeren gezogen hatte, diese Maulschelle hatte er weg. Wenn die Knechte seines Vaters nicht in der Nähe waren, würde er Annalena gewiss nicht so schnell wieder ärgern.

»Habe ich euch nicht gesagt, dass ihr auf sie aufpassen sollt?«, fragte Habrecht trotzdem streng.

»Das haben wir, Vater«, rechtfertigte sich Hinrich. »Wir haben nur kurz mal weggesehen und da war es geschehen. Aber wir haben dafür gesorgt, dass die anderen es bereuen.«

Die beiden Jungs sahen einander an und grinsten. Angesichts ihres Aufzuges konnte sich Habrecht schon denken, was den Knechten geschehen war.

»Wir haben diese Mistkerle in den Staub befördert«, sagte der Älteste dann auch, der in der Statur seinem Vater kaum noch nachstand. »Hinnerk hat Blut und Zähne gespuckt. Wenn er das nächste Mal was sagt, wird ihn keiner verstehen.«

»Und Karl wird heut Abend nicht mehr sitzen können«, fügte Joachim hinzu und warf sich prahlerisch in Positur.

»Hätte ich noch fester zugetreten, wäre mein Stiefel in seinem Arsch steckengeblieben.«

Dass sie beide ebenfalls eine Abreibung bekommen hatten, schien ihnen nicht wichtig genug, um es zu erwähnen.

Habrecht mochte es eigentlich nicht, wenn seine Söhne sich auf der Straße prügelten, aber in diesem Falle war es gerechtfertigt gewesen. Wenn die Knechte sich darüber beschweren wollten, konnten sie ja zu ihm kommen.

Doch wahrscheinlich würden sie das nicht tun. Niemand betrat den Fronereihof freiwillig, es sei denn, auch er gehörte zu den Unehrlichen. Jene, die sich für was Besseres hielten, würden nicht herkommen.

Und gewiss hielten sich diese beiden Knechte für etwas Besseres, wenn sie es nötig hatten, sich in einen Streit von Kindern einzumischen und ein kleines Mädchen in den Staub zu schubsen.

»Ihr beide wisst, dass ich es nicht gern sehe, wenn ihr euch prügelt«, sagte er, damit er seiner Pflicht als Vater Genüge tat und sich nachher nicht von seinem Weib anhören musste, dass er es duldete, wenn sich seine Söhne wie die Axt im Walde aufführten.

»Ja, Vater«, antworteten ihm die beiden im Chor und senkten schuldbewusst den Kopf.

Natürlich wusste ihr Vater, dass es ihnen überhaupt nicht leidtat, und das war auch gut so.

Habrecht konnte sich nur schwerlich zurückhalten, seine väterlich strenge Miene mit einem Lächeln aufzulösen. »Aber ich bin stolz auf euch, weil ihr auf eure Schwester achtgegeben und ihr geholfen habt. Geht dem Ärger aus dem Wege, aber wenn ihr angegriffen werdet oder jemand euren Schwestern etwas tut, schlagt ruhig zu. Und sagt der Mutter um Himmels willen nicht, dass ich das gesagt habe.« Jetzt lächelte er doch und fügte hinzu: »Geht und säubert euch, so kommt ihr mir nicht an den Tisch.«

Hinrich und Joachim nickten und liefen zur Tränke, um sich den Staub abzuwaschen. Annalena hatte sich inzwischen wieder beruhigt, aber so weit, dass sie die Schulter ihres Vaters loslassen wollte, war sie noch nicht.

»Vater, warum machen das die Leute? Warum mögen sie uns nicht?«

Diese Worte fuhren ihm wie ein Stich tief ins Herz.

Wie die Menschen seinesgleichen behandelten, war ungerecht, doch er konnte nichts dagegen tun. Als er noch jung war, hatte er oft damit gehadert, warum seine Wiege nicht in einem anderen Haus gestanden hatte. Er war enttäuscht gewesen, weil man ihm seine Arbeit mit Schimpf vergalt. Mittlerweile hatte er es akzeptiert und hoffte, dass Gott erkannte, dass er im Grunde seines Herzens ein guter Mann war. Dass seine Tochter den Lauf der Dinge genauso unbarmherzig erfahren musste, machte ihn traurig.

Er strich ihr zärtlich übers Haar und antwortete: »Sie fürchten, eines Tages unter unser Schwert zu kommen. Sie fürchten, dass uns die Geister der Toten verfolgen und ihren Zorn auch auf sie lenken könnten. Aber du darfst dir nichts daraus machen. Du bist Gottes Kind wie jedes andere auch. Lass dir von niemandem einreden, dass du schlechter bist als sie! Lass nie ein Unrecht zu, das dir zugefügt werden soll. Du magst als Tochter eines Henkers geboren sein, aber wir sind jene, die über die Gerechtigkeit wachen! Und so dürfen wir auch kein Unrecht uns gegenüber dulden.«

Annalena nickte und wischte sich dann mit einer ungelenken Handbewegung über das Gesicht. Schmutzig und mit Tränen in den Augen bot sie einen Anblick, der den Henker zutiefst rührte.

»Hast du Lust, auf meinen Schultern zu reiten?«, fragte Habrecht, nachdem er ihre Wangen gestreichelt hatte. Das Mädchen nickte und juchzte auf, als er sie auf seine breiten Schultern hob.

Dass dies nur ein vorübergehender Trost war, würde sie schon bald erfahren.

Erstes Buch

Henkersleben

Walsrode,
Frühling 1701

1. Kapitel

Das heisere Krähen der Nachbarshähne riss Annalena Mertens aus dem Schlaf. Unwillig strich sie sich eine Haarsträhne aus dem Gesicht und öffnete die Augen. Ihr Blick streifte über die niedrige Decke der Schlafkammer, auf die das Morgenlicht einen hellen Fleck malte.

Brennende Schmerzen auf ihrem Rücken vertrieben die letzten Reste von Müdigkeit und holten die Erinnerung an die vergangene Nacht zurück.

An die Peitsche.

Wie so oft hatte Mertens sie gezüchtigt, und wie so oft war sie weinend vor Schmerz und Erniedrigung eingeschlafen. Früher hatte sie in den ersten Momenten nach dem Aufwachen noch geglaubt, dass alles nur ein schlechter Traum gewesen sei. Heute blieb ihr nicht einmal mehr diese Erleichterung. Es war die Wirklichkeit ihres Lebens, die mit jedem Morgen neu begann, ebenso, wie sich die Windräder einer Mühle in Bewegung setzten. *Wie ein Mühlstein ist das Leben*, ging es ihr durch den Sinn. *Es dreht sich unermüdlich im Kreis und endet erst, wenn der Tod den Wind aus den Mühlenflügeln nimmt.*

Die Zähne gegen die Schmerzen zusammenbeißend stieg sie aus dem Bett. Sie sah sich nicht nach ihrem Mann um, denn sie wusste, dass er nicht mehr da war. Meister Hans verlangte von seinen Knechten, dass sie, wenn eine Hinrichtung anstand, noch vor Sonnenaufgang in der Fronerei erschienen. Der Prozess gegen den Mann, der seine schwangere Frau nahe dem Moor erwürgt hatte, hatte etliche Monate gedauert und endete mit einem Todesurteil, das heute vollstreckt werden sollte.

Der Gedanke daran ließ ein grimmiges Lächeln auf Annalenas Gesicht treten. *Wird es Mertens auch so ergehen? Wird mein Mann auch sterben, wenn er mich eines Tages umbringt?*

Mit kleinen Schritten strebte sie der Schüssel zu, die auf einem Stuhl unterhalb des Fensters stand. Das Wasser in der dazugehörigen Kanne war eiskalt, aber daran war sie gewöhnt. Annalena bückte sich, nahm den Krug auf und goss die Schüssel voll. Als sich das Wasser beruhigt hatte, erblickte sie ihr verschwommenes Spiegelbild auf der schimmernden Oberfläche.

Dreiundzwanzig Lenze zählte sie. Ihr dickes, schwarzes Haar fiel in langen, lockigen Flechten über ihre Schultern. Wegen der Farbe, die sie ihrer Großmutter zu verdanken hatte, hielt man sie oft für eine Zigeunerin, doch ihre Augen zeigten das helle Grau des hiesigen Winterhimmels. Nur noch selten strahlten diese Augen vor Freude, Hoffnung oder dem Wunsch nach Freiheit.

Denn Freiheit gab es für ihresgleichen nicht.

Das Richtschwert in die Wiege gelegt zu bekommen, bedeutete, ein Leben im Schatten zu führen. Ein Leben als Ausgestoßene, Unreine, ein Leben an der Stadtmauer, am Rand von allem, was für ehrliche Leute Wert hatte. Ihre Herkunft hielt sie gefangen zwischen Geringschätzung und Beschimpfungen. Musche, Hure, Krähenweib waren die Namen, die man Frauen wie ihr entgegenrief.

Ihr Vater hatte sie stets beschworen, sich nichts daraus zu machen, und als Kind hatte sie ihm noch geglaubt. Zusammen mit ihren Brüdern und Schwestern spielte sie sorglos im Fronhof und dachte, dass die Beleidigungen und der Spott, den sie auch damals schon kannte, nur eine Ausnahme waren. Je älter sie wurde, desto mehr verstand sie aber, dass Henker bestenfalls geduldet und meist verabscheut wurden. Der Zusammenhalt zwischen den Geschwistern und den Henkersfamilien war das Einzige, worauf sie zählen konnte.

Doch als sie erwachsen wurden, verstreute das Schicksal Habrechts Kinder in verschiedene Himmelsrichtungen. Anna Christin heiratete in zweiter Ehe den Schweriner Henker Liebknecht, eine gute Partie, denn sie hatte bereits drei Kinder und es war nicht bekannt, dass Liebeknecht sie schlecht behandelte. Auch Anna Maria, die den Sternberger Henker Mentzel geheiratet hatte, ging es gut. Bei ihrer Schwester Anthrin, die eigentlich Anna Cathrin hieß, war es schon etwas anderes gewesen, aber das war eine Geschichte, an die sie nur ungern dachte.

Als die jüngste Schwester wurde Annalena einem Henkersknecht aus Walsrode namens Peter Mertens zur Frau gegeben.

Liebe war natürlich ein eitles Gut, das Menschen wie ihnen nicht zustand. Die Ehen waren vom Vater arrangiert worden. Eine Heirat in einen anderen Stand war unmöglich. Und selbst jene, die ebenfalls zu den Unehrlichen zählten, scheuten sich davor, eine Henkerstochter zu freien. Übrig blieb nur ihresgleichen, und die Töchter eines Henkershauses konnten froh sein, wenn sie einen Gatten abbekamen.

Annalena hatte sich gefügt, wie es erwartet wurde und natürlich gehofft, dass sie eines Tages mehr als Demut und Achtung gegenüber ihrem Gatten empfinden würde. Damals schenkte sie sogar noch den Reden der anderen Frauen Glauben, wonach in ihren arrangierten Ehen irgendwann einmal der Same der Liebe aufgegangen war.

Doch schon bald wurde Annalena klar, dass es in ihrem Fall keine Liebe geben würde, denn unter der Maske des Mannes, der vor dem Altar gelobt hatte, sie zu beschützen, steckte ein Ungeheuer.

Solange die Aussicht bestand, dass sie sein Kind unter dem Herzen tragen könnte, hielt er sich zurück, doch als sein Same monatelang auf tauben Boden fiel, griff Mertens zur Peitsche. Wieder und wieder schlug er sie, das letzte Mal war es in der vergangenen Nacht geschehen …

So manches Mal hatte sie gehofft, nach Nächten wie diesen einfach nicht mehr aufzuwachen. Nicht nur der Schmerz, den ihr die Peitsche zufügte, war unerträglich, auch die Verzweiflung und der Zorn über ihre eigene Hilflosigkeit setzten ihr immer mehr zu. Sie wusste, dass es so nicht bis in alle Ewigkeiten weitergehen konnte. Im Augenblick lebte sie von der Hoffnung, dass er sie in der kommenden Nacht in Ruhe ließ oder irgendwann einmal nicht mehr nach Hause kam.

Bevor sie mit dem Waschen begann, holte Annalena das Hemd hervor, das sie nach Nächten wie diesen immer trug. Sie betrachtete die Blutflecken darauf, eingetrocknete Spuren ihres Leids, denen heute neue hinzugefügt werden würden. Sooft sie die Flecken auch mit Gallseife bearbeitete, sie würden nie rausgehen. Genauso, wie sie niemals vergessen würde, was Mertens ihr antat.

Sie tauchte die Hände in das Wasser, benetzte ihr Gesicht, dann wusch sie ihren Oberkörper. Die Berührung des Wassers ließ sie frösteln. Ihre Brustwarzen zogen sich schmerzhaft zusammen, Gänsehaut bildete sich auf ihren Armen. Doch als sie mit dem Lappen über die Wunden fuhr, wurde die Kälte plötzlich angenehm.

Nachdem sie ihre Wäsche beendet hatte, warf sie sich ihr Hemd über und ging zum Fenster. Aus den dort hängenden

Kräutersträußchen zupfte sie einige Zweige und Blätter, weichte sie in Wasser ein, das sie aus dem Kessel über der Esse nahm, und breitete dann alles auf einem langen Stück Leinen aus. Sie hatte sich angewöhnt, unbrauchbar gewordene Laken zu zerschneiden und als Verbände aufzuheben. Den Verband schlang sie um ihren Rücken und knotete ihn vor ihrer Brust zusammen. Als sie ihr Hemd wieder übergezogen hatte, schlüpfte sie in eines ihrer Kleider.

Sie besaß drei Stück: eines für die Arbeit auf dem Feld, eines für den Gang in die Stadt und eines für die Kirche, obwohl sie dort nebst der Scharfrichterfamilie in einem eigenen Gestühl saß und nur wenige Leute sie ansahen. Das Stadtkleid war blau, und obwohl die Farbe vom vielen Waschen verblichen war, der Rock etliche Male geflickt und die Schnürung des Mieders schon ein wenig ausgefranst war, war es doch ihr Lieblingskleid, denn die Farbe Blau erinnerte sie an den Himmel.

Obwohl ihre Mittel bescheiden und das Angebot auf dem Markt überschaubar war, wollte sie es sich nicht nehmen lassen, unter Menschen zu kommen und dabei so ordentlich wie möglich aussehen. Die meisten Stadtbewohner mochten sie vielleicht verachten, aber die Händler kannten sie und übervorteilten sie trotz ihres geringen Standes nicht. Außerdem war es möglich, dass Menschen Rat wegen irgendwelcher Zipperlein bei ihr suchten. Das passierte ab und an, und sie genoss diese kurzen Augenblicke der Anerkennung, wenn sie Kräuter oder Dampfbäder empfahl.

Zuletzt flocht sie sich die Haare zu einem Zopf und setzte ihre Haube auf, die sie erst gestern geflickt hatte. Mertens hatte sie in der Nacht zuvor in die Hände bekommen und zerrissen, weil er meinte, eine Hure wie sie würde keine Haube brauchen.

Als sie mit allem fertig war, verließ sie die Schlafstube, goss sich in der Küche ein Schälchen Milch ein, und nachdem sie es ausgetrunken und sich den Milchbart von der Oberlippe gewischt hatte, verließ sie mit ihrem Weidenkorb unter dem Arm das Haus.

Walsrode war eine schöne Stadt, wenngleich ihr Antlitz zahlreiche Narben davongetragen hatte. Den Verheerungen des großen Krieges waren zahlreiche Brände gefolgt und die Pest hatte die Überlebenden dezimiert.

Doch die Stadtbewohner waren zäh, wie alles Leben in der Heide. Man hatte die Trümmer beseitigt und das Rathaus wiederaufgebaut. Und wenn man auch nicht alle Lücken schließen konnte, so war Walsrode mittlerweile wieder dabei, zu alter Pracht zurückzufinden.

Hoch über allem erhob sich der Turm der Klosterkirche, die wie durch ein Wunder vor der Zerstörung bewahrt worden war. Das Kloster bedeutete ein Stück Beständigkeit für die hiesigen Bürger. Es war ein Zeichen dafür, dass Gott schon dafür sorgte, dass sich die Welt weiterdrehte.

Was würde ich drum geben, eine der Krähen dort oben zu sein, dachte sich Annalena mit Blick auf den Kirchturm, der von den schwarzen Vögeln umkreist wurde. *Dort oben wäre ich sicher vor Mertens grundlosem Zorn.*

Aber sie wusste, dass das unmöglich war. Man schimpfte sie zwar Krähenweib und sagte ihr Hexenkunst nach, doch kein Zauberspruch ließ ihr Flügel wachsen.

Die Luft roch frisch und nach feuchter Erde, als Annalena sich dem Marktplatz näherte. Geschäftig eilten die Menschen an ihr vorbei. Kaum jemand nahm von ihr Notiz, denn sie mussten auf den Boden unter sich achten, der vom letzten Frühlingsregen durchnässt war und auf dem man leicht ausrutschen konnte.

Auch Annalena hatte Mühe, den Pfützen auszuweichen, und selbst die Holzpantinen bewahrten sie in dieser Jahreszeit nicht davor, sich die Füße schmutzig zu machen.

Ein paar Hunde, denen es egal war, wie ihre Pfoten und ihr Fell aussahen, jagten bellend einer Katze hinterher, die versuchte, sich über einen Zaun in Sicherheit zu bringen. Vom Marktplatz her tönte Hühnergegacker, Ziegenmeckern und das Quieken der Schweine, das sich mit dem Geplapper der Leute und dem Geschrei der Händler mischte.

»Krähenweib, Krähenweib, Lumpen hängen an deinem Leib!«, riefen ein paar Kinder unvermittelt von der Seite.

Die Worte versetzten Annalena einen Stich. An die Beleidigungen der Erwachsenen war sie gewohnt, doch wenn Kinder ihr Schimpfworte nachriefen, schmerzte es immer wieder furchtbar.

»Krähenweib, Krähenweib …«, sangen sie weiter.

Es sind nur dumme Bälger, deren Rufe du nicht zu beachten brauchst, versuchte sie sich zu beruhigen.

Dann ertönte ein zischendes Geräusch und plötzlich traf sie etwas an der Schläfe. Sterne explodierten vor ihren Augen. Der Schmerz durchzuckte ihre rechte Gesichtshälfte und ließ sie taumeln. Dabei stieg ihr der Geruch von fauligen Äpfeln in die Nase.

Die anderen Stadtbewohner taten natürlich so, als hätten sie nichts gesehen. Wäre eine Bürgersfrau beworfen worden, hätte jemand den Strolchen sicher Prügel angedroht. Der Frau eines Henkersknechts hingegen half niemand.

Während sich Annalena an eine Hauswand lehnte und wartete, bis sie wieder klar sehen konnte, vernahm sie das schrille Lachen der Kinder.

Wut und Enttäuschung tobten in ihr.

Als das Flackern aufhörte und sie den Kopf zur Seite wandte, erblickte sie den Sohn des Tuchmachers Friedrichs. Er holte gerade zu einem weiteren Wurf aus, doch ihr Blick ließ ihn erstarren. Augenblicklich verebbte das Lachen der Meute und einer der Freunde des kleinen Rüpels rief: »Verschwinden wir, bevor sie uns verhext.« Sogleich verschwanden die Lausebengel lärmend in einer Gasse.

Annalena atmete erleichtert auf. An der Stelle, wo sie der Apfel getroffen hatte, würde gewiss ein blauer Fleck erscheinen, aber sie konnte ihr Haar und ihre Haube darüberstreifen. Außerdem machte es ohnehin keinen Unterschied: Es war nicht ihre einzige Wunde und den Leuten war es egal, wie sie aussah. Krähenweib blieb Krähenweib für sie.

Endlich am Marktplatz angekommen, fiel ihr das Blutgerüst für die heute stattfindende Hinrichtung ins Auge. Obwohl sie ihn gewohnt war, ließ der Anblick sie erschauern. Rasch wandte sie sich den Marktständen zu, vor denen sich die Menschen drängten.

Die meisten waren allerdings hier, um sich die Hinrichtung anzusehen. Annalena kam nur schwerlich in der Menschenmenge voran und es dauerte lange, bis sie endlich an der Reihe war. Die besten Stücke waren natürlich weg, aber schlechtere Ware war auch billiger.

Als die Kirchenglocke zehn schlug, wurde es plötzlich still auf dem Marktplatz. So still, dass man schwerfälligen Hufschlag und Räderquietschen hören konnte. Annalena wusste, was das bedeutete. Die Richter und Meister Hans, der Henker von Walsrode, rückten mit ihrem Gefolge an.

Die Menschen machten Platz für den abgezehrt wirkenden Gefangenen, der auf einem Karren vor den Richtblock gefahren wurde. Nun musste er die Urfehde schwören. Annalena glaubte zwar nicht, dass seine Unterschrift wirklich etwas bewirkte, aber es gab ihr doch ein sicheres Gefühl, dass alle Verurteilten ein Papier unterzeichneten, in dem sie versicherten, dass ihre Angehörigen sich nicht am Henker und dessen Familie rächen würden.

Als er seine drei Kreuze gemacht hatte, wurde er von den Gesellen zum Richtblock gebracht und auf die Knie gezwungen. Schmährufe wurden laut, Äpfel, Kohl und Eier flogen. Nachdem der Richter nach altem Brauch den Stab über dem Mörder gebrochen und damit erklärt hatte, dass das Urteil rechtsgültig war, überprüfte Meister Hans noch einmal die halbmondförmige Klinge seines Beils.

Annalena beobachtete das Treiben mit gemischten Gefühlen. Sie wusste, dass die Verurteilten ihre Strafe verdient hatten. Dennoch krampfte sich ihr Magen zusammen, wenn sie an das Blut und das Geräusch des fallenden Kopfes dachte. Manche Gefangenen schrien furchtbar, wenn der Henker sie nicht gleich mit dem ersten Hieb tötete.

Als der Henker das Beil hochriss, raunte die Menge auf und alles wurde still, bis die Klinge niedersauste. Das Beil traf das Genick, durchtrennte es und bohrte sich dann in den Richtblock. Der Körper zuckte kurz zusammen und der Kopf rollte Blutspritzer verteilend über das Podest. Die Zuschauer sprangen zurück.

Im selben Moment erstarrte Annalena. Mertens hatte sie unter den Zuschauern ausgemacht!

Sein eisiges Grinsen traf sie wie ein Peitschenhieb und schnürte ihre Kehle zusammen. Panisch wirbelte sie herum und drängte sich durch die Menge, die zusah, wie man den toten Körper fortschleifte, um ihn in einen grobgezimmerten Sarg zu legen.

Ein paar Unmutsbekundungen wurden laut, doch das war ihr egal. Mertens Blick hatte ihre Wunden wieder zum Brennen gebracht, sie konnte es einfach nicht ertragen.

Erst, als sie den Marktplatz hinter sich gelassen hatte und in eine Seitengasse eingebogen war, blieb sie keuchend stehen. Schweiß rann von ihrer Stirn und ihre Schläfe pochte. Annalena presste die Hand darauf und versuchte, dem Schmerz Einhalt zu gebieten.

»Mädchen, was ist mit dir?«, hörte sie hinter sich eine Frauenstimme. Es war die Witwe Gennings, die wieder mal aus dem Fenster schaute, weil ihre vom Wasser geschwollenen Beine ihr nicht erlaubten, nach draußen zu gehen. Vor lauter Angst hatte Annalena nicht mitbekommen, dass sie vor ihrem Haus stand.

»Nichts, es ist nichts«, antwortete sie schnell. »Ich fühle mich nur ein wenig fiebrig.«

Während sie sprach, vermied sie es, der alten Frau in die Augen zu blicken. Eine Püsterolsch sollte sie sein, die durch Zauberei Krankheiten heilte. Und sie sollte das zweite Gesicht haben. Nichts blieb ihr verborgen, und Annalena wollte nicht, dass sie mitbekam, was gerade in ihr vorging.

»Dann solltest du dir ein Heilmittel beschaffen, mein Kind«, sagte die Alte ruhig. »Ein Mädchen deiner Herkunft müsste sich doch damit auskennen. Oder soll ich eine Kur für dich wirken?«

Annalena verstand, was sie meinte: Sie bot ihr an, einen Fluch auf Mertens zu legen. Doch Annalena hoffte, dass ihre Seele einmal vor die Tore des Himmels gelassen würde und nicht gleich in die Hölle kam. Die Hilfe der Witwe anzunehmen wäre eine Sünde.

»Danke, aber das ist nicht nötig. Ich werde nach Hause gehen und mir einen Sud kochen.«

Als Annalena sie nun doch ansah, umspielte ein feines Lächeln den faltigen Mund der Alten. Ihre Augen jedoch wirkten dunkel, beinahe dämonisch, und der Rat, den sie ihr stumm gaben und der nichts mit ihrem körperlichen Unwohlsein zu tun hatte, ließ die Henkerstochter erzittern.

Rasch ging sie weiter, und als sei sie tatsächlich von einem Zauber der Witwe berührt worden, war der Schmerz in der Schläfe auf einmal verschwunden. Der Blick der Alten brannte jedoch auf ihrem Rücken, selbst dann noch, als sie aus ihrem Blickfeld verschwand.

An ihrem Katen angekommen scheuchte Annalena die Nachbarskatze vom Fußstein und stellte den Korb ab. Mittlerweile war ihr wohler zumute, doch der Schweiß klebte noch wie eine ungewollte Berührung an ihrer Haut und sie konnte es nicht erwarten, ihn von sich herunterzuwaschen. Plötzlich vernahm sie hinter sich eine Stimme.

»Annalena!«

Die Gerufene wirbelte herum und erblickte die Ratsdienersfrau Martje, die mit wehendem Rock auf sie zurannte. Sie gehörte zu den wenigen Frauen, die Annalena einen Schwatz über den Gartenzaun nicht verweigerten.

»Hinnings Beinwunde ist ganz schwarz und er hat hohes Fieber«, keuchte Martje, als sie vor ihr stehen geblieben war.

»Seit wann?«

»Seit gestern Nacht. Helga dachte, dass es sich wieder geben würde, wenn er ein wenig schläft, aber es ist nur schlimmer geworden. Sein Kopf glüht wie eine Schmiedeesse.«

Eigentlich müsste in diesem Fall der Stadtchirurgus nach ihm sehen, aber Annalena wusste, dass Martjes Schwager als Tagelöhner nicht viel Geld hatte. »Gut, ich sehe es mir an«, sagte sie also und schloss sich Martje an.

Das Haus von Helga und Hinning war eher ein Schuppen als ein richtiges Haus. Wie so viele Gebäude an diesem Ende der Stadt teilte es sich eine Wand mit der Stadtmauer.

Als sie durch die Tür trat, wusste sie, dass der Tod hier lauerte. Noch verkroch er sich in den schattigen Ritzen, drückte sich gegen die Wand und versuchte, nicht aufzufallen. Doch sie konnte ihn riechen. Die Luft war geschwängert vom Gestank der eitrigen Wunde. Lange würde der Schnitter seine Sense nicht mehr wetzen.

Vor einigen Tagen hatte man Hinning verletzt nach Hause gebracht. Er hatte sich bei Holzfällern verdingt, die im Namen des Rates Bäume im Stadtwald schlagen sollten. Beim Arbeiten war seine Axt von einem harten Stück Stamm abgerutscht und in sein Bein gedrungen. Die anderen Holzfäller hatten die Wunde gewaschen und ihn gleich verbunden, doch das hatte nichts genützt.

Hinnings Frau Helga stürzte ihr entgegen. Das Haar, das sie sonst immer so ordentlich zusammengebunden trug, war zerzaust. Die blauen Schatten unter ihren Augen ließen vermuten, dass sie die ganze Nacht am Bett ihres Mannes gewacht hatte.

»Annalena, Gott sei Dank bist du da! Bis heute Morgen konnte ich noch zu ihm sprechen, doch jetzt sinkt er immer tiefer ins Fieber und sein Herz rast.« Helga ergriff ihre Hand und zog sie mit sich in die Schlafkammer.

Annalena erschrak, als sie die Wunde sah. Sie klaffte wie ein eitriges Maul auf, die Haut ringsherum war schwarz und geschwollen. Kein Zweifel, es handelte sich um Wundbrand.

»Wir müssen das Bein abnehmen«, stellte sie ohne Umschweife fest.

Helga schlug entsetzt die Hand vor den Mund. »Aber wie soll er dann arbeiten gehen?«

Annalena presste die Lippen zusammen. Wie sollte sie ihre Erwiderung weniger grausam klingen lassen?

»Das Wichtigste ist jetzt, sein Leben zu retten«, antwortete sie. »Sorge für heißes Wasser und saubere Tücher. Nimm aber keine guten, Blutflecke bekommt man nicht heraus.«

»Willst du nicht deinen Mann holen?«, fragte Martje, als sie zu ihnen trat, den Schürzenzipfel vors Gesicht gepresst, um sich vor dem Gestank zu schützen. »Er kennt sich gewiss besser damit aus.«

Die Henkerstochter schüttelte den Kopf. Martje sollte es besser wissen. Mertens hatte nicht das geringste Interesse daran, anderen zu helfen, und von allen Henkersleuten der Stadt kannte sie sich am besten mit dem Heilen aus. Nicht umsonst suchten die Leute immer wieder ihren Rat. Aber Annalena wusste, dass die Angst aus Martje sprach, also versuchte sie, sie zu beruhigen. »Ich kann es genauso gut. Außerdem wird er sterben, wenn wir das Bein nicht gleich behandeln. Ich hole nur schnell Messer und Säge, stellt derweil schon mal das Wasser bereit und legt einen Schürhaken zum Ausbrennen ins Feuer.«

Mit diesen Worten strebte sie der Tür zu, strich den Kindern, die sie mit fragenden Blicken musterten, übers Haar und verließ das Haus.

Annalena erklomm die Leiter zum Dachboden und öffnete die Luke. Die Luft war stickig. Der Geruch von Metall, Leder und altem Stroh mischte sich mit dem Gestank von Rattendreck. Um mehr Licht zu haben, öffnete sie die Kornluke am Giebel. Die hereinströmende frische Luft vertrieb den Gestank für einen Moment.

Annalena erschauderte, als ihr Blick den Stützbalken streifte, an dem einige Eisenringe befestigt worden waren. Einen Dämon hätte man hier festketten können!

Darunter lagen Messer, Beile und Sägen in grobgezimmerten Regalen und Kisten. Mertens' Sammlung all dessen, was

Menschen Schmerzen bereiten konnte, war beträchtlich und er pflegte sie mit mehr Geduld und Achtsamkeit, als er ihr jemals entgegengebracht hatte.

Annalenas Hände zitterten, als sie ein großes Messer und eine Säge auswählte, aber sie verbot sich jeden Gedanken an Mertens. Hinnings Leben hing nur von ihr ab, allein daran durfte sie jetzt denken.

Martje hockte mit den Kindern vor der Feuerstelle, als Annalena zurückkehrte. Verstohlene Blicke folgten ihr, als sie in die Schlafstube eilte. Helga hatte inzwischen ein gefaltetes Laken unter das Bein ihres Mannes gelegt. Als sie die Säge und das Messer sah, erbleichte sie.

Zuerst tastete Annalena die Wunde ab. Ihre Fingerspitzen sagten dasselbe, was ihr Kopf schon längst wusste. Ihr Blick wanderte zum Gesicht des Mannes, von dem der Schweiß in Strömen floss, dann suchten ihre Augen den Blick der Frau.

»Gibt es keinen anderen Weg?«, fragte Helga tonlos. Hoffnung hatte sie anscheinend nicht mehr.

Annalena schüttelte den Kopf. »Ich denke, es wird das Beste sein. So muss er sich nur ein Holzbein schnitzen. Wenn ich es nicht tue, wird das Holz für seinen Sarg gebraucht.«

»Dann sei Gott mit dir.«

Annalena nickte und wickelte das Messer aus dem Öltuch. Nur schwerlich konnte sie das Zittern ihrer Hände unterdrücken. Ihr Herz raste, und in ihrer Schläfe begann es wieder, unangenehm zu pochen. Sie hatte so etwas noch nie gemacht und fürchtete sich. Was, wenn sie etwas falsch machte? Ihr Magen zog sich bei diesem Gedanken schmerzhaft zusammen, und ihr Mund wurde trocken. Doch ihre Angst durfte sie gegenüber Helga nicht zeigen.

Schließlich schleppte Martje den Kessel in den Raum und verließ ihn dann gleich wieder, damit sie nicht mit ansehen musste, was hier geschah. Annalena tauchte das Messer und die Säge ins heiße Wasser.

»Helga, schieb deinem Mann etwas zwischen die Zähne«, befahl Annalena. Es gelang ihr, ihre Stimme fest klingen zu lassen, wenn auch ein wenig atemlos. »Dann bleib neben seinem Kopf und halte ihn. Er wird gewiss vom Schmerz erwachen.«

Die Frau griff nach einem der bereitliegenden Tücher und drehte es zusammen. Wenig später schob sie es ihrem Mann in den Mund. Hinning nahm es mit einem leisen Stöhnen hin.

Annalena zog dann das Messer aus dem Topf und setzte es über dem brandigen Stück im gesunden Fleisch an. Tief durchatmend schloss sie die Augen und flehte Gott leise um Kraft an. Dann senkte sie die Klinge ins Fleisch.

Dunkles Blut sickerte zunächst langsam aus der Wunde, doch als sie tiefer schnitt, spritzte es ihr in einem breiten Schwall entgegen. Innerhalb weniger Augenblicke färbte sich das Laken rot, Blutspritzer sprühten über ihr Gesicht, ihre Hände und den alten Kittel, den sie übergeworfen hatte. Der faulige Geruch des Eiters mischte sich mit dem Rostgeruch des Lebenssaftes.

Gegen die aufkommende Übelkeit ankämpfend, warf Annalena das Messer beiseite und griff nach der Säge. Das Geräusch, das die Zähne machten, als sie sich in den Knochen fraßen, war grauenhaft, doch sie machte weiter.

Wie sie es vermutet hatte, schrie Hinning nun plötzlich auf, bog den Rücken durch und begann, mit den Armen um sich zu schlagen.

»Halt ihn fest!«, rief sie Helga zu und versuchte, möglichst schnell weiterzuarbeiten. Die Säge rutschte immer wieder vom Knochen ab und mehrmals verletzte sie sich beinahe selbst, denn Helgas Kraft reichte nicht aus, um ihren Mann zu bändigen. Er tobte weiter und brüllte so laut, dass es in ihren Ohren schmerzte.

Das Pochen in ihrer Schläfe wurde jetzt beinahe unerträglich und sie glaubte, sich jeden Augenblick übergeben zu müssen. Sie war sich fast sicher, dass sie es nicht schaffen würde, doch dann brach der Knochen endlich und sie konnte den Rest der Haut und Sehnen leicht durchtrennen.

»Ich brauche den Schürhaken!«, rief sie und atmete tief durch, um sich wieder unter Kontrolle zu bekommen.

Martje lief herbei und blickte dann auf das abgetrennte Stück Unterschenkel. Ihr Gesicht verfärbte sich grün, doch Annalena beachtete es nicht.

Der Schürhaken war rußgeschwärzt und so heiß, dass sie ihn nur mit einem Lappen um den Griff anfassen konnten. Ein widerliches Zischen ertönte, als Annalena ihn auf die Wunde presste, und ein unaussprechlicher Geruch erfüllte die Stube. Doch größer als Annalenas Unwohlsein war nun die Erleichterung, es vollbracht zu haben.

Hinning hatte in den letzten Minuten schließlich das Bewusstsein verloren. Sein Kopf lag schlaff auf der Seite, aber er atmete noch.

»Wird er es überstehen?«, fragte Helga, als Annalena das bereitliegende Verbandstuch um den Stumpf schlang.

»Das liegt jetzt in Gottes Hand«, antwortete sie. »Lass den Verband so lange auf der Wunde, bis er durchgeblutet ist, dann erneuere ihn. Ich werde dir nachher Kräuter gegen das Fieber bringen. Und schafft den Fuß weg.«

Helga ergriff ihre blutige Hand und drückte sie an ihre Wange. »Gott segne dich für deine Hilfe.«

»Schon gut, ich helfe gern.«

Damit nahm sie Messer und Säge wieder an sich und trat an Martje und den Kindern vorbei nach draußen.

Dort erlaubte sie sich endlich das Zittern, das sie die ganze Zeit zwanghaft hatte unterdrücken müssen. Sie hatte es geschafft. So Gott wollte, hatte sie Hinning das Leben gerettet. Doch Annalena gönnte sich nur einen kurzen Moment der Freude, bevor der Gedanke an ihren Ehemann sie schnell aufbrechen ließ.

In der Ferne läutete die Totenglocke. Ihr Klang begleitete sie nach Hause, wo ihr Tagwerk wartete.

2. Kapitel

Mondschein fiel durch das Fenster und erhellte mit seinem fahlen Licht die Kammer. Annalena lehnte am Fensterrahmen und beobachtete die abendliche Straße. Das Bett hinter ihr war unberührt.

Ihr Vergleich des Lebens mit einem Mühlstein ging ihr auch jetzt wieder durch den Kopf. *Auf den Tag folgt die Nacht und auf das Tagwerk folgt die Rückkehr meines Gemahls. Was erwartet mich in den kommenden Stunden?*

An diesem Tag hatte sie erlebt, wie kurz das Leben sein konnte. Der Tod schlich durch die Straßen und hielt beständig Ausschau nach Opfern. Wurde er aus einer Kammer vertrieben, kehrte er in die nächste ein.

Wann würde er sie holen? Wann schlug Mertens so kräftig zu, dass sie am nächsten Morgen nicht wieder aufwachte?

Annalenas Magen schnürte sich zusammen, sie hatte Angst davor, etwas zu tun, und Angst davor, nichts zu tun. Sie wusste einfach nicht weiter. Würde Mertens ihre Gedanken kennen, schlüge er sie ganz bestimmt tot. *Du bist immer noch jung. Fern von hier könntest du neu anfangen. Niemand wird wissen, wer du bist. Niemand wird dich schlagen oder beschimpfen. Du musst nur dieses Haus verlassen, fortgehen aus Walsrode …*

Eine schemenhafte Bewegung schreckte sie auf. Ein Schatten kam die Straße entlang. Da der Nachtwächter seine Runde bereits gemacht hatte, konnte er nur einem gehören.

Annalenas Herz begann zu rasen.

Was sollte sie nur tun?

Bestenfalls war Mertens so betrunken, dass er nicht mehr in der Lage war, seine Hose zu öffnen. Doch sein Gang war dafür zu gerade. Das hieß zwar nicht, dass er sich nicht anständig betrunken hatte, aber sein Körper war das Bier und den sauren Wein gewöhnt. Er war nicht betrunken genug.

Die Angst packte Annalena so hart, dass sie meinte, keine Luft bekommen zu können. Sie versuchte, ihre Atmung unter Kontrolle zu bringen, die aufsteigende Panik zu unterdrücken, merkte aber schon bald, dass sie nicht dagegen ankam. Diese Nacht würde wie jede andere verlaufen, und im Morgengrauen könnte sie sich das Blut von den schorfigen Wunden waschen.

»Weib, wo bist du?«, tönte die trunkene Stimme von Mertens durchs Haus. »Verdammt, wo steckst du, verfluchte Hure?«

Annalena blieb wie erstarrt am Fenster stehen. Plötzlich flog die Tür der Schlafkammer auf und Mertens trat ein. Er stank nach Wein und Rauch. Als er bemerkte, dass ihr Gesicht bleich vor Angst war, lächelte er, dann zog er mit langsamen Bewegungen den Gürtel aus seinem Wams.

Alles in ihr schrie, dass sie fliehen sollte, irgendwie, irgendwohin, wo er sie nicht erwischen konnte. Doch wenn sie den ersten Schritt tat, gab es kein Zurück mehr. Mertens würde sie umbringen, wenn sie sich wehrte. Plötzlich hatte sie wieder den Geköpften vor Augen. Und Hinnings blutverschmierten Stumpf. Und sie sah sich selbst, blutend und gebrochen zu Mertens' Füßen liegend.

Mertens näherte sich ihr langsam, triumphierend. Er zweifelte nicht daran, dass er heute Nacht erneut seinen Spaß mit ihr haben würde.

Doch heute hatte ihr der Tod zu klar vor Augen gestanden, als dass sie noch länger ignorieren konnte, dass auch ihr eigener Tod von Mertens' Hand nur noch eine Frage der Zeit war.

Willst du dich wieder von ihm prügeln lassen? Willst du, dass er dich heute vielleicht totschlägt? Dass du zu Aas wirst wie der Mörder oder Hinnings abgeschnittener Fuß?

Sie kannte die Antwort auf diese Fragen und endlich, vielleicht das erste Mal seit Jahren, verspürte sie echten Lebenswillen in sich. Die Furcht war immer noch quälend, aber der Wunsch, frei von Mertens zu sein, gewann die Oberhand und trieb sie voran.

Flieh! Sieh zu, dass du fortkommst von hier!

Flink huschte sie zur Seite, noch bevor Mertens ausholen konnte.

Mertens war es gewohnt, dass sie wie versteinert stehen blieb und kuschte. Seine Augen verengten sich zu schmalen Schlitzen.

»Willst mit mir spielen, Miststück, was?«, zischte er, wobei er Speicheltröpfchen versprühte.

Annalena kämpfte gegen die altbekannte Lähmung an, stachelte sich in Gedanken an. *Du hast einem Mann das Bein abgeschlagen, also kannst du auch Mertens' Riemen entkommen!*

Als er auf sie zukam, träge durch den Wein, gab Mertens die Tür frei. Sie zwang sich zur Ruhe, wartete, bis er fast bei ihr war. Dann war es so weit. *Lauf!*, schrie sie sich in Gedanken zu. Und sie gehorchte.

Der Lederriemen klatschte ins Leere. Mertens brüllte wütend auf. »Was fällt dir ein, du stinkende Hure, die Haut werde ich dir abziehen!«

Doch die Worte berührten sie nicht. Als sie zur Tür rannte, hoffte sie nur, schnell genug zu sein. Mertens tobte ihr wütend hinterher. Der Schwall an Schimpfworten, der über seine Lippen kam, übertraf alles, was sie bisher gehört hatte.

Fast hatte sie die Tür erreicht, als sie brutal zurückgerissen und zu Boden geschleudert wurde. Mertens begann sofort, wie ein Wahnsinniger auf sie einzuschlagen, während sie sich verzweifelt zusammenkauerte und versuchte, ihr Gesicht zu schützen.

Die Schmerzen waren unvorstellbar. Die Wunden von gestern Nacht rissen wieder auf, neue fraßen sich in ihr Fleisch. Blut tränkte ihr Kleid. Ihr gesamter Rücken fühlte sich an, als würde Mertens ihr die Haut abziehen.

Gleich wirst du sterben, durchzuckte es sie, und sie konnte nicht anders, als gegen die Pein anzuschreien, bis sie keine Luft mehr bekam.

Da hielt der Henkersgeselle inne. Jedoch nicht, um aufzuhören.

Er packte sie an den Haaren und schleifte sie mit sich zur Treppe. »Du wirst nie wieder versuchen, mir wegzulaufen. Kennst du die Ringe in den Dachbalken? An die werde ich dich binden und dich prügeln, bis nichts mehr von dir übrig ist.«

Annalena wimmerte auf, aber nicht nur wegen der höllischen Schmerzen. Angst, Hass und Zorn tobten in ihr. Er würde sie töten. Sie musste etwas tun.

An der Treppe angekommen, spannte Annalena plötzlich die Muskeln ihrer Gliedmaßen an, riss sich los und rannte nach oben. *Zu den Messern*, dachte sie. *Wenn ich erst mal eines der Messer in der Hand halte, wird er sich einen weiteren Hieb überlegen*.

Doch kurz bevor sie den Boden erreicht hatte, schloss sich seine Hand wie eine eiserne Kralle um ihren Knöchel. Annalena stürzte und rutschte mehrere Stufen hinunter, als Mertens an ihrem Fuß zerrte.

Obwohl sie am Rande ihrer Kraft war und die Schmerzen weiße Punkte vor ihren Augen tanzen ließen, gelang es ihr, sich herumzuwälzen. Sie versetzte ihm mit dem freien Fuß einen harten Tritt.

Mertens ruderte mit den Armen, doch das half nichts, er kippte mit einem überraschten Gesichtsausdruck nach hinten und schlug mit dem Kopf auf dem Boden auf. Es gab ein dumpfes Geräusch, dann rührte er sich nicht mehr.

Annalena schnappte nach Luft, und kroch auf dem Rücken weiter nach oben, ohne dabei die Augen von der Gestalt am Boden abzuwenden. Als sie sah, dass Mertens tatsächlich liegen blieb, mischte sich ein seltsames Triumphgefühl unter die trommelnden Herzschläge in ihrer Brust.

Taumelnd hielt sie sich am Treppengeländer fest, während sie den reglosen Körper ihres Mannes betrachtete.

Hatte er sich das Genick gebrochen?

Sie wagte nicht, das zu überprüfen. Schnell lief sie die Treppe hinunter, dann an Mertens vorbei. Der Gedanke, dass seine Hand zur Seite schnellen und sie festhalten könnte, ließ sie fast stolpern in ihrer Hast.

Du musst hier weg. Verschwinde, bevor er wieder zu sich kommt und sich an dir rächt. Oder sie dich des Mordes bezichtigen.

Rasch holte sie sich noch ihren Mantel, der ihr helfen würde, sich in der Dunkelheit zu verbergen. Dann huschte sie hinaus in die Nacht.

Was kommen würde, wusste sie nicht, aber dieser Hölle war sie entronnen.

Zunächst irrte Annalena ziellos durch die Stadt, dann beruhigten sich ihre Gedanken genug, um einen Plan zu machen. Die Stadttore waren verschlossen, und die Wächter würden gewiss keine Ausnahme für sie machen. Aber vielleicht fand sie neben der Kirche ein Versteck, in dem sie bleiben konnte, bis es Morgen wurde.

Jeder Schatten, auch ihr eigener, ließ sie auf dem Weg zusammenzucken. Ihr Herz raste so heftig, dass das Blut in ihren Adern pochte und ihr Kopf schmerzte.

Wo sollte sie hin? Sie wusste nur, dass sie nicht hierbleiben konnte, egal, ob Mertens tot war oder nicht.

Plötzlich schoss eine Hand aus dem Dunkel und schloss sich wie eine Kralle um ihren Arm. Annalena schrie auf, denn sie glaubte, dass es Mertens war. Doch es war das Gesicht der Witwe Gennings, in das sie angstvoll blickte. Die Frage, was sie so spät noch draußen machte, stellte sie vor lauter Schreck gar nicht.

Die Frau las kurz in ihren Augen und ließ ihren Blick über ihre Wunden streifen, dann sagte sie: »Komm mit, Mädchen.«

Ehe sie sich versah, fand sie sich im Haus der Witwe wieder. Dort bugsierte sie die alte Frau auf einen Stuhl, klapperte dann im Vorratsraum herum, und kam mit einem Tiegel wieder, aus dem sie eine seltsam riechende Salbe auf Annalenas Blutergüsse, Schrammen und Striemen strich, nachdem sie mit einem feuchten Tuch vorsichtig das Blut abgewischt hatte.

»Hast es endlich gewagt, Mädchen?«

»Ich weiß nicht, wovon Ihr sprecht«, entgegnete Annalena ängstlich. Doch sie wusste, dass ihre Lüge nur zu offensichtlich war. Ihre Verletzungen ließen sich mit keinem noch so heftigen Sturz erklären.

Die Witwe Gennings kicherte in sich hinein. »Du weißt es schon. Es wurde Zeit, dass du dich von ihm losmachst.«

Annalena senkte stumm den Kopf.

»Ich habe dich schon lange beobachtet«, setzte die Witwe hinzu, und in den Falten ihres Gesichts zeigte sich ein Lächeln. »Scheinst ein gutes Ding zu sein, doch du hast den falschen Mann an die Seite bekommen. Er hat dich schon lange geschlagen, nicht wahr?«

Annalena blickte sie überrascht an. »Woher wisst Ihr?«

»Ich bin eine alte Frau, Mädchen. Meine Augen haben schon vieles gesehen. Wenn eine Frau geschändet und geprügelt wurde, hat sie diesen bestimmten Ausdruck …« Ihre Augen waren mit einem Mal wie Fenster, durch die man all die Schrecken ihres Lebens sehen konnte, wenn man es wagte hindurchzuschauen.

»Sei es, wie es ist«, wischte die Püsterolsche das Unausgesprochene mit einer knappen Handbewegung fort. »Manchmal ist es wirklich besser, wenn man sein altes Leben hinter sich lässt. Ich sehe in deinen Augen die Sehnsucht nach einem Leben weit weg von hier.«

Annalena konnte nicht anders, als bei den Worten ›weit weg‹ zu lächeln.

Die Frau stellte den Salbentiegel zur Seite und half Annalena ihre Kleidung zu richten. Sie betrachtete sie kurz, dann wandte sie sich um. »Ich werde dir ein paar Sachen mit auf den Weg geben. Du wirst sie brauchen.«

Annalena blickte ihr nach, als sie wieder hinter der kleinen Tür im Vorratsraum verschwand. Dann schaute sie zum Fenster hinaus, dessen eine Lade noch offen stand. Mondlicht fiel auf die Straße und die Häuser. Ob Mertens inzwischen wieder zu sich gekommen war?

»Damit wirst du ein Stück weit kommen.« Das Bündel, das

die Witwe ihr reichte, roch nach Schinken, Brot und Kräutern. »Weißt du, wohin du gehen wirst?«

»Nach Süden«, antwortete Annalena, obwohl sie eigentlich noch nicht sicher war.

»Dann komm mit. Ich weiß, wie du zu dieser Stunde aus der Stadt gelangen kannst.«

Damit wandte sie sich der Tür zu. Annalena folgte ihr nach draußen und blickte sich nach allen Seiten um. In der Ferne erhob sich der Kirchturm finster in den Nachthimmel. Während sie durch die Gassen gingen, hielt Annalena Ausschau nach Mertens. Ihre Furcht war wie ein heißes Feuer, das erst erträglich wurde, als sie die Stadtmauer erreicht hatten.

Viele der Häuser hier standen leer oder waren verfallen. Die Witwe führte sie schweigend zwischen zwei Gemäuer, wo sie Annalena eine kleine Pforte zeigte, die auf den ersten Blick unter dem Efeubewuchs nicht auszumachen war.

»Hier kannst du hindurch«, sagte die Witwe, während sie die Ranken beiseite strich. »Diese Tür ist seit dem großen Krieg vergessen worden, nur wenige wissen jetzt noch davon.«

Damit öffnete sie die Pforte. Annalena blickte in die Ferne jenseits der Mauer. Ein Wald säumte den Horizont, der Himmel erhob sich majestätisch darüber. Die Freiheit wartete.

»Nimm meinen Segen mit auf den Weg, Henkerstochter. Möge dir von nun an ein besseres Leben beschieden sein.«

Diese Worte begleiteten Annalena durchs Tor. Sie betrachtete die mondbeschienene Landschaft, überlegte, ob sie den Wald noch vor Anbruch des Tages erreichen konnte. Der Weg lag nun vor ihr. Er würde sie in die Ferne führen, weg von ihrer Vergangenheit.

Annalena schulterte ihr Bündel und schritt voran.

Als das Morgenlicht durch die Fenster strömte, kehrte das Leben in Peter Mertens zurück. Nach Luft schnappend riss er die Augen auf. Es dauerte eine Weile, bis er begriff, dass er in seinem Haus war.

Stöhnend und gegen den Schwindel ankämpfend versuchte er, aufzustehen und fragte sich dabei, warum er am Fuß der Treppe lag. Da entdeckte er seinen Gürtel auf dem Boden.

»Anna?«, rief er nach seiner Frau, erhielt aber keine Antwort. Da dämmerte ihm, was geschehen war.

Es war das erste Mal gewesen, dass Annalena sich ihm widersetzt hatte. Wahrscheinlich hatte sie sich nach dem Tritt aus dem Staub gemacht.

Mit einem zornigen Aufschrei stürmte Mertens zur Tür. Weit konnte sie noch nicht sein. *Bestimmt ist sie zu den Nachbarn gelaufen*, hämmerte es durch seinen Schädel. Zu Martje vielleicht oder zu Helga, mit der sie manchmal schwatzte.

Obwohl sein Nacken höllisch schmerzte, rannte er zu Hinnings Gehöft. Helga hängte gerade Wäsche auf die Leine, darunter ein Tuch, aus dem sie einen riesigen Blutfleck nicht ganz herausbekommen hatte.

»Wo ist sie?«, fuhr Mertens die Tagelöhnersfrau an, die ihn erschrocken ansah, denn seine Augen glühten geradezu vor Hass.

»Guten Morgen, Mertens, was führt dich her?«, fragte sie dennoch, wie es die Höflichkeit gebot.

»Mein Weib, ist es bei dir?«

»Nein. Ich habe Annalena zuletzt gestern Nachmittag gesehen.«

Mertens' Lippen wurden zu einem schmalen, blutleeren Strich. Die Zornfalte zwischen seinen Augen grub sich tiefer in die Haut. Sagte sie die Wahrheit? Überprüfen konnte er es nicht. Schnaufend stieß er sich also vom Zaunpfosten ab und verschwand gruß- und danklos.

Während er durch die Stadt lief, hielt er fieberhaft Ausschau nach Annalena. Viele Möglichkeiten, sich zu verbergen, hatte sie nicht. Sie war die Tochter eines Henkers, die Frau eines Henkersknechts, und alle wussten es.

Schließlich kam er zu einem der Stadttore. Die Wachen dort blickten ihn verschlafen an. Aus ihrer Wachstube strömte der Geruch von saurem Wein und Schweiß.

»He, Mertens, was rennst du denn so?«, rief einer der Männer.

»Ich suche mein Weib. Ist es durch euer Tor gekommen?«

»Nein«, antwortete der Wächter und blickte zu seinem Kameraden. »Hast du die Frau vom Mertens gesehen?«

»Das Zigeunerweib?« Er schüttelte den Kopf und wandte sich an den Henkersknecht. »Ist sie dir etwa weggelaufen?«

Als eine Antwort von ihm ausblieb, prusteten die Wächter los. Obwohl er Lust hatte, ihnen dafür eine Tracht Prügel zu verpassen, blieb Mertens nichts weiter übrig, als abzuwinken und sich dann umzuwenden.

»Gnade dir Gott, Miststück, wenn ich dich finde«, murmelte er und stapfte davon.

3. Kapitel

Einer Hölle zu entkommen bedeutete nicht immer, gleich das Paradies zu finden.

Sie hielt sich wenn möglich im Wald, denn im Moor, das unter ihren Schritten gluckste und schmatzte wie ein Ungeheuer, und in der Heide, in der man sie auf weite Entfernungen sehen könnte, fühlte sie sich ausgeliefert. Aber auch die Geräusche des Waldes waren ihr fremd. Raschelnde Schritte, das Schnüffeln der Nachttiere, das Bellen der Füchse, das Rufen der Eulen und das ferne Heulen der Wölfe raubten ihr die Ruhe. Außerdem saß ihr die Angst vor Mertens im Nacken.

In den ersten Tagen gönnte sie sich daher kaum Schlaf. Sie lief, bis ihre Füße schmerzten und ihre Beine vor Kraftlosigkeit zitterten.

Sie bereute nicht, dass sie ihn von der Treppe gestoßen hatte. Im Gegenteil, sie empfand eine grimmige Genugtuung über ihre Tat. *Ich hätte es schon viel früher tun sollen.*

Doch wenn sie sich unter einem Baum oder Strauch zum Schlafen niederlegte, suchten sie Träume von Mertens heim, die sie panisch hochschrecken ließen. Tagsüber konnte sie all dies jedoch vergessen und Pläne schmieden. Sie überlegte, welche Städte im Süden lagen. Sie hatte von Magdeburg gehört und von Leipzig, das im Reich des sächsischen Kurfürsten lag. Außerdem von Münster und von Nürnberg.

Irgendwo dort werde ich mir eine Anstellung suchen. Sie würde noch einige Tage im Wald weiterwandern und dann nach der nächsten Ortschaft Ausschau halten, um zu fragen, welchen Weg sie in die nächste große Stadt einschlagen musste. Ihre Angst wurde immer weniger und ihr Gemüt hoffnungsfroh. Es war, als sei mit ihrer Flucht eine schwere Kette von ihr abgefallen. Trotzdem hielt sie während ihres Marsches wachsam Ausschau nach Wegelagerern oder anderen Reisenden, doch auf ihrem Weg fernab der großen Straßen traf sie niemanden, was sie ebenfalls froh stimmte.

Doch nach einigen Tagen mit gutem Wetter setzten Frühjahrsschauer ein, die den Boden durchtränkten und sie von Kopf bis Fuß durchnässten. Fröstelnd suchte Annalena Unterschlupf unter Bäumen und Büschen. Wenn dann wieder die Sonne hervorkam, trat sie schnell in das wärmende Licht, um ihre Kleider ein wenig zu trocknen. Dem Proviant in ihrem Beutel half das aber auch nicht, er schimmelte, und Annalena war gezwungen, den Waldboden nach Nahrung abzusuchen.

Sie wusste einiges über Kräuter, Wurzeln und Beeren und suchte nach Löwenzahn und Sauerampfer, die ihre ersten zarten Triebe durch den Boden schoben. Satt wurde sie nicht, aber ihr Körper gewöhnte sich daran. Als der Flusslauf wieder ihren Weg kreuzte, kam sie beim Trinken auf die Idee, es mit dem Fischefangen zu versuchen. Mit bloßen Händen war es bestimmt schwierig, aber doch einen Versuch wert.

Annalena nahm den Rocksaum hoch, faltete ihn mehrere Male und knotete ihn so gut es ging um Hüften und Bauch fest. Als sie ins Wasser trat, wirbelten ihre Füße ein wenig Schlamm auf, der von der Strömung mitgerissen wurde.

»Nur einen«, flehte sie leise, als sie wie gebannt auf die Wasseroberfläche starrte. »Bitte, Gott, lass einen Fisch hier entlangschwimmen. Nur einen einzigen.«

Plötzlich ertönte ein Knurren hinter ihr.

Annalena wirbelte herum. Ein Wolf stand am Ufer. Ohne dass sie ihn bemerkt hatte, war er aus dem Dickicht aufgetaucht. Er war alt, groß und grobknochig. Sein Fell hatte einen hellen Grauton und seine Augen leuchteten gelb wie Bernstein. Geifer tropfte von seinen Lefzen.

Hatte er die Tollwut?

Annalena lachte beinahe hysterisch auf. Das Tier hatte offensichtlich großen Hunger, da war Tollwut ihre letzte Sorge.

»Verschwinde!«, rief sie und versuchte, ruhig zu bleiben.

Doch Wölfe witterten Furcht, und so blieb dem Tier auch

Annalenas nahende Panik nicht verborgen. Ihre Zähne klapperten und ihr Herz donnerte gegen ihren Brustkorb wie ein verzweifelter Gefangener.

Sie brauchte eine Waffe!

Annalena überlegte nicht lange und stürmte los. Hinter sich vernahm sie das wütende Bellen des Wolfes und ein Platschen.

Er setzte ihr nach!

Vor lauter Panik schnürte sich ihre Kehle zu, so dass sie kaum atmen konnte. Wassertropfen spritzten auf und durchnässten ihr Hemd. Sie glaubte beinahe, den heißen Atem des Wolfs bereits im Nacken zu spüren.

Sie rannte schneller, erwartete jeden Moment den unausweichlich scheinenden Biss. Sie erreichte das Ufer und beinahe direkt vor sich entdeckte sie einen großen Ast. Keuchend warf sie sich dem Holzstück entgegen und wirbelte herum, sobald sich ihre Finger um die rauhe Rinde schlossen.

Der Wolf war so dicht hinter ihr, dass sie ihm unbewusst den ersten Schlag gegen den Kopf versetzte. Der Aufprall des Astes gegen den muskulösen Körper dröhnte schmerzhaft durch ihren Arm. Beinahe verlor sie ihre Waffe, doch sofort schloss sie die Hände schmerzhaft fest um das grobe Holz, rappelte sich hoch und hetzte einige Schritte zurück.

Der Wolf war eher verwirrt als verletzt. Er schüttelte kurz den Kopf und stürmte fast im selben Moment erneut auf sie zu. Annalena stieß einen wütenden Schrei aus und hieb erneut auf den Kopf des Wolfes ein. Als sie seine Nase traf, jaulte er auf und wich zurück.

Annalenas nächster Schlag ging ins Leere, was sie beinahe das Gleichgewicht verlieren ließ. Dann sah sie, dass der Wolf mit eingekniffenem Schwanz und ohne sich noch einmal nach seiner Beute umzusehen, davonhuschte.

Aufstöhnend ließ sie den Ast sinken und starrte auf die Stelle, an der der Wolf im Dickicht verschwunden war.

Die Erleichterung, überlebt zu haben, überkam sie wie eine Flutwelle. Ihre zitternden Knie wollten ihr Gewicht nicht länger tragen und sie sank zu Boden, begann zu schluchzen. Sie wusste nicht ob sie aus Erleichterung und Glück, oder aus Angst und Verzweiflung weinte. Vielleicht war es etwas von allem, und so dauerte es lange, bis ihre Tränen versiegten. Als sie sich erhob stand die Sonne schon tief am Himmel. Sie schulterte ihr Bündel und sah noch einmal zu der Stelle, wo der Wolf verschwunden war.

Würde er wiederkommen? Würde er ihr vielleicht folgen und versuchen, sie in der Nacht zu reißen?

Zwei Tage und Nächte, in denen sie kaum ruhte, folgten. Obwohl es bei Tag keine Anzeichen gab, dass der Wolf ihrer Fährte folgte, fand sie in der Nacht keinen Schlaf. Bei jedem Rascheln fürchtete sie, es könnte der Wolf sein. Jedes Heulen in der Ferne ließ ihr Innerstes erzittern.

Am darauffolgenden Nachmittag, als sie fast schon glaubte, erneut hungrig schlafen gehen zu müssen, tauchte vor ihr ein Hausgiebel zwischen den Baumkronen auf.

Staunend blieb sie stehen und starrte das Haus an, so als fürchtete sie, dass es wieder verschwinden würde, wenn sie auch nur einen Lidschlag lang den Blick abwandte.

Sollte Gott doch ein Einsehen mit ihr haben?

Mächtige Bäume, dichtes Buschwerk und hohes Gras wucherten ringsherum. Es schien, als wollte die Natur dieses Gehöft verstecken. Das Dach war auf einer Seite ein wenig eingefallen, dahinter reckten ein paar alte Eichen ihre Kronen in den grauen Himmel.

Das Anwesen wirkte verlassen, und die Aussicht, für die

Nacht ein Dach über dem Kopf zu haben, begeisterte sie und ließ sie trotz ihrer Erschöpfung voller Eifer durch das Gestrüpp kämpfen.

Am Haus angekommen, erblickte sie eine Bank unter einem Fenster. Sie war aus Holz und mit Moos überwachsen. Wahrscheinlich hatte hier der Hausherr gesessen und des Abends die Sonne beim Untergehen beobachtet. Im Sonnenschein wirkte das Anwesen, so verfallen es auch war, freundlich und einladend. *Dies wäre ein Ort, an dem ich bleiben könnte*, dachte sie. Vorsichtig öffnete Annalena die Haustür. Die Angeln knarrten laut und ein modriger Geruch schlug ihr entgegen.

»Ist hier wer?«, fragte sie, doch ihre Stimme verklang ohne Antwort in den leeren Räumen. Im Lichtschein, der hinter ihr durch die Tür fiel, konnte sie Regale, einen schiefen Tisch und zwei Stühle erkennen. Sie entdeckte sogar Schüsseln, Töpfe und Tiegel mit Kräutern und anderen Vorräten, aber alles war vollkommen verstaubt. Lange Spinnweben baumelten von der Decke. Wie lange mochte dieses Haus schon leer stehen?

Annalena trat ein und machte sich sogleich daran, das Haus zu erkunden. Sie hob Deckel von den Töpfen, doch die meisten von ihnen waren leer. In einigen lag noch etwas Weizen und Hirse, genug für ein bescheidenes Mahl.

Als sie schließlich in die Schlafkammer trat, erstarrte sie nach dem ersten Schritt. Dann wich sie erschrocken zurück. Schon oft hatte sie den Tod gesehen, aber nicht so.

Die Hausbewohner hatten ihre Wohnstätte wohl doch nicht verlassen. In dem breiten Bettkasten lagen auf durchlöcherten Strohsäcken zwei Skelette. Ein Mann und eine Frau, wie man an den mottenzerfressenen Kleidern erkennen konnte. Sie umarmten sich, als hätte einer den anderen festhalten und davor bewahren wollen, ins Reich der Toten zu gehen.

Das wird aus uns allen, dachte sie, als sie die bleichen Knochen betrachtete. *Das wäre aus mir geworden, wenn ich bei Mertens geblieben wäre.*

Als der erste Schrecken von ihr gewichen war, fragte sie sich, was die beiden getötet haben mochte. Hatte die Pest sie gleichzeitig dahingerafft? Waren sie im Schlaf ermordet worden? Oder war einer von ihnen gestorben und der andere dem geliebten Menschen freiwillig gefolgt, weil er nicht ohne ihn leben konnte?

Dieser letzte Gedanke rührte sie zutiefst und trieb Tränen in ihre Augen. Seinem Ehegatten in den Tod zu folgen, weil das Leben ohne ihn sinnlos wurde, war für sie unvorstellbar. Gab es eine solche Liebe überhaupt?

Ich muss sie begraben, ging es Annalena durch den Sinn. *Es ist meine Christenpflicht.*

Sie verließ das Haus und suchte nach einem geeigneten Platz für ein Grab. Sie entdeckte einen Apfelbaum, an dem noch ein paar vertrocknete Früchte des vergangenen Jahres hingen. An den Ästen breiteten sich aber auch schon wieder die ersten neuen Knospen aus.

Leben und Sterben an einem Baum. Wenn ich ein Grab für mich wählen könnte, würde ich mir diesen Platz wünschen.

Mit dem Spaten, den sie im Schuppen neben dem Haus fand, machte sie sich an die Arbeit. Ein Geräusch hinter ihr ließ sie plötzlich zusammenfahren. Es klang wie der Schrei eines Kindes.

Erschrocken wirbelte Annalena herum und erblickte eine Katze. Ihr Fell war braun gestreift und ihre Augen leuchteten grün wie zarte Maiblätter.

»Mach nicht so ein Geschrei«, rief Annalena der Katze zu. »Geh lieber Mäuse fangen. Im Haus gibt es sicher etliche von ihnen.«

Aber das Tier blieb sitzen und musterte sie weiterhin mit seinen grünen Augen.

Annalena wandte sich ihrem Spaten zu, doch als sie sich bückte, verspürte sie plötzlich einen Schwindel, der sie dazu zwang, sich eine Weile niederzusetzen. Ihr Magen schmerzte vor Hunger, und ihr Blick wanderte hinauf zu den Äpfeln, doch diese waren wirklich nicht mehr genießbar.

Nachdem sie ein paarmal tief durchgeatmet hatte, ging es ihr wieder besser und sie setzte ihre Arbeit fort. Tief wurde die Grube nicht, aber für die Knochen würde es reichen.

Als sie fertig war, kehrte sie ins Haus zurück. In der Schlafstube hüllte sie die Skelette in das fleckige Betttuch und trug sie nach draußen. Die Katze war immer noch da. Sie begrüßte Annalena und ihre Fracht mit einem klagenden Maunzen.

»Wenigstens einer, der ihnen ein Lied singt«, murmelte Annalena und legte die Knochen, die leicht wie Holzscheite waren, vorsichtig in die Grube. Dann schaufelte sie Erde darüber.

Als letztes brach sie zwei dünne, abgestorbene Zweige vom Apfelbaum und band sie mit einem kleinen Stück Laken, das sie zurückbehalten hatte, zusammen. Das Kreuz steckte sie ans Kopfende des Grabes und senkte den Kopf zum Gebet.

Als der Abend über das Gehöft hereinbrach, entfachte Annalena ein Feuer und bereitete sich etwas von der Hirse zu. Draußen vor dem Haus hatte sie noch ein paar Wurzeln und Kräuter gesammelt, mit denen sie den Brei würzte. Als sie ihren Hunger gestillt hatte, überlegte sie, ob sie eine Weile hierbleiben sollte.

Mitten im Wald findet mich niemand, und es gibt sicher auch niemanden, der Anspruch auf das Gehöft erhebt. Ich könnte hier warten, bis der Sommer kommt und dann weiterziehen. Oder hierbleiben und von dem leben, was der Wald mir bietet.

Während diese Gedanken in ihrem Kopf kreisten, übermannte wohlige Schwere ihre Glieder. Zum ersten Mal seit Wochen fror und hungerte sie nicht. Und sie brauchte sich auch keine Gedanken um die Wölfe zu machen.

Da sie nicht im Bett der Toten liegen wollte, suchte sie sich aus einer Truhe ein paar Decken und bereitete sich neben der Esse ein Lager. Obwohl mottenzerfressen, war an ihnen genug dran, um den harten Boden abzupolstern. Während sie die Augen schloss, vernahm sie von draußen den Ruf eines Kauzes und erlaubte sich, von einem Leben in der Sicherheit dieses Hauses zu träumen.

Am nächsten Morgen erwachte sie, als Sonnenschein ihre Augen traf. Annalena erhob sich von ihrem Lager und wischte sich die klebrigen Haarsträhnen aus dem Gesicht. Zum ersten Mal hatte sie tief und traumlos geschlafen und fühlte sich gestärkt. Sie sah sich mit einem glücklichen Lächeln in der Küche um. Sie konnte sich gut vorstellen, hier auch morgen, übermorgen oder in einem Jahr aufzuwachen.

Hinter dem Haus hatte sie einen Brunnen gesehen, und da sie schon lange kein Bad mehr genommen hatte, beschloss sie, sich Wasser zu holen und den Schmutz der vergangenen Tage abzuwaschen.

Mit einem hölzernen Eimer in der Hand stiefelte sie durch das nasse Gras, umgeben von einem kristallenen Glitzern, als sich die Sonnenstrahlen in den Tautropfen auf den grünen Stengeln brachen. Kurz fragte sie sich, wo wohl die Katze abgeblieben war, dann stapfte sie weiter zum Brunnen.

So könnte ich wirklich leben, dachte sie, und in diesem Augenblick fand sie Frieden.

Peter Mertens trieb sein Pferd auf den Waldrand zu, dann trat er ihm heftig in die Flanken, als es nur vorsichtig durch das hohe Gras laufen wollte.

Wo ist dieses verdammte Weibsstück bloß?

Eigentlich hätte er Annalena ziehen lassen sollen, doch Zorn und Rachegefühle ließen das nicht zu. Sie hatte ihn in Walsrode zum Gespött gemacht. Dafür würde sie bezahlen!

Gegenüber seinem Dienstherrn hatte er natürlich Sorge um Annalena vorgeschützt und um ein paar freie Tage gebeten. Meister Hans hatte das freilich nicht gern gesehen. Auch ohne Gefangene, die vor der Hinrichtung standen, hatte er alle Hände voll zu tun, denn eine seltsame Seuche befiel das Vieh, und er musste es in seiner Funktion als Froner beseitigen. Dazu brauchte er jeden Gesellen. Doch er war auch nicht kaltherzig und so hatte er schließlich zugestimmt und ihm sogar eines seiner Pferde geliehen.

»Eine Woche«, hatte er gesagt. »Wenn du sie bis dahin nicht gefunden hast, kommst du zurück!«

Mertens hatte genickt und sich dann ausgerüstet mit Proviant aufs Pferd geschwungen. Nun war er bereits mehrere Wochen unterwegs, doch noch immer hatte er keine verlässliche Spur. Er hatte das Moor in der Nähe der Stadt abgesucht und sich schließlich dem Wald zugewandt. Nicht einmal einen Stofffetzen hatte er gefunden.

Er hatte ihre Verwandten bereits ohne Erfolg aufgesucht und wusste, dass seine Suche inzwischen sinnlos war, doch der brennende Hass in ihm ließ ihn einfach nicht zur Ruhe kommen. Und so ritt er weiter.

In einem ausgedehnten Waldstück kam er an ein Gehöft. Es wirkte unbewohnt, doch vielleicht hatte Annalena hier Unterschlupf gesucht. Erfüllt von grimmiger Hoffnung hielt er auf das Haus zu.

Als er sein Pferd zum Stehen brachte, fragte sich Mertens, wie das Wiedersehen zwischen ihm und Annalena aussehen mochte. Würde sie sich ihm an die Brust werfen und um Verzeihung bitten? Würde sie starr vor Schreck sein? Oder würde sie sogar versuchen, ein zweites Mal zu fliehen? *Noch einmal lasse ich dich nicht fliegen, Vögelchen, eher breche ich dir die Flügel*, dachte er sich mit einem spöttischen Grinsen und stieg aus dem Sattel.

Er lauschte, doch außer dem Raunen des Windes, der durch das Gras strich, war nichts zu hören. Also trat er durch die Haustür. Der Geruch von Rauch und Hirsebrei strömte ihm entgegen. Auf dem Boden konnte er ein paar Fußabdrücke ausmachen. Kein Zweifel, hier hatte jemand übernachtet.

Er betrachtete kurz die Decken auf dem Boden und den Topf, in dem noch Breireste klebten. Dann ging er weiter zur Schlafkammer. Die Schlafstelle war leer, die Strohsäcke von Motten zerfressen.

Hier gab es dieselben Fußspuren wie in der Küche. Zierliche Spuren, die durchaus einer Frau gehören konnten. Mertens kniete sich hin und berührte sie. Ein Triumphgefühl machte sich in ihm breit. *Hab ich dich, mein Täubchen*, ging es ihm durch den Sinn. *Wenn du wiederkommst, werde ich auf dich warten.*

Ein Schrei hinter ihm ließ ihn plötzlich zusammenzucken. Er wirbelte herum, sah aber keine Frau, sondern nur eine Katze. Sie starrte ihn an, sträubte ihr Fell und wich fauchend zurück.

Mertens griff nach dem Messer in seinem Stiefel und schleuderte es nach ihr. Die Katze kreischte erneut auf, doch bevor die Klinge sie erreichen konnte, huschte sie davon.

»Mistvieh«, brummte Mertens, holte sein Messer zurück und begab sich wieder in die Küche. Noch immer war nichts von Annalena zu sehen.

Wenn sie zurückkehrte und sein Pferd sah, würde sie sicher Lunte riechen und verschwinden. Es war also besser, wenn er sich in der Nähe versteckte und wartete, bis sie zurückkehrte.

Und dann würde er sie büßen lassen!

Mit rasendem Herzen blickte Annalena zum Haus hinüber. Das Gebüsch, in dem sie sich verborgen hatte, war dornig und zerkratzte ihre Arme. Dünne Blutfäden rannen über ihre Haut, doch sie achtete nicht darauf.

Als sie den Hufschlag gehört hatte, glaubte sie an einen verirrten Reisenden und freute sich sogar auf die Gesellschaft, nachdem sie wochenlang allein war. Sie hielt es eigentlich für unnötig, zunächst außer Sicht zu bleiben, doch sie wollte nichts riskieren. Diese Vorsicht hatte ihr das Leben gerettet.

Mertens war hier!

Diese Erkenntnis hatte sie erst gelähmt und dann ins Gebüsch getrieben. Jetzt überwältigte sie die Panik beinahe und sie musste sich die Hand auf den Mund pressen, damit sie nicht aufschrie. Sie wünschte sich verzweifelt, unsichtbar zu werden.

Wie hatte er sie aufgespürt? Es konnte doch nur mit dem Teufel zugehen, dass er diesen friedlichen Flecken gefunden hatte.

Mertens verschwand im Haus, und nun raste nur noch ein Gedanke durch ihren Kopf. *Fort, nur fort von hier!*

Sie kroch durchs Gestrüpp und schreckte ein paar Vögel auf. Wieder musste sie zwanghaft einen Schrei unterdrücken und erstarrte. Doch im Haus rührte sich nichts. Auf der Wiese angekommen, rannte sie los.

Das hohe Gras peitschte ihren Leib und in ihrer Panik glaubte sie, Hufschlag hinter sich zu hören. Doch dann stellte sie fest, dass es nur das Schlagen ihres eigenen Herzens war.

Trotzdem rannte sie wie von Sinnen weiter. Hier gab es keine Sicherheit mehr für sie. Es würde nie Sicherheit für sie geben, wenn sie sich nicht weit genug von Mertens entfernte.

Nachdem sie eine ganze Weile durch den Wald gehetzt war, verbarg sie sich hinter einer riesigen Eiche und blickte den Weg zurück, den sie genommen hatte. Von Mertens war nichts zu sehen, doch das war kein Grund zur Erleichterung. Sie wollte schnell weiter, doch die Angst ließ ihre Gliedmaßen so sehr zittern, dass sie ihre ganze verbliebene Kraft aufbringen musste, um einen Fuß vor den anderen zu setzen.

Durch ihre überstürzte Flucht hatte sie keinerlei Proviant bei sich, ja nicht einmal eine Decke, die sie wärmen konnte. Sie spürte, wie sich Hoffnungslosigkeit in ihr breitmachte, wie sie mit jedem Schritt mehr und mehr die Kräfte verließen.

Nur die Furcht vor Mertens trieb sie voran. *Nie soll er mich wieder in seine Finger bekommen*, dachte sie.

Am nächsten Morgen erwachte sie mit einem bleiernen Gefühl in den Knochen. Sie glaubte, dass es vorübergehen würde und zwang sich dazu, wieder aufzustehen.

Sie war nocht nicht weit gekommen, da setzte der Kopfschmerz ein und die Schwäche wurde so übermächtig, dass sie sich hinlegen musste.

Aus diesem Schlummer weckte sie ein Alptraum von Mertens, doch nun glühte ihr Kopf und sie hatte das Gefühl, Tausende Nadeln würden auf ihren Körper einstechen. Durst brachte sie beinahe um; sie fühlte sich, als würde sie von innen her verbrennen. Sie wünschte sich verzweifelt einen Schluck Wasser und begann zu weinen, bei dem Gedanken an den Brunnen hinter dem Gehöft. Aber sie konnte nicht wieder dorthin zurück, wo Mertens nach ihr suchte.

Ich werde sterben, ging es ihr durch den Kopf. *All das Leid, all die Entbehrungen, nur um letztlich vom Tod geholt zu werden …*

Das Fieber vernebelte ihre Sinne schließlich so weit, dass sie nicht mehr zwischen Traum und Wachen unterscheiden konnte. Sie kämpfte sich selbst im Fieberwahn noch ein Stück weiter, doch irgendwann brach sie endgültig zusammen, ohne zu bemerken, dass sie direkt neben einem ausgefahrenen Weg lag.

Die Bilder vor ihren Augen verschwammen, die Bäume tanzten und machten sie schwindlig, sie wollte sich an dem Gras unter ihren Händen festhalten. Sie meinte, wieder als Kind durch die Wälder um Lübz zu laufen. Ihre Geschwister waren bei ihr, und sie alle träumten vom Erwachsensein, vom Heiraten und einem glücklichen Leben. Das Grün des Blattwerks beschützte sie vor der Niedertracht einer Welt, zu der sie niemals richtig gehören würden.

Kinderlachen tönte an ihre Ohren, und als sie den Blick hob, erblickte sie bunte Bänder inmitten des Blattgrüns. Das Sonnenlicht stach ihr in die Augen und alles drehte sich noch schneller.

Ein Tanz, dachte sie. *Ich tanze und brauche nur meine Arme ausbreiten, um fliegen zu können.*

Sie fühlte, wie ihr Körper schwerelos wurde, und für einen kurzen Moment fühlte sie reine Freude. Dann wurde das Kinderlachen plötzlich schrill und Dunkelheit umfing sie.

Ich fliege wie eine Krähe, frei, endlich frei …

Schließlich griff das Nichts nach ihr und zerrte sie fort.

4. Kapitel

Das Gespann quälte sich den Waldweg hinauf.

Für April war es eigentlich viel zu kalt, und das Wetter für eine Reise denkbar ungeeignet. Sonnenschein schlug unverhofft in Regen um, Windstille in Sturm. Doch der Mann auf dem Kutschbock des Planwagens hatte keine andere Wahl gehabt.

Seine Schwester in Dömitz hatte krank darniedergelegen und seinen Beistand erfragt. Mittlerweile ging es ihr wieder besser, und Magnus Seraphim wollte so schnell wie möglich nach Oranienburg zurückkehren. Er war zwar Händler, aber das Reisen überließ er mittlerweile getrost den Jüngeren. Er freute sich darauf, seinen Rücken nach der tagelangen Reise an die Steine der Esse zu lehnen und sich durchzuwärmen. Vielleicht schon in wenigen Stunden, wenn ihn die Stadtwächter heute Abend noch einließen.

Das Wiehern seiner Pferde ließ ihn jedoch aus seinen Gedanken aufschrecken. Etwas lag am Wegrand. Zunächst wirkte es wie ein großes Tier, doch bei näherem Hinsehen erkannte er, dass es sich um eine in schmutzige Kleider gehüllte Frau handelte.

»Brrr!« Er brachte die Kaltblüter abrupt zum Stehen, kletterte vom Kutschbock herunter und lief zu ihr. Ihr Gesicht war eingefallen und bleich, dunkle Schatten lagen unter ihren Augen. Sie atmete flach, war aber zweifelsohne noch am Leben. Ihre Stirn glühte wie das Höllenfeuer und ihre Glieder zitterten, als läge sie im Schnee.

Seraphim zögerte nicht lange. Er hob sie auf seine Arme und trug sie zum Wagen. Dann holte er den Lederbeutel, der am Kutschbock hing und flößte ihr mühsam etwas Wasser ein.

Wo mag sie hergekommen sein, fragte er sich. *Ist sie vielleicht überfallen worden?*

Der Händler bettete ihren Kopf auf eine Decke, eine zweite wickelte er ihr um den Leib. Dann schwang er sich wieder auf den Kutschbock und ließ die Peitsche über den Köpfen der Pferde knallen. *Maria wird nicht erfreut sein, wenn ich ihr solch einen Besuch bringe*, dachte er, als der Wagen wieder losrumpelte. *Aber es ist meine Christenpflicht, dem Mädchen zu helfen.*

Zwei Stunden später leuchteten Seraphim aus der Ferne die Lichter des Oranienburger Schlosses entgegen. Die Stadt lag ruhig im Mondschein. Der Nachtwächter hatte sich gewiss schon in sein Quartier zurückgezogen und die Tore waren fest verriegelt.

Dem Kaufmann machte es eigentlich nichts aus, im Freien zu kampieren, aber diesmal hatte er eine Kranke bei sich. Seit er sie aufgelesen hatte, hatte sich ihr Zustand nicht verändert. Ab und an gab sie ein Stöhnen von sich, aber das war alles.

Vor dem Tor machte er halt und stieg vom Kutschbock. Wie es nicht anders zu vermuten war, hatten sich die Wächter in ihre Stube zurückgezogen, wo sie dem sauren Wein zusprachen, der an die Bediensteten der Stadt ausgeteilt wurde.

Sicher würde es ihn einige Taler kosten, die Wachen dazu zu bewegen, das Tor für ihn zu öffnen. Aber was war schon Geld, wenn es um ein Menschenleben ging? Wenn Seraphim einst vor Gott trat, wollte er nicht Geiz vorgeworfen bekommen. Und schon gar nicht, dass er eine Hilfsbedürftige im Stich gelassen hatte.

Er hämmerte gegen das Tor und trat dann einen Schritt zurück. Wenig später hörte er es rumpeln, dann wurde eine kleine Sichtluke im Torflügel geöffnet und ein Mann schaute nach draußen. Seine Weinfahne schlug Seraphim entgegen.

»Guten Abend«, grüßte er dennoch freundlich.

»Was gibt es?«, fragte der Wächter unwirsch.

»Ich wollte euch bitten, mich einzulassen. Die Nacht ist kalt, ich habe einen langen Weg hinter mir und mein Weib wartet sicher schon auf mich.« Die Frau in seinem Wagen erwähnte er nicht.

»Ihr kennt die Regeln, Kaufmann«, gab der Wächter zurück, schloss die Luke aber nicht gleich, sondern blickte den Händler abwartend an.

»Vielleicht könnte man eine Ausnahme machen.« Seraphim zog eine Goldmünze aus der Tasche. Die Augen des Wächters leuchteten auf.

»Was ist mit meinem Kameraden? Der hätte gewiss auch Verwendung für solch ein Münzlein.«

Seraphim zog eine zweite Münze aus dem Geldbeutel und reichte sie dem Wächter. Nachdem dieser die Echtheit durch Hineinbeißen überprüft hatte, murmelte er: »Also gut, ausnahmsweise. Lasst das aber nicht zur Gewohnheit werden.« Damit schloss er die Luke.

Bange Erwartung erfüllte Seraphim. Wenn der Wächter das Gold einsteckte und ihn hier draußen stehenließ, gab es nichts, was er dagegen tun konnte. Das Geräusch eines Riegels, der beiseitegeschoben wurde, fegte seine Bedenken allerdings hinfort. Während er auf den Kutschbock kletterte, schwangen die Torflügel auf.

»Habt vielen Dank!«, rief Seraphim den beiden Männern zu und trieb die Pferde an. Nachdem er das Tor passiert hatte, lenkte er seinen Wagen die gewundene Straße hinauf. An deren Ende befand sich das Schloss, das vom Großen Kurfürsten Friedrich Wilhelm umgebaut wurde und von dem man sagte, dass es seine Morgengabe für seine schöne holländische Gemahlin war. Seit Friedrich Wilhelms Tod gehörte es seinem

Sohn, dem jungen König Friedrich I., der sich seit seiner Krönung allerdings nicht mehr sehr häufig hier aufhielt.

Der Händler folgte der Straße bis zur Stadtmitte, wo sein Kontor lag. Sämtliche Fenster in der Nachbarschaft waren dunkel. In der Ferne konnte man das einsame Bellen eines Hundes vernehmen.

Auf dem Kontorhof brachte Seraphim seine Pferde zum Stehen. Der Hufschlag musste seine Frau Maria von ihrem Lager aufgeschreckt haben, denn in einem der Fenster flammte plötzlich ein schwacher Lichtschein auf.

Der Kaufmann stieg vom Kutschbock und warf einen Blick auf die Fremde. Sie war noch immer nicht zu sich gekommen. Er beugte sich über sie und hielt seine Wange dicht an ihren Mund. Ihr Atem zeugte davon, dass noch Leben in ihr war. Er hob sie vom Wagen und trug sie über den Hof.

An der Tür trat ihm Maria entgegen. Sie war eine schlanke Frau mittleren Alters. Über ihrem Nachthemd trug sie ein Schultertuch gegen die Kälte. Ihr blondes Haar war unter einer Nachthaube verborgen.

»Magnus …« Sie stockte, als sie die Frau in seinen Armen erblickte.

»Maria, mach Feuer in der Küche«, rief er ihr zu. »Die Frau hier ist krank. Ich habe sie am Wegrand gefunden und denke, dass sie überfallen wurde.«

»Und wenn es nun die Pest ist, die sie hat? Oder ein ansteckendes Fieber?« Auf Marias Gesicht legte sich ein besorgter und gleichzeitig ablehnender Zug. Sie war eine vorsichtige, manchmal sogar misstrauische Frau.

»Mach dir keine Sorgen, Maria«, beschwichtigte Seraphim sie. »Geh ins Haus und sorge für Tücher. Wir sollten sie baden und ins Bett legen. Vielleicht kommt sie dann wieder zu sich und kann uns erzählen, was passiert ist.«

Gehorsam wandte sich Maria um und verschwand im Haus. Seraphim folgte ihr.

Das Feuer in der Esse loderte hoch, nachdem Maria ein paar Holzscheite hineingeworfen hatte. Dann eilte die Frau mit einem Holzeimer über den Hof, um Wasser aus ihrem Vorratsbottich zu holen.

Seraphim trug die Fremde unterdessen zu der Wanne, in der sie für gewöhnlich ihre Wäsche wuschen. Nachdem er sie daneben abgelegt hatte, zog er sie bis aufs Hemd aus.

»Wo hast du sie gefunden?«, fragte Maria, nachdem sie mit dem Wasser zurück war und die Wanne gefüllt hatte.

»Am Wegrand. Sie hatte nichts bei sich, kein Bündel und auch sonst keinen Besitz. All ihre Habe scheinen diese Kleider zu sein.«

»Und die sehen nicht so aus, als seien sie einen Überfall wert – es sei denn, sie hatte Gold in die Rocksäume genäht.«

Seraphim schüttelte den Kopf. »Das glaube ich nicht. Das Mädchen sieht so aus, als hätte es überhaupt noch niemals Gold in die Hand bekommen.«

Als Maria der Wanne warmes Wasser aus dem Kessel über der Esse hinzugefügt hatte, hob Seraphim die Fremde behutsam hinein.

»Haben wir noch Kräuter im Haus?«, fragte er dann.

»Nicht mehr viel, aber ein wenig Kamille und Salbei habe ich gewiss noch«, antwortete Maria. »Und Holundersaft.«

»Gut, hol alles her, für den Fall, dass wir es brauchen. Such ihr außerdem ein neues Hemd heraus und richte ein Bett. Wir behalten sie erst mal hier.«

Maria schien das nicht recht zu sein, aber sie wusste, dass es keinen Zweck hatte, ihren Mann umstimmen zu wollen. Also machte sie sich an die Arbeit.

Nach dem Bad war die Frau noch immer nicht erwacht,

aber zumindest ihr Atem ging ruhiger. Maria hatte inzwischen Tücher geholt und auch eines von ihren alten Hemden lag bereit.

»Zieh ihr das Hemd über«, wies der Händler seine Frau an und fasste die Bewusstlose unter den Armen. Als Maria das alte Hemd über ihren Rücken zog, schnappte sie erschrocken nach Luft.

»Was ist?«, fragte Seraphim.

Maria schlug die Hand vor den Mund und wich zurück.

Seraphim blickte auf den Rücken der Fremden. Er war mit Narben übersät, so vielen, dass man sie gar nicht alle zählen konnte.

»Das kann doch nicht von einem Überfall stammen!«, presste die Kaufmannsfrau hervor. »Sie ist gewiss wegen Hurerei oder Diebstahl ausgepeitscht worden!«

»Das muss nicht sein«, entgegnete Seraphim, doch sein Verstand sagte ihm, dass sein Weib recht hatte. Trotzdem konnte er das nicht glauben. Wie diese Frau aussah, war sie gewiss keine Verbrecherin – und wenn sie gestohlen oder ihren Körper verkauft hatte, dann sicher aus Not. Er wusste selbst, dass man aus Not viele Dinge tat, die anderen, denen es zeitlebens gutgegangen war, verwerflich erschienen.

»Maria«, sagte er ruhig. »Solange wir nicht wissen, wie sie zu diesen Narben gekommen ist, werden wir ihr helfen. Vielleicht wurde sie ja wirklich abgestraft, aber es ist auch möglich, dass sie vor einiger Zeit einen Unfall erlitten hat. Einen Sturz oder einen Brand vielleicht.«

Maria sagte dazu nichts, sie blickte nur widerwillig auf die Narben, von denen einige noch deutlich rot hervortraten.

»Zieh ihr das neue Hemd über, dir wird schon nichts dabei geschehen.« Seraphim versuchte eine scherzhafte Miene zu ziehen, die bei Maria jedoch nicht fruchtete. Sie folgte seiner

Anweisung zwar, zog das Hemd aber mit spitzen Fingern über den Leib der Fremden.

Kurz darauf schlug die Frau kurz die Augen auf, und Seraphim bemerkte, dass sie grau waren wie die Wolken an einem Wintertag.

»Wo bin ich?«, fragte sie, als sie das Gesicht des Mannes sah. Ihre Stimme klang rauh und ihr Körper spannte sich, doch sie hatte nicht mal genug Kraft, sich selbständig aufzurichten.

Ein erleichtertes Lächeln huschte über Seraphims Antlitz. »Ihr seid in meinem Haus, in Oranienburg. Mein Name ist Magnus Seraphim und ich bin Händler. Habt keine Furcht, wir werden uns um Euch kümmern.«

Das Fieberdelirium hielt noch drei Tage an, dann klärte sich Annalenas Verstand und das brennende Gefühl in ihrem Inneren wurde von einer tiefgreifenden Schwäche abgelöst.

Sie erinnerte sich daran, dass der Mann, der sie hier aufgenommen hatte, Seraphim hieß und sie erinnerte sich auch an den Geschmack der Tränke, die er ihr eingeflößt hatte. Holunder war dabei gewesen und ein Gemisch aus Kräutern, das auch ihre Mutter verwendet hatte, um ihre Kinder vom Fieber zu heilen.

Fragen hatte er ihr nicht gestellt. Vermutlich aus Rücksicht auf ihren Zustand. Die wenigen Worte, die sie miteinander gewechselt hatten, handelten ausschließlich von ihrem Wohlbefinden.

Nun, am Abend des sechsten Tages, war das Fieber verschwunden und sie fühlte sich wieder stark genug, um auf die Beine zu kommen. Vorsichtig erhob sie sich und setzte die Füße auf den Boden. Es erschien ihr, als könnte sie jede Unebenheit auf den Dielen spüren. Es war ein angenehmes Gefühl, denn es zeigte ihr, dass sie lebte.

Im Raum unter ihrer Kammer klapperte die Hausherrin mit den Töpfen. Annalena hatte sie bislang nur dann zu Gesicht bekommen, wenn sie ihr das Essen brachte. Kein Wort hatte sie dabei mit ihr gewechselt. Annalena glaubte, den Grund zu kennen. Als sie ihr ein neues Hemd überzogen, hatten die Hausbewohner ihre Narben gesehen.

Die Fragen nach deren Herkunft würden sicher schon bald folgen. Dieser Gedanke verursachte ihr Magenschmerzen. Alles in ihr schrie nach Flucht, doch sie wusste, dass es unmöglich war.

Nachdem Annalena eine Weile auf der Kante des Bettkastens gesessen hatte, richtete sie sich auf. Für einen Moment fiel es ihr schwer, ihr Gleichgewicht zu finden. Auf wackligen Beinen trat sie schließlich ans Fenster. Von hier aus hatte sie einen guten Blick auf die Straße und auf den Kirchturm, der zwischen den Häusern in den Himmel ragte. Der Abend zog über Oranienburg herauf, schon bald würde er die Stadt mit seinem Mantel aus Schwärze und Sternenlicht umhüllen.

Diese Stadt war sicher viel größer als Walsrode. So war die Straße, an der sich das Haus des Händlers befand, sogar gepflastert. Wie das Kaufmannshaus aussah, wusste sie nicht, aber bestimmt ähnelte es den prächtigen Gebäuden in der Nachbarschaft. Als sie Schritte auf der Treppe hörte, wandte Annalena den Blick ab und kehrte ins Bett zurück. Wenige Augenblicke später klopfte es an die Tür, und Annalena bat ihren Besucher herein.

Sie im Bett sitzen zu sehen, überraschte Seraphim. »Euch scheint es wieder ein Stück besserzugehen«, sagte er, als er die Tür hinter sich schloss.

Wie immer trug er einen ärmellosen Mantel über seinen Kleidern. Der Schmutz an seinen Stiefeln deutete darauf hin, dass er gerade von draußen kam.

»Das tut es«, entgegnete Annalena und zog sich die Decke bis zur Brust hinauf. »Ich habe eben ein paar Schritte gewagt.«

»Das freut mich«, entgegnete der Händler gütig. »Gewiss werdet Ihr in ein paar Tagen wieder ganz die Alte sein.«

Annalena nickte und fragte sich, ob es jetzt so weit war. Wollte der Händler wissen, was geschehen war? Warum sie am Wegrand zusammengebrochen war? Wollte er eine Erklärung für die Narben?

»Fühlt Ihr Euch stark genug, heute Abend zum Essen runterzukommen?«, fragte Seraphim. »Ich habe etwas Besonderes aus dem Holländerviertel mitgebracht.«

Annalena nickte, während sich das ungute Gefühl in ihrer Magengrube verstärkte. *Gewiss weigert sich seine Ehefrau, mir weiterhin das Essen zu bringen.*

»Gut, dann kleidet Euch an. Wir erwarten Euch unten.« Damit verließ der Händler den Raum wieder.

Annalena starrte ihm kurz nach, dann stieg sie erneut aus dem Bett. *Die Stunde der Wahrheit ist gekommen*, ging es ihr durch den Kopf, als sie sich anzog.

Wenig später saßen sie zusammen am Tisch. Maria schöpfte ihnen einen festen gelben Brei in die Schüsseln.

»Das sind Tartuffeln«, erklärte Seraphim und nahm einen Löffelvoll. Das Mus war so weich gerührt, dass man es für frisch geschlagene Butter halten konnte. »Seltsame Gewächse mit violetten und weißen Blüten, die von englischen Seefahrern aus der Neuen Welt mitgebracht wurden. Unsere Kurfürstin Luise Henriette hat sie eingeführt, als sie ihre Landsleute hier angesiedelt hat. Ich hatte von den Holländern so viel Gutes darüber gehört, dass ich welche mitgebracht und Maria gebeten habe, sie zu kochen. Sie waren so gut, dass wir uns jetzt immer welche von den holländischen Bauern holen. Viele Leute hier denken, sie sind giftig, aber ich habe mir erklären lassen, dass dies nur für die Früchte oberhalb des Bodens gilt. Die Wurzeln sind sehr schmackhaft.«

Mehr noch als die Ausführungen über die Tartuffelpflanze weckte der Begriff »Neue Welt« Annalenas Interesse. Sie konnte damit nichts anfangen, doch so, wie der Händler diese Worte aussprach, klangen sie nach weiter Ferne.

»Wo ist diese Neue Welt?«, fragte sie, nachdem sie vorsichtig von dem Mus probiert hatte. In der Tat schmeckte es wundervoll, sogar besser als Grütze.

»Auf der anderen Seite der Erdkugel, könnte man sagen. Amerika nennt man sie nach einem italienischen Seefahrer, der sie entdeckt hat.«

»Und wie sieht es dort aus?«

»Nun, dort wachsen Bäume und fließen Flüsse wie hier. Doch die Menschen haben eine rote Haut und schmücken sich mit Federn. Viele beten furchterregende heidnische Götter an und essen rohes Fleisch von gewaltigen Tieren, die sie Bison nennen. Jedenfalls hat mir das einer der Holländer erzählt. Er hat diese Menschen mit eigenen Augen gesehen.«

Annalena schob sich einen weiteren Löffelvoll Tartuffelmus in den Mund und ließ ihre Gedanken schweifen. Würde ein Meer ausreichen, um Mertens davon abzuhalten, ihr zu folgen? Diesen Gedanken verwarf sie allerdings gleich wieder. Sie wollte nicht in ein fremdes Land und erst recht nicht in eins, das am anderen Ende der Welt lag. In deutschen Landen wusste sie zumindest, was sie zu erwarten hatte.

Es dauerte eine Weile, bis Annalena bemerkte, wie ruhig es am Tisch geworden war. Als sie zur Seite sah, fiel ihr der stille Blickwechsel zwischen Maria und ihrem Ehemann auf. Auf einmal fühlte sich der Brei in Annalenas Magen so schwer an, als hätte sie einen Stein verschluckt. Sie ließ den Löffel sinken.

»Wir haben uns gefragt, woher Ihr kommt, Annalena«, begann Seraphim, wie sie es befürchtet hatte. »Wir kennen Euren Namen, aber es wäre sehr angenehm, etwas mehr über Euch zu wissen.«

Während Maria nun zufrieden war, zögerte Annalena einen Moment. Was, wenn Mertens hier auftauchte und nach ihr fragte?

»Ich komme aus dem Mecklenburgischen«, antwortete sie schließlich. »Ich war verheiratet, mit einem Mann, der ...« Sie stockte. Würden Seraphim und seine Frau ihr glauben?

»Sprecht ruhig«, forderte der Händler sie auf.

»Mein Mann hat mich gezüchtigt. Sehr oft. Nach dem letzten Mal bin ich ihm davongelaufen. Ich wollte mich nicht mehr prügeln lassen.«

Die Stille kehrte zurück.

Annalena schaute zaghaft zwischen Seraphim und seiner Frau hin und her.

»Welcher Mann sollte solch ein Ungeheuer sein?«, fragte Maria ungläubig. Es fiel ihr offenbar leichter, dem eigenen Bild, das sie sich von einer Person gemacht hatte, zu vertrauen.

»Er war ein Henkersknecht.« Kaum waren die Worte heraus, bereute Annalena sie auch schon. Was war nur in sie gefahren, ehrlich zu sein? Was Seraphim dachte, konnte sie nicht erraten, aber die Gedanken seiner Frau waren einfach zu lesen.

Hatte Maria die Tatsache, dass sie geprügelt worden war, noch für eine Lüge gehalten, so zweifelte sie die Aussage, dass sie die Frau eines Henkersknechtes war, nicht im Geringsten an. Wahrscheinlich würde Maria jetzt verlangen, dass sie auf der Stelle verschwand.

Plötzlich überfiel Annalena das Gefühl, nicht mehr atmen zu können. Kalter Schweiß trat auf ihre Haut und die Panik packte sie im Nacken, wie es Mertens in der Nacht ihrer Flucht getan hatte. Ohne abzuwarten, was Maria oder Seraphim sagen würden, stürmte sie aus der Küche und lief dann zur Haustür. Keuchend sank sie am Fuß der Treppe zu Boden, ihr war so schwindlig, dass sie keinen Schritt mehr gehen konnte.

Aus dem Hausinneren drangen Stimmen.

»Wir können sie doch nicht einfach aus dem Haus jagen«, redete Seraphim auf seine Frau ein.

»Natürlich können wir das!«, entgegnete sie aufgebracht. »Sie ist ein Henkersbastard, und wer weiß, was sie auf dem Kerbholz hat. Ich kaufe ihr die Geschichte mit dem teuflischen Ehemann nicht ab.«

»Aber du glaubst ihr, dass sie die Frau eines Henkersknechtes ist.«

»Das wird sie unmöglich erfunden haben.«

»Warum sollte sie dann das andere erfinden?«

»Um davon abzulenken, dass sie eine Verbrecherin ist. Das sind sie doch alle von diesem Henkerspack!«

Annalena presste die Hände auf die Ohren und Tränen schossen ihr in die Augen. Es war wie immer. Wie hatte sie nur denken können, es wäre möglich, ihre Vergangenheit hinter sich zu lassen? Am liebsten wäre sie auf der Stelle davongelaufen, aber ihre Beine waren zu schwach. So blieb sie sitzen, weinend, zitternd und ohne Hoffnung.

Die Nacht war bereits hereingebrochen, als eine Hand ihre Schulter streifte und Annalena aufschreckte.

Die ganze Zeit über hatte sie leer vor sich hin gestarrt und versucht, die Kraft zu finden, sich zu erheben. Doch ihre Muskeln waren nach wie vor schwach und der Schmerz, der in ihrem Innern wütete, lähmte sie.

»Kommt rein und legt Euch ins Bett«, erklang Seraphims Stimme sanft an ihr Ohr. »Ihr werdet Euch sonst noch den Tod holen.«

Annalena reagierte zunächst nicht. *Was macht es schon aus, wenn ich sterbe*, dachte sie. *Ich bin doch nur ein wertloses Henkersbalg.*

»Ich werde Euch verlassen«, antwortete Annalena schließlich leise. »Ich will Euch keine Last sein oder Euer Seelenheil gefährden. Ich weiß selbst, wer ich bin und was mein Stand zu erwarten hat.«

Seraphim sah sie einen Moment lang an, dann setzte er sich neben sie auf die Treppe. »Ihr müsst meiner Frau verzeihen, sie ist eigentlich kein schlechter Mensch«, erklärte er. »Sie ist nur abergläubisch. Ich selbst habe nie Schlechtes mit Henkersleuten erlebt.«

Annalena blickte weiterhin auf den Boden. »Aber Eure Frau teilt diese Ansicht nicht und ich will nicht, dass sie sich wegen mir fürchten muss. Ihr habt so viel für mich getan.«

»Das war selbstverständlich. Wäret Ihr an meiner Stelle gewesen, hättet Ihr genauso gehandelt. Ich halte Euch für eine gute Christin und glaube Euch, dass Ihr gezüchtigt worden seid.«

»Das ist sehr freundlich von Euch.«

»Bleibt doch noch ein Weilchen hier«, sagte Seraphim und faltete die Hände, als wollte er beten. »Meine Frau wird es akzeptieren. Nicht freudig, aber sie wird sich fügen. Schließlich seid Ihr noch nicht vollständig genesen.«

Das wusste Annalena, aber sie wollte hier nicht nur geduldet sein. »Verzeiht, aber ich kann nicht. Sobald die Stadttore geöffnet werden, gehe ich.«

»Und wo wollt Ihr hin?«

»Ins Sachsenland vielleicht. Dort kennt mich niemand.«

Seraphim schnaufte unwillig. Es war Wahnsinn, was sie vorhatte. Doch zurückhalten konnte er sie nicht.

»Also gut. Wenn es sein muss, dann tut mir wenigstens einen Gefallen und geht nach Berlin. Es ist eine große Stadt und sie ist nicht weit von hier entfernt. Solange ihr dort niemandem erzählt, dass Euer Gatte ein Henkersknecht ist, und niemand Eure Wunden sieht, wird man euch nicht verurteilen oder vertreiben.« Seraphim legte ihr erneut die Hand auf die Schulter. »Es tut mir wirklich leid. Lasst mich Euch bei Tagesanbruch nach Berlin bringen. Mit Pferd und Wagen geht es schneller, als zu Fuß. Ihr könnt Euch ausruhen und wir können auch ein bisschen Proviant mitnehmen.«

»Das kann ich nicht von Euch verlangen!«

»Aber ich kann das für Euch tun!« Seraphim atmete tief durch, dann setzte er hinzu: »Ich ertrage es nicht, wenn Menschen Leid zugefügt wird. Das ist vielleicht eine meiner Schwächen, aber dazu stehe ich. Lasst mich Euch ein letztes Mal helfen.«

Gerührt von den Worten des Händlers brachte Annalena nun wieder ein Lächeln zustande.

Seraphim nahm es als Einverständnis. »Geht nach oben und schlaft. Wir brechen morgen in der Früh auf.«

Damit kehrte er ins Haus zurück.

5. Kapitel

Bei Sonnenaufgang rollte das Fuhrwerk vom Hof des Kontors. Annalena saß in eine Decke gehüllt neben Seraphim auf dem Kutschbock. Maria schlief noch und wusste nichts von diesem Unternehmen, aber wahrscheinlich würde sie froh sein, wenn der unliebsame Gast fort war.

Nachdem sie das Stadttor passiert hatten, folgten sie der staubigen Straße in Richtung Süden. Als die Sonne ihren mittäglichen Zenit überschritt, brachte Seraphim seinen Wagen kurz zum Stehen und deutete nach vorn. »Dort seht Ihr die Städte Cölln und Berlin, die Schwestern an der Spree. In Cölln residiert König Friedrich. Berlin ist aber nicht weniger bedeutend.«

Annalena konnte einige Kirchtürme ausmachen, die hoch in den Himmel ragten, und man konnte sogar schon ihren morgendlichen Glockenschlag vernehmen. Sie bog den Rücken durch und reckte sich. Ihre Glieder fühlten sich vom Sitzen steif an, doch sie war froh, dass sie das Angebot des Händlers nicht ausgeschlagen hatte. Auf der Ladefläche des Wagens lag ein Tuch mit dem versprochenen Proviant, der mehrere Tage reichen würde, und anstatt ihre Zeit auf dem Weg zu verschwenden, konnte sie nun gleich mit der Suche nach einer Anstellung beginnen.

»Das Oranienburger Schloss, das Ihr vorhin gesehen habt, war früher mal das Hauptschloss seiner Majestät, aber mittlerweile residiert er häufiger in Cölln«, fuhr Seraphim fort. »Er ist ein großer Bauherr und ein Freund der Künste, ich habe ihm schon etliche Male Porzellan und Möbel verkauft. Er hat große Kabinette in seinen Schlössern eingerichtet, in denen er all diese Dinge aufbewahrt.«

Bei dem Versuch, sich das Innere des Schlosses vorzustellen, schwirrte Annalena der Kopf. »Was ist Porzellan?«, fragte sie schließlich, denn das Wort klang nach etwas sehr Kostbarem.

»Es ist ein Stoff, aus dem man Teller, Tassen und Figuren formen kann«, antwortete der Händler. »Es ist unerhört wertvoll, denn allein die Chinesen wissen, wie man es herstellt. Ihr Kaiser hat seinen Untertanen unter Androhung der Todesstrafe verboten, das Geheimnis an Kaufleute außerhalb des Landes weiterzugeben. Spione, die es herausfinden wollten, wurden grausam hingerichtet.«

»Kann man dieses Porzellan denn nicht nachbilden?«

»Bisher ist es keinem gelungen. Der Mann, der es vollbringt, wird von dem König, dem er dieses Wissen verkauft, sicher zum ersten Minister, ja wenn nicht sogar zum Thronfolger erhoben.«

»Oder er wird ins Verderben gerissen«, setzte Annalena nach einem Moment nachdenklich hinzu.

»Wie kommt Ihr denn darauf?«, fragte der Händler verwundert.

»Nun, wenn schon der Kaiser der Chinesen nicht erlaubt, dass das Geheimnis aus dem Land gebracht wird, dann wird wohl auch ein hiesiger König versuchen, einen Porzellanmacher einzusperren.«

Der Händler blickte sie erstaunt an. »Ihr habt Verstand, das muss ich Euch lassen. Natürlich wird er das tun. Wenn ich es recht bedenke, war mein Gedanke närrisch. Auch unser König würde danach trachten, einen Porzellanmacher bei sich zu behalten. Entweder mit Fesseln aus Seide oder aus Eisen.«

Schließlich rumpelte der Wagen auf das Berliner Stadttor zu. Zwei Wächter in schlechtsitzenden und verwaschenen

Uniformen nickten Seraphim beiläufig zu. Er erwiderte den Gruß, fuhr die Torstraße hinauf und machte dann auf einem kleinen Platz halt.

»Wenn Ihr dieser Straße dort folgt, kommt Ihr in ein Händlerviertel. Rechts«, er deutete auf eine weitere Straße, »findet Ihr mehrere respektable Schenken. Vielleicht kann man dort eine Magd gebrauchen.« Seraphim half Annalena samt ihrem Bündel vom Kutschbock. »Ich wünsche Euch alles Gute.«

»Ich danke Euch für alles. Möge Gott es Euch vergelten.« Annalena lächelte herzlich, straffte dann die Schultern und drehte sich um. Ohne sich noch einmal umzublicken, ging sie los.

Seraphim blieb so lange auf dem Kutschbock stehen, bis er sie aus den Augen verlor. Dann wendete er seinen Wagen und fuhr in Richtung Tor zurück.

Berlin wirkte für einen Fremden unüberschaubar. Annalena irrte auf teilweise gepflasterten und teilweise verschlammten Wegen durch die Stadt.

Auch hier musste es einen Scharfrichter und eine Fronerei geben, doch dorthin wollte sie nicht – wenngleich sie sich sicher war, dass man sie dort aufnehmen würde. Die Angst vor Mertens war einfach zu groß. Außerdem wollte sie ein anderes Leben anfangen.

Doch wo sie auch hinkam und nach Arbeit fragte, wies man sie ab. Einige Leute jagten sie gleich davon, andere erklärten ihr umständlich, wie schwer die Zeiten waren und dass man sich nicht mehr Personal nehmen durfte, als man bezahlen konnte.

Am Nachmittag, als sie das Gefühl hatte, ihre Füße würden lichterloh brennen, kam sie zu einer weiteren Schenke. Das Gebäude war von Fachwerkbalken durchzogen und wirkte etwas windschief. Als Annalena die Tür öffnete, strömte ihr der Geruch von ranzigem Fett vermischt mit Kernseife und Bier entgegen. Nur zwei Gäste saßen an einem der Tische. Angelockt vom Klappen der Tür trat eine Frau aus einem Hinterraum, vermutlich der Küche, an den Tresen. Sie war mager und bleich, als würde eine Krankheit an ihr zehren.

»Seid Ihr die Wirtin?«, fragte Annalena und versuchte, die Frau nicht allzu erschrocken anzustarren.

»Ja, die bin ich! Haußmannsche nennt man mich. Weshalb fragst du?«

»Ich wollte wissen, ob Ihr hier vielleicht eine Magd gebrauchen könnt. Ich kann fest anpacken und …«

Die Wirtin hob ihre knochige Hand. »Bevor du deine Spucke vergeudest, ich such keine. Aber wenn du Arbeit willst, geh zum Röber, der hat verlauten lassen, dass er 'ne Magd für sein Kontor sucht. Kann dir nichts versprechen, aber versuchen kannst es mal.«

»Und wo kann ich das Haus des Krämers Röber finden?«

»Geh die Straße hinunter, an der Kreuzung nach links und dann immer die breite Straße hinauf. Es ist der Gewürzhändler. Das riechst du dann schon.«

Annalena bedankte sich und verließ die Schenke. Mittlerweile färbten sich die Wolken blutrot vor einem purpurfarbenen Hintergrund. Wenn sie beim Kaufmann vorsprechen wollte, musste sie sich beeilen, bevor er seine Tür verschloss und sie bis zum kommenden Morgen warten musste.

Röbers Kontor war tatsächlich leicht zu finden, sie musste einfach ihrer Nase folgen. Schon von draußen strömte ihr ein berauschender Duft nach Gewürzen, Tabak und Parfüm entgegen. Das Haus war zwar nicht das prächtigste Gebäude, das Annalena in Berlin gesehen hatte, aber dennoch stattlich genug, um einem Kaufmann zu gehören.

Durch ein offenstehendes Fenster vernahm sie Männerstimmen. Einen Moment zögerte sie. Ein Gewürzkaufmann würde sicher hohe Anforderungen an sein Personal stellen. Und vielleicht hatte er ja schon ein Mädchen angestellt. *Wenn du nicht nachfragst, wirst du es nicht erfahren*, sagte sie sich und öffnete die Tür.

An einer Wand des großen Verkaufsraumes befand sich eine lange Theke, ähnlich wie in einem Wirtshaus. Eine große Schalenwaage stand darauf, außerdem zahlreiche Tiegel, Töpfe, hohe Gläser und Schachteln. Die Regale dahinter erhoben sich bis zur Decke.

Annalena betrachtete das alles fasziniert, bis ein großer, hagerer Mann durch eine Seitentür trat. Sein graumeliertes Haar war zu einem Zopf zusammengenommen, der nicht so ordentlich war, wie er eigentlich sein sollte. Er trug einen dunklen Rock, darunter ein Hemd mit Spitzenkragen und ebenfalls mit Spitze besetzten Ärmelaufschlägen.

Er musterte Annalena von Kopf bis Fuß, so intensiv, dass sie beschämt den Blick senkte. Auch ohne einen Spiegel vor sich zu haben, wusste sie, wie sie aussah. Ihre Kleider waren nicht viel mehr als Lumpen. Gewiss nicht der rechte Auftritt, um sich einem Herrn wie diesem als Magd zu empfehlen.

»Bettler sind hier nicht willkommen!«, donnerte der Mann wütend.

Annalena zuckte zusammen, hob dann aber das Gesicht und sagte mit fester Stimme: »Ich bin nicht hier, um zu betteln. Seid Ihr der Kaufmann Röber?«

»Der bin ich!«

»Dann möchte ich Euch fragen, ob Ihr immer noch eine Magd sucht.«

Der Blick des Mannes wurde fragend. »Woher weißt du das?«

»Die Haußmannsche sagte es mir, als ich bei ihr vorgesprochen habe.«

Der Mann blickte sie noch eindringlicher an. Vielleicht stellte er sich vor, wie Annalena gewaschen, gekämmt und in sauberen Kleidern aussehen würde. Zumindest hoffte sie, dass seine Musterung so zu deuten war.

Schließlich rief er: »Paul, geh die Hildegard holen. Sie soll sich das Mädchen hier anschauen.«

»Sehr wohl, Herr Röber.« Der Gehilfe, der hinter ihm aufgetaucht war, verschwand hinter einem Vorhang.

Röber schaute ihm nicht nach. Sein Blick blieb förmlich an Annalena kleben. »Hast du auch einen Namen?«

»Annalena. Annalena Habrecht.«

»Und woher kommst du?«

»Aus dem Mecklenburgischen.«

Der Kaufmann zog erstaunt die Augenbrauen hoch. »Dann hast du einen ziemlichen Weg hinter dir. Sag, was hat dich hierher geführt?«

»Ich habe meine Anstellung dort verloren, weil mein Herr verstarb.« Diese Erklärung kaufte Röber ihr offenbar ab.

»War er zufrieden mit dir?«

Bevor Annalena antworten konnte, kehrte der Gehilfe zurück. Im Schlepptau hatte er eine Frau, die beinahe doppelt so breit war wie sie selbst. Ihr braunes Kleid spannte dermaßen, dass man meinen könnte, es würde jeden Augenblick reißen.

»Das ist Hildegard, meine Haushälterin«, stellte Röber vor. »Ihr unterstehen die Knechte und Mägde in meinem Haus. Du wirst ihr genauso wie mir gehorchen.«

Annalena nickte hoffnungsvoll. In ihren Ohren klang es, als sei sie eingestellt. Doch das hing wohl davon ab, welche Meinung Hildegard hatte.

»Wie ist dein Name, Mädchen?«, fragte die Haushälterin streng, nachdem sie sie gemustert hatte.

»Annalena Habrecht.«

»Siehst mager aus, bist du dir sicher, dass du die Arbeit schaffst?«

»Mein früherer Herr hat sich nicht beklagt.«

»Hat er dir ein Zeugnis gegeben?«

»Das konnte er nicht, denn er ist plötzlich gestorben.«

Hildegard schob nachdenklich die Unterlippe vor. »In diesem Haus gibt es viel zu tun. Ich kann keine Rücksicht darauf nehmen, ob du beim Schrubben des Bodens oder beim Tragen von Wassereimern zusammenbrichst.«

»Ich scheue harte Arbeit nicht«, entgegnete Annalena bestimmt.

»Wie alt bist du denn, Mädchen?«, fragte Hildegard weiter.

»Dreiundzwanzig, wenn ich mich nicht verzählt habe.«

»Kannst du denn weiter als zwanzig zählen?«

Annalena nickte. »Bis fünfzig hat es mir mein Vater beigebracht.«

»Kannst du auch schreiben?«

»Meinen Namen. Und wenn es sein muss, noch etwas mehr.«

Auch das konnte die strenge Miene der Haushälterin nicht erweichen. »Du scheinst nicht auf den Mund gefallen zu sein, aber ich sage dir, so etwas ist hier nicht erwünscht. Du sollst deine Arbeit machen, deine Gebete sprechen und niemandem zur Last fallen.«

»Das will ich gern tun«, versprach sie.

Hildegard ließ sich Zeit mit einer Erwiderung. Als Annalenas Bangen fast schon unerträglich wurde, sagte die Haushälterin: »Du wirst dich waschen und ich werde dir ein neues Kleid geben. Gleich heute Abend beginnst du mit der Arbeit.«

Annalena lächelte und wollte schon zum Dank ansetzen, doch Hildegard hob ihre Hand. »Freu dich nicht zu früh, Mädchen! Du wirst hier nur auf Probe angestellt. Ob du die Stelle bekommst, entscheidet sich, wenn ich gesehen habe, wie du dich bei der Arbeit anstellst.«

Annalena nickte. »Ich werde Euch nicht enttäuschen, das verspreche ich.«

»Dann komm mit«, sagte Hildegard und stapfte dann, mit ihrem dicken Hintern wackelnd, voran. Sie zeigte Annalena den Lagerraum und den Keller. Nachdem sie auch die Küche kennengelernt hatte, ging es über eine schmale Treppe hinauf in den obersten Teil des Hauses. Hier befanden sich die Gesindekammern. Die Balken im Dach ächzten und knarrten, Wind pfiff durch die Ritzen und der Boden war staubig. Vor einer der Türen machte Hildegard halt und stieß sie auf. »Das ist deine Kammer. Richte dich so gut wie möglich ein. Teilen musst du sie noch mit niemandem.«

»Ich hatte noch nie ein Zimmer für mich allein«, entgegnete Annalena glücklich, und ihr Lächeln verlieh ihren Worten so viel Wärme, dass sich nun auch Hildegards Züge ein wenig erweichten.

Aber nur für einen Moment. »Beeil dich«, brummte sie. »Ich erwarte dich gleich unten in der Küche.«

Annalena nickte, und die Haushälterin machte daraufhin kehrt. Nun konnte sie die Kammer genauer in Augenschein nehmen. Sie war finster und lag unter einer Dachschräge. Das einzige Fenster war von Schmutz so verkrustet, dass kaum Tageslicht hindurchdrang.

Aber es war ihr eigenes Zimmer. Außerdem gab es hier nichts, was sie an Mertens und die Zeit in Walsrode erinnerte.

Plötzlich sprang die Tür auf und eine junge Frau trat mit einem Strohsack in der Hand ein. Ihr Kleid war einfach und ebenfalls braun, aber sauber und wies keinerlei Flickstellen auf. »Ich bin Marlies«, stellte sie sich vor, als sie den Sack auf den Boden geworfen hatte. Ihr Lächeln entblößte eine Zahnlücke. »Frau Hildegard sagte mir, dass wir jetzt 'ne Neue haben. Wie ist dein Name?«

»Annalena«, antwortete sie. Marlies' grüne Augen blickten sie neugierig an und Annalena unterdrückte unwillkürlich ein Zittern. Die andere Magd durfte niemals ihren Rücken sehen.

Marlies streckte ihre Hand aus und strich ihr lächelnd eine Haarsträhne aus dem Gesicht. Dabei kam sie Annalena so nahe, dass sie einen Geruch von Butter und Wolle wahrnahm, der sie umgab.

»Und woher kommst du?«

»Aus Mecklenburg. Ich war dort bei einem Händler in Anstellung, aber er ist gestorben.«

»Das brauchst du hier nicht zu fürchten, unser Herr ist ein Mann von guter Gesundheit.« Ein seltsames Lächeln huschte über ihr Gesicht. Ihre Verehrung für den Hausherrn schien ziemlich groß zu sein. »Es wird dir gutgehen, wenn du fleißig bist.«

»Das hat mir Hildegard auch schon gesagt.«

»Nenn sie lieber Frau Hildegard. Hildegard darf nur unser Herr zu ihr sagen, allen anderen nimmt sie es übel.«

»Danke für den Hinweis«, entgegnete Annalena, schüttelte aber innerlich den Kopf über solch eine Eitelkeit.

Marlies grinste sie breit an, und nachdem ihr Blick einen Moment lang auf ihren Haaren geruht hatte, fragte sie: »Siehst aus wie eine Zigeunerin, bist du eine von denen?«

Annalena schüttelte den Kopf. »Nein, meine Großmutter hatte solches Haar, und sie gehörte nicht zum fahrenden Volk.«

»Wenn du je Geld brauchst, solltest du einen Perückenmacher aufsuchen. Der wird es dir für gutes Geld abkaufen.« Marlies streckte die Hand nach Annalenas Flechten aus, zog sie aber zurück, bevor sie sie berühren konnte. »Sieh zu, dass du fertig wirst. Frau Hildegard mag es nicht, wenn die Mägde saumselig sind.«

»Was ist eigentlich mit der Magd geschehen, die vorher hier gedient hat?«, fragte Annalena, bevor Marlies wieder aus der Kammer verschwand.

»Sie ist fortgelaufen. Ein undankbares Ding war sie, das kannst du mir glauben.«

Nur einen Atemzug später war sie verschwunden.

Zweites Buch

Krämerseelen

Berlin,
Sommer 1701

6. Kapitel

Aus den geheimen Aufzeichnungen des Johann Friedrich Böttger:

Gott hat für jeden Menschen seinen Stand eingerichtet, das lehrt man uns schon von Kindesbeinen an.
Ich, Johann Friedrich Böttger, Sohn des Münzmeisters Johann Adam Böttger und Geselle des hochangesehenen Apothekers Friedrich Zorn, habe das Glück, dass Gott mich in einen Stand gesetzt hat, der es mir ermöglicht, den Wissenschaften nachzugehen.
Doch nicht nur denen, die mir mein Lehrherr vorgibt, nein, ich trachte nach mehr. Mein Herz schlägt für die Alchemie und ich bin mir sicher, dass es mir eines Tages gelingt, den Stein der Weisen zu finden und Gold zu schaffen, wenn ich nur fleißig forsche.
Wenn Meister Zorn um die verbotenen Bücher unter meiner Schlafstätte wüsste, würde ihm gewiss die Stirnader schwellen, wie es immer der Fall ist, wenn ihn etwas erregt. Dabei ist Zorn ganz und gar kein schlechter Lehrmeister. Die schwellende Ader ist meist das einzige Zeichen seines Ärgers, seine Stimme bleibt fast immer ruhig, und statt mit der Hand weist er seine Lehrlinge mit Worten zurecht.
Das war schon etliche Male mein Glück, denn ich muss zugeben, dass mein Leichtsinn groß genug war, dass ich

mich zweimal aus diesem sicheren Horst fortschlich. Beim ersten Male ging ich, auf der Suche nach alchemistischer Weisheit, nach Breslau, doch mich ergriff rechtzeitig die Besinnung, so dass ich kehrtmachte, noch bevor ich die Stadt erreichte. Beim zweiten Mal verschlug es mich in das Haus meines Freundes Christian Siebert, der wie ich den alchemistischen Studien nachgeht und in dessen Labor ich auch heute noch einen Platz habe.

Beide Male hat mir Meister Zorn verziehen, allerdings nur unter der Auflage, dass ich mich nie wieder mit der Alchemie befasse, die in seinen Augen Scharlatanerie ist. Der Meinung bin ich ganz und gar nicht, vielmehr ist es so, dass die Arzneikunde und die Alchemie einander ergänzen.

Zudem finde ich die reine Apothekerkunst doch sehr ermüdend. Doch ich will es nicht auf ein drittes Mal ankommen lassen. Schon bald werde ich, so Gott will, den Gesellenbrief aus Zorns Hand bekommen, und ein gesichertes Auskommen haben.

Aus diesem Grund lasse ich Zorn und auch meinen Freund Schrader besser nicht wissen, dass ich der Alchemie nicht entsagt habe. Erst, wenn ich einen Beweis für meine Thesen habe, werde ich mich ihnen offenbaren und meine Experimente in aller Öffentlichkeit durchführen.

Der Weg dahin ist allerdings noch lang. Siebert mag ein guter Alchemist sein, aber ihm fehlen noch viele Kenntnisse und andere Dinge, die in dieser Wissenschaft unerlässlich sind. Hörte er mich dies sagen, würde er mich naseweis schelten, aber es ist so. Vor allem fehlt es ihm an Glück, denn erst vor kurzem hat ein misslungenes Experiment einen Teil seines Labors in die Luft gesprengt. Glücklicherweise war der Schaden nicht allzu hoch, auch meine dort versteckten Zutaten haben nicht allzu sehr gelitten, aber ich werde

die kostbarsten besser wieder an mich nehmen und sie hier im Hause verbergen.
Bei mir stehen die Dinge schon etwas besser. Vor wenigen Tagen ist mir das Buch des Basilius Valentinus in die Hand gefallen. Ein interessantes Schriftstück. Er beschreibt, wie der Stein der Weisen, das begehrte Arkanum, zu bereiten ist, jene rätselhafte Substanz, die bewirken soll, dass sich einfaches, wertloses Metall in Gold verwandelt.
Seine Ausführungen sind die bislang besten, die ich in die Hand bekommen habe, wenngleich ich hier und da Zweifel habe, ob es sich wirklich so verhält, wie er es darstellt.
Meine eigenen Studien haben mich einiges gelehrt, und so erkenne ich einen Fehler in einem Versuchsaufbau oder im Verlauf einer Transmutation.
Gelingt es mir allerdings, diese Fehler zu beheben, so könnte ich durchaus einen Erfolg erzielen. Bislang habe ich Siebert Valentinus' Werk noch nicht gezeigt, was ich aber zweifellos tun werde, sobald er sein Laboratorium wieder in Ordnung gebracht hat.
Sein Labor wird mir jedenfalls bei meinen neuen Versuchen von Nutzen sein. Allerdings brauche ich noch einige Zutaten, und ich weiß nicht, ob das Salär, das mir Zorn zahlt, ausreichen wird, um zu bekommen, was ich will.
Zum Glück habe ich seit einiger Zeit einen Gönner, der meine Studien voller Interesse verfolgt. Baron Johann Kunckel von Löwenstein hat sich gegenüber meinen Briefen wohlwollend gezeigt und darum gebeten, weitere Nachrichten über meine Fortschritte zu erhalten. Also werde ich ihm von meinen Vorhaben berichten und gleichzeitig um einen kleinen Zuschuss bitten. Ich weiß, dass auch er von Finanziers abhängig ist, aber im Gegensatz zu einem kleinen Apothekerlehrling ist seine Geldschatulle doch sicher etwas besser gefüllt …

Ein Geräusch brachte Böttger vom Schreiben ab.

In der Annahme, dass es sein Kamerad Schrader war, der ihn zur Arbeit holen wollte, legte er rasch die Feder beiseite und ließ seine Niederschrift unter dem Hemd verschwinden. Es war ein kleines Pergamentheftchen, schmal genug, um es unauffällig am Leib zu tragen.

Doch die Schritte zogen an der Tür vorüber. Wahrscheinlich hatte die Hausfrau eine ihrer Mägde nach oben geschickt, um Wäsche auf dem Boden aufzuhängen. Trotzdem war es besser, jetzt nach unten zu gehen. Christoph Schrader, mit dem Johann sein Zimmer über der Apotheke teilte, war längst auf den Beinen. Wenn er sich nicht gleich am Morgen eine Rüge vom Meister einfangen wollte, musste auch er an seinem Platz sein, wenn Zorn selbst in die Apotheke kam.

Rasch richtete er seine Kleider, dann überprüfte er den Sitz seines dunklen Haars, das er zu einem Zopf zusammengebunden hatte. Da es keinen Spiegel gab, musste er sich auf seine Finger verlassen.

Johann hatte so getan, als würde er verschlafen, was seinen Zimmergenossen gewiss mit Schadenfreude erfüllt hatte. Die beiden jungen Männer waren Freunde – und das liebste Opfer der Streiche des jeweils anderen. Wenn es darauf ankam, hielten sie natürlich zusammen, ansonsten ließ einer den anderen aber schon mal verschlafen oder streute ihm Hagebuttenkerne ins Bett.

Diesmal war das Verschlafen nur eine Finte gewesen, um ungestört zu sein, denn Schrader war neugierig wie ein junges Mädchen. Gewiss würde er in seinen Sachen herumschnüffeln, wenn er glaubte, dass Böttger etwas vor ihm geheim hielt.

Als er zufrieden mit seiner Erscheinung war, verließ Johann die Kammer und ging zur Treppe. Stimmen tönten ihm entgegen. Er erkannte den Bass seines Meisters und auch den schmeichelnden Tonfall des Gewürzkrämers Röber, der seit Wochen ein guter Kunde der Apotheke war. Seine Magengeschwüre plagten ihn wieder, doch das neue Mittel schien anzuschlagen. Zumindest veränderte sich seine Gesichtsfarbe allmählich wieder vom Gelblichen ins Rötliche.

»Johann, was hast du da oben gesucht?«, rief der Meister, als er ihn die Treppe hinunterkommen sah.

Wäre ich bloß oben geblieben, dachte Johann. Nun konnte er sich nicht mehr vorbeischleichen.

»Ich hatte etwas vergessen«, entgegnete er und strich sich über die Weste. Das Heft schmiegte sich warm an seine Haut.

»Ah, der junge Böttger«, sagte Röber mit einem Lächeln, das Johann unangenehm war. »Verschreibt Ihr Euch immer noch den alchemistischen Studien?«

»Denen hat er entsagt!«, fiel Zorn ein, bevor Böttger es selbst verneinen konnte. »Abergläubischer Humbug ist das! Feuerphilosophie! So etwas hat in meiner ehrbaren Apotheke nichts zu suchen. Und wenn ich ihn noch einmal dabei erwische, wird er seine Stelle verlieren und damit auch seinen Gesellenbrief!« Die letzten Worte richtete er drohend an Böttger selbst.

»Es stimmt, was der Meister sagt, ich habe der alchemistischen Kunst entsagt«, pflichtete Johann ihm schnell bei. »Ich widme mich ausschließlich den Naturwissenschaften.«

Röber sah ihn mit einer Mischung aus Unglauben und Spott an. Hatte er irgendwie erfahren, dass er mit Siebert laborierte? Johann wurde heiß und kalt zugleich.

»Dann geh an die Arbeit und kümmere dich um die Naturwissenschaft!«, wies Zorn ihn an und deutete auf die Tür hinter dem runden Apothekentresen.

Böttger nickte und verschwand in der Defektur. Hier wurden fertige Arzneien ebenso wie deren Grundstoffe aufbewahrt, und es war auch der Ort, an dem sich die Lehrlinge die meiste Zeit aufhielten.

»Bist du endlich aus dem Bett gefallen?«, fragte Schrader, der gerade in einem Mörser ein hellgraues Pulver zusammenmischte. In seinen Augen blitzte der Schalk.

»Hättest mich auch früher wecken können, Kanaille!«, erwiderte Böttger in gespieltem Ärger.

»Das hätte ich tun können, aber ich wollte sehen, wie der Meister dir die Ohren langzieht.«

»Was das angeht, hast du Pech gehabt, der Röber hat gerade mit ihm gesprochen. Und er hat es mir auch abgekauft, dass ich nur oben war, weil ich etwas holen wollte.« Johann schnitt Schrader eine Grimasse.

»Wenn es so ist, werde ich mir etwas anderes für dich einfallen lassen.«

»Nein, ich bin jetzt an der Reihe, mein Freund!«, entgegnete Johann und band sich seine Schürze um. »Du wirst schon sehen!«

»Ich drehe mein Bett nach Hagebuttenkernen um, damit du es weißt!« Sein Freund bearbeitete weiterhin fröhlich das Bleipulver, das Grundstock vieler Arzneien war.

»Ich werde dir diesmal keine Hagebutten zwischen die Laken legen, ich lasse mir etwas anderes einfallen.«

»Ach, und was? Wirst du mir diesmal Blei oder sogar Gold zwischen die Laken tun?«

»Das solltest du besser nicht so laut sagen«, antwortete Johann ernst, und Schrader merkte zerknirscht, dass er sich in den Worten vergriffen hatte. Die versuchte Goldmacherei hing Böttger noch immer an, und in den Räumen dieser Apotheke durfte sie nicht erwähnt werden. Also ging Johann an seine Arbeit, während Schrader die seine schweigsam fortsetzte.

Mit gleichmäßigen Bewegungen schrubbte Annalena den Tritt des Kontors, während der Sonnenschein auf ihrem Rücken brannte. Der Schweiß, der an ihrem Rückgrat hinunterlief, ließ ihre Narben kribbeln. Nur die Konzentration auf ihre Arbeit hielt sie davon ab, sich ständig aufzurichten und zu kratzen.

Drei Wochen war sie nun schon in Berlin.

Sie fand sich inzwischen gut im Haus des Kaufmanns zurecht und hatte auch schnell herausbekommen, wie der Haushalt organisiert war. Röber mischte sich nicht in Hildegards Arbeit ein, solange alles in Ordnung war. Wenn doch etwas nicht stimmte, sprach er sie an und die betreffende Magd bekam ihre Rüge von der Haushälterin. Annalena stand in der Rangordnung natürlich ganz unten. Als Neue kehrte sie die Asche und schrubbte die Töpfe und den Boden.

»Geh auf den Markt und hol mir Zwiebeln, Äpfel, Kohl und Wurzeln. Und ein bisschen Schweineschmalz, wenn du welches auftreiben kannst.«

Annalena fuhr erschrocken zusammen. Sie hatte sich so sehr in die Arbeit vertieft, dass sie Hildegard nicht kommen gehört hatte.

Die Haushälterin streckte ihr einen Korb entgegen und Annalena zog verwundert die Augenbrauen hoch. Eigentlich war Marlies dafür zuständig, Gemüse vom Markt zu holen. Bevor sie fragen konnte, erklärte Hildegard: »Marlies fühlt sich heute nicht wohl, und ich habe keine Zeit, also geh du.«

Dass es Marlies nicht gutging, hatte Annalena schon mitbekommen. Den ganzen Morgen über war sie auf ihrer Kammer geblieben. Sie nahm also den Korb und das Geld von Hildegard.

»Die Münzen hier sind genau abgezählt und reichen für

das, was du mitbringen sollst. Also lass dich nicht übers Ohr hauen.«

Annalena nickte, verstaute das Geld in einer kleinen Tasche an ihrer Schürze und machte sich dann auf den Weg. Bis zum Molkenmarkt war es nicht weit. Er befand sich direkt vor der Nikolaikirche und war einer der imposantesten Märkte der Stadt. Der Markttrubel hallte ihr entgegen. Im Schatten des hoch aufragenden Kirchturms standen zahlreiche Stände und Buden, und das Stimmengewirr, das über diesem Platz schwebte, war ebenso schwer zu entwirren wie ein verfilztes Wollknäuel.

Annalena tauchte in die Anonymität der Menge ein wie in ein warmes Bad, und nachdem sie sich orientiert hatte, strebte sie gut gelaunt dem ersten Stand zu. Niemand verspottete sie hier, niemand warf ihr Äpfel an den Kopf. Niemand wusste, wer sie war.

Nicht beachtet und für normal angesehen zu werden, war für sie das Paradies.

Die Sonne schien an diesem Nachmittag verheißungsvoll, als Johann die Apotheke verließ.

Magister Zorn hatte ihm aufgetragen, die am Morgen bestellte Arznei zum Kaufmann Röber zu bringen. Eigentlich hätte dies auch der jüngere Schrader erledigen können, aber da er froh war, die Apotheke zwischendurch verlassen zu können, übernahm Johann diese Aufgabe gern. Mit dem Magenpulver in der Tasche nahm er einen kleinen Umweg über den Molkenmarkt, um sich ein wenig im Gewimmel treiben zu lassen.

Johann liebte den frühen Sommer, der alles aufleben ließ. Die Bäume waren sattgrün, die Frauen trugen wieder bunte Kleider und ihr Lachen hallte fröhlich durch die Straßen. Von der nahen Spree wehte ein frischer, etwas fischiger Geruch herüber und über Böttgers Kopf zwitscherten die Spatzen, die gerade vor seinen Füßen aufgeflattert waren. Es war, als könnte die Seele endlich wieder frei atmen, nachdem sie so lange in den Klauen des eisigen Winters verharren musste.

Auf dem Marktplatz herrschte das übliche Treiben: Dichtes Gedränge, lautes Anpreisen, Feilschen, Lachen, Fluchen. Der Geselle eines Geflügelhändlers machte sich gerade auf die Jagd nach zwei entlaufenen Hennen, die mit weit gespreizten Flügeln zwischen den Röcken der Damen hindurchhuschten. In einer der wenigen Ecken, wo keine Bude stand, spielten Kinder mit Kreisel und Steinen.

Die Menschenmenge erinnerte Böttger an den Einzug des preußischen Königs, den er vor einigen Wochen miterlebt hatte. An diesem Tag hatte man vor lauter Menschen kaum den Boden unter den eigenen Füßen sehen können. Sie alle hatten einen Blick auf den prachtvollen Zug des Königs werfen wollen. Die Kutsche, die gen Cölln rollte, war reich geschmückt gewesen und der König selbst hatte gewirkt, als würde er von seiner Krone und dem Purpur erdrückt werden. Der Größte von Gestalt war Friedrich I. nicht gerade, doch in dem kleinen Herrscher steckte ein eiserner Wille. Beim Anblick des Goldes an der Kutsche war Johann wieder in den Sinn gekommen, welche Dankbarkeit ihm jeder Herrscher auf Erden zukommen lassen würde, wenn er das kostbare Metall herstellen könnte. Seitdem hatte er seine Studien beschleunigt – und seine Vorsicht erhöht.

Im Moment wollte er aber nicht daran denken. Heute war er hier, um sorglos ein paar Minuten draußen im Freien unter anderen Menschen zu genießen. Besonders die hübschen jungen Frauen, die plappernd an ihm vorübergingen, zogen seine Blicke an.

Vor kurzem hatte man ihm eine Liaison mit der Frau seines Dienstherrn nachgesagt, doch die brave Ursula Zorn hätte sich nie mit einem Lehrburschen eingelassen, auch wenn der ihrem Alter mehr entsprach als ihr Gatte, der gut dreißig Lenze mehr zählte. Außerdem war Böttger ebenfalls kein Narr, der durch solch eine Tändelei seine Stellung gefährdet hätte.

Plötzlich blieb er wie angewurzelt stehen. Vor einem Gemüsestand hatte er eine junge Frau erblickt. Sie war hochgewachsen und schlank, aber keinesfalls eine Bohnenstange. Das Auffälligste an ihr war die schwarzgelockte Haarpracht, die unter der Haube über ihren Rücken fiel. Zunächst glaubte er, dass sie eine Zigeunerin sei, doch dann bemerkte Johann, dass ihr Hals so weiß wie Schnee war.

Sie feilschte mit dem Händler, und offenbar hatte sie recht gute Argumente, denn tatsächlich knöpfte er ihr nur ein paar Taler ab, gab ihr aber dafür die besten Äpfel, die er in seinen Steigen hatte. Mehr und mehr wuchs Böttgers Neugierde. Was für ein Gesicht mochte sie haben? Welche Farbe hatten ihre Augen?

Wenn sie sich nur umwenden würde!

»Ihr solltet einen Kamm für Euer schönes Haar kaufen!«, sprach er sie schließlich an, nachdem sie ihr Geschäft mit dem Händler getätigt hatte.

Die Fremde wandte sich um. Ihr Gesicht und besonders die rauchgrauen Augen waren ebenso hübsch wie der Rest von ihr. Allerdings war sie augenscheinlich nicht im Geringsten von Johann beeindruckt. Sie musterte ihn kurz, dann antwortete sie abweisend: »Dafür habe ich kein Geld!«

»Dann solltet Ihr Euch von Eurem Kavalier einen schenken lassen. Den habt Ihr doch gewiss, oder?«

»Ich wüsste nicht, was Euch das anginge!«

Wer ist dieser unverschämte Kerl, ging es Annalena durch den Kopf.

»Nun, wenn Ihr keinen habt, will ich gewiss mein ganzes Salär aufbringen, um Euch eine Freude zu machen.« Er lächelte sie breit an und Annalena musste zugeben, dass er gut aussah.

Dennoch blieb sie kühl. »Ihr kennt mich doch gar nicht!«

»Aber ich möchte Euch kennenlernen!«

»Und es interessiert Euch natürlich nicht, ob ich das auch will, nicht wahr?«

Auch davon ließ sich der Bursche nicht entmutigen. Er fasste sich getroffen ans Herz, grinste sie an und sagte in einem übertrieben flehenden Tonfall: »Bitte, seid nicht so grausam zu mir, schönes Fräulein. Ich bin ein ehrenwerter Bursche mit lauteren Absichten.«

Trotz ihrer Absicht, ihn schnell abzuwimmeln, zuckte ein Lächeln über Annalenas Gesicht. Noch nie hatte ein Mann mit ihr gescherzt. Ein unbekanntes Gefühl flackerte wie eine Kerzenflamme in ihr auf. Doch ebenso schnell, wie diese Regung gekommen war, verschwand sie auch wieder. »Ich muss jetzt gehen«, sagte sie und griff nach ihrem Korb.

»Wo kann ich Euch finden?«, fragte der junge Mann. »Wenn Ihr mir schon nicht Euren Namen sagen wollt, dann wenigstens das.«

Annalena zögerte. *Ich sollte es ihm nicht sagen*, dachte sie, doch dann formten ihre Lippen wie von selbst die Worte: »Ich arbeite beim Kaufmann Röber.«

Damit wandte sie sich um und verließ den Marktplatz. Böttger sah sie in der Menschenmenge verschwinden, dennoch brachte er es nicht über sich, seinen Blick abzuwenden. Er verharrte eine ganze Weile an seinem Platz und versuchte, das Bild der Frau in sich festzuhalten.

Verwirrung tobte in Annalenas Brust, während sie sich einen Weg durch die Leute bahnte.

Dieser Bursche hatte eindeutig versucht, ihr zu gefallen und ihre Gunst zu erringen. Sie wusste, eigentlich sollte sie sich darüber freuen oder zumindest geschmeichelt fühlen, aber im Moment spürte sie nur Angst. Sicher, nicht alle Männer waren wie Mertens. Vielleicht war dieser junge Mann aufrichtig an ihr interessiert und würde sie besser behandeln, als es ihr Ehegatte je getan hatte. Doch was würde geschehen, wenn er die Narben auf ihrem Rücken entdeckte. Wenn er erfuhr, wer sie war?

Zitternd atmete sie durch. Das war ja albern, schalt sie sich selbst. Vermutlich würde sie ihn nie wiedersehen. Und wenn doch, würde sie ihn trotzdem abweisen. Das war das einzig Vernünftige. *Schlag ihn dir aus dem Kopf. Immerhin wolltest du doch frei sein! Frei von einem Ehemann, frei von deiner Herkunft! Frei wie die Krähen auf dem Walsroder Kirchturm!*

Sie schob jeden Gedanken an den Unbekannten zur Seite und eilte zurück zum Kontor. Sicher war mehr Zeit verstrichen, als Hildegard gutheißen würde. Als sie eintrat, dachte sie zunächst, dass die Haushälterin ihre verspätete Rückkehr nicht bemerken würde. Doch kaum war sie in der Küche, tauchte sie hinter ihr auf.

»Wo warst du so lange?«, schnarrte sie. »Ich hatte dir doch gesagt, dass du dich nicht so lange aufhalten sollst.«

Annalena zuckte zusammen, straffte sich dann aber gleich wieder, denn sie hatte nichts Unrechtes getan. »Heute war viel los auf dem Markt.« Damit stellte sie den vollen Korb auf den Küchentisch und reichte ihr die übrigen Münzen. »Ich konnte hier und da etwas Nachlass heraushandeln.«

Sie hatte gehofft, dass das Hildegard etwas gnädiger stimmen würde, doch irgendwas schien ihr heute über die Leber gelaufen zu sein.

»Pack rasch die Sachen aus«, brummte sie. »Dann wirst du mir beim Wurzelschälen helfen und anschließend den Boden in den Räumen des Herrn schrubben.«

Annalena machte sich an die Arbeit. Zu gern hätte sie gefragt, ob es Marlies besserging. Doch in einer Stimmung wie dieser, war es wohl besser, Hildegard nicht anzusprechen.

Eine ganze Weile putzten und schnitten sie das Gemüse, zwischendurch schickte Hildegard Annalena zur Esse, um das Feuer zu schüren und den Wasserkessel aufzuhängen. Der Klang von Schritten, die die Dienstbotentreppe hinunterkamen, durchbrach die Stille. Wenig später erschien Marlies. Sie sah aus wie der wandelnde Tod. Ihr Gesicht war leichenblass, ihre Lippen wirkten bläulich.

»Wie geht es dir?«, fragte Hildegard mit unerwarteter Fürsorge.

»Wieder etwas besser.« Marlies strich verlegen über ihre Schürze. »Ich glaube, ich habe mir gestern den Magen verdorben.«

Aber woran, fragte sich Annalena. *Von den Speisen gestern haben wir doch alle gegessen …*

»Was stehst du da herum und starrst in die Gegend!«, fuhr Hildegard Annalena an, als sie bemerkte, dass sie stehen geblieben war. »Jetzt, wo Marlies hier ist, wird sie mir helfen, das Gemüse zu putzen. Du holst Wasser und beginnst dann oben mit dem Schrubben.«

Annalena nickte folgsam und bemerkte, dass Marlies ihr einen seltsamen Blick zuwarf. Fast schien es, als fürchte sie sich vor etwas. Doch Annalena entschied, dass dieser Eindruck sicher trog.

Vor was sollte Marlies sich schließlich fürchten?

Friedrich Röber stand vor dem Fenster seines Kabinetts und beobachtete Zorns Lehrling, der auf sein Kontor zukam.

Ein hoffnungsvoller Bursche, dachte er.

Ein Blick hatte dem Kaufmann gereicht, um zu erkennen, dass Böttger seinen Dienstherrn bezüglich des Goldmachens anlog. In Böttgers Blick leuchtete deutlich der Durst nach Wissen, genauso wie der Hunger nach Ruhm.

Mochte Zorn ihm auch mit Rauswurf drohen, einen echten Alchemisten brachte nichts von seiner Berufung ab, und wenn Röber nicht alles täuschte, war dieser Bursche genau das.

Außerdem lag es in der Natur des Menschen, das Verbotene reizvoller zu finden als das Erlaubte. Röber konnte davon ein Liedchen singen.

Wie weit mochte er in seinen Studien sein? Lohnte es sich, ihn zu protegieren? Es traf sich gut, dass Zorn ihn schickte. So konnte Röber ihn ausfragen und seine Neugierde stillen, die ihn mittlerweile schlimmer plagte als seine Magengeschwüre. Rasch stülpte er seine Perücke über den immer kahler werdenden Schädel und ging zur Tür. Böttger wollte gerade nach dem Türklopfer greifen, als Röber ihm bereits öffnete. *Nur nicht zu offensichtlich wirken*, sagte sich der Kaufmann. *Er weiß, dass du mit seinem Meister verkehrst, also wirst du erst sein Vertrauen erringen müssen.*

»Monsieur Röber, ich bringe Euer Mittel.« Der junge Mann zog das versiegelte Briefchen aus der Jackentasche und reichte es ihm.

Röber lächelte. »Kommt herein. Ich will Euch die Bezahlung gleich mitgeben.«

Böttger trat in die Diele und schloss die Tür hinter sich.

»Wenn Ihr wollt, könnt Ihr gern ein Tässchen Mocca mit mir trinken«, offerierte ihm Röber, während er seinem Kabinett zustrebte. »Ich habe eine Lieferung aus Wien bekommen. Das schwarze Elixier wirkt wahre Wunder.«

Böttger bedankte sich artig für dieses Angebot und folgte dem Kaufmann in seine Schreibstube, in der er auch sein Geld aufbewahrte.

Röber lächelte in sich hinein. *Ich werde dich schon kriegen, Bursche!*

Der Kaffee, den ihm seine Haushälterin vor wenigen Minuten gebracht hatte, dampfte immer noch. Röber beeilte sich, eine zweite Tasse herbeizuschaffen, und nachdem er sie gefüllt hatte, schob er sie Böttger zu. »Trinkt, einen besseren werdet Ihr wahrscheinlich nur in den Türkenlanden bekommen.«

Der junge Mann ließ sich zögerlich auf einen Stuhl nieder und nahm einen Schluck. Röber hatte nicht übertrieben, der Kaffee war wirklich gut.

»Dein Meister ist ein Zauberkünstler«, bemerkte der Kaufmann, während er umständlich nach seiner Geldkassette suchte. Er wusste natürlich, wo sie stand, aber er wollte Zeit haben, um auf das eigentliche Thema zu kommen. »Sein Mittel wirkt wahre Wunder.«

Johann konnte sich nur schwer zurückhalten, nicht mit der Wahrheit rauszuplatzen. Nicht Zorn hatte das neuartige Magenpulver gemischt, sondern er selbst.

Endlich zog Röber seine Kassette hervor. Mit dem Schlüssel, den er an einer Kette unter dem Hemd trug, öffnete er das Schloss. Die Münzen funkelten golden und silbern und zogen Johanns Blick magisch an.

Röber bemerkte dies und lächelte. »Gold ist schon ein besonderer Stoff. Er kann Herzen verhärten, Tugend verführen und Gutherzige zu Mördern werden lassen. Er kann mittelmäßige Schönheit erstrahlen lassen und aus einem Niemand einen feinen Herrn machen.«

Auf diese Worte hin sahen sich die beiden Männer an. Böttger versuchte, seine Gefühle zu verbergen, doch Röber, der Diebe erkennen und Betrug wittern konnte, durchschaute ihn. »Mir braucht Ihr nichts vorzumachen, Böttger. Ich weiß, dass Ihr Eurer Leidenschaft nicht entsagt habt.«

Der Apothekerlehrling erbleichte und brachte vor Schreck kein Wort heraus.

»Ihr seid hier nicht bei Eurem Meister, Böttger«, fügte Röber versöhnlich hinzu. »Ihr sollt wissen, dass ich Euren Studien von jeher wohlwollend gegenübergestanden habe. Und ich würde es auch weiterhin tun, solltet Ihr Euch entschließen, der Leidenschaft, die Euer Herz ganz offensichtlich quält, nachzugeben.«

Johann blickte einen Moment lang verwirrt drein. Dann erhob er sich. »Habt Dank für die Einladung, aber ich muss jetzt zurück.«

Röber sah ihn an. War jetzt alles verloren? Mitnichten! Seine Worte schienen dem Jungen in die Seele gefahren zu sein, Böttgers überstürzter Aufbruch war ein deutliches Zeichen.

»Das ist schade«, entgegnete Röber. »Doch solltet Ihr es Euch überlegen und einen Finanzier brauchen, dann kommt ruhig zu mir. Ich werde Euch nach besten Möglichkeiten unterstützen, natürlich ohne dass Euer Meister etwas davon erfährt. Darauf habt Ihr mein Wort.«

Böttger sagte wiederum nichts und wich dem Blick des Kaufmanns aus.

»Hier, das Salär für die Arznei.« Röber ließ die Münzen, darunter auch eine goldene, die eigentlich zu viel an Lohn war, in Böttgers Hand fallen. »Was daran zu viel ist, könnt Ihr für Eure Forschung verwenden. Oder als Inspiration.«

Das Geld war eine nicht unerhebliche Ausgabe, vielleicht eine vergebliche, aber ein Gefühl sagte ihm, dass Böttger das sehr großzügig bemessene Trinkgeld wert war. Wenn Röber recht behielt, was die Macht des Goldes anging, würde er den jungen Alchemisten schon bald wiedersehen.

Als Annalena abends in ihre Kammer zurückkehrte, war sie todmüde und gleichzeitig aufgewühlt. Der Bursche vom Marktplatz geisterte durch ihren Verstand. Warum nur? Immerhin wusste sie nicht, wer er war und sie hatte auch nicht vor, sich auf ihn einzulassen.

Nachdem sie eine Kerze entzündet hatte, zog sie sich bis aufs Hemd aus und stellte sich vor die trübe Scheibe, um in dem spiegelnden Glas ihren Rücken zu betrachten. Die Striemen, die ihr Mertens als letzte beigebracht hatte, waren inzwischen ebenfalls vernarbt und verwachsen, wenngleich sie sich von den anderen dadurch unterschieden, dass sie hellrot waren, während die ältesten von ihnen bereits silbrig weiß schimmerten. *Ich muss ihn aus meinem Verstand verbannen*, dachte sie, während sie über die vernarbte Haut strich, wo sie sie erreichen konnte. Die Narbenhügel waren deutlich zu fühlen, auch für Hände, die von schwerer Arbeit schwielig waren.

Plötzlich vernahm sie ein Knarren draußen auf dem Gang. Annalena erstarrte. Hatte sie jemand durchs Schlüsselloch beobachtet?

Auf Zehenspitzen huschte Annalena zur Tür und lauschte. Es waren nicht die schweren Schritte von Hildegard, also konnte es eigentlich nur Marlies sein. Annalena öffnete ihre Kammertür vorsichtig und spähte hinaus.

Tatsächlich näherte sich Marlies der Treppe. War ihr wieder unwohl? Oder wollte sie ihre Beobachtung ihrem Herrn mitteilen?

Unruhe überkam Annalena. Ihre Handflächen überzogen

sich mit kaltem Schweiß. *Vielleicht sollte ich ihr nachschleichen, um Gewissheit zu bekommen …*

Innerhalb eines Augenblicks traf sie eine Entscheidung. Rasch warf sie ihr Tuch über die Schultern und verließ ihre Kammer. Der Boden und die Treppenstufen knarrten leise. Von unten strömte ihr der Geruch nach Gewürzen und Rauchzeug entgegen und das plötzliche Klappen der Hintertür ließ sie zusammenfahren. Als sie herumwirbelte, sah sie, dass sie offenstand. Und sie sah noch mehr. Marlies verschwand mit einer dunklen Gestalt im Stall.

Verhaltenes Lachen ertönte aus dem Stall, als Annalena sich ihm näherte. Eine Laterne spendete schwaches Licht, aber das reichte, um Einzelheiten zu erkennen. Durch das Fenster beobachtete Annalena entsetzt, wie sich Marlies gegen den Balken lehnte und ihre Röcke hob. Der Mann bei ihr nestelte an seinem Hosenbund und stellte sich dann vor sie. Ein kraftvoller Ruck ging durch seinen Leib, dann schlang Marlies stöhnend ein Bein um seine Hüften. Der Strumpf, den sie trug, war ein wenig heruntergerutscht, und er rollte noch weiter herab, als der Mann begann in sie zu stoßen.

Annalena wusste, dass es besser wäre, sich abzuwenden und wieder reinzugehen, doch da war der Mann schon fertig. Er zog sich zurück, und während er seine Kleider ordnete, wandte er sich zur Seite.

Es war Röber!

»Morgen um die gleiche Zeit!«, brummte er und strebte der Tür zu. Annalena blieb keine Zeit, um ins Haus zurückzukehren. Sie drückte sich in die Schatten und betete, dass der Kaufmann sie nicht bemerkte. Sie hatte Glück. Er ging, ohne zur Seite zu sehen, an ihr vorbei. Marlies hob wenig später nicht einmal den Kopf, als sie den Stall verließ. Während ihre

Hände noch immer mit der Schnürung ihrer Kleidung zu tun hatten, stieß sie die Tür mit dem Fuß hinter sich zu.

Tut sie das freiwillig oder zwingt der Röber sie dazu?, fragte sich Annalena. *Was verspricht sie sich von diesem Stelldichein? Glaubt sie, dass er sie zu seiner Frau macht? Oder droht er ihr mit dem Verlust ihrer Stellung, wenn sie sich ihm verweigert?*

Annalena erinnerte sich schaudernd an die Blicke, die Röber ihr bei ihrer Ankunft zugeworfen hatte. Sie beobachtete, wie Marlies im Haus verschwand, dann löste sie sich ebenfalls aus den Schatten.

7. Kapitel

Aus den geheimen Aufzeichnungen des Johann Friedrich Böttger:

Als ich gestrigentags nach der höchst seltsamen Unterredung mit dem Kaufmann Röber zur Apotheke zurückkehrte, im Kopf noch die Frage, ob ich ihm und seinem Angebot, meine Forschung zu fördern, vertrauen konnte, bemerkte ich einen alten Mann in brauner Kutte neben der Tür, der mich unverhohlen musterte.

Ich hielt ihn zunächst für einen Bettler und wollte ihm ein paar Münzen zustecken, doch da hob der Fremde das Gesicht und fragte mich: »Ist Er der Lehrling des Meisters Zorn? Der, der versucht, Gold zu machen?«

Dass ein Fremder von meinen Experimenten wusste, erschreckte mich doch ein wenig. Er schien nicht einmal aus Berlin zu stammen, denn ich hatte einen fremdartigen

Akzent in seinen Worten bemerkt, was mich vermuten ließ, dass er südlicheren Gefilden entstammte, Italien oder vielleicht auch Griechenland.
»Wer seid Ihr?«, fragte ich, worauf der Mann ein mildes Lächeln aufsetzte.
»Man nennt mich Lascarius. Ich ziehe als Mönch durch die Lande, auf der Suche nach fähigen Adepten.«
Dieser Name! Lascarius ist ein bekannter Mönch, der letzte Adept der wahren Alchemistenkunst. Dass er von mir gehört hat, kann ich beinahe nicht glauben. Und so fragte ich mich: War der Kerl vielleicht ein Betrüger?
Doch in seinen Augen leuchtete etwas, das von lauteren Absichten zeugte. Es war der gleiche Ausdruck, wie er auch mir zu eigen ist, wenn ich laboriere und in meinem Glaskolben einen Blick auf mein Gesicht erhasche. Forscherdrang, nicht anders kann man diese Regung nennen.
»Er scheint mir ein geeigneter Kandidat zu sein, jedenfalls nach dem, was ich von Ihm gehört habe«, fuhr Lascarius fort, ohne in Erwägung zu ziehen, dass ich an seiner Person zweifeln könnte. Wahrscheinlich sah er mir an, dass ich diese Bedenken nicht hegte. »Aber die Leute reden viel, wenn der Tag lang ist, und bevor ich mich Seiner annehme, um ihn einzuweisen, muss ich wissen, ob Er willens ist und würdig, die wahre Kunst zu erlernen.«
Ich spürte, wie meine Kehle ganz trocken wurde. Vor einem Mann wie ihm zu bestehen, ist etwas anderes, als in dunklen Kellern zu laborieren. Gleichwohl will ich es versuchen.
»Willens bin ich, aber was muss ich tun?«, antwortete ich also.
»Komme Er morgen in meine Unterkunft im Gasthaus zum Goldenen Hirschen. Der Wirt war so freundlich, mich dort logieren zu lassen. Weiß Er, wo Er die Schenke finden kann?«

Ich nickte, und Lascarius' weiser Blick las von meinem Gesicht die Fragen ab, die ich ihm am liebsten gestellt hätte. Überwältigt von der Begegnung mit dem großen Adepten fand ich nur nicht den Mut dazu.

»Wenn Er zu mir kommt, werde ich Ihm ein paar Fragen stellen und Ihm bei einer Transmutation zusehen. Sollte Er sich würdig erweisen, werde ich Ihn als meinen Lehrling aufnehmen – vorausgesetzt, Er will zu einem großen Adepten werden.«

Mir war in diesem Augenblick, als würde sich der Boden unter mir auflösen und auch jetzt, einen Tag später, kann ich es noch nicht glauben. Ich soll ein großer Adept werden! Jeder, der sich mit Alchemie beschäftigt, träumt davon. Und mir soll dieses Glück beschieden sein?

»Ich werde da sein«, war alles, was ich zu Lascarius sagen konnte. Der Mönch blickte mich noch einen Moment lang an, dann ging er davon. Mir war vorher nicht aufgefallen, dass sein Körper gebeugt war, doch er ging so krumm, als trüge er die Last der gesamten Welt auf seinem Rücken. War es die Last des Wissens?

Ich sah ihm noch eine Weile nach, wie er über den Marktplatz ging, dann entschwand er meinen Blicken.

»Was war das für ein Mann, mit dem du gesprochen hast?«, erkundigte sich Schrader neugierig, als ich wieder zur Tür hereinkam. Er hatte hinter der Theke gestanden und die Szene zwischen mir und Lascarius beobachtet, jedoch die Worte nicht verstanden.

»Ein Mönch«, antwortete ich wahrheitsgemäß, obwohl ich nicht vorhatte, ihm die ganze Wahrheit auf die Nase zu binden. »Er wollte mich um kostenlose Arzneien bitten, doch ich habe ihn weggeschickt.«

»Du hast ihn weggeschickt?«, fragte mein Freund entgeistert.

»Einen Mönch? Hast du dein Herz etwa gegen einen Stein eingetauscht?«

»Nein, das habe ich nicht, aber ich habe ihm angesehen, dass er es nicht ehrlich meint. Glaubst du etwa, alle Mönche, auch solche die sich nur so kleiden, wären Heilige? Außerdem bin ich Lutheraner und habe mit diesen Gesellen eh nichts am Hut.«

Schrader schluckte meine Lüge. Vielleicht unterrichtet er den Meister von meiner Herzlosigkeit, bisher hat er es jedenfalls noch nicht getan. Aber das ist auch egal. Nichts soll mich mit Lascarius in Verbindung bringen. Niemand soll wissen, wer er ist und was ich vorhabe. Das Schicksal hat mir einen zweifachen Wink gegeben, erst durch Röber, dann durch Lascarius. Ich werde mein Ziel erreichen …

Am nächsten Morgen war Marlies erneut unpässlich.

Nach dem, was Annalena in der gestrigen Nacht beobachtet hatte, beschloss sie, die andere Magd genauer im Auge zu behalten. Ein Verdacht war in ihr aufgestiegen. Konnte es sein, dass das Stelldichein mit Röber nicht das erste gewesen war?

Und war es möglich, dass diese Begegnungen nun Folgen hatten?

Annalena wünschte sich im Stillen, dass sie die Geräusche ignoriert hätte. Warum hatte sie bloß gedacht, dass sich jemand so sehr für sie interessieren könnte, dass er durch ihr Schlüsselloch spähte?

Als sie mit dem Fegen fertig war, kehrte sie ins Haus zurück. Aus der Küche strömte ihr der Geruch von Gelben Rüben und Majoran entgegen. Hildegard war heute selbst zum Markt gegangen, um ein Stück Bauchfleisch für den Eintopf zu holen. Annalenas Näherkommen schreckte Marlies aus ihren Gedanken auf.

»Wie geht es dir?«, fragte Annalena, als sie an die Esse trat, um nachzuheizen. Die Scheite waren nicht besonders gut, sie zischten, als sie sie ins Feuer warf und es dauerte eine Weile, bis sich die Flammen über sie hermachten. Thomas, der Knecht des Hauses, würde beim nächsten Mal trockneres Holz besorgen müssen.

Marlies setzte ein Lächeln auf, das ein wenig gezwungen wirkte, dann antwortete sie: »Ein wenig besser.«

»Soll ich dir einen Kamillensud kochen?« Annalena deutete auf den Wasserkessel. »Ich habe mir sagen lassen, dass Kamille den Magen heilt.«

Marlies schüttelte den Kopf. »Nicht nötig, das gibt sich bestimmt von allein wieder.«

Beklommenes Schweigen trat zwischen sie.

»Sag mal, bist du eigentlich schon mal vor etwas weggelaufen?«, fragte Marlies unvermittelt.

Annalena hatte das Gefühl, als würde sie ihr einen Schwall Eiswasser über den Leib gießen. »Wie meinst du das?«, fragte sie zurück und hielt den Blick gesenkt, während sie weiterhin das Feuer anfachte.

»Na ja, weggelaufen vor irgendwas«, antwortete Marlies. »Vielleicht vor einer Erinnerung. Oder vor einem Menschen. Einem Mann vielleicht. Du bist immer so still, nie erfährt man etwas über dich.«

Annalena durchlief es siedend heiß. Wollte sie etwa vor Röber fliehen? »Musstest du denn schon mal vor etwas weglaufen?«, fragte sie vorsichtig zurück. Sie hätte auch sagen können, dass jeder Mensch früher oder später vor etwas flieht, vor seiner Herkunft, vor anderen, vor sich selbst, aber sie hatte das Gefühl, damit schon zu viel von sich preiszugeben.

»Nein … ich …« Marlies senkte den Kopf und seufzte tief. »Es war eine dumme Frage.«

»Nein, es war keine dumme Frage«, entgegnete Annalena und trat nun an den Küchentisch. »Wenn es etwas gibt, vor dem du davonlaufen möchtest, dann sag es mir. Oder weihe Frau Hildegard ein, aber bleib nicht allein mit deinen Gedanken.«

»Es geht nicht«, entgegnete Marlies, wandte sich mit einer unwirschen Bewegung ab und griff nach dem Wassereimer. Neues Wasser brauchten sie nicht, aber Marlies hoffte wahrscheinlich, am Gemeinschaftsbrunnen sicher vor weiteren Fragen zu sein.

»Marlies.« Annalena ergriff ihren Arm und hielt sie zurück. »Wenn es etwas gibt, das dich bedrückt, dann sag es mir.«

»Damit du dich bei Hildegard hochdienen kannst?«, fuhr Marlies sie an. »Damit du mich hier rausdrängen kannst?«

Das war nun wirklich der letzte Gedanke, den sie gehabt hatte! Der plötzliche Ausbruch verwunderte Annalena und machte sie für einen Moment sprachlos. In den vergangenen Wochen waren sie noch nie aneinandergeraten. Sie hatte sich so gut wie möglich untergeordnet und immer die Schmutzarbeiten erledigt. Wenn sie sich hätte hochdienen wollen, hätte sie es gewiss schon vorher versucht. Außerdem hatte sie stets das Gefühl gehabt, dass Hildegard Marlies vorziehen würde. Was sollte nun ihre Beschuldigung?

»Was steht ihr da rum und haltet euch mit Geschwätz auf?«, rief Hildegard plötzlich. Ohne dass eine der beiden Frauen es mitbekommen hatte, war die Haushälterin wieder aufgetaucht und stand nun wie ein Wachhund in der Tür, den schweren Einkaufskorb unter dem Arm. Wie viel sie von ihrem Gespräch mitbekommen hatte, wusste Annalena nicht.

»Da bin ich mal für ein paar Augenblicke nicht hier und schon geben sich die Mägde dem Müßiggang hin!«

»Aber wir wollten nur …«, begann Annalena, während Marlies die Gelegenheit nutzte, um mit dem Eimer nach draußen zu laufen. Hildegard brachte Annalena mit einer Geste zum Schweigen. Über den überflüssigen Brunnengang schien sie sich nicht zu wundern, stattdessen warf sie Annalena einen warnenden Blick zu. »Du bist nicht hier, um zu tratschen!«

»Ja, Frau Hildegard.« Annalena senkte den Kopf und wandte sich wieder der Esse zu. *Vielleicht ist es besser, sich aus allem rauszuhalten*, dachte sie. *Schließlich bin ich nicht Marlies' Amme*.

Sobald ihn sein Meister von der Arbeit freigestellt hatte, machte sich Johann, wie von dem Mönch gefordert, auf den Weg zum Gasthaus.

Den ganzen Tag über hatte er sich den Kopf zerbrochen, wie er freibekommen konnte, ohne dass Zorn Verdacht schöpfte. Sein Meister würde zwar nie so weit gehen, ihm nachzuspionieren. Aber Berlin war gewissermaßen ein Dorf, jedenfalls was das Geschwätz anging.

Endlich, kurz vor dem Vier-Uhr-Läuten, hatte er eine Eingebung. »Herr Prinzipal, ich hatte ganz vergessen Euch zu sagen, dass mich der Herr Röber heute zu sich gebeten hat«, sprach er seinen Lehrmeister an, der neben ihm am Tresen Heilpulver abwog.

»Aus welchem Grund?«, fragte Zorn, während er den Blick nicht von dem Zünglein an der Waage ließ. In diesem Geschäft kam es auf Genauigkeit an. Und Friedrich Zorn war dieser Grundsatz in Fleisch und Blut übergegangen.

»Er will mir ein Buch zeigen, welches sich mit der Naturkunde befasst. Er meinte, es könnte mir nützlich sein für mein bevorstehendes Examen.«

»Naturkunde, so«, brummte Zorn und schüttete noch etwas Pulver auf die Waagschale. Das Zünglein zuckte.

»Ganz recht, Naturkunde«, entgegnete Johann mit fester Stimme und verbarg seine Hände unter dem Tresen, damit Zorn nicht ihr leichtes Zittern bemerkte.

»Er zeigte sich bei seinem gestrigen Besuch sehr interessiert an der Alchemie, der Herr Röber«, sagte Zorn, noch immer mit voller Konzentration auf die Waage. »Nicht, dass du dich von ihm wieder auf den Pfad dieser Irrlehre leiten lässt!«

»Nein, ganz gewiss nicht«, beteuerte Johann und legte sich sogleich einen Plan zurecht, wie er den Kaufmann dazu verpflichten konnte, gegenüber seinem Meister zu schweigen. »Ich möchte nur einen kurzen Blick in das Buch werfen, das ist alles. Ich bin sicher, dass es für mich von Nutzen ist.«

»Nun gut, dann geh. Die Stunden arbeitest du nach!«

»Das werde ich, Herr Prinzipal. Vielen Dank, Ihr seid sehr gütig.«

Zorn machte eine Handbewegung, die bedeuten sollte, er möge nicht schwätzen, sondern verschwinden.

Auf dem Molkenmarkt herrschte auch heute ziemliches Gedränge. Unwillkürlich hielt Johann nach der Fremden Ausschau, die so sehr einer Zigeunerin ähnelte und es dennoch nicht war.

Hier und da erspähte er einen Schopf, der dem ihren ähnelte, aber als er näher herantrat, verflog die Illusion. Da er aber keine Zeit zu vergeuden hatte, gab er dieses Unterfangen recht bald auf und ließ sich von seinem Weg zum *Goldenen Hirschen* nicht mehr ablenken.

Die Straßen abseits des Molkenmarkts waren weniger stark begangen. Einem Fuhrwerk, das durch eine Gasse preschte, wich er mit einem beherzten Sprung aus, doch weitere Gefahren dieser Art blieben aus. Nach einer Weile tauchte das Wirtshaus vor ihm auf. Eine Magd mit rundem Hintern scheuerte gerade das Trottoir, eine andere putzte Fenster und reckte sich dabei dermaßen in die Höhe, dass die dunklen Höfe ihrer Brustwarzen aus ihrem Ausschnitt hervorlugten.

Dieser Anblick hätte Johann sonst zum Verweilen eingeladen, aber er hatte Wichtigeres vor. Er schob sich an den Mägden vorbei in die Schankstube. Am Tresen stand der Wirt und unterhielt sich mit einem Mann in recht verschlissener Kleidung. Als er ihn kommen sah, fragte er: »Was kann ich für Euch tun, junger Herr?«

Diese Anrede hatte er wohl seinem blauen Rock zu verdanken, den er sonst nur zum Kirchgang trug. »Ich möchte gern zu Lascarius, dem Mönch. Er sagte mir, dass er bei Euch Unterkunft gefunden habe.«

Der Wirt musterte ihn kurz, dann deutete er auf die Treppe. »Er ist in seinem Zimmer, auf dem Gang oben, zweite Tür rechts.«

Johann bedankte sich, erklomm die Stufen und fand sich schließlich vor besagter Tür wieder. Kurz glaubte er, ein Gebet dahinter zu vernehmen, doch als er direkt davorstand, war nichts mehr zu hören. Er klopfte und wurde vom Mönch hereingebeten.

Lascarius saß im Schneidersitz auf einem zerschlissenen Kissen. Vor ihm lag ein Buch, das er aber schloss, als Johann näher trat. Die Bibel war es anscheinend nicht. Vielleicht ein Werk, das sich mit Alchemie beschäftigte?

Eine Reisekiste stand neben dem Bettkasten, und wenn er erwartet hatte, einen Versuchsaufbau zum Tingieren vorzufinden, so wurde Johann enttäuscht. Offenbar war der Mönch nur auf der Durchreise.

»Es freut mich, dass Er den Weg zu mir gefunden hat«, sprach Lascarius ihn an, ohne sich von seinem Kissen zu erheben. »Ist Er bereit für die Prüfung?«

»Das bin ich«, antwortete Johann, und seine Stimme klang nicht so fest, wie sie eigentlich hätte klingen sollen. Die Ungewissheit nagte an ihm, er fürchtete, dass er Lascarius' Ansprüchen nicht genügen würde. »Doch ich sehe keinen Versuchsaufbau. Wie wollt Ihr mich also prüfen?«

»Geduld, junger Mann, Geduld. Ich habe keinesfalls vor, Ihn die Transmutation hier durchführen zu lassen. Der Wirt verweist mich des Hauses, wenn es aus meinem Fenster qualmt. Außerdem hat er keinen Ofen, der die nötige Hitze produziert. Ich habe mir erlaubt, ein Labor bei einem vielversprechenden Anhänger unserer Kunst anzumieten, dort wird Er alles finden, was Er für die Prüfung benötigt.« Mit diesen Worten erhob sich der Mönch, griff mit einer Hand nach seinem Wanderstab und mit der anderen unter seine Kutte, um etwas hervorzuholen.

Böttger wollte ihn eigentlich nicht so offensichtlich anstarren, doch ihm entging das rote Funkeln, das von dem Gegenstand in seiner Hand ausging, nicht.

Lascarius warf nur einen kurzen Blick darauf, als wolle er sich nur vergewissern, dass es an Ort und Stelle sei, dann ließ er es wieder unter dem rauhen Stoff verschwinden.

Ein ungeheuerlicher Gedanke kam Johann. War dies der Stein der Weisen? Das wertvollste Gut auf Erden, das ewige Jugend schenken und Blei zu Gold machen konnte? Sein Herz klopfte ihm auf einmal bis zum Hals, und er konnte nur mühsam seine Unruhe bezwingen.

Lascarius entging das nicht, und er ahnte wohl auch, woher diese Erregung kam. Er lächelte milde und bedeutete Böttger dann, das Zimmer zu verlassen. Unten auf der Straße mischten sie sich unter die Passanten.

Johann musste zugeben, dass ihm in der Gesellschaft des Mönches seltsam zumute war. Nicht nur wegen des vermuteten Steins der Weisen in seiner Tasche und der Angst, bei der Prüfung zu versagen. Nein, die Welt schien plötzlich in Schatten getaucht. Die Häuser über ihren Köpfen ließen kaum Licht bis auf den Boden gelangen, und die Augen der Vorübergehenden wirkten so finster, als ahnten sie, dass die beiden Männer ihren Weg zu etwas Ungeheuerlichem suchten.

Von Lascarius' Miene war nicht abzulesen, ob er Aufregung oder etwas anderes verspürte. Seine Züge, die auf Böttger seltsam alterslos wirkten, waren wie aus Stein gemeißelt. Es war ihm vermutlich egal, ob Böttger die Prüfung bestand. Gewiss gab es noch andere Anwärter.

Dieser Gedanke erfüllte Johann mit Unruhe. Und als sei dies noch nicht genug, schob sich das Gesicht der Fremden vom Marktplatz wieder und wieder vor seine Augen. Wie dunkel doch ihr Haar gewesen war, wie hell ihre Augen und wie schön geschwungen ihr Mund …

Böttger schüttelte den Kopf, um das Bild zu vertreiben. Lascarius bemerkte diese Geste zum Glück nicht. Sein Blick ging weiterhin geradeaus, und es schien, als sei er nicht auf den Weg gerichtet, sondern auf ein fernes Ziel, das nur er durch die Hausmauern hindurch ausmachen konnte. Zu gern hätte Böttger gewusst, was er vorhatte, und über sein Bestreben, die Miene des Mönches zu deuten, stolperte er beinahe, als sie schließlich in eine ihm nur allzu bekannte Straße einbogen.

»Da wären wir!«, sagte der Mönch, als sie vor einem der Häuser haltgemacht hatten. Es war klein und wirkte an einigen Stellen ziemlich ramponiert. Farbe blätterte von der Tür und über den Fensterrahmen hatte Ruß die Fassade verunstaltet, als seien erst vor kurzem Flammen aus ihnen geschossen. Was tatsächlich der Fall war.

Johann lächelte breit. Er wusste, wem das Haus gehörte. Da öffnete der Hausherr auch schon die Tür. Er trug sein Haar zu einem Zopf zusammengebunden, Hemd und Hose waren unter einer fleckigen Schürze verborgen. Er war rotbackig und verschwitzt, und als er Böttger angrinste, wusste er, wem er den Besuch des Alten zu verdanken hatte.

»Nur herein, meine Herren«, sagte Christian Siebert mit einer einladenden Geste, dann tauchten die Männer in die verheißungsvolle und von seltsamen Gerüchen geschwängerte Dunkelheit hinter der Tür ein.

Seit sie vom Brunnen zurückgekehrt war, hatte Marlies nicht mehr mit ihr gesprochen.

Das konnte Annalena nur recht sein. Sie hatte für sich entschieden, dass diese Sache sie nichts anging. Ohne aufzublicken, hackte sie Kräuter und sammelte anschließend die Abfälle ein.

»Annalena«, sprach Marlies sie an, nachdem Hildegard die Küche verlassen hatte. Zuvor hatte sie bei ihnen gestanden und sie schweigend im Auge behalten.

»Ja?« Noch immer sah sie nicht auf. Sie konzentrierte sich allein auf den Geruch nach Petersilie und Kerbel, auf die grünen Punkte an ihren Fingern.

»Kannst du dem Herrn das Essen bringen? Ich fühl mich nicht gut.«

Annalena bemerkte tatsächlich eine gewisse Blässe um Marlies' Mund und Nase. »In Ordnung«, antwortete sie, band ihre schmutzige Schürze ab, wusch sich die Hände und holte das Tablett, auf dem Marlies eine Schüssel mit Grütze, Gemüse und Fleisch sowie einen Humpen Bier gestellt hatte.

Die Stufen knarrten leise unter ihrem Gewicht, als sie die Treppe erklomm. Röber saß um diese Zeit in seinem Schreibzimmer im oberen Stock, das luxuriöser und gemütlicher eingerichtet war als das Kabinett im Erdgeschoss. Auch nachdem der Laden geschlossen war, ließ die Arbeit den Gewürzkrämer nicht los. Bücher mussten geführt und Geld musste gezählt werden. Der Handel mit Gewürzen brachte im Moment sehr viel ein, und dieser Reichtum musste angemessen verwaltet werden.

»Komm rein!«, ertönte es auf ihr Klopfen.

Annalena trat ein und strebte der kleinen Anrichte zu, die rechts von ihr an der Wand stand. Bevor sie das Tablett dort abstellte, blickte sie sich fragend zu Röber um. Er notierte gerade Zahlen in seine dicken, ledergebundenen Geschäftsbücher, die Feder in seiner Hand zitterte unter seinen Bewegungen.

»Warum bringst du mir heute das Essen?«, fragte er, ohne von seinem Schreibpult aufzusehen.

»Marlies hat mich darum gebeten, weil sie noch etwas anderes erledigen wollte«, antwortete sie ausweichend. Dass sich Marlies schlecht fühlte, brauchte er nicht zu wissen. Obwohl es ihm vermutlich so oder so egal wäre.

Die Feder in Röbers Hand erstarrte und er sah auf. Kurz trafen sich ihre Blicke, und der Ausdruck, der auf Röbers Gesicht trat, gefiel ihr gar nicht.

»Stell es auf der Anrichte ab.«

Annalena nickte und war froh, dass sie ihre Last loswurde. Als sie sich wieder der Tür zuwenden wollte, hielt Röber sie zurück. »Warte!«

Es mochte Einbildung sein, aber der Blick ihres Dienstherrn traf sie wie ein Pfeil, durchdringend und fast schmerzhaft.

»Ich habe mich noch gar nicht erkundigt, wie es dir hier

gefällt«, sagte er, während er sich von seinem Platz erhob. Annalena senkte den Blick auf ihren Rocksaum. Alles in ihr schrie danach, aus dem Raum zu laufen, obwohl Röber doch gar nichts getan hatte.

»Na, na, nicht so schüchtern«, bemerkte er. »Das warst du doch auch nicht, als du dich hier vorgestellt hast.« Röber machte vor ihr halt und streckte die Hand nach ihr aus. Er hob ihr Kinn und zwang sie, ihn anzusehen.

Das Leuchten in seinen Augen beunruhigte Annalena noch mehr. Ähnlich hatten Mertens' Augen geleuchtet, wenn er zu ihr gekommen war, um sie zu züchtigen. Ob Röber auch eine Peitsche besaß? Annalena unterdrückte ein Schaudern.

»Aber, aber, meine Liebe, du wirst doch wohl keine Angst vor mir haben.« Röbers Atem strich sauer über ihr Gesicht.

»Nein, Herr, mir ist nur kalt.«

»Dann solltest du dich ein wenig aufwärmen.«

Annalena wich zurück, rasch genug, dass sie sich Röbers Griff entziehen konnte. »Verzeiht, ich habe keine Zeit. Frau Hildegard wird mich strafen, wenn ich nicht gleich wieder in der Küche bin.«

Röber blickte sie an, als ob er etwas Gegenteiliges sagen wollte. Das Leuchten in seinen Augen blieb. Doch schließlich trat er einen Schritt zurück.

»Gut, dann geh an die Arbeit!« Der Ärger in seiner Stimme war nicht zu überhören. »Vielleicht werde ich Hildegard bitten, dich jetzt jeden Tag zu mir zu schicken. Du bist schon eine Weile in meinen Diensten, aber ich kenne dich noch gar nicht richtig.«

Annalena knickste gehorsam, betete aber im Stillen, dass Hildegard sich nicht darauf einlassen würde. Den Gedanken, dass er sie noch einmal berühren würde, konnte sie nicht ertragen.

Als sie das Schreibzimmer verlassen hatte und wieder an der Treppe stand, atmete sie erst einmal durch und wischte sich den Schweiß von der Stirn. *Möglich, dass ich voreingenommen bin*, ging es ihr durch den Kopf. *Doch wer wäre das nicht? Vielleicht vergreift er sich öfters an seinen Mägden. Aber bei mir soll er das besser nicht versuchen …*

Leise ging sie die Treppe hinunter, als plötzlich ein Rumpeln ertönte, es klang, als hätte jemand etwas fallen gelassen. Annalena eilte in die Küche. Marlies lag neben dem Tisch, ihr Kopf war zur Seite geneigt, ihre Augen geschlossen. Neben ihr lag eine zerbrochene Schüssel, deren Inhalt sich über den Boden ergossen hatte.

»Marlies!« Annalena hockte sich neben sie. Als sie ihre von kaltem Schweiß überzogenen Wangen tätschelte, kam Marlies wieder zu sich.

»Was ist passiert?«, fragte sie und wollte sich aufrichten, doch Annalena hinderte sie daran.

»Dir muss schwarz vor Augen geworden sein. Bleib noch sitzen, das Blut muss erst wieder in deinen Kopf fließen.«

Marlies gehorchte, ihre Miene zeigte Ratlosigkeit. »Ich weiß nicht, wie das passieren konnte. Ich habe nicht mal gemerkt, dass ich umgefallen bin.«

»Soll ich dich lieber nach oben bringen?«

Bevor Marlies antworten konnte, rauschte Hildegard herein. Als sie Annalena inmitten von Scherben und Gemüse sah, wollte sie schon zu einer Schimpftirade anheben. Aber dann bemerkte sie Marlies. »Was ist geschehen?«

»Ihr ist schwindlig geworden«, erklärte Annalena. »Ich wollte sie gerade in ihre Kammer bringen.«

Hildegard schüttelte den Kopf und holte ein paar Münzen aus ihrer Schürzentasche. »Du wirst zur Apotheke laufen und Riechsalz sowie ein Mittel gegen die Fallsucht holen.«

»Geh am besten zu der vom Zorn am Molkenmarkt. Los, lauf!«

Dass Hildegard Marlies auf die Füße half, bekam Annalena nicht mehr mit. Sie stürmte aus der Hintertür und verschwand in die Nacht.

Annalena kannte zwar den Weg zum Molkenmarkt, aber in der Nacht war er ihr nicht geheuer. Marlies behauptete, dass in den Schenken der Stadt bis weit nach Mitternacht gelärmt wurde und man zuweilen ziemlich gefährlichen Gestalten begegnen konnte.

Obwohl sie von sich glaubte, vor nur wenigen Dingen Angst zu haben, blickte sich Annalena nun aufmerksam um und mied die dunklen Ecken, die das Mondlicht nicht erreichte.

Der Molkenmarkt war um diese Zeit verlassen. Nur ein paar Katzen und Ratten drückten sich in den Ecken herum. Eine Bewegung jenseits der Gasse, aus der sie kam, erregte kurz Annalenas Aufmerksamkeit, dann jedoch hatte sie die Apotheke vor sich und kümmerte sich nicht mehr um die Gestalt.

Die Zorn'sche Offizin hatte zwei Stockwerke und einen Spitzgiebel. Damit ähnelte es ein wenig dem Kaufmannskontor. Der Apotheker schien wohlhabend zu sein, denn er konnte sich klare Fensterscheiben leisten. Neben der Tür war eine Glocke angebracht, um den Apotheker oder seine Gehilfen bei Notfällen aus dem Schlaf zu klingeln. Annalena wollte gerade die Hand nach dem Glockenseil ausstrecken, als jemand hinter ihr fragte: »Kann ich etwas für Euch tun?«

Sie zuckte erschrocken zusammen und wirbelte herum. Sie hatte nicht bemerkt, dass jemand hinter sie getreten war. Doch das Gesicht, in das sie nun blickte, war ihr wohlbekannt.

»Ihr?«

Beide sprachen gleichzeitig dieses Wort aus.

»Was tut Ihr hier? Habt Ihr mir aufgelauert?«, fragte Annalena scharf, nachdem sie erst einmal tief Luft geholt hatte. Es konnte doch kein Zufall sein, dass sie den Burschen vom Markt mitten in der Nacht hier antraf.

»Dies ist kein Überfall, holde Schöne, ich bin der Lehrling des Apothekers. Hättet Ihr mich gestern nicht so schroff abgewiesen, hätte ich es Euch vielleicht erzählt.«

Verlegenheit überkam Annalena und ließ sie beschämt den Blick senken. Wer hätte das auch ahnen können?

»Mein Name ist Johann«, stellte sich der Bursche vor, um den unangenehmen Moment zu vertreiben. »Johann Friedrich Böttger.« Er deutete eine Verbeugung an. »Ich stehe Euch zu Diensten, mein Fräulein.«

Während sie ihm in die Augen sah, überkam sie plötzlich ein seltsames Gefühl. Für die Dauer eines Wimpernschlags glaubte sie, in Johanns Blick ihre Zukunft zu sehen, nur dass es sich nicht wie die Zukunft anfühlte, sondern wie die Erinnerung an Jahre gemeinsamen Glücks. So etwas hatte sie noch nie erlebt, wenn sie auf einen Menschen getroffen war.

»Ich … ich heiße Annalena«, entgegnete sie schüchtern. »Ich brauche Riechsalz und ein Mittel gegen die Fallsucht.«

Böttger hob erstaunt die Augenbrauen. »Annalena ist ein schöner Name. Doch erregt meine Anwesenheit dermaßen viel Übelkeit in Euch, dass Ihr diese Mittel benötigt?«

Annalena wollte sofort protestieren, doch dann bemerkte sie, dass er nur scherzte. »Nein, meine Freundin, die auch in Röbers Haushalt arbeitet, ist ohnmächtig geworden und Frau Hildegard möchte …«

Böttgers Blick wurde sofort ernst. Er nahm ihre Hand und

drückte sie aufmunternd, ließ sie aber sofort wieder los. »Ich werde Euch die Arzneien holen.«

Johann öffnete die Tür so leise er konnte und verschwand in den Tiefen der Offizin. Annalena blieb draußen, und während sie ihr Schultertuch enger zog, blickte sie sich unbehaglich um.

»So, da haben wir es!«

Wieder hatte Annalena Johann nicht gehört und konnte nur mühsam einen Aufschrei unterdrücken. »Himmel, warum erschreckt Ihr mich schon wieder?«

»Keine Absicht, holde Maid, ich will nur niemanden aufwecken.« Johann reichte ihr ein Fläschchen aus braunem Glas, das mit einem Korken verschlossen war, und ein Briefchen, in dem ein Pulver raschelte. »Was das Pulver angeht, löst eine Messerspitze in einem Becher Wasser, das sollte vor Anfällen dieser Art schützen. Und passt gut auf das Fläschchen auf, mit seinem Geruch kann man Tote wecken.«

»Die werden doch wohl nicht gerade unter dem Gewürzkontor liegen, oder?«

»Das nicht, aber Ihr kommt an Sankt Nicolai vorbei, und da kann ich für nichts garantieren.«

»Ich habe keine Angst vor den Toten«, entgegnete Annalena und streckte ihm Hildegards Münzen entgegen. Ehe sie sich versah, umschlossen Böttgers Finger ihre Hand. Das Gefühl, seine Haut zu spüren, durchzog sie wie ein warmes Kribbeln.

»Ich muss gehen«, sagte sie schnell, doch Johann ließ sie nicht los. Annalena blickte ihn fragend an.

»Würdet Ihr mir einen Gefallen tun?«

»Welcher Art?«

»Ich habe ein Schreiben für Euren Herrn. Ich könnte es ihm auch selbst bringen, aber da Ihr schon mal auf dem Weg seid ...«

Annalena war fast ein wenig enttäuscht. Sie hatte nicht mit einer so gewöhnlichen, unpersönlichen Bitte gerechnet. »Wenn Ihr so viel Vertrauen zu mir habt.«

»Das habe ich«, entgegnete Johann und zog das Briefchen aus der Tasche. Er hatte es noch im *Goldenen Hirsch* geschrieben und hoffte, dass es den gewünschten Effekt beim Empfänger haben würde.

Annalena nahm es an sich, fragte dann aber: »Was hat ein Apothekerlehrling mit meinem Herrn zu schaffen? Ist er krank?«

Böttger schüttelte lächelnd den Kopf. »Mich führen andere Geschäfte zu ihm. Viel wichtigere.«

»Und was sind das für Geschäfte?«

»Davon erzähle ich Euch, wenn wir uns das nächste Mal sehen«, entgegnete Johann. »Jetzt geht besser, ich möchte nicht, dass Ihr Ärger bekommt.«

Einen Moment noch hielt ihr Blick den seinen fest, dann wandte sie sich um und lief los. Um die beiden nicht zu verwechseln, schob sie das Briefchen von Johann in den Ausschnitt ihres Mieders, während sie das mit dem Medikament in der Hand behielt.

Sie hoffte, dass es eine Gelegenheit geben würde, Röber das Schreiben unbemerkt von Hildegard und auch von ihm selbst zukommen zu lassen.

Als sie ins Kontor zurückkehrte, eilte Annalena sofort die Treppe hinauf und ging zu Marlies' Kammer. Auf ihr Klopfen bat sie eine schwache Stimme herein. Hildegard war nicht mehr da.

»Ich habe deine Arzneien«, sagte sie und legte Riechsalz sowie das Pulver auf dem Stuhl neben ihrer Schlafstelle ab. »Der Apothekergehilfe sagte, dass du eine Messerspitze des

Pulvers in einem Becher Wasser auflösen sollst, dann kippst du auch nicht mehr um.«

Lächelnd betrachtete Annalena Marlies. Mittlerweile sah sie schon wieder besser aus. Nicht so gut, dass man sie für gesund halten konnte, aber besser. »Wie geht es dir?«

»Es geht mir gut«, antwortete die Magd, machte aber keine Anstalten, sich aufzusetzen.

»Verschütte bloß nichts von dem Riechsalz, der Apothekerlehrling meinte, dass es gar furchtbar stinken würde.«

»Danke.« Marlies blickte Annalena an, und der Wunsch, ihr Herz auszuschütten, stand deutlich in ihren Augen. Doch sie schien nicht den Mut zu finden.

»Gibt es etwas, das du vielleicht von der Seele haben willst?«, fragte Annalena, als Marlies schwieg.

Marlies wandte ihren Blick den Deckenbalken zu. »Nein, es gibt nichts«, antwortete sie, doch Annalena sah ihr an, dass die Gedanken in ihrem Kopf wüteten. Sie legte ihr sanft die Hand auf die Schulter. Selbst durch den Stoff des Hemdes konnte sie spüren, dass ihre Haut glühte. Hatte sie Fieber?

Ein prüfender Blick in ihre Augen ließ deutlich ihre Gefühle erkennen, nicht aber den Glanz des Fiebers. »Wenn doch, dann lass es mich wissen. Vielleicht kann ich dir helfen.«

Fast schien es, als würde Marlies zu einem spöttischen Schnauben ansetzen wollen. Annalena wusste selbst, dass sie ihr bei ihrem Problem, wenn es denn tatsächlich eine Schwangerschaft war, nicht helfen konnte. Und wenn sie ehrlich war, würde sie sich Marlies ebenfalls nicht anvertrauen, wenn sie an deren Stelle wäre.

»Schlaf jetzt«, sagte sie schließlich und strich Marlies noch einmal über die Stirn. »Solltest du noch was brauchen, dann ruf nach mir.«

Marlies nickte, sah sie dabei aber nicht an. Als Annalena die Kammer verließ, begegnete sie Hildegard.

»Hast du ihr die Mittel gebracht?«

Annalena nickte. »Ja, Frau Hildegard. Soll ich sonst noch etwas tun?« Sicher gab es in der Küche noch einiges zu tun, schließlich hatte Hildegard den ganzen Abend auf die Hilfe ihrer zwei Mägde verzichten müssen.

Die Haushälterin musterte sie einen Moment lang, dann schüttelte sie müde den Kopf und sagte: »Nein, bleib ruhig oben. Was noch getan werden muss, kannst du morgen erledigen.«

8. Kapitel

Aus den geheimen Aufzeichnungen des Johann Friedrich Böttger:

Die Prüfung, der mich Lascarius gestrigentags unterzog, war die wohl seltsamste, die ich je erlebt habe. Der Adept stellte mir einige Fragen, bei denen mir das Werk Valentinus' eine große Hilfe war, dann ließ er mich einfache Arbeiten am Versuchsaufbau verrichten. Diese behielt er streng im Auge, und obwohl ich versuchte, von seiner Miene abzulesen, was er dazu meinte, konnte ich keine verräterische Regung entdecken. Nachdem ich alles zu einer Transmutation von Blei vorbereitet hatte, sagte Lascarius zu mir: »Nun zeige Er mir, auf welche Weise Er versucht, Gold zu tingieren.«
Mein Freund Siebert und ich machten uns auf gewohnte Weise an die Arbeit, wobei mir nicht nur das Feuer in der

Esse den Schweiß auf die Stirn steigen ließ. Ich wusste, dass unser Verfahren fehlerhaft war, ja, ich erkühnte mich sogar, es ihm zu sagen. Lascarius lächelte nur und bedeutete uns, weiterzumachen.
Natürlich förderte unser Versuch nicht das rechte Ergebnis zutage. Siebert schien das nicht weiter zu bekümmern, doch ich fühlte mich elend. Das Stückchen Metall, das wir hervorgebracht hatten, war zwar fest, aber keineswegs Gold, ja nicht einmal goldfarben. Doch es war seltsam, Lascarius schien nicht erbost darüber zu sein, vielmehr hatte er dieses Ergebnis erwartet. Ich dachte wieder an das rote Schimmern in seiner Tasche und hoffte, dass er sich uns offenbaren würde. Aber das war nicht der Fall. Wahrscheinlich führte er das Gefäß nur mit sich, weil er fürchtete, dass es ihm in der Gastwirtschaft gestohlen werden könnte. Den Namen Lascarius kannten viele, und so mancher erwartete gewiss Gold bei ihm zu finden, wenn nicht sogar das Wasser des Lebens, das ewige Jugend schenkte.
Am Ende der Prüfung, als ich schon niedergeschlagen Vergebung für das Scheitern erbitten wollte, sagte Lascarius: »Er hat wirklich großes Talent in der Alchemie, mein Freund. Ich werde Ihn als meinen Schüler akzeptieren, wenn Er das will.«
Zunächst war ich überrascht, diese Worte zu hören, dann blickte ich zu meinem Freund Siebert, von dem ich annahm, dass es ihn neidisch machen würde, wenn Lascarius mich in die geheime Lehre einweihte und ihn nicht. Doch von Eifersucht konnte ich auf seinem Gesicht nichts finden. Wahrscheinlich weiß der alte Gauner, dass ich ohne ihn nichts machen kann, denn der Prinzipal verbietet mir, in seinen Räumlichkeiten zu experimentieren. Und wenn ich die Formel für die Transmutation finde, wird er sie ebenfalls

kennen, zumindest scheint er das zu glauben. Mir ist es gleich, soll er es doch mitbekommen. Es gibt viele Fürsten und Könige auf dieser Welt und man kann nur einem zur Zeit dienen. Also sagte ich Lascarius zu und beteuerte gleichzeitig, dass ich mit Freuden seinen Lehren folgen würde. Der Mönch nickte mir daraufhin zu, und nachdem wir zusammen mit Siebert einen kleinen Umtrunk genommen hatten, machte ich mich auf den Heimweg.

Doch die größte Überraschung hielt Fortuna noch für mich bereit: Ich begegnete der Schönen vom Markt wieder. Ihren Namen hier zu nennen käme einem Frevel gleich, also nenne ich sie A. und verbinde mit diesem Buchstaben süße Hoffnung, denn schon lange hat mich kein Weibsbild mehr so verzaubert wie sie.

Man hätte meinen können, dass meine Ruhelosigkeit in dieser Nacht den Geschehnissen in Sieberts Labor zuschulden gewesen wäre, doch das stimmt nicht. A. war es, die meinen Geist umfangen hielt und daran gehindert hat, in Morpheus Reich zu wandern. Und sie ist es jetzt, an die ich noch immer denke, während ich die Feder in der Hand halte und mich frage, welches Talent ich wohl dazu habe, ein Sonett zu schreiben, das ich ihr beim nächsten Treffen schenken kann.

Auch an diesem Morgen kam Johann später als Schrader in die Offizin, doch diesmal würde es nicht auffallen, da der Prinzipal nicht anwesend war. Er machte einen Hausbesuch bei einem seiner hochgestellten Kunden und würde erst gegen Mittag wieder zurückkehren. So lange oblag die Offizin seinen Lehrlingen. Dennoch musste Böttger vorsichtig sein, denn wer wusste, was an die Ohren des Meisters geriet. Er konnte sich nicht erlauben, dass Zorn ärgerlich wurde und ihm dann seine freien Stunden beschnitt, die er brauchte, um bei Lascarius die Alchemie zu studieren.

Diese Studien geheim zu halten war Johanns dringlichste Aufgabe. Soweit er es beurteilen konnte, schöpfte der Prinzipal noch keinen Verdacht. Das Pergamentheft, in dem Böttger seine Notizen festhielt, klebte jeden Tag an seinem Körper, tränkte sich mit seinem Schweiß und sog seine Gedanken auf, die aber unsichtbar für seine Mitmenschen waren und es auch blieben, solange das Heft niemand fand.

Und auch sonst verlief alles zu seiner Zufriedenheit. Er war sich sicher, dass Annalena den Brief für Röber ausgeliefert hatte, und nun wartete er auf Antwort.

»He, Johann, kommst du auch schon?«, fragte Schrader, als er die Defektur betrat. »Du hast heute geschlafen wie ein Stein. War die letzte Nacht so anstrengend für dich?«

»Anstrengend ist gar kein Ausdruck«, gab Böttger zurück und setzte ein freches Lächeln auf, während er an den Arzneischrank trat.

Schrader betrachtete ihn von der Seite. »Hast du etwa ein neues Mädchen?«

Der Einfachheit halber hätte er ja sagen können, aber dann würde Schrader ihn die ganze Zeit mit Fragen löchern, um herauszufinden, wer sie denn war.

»Mich beschäftigt etwas anderes«, antwortete Johann also.

Sein Freund hob überrascht die Augenbrauen. »Bisher waren es doch immer Frauengeschichten, die dich dazu gebracht haben zu verschlafen. Haben die Weiber ihr Interesse an dir verloren?«

»Das gewiss nicht. Doch in diesem Fall hat ein Mann Interesse an mir gezeigt.«

Schraders Mund klappte auf. »Du … ich meine …«

»Nein, du Holzkopf, nicht so«, entgegnete er und verpasste Schrader einen Stüber gegen den Hinterkopf. »Es ist jemand, der sich für meine Studien interessiert.«

»Willst du dem Zorn etwa wieder davonlaufen?« Schraders Augen weiteten sich empört. »Du kannst von Glück reden, dass mein Vater dich hier reingebracht hat. Und ein noch größeres Glück ist es, dass dich der Zorn zweimal wieder aufgenommen hat. Ein anderer Lehrherr hätte dich gewiss fortgejagt.«

Johann verdrehte die Augen. Natürlich hatte er Schraders Vater die Lehre hier zu verdanken. Doch musste ihm sein Freund dies immer wieder unter die Nase reiben? »Nein, natürlich werde ich nicht wieder fortlaufen! In ein paar Wochen werde ich zum Domicellus und kann dich dann nach Herzenslust herumscheuchen. Der Mann will mir nur Nachhilfe in einigen Dingen geben.«

»Du willst wieder lernen, Gold zu machen«, entgegnete Schrader.

»Das habe ich nicht gesagt«, entgegnete Johann, während er sich zum Ruhigbleiben zwang.

»Aber gedacht.«

»Was ich denke, ist meine Sache!« Böttger bemerkte, dass seine Stimme ärgerlicher klang, als er es wollte.

Schrader duckte sich wie ein geschlagener Hund.

»Verzeih bitte, ich habe nicht gut geschlafen«, lenkte Johann ein. »Was meinen geheimnisvollen Lehrmeister angeht …« Er brach kurz ab, als er merkte, dass Schrader nicht auf seine Worte reagierte. Dann sprach er mit Nachdruck weiter: »Es ist der Kaufmann Röber. Er hat einige seltene Bücher bekommen, so wertvoll, dass ich sie nicht kaufen kann, aber er gewährt mir Einblick. Du weißt doch, dass ich in einigen Wochen meine Prüfung vor der medizinischen Kammer habe. Da kann ich jede Hilfe gebrauchen.«

»Warum denn gerade die vom Röber?«, fragte Schrader, ohne ihn anzublicken. »Mir ist zu Ohren gekommen, dass er sich für die Alchemie interessiert.«

»Wofür er sich interessiert, ist seine Sache«, gab Johann zurück. Er wusste, dass sein Freund keineswegs auf den Kopf gefallen war, und hoffte, er würde die Sache auf sich beruhen lassen. »Der Röber ist Händler, er hat Bücher aus dem Griechischen, die unser Prinzipal nicht besitzt.«

Johann wischte die Hand an seinem Kittel ab und legte sie auf die Schulter des Freundes. Eine Geste, die vielleicht helfen würde, dass Schrader wieder Vertrauen zu ihm fasste. »Ich bin mir sicher, dass er sie dir auch zeigen wird, wenn du geprüft wirst.«

Schrader blickte ihn an, sagte aber nichts. Johann war sich noch immer nicht sicher, ob er ihm Glauben schenkte, aber er ließ es darauf bewenden und verrichtete stumm seine Arbeit.

Annalena fühlte sich sonderbar leicht. Das Zusammentreffen mit Böttger, auch wenn es durch den Brief, den sie abgeben sollte, ein wenig merkwürdig geworden war, wollte ihr nicht aus dem Kopf. Sie malte sich aus, wie es wäre, sich aus dem Haus und zu ihm zu schleichen. Aber gleichzeitig wusste sie, dass sie es nicht wagen würde.

Die Nachricht an Röber hatte sie wie gewünscht überstellt. Oder besser gesagt, sie hatte sie so vor die Tür des Verkaufsraumes gelegt, dass der Eindruck entstand, jemand habe sie durch den Türspalt geschoben.

Als sie am Morgen nachgesehen hatte, war der Brief verschwunden gewesen. Da sie Röbers Gehilfen Paul nicht zutraute, dass er seinen Meister hinterging, hatte der Händler das Schreiben wohl erhalten. Zu gern hätte sie gewusst, was darin stand, doch die Neugierde wurde von anderen Gedanken verdrängt.

Vor allem von dem Gedanken an Marlies.

Annalena hatte seit der Nacht noch nicht wieder nach ihr geschaut, aber es war anzunehmen, dass ihr noch immer unwohl war. Sie war am Morgen nicht heruntergekommen, das Frühstück hatte ihr Hildegard aufgehoben, aber es ihr weder selbst gebracht noch Annalena hochgeschickt. Da sie ohnehin die Wäsche aufhängen sollte, konnte sie auch gleich nach ihr sehen.

Kaum war sie die Treppe hinauf, vernahm sie ein Schluchzen. Ging es ihr wirklich so schlecht? Annalena setzte den Korb mit den nassen Laken und Hemden ab, trat vor die Kammertür und klopfte. Das Schluchzen verstummte schlagartig.

»Ja«, rief Marlies, deren Stimme sich anhörte, als klebte ihre Zunge an einem Mehlkloß fest.

Annalena trat ein und fand sie auf ihrem Bett. Ihre Gesichtszüge waren vom Weinen verquollen und rote Flecken brannten auf ihren Wangen.

»Was ist geschehen?«, fragte Annalena, nachdem sie die Tür hinter sich zugezogen hatte.

Marlies öffnete den Mund, konnte aber nicht antworten, als ob der Mehlkloß in ihrer Kehle noch größer geworden war und ihre Stimme jetzt vollständig erstickte.

Annalena setzte sich neben sie aufs Bett und legte ihr die Hand auf der Schulter.

»Mein Blut ist nicht gekommen«, presste Marlies daraufhin hervor und wurde sogleich wieder von einem heftigen Schluchzen geschüttelt. »Jetzt schon das zweite Mal. Ich dachte erst, dass es nur einmal so sei, weil ich eine laufende Nase hatte, aber jetzt ist es wieder nicht gekommen. Und jeden

Morgen ist mir so furchtbar schlecht. Frau Hildegard hat mich schon gefragt, ob ich ein Balg trage.«

Annalena hielt den Atem an. Also hatte sie doch recht gehabt. Arme Marlies.

»Und dabei habe ich schon getan, was das alte Kräuterweib an der Mauer mir geraten hat. Jeden Morgen habe ich einen Löffel Möhrensamen runtergewürgt und ihre stinkende Brühe getrunken, aber genützt hat es gar nichts!«

Annalena kannte diesen Ratschlag auch, doch sie wusste auch, dass es nicht immer klappte. Bei manchen Frauen wirkte es, bei manchen nicht. Bei einigen trieben heiße Bäder und Pfefferminzsud die unliebsame Frucht aus, bei anderen krallte sich das entstehende Leben, egal was man tat, wie ein Blutegel an der Frau fest und ließ sie erst wieder los, wenn es reif war. Bei Marlies' starker Natur nahm Annalena Letzteres an.

»Von wem ist es?« Sie wusste nicht, ob es was nützen würde, aber vielleicht konnte sie Marlies dazu bringen, gegenüber Röber Ansprüche zu erheben. Sicher war Marlies nicht solch ein lockeres Mädchen, dass sie es mit jedem dahergelaufenen Kerl trieb.

Die Magd brach erneut in Tränen aus, so heftig, dass Annalena nicht weiter nachhakte. »Du weißt doch noch gar nicht genau, ob du schwanger bist«, sagte sie stattdessen und strich Marlies beruhigend über den Rücken. Sie wusste selbst, dass dies nur eine Ausflucht war.

»Und wann soll ich es genau wissen?«, fuhr Marlies sie an und schüttelte in hilflosem Zorn ihre Hand ab. »Wenn ich einen dicken Bauch kriege?«

»Es gibt vielleicht ein anderes Mittel, um das herauszufinden.« Annalena rang mit sich. Marlies könnte sich wundern, woher sie dieses Wissen hatte. Doch in der Heilkunde bewandert zu sein, deutete nicht unweigerlich darauf hin, dass sie von Henkern abstammte oder eine Hexe war.

»Und was für eines?« Auf dem Gesicht der Magd zeichnete sich ein schwacher Schimmer Hoffnung ab.

»Reiß dir heute Abend vor dem Zubettgehen eine Zehe von Frau Hildegards Knoblauchzopf in der Küche ab. Die schiebst du dir in deine Öffnung.«

Der hoffnungsvolle Schimmer verschwand wieder und wich dem Unglauben. »Was soll das denn bringen? Tötet es vielleicht die Frucht ab?«

»Nein, das nicht, aber wenn du am Morgen Knoblauchluft ausatmest, bist du nicht schwanger. Eine Frucht würde verhindern, dass sich der Geruch ausbreitet.«

»Also wenn ich morgen früh nach Knoblauch stinke, erwarte ich kein Kind?«

»Das wollte ich damit sagen.«

Marlies starrte nachdenklich auf ihre Füße. Sie schien abzuwägen, ob sie Annalenas Ratschlag befolgen sollte oder nicht.

Der Test mit der Knoblauchzehe war der gängigste unter den Frauen und der ungefährlichste in Annalenas Augen. Während ihrer Zeit in Lübz hatte sie häufiger gehört, dass Frauen sie benutzt hatten. Und bisher hatte sich der Knoblauch nie geirrt.

Doch musste Marlies es wirklich tun? Für Annalena war klar, wie das Ergebnis am Morgen aussehen würde. Zwei ausgebliebene Blutungen, Übelkeit und Ohnmacht, das konnte nur eines bedeuten.

Eine ganze Weile saßen sie schweigend nebeneinander und Annalena fragte sich, wann Hildegard wohl wütend nach ihr schreien würde.

»Wirst du es dem Vater sagen?«, fragte sie schließlich.

Wahrscheinlich würde Marlies ihr darauf genauso wenig antworten wie auf die Frage nach seinem Namen.

Zunächst tat Marlies dann auch, als hätte sie die Frage nicht gehört. Aber mit einem Seufzen antwortete sie irgendwann doch. »Er würde mich nie und nimmer heiraten, sondern eher davonjagen. Wenn ich wirklich ein Balg trage, dann kann ich es vielleicht noch einen oder zwei Monate verbergen, aber länger nicht. Und dann werde ich ohnehin …« Die Erkenntnis, schon zu viel gesagt zu haben, ließ Marlies innehalten und ihre Gesichtszüge erstarrten.

Zu gern hätte Annalena ihr gestanden, dass sie Bescheid wusste, dass sie Röber und sie beobachtet hatte, doch bevor sie den Mut dazu fand, donnerte eine Faust an die Tür.

»Annalena, bist du da drin?« Hildegard hatte sicher den Wäschekorb vor der Tür stehen sehen.

»Ja, ich bin hier!«, antwortete Annalena laut und beugte sich dann zu Marlies. »Versuch es mit der Knoblauchzehe. Dann wirst du Klarheit haben.«

Marlies nickte darauf und wischte sich mit den Handrücken über das Gesicht. Annalena warf ihr ein aufmunterndes Lächeln zu, dann verließ sie die Kammer.

»Was hattest du bei Marlies zu suchen?«, fuhr Hildegard sie draußen im Flur an.

»Ich habe nur mal nach ihr gesehen.«

Hildegards Augen musterten sie prüfend. »Hat sie dir was erzählt?«

Annalena schüttelte den Kopf. »Nein, warum sollte sie?«

Hildegard griff hart nach ihrem Arm und zerrte sie mit sich. Annalena hatte gar nicht die Gelegenheit zu protestieren. Ehe sie sich versah, fand sie sich in Hildegards Kammer wieder.

»Sie kriegt ein Balg, hab ich recht?«, zeterte sie, doch Annalena hatte nicht vor, Marlies zu verraten. Jede junge Frau konnte in diese Lage kommen und sie sah nicht ein, dass Marlies als die alleinig Schuldige angesehen wurde.

»Woher soll ich das wissen?«, entgegnete sie daher trotzig.

»Hat sie es dir gesagt oder nicht?« Noch immer hielt Hildegard sie fest, als fürchte sie, dass sie weglaufen könnte.

»Nein, sie hat mir nichts gesagt.« Endlich gelang es ihr, die Hand auf ihrem Arm abzuschütteln.

»Aber du weißt es! Ich kann's dir ansehen.« Annalena senkte den Blick, worauf Hildegard schnaufte. »Ich werde es unserem Herrn mitteilen. Soll er entscheiden, was mit ihr passieren soll.«

Annalena konnte sich denken, wie seine Entscheidung aussehen würde. »Wartet, das wäre nicht ratsam«, erkühnte sie sich zu sagen. »Das Kind ist von ihm.«

Die Haushälterin, die sich schon der Tür zugewandt hatte, wirbelte herum und erbleichte. »Was sagst du da?«

Annalena war sicher, dass sie nun ihre Sachen packen und gehen konnte. Aber sie wollte nicht, dass Hildegard Marlies bei Röber vorführte, wo er ihr das Kind doch gemacht hatte.

»Ich habe neulich beobachtet, wie unser Herr mit ihr im Stall verschwunden ist. Sie haben …«

Wie ein Wolf sprang Hildegard auf sie zu und packte sie erneut. Der Druck ihrer fleischigen Finger schnitt schmerzhaft in Annalenas Arm. »Du hast was getan?«

»Ich habe die beiden zusammen gesehen«, entgegnete sie so furchtlos wie möglich. »Wenn Marlies ein Kind unter dem Herzen trägt, dann ist es seins.«

Die beiden Frauen sahen sich einen Moment lang an, als wollten sie mit Blicken um die Wahrheit ringen. Dann ließ Hildegard sie wieder los und fasste einen Entschluss. »Das Mädchen muss fort. Und zwar noch heute.«

»Aber der Herr …«

»Du glaubst doch nicht, dass er dieses dumme Ding heiraten wird? Er wird sie rauswerfen und dann kann sie in der Gosse ihr Balg kriegen! Sie hätte nicht …« Hildegard stockte. Wahrscheinlich wusste sie genauso gut wie Annalena, dass Röber eine Weigerung nicht gelten gelassen hätte. Vielleicht hatte er Marlies beim ersten Mal auch gegen ihren Willen genommen oder sie mit Versprechen oder Drohungen gefügig gemacht.

»Wollt Ihr sie wirklich fortschicken, Frau Hildegard?«, fragte Annalena, während sie die Haushälterin beobachtete. »Vielleicht verliert sie das Kind.«

»Du meinst, sie will zu einer Engelmacherin gehen?« Hildegard stemmte schnaufend die Hände in die Seiten. Annalena wich vorsichtshalber zurück, denn sie wollte sich nicht wieder packen lassen wie eine Schweinekeule. Die Haushälterin schüttelte den Kopf. »Es wäre wirklich besser, wenn Marlies freiwillig und ohne einen großen Skandal zu machen verschwinden würde.«

»Sagt ihr das, wenn sie Gewissheit hat, nicht jetzt schon.«

Hildegard musterte sie auf diese Worte hin von Kopf bis Fuß. »Man merkt, dass du kein Kind mehr bist – im Gegensatz zu Marlies. Du erscheinst still, aber du machst dir Gedanken, die dir nicht zustehen.«

»Ich bitte Euch, Frau Hildegard, sagt ihr gegenüber nichts. Und auch nicht dem Herrn. Vielleicht findet sich eine Lösung.«

»Dir würde ich sogar zutrauen, dass du eine finden würdest, aber ihr …«

»Bitte.« Annalena sah sie eindringlich an.

»Nun gut, ich werde es für mich behalten. Vorerst. Du wirst im Gegenzug niemandem erzählen, was du gesehen hast.«

»Keine Sorge, von mir erfährt niemand etwas«, entgegnete sie.

»Dann mach dich jetzt wieder an die Arbeit.«

Annalena verließ das Zimmer und kehrte dann zum Wäschekorb zurück. Hinter Marlies' Tür war alles still, entweder war sie nach unten gegangen oder eingeschlafen.

Das Läuten der Türglocke lockte Johann aus der Defektur. Den ganzen Morgen über hatte er stumm neben Schrader gearbeitet und sich gefragt, wann wohl eine Antwort von Röber kommen würde.

Zorn war noch immer nicht zurück, doch es konnte jetzt nicht mehr lange dauern. Er durfte auf keinen Fall mitbekommen, dass Röber ihm eine Nachricht sandte – wenn denn eine kommen würde.

Jedes Bimmeln der Glocke hatte ihn heute dazu gebracht zusammenzufahren und dann fluchtartig den kleinen Hinterraum zu verlassen. Natürlich machte er sich damit bei Schrader verdächtig, doch das war immer noch besser, als wenn jemand anderes Röbers Antwort in die Finger bekam.

Die ersten Male war er umsonst gelaufen, und auch diesmal schien es keine Nachricht des Gewürzhändlers zu sein. Ein junger, ziemlich schmächtiger Mann stand in der Offizin und blickte sich neugierig um. Böttger stieß ein Seufzen aus und ging zu ihm.

»Guten Tag, Monsieur, was kann ich für Euch tun?«

Der Bursche war kaum älter als er selbst, trotzdem entschied sich Böttger für diese Anrede.

»Ich habe eine Nachricht für Johann Böttger«, antwortete der junge Mann und zog einen Umschlag aus seiner Rocktasche. Das Siegel darauf ließ keinen Zweifel ob seiner Herkunft aufkommen.

Johann entriss ihm das Briefchen förmlich. »Habt vielen Dank!«

Der Bursche betrachtete ihn abschätzig, aber das bemerkte er nicht mehr. Als die Türglocke ging, brach Böttger ganz vorsichtig das Siegel, denn er wollte sich nachher nicht fragen lassen müssen, warum Wachs auf dem Boden herumlag.

Heute Nachmittag in meinem Kontor. F.R.

Johann musste zugeben, dass er eine andere Antwort erwartet hatte, aber im Falle einer Absage hätte Röber ihn sicher nicht zu sich gebeten.

»Was war los?«, hörte er Schrader hinter sich fragen und presste blitzartig das Papier an die Brust. Verdammt, der Kerl hatte Ohren wie ein Luchs!

»Nichts, nur die Bitte um ein Rezept«, antwortete Johann. »Ich muss heute Nachmittag kurz weg.«

Damit ließ er das Papier in seiner Hosentasche verschwinden und wandte sich seinem Freund zu. Dieser blickte ihn skeptisch an, doch offenbar sah er gleich, dass Johann kein weiteres Wort über den vermeintlichen Kunden verlieren wollte, also kehrte er in die Defektur zurück und füllte weiterhin Magenpulver und Gichtmittel in kleine Tüten. Johann tat es ihm gleich, hatte jetzt aber Mühe, seine Hände ruhig zu halten, die vor lauter Erwartung zitterten.

Am Nachmittag schickte Hildegard Annalena mit einer Karaffe Wein und zwei Gläsern in Röbers Kabinett neben dem Lagerraum. Es war eigentlich Marlies' Aufgabe, den Herrn und seine Gäste zu bedienen, aber morgens war sie erneut unpässlich gewesen.

Annalena gefiel es überhaupt nicht, Röber servieren zu müssen. Aber sie hatte keine Wahl. Seufzend band sie sich die schmutzige Schürze ab und griff nach dem Tablett. Zwei Gläser bedeuteten immerhin, dass Röber nicht allein war und sie nicht wieder bedrängen würde.

Als sie jedoch eintrat, fand sie Röber allein im Kabinett vor. Er trug seinen schwarzen Reitrock, dunkle Hosen und blankgewienerte hochschäftige Stiefel. Zwischen seinen Händen bog er eine lange Reitgerte. Es machte den Anschein, als wollte er nach dem Genuss des Weins ausreiten. Doch mit wem?

»Verzeiht, aber Frau Hildegard sagte mir …«

»Dass du mir Wein bringen sollst«, vollendete Röber ihren Satz und lächelte. Auch jetzt nahm er die Gerte nicht herunter, sondern schlug sich damit leicht auf die Handfläche. Das leise Zischen ließ Annalena erstarren. Die Narben auf ihrem Rücken prickelten unangenehm, denn ihre Haut erinnerte sich noch allzu gut, wie es war, von einem Gegenstand wie diesem geschunden zu werden.

»Bevor ich ausreite, möchten mein Gast und ich unsere Kehlen noch ein wenig befeuchten.«

Annalena stellte das Tablett auf das Schreibpult und wollte gerade gehen, als Röber die Gerte vorschnellen ließ und sie ihr vor die Brust hielt.

»Lauf doch nicht gleich weg! Oder hat dich Hildegard dermaßen an der Kandare, dass du keinen Augenblick Zeit für deinen Herrn hast?«

Während er sprach, fuhr er mit der Gerte die Kontur ihres Busens nach. Annalena wollte sofort zurückweichen, doch Röber war schneller. Er trat rasch hinter sie, so dass sie seinen Atem in ihrem Nacken spüren konnte, und schlang einen Arm um ihre Taille.

Sogleich wallte Panik in ihr auf. Sie dachte daran, dass Mertens ihr zuweilen auf dieselbe Art nahegetreten war. Und was dann gefolgt war.

»Bitte, Herr, ich muss wieder los«, sagte sie flehend. Annalena spürte, dass er sich näher an sie herandrängte.

»Diesen Moment hast du Zeit«, sagte Röber bestimmt und schob die Hand von ihren Hüften zu ihrem Hals, den er locker umfasste. Gleichzeitig presste er nun die gesamte Länge seines Körpers von hinten an sie. Annalena keuchte erschrocken auf, als sie sein Glied sogar durch die vielen Lagen Stoff an ihrem Hintern spürte.

»Was würdest du davon halten, deinem Herrn einen kleinen Gefallen zu tun?«, raunte er in ihren Nacken, und während die Gerte weiter über ihren Busen fuhr, griff er nach ihrer Hand.

Die Panik nahm Annalena den Atem. Aber nur für einen Moment. *Wenn ich Mertens besiegt habe, werde ich auch dich davon abhalten, mich zu schänden.*

Die Angst blieb, aber Annalena war auch entschlossen, nicht kampflos aufzugeben. Fieberhaft überlegte sie, wie sie sich aus der Lage befreien sollte. *Kratzen oder beißen?* Ein Gegenstand, mit dem sie um sich schlagen konnte, war nicht in der Nähe. Aber vielleicht konnte sie …

Ihre Gedanken stockten, als sie spürte, was Röber vorhatte. Er führte ihre Hand an seinen Hosenbeutel. Dass er ihr dabei den Arm unnatürlich verdrehte, störte ihn nicht.

Annalena schrie zunächst vor Schmerz auf, dann vor Ekel und Zorn, als sie sein Gemächt spürte, das sich ihr gierig entgegenstreckte.

»Na, gefällt dir das?«, keuchte Röber.

Ich werde dir deinen Schwanz ausreißen, wenn du mich zwingst, drohte sie ihm im Stillen.

Röber versuchte, sie auf den Tisch zu zwingen. Annalena wehrte sich verbissen, doch im nächsten Moment brachte das Bimmeln der Türglocke ihn von ihr ab. Mit einem verärgerten Knurren ließ er sie los.

Sein Gast war da!

Annalena wusste nicht, um wen es sich handelte, aber sie war ihm unendlich dankbar.

Röber hingegen hatte Mühe, sich wieder zu fassen. »Verschwinde«, raunte er ihr zu, und Annalena lief los, ohne sich noch einmal nach ihm umzusehen. Sie hielt den Kopf gesenkt und achtete nicht darauf, wen sie da beinahe über den Haufen lief.

»So sieht man sich also wieder«, sagte eine Stimme, und als sie aufblickte, sah sie sich Johann Böttger gegenüber.

Sosehr sie sich auf ein Wiedersehen mit ihm gefreut hatte, so unangenehm war es ihr jetzt. Noch immer konnte sie Röbers Körper an ihrem Rücken spüren.

»Guten Tag«, wünschte sie steif.

»Den wünsche ich Euch ebenfalls, Jungfer Annalena«, entgegnete Böttger artig, denn er wusste, dass Röber in der Nähe war. »Wie haben die Arzneien gewirkt?«

Annalena blickte sich hastig zur Tür um, doch Röber hatte wahrscheinlich noch immer damit zu tun, seiner Erregung Herr zu werden. Sie trat näher an Johann heran und flüsterte ihm zu: »Bitte erwähnt das nicht gegenüber unserem Herrn. Sagt am besten gar nichts dazu.«

Johann zog überrascht die Augenbrauen hoch. »Wie Ihr wünscht. Aber dennoch würde es mich interessieren.«

»Es hat geholfen«, entgegnete Annalena und legte ihre rechte Hand bittend auf seine. Erst als sie seine Haut berührte, wurde ihr klar, dass sie nicht einen Moment gezögert hatte, ihn anzufassen. »Aber reden wir jetzt nicht mehr davon.«

Johann nickte, und als sich Schritte näherten, zog Annalena ihre Hand zurück und huschte, nachdem sie ihm noch einen unsicheren Blick zugeworfen hatte, an ihm vorbei.

Wenige Augenblicke später erschien Röber in der Tür.

»Nun, mein Freund, seid Ihr bereit?«, fragte er Böttger. Inzwischen hatte er sich wieder unter Kontrolle.

Annalena strebte der Tür zu, die zum Gang in die Küche führte, doch anstatt weiterzugehen, blieb sie stehen und lauschte.

»Ja, Monsieur Röber, das bin ich«, hörte sie ihn antworten.

»Nun gut, dann lasst uns aufbrechen. Meine Knechte haben die Pferde schon bereitgestellt.«

Auf diese Worte folgten schwere Schritte, dann ertönte das Bimmeln der Türglocke, und die beiden Männer verließen das Kontor. Als Annalena hinter dem Türrahmen hervorlugte, konnte sie gerade noch sehen, wie sie davonritten.

»Nun, junger Mann, es freut mich, dass Ihr Euch weiter der Alchemie widmen wollt«, sagte Röber, nachdem sie die Pferde auf einer Wiese vor den Toren Berlins zum Stehen gebracht hatten.

An diesem Ort würden ihnen gewiss keine neugierigen Ohren lauschen, weder vom Personal noch von Vorbeikommenden. Lediglich ein Falke und ein paar Krähen zogen über ihnen ihre Kreise und in der Ferne muhten ein paar Kühe.

»Wie weit ist Eure Forschung gediehen?«

»Sagt Euch der Name Lascarius etwas?« Böttger verlieh seiner Stimme einen bedeutungsschwangeren Klang.

Röber überlegte kurz und nickte. »Der Abenteurer mit den tausend Gesichtern. Er soll einer der letzten wahren Adepten der Alchemie sein. Ist er etwa in der Stadt?«

»Nicht nur das«, entgegnete Böttger, machte bewusst eine Pause und blickte zum Kaufmann hinüber. Er wirkte angespannt, beinahe wie die Feder eines Uhrwerks. Bevor Röber die Geduld verlieren und nachfragen konnte, rückte Böttger mit der Sprache heraus. »Er hat mich zu seinem Lehrling gemacht.«

Röbers Augen weiteten sich. Er hatte so einiges von dem Burschen erwartet, aber nicht das. »Er hat Euch zu seinem Lehrling gemacht?«, wiederholte er ungläubig, worauf Böttger nickte.

»Das hat er. Und mehr noch. Er hat versprochen, mich schon bald in das große Geheimnis einzuweihen. Allerdings fürchte ich, dass die Ausrüstung, die mein Freund in seinem Labor besitzt, nicht ausreichend ist, um neue Kenntnisse in die Tat umzusetzen.«

Röber war für einen Moment zu beeindruckt, um etwas zu sagen. Doch seine Gedanken hielt das nicht auf. Als hätte er einen Abakus in seinem Verstand, begann er sogleich, eine Rechnung aufzustellen.

Lascarius wurde nachgesagt, den Stein der Weisen zu besitzen, mit dessen Hilfe er schon einige hundert Jahre alt geworden sein sollte. Ihn als Lehrmeister zu haben, bedeutete für Böttger nichts anderes, als dass er eines Tages in seine Fußstapfen treten würde. Dadurch würde ihm nicht nur ewige Jugend sicher sein, sondern auch Gold. Sehr viel Gold. Und was bedeutete das für seinen Gönner? Nichts anderes, als dass er all diese Göttergaben mit ihm teilen musste, denn er stand in seiner Schuld.

»Nun, was das angeht, kann ich Euch helfen«, sagte Röber schließlich, als er sich von seinem Staunen erholt hatte. »Ich kann Euch dreihundert Taler leihen, das müsste reichen, um das Laboratorium in einen geeigneten Zustand zu bringen. Bedingung ist allerdings, dass ich bei einer Transmutation zuschauen kann.«

»Natürlich, Ihr könnt jederzeit zusehen«, entgegnete Böttger und konnte nur schwer mit seiner Freude hinter dem Berg halten. Ganze dreihundert Taler.

»Dann wären wir uns ja einig«, entgegnete Röber und reichte ihm die Hand. »Ich werde Euch das Geld von meinem Gehilfen überbringen lassen und erwarte das gleiche Stillschweigen darüber, wie Ihr meines erhalten werdet.«

»Vielen Dank, Monsieur Röber. Ich werde Euch Bescheid geben, sobald die Transmutation stattfinden kann.«

»So sei es!«

Die beiden Männer schüttelten sich die Hände und saßen dann wieder auf, um wenig später zurück in Richtung Stadt zu sprengen.

Nachdem Johann vom Ausritt mit Röber zurückgekehrt war und seine Arbeiten in der Offizin erledigt hatte, führte ihn sein erster Weg zu seinem Freund Siebert.

»Rück schon mal die Tische beiseite und räum auf, demnächst können wir uns neue Apparaturen leisten«, rief er ihm zu, als er in die von chemischen Dämpfen geschwängerte Dunkelheit des Laboratoriums trat.

Siebert legte seine Stirn in Falten. »Hast du einen Goldesel gefunden oder was?«

»Kann man so sagen.« Johann lächelte zufrieden. »Wir haben einen Gönner, einen reichen Gönner, der uns helfen wird, unser Ziel zu erreichen.«

»Und wer soll das sein? Etwa Lascarius?«

»Nein, der nicht, obwohl ich ihm zutraue, in seiner Kiste einen Batzen Goldstücke zu haben. Nein, es ist der Kaufmann Röber. Du kennst ihn sicher.«

Siebert nickte. Der Name Röber war in Berlin ein Begriff, nicht nur, weil er ein reicher Kaufmann war, sondern weil es hieß, dass er einige Alchemisten fördern würde.

»Aber du solltest dir darüber klar sein, dass er alles auf Heller und Pfennig wiederhaben will.« Auch das erzählte man sich von Röber.

»Er wird es bekommen, denn ich bin mir sicher, dass Lascarius uns an das ersehnte Ziel bringt. Das große Ziel!«

Dagegen konnte auch Siebert nichts sagen, immerhin war er derjenige, der den Mönch, Mystiker, Alchemisten und was er sonst noch war, auf ihn gebracht hatte.

»Morgen sollen wir das Geld erhalten, und ich denke, dass wir uns zu allem anderen auch einen Krug Wein im Wirtshaus gönnen sollten, um die glückliche Fügung zu feiern.« Damit verabschiedete Johann sich und marschierte schnurstracks zum *Goldenen Hirschen*, wo er von Lascarius bereits erwartet wurde.

Wenig später saßen sie bei Wein und Brot, das Böttger spendiert hatte, und sprachen über die Theorie des Goldmachens.

»Er weiß, dass Er für die Transmutation ein gut eingerichtetes Laboratorium braucht?«, fragte Lascarius irgendwann.

»Seid unbesorgt, schon in einigen Tagen werdet Ihr Sieberts Labor nicht wiedererkennen«, antwortete Johann. »Mir war das Glück vergönnt, einen Förderer für meine Arbeit zu finden. Ein Kaufmann hat mir dreihundert Taler versprochen, von denen ich neue Ausrüstung erwerben werde. Alles, was er verlangt, ist bei einer Transmutation dabei zu sein und über all meine Erfolge unterrichtet zu werden.«

Lascarius überlegte eine Weile. Worüber er nachdachte, war ihm nicht anzusehen, seine Miene war so reglos, als sei er in den Tiefen eines Gebets versunken. Johann fragte sich, ob das gut oder schlecht war, dann sagte der Mönch plötzlich: »Nun, Er hat mich davon überzeugt, dass Er würdig genug ist, einen Blick auf das große Geheimnis zu werfen.«

Der Mönch erhob sich und ging zu seiner geheimnisvollen Kiste. Johann beobachtete, wie er darin mit beinahe dem gesamten Oberkörper verschwand, und fragte sich, was er wohl hervorholen wollte. Als er sich wieder aufrichtete und umdrehte, hatte der Mönch die Hände unter seiner Kutte. Johann überkam eine Ahnung.

Mit beinahe würdevollem Schritt kehrte Lascarius schließlich zurück und holte ein mit Korken verschlossenes Glas aus seinem Ärmel hervor, das ungefähr zwei Finger dick war.

Darin schimmerte ein rotes Granulat, das Johann an Goldrubinglas erinnerte. Wäre es flüssig gewesen, hätte er es für den sogenannten Cassius'schen Goldpurpur halten können, dem man wundertätige Dinge nachsagte. Doch wenn ein Mann wie Lascarius rote Kristalle in der Hand hielt, war es gewiss nicht etwas, das von anderen Alchemisten bereits erprobt worden war.

»Ja, mein Junge, Er hat den richtigen Gedanken«, sagte Lascarius, als er Johanns Augen aufleuchten sah. »Dies ist der Stein der Weisen, das Arkanum. In der kommenden Woche werde ich Ihm beibringen, wie Er es einsetzen kann.«

»Habt Ihr keine Angst, dass Euch jemand das Arkanum stehlen könnte?«, fragte Johann, während er den Blick nicht von der Phiole ließ. Es war gewiss gefährlich, eine Kostbarkeit wie den Stein der Weisen ohne den Schutz einer Waffe bei sich zu tragen.

Der Mönch musterte ihn daraufhin so lange, bis Johann es beinahe bereute, seinen Gedanken laut ausgesprochen zu haben.

»Nun, was das angeht, bin ich unbesorgt. Sollte jemand auf die Idee kommen, mich bestehlen zu wollen, wird ihn Gottes Verdammnis treffen. Und wie wir alle wissen, kann das Arkanum seine Wirkung nur mit Gottes Wohlwollen entfalten.« Mit diesen Worten reichte er Johann die Phiole. »Nur ein paar Körnchen dieses Mittels genügen, um einfaches Metall in Gold zu verwandeln. Das große Ziel nennt man es in unseren Kreisen, aber das weiß Er bereits. Es gibt davon auch noch ein weißes Granulat, mit dem man aus unedlem Metall Silber machen kann. Aber das rote ist der wahre Stein der Weisen.«

Böttger betrachtete die roten Kristalle fasziniert. Für einen Moment glaubte er, das Glas würde sich unter seinen Fingern erwärmen, doch das war nur Einbildung. Vielmehr war es so, dass seine Hände zu schwitzen begannen, also gab er dem Mönch die Phiole schnell wieder, damit er sie nicht aus Versehen fallen ließ.

»Wenn Er will, kann Er eine kleine Probe bekommen und damit seine Studien treiben«, sagte Lascarius daraufhin, nachdem er die Phiole nachdenklich in den Händen gewogen hatte.

Johann konnte sein Glück nicht fassen. Er nickte, ungläubig und fasziniert zugleich. Kein einziges Wort konnte er herausbringen.

Lascarius füllte etwas von dem Granulat in eine kleinere Phiole, die er ihm daraufhin reichte. »Bedenke Er immer, dass die Wirkung des Steins verbessert wird, wenn man ihn mit Wachs umhüllt. Bei kleinen Transmutationen ist es nicht von Bedeutung, doch bei größeren kommt es auf das genaue Verfahren an, und Er will doch sicher nichts von diesem kostbaren Stoff verschwenden, oder?«

Johann schüttelte den Kopf. Mit einem Mal fühlte sich seine Kehle ganz trocken an und sein Verstand begann zu schwirren. Welche Möglichkeiten würde ihm dieser Stoff eröffnen! Er würde der erste neue Adept der Alchemiekunst sein. Soweit bekannt war, gab es nur noch wenige alte Adepten, die meisten von denen, die es behaupteten, waren Betrüger, die früher oder später am Galgen landeten. Aber er würde die echte Kunst erlernen!

»Gibt es einen Weg, das Arkanum herzustellen?«, fragte er und umfasste die kleine Phiole so fest, als könnte sie ihm im nächsten Augenblick wieder entrissen werden.

»Sicher gibt es den, doch den kennen nur die großen Adepten«, entgegnete Lascarius, verkorkte seine Phiole wieder und ließ sie in seinem Ärmel verschwinden. »Nur die Besten sind würdig, das Rezept zu erfahren. Ich bin in seinem Besitz, doch bis ich es Ihm gebe, wird noch Zeit ins Land gehen.«

Johann fragte sich, ob er dafür wieder eine Prüfung bestehen sollte, doch bevor er nachfragen konnte, sagte Lascarius: »Lasse Er mich jetzt allein. Es ist spät und ich muss meine Gebete sprechen. Morgen kann Er sich um dieselbe Zeit wieder hier einfinden.«

Johann nickte, obwohl sein Geist voller Fragen war, aber er hatte gelernt, dass Ungeduld im Umgang mit Lascarius nicht hilfreich war. Alles brauchte seine Zeit, und wenn sie gekommen war, würde der Geschmack des Triumphes umso süßer sein.

9. Kapitel

Aus den geheimen Aufzeichnungen des Johann Friedrich Böttger:

Lascarius' Worte vom Wohlwollen der Götter irritieren mich. Sollte ich es vielleicht nicht haben? Meine erste heimliche Transmutation in der vergangenen Nacht ist

missglückt. Mit dem Arkanum, das mir Lascarius überlassen hat, konnte ich wohl ein goldfarbenes Metall erschaffen, doch dieses war kein echtes Gold.
Sosehr mich das enttäuscht, sage ich mir gleichwohl, dass ich mit meiner Ausbildung erst begonnen habe. Vielleicht war es töricht zu glauben, ohne Anleitung zum Erfolg zu kommen. Der Mönch wollte mir mit dem Geschenk sein Vertrauen beweisen, er wollte mir zeigen, dass er voll Glauben an mein Können ist. Gewiss habe ich einen Fehler begangen oder gar das falsche Verfahren angewendet. Ich darf jetzt nicht ungeduldig werden.
Eine Woche Zeit bleibt mir, um den rechten Umgang mit dem Stein der Weisen von Lascarius zu erlernen. Dann will er eine Transmutation sehen, eine Art zweite Prüfung. Ich sage mir, dass mir deswegen nicht bange sein muss, denn ich vertraue auf Lascarius und meine Fertigkeiten. Und so werde ich mir die Freiheit herausnehmen, meinen Gönner zu diesem Experiment einzuladen …

Schritte vor der Tür schreckten Johann aus seiner Niederschrift. Schnell ließ er das Heftchen in seinem Hemd verschwinden und legte sich eines seiner Bücher auf den Schoß.

Als Schrader eintrat, fand er seinen Kameraden in der Pose des begierig Lernenden vor, der sich augenscheinlich an seinen Büchern festgebissen hatte. Doch Schrader blickte nicht so drein, als würde er ihm dieses Possenspiel noch länger abnehmen. War Röbers Gehilfe vielleicht so unvorsichtig gewesen, Schrader den Geldsack zu übergeben?

»Ein Brief ist soeben für dich angekommen«, sagte er und warf ihm ein Kuvert auf die Buchseiten. Ein Blick genügte, um Johann zu zeigen, dass es nicht das Geld war. Er drehte den Brief herum und erkannte sogleich das Wappen. Es gehörte seinem Bekannten Kunckel. Wahrscheinlich wollte er sich danach erkundigen, wie seine Studien verliefen. Johann war selbst noch nicht dazu gekommen, ihm zu schreiben, und nun war er dankbar dafür, denn er musste Kunckel jetzt nicht mehr um Geld bitten. Obwohl er diesmal endlich Fortschritte vorweisen könnte!

Seiner Neugier folgend wollte er den Brief schon aufreißen, doch noch immer spürte er Schraders misstrauischen Blick auf sich.

»Was gibt es?«, fuhr er ihn an.

»Du machst wieder Gold, nicht wahr?«, entgegnete Schrader und verschränkte die Arme vor der Brust. »Kunckel stiftet dich dazu an, es zu tun.«

Johann ließ den Brief sinken und atmete tief durch. »Das geht dich nichts an«, war alles, was er dazu sagen konnte.

»Und ob es mich etwas angeht!«, entgegnete Schrader mit ungewohnter Hitzigkeit. »Ich habe es schon lange geahnt und gestern habe ich dich erwischt, wie du erst spätabends wiedergekommen bist und dich in den Keller geschlichen hast. Du hast experimentiert!«

Johann war sich sicher gewesen, dass niemand ihn bemerkt hatte, doch offenbar hatte er sich in Schrader getäuscht. Er war nicht nur schlau und hatte gute Ohren, er hatte auch keine Skrupel, dem älteren Freund nachzuspionieren.

»Du weißt, dass Zorn dir die Ohren vom Kopf reißen wird, wenn er es mitbekommt«, fuhr Schrader fort, als eine Antwort ausblieb. »Du hast das Laboratorium gründlich gereinigt, so dass er keinen Verdacht schöpfen wird, doch früher oder später wird er es merken.«

»Und was gedenkst du, nun zu tun?« Johann sprang auf und aus Angst, er könnte ihn am Kragen packen, wich Schrader ein Stück zurück. »Willst du mich bei ihm anschwärzen?«

Schrader kniff die Lippen zusammen, dann blickte er ihn beinahe flehend an. »Ich verlange, dass du mich einweihst.«

Johann glaubte nicht, was er da hörte. »Ich soll dich einweihen?« Bisher hatte Schrader immer auf der Seite des Meisters gestanden und das Goldmachen verteufelt. Und jetzt dieser Umschwung?

»Ja, ich will dabei sein, wenn es dir gelingt, Gold zu machen!«

»Aber wie stellst du dir das vor? Du hast doch bisher nichts dafür übriggehabt.«

»Trotzdem will ich eingeweiht werden«, entgegnete Schrader hartnäckig. »Außerdem können zwei Menschen ein Geheimnis besser verbergen als nur einer. Sobald es dir gelingt, Gold zu machen, will ich, dass du es mir zeigst. Dafür ermögliche ich dir, heimlich im Laboratorium zu arbeiten, und wenn es sein muss, beseitige ich auch die Spuren.«

Böttger atmete tief durch. Es war nichts Unmögliches, was sein Freund da verlangte. Und eigentlich hätte er ihn schon längst ins Vertrauen ziehen sollen. Aber etwas hatte ihn davon abgehalten, und dieses Etwas hinderte ihn auch jetzt daran, sofort zuzustimmen. Schrader war dem Prinzipal noch stärker verbunden als er selbst. Nicht, dass er ihn für einen Verräter hielt, doch wenn Zorn ihn in die Zange nahm und sich dabei auf seinen Vater berief, würde Schrader sicher weich werden und alles beichten. Das würde Johanns und vermutlich auch Schraders Rauswurf bedeuten. Aber wenn er sich nicht darauf einließ, könnte Schrader jederzeit zum Prinzipal laufen und seine Stelle und seine Forschungen wären damit auch passé …

»Würdest du mir im Gegenzug schwören, dass du Zorn nichts sagst, komme was wolle?«, fragte er, worauf sich Schrader sichtlich entspannte. Es war offenbar doch nicht Entschlossenheit, die seine Miene verzerrt hatte, sondern die bange Erwartung einer Tracht Prügel, die Böttger ihm für seine Drohung verabreichen könnte.

»Das würde ich dir sogar mit meinem Blut versprechen! Nur belüg mich nicht wieder.« Das klang ein wenig dramatisch, aber immerhin ehrlich.

»Also gut, sobald ich weiß, wie man es macht, werde ich dich einweihen. Das wird allerdings hinfällig, wenn Zorn Lunte riecht.«

Schrader nickte, und nachdem sie sich die Hände gereicht hatten, verschwand er wieder aus der Kammer.

Johann sah ihm nach und brach dann Kunckels Siegel. Auf dem Papier stand genau das, was er vermutet hatte. Und es würde ihm eine Freude sein, seine Fragen zu beantworten und zu berichten, wie nahe er dem Ziel war.

Als die Sonne über dem Kontor aufging, sah alles aus wie immer. Der Regen war in der Nacht davongezogen und nur ein paar rote Morgenwolken zierten den Horizont. Die verbliebenen Regentropfen glitzerten an der Fensterscheibe.

Irgendetwas wirkte auf Annalena trotzdem anders, als sie sich von ihrem Lager erhob. Sie konnte es nicht benennen, es war nur ein Gefühl, aber immerhin so stark, dass es ein unangenehmes Kribbeln in der Magengegend verursachte.

Sie erhob sich, wusch und kleidete sich an, dann verließ sie das Zimmer. Hinter Marlies' Tür war alles still. Entweder war sie bereits auf den Beinen und kotzte sich in der Latrine die Seele aus dem Leib oder sie lag noch immer schlafend auf ihrem Strohsack. Ob sie ihren Rat mit der Knoblauchzehe befolgt hatte? Seit dem Abendessen hatte sie sie nicht mehr zu Gesicht bekommen und sie hatte auch nicht nachgeprüft, ob eine Knolle von dem Zopf neben dem Fenster verschwunden war.

Als Annalena in die Küche trat, sah sie Hildegard vor der Esse. Sie reckte ihren massigen Hintern nach oben und pustete mit voller Kraft in die kleine Flamme, die sich hartnäckig weigerte, größer zu werden. Annalena wusste, dass es nichts brachte, Hildegard den Blasebalg zu bringen, denn sie vertrat die Ansicht, dass das Herdfeuer nur dann vernünftig und lange brannte, wenn sie ihm ihren eigenen »Odem« eingeblasen hatte.

»Marlies?«, fragte sie, als sie in einer kurzen Pause zum Luftholen die Anwesenheit einer weiteren Person in der Küche bemerkte.

»Nein, ich bin's«, antwortete Annalena und griff sogleich nach dem Wassereimer, den Hildegard wohl für die Erstbeste, die die Treppe herunterkam, bereitgestellt hatte.

»Wo steckt Marlies?« Sie ließ vom Feuer ab und wandte sich um, als wollte sie sich vergewissern, ob Marlies nicht nur die Stimme verstellt hatte.

»Ich habe sie noch nicht gesehen«, antwortete Annalena. »Sie wird sicher noch in ihrer Kammer sein.«

Hildegard kniff die Lippen zusammen, so dass alles Rot in einem schmalen Strich verschwand. »Geh noch mal hoch und sieh nach ihr.«

Die Härte, die Hildegard gestern noch in ihrer Kammer an den Tag gelegt hatte, war verschwunden und einer beinahe fürsorglichen Regung gewichen. Ob sie den Plan aufgegeben hatte, Marlies wegzuschicken? Vielleicht war sie ja zu dem Schluss gekommen, ihr helfen zu können. Annalena stellte den Eimer wieder ab und stapfte nach oben. An der Kammertür angekommen, blieb sie stehen und klopfte.

»Marlies?«

Eine Antwort blieb aus. Annalena klopfte erneut, aber wiederum regte sich nichts. War Marlies ohnmächtig geworden? Hatte sie sich beim Fallen den Kopf angeschlagen?

Sie öffnete die Tür. Das, was sie zu sehen bekam, überraschte sie. Marlies war nicht da. Das Bett war ordentlich gemacht – oder in der Nacht gar nicht erst benutzt worden.

Blitzartig wirbelte sie herum und rannte die Treppe hinunter.

»Sie ist fort!«, rief sie, noch bevor sie die letzten Stufen hinter sich gebracht hatte.

Hildegard schoss in die Höhe. Die kleine Flamme, die sie immer noch nicht zum Lodern gebracht hatte, verlosch beinahe vom Windzug ihrer Röcke.

»Was sagst du da?«, fragte sie und wischte sich die Hände an der Schürze ab.

»Marlies ist verschwunden. Ihr Bett ist entweder gemacht worden oder sie hat es gar nicht berührt.«

»Hast du nach ihren Sachen gesehen?«

Annalena schüttelte den Kopf.

»Dann lauf noch mal hoch und sieh nach. Und schau auch in die Wäschekammer.«

Was sie dort suchen sollte, sagte Hildegard nicht dazu, aber Annalena konnte es sich denken. Sie rannte, so schnell sie konnte, nach oben und strebte zunächst der Wäschekammer zu. Marlies dort nicht von einem Balken hängend vorzufinden, beruhigte Annalena ein wenig, aber nicht genug, um zu verhindern, dass sich ihre Eingeweide vor Sorge schmerzvoll zusammenzogen.

In ihrer Kammer konnte sie nicht feststellen, ob etwas fehlte, aber sie wusste ja auch nicht, was Marlies alles besessen hatte. Kleidung oder persönliche Gegenstände sah sie keine, aber sie selbst besaß ja auch nichts Derartiges. Sie kehrte wieder in die Küche zurück, in der Hildegard mittlerweile unruhig auf und ab ging.

»Und?«

Annalena schüttelte den Kopf.

»Sieh noch im Stall nach, vielleicht ist sie da.«

Glockenläuten tönte ihr aus der Ferne entgegen, als sie das Kontor verließ und über den Hinterhof zum Stall lief. Unzählige Gedanken jagten durch ihren Verstand und einer davon war besonders grausam. Es gelang ihr nicht, das Zittern ihrer Hände zu unterdrücken, als sie das Tor öffnete. Thomas, der Knecht, war noch nicht da, er kam immer erst nach dem Morgengebet, sonst hätte sie ihn zum Nachschauen mitnehmen können.

Das Licht drang in einem breiten Streifen durch die Tür in den Stall, und unter ihren Füßen knisterte das Stroh. Annalena sah sich um. Sie suchte den Boden nach Blutspuren ab, doch alles, was sie sah, war Stroh, das vielleicht schmutzig, aber nicht blutig war. Sie entzündete mit zwei Zündsteinen die Öllampe, die neben der Tür hing, und drang dann tiefer ins Gebäude vor.

Um den Balken, vor dem Marlies es mit Röber getrieben hatte, machte sie einen weiten Bogen. »Marlies?«, rief sie, erhielt allerdings nur das Gackern der Hühner als Antwort. Sie stellte also eine Leiter an das Loch, das zum Heuboden führte, und kletterte hinauf. Für einen kurzen Moment wurde sie an den Dachboden in Walsrode erinnert, mit den Messern und Äxten ihres Mannes und den Ringen an den Pfosten. Doch die Angst, Marlies tot vorzufinden, vielleicht durch eigene Hand gerichtet, war stärker und drängte die Erinnerung beiseite.

Auch auf dem Heuboden war sie nicht. Annalena war darüber seltsam erleichtert. Sie hätte es gewiss nicht ertragen können, ihre Leiche zu entdecken, und so blieb die Hoffnung, dass Marlies wirklich nur fortgegangen war. Zu einer Kräuterfrau oder fort aus der Stadt.

Als sie die Scheune verließ, bog gerade Thomas um die Ecke. Verwundert blickte er Annalena an, die ihn sogleich fragte, ob er Marlies gesehen hätte, sie sei verschwunden. »Vielleicht ist sie nach Cölln gelaufen, auf die andere Seite der Spree«, mutmaßte er, und Annalena fragte sich, ob er wohl wusste, dass sie ein Kind trug.

Wahrscheinlich nicht, und er schien sich auch nicht viele Sorgen um sie zu machen, denn er begann, ohne weiter nachzufragen, die Pferde zu füttern.

Annalena kehrte ins Haus zurück, wo Hildegard sie bereits erwartete. Kopfschüttelnd machte sie ihr klar, dass Marlies auch nicht draußen war.

Auch Röber hatte ein Schreiben von Kunckel bekommen. In diesem bat er wie schon einige Male zuvor um ein wenig Zuwendung für seine Forschungen. Der Gewürzkrämer lächelte, als er die feingeschwungene Schrift betrachtete. Kunckel schrieb ihm in solch süßen Worten, als würde sein Durchbruch kurz bevorstehen. Dabei wusste Röber längst, dass der Schüler den Meister übertroffen hatte, sprich, dass Böttger, obwohl er seine Forschungen gerade erst wieder aufgenommen hatte, schon weiter war, als der verarmte Adelige.

Sollte er die Geldsendungen an Kunckel vielleicht einstellen? Sicher waren seine Taler bei Böttger besser angelegt. Doch die angeborene Vorsicht des Kaufmanns ließ ihn von diesem Plan Abstand nehmen. Zwei Goldmacher waren besser als einer. Wo einer versagte, konnte der andere Erfolg haben.

Röber ließ das Papier sinken und legte es auf seinem Schreibtisch ab. Allzu viel würde er Kunckel nicht schicken, aber genug, damit er ihm verbunden blieb. Er griff also nach Papier und Federkiel und setzte eine Antwort auf. Dieser legte er eine Zahlungsanweisung bei und beglaubigte sie schließlich mit seinem Siegel.

Als er fertig war, wollte er nach Paul rufen, doch dann beschloss er, selbst in die Stadt zu gehen und das Schreiben bei der königlichen Post aufzugeben. Dabei konnte er auch gleich Böttger aufsuchen und ihm sein Salär zukommen lassen.

Er zog seinen zweitbesten Rock über und verstaute darin den Brief und ein Geldsäckchen mit Dukaten und mehreren Wechseln. Mit Stock und Hut verließ er anschließend sein Arbeitszimmer.

Aus der Küche konnte er es klappern hören, und dieses Geräusch erinnerte ihn an gestern Abend.

In der vergangenen Nacht war er mit Marlies aneinandergeraten, nicht auf die sonst übliche Weise, sondern in einer, die er nicht für möglich gehalten hätte. Sie hatte tatsächlich den Mut besessen, sich ihm bei ihrem nächtlichen Treffen im Stall entgegenzustellen und ihm zu sagen, dass sie ein Kind erwartete.

Das überraschte Röber nicht weiter, denn sie hatten es in den vergangenen Monaten ziemlich oft miteinander getrieben. Manchmal hatte es sogar den Anschein gehabt, als würde sie Gefallen daran finden. Nie hatte sie sich geweigert, ihm zu Willen zu sein, es sei denn, die monatliche Unpässlichkeit hatte sie überfallen.

Doch es war eine Überraschung gewesen, als sie plötzlich forderte, dass er sie zur Frau nehmen und das Kind anerkennen sollte. Als ob er eine Magd heiraten würde! Was würden die Leute denken, wenn er das täte?

So hatte er ihr in aller Seelenruhe gesagt, sie solle sich zum Teufel scheren, und war dann aus dem Stall verschwunden. Ob sie seiner Aufforderung nachgekommen war, wusste er nicht. Er hatte sie am heutigen Tag noch nicht gesehen, aber wahrscheinlich hatte sie sich wieder in ihre Kammer verkrochen. Was er mit ihr tun sollte, wusste er nicht, er verließ sich darauf, dass Hildegard sie davonjagte, wenn es ruchbar wurde. Immerhin hatte er sie zur Haushälterin erhoben, das war mehr, als gealterte Dienstmägde erwarten konnten.

Obwohl er dieses Themas eigentlich überdrüssig war, zog es ihn doch in die Küche. Er wollte sehen, ob sie da war. Vor der Tür blieb er stehen und ließ seinen Blick schweifen. Marlies war nicht da, Hildegard ebenso wenig, dafür aber Annalena.

Sie stand am Tisch und knetete einen Teig. Die Art, wie ihr Busen dabei in Wallung geriet, ließ Röber den Mund trocken werden. *Ein hübsches Ding*, dachte er bei sich, *gerade die rechte Nachfolgerin für Marlies*. Sicher, sie war ein wenig spröder und verschlossener, aber er würde den rechten Schlüssel für sie schon finden. Vielleicht würde sie sogar daran Gefallen finden, wenn er sie ein wenig züchtigte. Die Situation in seinem Kabinett hatte ihn jedenfalls hoffnungsfroh gestimmt. Und nun stand sie da, so ahnungslos von allem, was durch seinen Kopf ging …

Das Läuten der Türglocke riss ihn aus seinen Gedanken. Rasch wandte er sich um und ging in den Verkaufsraum. Der Laufbursche eines Adligen war da mit einer Liste von Gewürzen, die sein Herr für ein kommendes Bankett wünschte. Röber nahm ihm den Zettel ab und legte ihn auf den Tresen, dann folgte er ihm nach draußen.

Der Tag verging, und mit jedem Sandkorn, das durch das Stundenglas rieselte, wurde die Hoffnung, dass Marlies wieder auftauchen könnte, kleiner. Schließlich blieb Hildegard nichts anderes übrig, als Röber von Marlies' Verschwinden zu unterrichten.

»Du kommst mit mir!«, befahl sie Annalena, als brauche sie eine Zeugin, dann stapften die beiden Frauen die Treppe hinauf.

Röber saß hemdsärmelig an seinem Schreibpult. Ein paar Münzhaufen stapelten sich darauf, davor lagen Pergamentrollen und eines seiner Rechnungsbücher. Der Kaufmann trug sein Haar diesmal offen und so konnte man sehen, dass es an einigen Stellen schon schütter wurde, eine Tatsache, die er mit Zopf oder Perücke normalerweise gut überspielte. »Was gibt es?«, fragte er, ohne aufzusehen, als die beiden Frauen vor seinem Tisch Aufstellung genommen hatten.

»Herr, uns ist eine Magd abhandengekommen«, sagte Hildegard, nachdem sie Annalena einen kurzen Blick zugeworfen hatte.

»Abhandengekommen?« Die Tatsache schien ihn nicht zu überraschen. Er fühlte sich nicht einmal genötigt, von seiner Schreibarbeit aufzusehen.

»Marlies war heute Morgen verschwunden und ist bis jetzt noch nicht zurückgekehrt«, entgegnete Hildegard, und Annalena konnte deutlichen Groll in der Stimme der Haushälterin hören. Galt er Marlies oder Röber? »Ich dachte mir, Ihr solltet es wissen, damit Ihr geeignete Schritte unternehmen könnt.«

Vielleicht lag es an den Worten, vielleicht auch daran, dass der Kaufmann den Groll tatsächlich auf sich bezog, doch nun wurde Röber wütend. Er schlug mit der flachen Hand auf den Tisch und schnellte dann in die Höhe. »Verlangt Ihr etwa von mir, dass ich sie suchen lasse? Sie ist ein undankbares Balg, sonst nichts. Soll sie meinetwegen bleiben, wo der Pfeffer wächst!«

Hildegard senkte den Kopf, Annalena blickte ihn weiterhin an. Sie wusste, dass ihr diese Aufmüpfigkeit unter Umständen nicht bekommen würde, aber sie konnte nicht anders.

Sollte er doch aus ihren Zügen herauslesen, was sie über ihn dachte. Was sie von ihm wusste!

Röber hatte allerdings keinen Blick für sie. Er starrte Hildegard an, und obwohl sie diejenige war, die wohl nicht zu fürchten brauchte, rausgeworfen zu werden, fuhr er sie in einer Art und Weise an, die Annalena bei ihrer Ankunft hier nicht für möglich gehalten hätte. »Ihr seid für die Mägde zuständig, Hildegard, und wenn sich eine von ihnen nicht zu benehmen weiß oder sich undankbar zeigt, ist das allein Euer Versagen! Also liegt mir nicht mit Gesindesachen in den Ohren. Wenn Marlies verschwunden ist, werdet Ihr eben Ersatz beschaffen oder die andere Magd mehr arbeiten lassen.«

Hildegard nickte pflichtschuldig, doch Röber war noch nicht fertig mit ihr. »Und sollte sich Marlies wieder blicken lassen, werdet Ihr sie aus dem Haus jagen. Ich kann kein unzuverlässiges Personal gebrauchen!«

Hildegard blickte zunächst drein, als hätte Röber sie geohrfeigt. Dann stiegen Tränen in ihre Augen. Beinahe tat sie Annalena leid. »Ganz wie Ihr wünscht«, presste die Haushälterin schließlich hervor. Jetzt sah sie Annalena nicht an, sondern wandte sich stocksteif um und ging zur Tür.

Annalena blieb vor dem Schreibpult stehen und blickte Röber weiterhin an. Dieser gab zunächst vor, seiner Haushälterin nachzuschauen, doch dann trafen sich ihre Blicke.

In diesem Augenblick war es ihr, als würde Mertens sie ansehen. Der Unterschied war nur, dass er keine Peitsche hielt und nach ihr schlug.

»Was starrst du mich an!«, fuhr Röber sie an, als er merkte, wie zornig ihr Blick war. »Geh wieder an die Arbeit, sonst setze ich dich auch vor die Tür.«

Annalena knickste, doch ihr Blick ruhte noch einen Moment lang auf seinem Gesicht. *Hätte ich nur die Hexenkräfte*, *die man Krähenweibern nachsagt*, dachte sie bei sich, *dann würde ich dir ein Leiden anzaubern, das deinen Schwanz verschrumpeln lässt*. Doch das konnte sie nicht, also wandte sie sich um und folgte Hildegard.

Die Haushälterin war bereits unten. Annalena fand sie am Küchentisch, wo sie ein Tuch gegen ihre Augen drückte. Sie hätte Hildegard gern irgendwie getröstet, doch sie wusste, dass sie das nicht wollte. Sie wollte auch nicht, dass man ihr die Tränen ansah. Wahrscheinlich war sie von ihrem Herrn, der ihr sonst stets Vertrauen entgegengebracht hatte, noch nie derart angefahren worden.

Etwas zu sagen, wäre in diesem Augenblick zwecklos gewesen, und so blieb sie stumm. Doch Annalena konnte Marlies nicht einfach aufgeben. Ihr altes Leben hatte sie einiges gelehrt, und so glaubte sie, den Ort, an den Marlies gegangen war, zu kennen.

»Ich werde sie suchen gehen«, eröffnete sie Hildegard später, als alle Arbeit erledigt war. »Vielleicht hat sie sich irgendwo Hilfe gesucht.«

»Du meinst, sie ist zu einer Engelmacherin gegangen?«

»Möglich wäre es«, entgegnete Annalena. »Ich werde mich ein wenig umhören, vielleicht haben sie sie in einer der Schenken gesehen oder sie ist dem Nachtwächter über den Weg gelaufen. Ich glaube nicht, dass sie die Stadt verlassen hat.«

Hildegard starrte sie einen Moment lang an, als hätte sie nicht verstanden, was sie gesagt hatte. Dann nickte sie. »Nun gut, geh, Mädchen. Wenn du sie triffst, sag ihr, dass sie sich hier nicht wieder blicken lassen soll.« Sie versenkte ihre Hand in der Schürzentasche und streckte ihr ein paar Münzen entgegen. »Einen Lohn kann sie vom Herrn nicht erwarten, aber diese hier helfen ihr vielleicht ein wenig.«

Annalena steckte das Geld ein, warf sich ihr Schultertuch über und strebte dann der Hintertür zu.

»Sei vorsichtig, in der Nacht ist allerlei Volk unterwegs«, rief Hildegard ihr in ungewohnter Sorge nach, dann tauchte Annalena in die Dunkelheit ein.

Sie hatte keine Ahnung, wo sie mit der Suche beginnen sollte. Die Schenke, in der sie bei ihrer Ankunft hier vorgesprochen hatte, kam ihr in den Sinn. Die Wirtin wusste gewiss über allerhand Bescheid, und vielleicht war Marlies sogar bei ihr aufgetaucht.

Sie zog ihr Tuch enger um die Schultern und lief in Richtung Gasthaus. Unterwegs torkelte ihr ein Mann entgegen, doch er war dermaßen betrunken, dass er sie gar nicht zur Kenntnis nahm.

Der Lärm der Schenke drang ihr bereits entgegen, als sie plötzlich das Gefühl hatte, jemand würde sie beobachten und verfolgen. Die alte Angst vor Mertens wallte in ihr auf, doch dann hörte sie eine bekannte Stimme rufen: »Ihr scheint wirklich eine Vorliebe für nächtliche Spaziergänge zu haben, Jungfer Annalena!«

Annalena wirbelte herum. »Johann«, rief sie freudig aus, zwang sich dann aber zur Zurückhaltung, denn sie war der Meinung, dass dies angesichts der Lage nicht angebracht war. »Das Gleiche könnte ich von Euch behaupten.«

Johann neigte den Kopf, griff dann galant nach ihrer Hand und drückte einen Kuss darauf.

»Wir scheinen beide Nachtschwärmer zu sein. Was führt Euch diesmal auf die Straßen? Da Ihr nicht in der Nähe der Apotheke seid, nehme ich mal an, dass es diesmal nicht um medizinischen Rat geht.«

Annalena schüttelte den Kopf. »Marlies ist verschwunden.«

»Die Magd, mit der du arbeitest?« Dass Johann so plötzlich zur vertraulichen Anrede überging, verwunderte sie ein wenig, doch es war ihr nicht unangenehm.

»Ja. Sie hat herausgefunden, dass sie in anderen Umständen ist, und heute Morgen war sie verschwunden.«

Johann, der sonst leicht zum Schalk neigte, las von ihrer Miene ab, dass sie es ernst meinte, und verkniff sich einen spöttischen Kommentar. »Sie wird eine Engelmacherin aufgesucht haben. Oder sie hat sich den Vater vorgeknöpft und ihn dazu gebracht, sie vom Fleck weg zu heiraten.«

»Das glaube ich nicht«, entgegnete Annalena und überlegte kurz, ob sie ihm von Röber erzählen sollte. Doch da er mit dem Kaufmann sogar ausritt, schwieg sie besser. »Aber das mit der Engelmacherin könnte stimmen. Weißt du, wo man hier solch eine Frau finden kann?«

Johann brauchte nicht lange zu überlegen. »An der Mauer gibt es eine, in der Nähe der Fronerei. Sie geht im Haus des Henkers ein und aus und soll in allerlei Zauberkünsten bewandert sein. Es heißt, dass sie schon die eine oder andere Jungfer von ihrem Übel erlöst hat.«

Annalena überlegte, ob Marlies von dieser Frau gewusst haben könnte. Möglich wäre es, denn sie war schon längere Zeit hier in Berlin. »Dann lass uns zu ihr gehen«, sagte sie.

»Du sorgst dich anscheinend sehr um deine Freundin«, entgegnete Johann. »Oder bist du selbst in anderen Umständen?«

»Natürlich nicht!«, gab Annalena entrüstet zurück. »Es geht mir wirklich nur um Marlies. Sonst würde ich dich wohl kaum bitten, mit mir zu kommen.«

»Hast du das denn schon?«, entgegnete Johann grinsend, steckte einen Finger ins Ohr und tat so, als wäre es verstopft. »Ich muss es überhört haben.«

»Rede nicht und komm mit!«, sagte sie kopfschüttelnd und fasste ihn bei seinem Jackenärmel. »Ich habe keine Ahnung, wo die Fronerei ist.«

»Nun, wenn das so ist, kann ich deinem freundlichen Gesuch natürlich keine Absage erteilen.«

Johann ließ sich mitziehen, und wenig später verschwanden sie in einer kleinen Seitenstraße. »Ich muss dich warnen«, sagte er nach einer Weile. »Die wenigsten Leute wagen sich in die Nähe der Fronerei, schon gar nicht bei Nacht. Man sagt, dass es dort spuken soll. Die Seelen derer, die der Henker gerichtet hat, gehen dort angeblich um.«

Annalena hatte für diese Geschichte nur ein müdes Lächeln übrig. Als Kind hatte sie immer gehofft, dass sich die Geister zeigen würden, doch gesehen hatte sie nie einen. »Ich habe weder Angst vor dem Henker noch vor vermeintlichen Hexen. Sie alle haben rotes Blut in den Adern wie wir auch.«

»Du erstaunst mich wirklich, Jungfer Annalena. Ich habe noch nie eine Frau gesehen, die bei der Erwähnung des Henkers so ruhig blieb.« Johann griff nach ihrem Arm und befühlte die Haut. »Nicht mal Gänsehaut ist zu fühlen.«

»Warum sollte ich Gänsehaut haben, es ist doch nicht kalt«, entgegnete Annalena prompt. »Und was die Froner angeht, ich …« Sie stockte nur für einen winzigen Moment. »… habe einmal einen kennengelernt, der recht nett war. Wenn man kein Verbrechen begeht, braucht man auch keine Angst vor dem Richtschwert zu haben.«

Wenn du wüsstest, dachte sie. *Ich habe schon mehr gesehen, als du glaubst. Und mehr gespürt. Um mir Angst zu machen, braucht es andere Dinge als einen Henker und eine Hexe.*

»Die Gerechtigkeit ist manchmal eine seltsame Sache«, entgegnete Johann, und etwas in seiner Stimme änderte sich plötzlich. »Manchmal trifft sie auch Leute, die nur die besten Absichten haben.«

Annalena bemerkte, dass sein Blick nun ein wenig entrückt wirkte.

»Hier«, sagte Johann plötzlich, als hätte er gerade eine seltsame Vision verjagt. »Ich hab was für dich.« Er vergrub seine Hand in der Hosentasche und reichte ihr dann einen Gegenstand.

Im Dunkeln konnte sie nicht viel erkennen, aber Annalena spürte, dass es sich um einen kleinen, spitz zulaufenden Brocken Metall handelte. »Was ist das?«, fragte sie, während sie das kleine Stück befühlte.

»Gold«, antwortete Johann ohne Umschweife. »Pures Gold. Ursprünglich eine Münze, der Forschung halber zusammengeschmolzen. Aber schon bald werde ich in der Lage sein, dir einen Regulus künstlichen Goldes in die Hand zu legen. Vielleicht sogar einen großen Batzen, der dich zu einer Königin macht.«

Annalena überhörte das liebenswerte und gleichwohl unmögliche Versprechen und fragte stattdessen: »Du versuchst, Gold zu machen?«

Johann nickte. »Ich versuche es nicht nur. Ich bin auf dem besten Wege zum Gelingen.«

Annalena schüttelte ungläubig den Kopf. »Und wie willst du das anstellen?«

»Ich habe einen Mann kennengelernt, der es mir beibringen wird, Lascarius ist sein Name. Hast du je von ihm gehört?«

Annalena schüttelte den Kopf. »Dieser Name klingt, als gehöre er einem Wunderdoktor.«

»Wunder vermag er auch zu vollbringen. Du wirst schon sehen. Nein, die ganze Welt wird es sehen!«

Annalena gefiel der Unterton in seinen Worten nicht. Selbst wenn es der Wahrheit entsprach, dass man Gold machen konnte, warum sollte gerade er es können? Wo er doch einen Wunderheiler zum Lehrer hatte! Annalena hatte zu etlichen Gelegenheiten Wunderheiler kennengelernt, die nicht einmal die simpelsten Elixiere richtig brauen konnten. Ihr Vater hatte einen dieser Quacksalber ausgestäupt, weil er eine Frau auf dem Gewissen hatte.

»Schon morgen werde ich es wagen«, fuhr Böttger fort, ohne die Zweifel in Annalenas Augen zu bemerken. »Und wenn es gelingt, werde ich bald einer der größten Männer der Stadt oder gar des Landes sein.«

Annalena sagte darauf nichts. Sie ließ ihren Daumen noch einmal über den Regulus gleiten und gab ihn Böttger schließlich zurück.

Ich glaube nicht, dass du das tun solltest, ging es ihr durch den Kopf, doch sie brachte die Worte nicht über die Lippen. Johann war viel zu sehr in seiner Euphorie gefangen, als dass er auf sie gehört hätte, das spürte sie.

»Übrigens, dein Herr ist einer meiner Finanziers. Deshalb war ich bei euch. Er hat mir Geld vorgestreckt, damit ich meine Forschungen betreiben kann.«

Jetzt blieb Annalena abrupt stehen. »Du machst Geschäfte mit Röber?«

»Das klingt nicht, als hättest du eine hohe Meinung von dem Mann, bei dem du in Lohn und Brot stehst.«

Wenn du gesehen hättest, was ich gesehen habe, hättest du das auch nicht, dachte sie, aber sie entschied sich für eine diplomatische Antwort: »Sag bloß nicht, dass du deinen Lehrherrn immer leiden magst.«

»Nein, manchmal mag ich ihn ganz und gar nicht. Aber ich würde auch nicht so von ihm reden wie du eben.«

Es war also doch gut, dass ich es ihm nicht erzählt habe. Besser, sie wechselte das Thema, aber einen letzten Versuch musste sie unternehmen: »Wie dem auch sei, lass dich besser nicht drauf ein.«

Böttger lächelte. »Machst du dir etwa Sorgen um mich?«

»Und wenn ich es täte?«, gab Annalena böse zurück.

»Dann wäre es unbegründet«, entgegnete Johann in sanftem Ton. »Ich werde Gold herstellen und damit reich und berühmt werden.«

Annalena wollte nichts mehr davon hören, denn das mulmige Gefühl blieb und davon abbringen konnte sie ihn sowieso nicht. »Sag an, wo müssen wir jetzt entlang?«, fragte sie deshalb und deutete auf die Kreuzung vor ihnen.

»Wir sind gleich da«, erwiderte Johann. »Die Mauer ist ganz in der Nähe. Wäre es Tag, könnte man dem Krächzen der Krähen folgen, die sich auf dem Dach des Henkers niederlassen. Man sagt, es seien die Geister der Toten.«

»Das ist doch nur Aberglaube.« Annalena erinnerte sich an die Krähen der Lübzer Fronerei. Ihr Vater hatte erzählt, dass sie durch die toten Tiere angelockt wurden, die er beständig fortschaffen musste. Daran, dass es Seelen waren, glaubte sie auch jetzt noch nicht. Aber sie hatte plötzlich wieder den Ruf der Walsroder Kinder im Ohr. *Krähenweib, Krähenweib …* Doch dann schüttelte sie die Erinnerung ab. Hier kannte sie niemand, hier wusste niemand, wer sie war.

»Kriegst du es jetzt doch mit der Angst zu tun?«, fragte Johann, als ihm auffiel, wie ihr Körper erzitterte.

»Nein, warum sollte ich?«

»Es sah so aus.« Er grinste sie frech an, dann deutete er nach vorn. »Aber selbst wenn, jetzt gibt es kein Zurück mehr.«

Die Fronerei war von einer halbhohen, steinernen Umfriedung umgeben, in die ein kleines Holztor eingelassen war. Die roten Wände des Hauses wurden von Fachwerkbalken gestützt. Annalena wusste, dass ihr Vater froh gewesen wäre, solch ein Anwesen zu besitzen.

»Da ist das Haus der Alten«, sagte Johann und deutete auf die Hütte, die sich in den Schatten des Henkershauses duckte. Dass sie leicht übersehen werden konnte, war seiner Bewohnerin sicher mehr als recht. Nur jene sollten sie finden, die sie auch finden *wollten*.

»Wir haben Glück, sie ist noch wach.« Ebenso wie Johann hatte auch Annalena den Lichtschein bemerkt, der durch die Gucklöcher in den Fensterläden fiel. Traktierte sie in diesem Augenblick vielleicht eine Frau mit ihren Nadeln? Der Gedanke, Marlies mit gespreizten und blutigen Schenkeln auf dem Tisch liegen zu sehen, verursachte Annalena Übelkeit, aber die Ungewissheit über ihr Schicksal war schlimmer. An der Hütte angekommen, klopfte sie an die Tür. Das Geräusch klang laut wie ein Schrei in der stillen Nacht, die leisen, schleppenden Schritte, die sich daraufhin näherten, waren dagegen kaum zu hören.

Die Frau, die schließlich öffnete, musste früher einmal ähnlich groß wie Annalena gewesen sein. Die Last der Jahre hatte sie jedoch gebeugt wie einen alten Baum und ihre Haare ausgeblichen, so dass sie wie Spinnweben ihr Gesicht umkränzten. Ihre ruhigen und starken Hände sahen dagegen nicht wie die einer alten Frau aus und ihre Augen wirkten wach.

»Gott zum Gruße, Mädchen. Was führt dich her?«

Der Blick der Frau streifte über ihren Körper. Wahrscheinlich erkannte sie sofort, dass ihre Besucherin kein Kind trug. »Gott zum Gruße«, gab Annalena zurück. »Ich ... ich habe eine Frage an Euch.«

»Dann komm rein und sag mir, was du wissen willst. Der

Bursche hinter dir muss aber draußen bleiben, denn dies ist kein Ort für Männer.«

Annalena blickte sich um und sah, dass Johann ohnehin nicht erpicht war, das Haus der Alten zu betreten. Sie nickte ihm zu, dann folgte sie der Frau ins Innere.

»Also, erzähl«, forderte sie die Engelmacherin auf, nachdem sie die Tür hinter sich zugezogen hatte. Schlurfend näherte sie sich dem Tisch in der Mitte. Er war sauber gescheuert, ein Kräuterstrauß hing darüber. Auch an den Fenstern waren Sträuße zu finden. Das Licht, das sie von außen gesehen hatte, kam aus der Esse. Auf einem kleinen Regal erblickte Annalena ein paar tönerne Gefäße.

»Es geht nicht um mich, sondern um eine … eine Freundin«, erklärte Annalena und konnte sich eines Erschauerns nicht erwehren.

Die Alte setzte ein mildes Lächeln auf. »Das sagt so manch eine, die zu mir kommt. Ein Kind trägst du nicht, so viel ist gewiss. Kann es sein, dass du keine empfangen kannst?«

Annalena erstarrte. Bislang war sie noch auf keine weise Frau getroffen, die Kinderlosigkeit sehen konnte. Auch die Witwe Gennings hatte das nicht vermocht. »Es geht wirklich nicht um mich«, wich Annalena aus. »Das Mädchen heißt Marlies. Sie hat ein Kind empfangen und ist verschwunden. Ich dachte, dass sie vielleicht Euren Rat gesucht hat.«

Der Blick der Alten wurde prüfend. »Du meinst, ob sie hier war, um sich das Balg wegmachen zu lassen?«

Annalena nickte.

»Glaubst du wirklich, ich würde etwas tun, was mich der Hölle preisgibt?«, fragte sie daraufhin.

Sie will mich prüfen, dachte Annalena. *Sie will wissen, ob ich von jemandem geschickt wurde, der ihr Übles will.*

»Nein, aber ich glaube, dass es Eure Absicht ist, Frauen zu

helfen, deren Umstände nicht glücklich sind. Meine Freundin war in sehr unglücklichen Umständen, in die sie wahrscheinlich unschuldig geraten ist.«

»Unschuldig?« Die Engelmacherin lachte und entblößte dabei einen für ihr Alter ziemlich beachtlichen Bestand an Zähnen, die allerdings wie die von alten Pferden mit der Zeit beinahe braun geworden waren. »Ich kenne kaum ein Weib, das unschuldig in diese Umstände kommt, es sei denn, sie wird mit Gewalt genommen.«

»Es war nicht freiwillig, ich kann es bezeugen«, entgegnete Annalena und sah ihr geradewegs in die Augen. »Vor Gott oder dem Teufel, wie Ihr wollt.«

»Ich sehe, du fürchtest mich nicht«, sagte die Alte nachdenklich. »Nun denn, es geht um deine Freundin. Lass dir gesagt sein, Namen sind in meinem Gewerbe Schall und Rauch, Mädchen, ich frage nie danach, und wenn ich es täte, wären es nur falsche Namen. Aber ich kann mich an jedes einzelne Gesicht erinnern. Kannst du sie mir also beschreiben?«

Das tat Annalena. Als sie geendet hatte, überlegte die Frau eine ganze Weile.

»Es gibt viele Mädchen, die auf diese Beschreibung passen könnten«, sagte sie schließlich. »Doch wenn sie gestern Nacht erst verschwunden ist, kann ich sie nicht gesehen haben, denn heute war keine bei mir, die verlangt hätte, dass ich ihre Frucht austreibe.«

Annalena konnte der Frau ansehen, dass sie die Wahrheit sagte. »Wenn sie in den nächsten Tagen hier auftaucht, würdet Ihr mir Bescheid geben? Ich bin Magd beim Kaufmann Röber und es wäre nur …«

Die Alte hob die Hand und ihre Antwort war ebenso ehrlich wie das zuvor Gesagte. »Nein, wahrscheinlich würde ich es nicht tun. Ich bin den Frauen, die zu mir kommen, verpflichtet, ich kann ihr Vertrauen nicht brechen. Das verstehst du gewiss.«

Annalena nickte. Im Grunde genommen hatte sie nichts anderes erwartet. Auch bei der Witwe Gennings waren Geheimnisse sicher gewesen, und sie selbst wusste nur allzu gut, wie es war, wenn niemand das eigene Geheimnis erfahren durfte.

»Habt trotzdem vielen Dank«, sagte sie daher, und verließ dann die Hütte. Der Blick der Alten brannte in ihrem Rücken, bis sie die Tür hinter sich geschlossen hatte.

Johann wartete draußen an die Hauswand gelehnt. Ob er durch das Fenster gespäht hatte, wusste Annalena nicht, aber er kam auf sie zu, sobald sie das Haus verlassen hatte.

»Weiß sie etwas?«, fragte er.

Annalena schüttelte den Kopf. »Sie behauptet, Marlies sei nicht hier gewesen.«

»Vielleicht versucht deine Freundin, erst an Geld zu kommen. Oder sie ist woandershin gegangen. Ich kenne sicher nicht alle Engelmacherinnen in der Stadt, diese hier ist die Einzige, von der mir etwas zu Ohren gekommen ist. Schließlich bin ich kein Mann, der seine Bälger in den Tod schickt.«

Das war ehrenwert, half ihr aber nicht viel. Seufzend blickte sie sich um. Wo sollte sie sonst noch suchen? Würde es etwas bringen, den Nachtwächter nach Marlies zu fragen?

»Wohin willst du nun?«, fragte Johann, als sie sich wieder in Bewegung setzte.

»Keine Ahnung«, entgegnete sie niedergeschlagen.

»Vielleicht sollten wir zurückgehen. Berlin ist eine große Stadt und Cölln liegt gleich nebenan, das Mädchen könnte also sonst wo sein.«

Zu diesem Schluss war sie auch gekommen. Auf dem Rückweg schwiegen die beiden die meiste Zeit. Annalena versuchte,

Herrin ihrer Gedanken zu werden, die wie Blätter in einem Herbststurm durch ihren Kopf wirbelten. Hätte sie Marlies einen Rat geben sollen, wie sie das Kind loswerden konnte? Von ihrem Vater und auch der alten Lübzer Wehmutter kannte sie Bäder und Tränke, doch nie hatte sie dergleichen angewendet. Abgesehen von der Tatsache, dass sie sich damit vielleicht als Henkerstochter verraten hätte, hatte wohl auch ihr Gewissen sie davon abgehalten, dieses Wissen weiterzugeben. Sie verurteilte die Entscheidung dieser Frauen nicht, aber selbst an dem Tod eines Kindes mitzuwirken, war etwas ganz anderes.

»Wie steht es eigentlich mit einer Belohnung?«, fragte Johann schließlich und riss sie damit aus ihren Gedanken. Sie merkte, dass sie nur noch ein paar Meter vom Kontor entfernt waren. »Belohnung? Wofür denn?« Annalena wusste, dass er scherzte. Sie sah ihm in die Augen und erkannte darin das Verlangen, ihre trüben Gedanken zu vertreiben. Das entlockte ihr ein sanftes Lächeln.

»Immerhin habe ich dich sicher hin- und jetzt auch wieder zurückgebracht. Ein kleiner Lohn muss da doch für mich drin sein.« Sein Grinsen wirkte geradezu entwaffnend.

»Und an welche Belohnung hattest du gedacht?«

Johann lächelte, dann zog er sie langsam in seine Arme und küsste sie.

Annalena war zunächst so überrascht, dass sie Johann einfach gewähren ließ. Doch als sie spürte, wie vorsichtig und zärtlich er war, wie locker er sie hielt, damit sie sich losmachen konnte, wenn sie es denn wollte, rann ein wohliger Schauer durch ihren Körper. Und so schlang sie schließlich ihre Arme um seinen Nacken und erwiderte den Kuss. Erst nach einer Weile lösten sie sich wieder voneinander.

Annalena fühlte sich, als würde sie aus einem warmen Zimmer in die Kälte kommen. Ihr Herz raste. Noch nie hatte sie den Kuss eines Mannes so genossen wie diesen. Doch konnte sie es sich gestatten, auf mehr als einen flüchtigen Kuss zu hoffen? Wollte Johann überhaupt mehr? Und wenn seine Absichten lauter waren, sie war in den Augen der Gesellschaft doch keine ehrbare Frau. Das würde er spätestens erkennen, wenn er ihren Rücken sah.

Obwohl sie eigentlich nicht aus seiner Nähe fortwollte, trat sie einen Schritt zurück. »Ich muss gehen.«

Johann nickte bedauernd. »Dann eine gute Nacht, Annalena!«

»Dir auch, Johann.« Damit wandte sie sich um und verschwand in der Pforte zum Hinterhof.

10. Kapitel

Aus den geheimen Aufzeichnungen des Johann Friedrich Böttger:

Heute ist die Nacht der Nächte. Die vergangenen Stunden, die ich eigentlich mit Schlaf hätte füllen sollen, habe ich mich rastlos auf meiner Schlafstatt gewälzt und konnte dabei an nichts anderes denken als den bevorstehenden Versuch.

Siebert nimmt alles gelassen, und manchmal frage ich mich, ob er überhaupt an das große Ziel glaubt. Wenn ja, müsste er dann nicht ein wenig mehr Aufregung zeigen?

Es kann allerdings sein, dass er noch immer wie betäubt ist von dem, was sich in der vergangenen Woche ereignet hat.

Dank der großzügigen Zuwendung unseres Gönners haben

wir das Laboratorium prachtvoll einrichten können. Tiegel, Kolben, Gläser, alles ist blank und schön anzusehen. Es ist genug Rohstoff da, um wochenlang Versuche durchzuführen, und gerade gestern haben wir einen neuen Ofen bekommen, der den notdürftig geflickten Schmelzofen ersetzt hat.
Kann sein, dass Siebert dadurch einen Schock erlitten hat, den er allerdings bis heute Abend überwunden haben muss. Wir haben keine Zeit mehr fürs Nachsinnen, jetzt geht es um alles. Sollte es uns gelingen, das große Ziel zu erreichen, kann er meinetwegen mit verklärtem Blick in der Ecke sitzen, aber nicht jetzt!
Vor den Erfolg hat Gott allerdings den Schweiß gesetzt, und diesen habe ich in der vergangenen Woche hinreichend gelassen. Ich bin mit Lascarius die alten Bücher durchgegangen, manchmal bis fast in den Morgen hinein bin ich bei ihm geblieben und habe studiert. Alles nur für diesen Tag, und ich bin mir sicher, dass er sich lohnen wird.
Schrader, in dessen Forderung ich eingewilligt habe, ist mir in der vergangenen Woche wirklich ein treuer Freund gewesen. Trotz allen Misstrauens, das ich ihm zunächst entgegengebracht hatte, ist er ein besserer Vertrauter, als ich dachte. Er schweigt nicht nur, er beschafft mir bei seinen Wegen durch die Stadt auch Dinge, die ich brauche und nicht aus den Apothekenschränken nehmen kann. Natürlich kann ich ihn nicht zu den Experimenten mitnehmen. Die anderen würden ihn gewiss mit Argwohn betrachten, und obwohl ich meine Hand für ihn ins Feuer legen würde, wären meine Mitstreiter sicher nicht so einfach zu besänftigen. Doch ich versprach ihm, das Experiment noch einmal in unserem Labor nachzustellen, sollte mir ein Erfolg beschieden sein. Und ich bin mir sicher, dass dieser nicht mehr lange auf sich warten lässt.

Eine Woche war Marlies nun schon verschwunden, und auch Johann hatte sich seit der Suche nach ihr nicht mehr blicken lassen. Annalena fragte sich, ob ihm sein Versuch, Gold zu machen, geglückt war.

Viel Zeit, um darüber nachzudenken, hatte sie allerdings nicht. Hildegard hatte sich von der Schelte noch immer nicht erholt und Röber wollte scheinbar keine weitere Magd anstellen, so dass Annalena nun die meisten von Marlies' Aufgaben erledigen musste.

Wenigstens kümmerte sich Röber nur noch um seine Geschäftsbücher, was Annalena erleichterte, denn so brauchte sie nicht fürchten, dass er ihr nachstieg.

An diesem Morgen musste erneut der Fußstein gescheuert werden. Röber hatte sich bei Hildegard beschwert und den Einwand, dass zwei jetzt die Arbeit von dreien erledigen mussten, nicht gelten lassen.

Annalena nutzte die monotone Arbeit, um ihre Gedanken schweifen zu lassen. Sie wusste nicht, was sie Johann eher wünschen sollte. Goldmacher, die versagten, wurden gehängt, doch erst dann, wenn sie sich vor dem König großgetan hatten. In Johanns Fall würde ein Versagen wohl nur zur Folge haben, dass man ihn für einen Narren hielt, doch das war gewiss das kleinere Übel. Narren verlachte man, aber man knüpfte sie nicht auf.

»Was für reizende Aussichten es hier gibt!«, tönte es plötzlich hinter ihr.

Annalena schnellte in die Höhe und wandte sich um. Johann saß unweit von ihr auf dem Rand der Wassertonne und grinste sie breit an.

»Kannst du nicht vor mich treten und mir ins Gesicht sagen, was du sagen willst?«, fragte sie lachend und ließ die Bürste ins Wasser gleiten.

»Das tue ich doch jetzt. Aber es gefällt mir, dich zu beobachten, besonders, wenn du solch eine Aussicht bietest.«

»So redet man aber nicht mit anständigen Leuten!« Annalena war froh, ihn endlich wiederzusehen. Nachdem sie sich vergewissert hatte, dass Hildegard nicht in der Nähe war, fiel sie ihm in die Arme. Ihre Lippen trafen sich, als sei keine Woche vergangen.

»Holla, wofür war das denn?«, fragte Johann mit einem verschmitzten Grinsen. »Ich habe dir doch gar keinen Weg durch die Stadt gezeigt.«

»Aber du bist wiedergekommen.«

»Hast du mich etwa vermisst?« Es war Johann anzusehen, dass er sich darüber freute.

»Das habe ich. Allerdings habe ich mich auch gefragt, ob du bereits am Galgen baumelst wegen deiner Goldmacherei.«

»Das hättest du ganz gewiss mitbekommen«, entgegnete Johann und zog sie fester an sich. »Aber das wünschst du mir doch nicht, oder?«

»Ich wünsche niemandem etwas Schlechtes, schon gar nicht dir. Aber ich fürchtete wirklich, dass etwas geschehen sein könnte.«

»Nun, dann kann ich dir versichern, dass ich noch in einem Stück bin und auch mein Hals noch keinen Zoll länger ist, als er sein soll. Und das wird auch nicht geschehen, das verspreche ich …«

Plötzlich stockte Johann und sein Blick ging über ihre Schulter hinweg. Gleichzeitig löste er seine Umarmung. Als Annalena sich daraufhin besorgt umwandte, sah sie Röber in der Tür stehen. Nur Gott allein wusste, wie lange er sie schon beobachtet hatte! Wahrscheinlich hatte er durch sein Kabinettfenster mitbekommen, dass Johann mit ihr gesprochen hatte.

»Hast du nichts Besseres zu tun, als auf der Straße mit Männern zu sprechen?«, fuhr Röber Annalena scharf an, worauf sie sogleich zurück zu ihrem Wassereimer huschte.

»Verzeiht, Monsieur Röber, aber ich habe Eure Magd angesprochen, und wenn jemandem Strafe gebührt, dann mir.«

Johann trat lächelnd auf den Kaufmann zu, wissend, dass dieser nun nicht mehr in der Lage sein würde, Annalena zu schelten.

»Ich habe Euch erwartet, Böttger«, entgegnete der Kaufmann, ohne seine Magd noch eines Blickes zu würdigen. »Kommt herein.«

Johann zwinkerte Annalena noch einmal zu, dann verschwand er im Kontor.

Die Versuchung zu lauschen, was Johann mit dem Krämer zu bereden hatte, war groß, doch Annalena drängte sie beiseite. Nein, sie wollte besser nichts davon wissen – und sie wollte auch nicht, dass Röber sie wegen ihrer Verfehlungen zu sich bat und dann das, was er in seinem Kabinett vorgehabt hatte, in die Tat umsetzte.

Sie hatte die Treppe gerade fertig, als Johann das Kontor wieder verließ. Röber war im Haus geblieben, und so konnte er es sich erlauben, sie noch einmal kurz zu küssen.

»Wenn wir uns das nächste Mal wiedersehen, werde ich dir ein Stück künstliches Gold in die Hand legen«, flüsterte er, und ehe Annalena ihm sagen konnte, dass das alles für sie nur Phantasterei war, war er bereits verschwunden.

Der Rest des Tages verging ruhig. Annalena verrichtete ihre Arbeit in der Küche und stapfte dann die Treppe hinauf zu der kleinen Wäschekammer auf dem Dachboden.

Sie öffnete die Luke im Dachgiebel, damit sie Licht hatte,

und begann dann, die Hemden und Hosen, Laken und Tücher abzunehmen.

Während frische Luft, durchsetzt mit dem Geruch der nahen Spree, in den Raum strömte, schweiften ihre Gedanken zu Johann, und sie versank so sehr in Träumereien von einem Leben an seiner Seite, dass sie nicht hörte, dass sich Schritte der Wäschekammer näherten und an der Tür innehielten.

Eine ganze Weile rührte sich der Zuschauer nicht. Er begnügte sich mit der Betrachtung der Magd, die Wäschestück für Wäschestück von der Leine nahm, es faltete und in den Korb legte.

»Wie ich sehe, bist du fleißig«, sagte er schließlich.

Annalena wirbelte erschrocken herum. Röber lehnte am Türrahmen. Er tat so, als sei er zufällig hier, aber Annalena erahnte den wahren Grund.

Lieber Gott, nein, dachte sie, als ihr klarwurde, dass sie ganz allein im Haus war. Hildegard war fortgegangen, Thomas war draußen im Stall. Wenn sie schrie, würden das die Leute zwar hören, aber wie es ihre Art war, würden sie die Köpfe senken und weitergehen. Eine Magd war schließlich selber schuld, wenn ihr Herr sich an ihr verging.

»Die Wäsche ist trocken und muss von der Leine herunter«, entgegnete Annalena und ärgerte sich darüber, dass ihr keine bessere Entgegnung eingefallen war. Aber die Angst vor Röber, vor dem, was er hier oben mit ihr anstellen könnte, ließ ihr Innerstes verkrampfen.

Röber betrachtete sie einen Moment lang wie der Wolf am Fluss, der wittern konnte, dass sie Angst hatte, dann kam er auf sie zu. Annalena ließ die Arme sinken und trat einen Schritt zurück.

»Na, na, nicht so ängstlich«, sagte Röber, und der einschmeichelnde Ton in seiner Stimme ließ Annalena noch wachsamer werden. »Ich möchte nur ein wenig mit dir reden.«

Auch wenn sie glaubte, vor lauter Furcht erstarren zu müssen, zwang sie sich schließlich dazu weiterzuarbeiten. Sie ging ein Stück zur Seite, reckte die Arme in die Höhe und griff nach dem Laken. Sie erwartete fast, dass er die Gelegenheit nutzen und ihr an die Brüste fassen würde, doch das tat er nicht.

»Sag mir, was hast du mit diesem Burschen?«, fragte er stattdessen mit einem seltsamen Funkeln in den Augen. »So, wie du ihn in deine Arme geschlossen hast, scheinst du sehr vertraut mit ihm zu sein.«

Annalena schlug das Herz plötzlich bis zum Hals. Jeder, der an ihnen vorbeigekommen wäre, hätte sicher gedacht, zwei Versprochene zu sehen. Dass Röber ebenfalls diesen Eindruck hatte, war nicht weiter verwunderlich.

»Ich kenne ihn gut«, antwortete sie und beobachtete beklommen Röbers Bewegungen, um rechtzeitig zurückspringen zu können, sollte er ihr wie im Kabinett zu nahe treten. Die Gerte hatte er heute nicht bei sich, doch seine Hände waren nicht weniger gefährlich. Vielleicht konnte sie nach unten flüchten, wohin Röber ihr gewiss nicht nachlaufen würde, denn da war Paul, und welchen Eindruck machte es, wenn der Krämer seiner Magd nachstellte?

»So, du kennst ihn gut«, sagte Röber und verharrte weiterhin lauernd an seinem Platz. »Wie gut kennst du ihn denn? So gut, dass du ihn auch unter deine Röcke lässt? Zwischen deine Schenkel?«

Annalena wirbelte herum, doch weit kam sie nicht. Röber sprang auf sie zu, packte sie brutal am Arm und riss sie zurück.

»Bleib hier und antworte mir!«, herrschte er sie an. »Vögelst du mit ihm?«

»Nein!«, schrie Annalena und versuchte verzweifelt, sich aus seinem Griff zu lösen, doch der Kaufmann hatte trotz seiner sehnigen Gestalt überraschend viel Kraft.

»Warte, ich werde gleich sehen, ob du lügst!« Röber drängte sie gegen die Wand und während er sie mit dem Oberkörper und der rechten Hand zu halten versuchte, bahnte sich seine linke den Weg unter ihren Rock.

Panik wallte in Annalena auf, und für einen Moment meinte sie nicht Röber vor sich zu sehen, sondern Mertens. Sein Atem hatte ebenfalls nach Wein gestunken. Es gab hier keine Treppe, die sie ihn hinunterstoßen konnte, doch als er sich fester an sie presste, hatte sie plötzlich sein Ohr vor dem Mund. Annalena überlegte nicht lange und biss zu.

Röber wich schreiend zurück. Seine Hand schnellte von ihrem Schenkel an sein Ohr. Es blutete zwar nicht, aber der Schmerz ließ ihn taumelnd zurückweichen, so dass sie zur Tür flüchten konnte.

Der Kaufmann brüllte wütend auf und jagte Annalena hinterher. Noch vor der Treppe bekam er ihr Kleid zu fassen und zerrte sie nach hinten. Ein reißendes Geräusch ertönte und seltsamerweise konnte Annalena in diesem Augenblick nur denken: *Gleich wird er die Striemen sehen, gleich kennt er mein Geheimnis*.

Doch dann schleuderte er sie gegen die Wand und kam drohend auf sie zu. Sie barg in Erwartung eines Schlages ihren Kopf zwischen den Armen. Tatsächlich riss der Kaufmann die Hand hoch, doch bevor er sie niedersausen lassen konnte, ertönte plötzlich eine Stimme von der Treppe her.

»Monsieur Röber? Seid Ihr dort oben?«

Es war Paul, der da rief.

Als der Schlag ausblieb, hob Annalena vorsichtig den Kopf. Röber starrte sie zornig an, die Hand noch immer erhoben. Doch dann wirbelte er herum und ging zur Treppe. Dabei griff er wieder an sein Ohr, und Annalena wünschte sich, dass es anschwellen möge und er dann von jedermann gefragt würde, was die Schwellung verursacht hatte.

»Ich komme, mach nicht so ein Geschrei!«, rief er Paul entgegen, als er die Treppe hinunterpolterte.

Annalena atmete tief durch, und weil ihre Beine plötzlich weich wie Butter waren, sank sie an der Wand herab.

Was hatte sie sich nur gedacht?

Von nun an war ihre Stellung in diesem Haus nicht mehr sicher. Röber brauchte nur Hildegard von dem Vorfall zu erzählen. Doch hätte sie denn zulassen sollen, dass er sie mit Gewalt nimmt? Auf keinen Fall! Sie hatte sich geschworen, dass sie solch eine Behandlung nie wieder erdulden würde. Sie mochte eine Henkerstochter sein, aber sie war keine Hure!

Nachdem sie sich erholt und ihre Erscheinung – das Kleid hatte zum Glück nur einen unauffälligen Riss an der Schulternaht – wieder in Ordnung gebracht hatte, nahm sie die restliche Wäsche ab. Dabei horchte sie aufmerksam nach Schritten, doch Röber kam nicht mehr nach oben. Dafür fürchtete sie sich, nach unten zu gehen. Sie ließ sich also Zeit und trug den Korb erst nach unten, als sie den Ruf der Haushälterin hörte.

An diesem Abend verließ der Gewürzkrämer eine Stunde nach Mitternacht das Haus. Um diese Uhrzeit trieben sich nur noch Hunde, Katzen und Ratten in der Stadt herum. Vereinzelt tönten Fidelklänge aus einem der Gasthäuser, doch diesen schenkte Röber keine Beachtung.

Der Vorfall mit seiner Magd ärgerte ihn sehr, aber heute Nacht dachte er kaum mehr daran. Sicher, er würde ihr den

Biss ins Ohr heimzahlen, irgendwann, aber an diesem Abend ging es um etwas viel Wichtigeres.

Der junge Böttger hatte ihn zu einer Vorführung geladen, und er war nun gespannt, welches Ergebnis der Bursche ihm präsentieren würde. Sicher war es spektakulär, sonst hätte er ihn nicht eingeladen.

Sieberts Labor befand sich in der Nähe der Stadtmauer, ganz wie es zu einem Kurpfuscher wie ihm passte. Röber hatte sich natürlich informiert und Siebert schien demnach ein recht armseliger Geselle zu sein. Indem er sich Böttger zum Freund machte, konnte er es vielleicht als dessen Assistent zu etwas bringen.

Der einsame Schein einer Kerze im Fenster zeigte Röber die richtige Tür, an der die Reste einer Schmiererei noch schwach auszumachen waren. Außerdem klebte über den Fenstern Ruß, als hätte es hier gebrannt. Aber solange das Haus noch stand und die von ihm finanzierte Einrichtung keinen Schaden nahm, sollte ihm das egal sein.

Siebert war derjenige, der ihm öffnete. Die Jahre und die Zeit inmitten von ätzenden Dämpfen hatten ihm kräftig zugesetzt. Sein blondes Haar begann, schütter zu werden, seine Gesichtshaut wirkte von der ständigen Hitze aufgequollen wie nasses Leder. Seine Augen waren gerötet und sein Lächeln entblößte die Lücken in seinen Zahnreihen. »Guten Abend, Monsieur Röber, wir haben Sie erwartet«, sagte er und zog katzbuckelnd den Türflügel auf.

Röber warf einen Blick in das Laboratorium. Es war der Einrichtung anzusehen, dass sie noch nicht lange hier stand. Böttger hatte sein Geld gut angelegt.

Die Dämpfe, die ihm entgegenwaberten, ließen ihn an die Hölle denken, so wie er sie sich als Kind immer vorgestellt hatte. Es roch nach Schwefel und anderen Substanzen, die er nicht benennen konnte. Die Wände des Raumes waren rußgeschwärzt, und außer einem Leuchter auf dem Tisch in der Mitte, der umstanden war von allerlei seltsamem Gerät, spendete nur das Feuer in dem Schmelzofen Licht.

Neben Böttger und Siebert war auch ein dritter Mann anwesend. Röber kannte ihn nicht, hielt ihn wegen seiner Kleidung allerdings für einen Advokaten.

»Meine Herren«, sagte er und begrüßte die Anwesenden kurz.

Böttger reichte ihm die Hand und drückte sie herzlich, dann wandte er sich dem Fremden zu. »Dies ist ein Advocatus, der bezeugen will, dass hier alles mit rechten Dingen vor sich geht«, stellte Böttger den Unbekannten vor.

»Und hat dieser Advocatus auch einen Namen?«

»Den möchte er bedeckt halten, um seine Unparteilichkeit zu gewährleisten.«

Röber musterte den Mann im blauen Gehrock, der grüßend seinen Kopf neigte, misstrauisch. Ein paar Advokaten in Berlin und Cölln waren ihm bekannt, sie kauften regelmäßig ihre Gewürze bei ihm. Diesen Mann hingegen hatte er noch nie zuvor gesehen. Seine Züge wirkten fremdartig wie die eines Türken oder Griechen, wenngleich seine Haut eher hell war. Könnte es sein, dass es sich bei diesem Mann um den mysteriösen Lehrmeister Böttgers handelte?

»Nun denn, meine Herren, ich bin neugierig«, sagte Röber, denn er wollte keine Zeit verschwenden. »Zeigt mir, was aus meinem Geld wurde.«

Böttger blickte zwischen Siebert und dem Advokaten hin und her, dann zog er eine Phiole aus dem Ärmel. Die Kristalle, die sich darin befanden, leuchteten im Feuerschein wie Blutstropfen. »Dies ist der Stein der Weisen. Und mit seiner Hilfe werde ich nun unedles Metall in Gold verwandeln.«

Er klingt wie ein Jahrmarktsgaukler, dachte Röber bei sich. *Aber er ist viel mehr als das. Ein hoffnungsvoller Bursche fürwahr.*

»Um Euch zu beweisen, dass alles mit rechten Dingen vorgeht, bitte ich darum, dass Ihr ein paar Taler in den Tiegel werft. Aus diesen werde ich Euch pures Gold machen.«

Röber blickte ihn einen Moment lang an, dann zog er seinen Geldbeutel und entnahm ihm ein paar Zinnmünzen. »Dass Ihr mir etwas Anständiges daraus macht.«

Unter den Blicken der Männer setzte Böttger den Tiegel mit den Münzen auf das Feuer und beobachtete ihn eine Weile, dann warf er eine Wachskugel, in die Siebert derweil einige rote Kristalle eingeknetet hatte, in den Tiegel. Es gab ein Zischen, eine helle Flamme brannte lichterloh aus dem Gefäß, und dichter Rauch erfüllte den Raum, so dass Siebert nichts anderes übrigblieb, als die Fenster aufzureißen.

Röber sprang von seinem Stuhl auf, denn er befürchtete, dass alles in Flammen aufgehen würde. Doch das geschah nicht. Der Rauch zog ab und er konnte nun sehen, dass er der Einzige war, der in Unruhe geraten war. Alle anderen, auch der Advokat, schienen diese Wirkung der Chemikalien vorhergesehen zu haben.

Böttger trat mit einer Greifzange ans Feuer und hob den Tiegel heraus. Der Inhalt war nun flüssig, doch er erkaltete sogleich, als Böttger ihn in den bereitstehenden Wasserbottich tauchte. Dampf stieg auf, und als auch dieser sich verzogen hatte, schüttete Böttger den Inhalt des Tiegels auf den Tisch. Beinahe wäre die kleine metallene Pyramide von der Platte heruntergerollt, doch Böttger fing sie und streckte sie dann Röber, Siebert und dem Advokaten entgegen.

Angesichts der Farbe ahnte Röber, was es war, das da den Schein des Feuers einfing. »Ist es möglich?«, fragte er und streckte die Hand nach dem Regulus aus. Noch immer wohnte diesem Stück Metall die Hitze des Feuers inne. Doch es war unbestritten das, wofür er es hielt.

»Der Herr Advocatus wird es bezeugen«, sagte Böttger und nahm Röber das Metallstück wieder ab. »Wir haben in dieser Nacht Gold erschaffen.«

Röber konnte darauf nichts erwidern. Er starrte in einem fort auf das Goldhütchen, während ihm Tausende Möglichkeiten durch den Kopf schossen. Er könnte die Arbeit in seinem Kontor durch andere verrichten lassen und selbst danach streben, zu den wichtigsten Menschen Berlins und Cöllns erhoben zu werden. Er könnte an den Hof gehen oder vielleicht einen Adelstitel bekommen, indem er eine Adlige heiratete, vielleicht ein junges, schönes Ding, dessen Vater pleite war.

Alles nur durch diesen Jungen!

Auf keinen Fall durfte man ihm diesen Schatz wegnehmen. Ja, er war sogar gewillt, ihm die störrische Magd zu überlassen. Er hatte mit dem Gedanken gespielt, Annalena wegen ihrer Zimperlichkeit rauszuwerfen, doch vielleicht war sie mit Böttger mehr als nur befreundet. Wenn er sie entließ, würde er – trotz des Geldes, das er Böttger gab – vielleicht in Ungnade bei ihm fallen, und ehe er sich versah, flog der goldene Vogel davon. Das durfte nicht passieren, nicht jetzt, wo er gesehen hatte, dass der Bursche kein Schwindler war.

Die Männer sprachen noch eine Weile miteinander, diskutierten das Experiment und die Auswirkungen auf alle weiteren Versuche. Röber hörte ihnen nur beiläufig zu und wunderte sich nicht einmal darüber, dass der unbekannte Advocatus sich bestens mit der Materie auszukennen schien. Er formte in seinem Kopf Pläne, große Pläne, die ihn in den nächsten Tagen und Wochen nicht mehr loslassen würden.

Der nächste Morgen war grau und verhieß Regen, doch das hielt Annalena nicht davon ab, in aller Frühe das Kontor zu verlassen. Seit dem gestrigen Vorfall war Röber ihr nicht wieder über den Weg gelaufen, dennoch hatte sie ein ungutes Gefühl. Irgendwas würde er sich ausdenken, um sich zu rächen.

Noch vor ein paar Monaten hätte sie erneut daran gedacht wegzulaufen. Doch inzwischen hatte sich einiges geändert. Jahrelang hatte sie vor Mertens gekuscht. Sie hatte sich von ihm einschüchtern und schließlich von ihm in die Flucht schlagen lassen. Das wollte sie ab sofort nicht mehr tun. Hatte sie sich ihres Ehemanns erwehren können, würde ihr das auch bei Röber gelingen!

Natürlich war es besser, ihm aus dem Weg zu gehen und ihn so wenig wie möglich zu reizen. *Ich könnte Hildegard anbieten, noch mehr Arbeit zu übernehmen,* ging es ihr durch den Sinn. *Oder ich ziehe sie ins Vertrauen, wenn Röber mir nicht von der Pelle rückt.* Außerdem gab es nun Johann und ihre Gefühle für ihn. *Wer weiß, vielleicht heiratet er mich irgendwann. Vielleicht sieht er über meine Narben hinweg und verdeckt meine Herkunft mit dem Mantel der Ehrbarkeit …*

Also beschloss sie auszuhalten, so lange es eben möglich war.

Sie schleppte zwei Wassereimer zum Brunnen, in der Hoffnung, dass dort so früh am Morgen noch kein großes Gedränge herrschte. Zu manchen Zeiten konnte man sich die Beine in den Bauch stehen, und das Letzte, was Annalena brauchen konnte, war einen Teil ihrer ohnehin schon knapp bemessenen Zeit zu verschwenden.

Tatsächlich war noch niemand am Brunnen, nur ein Hund saß davor und versuchte, durch heftiges Kratzen die Flöhe aus seinem Fell zu bekommen. Annalena scheuchte ihn weg, griff nach dem Schöpfeimer und ließ ihn in den Brunnenschacht hinunter. Ein Klatschen ertönte, und als der Eimer vollständig untergegangen war, zog sie ihn wieder nach oben. Eine schweißtreibende Arbeit, aber Annalena biss die Zähne zusammen und konzentrierte sich nur auf das Seil in ihren Händen.

Sie hatte den Eimer schon fast oben, da rief jemand in ihrem Rücken: »Ihr seid die Magd vom Röber, stimmt's?«

Annalena schrak zusammen und das Seil entglitt ihr. Mit einem lauten Klatschen landete der Eimer wieder im Wasser, und nur die Tatsache, dass das obere Ende des Seils festgebunden war, verhinderte, dass es ihm in den Schacht folgte.

Wütend wirbelte sie herum und sah in das Gesicht eines etwa zwölf Jahre alten Jungen, der keuchend zu ihr lief, als sei eine Meute Hunde hinter ihm her. Sein blonder Schopf war verwuschelt und das mit Sommersprossen übersäte Gesicht darunter war ihr vollkommen fremd.

»Ja, die bin ich«, entgegnete Annalena, und obwohl sie dem Burschen für den Schrecken am liebsten an den Ohren gezogen hätte, hielt sie sich zurück.

»Dann solltet Ihr schnell mitkommen!«, entgegnete er und wirbelte herum.

»Warum? Was ist geschehen?«, fragte Annalena, aber da rannte er schon wieder los. Wenn sie erfahren wollte, was los war, musste sie ihm wohl oder übel folgen. Lange Zeit zu überlegen blieb ihr nicht. Annalena seufzte auf und raffte dann ihren Rock.

Es war nicht einfach, an ihm dranzubleiben, denn der Junge bewegte sich so flink wie eine Eidechse. Er huschte durch enge Gassen, die Annalena vorher noch nie aufgefallen waren, obwohl sie das Viertel inzwischen recht gut kannte. So, wie die Menschen, an denen sie vorbeikamen, dreinschauten, mussten sie wohl glauben, dass sie einen Dieb verfolgte.

Schließlich verringerte er sein Tempo, als er hörte, dass sich hinter ihnen Hufschlag näherte. Auch Annalena wurde langsamer. Sie lief in Hausnähe weiter und blieb dann ganz stehen, denn sie wollte sich von den Pferdehufen nicht niedertrampeln lassen.

Wenig später preschten die Reiter an ihr vorbei. Es waren Männer der Stadtgarde. So, wie sie die Tiere trieben, musste etwas geschehen sein. Annalena schlug das Herz plötzlich bis zum Hals. War Johann etwas geschehen?

Als sie weiterliefen, hörte sie ein paar Passanten wispern: »Sie sollen eine Leiche aus dem Wasser gefischt haben, hier ganz in der Nähe.«

Annalena wusste, dass so etwas keine Seltenheit war. Immer wieder wurden Leichen die Flussläufe entlanggespült und verfingen sich schließlich in irgendwelchen Ästen, die ihre Reise beendeten. Doch diesmal konnte sie diese Neuigkeit nicht gleichgültig hinnehmen. Immerhin hatte sie der Junge gesucht …

Am Spreehafen angekommen konnte sie schon von weitem eine Menschenmenge ausmachen. Sie sah die Kleidung von Bürgern und Bettlern; Fischer waren dabei und nicht zu übersehen die Uniformen der Gardisten. Dazwischen standen zwei schwarz gekleidete Männer, die wie Medizi aussahen.

Annalenas Kehle schnürte sich zusammen. Sie wollte den Jungen fragen, warum sie herkommen sollte, doch als sie sich nach ihm umschaute, war er verschwunden. Wer hatte ihn geschickt? Wer hatte ihm erzählt, dass sie die Magd vom Röber war?

Annalena erntete ein paar Unmutsbekundungen, als sie versuchte, weiter nach vorn zu kommen. Ein paarmal wurde sie beiseite gedrängt, doch schließlich gelangte sie an eine Stelle, von der aus sie eine gute Sicht auf das Geschehen hatte.

Dass es keine männliche Gestalt war, die da auf den Steinen lag, beruhigte sie ein wenig, doch im nächsten Moment traf sie eine böse Ahnung wie ein Schlag in den Magen.

Ihr brauner Rock war vollkommen durchnässt, ihre Füße bleich wie Wachs. Ihr Haar klebte teilweise an ihrem Gesicht fest, einige Strähnen fielen auf den Boden. Das Gesicht war nicht zu erkennen, denn der Kopf war dem Wasser zugewandt.

»Sie wird sich wohl mit Absicht ins Wasser gestürzt haben«, hörte sie einen der Männer in Schwarz sagen. »Ob es irgendwelche Spuren an ihrem Leib gibt, werde ich in meinem Haus überprüfen müssen.«

Annalena fühlte sich schwindlig. Es war, als würde eine schrille Stimme ihr den Namen »Marlies« in die Ohren schreien und damit versuchen, ihr die Sinne zu nehmen. Sie griff Halt suchend um sich und erwischte einen Mann an der Jacke. Ihre Finger krallten sich fest in den Stoff, denn unter ihren Füßen war es mit einem Mal, als stünde sie auf einem unruhig schwankenden Schiff.

»He, was soll denn das?«, fragte der Mann und trat ein Stück zur Seite.

Ihres Haltes beraubt, gaben Annalenas Knie schließlich nach und sie fiel zu Boden. Trotz der Schwäche, die ihren Körper erfasst hatte, fühlten sich ihre Sinne merkwürdig klar an. Einer der Doktoren drehte den Kopf der Leiche nun zur Seite, so dass sie in ihr Gesicht blicken konnte. Es war aufgequollen und weiß, die Lippen waren blau, doch es war unverkennbar das von Marlies. Ihre Augen waren glasig und ein anklagender Ausdruck lag in ihnen.

Du hast mir nicht geholfen, du hast mich sterben lassen.

Annalena übergab sich würgend auf den Boden. Viel kam nicht, denn sie hatte noch nicht gefrühstückt, nur grüne Galle floss auf den Stein.

Die Tote wurde jetzt auf eine Bahre gehoben, und als sich die starren Augen abwandten, ließ auch der Würgereiz nach. Alles, was blieb, war ein taubes Gefühl in ihrem Inneren. Man konnte es nicht Trauer nennen, es war eher so, als hätte sie gerade ihr eigenes Schicksal gesehen.

Obwohl sich Annalenas Glieder wie junge Grashalme anfühlten, die bereits von einem Windstoß umgebogen werden konnten, rappelte sie sich langsam wieder auf. Ein paar andere Frauen waren ebenfalls in Ohnmacht gefallen, aber diese hatten Kavaliere, die ihnen Riechsalz unter die Nase hielten. Annalena putzte sich den Staub vom Rock und sah dann, wie sich der Arzt über die Tote beugte und ihren Bauch befühlte. Sie hatte keine Ahnung, wie gelehrte Doktoren ihre Untersuchungen durchführten, aber sie war sich sicher, dass er herausfinden würde, dass sie schwanger war.

Als der Doktor fertig war, wies er einen Mann, der sich bislang im Hintergrund gehalten hatte, an, die Frau fortzuschaffen. Ohne seinen Namen zu kennen oder ihn zuvor schon einmal gesehen zu haben, wusste Annalena, dass es sich bei ihm um den Henker handelte. Er war ein großer Mann mit kräftigen Armen und einem blonden Haarschopf. Sein Körper steckte in einem nietenbeschlagenen Wams aus braunem Leder, und auch der Rest seiner Kleidung glich der ihres Vaters. Nun erfuhr sie auch, woher der blonde Bursche gekommen war. Er tauchte neben dem Henker auf und die Ähnlichkeit war nicht zu übersehen.

Annalena kam ein Verdacht. War der Junge von der alten Engelmacherin geschickt worden? Immerhin hatte Annalena sie gebeten, ihr Bescheid über den Verbleib von Marlies zu geben. Und außer Johann hatte sie nur ihr erzählt, dass sie beim Röber arbeitete. Suchend blickte sie sich um, ob die Alte hier auch irgendwo war, doch sie konnte sie nicht entdecken.

Inzwischen wurde die Tote weggeschafft. Da Marlies keine Verwandten und kein Geld hatte, würde sie wahrscheinlich ein Armenbegräbnis bekommen. Wenn sich herausstellte, dass sie sich selbst ertränkt hatte, würde man ihr sogar nur ein Begräbnis nach Henkersart angedeihen lassen. Das bedeutete, ohne ein Kreuz und nur in Tüchern eingeschlagen vor der Stadtmauer verscharrt zu werden. Annalena ahnte, dass genau das passieren würde.

Sie löste sich aus der Menge der Schaulustigen und rannte ohne Umwege zurück zum Kontor. Sie war es Marlies schuldig, wenigstens von ihrem Tod zu berichten.

Die Haushälterin erwartete sie bereits an der Tür. Ihr Gesicht war hochrot wie ein Hahnenkamm. »Wo hast du dich rumgetrieben?«, keifte sie.

»Sie haben Marlies gefunden«, presste Annalena hervor.

»Was sagst du da?« Hildegard sah sie erschrocken an.

»Sie haben sie aus dem Wasser gezogen.«

Hildegard taumelte zurück, ihre Augen weiteten sich. »Du willst mich auf den Arm nehmen, oder?«

Annalena schüttelte den Kopf. »Es ist die Wahrheit, ich habe es mit eigenen Augen gesehen.«

»Und woher wusstest du das?«

»Ein Junge aus der Nachbarschaft hat mir Bescheid gegeben. Wahrscheinlich wollte er zu Euch, aber weil Ihr nicht zugegen wart, hat er sich an mich gewandt.« Das stimmte so nicht, aber die richtige Erklärung wollte sie lieber nicht preisgeben.

Hildegard sagte hierzu erst einmal nichts. Sie wandte sich um und ging zurück ins Haus. Fast schien es, als seien ihre Beine aus Holz, die Knie beugten sich nur widerwillig. Annalena folgte ihr und war froh, dass Hildegard nicht gleich die ganze Geschichte von ihr forderte. Sie steckte ihr immer noch ziemlich tief in den Knochen, und daran würde sich auch so bald nichts ändern.

Die Haushälterin betrat die Küche, blickte sich einen Moment lang um, als suche sie etwas, dann zog sie sich einen Schemel heran und ließ sich darauf nieder. Das ansonsten bei ihr übliche Ächzen blieb diesmal aus. »Du hast sie also gesehen?«, fragte sie.

Annalena nickte und spürte, wie sich eine Gänsehaut auf ihrem Körper breitmachte und Messerspitzen in ihre Narben zu stechen schienen. Gewiss würden sie Marlies' Augen bis in ihre Träume verfolgen.

»Hat ihr jemand Gewalt angetan?«

»Das weiß ich nicht, und der Medicus, der zugegen war, meinte, dass er sie erst noch untersuchen muss.«

Hildegard schüttelte den Kopf, und Annalena konnte sehen, wie Schweißtropfen auf ihre blasse Stirn traten. »Das wird einen Skandal geben.« Sie presste ihre Hand gegen die Stirn. »Die königliche Polizei wird kommen und Fragen stellen. Jeder kannte Marlies und wenn herauskommt, dass sie ein Kind trug …«

Annalena wollte ihr die Hand tröstend auf den Arm legen, doch Hildegard schlug sie fort. »Geh los und hol Wasser! Ich werde dem Herrn Bescheid sagen.«

Damit wandte sie sich um und verschwand aus der Küche. Annalena schloss einen Moment die Augen, denn in ihren Schläfen hämmerte es. Tränen rannen unter ihren Lidern hervor. Solch ein Schicksal hatte keine Frau verdient, auch wenn ihr Kind in vermeintlicher Schande entstanden war. Was war nur mit den Menschen los, dass sie trotz des Gebots der Nächstenliebe, das jeden Sonntag gepredigt wurde, so unbarmherzig mit jenen waren, die am Rande der Gesellschaft standen?

Ein Geräusch aus Richtung der Treppe brachte sie wieder zur Besinnung. Wenn es Hildegard war und sie sie hier noch sah, würde es sicher ein Donnerwetter geben. Sie wischte sich also das Gesicht ab und lief dann zurück zum Brunnen. Die Wassereimer standen immer noch an Ort und Stelle, doch jetzt hatten sich einige andere Frauen eingefunden. Sie warfen Annalena einen kurzen Blick zu, übersahen aber glücklicherweise ihre roten Augen und vertieften sich wieder in ihr Gespräch.

Soweit sie es heraushören konnte, wussten sie noch nichts von der Toten, die man aus der Spree gezogen hatte, aber das änderte sich gewiss bald. Dann würde es besser sein, wenn sie nur noch frühmorgens hierherkam, denn sonst würden die neugierigen Frauen über sie herfallen wie Krähen über einen Kadaver.

Als sie endlich an der Reihe war, schöpfte sie das Wasser so schnell und zielstrebig, als würde ihr Leben davon abhängen. Die Frauen, die sich hinter ihr eingereiht hatten, beobachteten sie verwundert, und eine fragte: »Warum so hastig, Mädchen? Glaubst du, das Wasser sickert in den Brunnengrund ein?«

»Mein Herr will, dass ich mich beeile«, antwortete Annalena, worauf die Frauen etwas tuschelten, das sie nicht verstand.

Bei ihrer Rückkehr vom Brunnen vernahm sie Röbers und Hildegards Stimmen aus dem Kabinett. Was sie beredeten, hörte sie allerdings nicht.

Sie leerte die Eimer in die große Tonne und ging dann nach draußen, um den Innenhof zu fegen. Dort traf sie auf Paul, den Lehrling, der eigentlich im Lager sein sollte, und Thomas, den Stallknecht. Die beiden waren so in ihr Gespräch vertieft, dass sie Annalena zunächst nicht bemerkten.

»Und wenn ich es dir doch sage!«, redete Paul auf den Knecht ein. »Der Röber war gestern Nacht bei ihm und hat es mit eigenen Augen gesehen. Der Kerl hat Gold gemacht!«

Thomas winkte ab. »Das war sicher ein fauler Zauber!«

»Nein, das war es nicht, oder willst du unseren Herrn der Lüge bezichtigen? Er hat es doch selbst gesehen.«

»Und dir natürlich davon berichtet.« Der Knecht schüttelte ungläubig den Kopf.

Doch Paul ließ sich nicht beirren. »Sicher hat er das«, sagte er. »Wenn der Bursche mehr Gold herstellen kann, wird er aus unserem Herrn einen reichen Mann machen. Und auch wir werden davon profitieren.«

»Er vielleicht«, entgegnete Thomas, und Annalena konnte ihm ansehen, dass er sich den zweiten Teil des Satzes verkniff.

Sie hatte nach ihrem Besen gegriffen, war aber nicht imstande gewesen, auch nur einen Strich damit zu machen. Die Worte der beiden Männer trafen sie wie eisige Regentropfen. Johann hatte es gewagt! Er hatte Gold gemacht! Konnte es wahr sein?

»Na sieh mal einer an, da macht die Katze lange Ohren!«, rief Thomas und lachte auf. »Hast du dich verirrt, Mädchen?«

»Ich will nur den Hof fegen und wollte euch nicht stören«, rechtfertigte sie sich, stellte den Besen ab und lief schnell nach drinnen.

Als Johann beim *Goldenen Hirsch* ankam, stand eine Kutsche vor dem Tor. Auf diese war neben anderen Gepäckstücken auch die geheimnisvolle Kiste des Mönches aufgeladen worden.

Lascarius' Abreise überraschte ihn nicht. Bereits am vergangenen Abend, auf dem Rückweg von Sieberts Labor, hatte er ihm mitgeteilt, dass er die Stadt verlassen würde. »Er ist jetzt ein fertiger Adept, mein Junge«, hatte er gesagt und ihm freundschaftlich auf die Schulter geklopft. »Es gibt nichts, was ich Ihm noch beibringen könnte.«

Dass es doch noch etwas gab, wollte ihm Böttger nicht unter die Nase reiben, aber ein wenig beunruhigte es ihn schon, dass Lascarius ihn noch nicht in der Herstellung des Steins der Weisen unterwiesen hatte.

»Komme Er morgen zur Mittagsstunde zu mir. Was noch zu klären ist, werden wir dann besprechen.« Das konnte alles und gleichzeitig nichts bedeuten.

Nun war er also hier, und die Unruhe in seiner Brust wütete wie ein wildes Tier, das erst dann zur Ruhe kommen würde, wenn es die rechte Nahrung bekommen hatte.

Als er die Schenke betrat, sah er, dass Lascarius sein Bettelmönchsgewand nicht mehr trug. Stattdessen war er in einen feinen Rock gehüllt. Er bezahlte gerade den Wirt und wirkte dabei irgendwie fahrig. Hatte er es so eilig, aus der Stadt zu kommen? Wollte er verschwinden, ohne ihm das Rezept für das Arkanum zu geben? Johann wartete, bis Lascarius sein Gespräch mit dem Wirt beendet hatte, dann trat er zu ihm.

Das Lächeln, das der vermeintliche Bettelmönch aufsetzte, zerstreute Johanns Bedenken auf der Stelle. »Ah, mein junger Freund! Er wundert sich gewiss, mich in diesem Aufzug zu sehen.«

»Ein wenig schon«, entgegnete Johann und ließ seinen Blick über den Gehrock, den sein Meister trug, wandern. Es war nicht der, den er in seiner Verkleidung als Advokat getragen hatte. Dieser hier war blau und wirkte, als würde er einem Adligen gehören. War dies das Resultat seiner Goldmacherei? Besaß er noch mehr Gepäck außer der geheimnisvollen Truhe? Hatte er es vielleicht nur deshalb nicht in seinem Zimmer gehabt, weil es seine Schätze verbarg? Sein Gold?

»Nun, meine Gesichter sind vielfältig, und um ungestört leben zu können, ist es ratsam, sich eine große Zahl an Verkleidungen zuzulegen, sei es das Gewand des Advokaten oder das des wohlhabenden Herrn. Er wird das sicher auch schon bald begreifen.« Er legte Johann kurz die Hand auf die Schulter und strebte dann dem Ausgang zu.

Johann bekam es nun doch ein wenig mit der Angst zu tun. Was war, wenn Lascarius es sich anders überlegt hatte? Wenn er ihm das Rezept nicht mehr vermachen wollte?

»Aber Er ist sicher nicht nur hier, um mit mir ein letztes Pläuschchen zu halten, stimmt's?« Lascarius blickte Johann prüfend in die Augen und bedeutete ihm dann, zur Kutsche mitzukommen.

Mit einer lässigen Handbewegung schickte er den Kutscher, der ihm gerade die Tür des Schlages geöffnet hatte, weg und stieg dann ein.

»Was ist, will Er nicht ebenfalls reinkommen?«, fragte er Johann, als dieser ihn überrascht anschaute. »Ich pflege meine Geheimnisse nicht in der Öffentlichkeit zu überreichen.«

Johann fragte sich einen Moment lang, warum sie dann nicht zurück auf sein Zimmer gegangen waren. Lascarius hatte allerdings nicht vor, viele Worte, die an die Ohren Neugieriger geraten konnten, zu verlieren. Nachdem Johann seiner Aufforderung gefolgt war, zog er eine kleine Pergamentrolle aus der Innentasche seines Rocks. Er verbarg sie zwischen seinen langen Fingern und reichte sie Johann auf eine Weise, die für jeden, der zufällig durch das Fenster der Kutsche sah, anmuten musste, als gebe einer dem anderen nur die Hand zum Abschied. Johann umschloss die Schriftrolle hastig, als fürchte er, ein Windstoß könnte sie aus der Kutsche tragen. Dann ließ er sie ebenso schnell und diskret wie Lascarius in seiner Rocktasche verschwinden.

»Bewahre Er dieses Geheimnis gut, mein Junge. Es wird Sein Schlüssel zu den Häusern und Burgen sämtlicher hoher Herren sein. Wenn Er sich geschickt anstellt, werde ich gewiss schon bald von Ihm hören. Und jetzt lebe Er wohl.«

Nun reichte ihm Lascarius die Hand wirklich zum Abschied, und Johann verließ die Kutsche. Als hätte er nur darauf gewartet, tauchte der Kutscher auf und, ohne noch einmal Rücksprache mit seinem Herrn zu halten, schwang sich auf den Kutschbock.

Das Gefährt setzte sich in Bewegung und das Hufgetrappel übertönte kurz Johanns Herzschlag. Als es auf der Straße wieder still geworden war, schob Johann die Hand in die Rocktasche, als wollte er sich vergewissern, dass dies nicht nur ein Traum gewesen sei. Er spürte die Schriftrolle, und während sich sein Verstand mit Plänen füllte, machte er kehrt und strebte dem Molkenmarkt zu.

Am Abend wussten alle im Kontor über Marlies' Schicksal Bescheid. Annalena wäre am liebsten nicht mehr daran erinnert worden, aber Hildegard ließ verlauten, dass Annalena die Tote gesehen hatte, und so wurden ihr von Thomas und Paul Löcher in den Bauch gefragt. Sie versuchte, so unspektakulär wie möglich zu antworten, doch sie konnte deutlich sehen, dass es den Männern nicht um Marlies' Schicksal ging. Vielmehr wollten sie nur selbst etwas zu erzählen haben, und allmählich fragte sich Annalena, ob sie Marlies jemals mehr als einen oder zwei Blicke gegönnt oder sie überhaupt wahrgenommen hatten. Die glänzende Gier nach etwas Schrecklichem in ihren Augen widerte sie an, so dass sie Mühe hatte, ihre Gefühle im Zaum zu halten.

An diesem Abend zog sich Annalena nicht zur Nachtruhe aus und sie betrachtete ihre Narben auch nicht. Vollständig angekleidet legte sie sich aufs Bett und starrte die Deckenbalken an.

Marlies' aufgedunsenes Gesicht ging ihr dabei ebenso durch den Kopf wie das, was Paul von Johann berichtet hatte. Wie gern hätte sie mit ihm über diesen schrecklichen Tag gesprochen, und wie gern hätte sie ihn gefragt, ob an dem Geschwätz über sein Experiment wirklich etwas dran war! Sie wünschte sich, dass ein Kiesel die Scheibe ihres Kammerfensters treffen würde, und dass sie beim Hinausschauen Johann sehen würde, doch diese Hoffnung war vergeblich. Vielleicht hätte sie damit rechnen können, wenn sie dieses Zeichen ausgemacht hätten, aber bislang waren ihre Zusammentreffen mit Johann immer rein zufälliger Natur gewesen. Und gewiss stand Johann in diesem Augenblick auch nicht der Sinn danach, zu ihr zu kommen.

Doch warum ergab sie sich diesem Umstand? Hatte sie nicht Beine, die sie trugen? Wusste sie etwa nicht mehr, wo sie ihn finden konnte?

Hildegard war in ihrem Zimmer und Röber, den die Sache mit Marlies wohl kaltgelassen hatte, rechnete sich wahrscheinlich schon aus, welchen Gewinn er mit Johann machen konnte. Niemand würde merken, wenn sie sich aus dem Haus stahl, um ihn zu sehen.

Als Annalena vorsichtig die Kammertür öffnete und hinausspähte, war niemand zu sehen. Der Gang lag still da. Auf Zehenspitzen schlich sie zur Treppe, dann die Stufen hinab. Die Küche war dunkel, nur blasses Mondlicht drang durch das Buntglasfenster und malte Flecken auf den Fußboden. An der Hintertür angekommen schob Annalena vorsichtig den Riegel zurück, dann schlüpfte sie nach draußen.

Richtig wohl war ihr dabei nicht, denn wenn Hildegard auf die Idee kam, noch einmal in ihre Kammer zu schauen, würde sie ein leeres Bett vorfinden und wahrscheinlich glauben, dass sie sich ebenfalls in die Spree gestürzt hatte. Aber dieses Risiko musste sie eingehen, sie wollte jetzt nur bei Johann sein, seine Arme und Lippen spüren, um zu vergessen, was geschehen war.

Selbst mit verbundenen Augen hätte sie den Weg zur Apotheke gefunden. Der Molkenmarkt war wie nachts immer beinahe unheimlich still, nur das ferne Bellen eines Hundes drang an ihr Ohr. Die Zorn'sche Apotheke schien auf den ersten Blick friedlich zu ruhen, doch als Annalena sich der Tür näherte, konnte sie einen Lichtschein ausmachen. Er drang aus einem kleinen Fenster, das in den Sockel des Hauses eingelassen war und wahrscheinlich zum Keller gehörte. Das Licht war merkwürdig fahl und flackerte, als seien Teufel im Keller des Apothekers zugange. Doch Annalena konnte sich denken, dass kein Teufel dort sein Werk verrichtete.

Sie hockte sich neben das Fenster und spähte hindurch. Viel konnte sie zunächst nicht erkennen, denn dicke Schmutzränder an den Scheiben gaben lediglich ein kleines Guckloch frei. Sie erblickte eine Art Ofen und, als sie sich ein wenig zur Seite drehte, auch einen Tisch, auf dem seltsame Gefäße und Gerätschaften standen, darunter auch Zangen, die den Folterinstrumenten eines Henkers ähnelten, aber wesentlich größer waren. Nach einer Weile erschien ein Mann in ihrem Blickfeld. Es war nicht Johann, das konnte sie an seiner Gestalt und dem blonden Zopf erkennen.

»Das soll was werden?«, fragte er, und die Stimme, die antwortete, war ihr nun wieder bekannt.

»Natürlich wird es was! Gestern hat es doch auch geklappt.«

»Und glaubst du nicht, dass wir uns damit den Teufel ins Haus holen?«

»Du hast doch wohl nicht die Hose voll, Schrader? Das hier ist Gottes Werk!«

Annalena beobachtete, wie nun auch Johann die Bildfläche betrat. Er nahm eine der Zangen zur Hand und fasste damit einen metallenen Tiegel. Diesen stellte er in ein Loch, das in die Ofenplatte eingelassen war. Sogleich schlugen die Flammen höher, und Johann ließ nicht den Blick davon ab – genauso wenig wie Annalena.

Wurde sie Zeugin der Goldmacherei oder erlaubten sich die beiden Burschen nur einen Scherz im Keller ihres Dienstherrn?

Plötzlich gab es einen grellen Blitz und Rauch schoss in die Luft. Annalena schrie auf und sprang zurück, dann presste sie die Hand auf den Mund. Gerade noch rechtzeitig konnte sie sich in den Schatten drücken, bevor Johann das Fenster aufriss. Wenig später wurde auch die Tür aufgerissen und der blonde Mann stürzte hustend nach draußen. Annalena hatte keine Gelegenheit mehr wegzulaufen.

»Was hast du hier zu suchen?«, fuhr Schrader sie heftig an, allerdings nicht laut genug, um jemandem den Schlaf zu rauben.

»Ich … ich wollte nur …«, stammelte Annalena, doch bevor sie weitersprechen konnte, tauchte Johann hinter ihm auf und sagte: »Sie gehört zu mir.«

Sein Gesicht war ebenso wie das von Schrader rußgeschwärzt.

Da sich Johann nicht anmerken ließ, dass ihn ihr Besuch überraschte, hielt Schrader ihm sogleich vor: »Warum hast du deine Liebschaft herbestellt? Wenn sie nun mit ihrem Schrei den Meister geweckt hat?«

»Der Schrei war nicht lauter als dein Gemecker, also reg dich ab!«, entgegnete er. »Außerdem kennst du unseren Meister, der schläft nach einem Tag wie diesem wie ein Stein. Eher wird ihn unser Geschwätz wecken, wenn wir noch länger hier draußen bleiben.«

Damit fasste er Annalena bei der Hand und zog sie mit sich in die Apotheke. Schrader wollte protestieren, doch Johann legte den rechten Zeigefinger auf die Lippen, und da sein Kamerad nicht erwischt werden wollte, fügte er sich schließlich.

Hatte sie sich damals bei ihrer Ankunft im Gewürzkontor schon über die seltsamen Gefäße und deren Inhalt gewundert, erstaunte sie das, was sie hier zu sehen bekam, noch mehr. Wie gern hätte sie gefragt, was die Dinge in den Gläsern waren und was die Aufschriften auf den undurchsichtigen Gefäßen zu bedeuten hatten, doch die Geste des Schweigens hatte auch ihr gegolten.

Johann zog sie durch die Offizin und die Defektur zu einer kleinen Wendeltreppe, die in den Keller führte. Schrader folgte ihnen und blickte sich immer wieder misstrauisch um. Es war eine Sache, im Laboratorium ein Experiment durchzuführen, eine ganz andere, eine Frau dabeizuhaben. Zorn würde ihnen Ersteres vielleicht nachsehen, zumal es schien, als hätten sie Erfolg gehabt, doch wenn er die Fremde sah, würde es Ärger geben.

»Was tut ihr hier?«, fragte Annalena leise, nachdem sie sich einen Augenblick lang in dem Kellerraum umgesehen hatte. Er mutete wie eine Hexenküche an, und in der Luft hing noch immer ein beißender Geruch.

»Das habe ich dir doch schon gesagt, ich mache Gold«, entgegnete Johann im Flüsterton, was im Geräusch des Feuers beinahe unterging. »Gestern ist es mir in Sieberts Küche gelungen, und gleich werden wir sehen, ob ich die Transmutation wiederholen konnte.«

Er hob den Tiegel, der mittlerweile in einem Wasserbottich lag, hoch und schüttete ihn auf dem Tisch aus. Ein Metallstück purzelte auf die Tischplatte. Golden schimmerte es im Feuerschein.

»Gold«, presste Schrader hervor und griff hinter sich nach dem Treppengeländer, als fürchte er, ohne den Halt zu Boden zu sinken.

Annalena zeigte weniger Ehrfurcht. Sie trat an den Tisch und griff nach dem Metallklumpen. Er war warm und fühlte sich glatt an.

»Und? Kannst du einen Unterschied ausmachen zu dem Stück, das ich dir damals gab?«, fragte Johann. Er war sicher, dass er einen weiteren Sieg errungen hatte.

»Augenscheinlich nicht«, antwortete Annalena. »Doch wer sagt dir, dass es wirklich Gold ist? Es könnte genauso gut goldfarbenes Metall sein. Auch Messing hat eine goldene Farbe.« Sie legte den Regulus wieder auf den Tisch.

Johann hatte inzwischen den Tiegel beiseite gestellt. Annalenas Worte machten ihm nicht im Geringsten Sorgen. »Messing wäre wesentlich leichter, und außerdem ist das kein reines Metall. Dies hier schon.«

»Und wie willst du das überprüfen?«

»Durch die Senkprobe«, meldete sich Schrader jetzt wieder zu Wort. »Man lässt einen Klumpen Metall in Quecksilber fallen. Sinkt er ab, ist es Gold, schwimmt er oben, ist es kein echtes Gold.«

Johann nickte. »Sieh an, mein Freund macht sich. Ehe du dich versiehst, wird aus dir auch noch ein brauchbarer Adept.«

»Danach strebe ich gar nicht«, gab Schrader zurück. »Ich will nur sehen, ob du recht hast.« Mit diesen Worten holte er einen Tiegel heran, der mit einer silbrigen Flüssigkeit gefüllt war.

Johann verfolgte lächelnd, wie Schrader ihn auf dem Tisch plazierte, dann warf er den Regulus kurzerhand hinein. Es gab ein metallisches Geräusch, als der Klumpen den Boden des Gefäßes erreichte. Gespannt beobachteten die beiden Apothekerlehrlinge die Flüssigkeit, und als das Metall auch nach einigen Augenblicken nicht nach oben kam, hatten sie Gewissheit.

»Ich sagte es dir doch, es ist Gold!«, rief Johann und fischte mit einer kleineren Zange den Regulus wieder hervor. Das Quecksilber perlte davon ab, einige Tropfen gingen dabei daneben und kullerten über die Tischplatte. Annalena beobachtete dies beinahe faszinierter als den Goldregulus. Von ihrem Vater hatte sie gehört, dass Ärzte Quecksilber für Kuren vor allem bei venerischen Krankheiten anwandten, gesehen hatte sie dieses flüssige Metall allerdings noch nie – bis heute.

»Pures Gold! Annalena, was sagst du dazu?«

»Ich bin kein Alchemist, der das beurteilen könnte, aber für mich sieht es wirklich nach Gold aus.«

»Da hörst du es! Und wer, wenn nicht eine Frau, weiß echtes Gold von Tand zu unterscheiden!«

»Ich habe ja auch nicht bestritten, dass es Gold ist«, verteidigte sich Schrader. »Nun gut, dieses Mal ist es dir gelungen, doch wirst du es wiederholen können? Wieder und wieder? Wenn der König von dir erfährt, dann wird er sich nicht mit einem Regulus zufriedengeben. Du wirst ihm schon eine ganze Kammer mit Gold schaffen müssen.«

»Wer sagt denn, dass es der König erfahren soll? Vorerst gedenke ich noch nicht, es jemandem zu sagen.«

»Aber meinst du denn, es wird geheim bleiben?« Schrader blickte zu Annalena, als verdächtigte er sie, das Gesehene in Windeseile unter die Leute zu bringen.

»Wenn wir alle schweigen, ja. Und ich bin mir sicher, dass Annalena schweigen wird.«

Wenn du wüsstest, was ich alles für mich behalte, dachte sie und nickte dann. »Von mir erfährt keiner was.«

»Na siehst du. Dann brauchen wir ihr auch nicht die Zunge rauszuschneiden«, entgegnete Johann lachend. »Aber vielleicht wäre es doch besser, wenn du jetzt wieder gehst, sonst komme ich womöglich noch auf dumme Gedanken.«

Er zwinkerte Annalena zu, und diese war trotz aller Neugierde froh, wieder aus dem Keller fortzukommen. Vorsichtig schlichen sie sich nach oben, durchquerten dann die Offizin und verließen das Gebäude.

»Weshalb bist du hergekommen?«, fragte Johann, als sie sich in den Schatten neben der Apotheke gestellt hatten. Er strich ihr sanft über die Wange und schließlich ein paar Haarsträhnen von der Stirn.

»Ich habe gehört, wie unser Knecht erzählt hat, dass dir das Goldmachen gelungen ist«, antwortete sie.

Leichte Besorgnis schlich über Johanns Gesicht. Er erinnerte sich nur zu gut daran, was das Gerede beim letzten Mal angerichtet hatte.

Zorn hätte ihn damals beinahe entlassen. Warum hatte Röber nicht seinen Mund halten können? Dann schob er seine Bedenken beiseite. Er konnte sich später noch Gedanken darüber machen. Jetzt, wo Annalena bei ihm war, wollte er sich von nichts ablenken lassen.

»Wie du siehst, ist es mir tatsächlich gelungen«, entgegnete Johann grinsend. Doch er wurde ernst, als er spürte, dass sie noch etwas anderes auf dem Herzen hatte. »Und welchen Grund hattest du noch?«

»Marlies ist gefunden worden. Man hat sie heute Morgen tot aus der Spree gezogen.«

Johann erstarrte. »Das war das Mädchen, das du neulich gesucht hast?«

Annalena nickte. »Ja, das war sie.«

»Das ist ja schrecklich.« Johann zog Annalena in seine Arme, und sie kuschelte sich erleichtert an ihn. Sie bettete ihren Kopf an seine Brust und fühlte, wie er über ihr Haar strich. Der Klang seines Herzens und die Wärme seiner Haut beruhigen sie, und am liebsten hätte sie die ganze Nacht über in dieser Haltung verharrt.

Wenn du anstelle von Marlies gestorben wärst, fragte sie sich nun, *hättest du nicht bereut, kein einziges Mal wirkliche Liebe erfahren zu haben? Würde es dir nicht leidtun, ihn kein einziges Mal gespürt zu haben?*

Ein Zittern rann durch ihre Glieder, Angst stieg in ihr auf. Aber es war keine schlechte Angst, vielmehr eine kaum zu beherrschende Aufregung, weil sie sich so sehr nach Johann sehnte. Weil sie wusste, was für eine Entscheidung sie gerade traf.

Liebe hatte für sie bislang nur Schmerz bedeutet. Ihr Herz sagte ihr allerdings, dass es mit Johann anders sein würde. Ihre Neugierde rang einen Moment lang mit den Zweifeln, doch während sie den Duft seiner Haut einatmete, vergaß sie die Tote und auch alles andere. Es gab nur noch ihn und sie und die Hoffnung auf ein Leben fern von allem Leid der Vergangenheit. Sie wusste, was sie in diesem Augenblick wollte. Vielleicht war es ein Fehler, aber das konnte sie erst sagen, wenn es geschehen war.

»Nimm mich«, hauchte sie ihm ins Ohr und ließ ihre Hand begehrlich an ihm herabgleiten.

Johann blickte sie erstaunt an. »Was …?« Die restlichen Worte versiegten in seiner Kehle, als Annalenas Hand ihr Ziel fand.

Sie beugte sich vor und küsste ihn leidenschaftlich. Ihr Schoß füllte sich mit Wärme, und sie spürte, dass sich Johanns Männlichkeit versteifte. Während sie sich noch immer küssten und seine Hände ihren Weg unter ihr Mieder suchten, lehnte sie sich gegen die Mauer des Hauses. Jeden einzelnen Stein meinte sie an ihren Narben zu spüren, doch das begehrliche Kribbeln, das ihren Körper erfasst hatte, breitete sich auch über ihren Rücken aus und ließ sie keinen Schmerz fühlen.

Sie spürte, wie Johann ihr die Röcke hochraffte, und sie half ihm dabei, indem sie ein Bein um seine Hüfte schlang. Jetzt, wo der Weg frei war, nestelte Johann an seiner Hose und lehnte sich nur wenig später mit seinem ganzen Gewicht gegen sie. Ihre Scham war feucht und erwartungsvoll und als sie ihn in sich spürte, stöhnte sie auf.

Es war kein Vergleich zu den Nächten, die sie mit Mertens verbringen musste. Johann forderte, aber er gab auch, und die Hände, die sie liebkosten, waren weich und sanft.

Schon bald schien es Annalena, als würde sich die Welt von ihr zurückziehen. Sie bemerkte die Kühle der Nacht, die Dunkelheit und auch die Wand hinter ihr nicht mehr. Alles, was sie spürte, war Johann, sie spürte ihn in ihrem Leib und in ihren Gedanken. Als er schließlich schneller wurde, klammerte sie sich an seinen Schultern fest, beinahe verzweifelt, als fürchte sie, ihn zu verlieren. Doch er blieb bei ihr, und im nächsten Augenblick erfasste ein wohliges Zucken ihren Schoss und breitete sich in ihrem gesamten Körper aus. Johann schien es zu spüren und wenige Sekunden später ergoss er sich in sie.

Keuchend aneinandergeschmiegt verharrten sie an der Wand, und es war ihnen egal, ob sie jemand sah und was er sich dabei dachte. In der Ferne hörte Annalena das klagende

Maunzen einer Katze, und sie erinnerte sich plötzlich wieder an das kleine Gehöft im Wald.

An einem solchen Ort könnte ich mit Johann glücklich werden, dachte sie. *Mit ihm muss ich Mertens nicht fürchten.*

Als Annalena Johann verließ, war es schon weit nach Mitternacht. Nicht einmal der Nachtwächter war mehr unterwegs, und der Lärm aus den Schenken war verklungen.

Am Kontor angekommen, nahm Annalena den Weg durch die Hintertür, und als sie im Haus war, schob sie behutsam den Riegel vor. Sie strebte der Treppe zu, doch plötzlich trat ihr jemand aus der Dunkelheit entgegen.

»Wo warst du?«, fuhr er sie an. Es war Röber, hemdsärmelig, mit offenem Haar und unordentlich sitzenden Strümpfen.

Annalena prallte erschrocken zurück und stieß dabei gegen den Küchentisch. War er in ihrer Kammer gewesen? Hatte er zu ihr ins Bett kriechen wollen und nur ihr Fehlen hatte sie davor bewahrt?

Sie blickte zur Hintertür, aber Röber erahnte ihren Gedanken, sprang auf sie zu und riss sie zu Boden. Annalena schrie auf, doch es war kaum ein Ton erklungen, als er ihr schon seine nach Tinte und Metall riechende Hand aufs Gesicht presste.

»Sei besser leise«, raunte er in ihr Ohr. »Sonst überlege ich es mir noch mal mit dir.«

Annalena wusste nicht, was diese Worte bedeuten sollten und so wehrte sie sich nach Kräften. Sie war sich sicher, dass sich Röber jetzt nehmen würde, was er auf dem Wäscheboden nicht bekommen hatte.

Röber ergötzte sich einen Moment lang an ihrer Panik, dann sagte er: »Eigentlich müsste ich dich für deine gestrige

Tat rauswerfen, aber ich kann es mir nicht erlauben, noch weiter in Misskredit zu geraten. Die Leute tuscheln überall, dass ich der Vater von Marlies' Balg gewesen sei.«

Annalenas Versuche, sich zu befreien, waren vergeblich. Er war einfach zu schwer und zu kräftig, ihre Handgelenke drückte er schmerzhaft in einer seiner Pranken zusammen.

»Du wusstest es, nicht wahr?« Röber lachte fast hysterisch. »Aber das soll mich nicht mehr länger stören.«

Gleich stirbst du, schoss es Annalena durch den Kopf. *Wenn du keine Möglichkeit findest, ihn loszuwerden, wird er dir die Kehle zudrücken.*

»Ich bin mir sicher, dass du diesem Böttger den Platz zwischen deinen Schenkeln freigehalten hast. Und du wirst es nicht glauben, aber ich begrüße das mittlerweile! Du wirst die Leine sein, an der ich ihn führe. Du wirst diejenige sein, die ihn dazu ermuntert, mir treu zu bleiben, hast du verstanden?«

In Annalenas Ohren rauschte das Blut so wild, dass sie kaum hören konnte, was er sagte. Die Adern an ihrem Hals und ihren Schläfen waren geschwollen. Dennoch verstand sie Röbers Ansinnen.

»Ich werde jetzt meine Hand von deinem Mund nehmen und du wirst mir antworten. Und wehe dir, du schreist und weckst Hildegard damit. Eine Tote mehr oder weniger in der Spree wird niemanden jucken.«

Noch eine Weile ließ er die Hand, wo sie war, dann hob er sie langsam an.

Annalena wusste, wie die Antwort lautete, die er hören wollte. »Ich werde tun, was Ihr sagt«, keuchte sie zitternd, worauf Röber breit grinste.

»Ich wusste, dass du ein braves Mädchen bist«, sagte er und strich ihr über die Wange. Annalena drehte den Kopf zur Seite. »Und wer weiß, vielleicht wird dich der Bursche eines Tages zur Frau machen. Dann solltest du nicht vergessen, dass ich mildtätig zu dir war und mir nicht genommen habe, was mir zustünde. Aber wendet Böttger sich von mir ab, wirst du es bereuen. In jeder Hinsicht, das verspreche ich dir.« Mit diesen Worten erhob er sich von ihr.

Annalena konnte das Gewicht seines Körpers selbst dann noch spüren, als er die Küche schon verlassen hatte. Es war ein Gefühl wie schwere Feldsteine, die zu einem Grab über sie geschichtet worden waren.

Drittes Buch

Alchemistenträume

Berlin,
Herbst 1701

11. Kapitel

Aus den geheimen Aufzeichnungen des Johann Friedrich Böttger:

O Hoffnung, o Segen der Götter, wo seid ihr geblieben! Alles hatte so gut und hoffnungsfroh angefangen, doch nun scheint sich alles ins Gegenteil zu verkehren.
Nachdem ich meine Prüfung vor dem Physikus bestanden und meinen Gesellenbrief erhalten hatte, hatte ich die Ehre, ein paar Tage auf dem Landgut meines Freundes Johann Kunckel von Löwenstein zu weilen. Mein Lehrherr hat dies nicht gern gesehen und mich ermahnt, nicht wieder der Versuchung der Goldmacherkunst zu erliegen. Ich habe es ihm hoch und heilig versprochen, und habe durch diese Lüge vielleicht das göttliche Wohlwollen, das auf meiner Arbeit ruhte, verloren.
Auf Kunckels Landgut in der Mark ist es mir jedenfalls zum letzten Mal gelungen, Gold zu machen. Mein alter Freund, der durch eigene Misserfolge bereits ein wenig bekümmert war, war außer sich vor Freude und schöpfte neuen Mut, seine Forschungen wieder aufzunehmen. Ich überließ ihm einen kleinen Teil meines Arkanums, nicht aber das Rezept dazu. Es mag verwerflich sein, vor einem Freund wie ihm Heimlichkeiten zu haben, aber ich redete mich damit heraus, dass ich das Arkanum selbst noch nicht hergestellt

hatte und ihm nach erfolgreichem Versuch eine weitere Probe bringen wollte.
Seitdem ist es allerdings so, als hätte mich ein Fluch befallen. Hatte ich mich nach den beiden ersten Transmutationen auf dem rechten Weg gewähnt, so häufen sich seitdem die Fehlschläge. Gold ist es nicht mehr, was ich herstellen kann, bestenfalls handelt es sich um vergoldetes Metall. Schrader habe ich ebenso wenig davon erzählt wie Siebert, dessen Labor ich jetzt nur noch selten frequentiere, seit auf mysteriösem Wege die restlichen Taler, die ich von Röber bekommen hatte, verschwunden sind. Keine große Summe, doch dieser Vorfall hat einen Keil zwischen uns getrieben, und wenn ich dort hingehe, dann nur, weil es Röbers Geld ist, das in der Einrichtung steckt. Das Geld, das ich geliehen habe und zurückzahlen muss!
Auch wenn es gefährlich ist, nehme ich nun mehr und mehr das Laboratorium unter der Offizin in Anspruch. Natürlich muss ich mich vorsehen, dass keine Spuren zurückbleiben. Zorns Unmut will ich mir auf keinen Fall zuziehen. Mein Gesellenbrief ist erst ein paar Wochen alt und ich habe nicht vor, ihn leichtfertig aufs Spiel zu setzen. Sorgfältig scheuere ich also die benutzten Gefäße und halte mein Material unter Dielen und hinter Steinen verborgen. Schrader schützt mich noch immer mit seinem Schweigen, doch seine Ambitionen die Alchemie betreffend scheinen erloschen zu sein. Auch wenn er immer noch glauben muss, dass ich es zu einem Goldmacher bringen werde. Oder glaubt er gar, dass er meine Gesellenstelle einnehmen könnte?
Leider ebbt das Geschwätz über meine gelungene Transmutation im Juley nicht ab (was ich ebenfalls Siebert zu verdanken habe, da bin ich mir sicher). Es scheint, als ob es

die Spatzen von den Dächern pfeifen. Ich frage mich, wer die Ereignisse der damaligen Nacht öffentlich gemacht hat. Ich glaube nicht, dass es Schrader war, traue aber Siebert zu, dass er sich in einer Schenke unserer Tat gebrüstet hat. Trotz seiner Größe ist auch Berlin nur ein Dorf, in dem sich Worte so schnell verbreiten, wie es die Pest tun würde.
Das wäre alles nicht schlimm, wenn es nur nicht diese schrecklichen Fehlschläge gegeben hätte. Ich frage mich nun, ob der Stein der Weisen seine Wirkung verlieren kann. Ist das alte Mittel verdorben? Lascarius hat nie erwähnt, wie lange es haltbar ist. Doch kann etwas, das ewiges Leben bewirkt und die Elemente wandelt, an Kraft verlieren? Sollte ich vielleicht neues Arkanum herstellen?
Das ist nach reiflicher Überlegung das Vernünftigste. Das Rezept halte ich verborgen und bisher habe ich nicht gewagt, es zu versuchen. Aber um Gewissheit zu erhalten, ob das Arkanum zerfallen kann oder alles nicht vielleicht doch nur ein großer Schwindel war, muss ich das Experiment wagen. Gleich heute Abend …

Der August war vergangen und der September schritt voran. Das Laub an den Bäumen hatte sich gelb und rot gefärbt, die Luft war kühl geworden und es schien, als würde die Welt allmählich erstarren. Das Licht nahm ab und es würde nicht mehr viel Zeit vergehen, bis der Winter Einzug hielt.

Die Narben auf ihrem Rücken machten sich aufgrund der Kälte hin und wieder bemerkbar, doch da es kein schlimmer Schmerz war, ignorierte Annalena ihn einfach und beschränkte sich darauf, ihren Rücken am Abend mit Melkfett einzureiben, damit die Haut geschmeidig blieb.

Röber hatte noch immer keine neue Magd eingestellt. Ob

es daran lag, dass wegen der Gerüchte niemand mehr für ihn arbeiten wollte oder der Kaufmann Hildegard die Anweisung gegeben hatte, niemanden einzustellen, wusste sie nicht.

Immerhin verzichtete Röber darauf, ihr weiter nachzustellen. Die Stimmung im Haus war trotzdem alles andere als gut, und immer, wenn sie ihm begegnete, blickte er sie drohend an. Doch mit ihrer Zustimmung, Johann in Röbers Diensten zu halten, hatte sie sich das Recht hierzubleiben erkauft.

Bislang hatten Johanns Experimente kein weiteres Gold hervorgebracht, aber Röber schien weiterhin daran zu glauben. Annalenas Zweifel wurden allerdings größer. Sie hatte keine Kenntnis von der Alchemie, doch ihr Gefühl sagte ihr, dass Johanns Forschungen nicht voranschritten.

Ja, wenn sie ehrlich war, wünschte sie sogar, dass Johann endlich zur Vernunft kommen würde und, statt im Laboratorium zu versauern, sich häufiger mit ihr treffen würde.

Aber in den vergangenen Wochen hatte sie ihn überhaupt nicht mehr gesehen. Sicher, es hatte mit seiner Abschlussprüfung im September zu tun gehabt, die er vor dem medizinischen Collegium der Stadt ablegen musste. Doch Annalena ahnte, dass dies nicht der alleinige Grund für sein Fortbleiben war.

Sie unterstellte ihm keinesfalls, das Interesse an ihr verloren zu haben, es war vielmehr so, dass das Gold, dieses verfluchte Gold, ihn voll und ganz in seiner Gewalt hatte. Als er vor einigen Wochen zu ihr kam, um ihr seinen kunstvoll ausgeschmückten Gesellenbrief zu zeigen, hatte er ihr mit leuchtenden Augen berichtet, dass er schon bald seinen Freund Kunckel auf seinem Landgut besuchen würde, um mit ihm Gold zu machen. Seitdem hatte sie ihn nicht wiedergesehen.

Vor lauter Sorge hatte sie sich eines Nachts zu ihm geschlichen, doch diesmal hatte kein Licht im Keller gebrannt. Und den Mut, einen Stein an eines der Fenster, die wie tote Augen auf den Marktplatz blickten, zu werfen, hatte sie auch nicht aufgebracht. Also war sie in das Kontor zurückgekehrt und hatte dort still das Gold und seine Macht verflucht – und sich nach Johanns Berührungen und seinen Küssen gesehnt.

Mit einem Seufzen löste sie sich vom Fenster, wo sie für ein paar Minuten verträumt in die hereinbrechende Nacht gestarrt hatte. Sie musste das Abendessen vorbereiten, wieder einmal allein. An diesem Nachmittag war Hildegard aus dem Haus gegangen und bisher noch nicht zurückgekehrt. Thomas, der Knecht, meinte, dass sie zu einer Bekannten geeilt sei, deren Tochter kurz vor der Niederkunft ihres Kindes stand. Annalena vermutete jedoch, dass sie sich zu Marlies' Grab begeben hatte.

Die Haushälterin hatte Marlies' Tod stärker getroffen als gedacht. Auch wenn sie noch immer mit gewohnter Schärfe Anweisungen erteilte, wirkte sie wie ein ehemals loderndes Herdfeuer, das jetzt nur noch schwach glomm. Tagsüber redete sie nur dann, wenn es Anweisungen zu erteilen gab, abends ging sie in ihre Kammer, schob den Riegel vor ihre Tür und war nicht mehr zu sprechen. Annalena vermutete, dass es das schlechte Gewissen war, das sie plagte. Vielleicht glaubte sie sogar, Marlies hätte mit angehört, dass Hildegard sie fortjagen wollte, und deshalb … Doch Hildegards Kopf war eine fest verschlossene Schatulle, aus der kein Gedanke entwich.

Während Annalena sich die Schürze umband und zur Esse ging, hörte sie die Stimmen von Röber und Paul in den Tiefen des Kontors. Worüber sie sprachen, wusste sie nicht, und es war ihr auch egal. Die Sprache der Kaufleute war für sie wie eine Fremdsprache, die sie doch niemals erlernen würde. Sie schürte das Feuer und machte sich anschließend daran, Wurzeln zu schälen und Kohl zu schneiden.

»Gott zum Gruße, Fräulein Annalena!«

Annalena wirbelte erschrocken herum, atmete dann aber auf, als sie Johann vor dem offenen Fenster stehen sah.

Froh, ihn nach all der Zeit endlich wiederzusehen, lief sie zu ihm. »Ich dachte schon, du hättest mich vergessen«, sagte sie und umarmte ihn durch das Fenster hindurch.

Sie küssten sich, dann antwortete Johann: »Dich würde ich nie vergessen. Außer dir gilt meine Liebe nur dem Gold.«

»Dann sollte ich wohl anfangen, darauf eifersüchtig zu werden, denn du verbringst mittlerweile mehr Zeit damit als mit mir.«

»Das wird sich ändern, das verspreche ich.«

»Versprechen sind nichts als leere Worte, du musst ihnen auch Taten folgen lassen.«

»Ganz wie Ihr wollt, Euer Hoheit!« Johann deutete eine spöttische Verbeugung an. »Eigentlich wollte ich fragen, ob du mit mir am Sonntag zur Kirmes gehst. Ich weiß, der alte Drache lässt dich nur ungern aus dem Haus, besonders seit der Sache mit Marlies, aber vielleicht lässt sie dich für eine Stunde gehen?«

»Das wird sich einrichten lassen. Hildegard hat ihre Sinne momentan sowieso nicht so beisammen, wie sie es eigentlich sollte. Der Tod von Marlies setzt ihr immer noch ziemlich zu. Wenn ich Glück habe, bemerkt sie mein Fehlen gar nicht.«

»Du solltest ihr besser Bescheid sagen, sonst lässt sie die gesamte Spree nach dir abfischen.« Johann bemerkte seine Verfehlung fast sofort und verfluchte sich, weil er manchmal sprach, bevor er nachdachte. »Verzeih, ich wollte nicht …«

Annalena legte ihm den Finger auf die Lippen. »Schon gut. Aber sprich besser nicht davon. Tag für Tag werde ich hier an das Geschehen erinnert, an alles, was damit zusammenhängt. Ich will diese Bilder nicht im Kopf haben. Nicht, wenn du bei mir bist.«

Johann nahm ihre Hand und küsste sie, dann streichelte er ihre Wange. »Keine Sorge, ich werde es nicht mehr erwähnen. Du bist viel schöner, wenn du lächelst, wie kann ich dich da traurig machen?«

Bei diesen Worten konnte Annalena nur lächeln, und die beiden versanken für einen Moment in den Blicken des anderen.

»Wie war es bei deinem Freund?«, fragte sie schließlich, denn sie fürchtete, dass Thomas aus dem Stall kommen und sie sehen könnte. Ein unverfängliches Gespräch konnte sie nicht belasten, wohl aber verliebte Blicke und Küsse.

Johann atmete tief durch. Annalena spürte, dass etwas nicht in Ordnung war, und fragte sich, ob er sie ins Vertrauen ziehen würde.

»Mein Freund kämpft mit seiner Gesundheit und überlegt, ins Sächsische zurückzukehren.«

»Habt ihr denn Versuche machen können?«

Jetzt lächelte Johann wieder. »Du sprichst beinahe wie die Braut eines Alchemisten.«

Bin ich das denn nicht?, hätte Annalena am liebsten gefragt, doch sie behielt die Worte für sich.

»Ja, wir haben Versuche durchgeführt. Und sie waren ebenso erfolgreich wie der, den du im Keller gesehen hast. Allerdings …«

Er stockte plötzlich und senkte den Kopf, als wollte er nicht, dass Annalena ihn ansah. Als wollte er nicht, dass sie etwas von seinen Zügen las, was nicht für sie bestimmt war.

»Was soll das, warum stehst du am Fenster und schwatzt?«, keifte plötzlich eine Stimme hinter ihr. Offenbar hatte Johann bemerkt, dass Hildegard die Küche betreten hatte und sich deshalb unterbrochen. Annalena wirbelte herum und blickte Hildegard an. In ihren Augen konnte sie nicht nur Missbilligung sehen, sondern auch Sorge.

»Verzeiht, ich wollte nur wissen, ob der Herr Röber im Haus ist«, rechtfertigte Johann die Situation.

»Und warum gehst du dann nicht vorne herum? Soweit ich weiß, ist die Tür nicht verschlossen.«

»Das mag sein, aber es ist nicht in meinem Interesse, von jedermann gesehen zu werden. Das Anliegen, das ich habe, ist von größter Wichtigkeit und sollte ganz diskret behandelt werden.«

Hildegard betrachtete Johann skeptisch, dann bedeutete sie Annalena, die Tür zu öffnen. »Gut, meinetwegen komm herein, der Herr ist im Kontor. Aber wenn du das nächste Mal über den Hinterhof kommst, halte die Magd nicht auf, hast du verstanden?«

»Das habe ich, Madame.« Johann deutete eine galante Verbeugung an, und nachdem er Annalena kurz zugezwinkert hatte, eilte er durch die Küche in den Verkaufsraum.

Annalena rechnete damit, dass er das Haus durch den Vordereingang gleich wieder verlassen würde, weil er sich den Besuch bei Röber nur ausgedacht hatte, um sie zu schützen. Doch als sie kein Läuten der Türglocke vernahm, wusste sie, dass er hiergeblieben war. Und dass er Hildegard nicht belogen hatte.

Johann stand mit klopfendem Herzen vor der Tür des Kabinetts. Von drinnen konnte er Stimmen hören, aber bisher hatte niemand seine Ankunft bemerkt.

Noch kannst du umkehren, sagte er sich. Doch er wusste, dass er dann seine Forschungen nicht mehr lange betreiben könnte. Um neues Arkanum herzustellen, brauchte er Rohstoffe, die ziemlich teuer waren. Die geliehenen Taler waren verschwunden, wahrscheinlich als Wein in Sieberts Schlund. Doch das verbliebene Geld hätte ohnehin nicht ausgereicht. Schließlich fasste er sich ein Herz und klopfte an. Das Gespräch, auf dessen Inhalt er nicht geachtet hatte, wurde sogleich unterbrochen, und nur wenige Augenblicke später erschien das Gesicht von Röbers Gehilfen im Türgeviert.

Der Bursche war etwa im gleichen Alter wie er, doch die Tatsache, dass er beim Gewürzkrämer Röber arbeitete, ließ ihn den Kopf so hoch tragen, dass man ihm beinahe in die Nasenlöcher sehen konnte. Dass Johann von seinem Herrn abhängig war, machte es nur noch schlimmer.

»Was willst du?«, fragte er, als könnte er darüber entscheiden, wer zu seinem Herrn gelangte und wer nicht.

»Ich möchte Monsieur Röber sprechen, wenn es dir recht ist.«

Der Gehilfe erkannte den Spott in seinen Worten und sein Gesicht färbte sich dunkelrot. Bevor er etwas sagen konnte, trat Röber hinter ihn. »Ah, da habe ich doch richtig gehört. Monsieur Böttger stattet mir einen Besuch ab.«

Mit einer knappen Handbewegung scheuchte Röber seinen Gehilfen fort. Paul lief mit noch immer hochrotem Kopf an ihm vorbei und verzog sich vor die Tür des Kontors.

Röber bat Johann in sein Kabinett und verriegelte die Tür hinter ihm. »Also, was gibt es? Ich hoffe, es sind gute Neuigkeiten, die Euch zu mir führen.«

Johann spürte, wie sein Herzschlag schneller wurde. Auf keinen Fall durfte er von seinem Scheitern berichten, sonst würde er Röber als Finanzier verlieren. Also verlegte er sich auf eine Halbwahrheit und trug diese mit einem Lächeln vor, das den Kaufmann hoffentlich überzeugte. »Nun, meine Forschungen gehen bestens voran. Leider habe ich festgestellt, dass das Arkanum zur Neige geht. Ich sehe mich also genötigt, es neu herzustellen.«

Während er sprach, ging Röber zu der kleinen Anrichte und goss sich ein Glas Wein ein. Nun drehte er sich wieder um. »Wie wollt Ihr das anstellen?«

Bislang hatte Johann kein Wort über das Rezept verloren, das Lascarius ihm bei seinem Abschied gegeben hatte. Jetzt erwies sich diese Verschwiegenheit als Trumpf. »Mein Lehrmeister hat mir ein Rezept zur Herstellung des Arkanums übergeben, als Zeichen, dass ich meine Lehrzeit bei ihm beendet habe.«

Röber zog die Augenbrauen hoch und nahm einen Schluck Wein, bevor er entgegnete: »Davon habt Ihr mir noch gar nichts erzählt.«

»Mir erschien es klug, es erst dann zu erwähnen, wenn ich mir sicher bin, das Arkanum herstellen zu können.

Röber lächelte wie jemand, der seinem Gegenüber kein einziges Wort abkaufte. »Habt Ihr das Rezept bei Euch? Ihr werdet verstehen, dass ich neugierig bin, wofür ich mein Geld ausgebe.«

Johann wurde bei dieser Frage siedend heiß. Er wusste, dass er das Rezept niemandem zeigen durfte. Es war dem Kaufmann zuzutrauen, dass er sich die Zutaten merkte und dann selbst den Stein der Weisen herstellte. Und welche Verwendung würde er dann noch für ihn haben?

»Ich trage das Rezept natürlich nicht bei mir, die Gefahr, dass es mir bei einem Überfall abgenommen wird, ist mir zu groß. Ich bin kein Mann der Waffen, müsst Ihr wissen, sondern einer der Forschung.«

Röber musterte ihn und lächelte spöttisch. »Das weiß ich. Obwohl ich glaube, dass Ihr auch einen hervorragenden Waffenmann abgeben würdet. Ihr habt kräftige Handgelenke und keinen ungelenken oder schwächlichen Bau.«

»Dennoch muss meine vorrangige Sorge der Forschung gelten. Ich werde also nichts tun, was das Ziel meiner Experimente in Gefahr bringen könnte.«

Röber schien einen Moment lang die Zähne fest aufeinanderzubeißen. Johann beobachtete ihn. Passte ihm diese Antwort nicht? Würde er ihn zwingen, Beweise vorzulegen?

»Nun, Eure Vorsicht ist sehr löblich. Dennoch könnt Ihr mich gewiss verstehen, wenn ich über die Ergebnisse Eurer Forschungen informiert werden möchte. Seit der ersten Transmutation sind nun einige Monate vergangen und bislang habt Ihr mich nicht wieder zu einem Experiment eingeladen. Dennoch geht der Vorrat des Arkanums zur Neige, also muss ich mich doch fragen, was Ihr damit gemacht habt.«

Johann spürte, wie ihm der Schweiß das Rückgrat entlanglief. Hätte er nur ein Hemd getragen, hätte man sehen können, wie sich ein großer Fleck an seinem Rücken ausbreitete, doch so blieb er zum Glück unter seinem Rock verborgen.

»Nun, gewiss habe ich noch von dem Arkanum«, antwortete er. »Doch es reicht nicht aus, um eine große Menge Gold zu bilden. Außerdem werde ich auch noch unedles Metall beschaffen müssen, um Euch eine Transmutation größerer Ordnung vorführen zu können.« Johann hoffte, dass seine Worte überzeugend genug waren, damit Röber sie ihm abkaufte.

Der Kaufmann blickte eine ganze Weile auf sein Glas hinab, als würde die dunkelrote Flüssigkeit ihm wie die Kristallkugel eines Wahrsagers Bilder der Zukunft enthüllen können. Dann sah er Böttger in die Augen, prüfend, gewiss, aber nicht ablehnend.

»Also gut, Ihr sollt das Geld haben. Aber nur unter einer Bedingung: Ihr müsst binnen dieses Monats eine neue Transmutation durchführen, und zwar in meinem Beisein. Wen ihr noch dazu ladet, sei Euch überlassen, doch ich will dabei sein und sehen, was Ihr vollbringt.«

»Das verspreche ich Euch«, entgegnete Johann, ohne zu zögern. Wenn es ihm gelang, frisches Arkanum zu gewinnen, würde er damit auch wieder Erfolg haben.

»Gut, dann wartet einen Augenblick, ich gehe nur rasch nach oben und hole das Geld.«

Johann nickte, doch eine plötzliche Eingebung ließ ihn Röber zurückhalten, bevor er das Kabinett verlassen konnte. »Verzeiht, aber würde es Euch etwas ausmachen, mir die Summe in Dukaten auszuzahlen? Natürlich nur, wenn Ihr welche im Hause habt.«

Röber zog die Augenbrauen hoch. »Warum das?«

Johann versuchte, seine Unruhe zu verbergen. Gold war eine der Zutaten für den Stein der Weisen und Gold befand sich in den Dukaten. Doch Röber, der gewiss wusste, woraus die Münzen gemacht waren, würde vielleicht auf die Idee kommen, dass er betrügen wollte, wenn er das zugab. Schließlich konnte man leicht ein paar Dukaten in einem Tiegel verstecken und so einen alchemistischen Erfolg vortäuschen. Also suchte er nach einer Ausflucht. »Nun, der Mann, der mir die Chemikalien verkauft, nimmt nur diese Münzen. Er ist ein wenig seltsam, wisst Ihr?«

Der Kaufmann wirkte noch immer verwundert, doch schließlich nickte er. Als er fort war, atmete Johann tief durch. Diese Lüge hatte er ihm abgekauft. Doch Erleichterung wollte ihn nicht überkommen. Er überschlug, was er Röber bereits schuldete. Die Summe, auf die er kam, war beträchtlich, und wenn er nicht bald eine größere Menge Gold zustande brachte, würde er wohl auf ewig in der Schuld des Gewürzkrämers stehen.

»Psst«, tönte es unvermittelt von der Tür her. Als er sich umwandte, sah er Annalena durch den Spalt spähen. Auf ein Zeichen von ihm kam sie herein.

»Kannst es wohl gar nicht mehr ohne mich aushalten, wie?«, fragte er lächelnd.

»Immerhin habe ich dich lange genug entbehren müssen, und Hildegard hat unser Gespräch ja unterbrochen«, konterte Annalena. Als sie bei ihm war, legte sie die Arme um ihn.

»Das kann leider gleich wieder geschehen, Röber ist nur mal kurz nach oben gegangen, um etwas zu holen.«

Annalena ließ ihn trotzdem nicht los. »Ich wollte nur wissen, ob alles in Ordnung ist. Vorhin hast du bekümmert gewirkt.«

Sollte er ihr von seinen Misserfolgen erzählen? Nein, nicht solange Röber jeden Augenblick zurückkehren konnte. »Nein, es ist alles in Ordnung. Ich habe nur Geldsorgen.«

Annalena seufzte. »Noch mehr Geld vom Röber.«

»Ich habe keine andere Wahl«, entgegnete Johann und strich ihr zärtlich über die Schultern. »Lange werde ich nicht mehr in seiner Schuld stehen. Schon bald wird es mir gelingen, mehr Gold zu machen.« Er beugte sich vor und gab ihr einen leichten Kuss auf den Mund. »Jetzt musst du aber gehen, Röber kommt gleich wieder.«

Annalena nickte und löste ihre Umarmung. »Also bis Sonntag?«

»Ich hole dich nachmittags hier ab«, entgegnete Johann und warf ihr noch einen Handkuss zu. Annalena verschwand wieder in Richtung Küche, gerade rechtzeitig, denn nur wenige Augenblicke später vernahm er bereits Schritte. Röber betrat sein Kabinett im nächsten Moment und drückte ihm ein Lederbeutelchen in die Hand. Die Münzen darin leuchteten goldfarben auf, als er es öffnete.

»Geht sparsam damit um«, mahnte Röber. »Ich glaube kaum, dass ich in so kurzer Zeit noch einmal solch eine Summe aufbringen kann. Ich muss auch an mein Geschäft denken.«

»Ich werde es Euch doppelt und dreifach zurückzahlen«, versprach Johann und ließ das Säckchen in seiner Tasche verschwinden.

»Das hoffe ich«, sagte Röber. In seinen Augen konnte Johann hingegen den Satz »Das wirst du« lesen. Doch darum kümmerte er sich jetzt nicht. Er dankte dem Krämer für seine Güte und verabschiedete sich. Als er das Kabinett verließ, schaute er noch einmal zum Vorhang, der den Laden von den hinteren Räumen abtrennte, doch niemand zeigte sich. Aus der Küche ertönte das Klappern von Töpfen, und obwohl alles in ihm danach verlangte, Annalena noch einmal zu sehen, entschied er sich dafür, das Kontor zu verlassen. Zorn würde sich ohnehin bereits wundern, wo er blieb.

Nachdem in der Apotheke alles ruhig geworden war, schlich sich Johann aus seiner Kammer. Schrader schnarchte laut auf seinem Lager, und obwohl Johann vorhatte, ins Laboratorium zu gehen, wollte er doch in dieser Nacht auf Schraders wachsame Augen verzichten.

Denn heute war es nicht das Gold, das ihn in den Keller trieb. Es war das Arkanum. Er hatte das Rezept von Lascarius gründlich studiert und wieder und wieder überprüft. Mittlerweile hatte es sich so fest in seinen Verstand eingebrannt, dass er nicht einmal mehr den Zettel brauchte.

Im Keller angekommen entzündete er zunächst eine Kerze, dann eine Öllampe. Die Flammen mühten sich rußend, die Herrschaft über die Dunkelheit zu erringen. Als er genug Licht hatte, entfachte Johann ein Feuer im Ofen und begann, die Zutaten für seinen Versuch auf dem Tisch anzuordnen.

Den ganzen Abend über hatte er Berlin und auch Cölln nach den letzten dieser Stoffe durchkämmt und die Sachen heimlich in sein Zimmer gebracht. Er hätte sie auch in den Keller schaffen können, doch das war ihm zu riskant gewesen. Seit seine beiden Lehrjungen die wichtigsten Tinkturen herstellen konnten, war Zorn zwar nur noch selten hier unten, doch manchmal gab es dumme Zufälle, und Opfer eines solchen wollte er nicht werden.

Nachdem er sämtliche Tinkturen, Granulate und andere Zutaten aufgestellt hatte, schaute er nach dem Feuer. Flammenzungen schnellten aus der Herdöffnung, sobald er die Klappe öffnete, und ein Blick genügte ihm, um zu wissen, dass das Feuer die rechte Temperatur erreicht hatte.

Mit zitternden Händen begann er, die Zutaten abzuwiegen: Aqua regis, Salpetersäure, Zinnsalz und andere. Peinlich genau war er dabei, als würde er ein Medikament herstellen, das tödlich wirken konnte, wenn nur eine Zutat zu viel oder zu wenig darin enthalten war. Nacheinander gab er die Ingredienzien in einen großen Kolben, vermischte sie und stellte sie schließlich auf das Feuer. Nun sollte es laut Rezept nicht mehr lange dauern, bis sich die roten Kristalle absetzen würden.

Johann starrte so gespannt auf den Kolben und die Flüssigkeit darin, dass er nichts anderes mehr wahrnahm. Gerade als sich die Kristalle tatsächlich senkten und Böttger darüber in leisen Jubel ausbrach, flog die Tür auf.

»Was in Gottes Namen tust du da?«, hallte Zorns Stimme durch das Laboratorium.

Johann wirbelte herum. »Ich wollte nur …« Er stockte, als ihm klarwurde, dass die Phiole mit dem alten Arkanum noch immer auf dem Tisch lag. Und dass Zorn sie sehen konnte. Johann müsste nur ein paar Schritte nach vorn machen und die Phiole an sich nehmen. Doch in diesem Augenblick kam Zorn die Treppe ganz hinunter und trat an den Tisch.

Johann war es, als würde ihn ein Messerstich treffen, als sich die Hand seines Meisters um die Phiole mit den rot schimmernden Kristallen schloss. Der Apotheker betrachtete sie einen Moment lang, dann richtete er seinen Blick auf Johann. Die Haut um Zorns Hakennase war beinahe weiß wie Schnee, das konnte er selbst im Feuerschein des Ofens sehen. Johann war sich sicher, dass er nun Zeuge eines der seltenen Wutausbrüche seines Meisters werden würde.

»Was ist das?«, fragte Zorn und streckte ihm das Glasgefäß entgegen.

Johann rang einen Moment lang mit sich, dann antwortete er wahrheitsgemäß: »Das ist der Stein der Weisen, Meister.«

»Der Stein der Weisen? Du hast also wieder mit diesem Unsinn angefangen? Obwohl du mir versprochen hast, die Finger davon zu lassen?«

»Ich habe einen Mann getroffen, der das Arkanum tatsächlich herstellen kann. Er hat mir beigebracht, Gold zu machen.« Johann reckte sich. Zorn würde ihn gewiss entlassen, aber vielleicht konnte er sein Schicksal durch eine Flucht nach vorn noch einmal wenden.

»Und was hat dir diese Goldmacherei gebracht? Wo sind denn die goldenen Berge, wo die Güter, die du dir davon leisten kannst?«

»Goldene Berge erfordern erst unedle Berge«, entgegnete er mit fester Stimme. »Ich kann Metalle nur wandeln, nicht Gold aus dem Nichts erstehen lassen.« Johann griff in seine Tasche und holte den goldenen Regulus hervor. »Hier, seht, dieses Gold habe ich vor etwa zwei Monaten gemacht.«

Er legte dem Prinzipal das Metallstück auf die Hand. »Dies ist künstliches Gold, das bezeuge ich vor Gott!«

Zorn betrachtete es eingehend. Die Falte zwischen seinen Augen vertiefte sich dabei. »Woher soll ich wissen, dass dies echtes Gold ist?«

»Ihr könnt damit eine Senkprobe in Quecksilber durchführen, es wird sie bestehen. Und wenn Ihr wollt, kann ich Euch vorführen, wie ich Blei oder andere unedle Metalle in Gold verwandle.«

Böttger hörte das Blut durch seine Adern rauschen. Was er da vorschlug, konnte schnell zu seinem Galgenstrick werden. Doch er hatte keine andere Möglichkeit. Wenn Zorn sah, dass seine Forschungen nicht unnütz waren, würde er ihn vielleicht nicht rauswerfen.

Der Prinzipal dachte eine Weile über das Gesagte nach. Johann versuchte von seiner Miene abzulesen, wie seine Antwort lauten mochte, doch es gelang ihm nicht.

»Du wirst in zwei Tagen einen Versuch mit diesem sogenannten Stein der Weisen durchführen«, sagte Zorn schließlich mit mühsam beherrschter Stimme. »Ich werde einige Zeugen herbeiholen, unter anderem auch den Münzmeister der Stadt. Wenn du vor ihm bestehst, werde ich deine Forschungen nicht nur erlauben, sondern auch unterstützen. Doch wenn du versagst, wirst du noch in derselben Nacht meine Offizin verlassen. Ist das klar?«

Johann nickte und dankte der Dunkelheit und den Dämpfen, die den kalten Schweiß auf seiner Stirn versteckten. »Vielen Dank, Meister, Ihr seid sehr gütig«, brachte er hervor, doch Zorn sagte nichts mehr. Wortlos legte er den Regulus und die Phiole zurück auf den Tisch und verließ den Keller. Johann blieb wie ein geschlagener Hund stehen.

Wenn mein neu angefertigtes Arkanum ebenfalls versagt, bin ich verloren …

Auf keinen Sonntag hatte sich Annalena so gefreut wie auf diesen. Röber und Hildegard waren bei Freunden und Bekannten, Thomas bei seiner Frau und Paul wer weiß wo, wahrscheinlich bei seinen Eltern oder seinem Liebchen. Nur sie allein war noch da und wartete auf Johann. Sie beobachtete die vorbeigehenden Menschen und versuchte zu erraten, wohin sie ihr Weg führen würde.

Zwei feine Herren schlenderten miteinander parlierend in Richtung Molkenmarkt. An ihnen eilte ein Pastor mit wehendem Talar und Gebetbuch unter dem Arm vorbei. Einige junge Frauen spazierten in bestem Sonntagsstaat die Straße entlang, hinter ihnen eine Matrone, die wahrscheinlich über den Anstand wachte. Ein paar junge Burschen, die Annalena vor der Tür entdeckten, lächelten und zwinkerten ihr zu.

Doch Johann ließ sich nicht blicken.

Nachmittags, hatte er gesagt, was natürlich keine genaue Zeitangabe war, aber er würde sicher noch vor Einbruch der Dunkelheit kommen. Um ihre Ungeduld zu verdrängen, blickte Annalena zu den Wolken auf. Der Oktober schien alles zu vergolden, selbst die weißen Gebilde am Himmel, vor denen gerade eine Schar Wildgänse in Richtung Süden flog.

Als sie Schritte vernahm, blickte sie sofort wieder zur Straße und sah Johann auf sich zueilen. Endlich!

Erfreut sprang sie von der Treppe, richtete ihre Haube und strich sich ihren Rock glatt. Eine Königin würde sie dadurch nicht aus sich machen, aber die Leute würden ihr nicht nachsagen können, dass sie unordentlich war.

Als Johann näher kam, bemerkte sie, dass seine Miene wie eingefroren wirkte. Er war blass um die Nase, als würde es ihm nicht gutgehen. Augenblicklich wich ihre Freude der Sorge. »Was ist mit dir?«, fragte sie und legte ihre Hände in seine schweißfeuchten. »Bist du krank?«

Diese Frage einem Apothekergesellen zu stellen, erschien ihr seltsam, denn wenn ihn wirklich ein Leiden plagte, würde er sicher wissen, welches Kraut er dagegen einsetzen musste. Doch sie sah, dass es keine Krankheit war, die ihn plagte, jedenfalls keine, die die Doktoren kannten. Es war ein Leiden in seiner Seele, etwas, gegen das nur Taten helfen konnten.

»Es tut mir leid, ich kann nicht mit dir zur Kirmes gehen«, brachte er zögerlich hervor.

Annalena war gewillt, aus diesen Worten nicht gleich das Schlechteste zu lesen, obwohl sie ahnte, dass Johann sie gleich wieder verlassen wollte. »Röber ist aus dem Haus und Hildegard auch«, sagte sie also und versuchte sich trotz der Enttäuschung an einem Lächeln. »Wir könnten in meine Kammer gehen.«

»Ich kann nicht bleiben«, entgegnete Johann ernst.

»Aber du hattest es doch versprochen«, entgegnete Annalena und spürte, wie sich etwas in ihrer Kehle zusammenzog. *Das Gold*, dachte sie. *Das Gold hat wieder einmal gewonnen*.

»Ja, das habe ich, und ich werde es auch wiedergutmachen, doch jetzt habe ich keine Zeit, ich muss mich vorbereiten. Mein Meister will, dass ich eine Transmutation vorführe, vor hohen Gästen.«

Annalena hob verwundert die Augenbrauen. »Aber ich dachte, dein Meister will nicht, dass du Gold machst.«

»Er hat mich gestern im Laboratorium erwischt und verlangt nun, dass ich mein Können unter Beweis stelle. Sicher hofft er, dass ich mich bis auf die Knochen blamiere, aber das wird nicht geschehen.«

So, wie Johanns Augen bei seinen Worten leuchteten, war es leicht zu glauben, dass ihm das Gold wichtiger als alles andere war. Annalena senkte enttäuscht den Kopf.

»Sei nicht traurig, Annalena«, sagte Johann und zog sie an sich. Sie ließ es geschehen, ohne die Umarmung zu erwidern. »Ich wusste nicht, dass er ins Laboratorium kommen würde. Nun habe ich keine andere Wahl, als diese Prüfung zu bestehen.«

»Kannst du nicht einfach sagen, dass du die Goldmacherei nicht beherrscht?«, fragte Annalena trotzig.

Johann schüttelte den Kopf. »Ich kann nicht. Zorn wirft mich raus, wenn ich die Transmutation nicht erfolgreich durchführe. Ich habe weder vor, meine Stellung zu verlieren noch meinen Ruf zu ruinieren. Nicht jetzt, wo ich kurz davor bin, es zu schaffen.«

Und wenn du einfach fortgehen würdest?, fragte Annalena, aber nur mit ihren Augen und ohne Hoffnung auf eine Antwort. *Irgendwohin, zu einem anderen Meister. Oder zu der kleinen Hütte im Wald …*

Aber Johann war sich seiner Sache sicher und die Erfolge der vergangenen Monate gaben ihm recht. Warum sollte er fliehen, wenn doch Ruhm auf ihn wartete?

»Wann werde ich dich wiedersehen?«, fragte sie, und ihre Worte klangen bitter vor Enttäuschung.

»Warum fragst du das? Sobald wie möglich, natürlich!«

»Weil du immer verschwindest, wenn dir ein Versuch geglückt ist. Dann brütest du über deinen Studien und vergisst mich.«

»Ich vergesse dich nicht«, entgegnete er und entließ sie aus seiner Umarmung. »Ich habe dich noch nie vergessen. Das habe ich dir doch erst vor kurzem gesagt.«

Tränen stiegen in ihre Augen. Sie wollte sich einreden, dass es ihr nichts ausmachte, doch obwohl sie die Tränen zurückhalten konnte, war dieser Gedanke nicht mehr als eine Lüge.

»In letzter Zeit fühlt es sich so an, als seien das nur Worte gewesen«, gab sie zurück und wartete auf eine Antwort von ihm. Vielleicht hoffte sie immer noch, dass er ihr sagte, er würde den Versuch absagen und mit ihr fortgehen. Doch in seinen Augen konnte sie sehen, dass das Gold alles andere aus seinen Gedanken verdrängte, auch sie. Sein Schweigen bestätigte dies nur noch. Seufzend wandte sie sich um. »Am besten, du gehst jetzt wieder. Ich wünsche dir Glück für deinen Versuch.«

»Annalena!«, rief er ihr ein wenig hilflos nach, doch seine Stimme klang nicht so, als wollte er sie wirklich aufhalten.

»Mach's gut«, sagte sie leise. Ohne sich noch einmal umzudrehen, verschwand sie hinter der Tür. Eigentlich hatte sie nicht vorgehabt, nach draußen zu schauen, um herauszufinden, ob er ihr nachsah und sich vielleicht doch entschloss, ihr ins Haus zu folgen. Nach kurzem Zögern tat sie es trotzdem.

Als sie den leeren Flecken sah, an dem er zuvor gestanden hatte, brach sie in Tränen aus.

Friedrich Zorn hatte das Labor herrichten lassen und Schrader zu einigen Leuten geschickt, die er bei dem Transmutationsversuch dabeihaben wollte. Johann hätte auch Röber gern eingeladen, wagte aber nicht, diesen Vorschlag zu äußern, denn er wollte weder seinen Lehrmeister noch seinen Financier verärgern.

Als es dunkelte, fanden sich die Gäste nach und nach in der Offizin ein. Als hätte man ihnen die Teilnahme an etwas Verbotenem in Aussicht gestellt, war ihre Kleidung auffällig dunkel. Auch sprachen sie leiser als sonst. Erwarteten sie, heute Abend den Teufel zu sehen?

Johann ließ seinen Blick über ihre Gesichter schweifen. Die meisten hatten keinen oder nur einen kurzen Blick für ihn übrig. Sie sprachen mit Zorn, flüsterten fast, beachteten ihn aber nicht. Vielleicht hatte das Arkanum in seiner Tasche auch das Kunststück vollbracht, ihn unsichtbar zu machen? Nein, ganz gewiss nicht. Nichts, was in dieser Nacht vonstattengehen sollte, würde er den trügerischen roten Kristallen überlassen. Schon gar nicht denen, die er selbst hergestellt hatte. Seine ersten Versuche mit ihnen waren alles andere als vielversprechend gewesen, also würde er ihre Wirkungsweise im Geheimen testen.

Jetzt brauchte er einen sicheren Erfolg! Und dafür hatte er Vorkehrungen getroffen. Wenn diese Nacht vorbei war, würde Zorn ihn hoffentlich nicht mehr davon abhalten, seine Experimente durchzuführen.

»Und wo habt Ihr nun Euren Goldmacher?«, fragte einer der Männer schließlich.

Zorn wandte sich um. »Komm her, Böttger!«

Johann setzte eine zuversichtliche, ja beinahe hochmütige Miene auf, doch innerlich zitterte er wie Espenlaub.

»Himmel, der Bursche ist ja noch ein halbes Kind!«, rief einer der Herren aus. Johann erkannte ihn als den Geheimrat von Haugwitz, der mit Zorn bekannt war und des Öfteren einen Boten in die Offizin schickte. Außerdem erkannte Johann den Münzmeister der Stadt, den Pfarrer Johann Josef Winkler und Zorns Schwiegersohn Porst, der ebenfalls ein Geistlicher war. Vielleicht glaubte Zorn wirklich, dass sich der Teufel während der Transmutation in seine Apotheke einschleichen wollte. Schließlich kam auch Ursula Zorn hinzu. Die Apothekersgattin mochte sich weitestgehend aus den Geschäften ihres Gatten heraushalten, aber sie war weithin für ihr gutes Urteilsvermögen bekannt. Wie immer trug sie ihr braunes Haar züchtig zusammengenommen unter einer Haube, ihr Kleid wirkte ebenfalls, als wollte sie sich zum

Kirchgang begeben. Unter ihrem Arm konnte Johann eine Bibel sehen. Anscheinend waren sich die Eheleute einig in ihrer Überzeugung, dass in dieser Nacht der Leibhaftige zum Tanz bat.

»Da jetzt alle versammelt sind, können wir wohl beginnen«, sagte Zorn und nickte Johann zu.

Der Goldmacher ging voran ins Laboratorium, wo von Schrader bereits das Feuer geschürt wurde. Die Flammen warfen zuckende Schatten an die Wände und verliehen dem Ort etwas Unheimliches, das die Hereinkommenden sofort enger zusammenrücken ließ.

Die Kameraden blickten sich an und nickten sich rasch zu. Schrader war allerdings ahnungslos, was Johanns Vorkehrungen betraf. Da wollte er ihn nicht mit hineinziehen.

Während die Besucher und das Apothekerpaar um die Esse Aufstellung nahmen, trat Johann zu Schrader. Der Schatten der beiden Männer verschmolz dabei zu einem schimärenhaften Wesen, was den Pfarrer zu dem Ausruf veranlasste: »Er wirkt wie der leibhaftige Teufel!«

Zorns Schwiegersohn pflichtete ihm bei, und als Johann einen Blick zur Seite warf, konnte er beobachten, wie sich Ursula Zorns Hände fester um die Bibel krampften. Dass der Teufel die Hände ganz sicher nicht im Spiel haben würde, wagte er ihnen nicht zu sagen. Vielleicht war es sogar gut, dass sie sich fürchteten. Umso leichter würde er es bei der Ausführung seines Plans haben.

Während die Augen der Anwesenden gespannt und gleichzeitig furchtsam auf ihm lagen, holte er seine Phiole mit den funkelnden roten Kristallen hervor und hielt sie in die Höhe. »Das ist der Stein der Weisen«, verkündete er. »Mit seiner Hilfe werde ich Euch vorführen, wie man unedles Metall in edles verwandeln kann.«

»Nun denn, fang an!«, sagte Zorn, worauf Johann den Schmelztiegel in den Ofen stellte.

»Wenn es Euch recht ist, Meister, würdet Ihr mir ein wenig Blei reichen?«

Zorn nickte, trat dann vor und holte aus einem großen Glas einige Streifen eines Metalls.

»Woher sollen wir wissen, dass der Bursche das Blei nicht vorher präpariert hat?«, rief Pfarrer Winkler plötzlich. Offenbar schien er mittlerweile Herr seiner Furcht geworden zu sein. »Wenn er aus Blei Gold machen kann, dann wohl auch aus ein paar Münzen.«

Zorn blickte zu Johann, und dieser nickte. »Meinetwegen, wenn Ihr dadurch mehr Vertrauen habt, so verwandle ich auch Eure Münzen.«

Die anwesenden Herren zückten nun alle ihre Geldbeutel und übergaben dem Apotheker ein paar Münzen.

»Damit Ihr seht, dass alles mit rechten Dingen zugeht, bitte ich Euch, Meister, die Münzen in den Tiegel zu werfen.«

Ein leises Raunen ging durch den Raum. Zorn griff schweigend nach einer langen Zange und gab die Münzen nacheinander in die schmale Öffnung des im Feuer stehenden Tiegels. Es ertönte ein leises Klirren, dann lösten sich die Münzen auf. Durch den engen Hals des Tiegels konnte man unmöglich auf den Grund schauen, aber Johann wusste, was in dem Gefäß vor sich ging. Niemand, auch nicht Zorn, ahnte etwas von seiner List.

»Ich werde den Blasebalg anstelle des Burschen da betätigen!«, erbot sich Winkler nun und trat ebenfalls vor.

»Wohlan, dann bedient den Balg und macht mehr Feuer, sonst fürchte ich, erstarren die Münzen wieder, bevor ich sie tingieren kann.«

Dem Pfarrer perlte der Schweiß immer stärker vom Gesicht, je länger er den Blasebalg betätigte. Die Flammen züngelten nun aus dem Ofen heraus, und nachdem er noch eine Weile gewartet hatte, griff Johann mit einer theatralischen Geste nach seiner Phiole. Das Feuer war nun so stark, dass es selbst den roten Glanz der Kristalle mit einem gelben Schein überdeckte. Selbst das Blei in dem großen Glas wirkte wie vergoldet durch das grelle Licht.

»Meister, wenn Ihr die Güte hättet, das hier in etwas Wachs einzukneten«, sagte er untertänig zu Zorn und bedeutete ihm dann, die Hand aufzuhalten. Obwohl er seine Haut kaum berührte, als er ihm ein paar rote Körnchen auf die Hand schüttete, spürte Johann, dass ein Zittern durch den Körper des Apothekers rann.

Zorn betrachtete sie in einer Mischung aus Ehrfurcht und Unglauben, dann griff er kopfschüttelnd nach einem Stück Wachs und drückte die Körnchen hinein.

Als er Johann den Klumpen zurückgeben wollte, schüttelte dieser den Kopf. »Wenn Ihr mir die Ehre erweisen und das Arkanum selbst in den Tiegel geben würdet? Dann wäre erwiesen, dass es hier mit rechten Dingen zugeht.«

Zorn nickte und knetete den Wachsklumpen noch eine Weile in der Hand, während er den Blick auf den Tiegel gerichtet hielt. Der Herr Pfarrer pumpte noch immer den Blasebalg, und im Feuerschein konnte man sehen, dass sich auf seinem Gewand große Schweißflecken gebildet hatten. Die Anwesenden blickten aber nur auf den Tiegel, auf Zorns Hand, in der sich der Wachsklumpen befand, und auf Böttgers Augen, die hoffnungsfroh glänzten. Als ihn Zorns Blick traf, nickte ihm Johann zu und der Apotheker ließ daraufhin den Wachsklumpen in den Tiegel fallen.

Dass Schrader, der ebenfalls neben dem Ofen stand, in weiser Voraussicht die Augen beschirmte, bemerkte niemand.

Auch fand niemand etwas dabei, dass Johann die Augen beinahe andächtig schloss.

Im nächsten Augenblick gab es einen grellen Lichtblitz und beißender Qualm erfüllte plötzlich den Raum.

Vor lauter Schreck fiel Pfarrer Winkler zurück, und ebenso wie sein Amtskollege stimmte er ein lautes Vaterunser an – bis ihnen der Qualm den Atem nahm und sie beinahe dazu brachte, sich die Seele aus dem Hals zu husten. Zorn strebte geistesgegenwärtig den beiden Fenstern zu und riss sie auf. Kalte Nachtluft strömte in den Keller und vertrieb den Rauch wieder. Wenn ein Passant vorbeigekommen wäre, hätte er sicher geglaubt, ein Brand sei im Laboratorium ausgebrochen, doch da niemand besorgt gegen die Apothekentür hämmerte, war das nächtliche Ereignis wohl von niemandem bemerkt worden.

Erst nach einigen Augenblicken hatte sich der Qualm gänzlich verzogen. Als die Männer die Augen wieder öffnen konnten, sahen sie, dass der Tiegel immer noch auf dem Feuer stand – und dass kein Teufel auf dem Tisch tanzte.

»Es ist vollbracht«, sagte Böttger beinahe beschwörend und nahm den Tiegel vom Feuer. Zorn wich ehrfürchtig zurück, weil er fürchtete, dass erneut eine Explosion seine Apotheke erschüttern könnte, wenn das Metall abgekühlt würde. Johann füllte den Inhalt des Tiegels in ein kleines Gefäß, das im bereitgestellten Wasserbad neben dem Tisch wartete, und als er zurückwich und den Tiegel neben dem Herd verschwinden ließ, scharten sich sogleich die Pastoren und der Münzmeister um das Bad.

Johann hielt sich zurück. Schon beim Einfüllen hatte er gesehen, dass sich alles zu seinen Gunsten entwickelt hatte. Jetzt würde es nur noch wenige Minuten dauern, bis das Metall erstarrt war und in Augenschein genommen werden konnte. Nach Ablauf dieser Zeitspanne hob Johann das Gefäß aus der Holzwanne und hielt es über den Tisch. Der Regulus purzelte heraus, das Licht ließ seine Oberfläche aufleuchten. Es war ein helles Gelb, und niemand hätte darin etwas anderes vermutet als reines Gold.

»Gold!«, presste der Pfarrer hervor. »Das ist wirklich Gold!«

Einen Moment lang herrschte staunendes Schweigen. Auch Zorn konnte nichts sagen. Dieser Teufelskerl, sein Lehrling, hatte tatsächlich etwas Goldenes hervorgebracht. Doch war es echt?

»Herr Münzmeister, prüft doch bitte das Metall«, sagte Johann siegesgewiss.

Der Münzmeister klappte seinen Mund zu, der die ganze Zeit über offengestanden hatte, dann nahm er den noch warmen Regulus zur Hand. Er drehte ihn hin und her, betrachtete seine Oberfläche im Feuerschein und nickte Zorn mit gewichtiger Miene zu. »Fürwahr, es ist Gold.«

Nun erfüllte erneut ein leises Raunen das Laboratorium. Die Anwesenden beglückwünschten Zorn zu seinem »Fang«, denn mit einem derart talentierten Burschen könne er seine Apotheke sicher noch bekannter machen.

Johann selbst trat zurück und blickte auf den Tiegel hinter dem Ofen. Eine Schicht des Metalls befand sich immer noch auf dem Grund. Er hatte nicht alles in das Gefäß zum Abkühlen getan, nur etwa so viel, dass es der Masse der Münzen entsprach, die in den Tiegel gegeben worden war. Hätte er alles hineingetan, hätten sich die Herren sicher über die veränderte Masse gewundert, so aber konnten sie nur staunen über die wundersame Verwandlung des unedlen Metalls in Gold. Später, wenn Zorn im Bett lag, würde er den Tiegel noch einmal erhitzen und dann auch noch den Rest ausgießen. Er brauchte ihn für spätere Experimente.

Als er den Blick hob, sah er, dass Schrader ihn anschaute. Nicht neidisch und auch nicht bewundernd, seltsamerweise schien Mitleid in seinen Augen zu glimmen.

Johann selbst hatte nicht das Gefühl, dass er Mitleid gebraucht hätte, nicht in diesem Augenblick des Triumphes. Natürlich empfand er ihn als schal, aber das tat nichts zur Sache. Er hatte Zorn sein Können bewiesen und würde jetzt hoffentlich in Ruhe laborieren können, ohne Gefahr zu laufen, seine Stelle zu verlieren.

12. Kapitel

Aus den geheimen Aufzeichnungen von Johann Friedrich Böttger:

Ich werde das Gefühl nicht los, dass mir das Schicksal aus dem Abend, so erfolgreich er auch verlaufen ist, einen Galgenstrick dreht, dem ich nicht entkommen kann.
Wie ein Lauffeuer hat sich die Nachricht von meiner gelungenen Transmutation verbreitet. Die Postillen der Stadt breiteten die Geschichte aus, und am nächsten Tag fanden sich so viele Kunden wie noch nie in der Offizin ein. Sie gaben vor, etwas kaufen zu wollen, doch jedermann wusste, dass sie nur hergekommen waren, um mich anzuglotzen – wie den dressierten Affen einer Gauklertruppe.
Ich verkroch mich in die Defektur, doch ab und an schickte Zorn mich nach draußen, natürlich unter der Maßgabe, es zufällig wirken zu lassen. Ich glaube nicht, dass die Menschen an einen Zufall glaubten, aber sie waren zufrieden,

wenn sie mich sahen. Tuschelnd steckten sie die Köpfe zusammen, wisperten entweder etwas davon, dass ich ein Auserwählter sei oder des Teufels, und gingen wieder, wenn ich in der Defektur verschwand.
In einem hatte der Pfarrer Winkler recht: Zorn hatte mit mir einen rechten Fang gemacht, denn die Leute, die kamen, kauften auch, um sich nicht den Ärger des Apothekers zuzuziehen. Die Taler und Pfennige klimperten auf dem Tresen und verschwanden in Zorns Kasse. So viel Metall, um Transmutationen durchzuführen ...
Doch mittlerweile hat sich das Blatt gewendet. Gestern tauchte die Wache des Königs vor der Apotheke auf. Die Soldaten verlangten, mich zu sprechen, doch Zorn entschuldigte mich und sagte, dass ich nicht da sei. Die Soldaten glaubten ihm und verlangten daraufhin, dass er mitkommen solle. Wahrscheinlich hat mein Meister in dem Augenblick bereut, mich in Schutz genommen zu haben. Aber er konnte sein Wort nicht mehr zurückziehen, ohne als Lügner dazustehen, also fügte er sich dem Befehl, holte seinen guten Sonntagsrock und verließ die Apotheke. Wenig später konnte ich das Rumpeln einer Kutsche vernehmen, und ich war mir sicher, dass mein Meister darin saß.
Als ich nach oben ging, begegnete mir die Frau Zorn. Sie war keine Frau, die wütend über etwas wurde, sie informierte mich nur über das, was geschehen sei, ferner erzählte sie mir, dass ihr Mann meinen Regulus, den er in jener Nacht in Verwahrung genommen hatte, in die Tasche gesteckt hätte, für den Fall, dass der Unmut des Königs zu groß würde und er etwas bräuchte, um ihn gnädig zu stimmen.
Eine ungute Ahnung machte sich sogleich in mir breit. Würde der König fordern, dass ich die Transmutation vor

seinen Augen wiederholte? Wollte er, dass ich ihm eine Kammer voll Gold schaffte?
Nein, solcherlei ist mir nicht möglich, vermutlich wird es mir auch nie möglich sein. Mittlerweile bin ich mir nicht mehr sicher, ob es nicht besser gewesen wäre, zu scheitern. Die Probe in Zorns Keller konnte ich nur durch eine List bestehen. Ich brauchte den sicheren Erfolg, damit ich meine Forschungen fortsetzen konnte. Der Rummel um meine Person lässt mir jedoch kaum Zeit zum Weiterforschen. Ich fühle mich wie ein Tanzbär, der vor einem sensationslustigen Publikum vorgeführt wird.
Doch wenn ich ehrlich bin, wollte ich denn nicht Ruhm? Wollte ich nicht, dass jedermann meinen Namen kennt? Das ist jetzt der Fall, und ich muss damit leben.
Am frühen Morgen war der Meister jedenfalls immer noch nicht zurück. Unsere Prinzipalin war darüber recht besorgt. Bisher war es noch nie geschehen, dass der König nach ihrem Mann geschickt hatte – noch dazu ohne einen besonderen Grund anzugeben. Beim Frühstück traf mich Frau Ursulas vorwurfsvoller Blick, und ich wusste, dass mich bei Zorns Rückkehr ziemliches Ungemach erwarten würde. Ich werde dennoch versuchen, so ruhig und konzentriert wie möglich mit meiner Arbeit zu beginnen, auch wenn sich wieder einige Leute die Nase an den Fenstern der Defektur plattdrücken werden.

»Verflixter Bengel!«, tönte es durch die Apotheke. Johann, der seine Niederschrift diesmal im Keller machte, spürte, dass dieser Ausruf mehr war als der Zorn eines Lehrmeisters über seinen Gesellen.
Er legte die Feder beiseite und verstaute das Pergamentheft

unter seinem Hemd. Dann schickte er sich an, das Laboratorium zu verlassen.

Wenige Augenblicke später stürmte ihm Zorn jedoch schon entgegen. Sein Gesicht war bleich, Schweißperlen rannen von seiner Stirn. »Ich habe dir doch gesagt, dass du uns damit in Teufels Küche bringen wirst.« Er reichte Johann das Schreiben, das er vom König erhalten hatte, und wetterte dann weiter. »Ich habe mich fragen lassen müssen, warum ich einen solchen Schatz so lange vor Ihrer Majestät verborgen habe. Um ihn zu besänftigen, war ich sogar gezwungen, ihm den Goldregulus zu überlassen, den du in der Nacht hergestellt hast! Ich musste die ganze Nacht …«

Johann kümmerte sich nicht um die Worte seines Meisters, sondern brach das Siegel und las die feine Schrift, die sich über das Blatt zog. Er wurde blass um die Nase. »Ich soll zum König kommen und mein Experiment wiederholen«, sagte Johann und unterbrach damit fürs Erste den Wortschwall des Prinzipals.

Zorn atmete schnaufend aus. »Wenn dir das Experiment einmal gelungen ist, wird es dir wohl auch ein zweites Mal gelingen, oder? Du wirst dem Befehl Ihrer Majestät Folge leisten! Man sagte mir, dass morgen früh eine Kalesche vorfährt, die dich ins Königsschloss bringt. Du wirst dem Befehl Ihrer Majestät Folge leisten und das Experiment vor ihm wiederholen, hast du verstanden?«

Johann war zu betäubt, um zu nicken oder etwas zu sagen. Siedend heiß und eiskalt zugleich wurde es ihm. Er dachte mit Schrecken an sein gestriges Experiment, das einen so schlechten Regulus hervorgebracht hatte, dass er ihn wegwerfen musste. *Wahrscheinlich habe ich einen Fehler bei der Zubereitung des Arkanums gemacht. Doch woher nehme ich jetzt neue Zutaten?*

Zorn beobachtete ihn, und die Falte zwischen seinen Augenbrauen vertiefte sich. »Ich habe dir gesagt, dass es nur Ärger bringen wird, Junge. Aber du wolltest ja nicht auf mich hören.«

Nein, das hatte Johann nicht gewollt. Aber nun war es geschehen und er musste darauf vertrauen, dass sich vor ihm ein Ausweg auftat. »Ich werde mich morgen bei Ihrer Majestät vorstellen«, sagte er und faltete das Schreiben zusammen.

»Dann geh hinauf und pack deine Sachen. Ich bin mir sicher, dass der König dich für ein Weilchen auf seinem Schloss behalten will.«

Johann nickte gehorsam und ließ seinen Blick noch einmal durch das Laboratorium schweifen. Es würde ihm sicher sehr fehlen. Genauso wie Zorn und seine Frau und Schrader. Die gesamte Apotheke würde ihm fehlen. Durch seinen Glauben, den Stein der Weisen in der Hand zu halten, hatte er alles verdorben.

Aber vielleicht lachte ihm doch noch das Glück. Immerhin hatte er einen Gönner – und er hatte Annalena. Vielleicht würde ihm einer der beiden einen Ausweg aufzeigen.

Er eilte also an Zorn vorbei in die Offizin und von dort in sein Zimmer. Heute Abend würde er vorgeben, zum König zu gehen, und dieses Haus für immer verlassen.

Der Abend brach über Berlin herein. Da sich der Himmel mit Regenwolken bezog, schien die Dunkelheit noch schneller als sonst voranzuschreiten.

Annalena stand am Fenster, und während sie gedankenverloren das Geschirr wusch, schaute sie hinauf zum Himmel.

Ach Johann. Was machst du gerade?

Seit dem Sonntag, seit sie im Streit voneinander geschieden waren, hatte sie ihn nicht mehr gesehen. Die Leute schwatzten sich allerdings die Mäuler wund: Sie erzählten, dass der Geselle des Apothekers Zorn wahrhaftig Gold machen konnte. Sie hörte es jeden Tag am Brunnen, und häufig sammelte sich eine Menschentraube vor der Zorn'schen Apotheke. Sie hatte schon mit dem Gedanken gespielt, sich unter die Leute zu mischen, die so dringend einen Blick auf Johann werfen wollten. Doch dann hatte sie davon abgesehen. Nein, sie wollte ihn so nicht sehen, insgeheim befürchtete sie sogar, dass er hochmütig geworden sein könnte.

Ein Klopfen an die Scheibe schreckte sie aus ihren Gedanken fort. Hinter der Fensterscheibe erblickte sie ein blasses Gesicht. Johann! Er wirkte, als würde er von tausend Teufeln gehetzt.

Kaum hatte Annalena das Fenster geöffnet, streckte er die Hände nach ihr aus und zog sie halb aus dem Fenster. Der Kuss, den er ihr gab, wirkte verzweifelt.

»Was ist geschehen?«

Annalena wollte sich losmachen, um die Hintertür aufzusperren, aber Johann hielt sie weiterhin fest, ja, klammerte sich regelrecht an sie. Erst jetzt merkte sie, dass seine Hände eiskalt waren und zitterten.

»Das Gold, das verdammte Gold«, raunte er und sein Blick glitt gehetzt über ihre Schulter.

»Keine Sorge, Hildegard kann uns heute nicht erwischen«, entgegnete Annalena, die seine Geste richtig deutete. »Sie ist vorhin nach oben gegangen, weil sie Kopfweh hat. Sie schläft sicher schon tief und fest.«

Dennoch blieb Johann angespannt.

»Was ist denn, nun sag doch etwas«, bat Annalena erneut. Ihr wurde immer banger zumute, so kannte sie Johann gar nicht.

»Der König will, dass ich zu ihm komme«, rückte er nun endlich mit der Sprache heraus.

Aber hast du das nicht immer gewollt?, hätte Annalena beinahe gefragt, aber so angstvoll, wie er sie ansah, schien sich sein Wunsch ins Gegenteil verkehrt zu haben.

»Er will gewiss, dass ich ihm Gold schaffe, sehr viel Gold, doch das kann ich nicht. Bei Gott, ich kann es nicht.«

Annalena sagte noch immer nichts. Vor ihr stand nicht mehr der zuversichtliche Bursche, der ihr mit einem Goldregulus imponieren wollte. Alles, was fröhlich an ihm war, schien er unter einem Mantel aus Furcht verborgen zu haben.

»Komm erst mal herein«, sagte sie dann, und nachdem sie sich von ihm gelöst hatte, öffnete sie die Tür.

Johann trat ein, und im Schein der Kerzen, die auf dem Küchentisch standen, konnte Annalena erkennen, dass sich tiefe dunkle Ringe unter seinen Augen eingegraben hatten. Seine Augen selbst hatten jeden Glanz verloren, und seine Lippen waren aufgesprungen. Er sah aus wie jemand, der viele Tage ohne Schlaf und Nahrung in einer Einöde verbracht hatte.

Sie goss etwas Milch in eine Schale und setzte sich dann neben ihn an den Tisch. Johann trank gierig. Als er das Gefäß mit zitternden Händen wieder abstellte, sagte sie: »Jetzt erzähl mir genau, was passiert ist.«

»Die ganze Stadt hat von der Transmutation erfahren, die Postillen waren voll davon. Du hast es doch sicher auch schon mitbekommen, oder?«

Annalena nickte.

»Die Leute drücken sich seitdem die Nasen an unseren Scheiben platt, ich fühle mich wie ein seltenes Tier, das bei einer Kirmes ausgestellt wird. Und jetzt will mich der König sehen. Weißt du, wie es Goldmachern ergeht, die nicht zu seiner Zufriedenheit arbeiten?«

»Er lässt ihnen den Kopf abschlagen oder sie hängen«, antwortete Annalena tonlos und spürte, wie ein Schauder ihren

Rücken entlangrann. Von allen Verbrechen war Goldmacherei eines der harmloseren, das höchstens Geldbörsen leerte. Und dennoch wurde es wie Mord und Totschlag bestraft, denn man betrog damit keinen Geringeren als den Landesfürsten, der sich Hoffnung auf Sorglosigkeit machte.

Eigentlich brauchst du doch nichts fürchten, wenn dein Gold echt ist und du wirklich den Stein der Weisen hast, dachte Annalena. Diesmal sprach sie ihre Gedanken auch aus. »Aber du kannst doch echtes Gold machen! Ich habe es selbst gesehen.«

Johann stützte verzweifelt die Hände auf den Kopf. »Ich weiß auch nicht, warum es nicht mehr geht. Das Arkanum, das ich nach Lascarius' Rezept gebraut habe, muss misslungen sein. Aus dem Scheidewasser ziehe ich damit nur unbrauchbare Reguli. Wenn das vor dem König auch geschieht, habe ich mein Leben verwirkt!«

»Dann solltest du deinem Lehrmeister eine Nachricht senden und ihn fragen, wo der Fehler liegen könnte.« Johann schüttelte den Kopf. »Niemand weiß, wo Lascarius ist. Mir wird nur die Flucht von hier bleiben, wenn ich nicht hängen will.«

»Und wohin willst du fliehen?«, fragte sie, in der Hoffnung, dass er sie bitten würde mitzukommen. Wenn sie erst einmal aus den Mauern der Stadt fort waren und er keine Möglichkeit mehr hatte, in ein Laboratorium zu gelangen, würde er vielleicht auch diese verdammte Liebe zum Gold verlieren.

»Ich werde Röber fragen, ob er mich hier aufnimmt.«

Annalenas Augen weiteten sich erschrocken. Es gab viele sichere Orte für Johann, aber nicht dieses Haus! »Bist du dir sicher, dass du das tun willst?«

»Glaubst du, dein Dienstherr wird mich hier nicht haben wollen? Immerhin stehe ich in seiner Schuld! Er kann unmöglich wollen, dass mir etwas geschieht.«

»Das wäre möglich, muss aber nicht sein. Röber ist vor allem auf seinen eigenen Vorteil bedacht«, entgegnete Annalena und wusste dabei nicht, woher sie den Mut zu diesen Worten nahm. »Und selbst wenn er dich hierlässt, wird er sicher von dir verlangen, dass du ihm die Scheune mit Gold füllst.«

»Röber ist kein König, der mir seine Wachen auf den Hals hetzen kann. Er hat keinen Kerker, in den er mich sperren und keinen Henker, der mir den Kopf abschlagen kann.«

Aber er könnte dich an den König verraten, ging es Annalena durch den Kopf. Aber ihr fiel auch kein anderer Ort ein, an den er gehen könnte – außer mit ihr fort aus der Stadt und das schien er nicht in Erwägung gezogen zu haben.

»Nun gut, dann geh ihn fragen«, sagte sie seufzend. »Aber wenn er dich hier nicht haben will …«

»Was dann?« Johann sah sie erwartungsvoll an.

»Dann verlassen wir noch heute die Stadt.« Während sie sprach, griff Annalena nach seiner Hand. »Die Tore sind vielleicht schon verschlossen, aber wir können uns bei der Fronerei verstecken. Morgen gehen wir einfach fort von hier, an einen Ort, an dem niemand darauf versessen ist, dass du Gold für ihn machst.«

»Das klingt, als würdest du diesen Ort bereits kennen.«

Das Gehöft, dachte Annalena. *Dort wird uns niemand finden*.

»Ja, den kenne ich«, entgegnete sie entschlossen und beobachtete, dass für einen kurzen Moment ein Leuchten durch seine Augen zog. Doch sie wusste nicht, ob es wirklich ihr galt. Johann könnte genauso gut einen anderen Weg wählen.

»Geh hoch und frag ihn!« Damit zog sie ihre Hand zurück. »Der Herr ist sicher in seiner Schreibstube.«

Röber nahm Johann bei sich auf. Der Krämer wusste, dass dies keine Lösung auf Dauer war, doch solange ihm niemand auf den Pelz rückte, versicherte er Johann, er würde hier Kost und Logis genießen können.

Annalena bezweifelte, dass dies die richtige Entscheidung gewesen war. Ihr Instinkt sagte ihr, dass es Ärger geben würde und dass es besser gewesen wäre fortzugehen, fort von Röber, der es nur auf das Gold abgesehen hatte. Aber Johann wähnte sich in den richtigen Händen, erst recht, nachdem der Krämer das Personal zusammenrief und es anhielt, Stillschweigen zu bewahren. Demjenigen, der dagegen verstieß, drohte er sofortige Entlassung an.

Johann bekam eine Nische im Lager zugewiesen und ihm wurde strikt verboten, sich draußen sehen zu lassen. Zeit füreinander hatten Annalena und Johann nun noch weniger, da Hildegard ständig ein Auge auf sie hatte. Außerdem führte der Weg zu Johann durch das Kabinett des Krämers, und Annalena wollte sich nicht fragen lassen, was sie dort suchte und warum sie ihre Arbeit vernachlässigte.

Die Stimmung im Kontor wurde jeden Tag etwas angespannter. Wenn die Türglocke ging, schreckte Annalena zusammen, und wenn mehr als ein Mensch das Kontor betrat, vermutete sie sogleich königliche Wachen. Bei jedem Klingeln ließ sie alles stehen und liegen, um zum Vorhang zu laufen und nachzusehen. Wenn sie dann Laufburschen oder Kunden sah, atmete sie erleichtert auf, nur um erneut zusammenzufahren, wenn es wieder bimmelte.

So ging es den ganzen Tag, und oftmals rügte Hildegard sie, weil sie etwas verkehrt machte oder sogar fallen ließ. Die Haushälterin hieß sie, ihren Verstand zusammenzunehmen, ohne zu wissen, dass es die Angst um Johann war, die Annalena fahrig und nachlässig werden ließ.

Auch wenn die Türglocke mal eine ganze Weile schwieg, waren ihre Gedanken bei ihm. Sie fragte sich, ob wohl Johanns Freund Schrader, den sie in der Apotheke kennengelernt hatte, wusste, wo sich Johann aufhielt. Und wenn ja, ob er schweigen konnte. Und was war mit Johanns Lehrmeister? Hatte er denn keinen Verdacht, wohin er gegangen sein könnte? Oder wollte er ihn schützen, den Gesellen, der töricht genug war, ihn zu verlassen?

Am ersten Abend nach Johanns Eintreffen ging Annalena mit einer fürchterlichen Unruhe ins Bett. Sie überlegte hin und her, ob sie zu Johann gehen sollte. Doch dann kamen ihr die möglichen Konsequenzen in den Sinn, falls Hildegard oder Röber ihr Umherschleichen bemerken sollten, und da blieb sie doch lieber in ihrer Kammer.

Als es ihr schließlich gelang einzuschlafen, wurde sie von allerhand seltsamen Traumgespinsten heimgesucht. Sie irrte durch die Straßen von Walsrode, auf der Flucht vor Mertens. Diesmal jedoch gab es keine Flucht. Als Mertens sie packte, schreckte sie keuchend auf und fand sich zitternd in der Dunkelheit wieder.

Am nächsten Morgen wurde Annalena von Trommelwirbel aus dem Schlaf gerissen. Das Tageslicht war noch dämmrig, und die Morgenglocke war noch nicht angeschlagen worden.

Sogleich erhob sie sich von ihrem Lager und öffnete das Fenster. Sehen konnte sie von dem Geschehen vor dem Kontor freilich nichts, aber der Wind trug die Geräusche an ihr Ohr. Der Trommelwirbel klang, als würde der Herold direkt vor dem Kontor stehen.

»Seine Majestät der König gibt bekannt, dass mit sofortiger Wirkung tausend Taler für die Ergreifung des flüchtigen Goldmachers ausgeschrieben werden. Derjenige, der Johann Friedrich Böttger ergreift oder maßgeblich zu seiner Ergreifung beiträgt, wird die Summe ausbezahlt bekommen.«

Wieder trommelte es, das Geräusch entfernte sich und der Ausrufer wiederholte seine Botschaft, als er ein Stück vom Kontor entfernt war.

Annalena blieb schockiert vor dem Fenster stehen. Mit einem Preis auf Johanns Kopf würden sich seine Chancen aus der Stadt zu kommen, ganz furchtbar verschlechtern. Die Wächter würden die Tore aufmerksamer bewachen, und gewiss würden auch die Bewohner des Umlandes erfahren, dass Johann gesucht wurde. Niemand würde sich tausend Taler entgehen lassen wollen!

Panik schnürte Annalena den Brustkorb zusammen. Mehr denn je war sie der Überzeugung, dass Johann hier fortmusste. Doch gleichzeitig war ihr auch klar, dass er nicht gehen wollte, da er sich bei Röber sicher wähnte. Es musste schon etwas Gravierendes passieren, um ihn von diesem Glauben abzubringen. Vielleicht würde ihn ja der Bericht, dass ein Kopfgeld auf ihn ausgesetzt wurde, genug erschrecken, um ihn umzustimmen.

Sie zog sich so schnell wie möglich an, schob ihr Haar hastig unter die Haube und verließ dann ihre Kammer. Sie war sich nicht sicher, ob Röber bereits auf den Beinen war, doch wenn nicht, würde sie zu Johann gehen und versuchen, ihn zum Fliehen zu bewegen.

Auch Johann hatte das Getrommel aus dem Schlaf gerissen. Noch bevor er die Worte des Ausrufers vernahm, wusste er, dass es um ihn ging. Im ersten Moment glaubte er, dass die Soldaten hier seien, um ihn zu holen, worauf er panisch aus dem Bett sprang. Dann hörte er den Aufruf an die Bürger der Stadt.

Tausend Taler! Was für eine stattliche Summe. Er fragte sich, was Zorn dem König über ihn erzählt hatte. Erwartete sich Seine Majestät dermaßen viel von ihm, dass er seine Kasse so weit öffnen wollte?

Je länger er darüber nachdachte, desto enger wurde es ihm in der Kehle, so dass er glaubte, den Galgenstrick bereits um den Nacken zu spüren. Der Trommler zog weiter, doch das Blut rauschte so laut in Johanns Ohren, dass er kaum noch etwas hörte. *Verfluchter Lascarius*, dachte er bei sich. *Warum hast du mich derart in Versuchung geführt?*

Schließlich stürmte er aus dem Lager ins Kabinett, ohne eigentlich zu wissen, was er tun sollte – und sah Röber seelenruhig hinter seinem Schreibpult sitzen.

»Ich habe es vernommen«, sagte er, als er Johann kommen hörte, und schlug sogleich einen beruhigenden Ton an. »Aber ich versichere Euch, ich werde mich nicht zum Judas machen und Euch verraten. Dazu seid Ihr mir viel zu teuer.« Nun lächelte er aufmunternd. »Allerdings sollten wir schnell eine Lösung finden, wohin wir Euch bringen können. Wie Ihr wisst, treten hier Kunden ein und aus, und ich kann es mir nicht leisten, dass jemand einen Blick auf Euch wirft. Ein paar Tage wird es vielleicht noch gehen, aber bedenkt auch, dass es möglich ist, dass Euch Euer Freund Siebert verrät.«

Johann wollte schon behaupten, dass Siebert so etwas nicht tun würde, aber dann kamen ihm Röbers verschwundene Münzen in den Sinn. Also antwortete er nur: »Ich habe Siebert nicht gesagt, wohin ich gehe. Niemand weiß es, nicht einmal mein Meister.«

»Euer ehemaliger Meister, möchte man meinen.« Röber stieß ein kurzes Lachen aus, bemerkte dann aber, dass es unpassend war. Er legte die Schreibfeder weg, erhob sich und legte Johann den Arm um die Schulter. »Mein lieber Freund, macht Euch keine Sorgen, wir werden die Sache schon hinbekommen. Bleibt nur ruhig und tut, was ich sage.« Damit führte er ihn zur Tür des Ladenraumes.

Johann zitterte noch immer am ganzen Leib, was Röber wohl mitbekam, aber in diesem Augenblick war es ihm nicht peinlich. Und er konnte ohnehin nichts gegen die Angst, die in seinem Inneren tobte, machen.

Als sie nach draußen traten, stürmte ihnen Annalena gerade entgegen. Sie sah Böttger und Röber in vertrauter Geste und blieb wie angewurzelt stehen. *Es ist, als würde das Schaf gerade mit dem Wolf spazieren gehen*, kam es ihr in den Sinn. *Oder besser noch, den Wolf auf sich reiten lassen*. Die Geste des Krämers hatte eine einnehmende Vertraulichkeit an sich, die ihr nicht gefiel. Röber wirkte, als wollte er Johann Zuversicht einflößen, wo es keine gab. Und Johann sah ganz so aus, als betrachte er den Krämer als seinen einzigen Halt. Beides ließ Annalenas Mut augenblicklich sinken.

»Was suchst du hier?«, fuhr Röber sie an. »Hast du in der Küche nichts zu tun?«

»Doch, das habe ich, aber ich wollte Euch sagen, dass ich gehört habe, wie …«

»Wenn du den Ausrufer meinst, das haben wir auch mitbekommen, immerhin sitzen wir nicht auf unseren Ohren. Und jetzt scher dich wieder an die Arbeit!«

Annalena bedachte Röber mit einem Blick, in dem sich mehr von ihrer Wut spiegelte, als sie es eigentlich wollte, dann knickste sie und verschwand hinter dem Vorhang. In der Küche angekommen machte sie sich daran, das Feuer in der Esse zu entzünden, und bereitete dann einen Brotteig zu, den sie zornig mit ihren Fäusten traktierte.

Nach dem Morgengebet öffnete Röber nicht wie üblich seinen Laden, sondern ließ seine Bediensteten und Johann in seinem Kabinett zusammenkommen. »Wie ihr sicher mitbekommen habt, hat es heute Morgen einen Aufruf von Seiten des Königs gegeben. Obwohl es mir fernliegt, zum Ungehorsam aufzuwiegeln, lege ich euch ans Herz, weiterhin Stillschweigen walten zu lassen. Ich weiß, dass tausend Taler sehr viel Geld sind, aber denkt daran, dass ihr mich und auch euch selbst in Misskredit bringt, wenn ihr Verrat übt. Unser Gast hat in unserem Haus Asyl gesucht, und wie in einem Haus Gottes soll er hier nicht angerührt werden. Wer gegen dieses Gebot verstößt, wird es empfindlich zu spüren bekommen. Habt ihr verstanden?«

Während Annalena wie alle anderen nickte, ließ sie ihren Blick aus dem Augenwinkel über die anderen Anwesenden gleiten. Thomas blickte seinen Herrn mit einer unergründlichen Miene an, während er die Mütze in seiner Hand knetete. Bedeutete das Unruhe? War er sich im Stillen uneins darüber, was er tun wollte? Hildegard schaute unterwürfig drein, sie würde ihren Herrn ganz sicher nicht verraten. Paul wiederum setzte eine furchtbar eifrige Miene auf und versicherte Röber nach seiner Ansprache wortreich, dass er gewiss keinen, der zu Unrecht verfolgt wurde, verraten würde. Annalena durchschaute ihn allerdings. Er würde Johann nur deshalb nicht verraten, weil er sich Hoffnung machte, eines Tages das Kontor zu erben. Ohne Frau oder einen Nachkommen, würde Röber nichts weiter übrigbleiben, als sein Kontor einmal einem Fremden zu übergeben. Natürlich konnte sich daran noch etwas ändern, aber Paul hegte zweifelsohne Hoffnung, dass Röber ihn bedenken würde, und diese Chance wollte er sich natürlich nicht verspielen.

Und sie selbst? Annalena würde gewiss nichts tun, um Röber zu gefallen. Aber sie würde um Johanns willen schweigen.

Nachdem der Krämer glaubte, sich seiner Angestellten gewiss zu sein, schickte er alle wieder an die Arbeit und schloss die Tür auf. Kunden warteten draußen nicht, aber im Laufe des Tages würden sicher einige kommen.

Annalena ging stumm ihrer Arbeit nach. Sie fühlte sich hilflos und wurde zunehmend verzweifelter. Die Ahnung, dass etwas Schlimmes passieren würde, verfestigte sich in ihr, doch sie wusste nicht, was sie tun sollte. Wenn sie Johann bei den Mahlzeiten begegnete, wollte sie ihn am liebsten anschreien, damit er endlich zur Vernunft kam und sich nicht weiter auf Röbers Gunst verließ. Damit er endlich mit ihr fortging. Doch sie brachte keinen Ton über die Lippen. Aber das Lächeln, mit dem er sie bedachte, erwiderte sie auch nicht. Stattdessen sandte sie ihm einen flehenden Blick, der allerdings nicht ausreichte, um ihn zu einem Gespräch zu bewegen.

Sie hatte auch nicht die Gelegenheit, ihn länger allein anzutreffen. Röber saß neuerdings wie ein Zerberus im Kabinett und damit vor Johanns Tür und Hildegard bewachte sie, als ahnte sie etwas von der Verbindung zwischen ihnen. Annalena blieben also nur ihre Blicke und die Hoffnung, dass ihre dunklen Ahnungen nichts als Hirngespinste waren.

Röber stand vor dem Fenster seines Schreibzimmers, und es schien, als blickte er auf den Turm der Nikolaikirche, der sich ein paar Straßen weiter in den Himmel reckte. Tauben und Krähen umkreisten ihn, hoch oben über seiner Spitze hingen ein paar einzelne Wolken, die von den letzten abendlichen Sonnenstrahlen einen rötlichen Saum erhielten.

Doch in Wirklichkeit bewunderte der Krämer nicht die Schönheit des vergehenden Tages. Er starrte sein Gesicht an, das sich schemenhaft in den Fensterscheiben spiegelte, und es war, als versuche er, eine Entscheidung in seiner Miene zu erkennen.

Eintausend Taler! Dieser Gedanke schlich ihm wieder und wieder durch den Kopf. Mit dieser Summe könnte er auf einen Schlag alles zurückerhalten, was er für die Goldmacherei ausgegeben hatte. Doch war ein eigener Goldmacher nicht ungleich mehr wert?

Nicht, wenn ihn auch der König begehrt, antwortete ihm die Vernunft. *Er wird ihn dir nehmen, ohne dass du eine Belohnung erhältst. Aber wenn du ihn auslieferst, hast du immerhin eintausend Taler.*

Er hatte Böttger zwar sein Wort gegeben, ihn nicht zu verraten, doch waren Treue und Loyalität nicht ein ungeheurer Luxus in diesen Zeiten? Was wäre, wenn der König befahl, sämtliche Häuser der Stadt zu durchsuchen? Es wäre sogar möglich, dass man ihn bestrafen, gar hängen würde, dafür, dass er Ihrer Majestät seinen Goldmacher vorenthalten hatte. War nicht jedem Mann die eigene Haut näher als die eines anderen?

Röber begann, mit den Fingerspitzen unruhig auf dem Fenstersims herumzutrommeln. Unten auf der Straße gingen ein paar Leute vorbei, ohne ihn zu beachten. Der Wind wehte Laub über die Steine, Spatzen ließen sich nieder, um den Weg nach Krumen abzusuchen.

Der Krämer wog Vor- und Nachteile gegeneinander auf und traf eine Entscheidung.

Erst als sie die Tür ihrer Kammer hinter sich geschlossen hatte, kehrte ein wenig Ruhe in Annalenas Körper ein. Die Türglocke konnte nun nicht mehr bimmeln, und obwohl das nicht hieß, dass keine Soldaten auftauchen und nach Johann fragen würden, fühlte sie sich ein wenig besser.

Allerdings war ihr auch klar, dass sie heute Nacht nicht sehr viel Schlaf finden würde. Die Stimmung im Haus gefiel ihr ganz und gar nicht. Auch wenn ihr Misstrauen vielleicht unberechtigt war, konnte sie nicht anders, als in jedem Anwesenden im Haus einen potenziellen Verräter zu sehen, der Johann für tausend Taler verkaufen würde.

Nachdem sie ihre Arbeit erledigt hatte, ging sie also auf ihre Kammer und wartete, bis im Haus alles ruhig geworden war. Als endlich keine Schritte und Stimmen mehr zu vernehmen waren, schlich Annalena vorsichtig aus dem Zimmer. Der Boden knarzte unter ihren Füßen und ihre Nerven waren bis zum Äußersten gespannt. An der Treppe angekommen, lauschte sie. Von unten war nichts zu hören. Wenn Röber bei Johann gewesen wäre, um mit ihm zu sprechen, hätte man gewiss ein leises Wispern vernehmen können, doch es war totenstill. Vorsichtig schlich sie also die Stufen hinunter und betete im Stillen, dass niemand sie entdecken würde. Unten angekommen durchquerte sie die Küche und strebte dem Verkaufsraum zu.

Ein plötzliches Geräusch ließ sie innehalten. Von draußen klangen Schritte, die sich anscheinend der Haustür näherten. Wenig später erschienen tatsächlich die Umrisse zweier Männer in dem kleinen Fenster daneben. Rasch verbarg sich Annalena hinter der Theke. Gerade noch rechtzeitig, denn im nächsten Augenblick öffnete sich die Tür.

»Ich müsste verrückt sein, mir diese Gelegenheit entgehen zu lassen«, sagte einer der Männer, und Annalena erkannte Röbers Stimme. »Geh zum Hauptmann und gib ihm Bescheid.«

»Ja, Monsieur Röber«, antwortete niemand anderes als Paul.

Annalena durchzuckte es wie ein Blitzschlag. Röber wollte Johann an die Stadtgarde ausliefern! Sie hielt den Atem an und zog die Beine an die Brust. Es war unwahrscheinlich, dass der Krämer um diese Zeit noch hinter den Tresen trat, doch Annalena hoffte, unauffällig genug zu sein für den Fall, dass er es doch tat.

Nachdem sich die Tür geschlossen hatte, entfernten sich Pauls Schritte vom Kontor. Röber blickte ihm durch das Fenster kurz nach, dann wandte er sich um.

Annalena fragte sich, was er jetzt tun würde. Zu Johann gehen, ihm versichern, dass alles in Ordnung war und damit sicherstellen, dass ihm das Kopfgeld auch nicht entging? Oder würde er ihn gar überwältigen und fesseln?

Als Röber die Treppe erklomm, kroch Annalena vorsichtig unter der Theke hervor. Auf Zehenspitzen huschte sie zur Tür des Schreibkabinetts.

»Wohin willst du?«, fragte plötzlich eine Stimme.

Annalena spürte seinen Blick wie einen Stich in den Rücken. Langsam drehte sie sich um. Der Kaufmann stand am Fuße der Treppe. Offenbar hatte er nur vorgetäuscht, nach oben zu gehen. Und sie hatte vor lauter Sorge um Johann nicht richtig aufgepasst!

Röber kam mit einem gefährlichen Blitzen in den Augen auf sie zu. Annalena fühlte sich wie gebannt von diesem Blick, von der Angst vor dem, was jetzt unausweichlich passieren würde. Eine Lähmung überfiel ihre Glieder. Wieder war es wie damals, wenn Mertens auf sie zukam, mit dem Gürtel in der Hand. Röber hatte nichts in der Hand, aber das brauchte er auch nicht, um sie zu überwältigen.

Annalena überlegte panisch, ob sie fliehen oder sich zur Wehr setzen sollte. Wenn sie flüchtete, würde sie Johann zurücklassen müssen. Das kam für sie nicht in Frage. Sie musste also kämpfen, mit allem, was sie hatte! *Ich brauche eine Waffe*, schoss es ihr durch den Kopf. Sie musste irgendetwas in die

Hand bekommen, mit dem sie auf ihn einschlagen konnte. *Der Besen!*

Als sie zur Seite schnellte, sprang Röber plötzlich vor. Annalena wollte ausweichen, doch er erwischte sie an ihrem Hemd, und zerrte sie so heftig zurück, dass er den Stoff entzweiriss. Verzweifelt schlug sie um sich, versetzte ihm dabei auch eine Ohrfeige, doch seinem Griff konnte sie nicht entgehen.

Erst im nächsten Augenblick wurde ihr klar, was der gerissene Stoff bedeutete, und das ließ sie erstarren.

Das Mondlicht war vielleicht nicht stark genug, um sämtliche Schatten zu durchdringen, doch es reichte aus, um die Narben auf ihrem Rücken sichtbar zu machen.

»So, du hattest ein Geheimnis vor mir«, sagte Röber siegesgewiss und zog sie noch näher zu sich. »Sag, wofür hast du diese Striemen bekommen? Hast du gestohlen? Oder gehurt?«

»Ich habe nichts getan«, verteidigte sie sich, doch an Röber waren diese Worte verschwendet. Er zerrte sie hinter den Tresen und drückte sie dort gegen das Regal. Als er sich gegen sie lehnte, spürte sie, dass sein Gemächt hart war.

»Nichts hast du getan, wie?«, keuchte er. »Ich denke aber doch, dass du eine kleine Hure bist. Du wolltest doch sicher zu deinem Goldjungen und es mit ihm treiben, nicht wahr? Aber zuerst werde ich dich gut schmieren.«

Stöhnend vergrub er sein Gesicht an ihrem Hals, und im nächsten Moment konnte sie seine Zähne spüren.

Annalena schrie auf, und gleichzeitig erwachte eine unbändige Wut in ihr. *Wehr dich! So etwas wie bei Mertens darf nicht noch einmal passieren. Niemals wieder!* Sie schlug auf ihn ein und versuchte, ihm ihr Knie zwischen die Beine zu rammen, doch Röber wich spöttisch lachend zur Seite aus und fing mühelos ihre Fäuste auf.

»Wehr dich nur! So bereitet es mir noch mehr Freude!«

Als sie zornig vorschoss, um ihn ins Gesicht zu beißen, versetzte er ihr eine schallende Ohrfeige.

»Verdammtes Miststück!«

Annalenas Kopf flog zur Seite, und als sie ihre Arme hochriss, um einen weiteren Schlag abzuwehren, stieß sie eines der Gläser aus dem Regal. Das helle Klirren der Scherben brachte sie auf eine Idee.

Während Röber brutal zwischen ihre Beine griff, tastete sie mit der Hand zur Seite und spürte plötzlich Kälte an ihren Fingerspitzen. Ohne lange nachzudenken, griff sie nach dem Glas und holte mit einem wütenden Aufschrei aus.

Röber gewahrte die Bewegung zu spät. Das schwere Glas traf ihn an der Schläfe, so hart, dass sein Kopf zur Seite knickte. Er stolperte zurück und versuchte, sich festzuhalten, doch seine Arme und Beine versagten ihm den Dienst. Vor Annalenas Füßen brach er zusammen und regte sich nicht mehr.

Schwer atmend ließ sie das Glas zunächst sinken, dann fallen. Der Inhalt, was es auch sein mochte, rieselte auf ihn nieder. Hatte sie ihn getötet?

Sie konnte Röber im Halbdunkel nicht richtig erkennen, sie konnte nicht sehen, ob Blut aus seiner Wunde floss oder er überhaupt noch atmete. Alles, was sie tun konnte und tun wollte, war so zu reagieren, wie sie es damals in Walsrode getan hatte: Sie rannte. Mit langen Schritten durchquerte sie den Verkaufsraum, dann das Kabinett, und schon kam sie am Lager an.

Johanns Schlaf war nicht mal halb so fest, wie sie gedacht hätte. Als sie die Tür aufriss, fuhr er von seinem Strohsack auf.

»Was ist?«, fragte er erschrocken, als er Annalena erkannte.

»Wir müssen fort«, antwortete sie mit erzwungener Ruhe. »Röber hat dich an die Stadtwache verraten. Paul wird gleich mit der Garde hier sein.«

»Woher weißt du das?«

»Ich habe ihn belauscht, als ich zu dir kommen wollte«, antwortete sie und horchte dann in Richtung Laden, doch von dort kamen keine Geräusche.

Johann raffte sofort alles zusammen, was er aus der Apotheke mitgenommen hatte. »Hat Röber dich gesehen? Hat er …«

»Ich habe ihn niedergeschlagen«, fuhr ihm Annalena ins Wort. »Er hat mich bemerkt und wollte mir an die Wäsche, also habe ich ihm ein Glas über den Schädel gezogen.«

Johann hob ungläubig die Augenbrauen. Doch Annalena hatte keine Zeit für sein Staunen. »Wir müssen los, sonst sind die Wachen hier.« Damit huschte sie zur Tür. Johann schloss sich ihr an. Vorbei an Röber, der immer noch bewegungslos am Boden lag, liefen sie zur Hintertür.

»Vielleicht sollten wir reiten«, schlug Johann vor, als sie dem Stall zustrebten.

»Das wäre dumm«, entgegnete sie resolut. »Wir werden Röbers Wagen nehmen. Dort kannst du dich verstecken, damit die Wachen dich nicht sehen.«

Einsichtig, dass sie recht hatte, half Johann ihr, die Pferde anzuschirren. Nachdem sie das Tor geöffnet hatten, kletterten sie auf den Wagen. Annalena nahm Platz auf dem Kutschbock, Johann kroch hinten auf die Ladefläche. »Hast du überhaupt schon mal einen Wagen gelenkt?«, fragte er, bevor er sich das Segeltuch über den Kopf zog.

»Sicher habe ich das!«, log Annalena, allerdings in der Gewissheit, dass sie diese Aufgabe bewältigen konnte. Immerhin hatte sie gesehen, wie Seraphim seine Pferde gelenkt hatte. »Und jetzt sei still!«

Sie löste die Bremse des Wagens, nahm die Zügel und trieb die beiden Braunen mit einem Zungenschnalzen an. Tatsächlich setzten sie sich in Bewegung und zogen den Wagen vom Hof.

Annalena blickte noch einmal über die Schulter. Die Fenster des Kontors waren wie dunkle Augen, die sie beobachteten. Kein Geräusch tönte aus dem Inneren des Hauses. Röber lag wahrscheinlich immer noch hinter dem Tresen. Annalena hoffte, dass man ihn nicht zu bald finden würde.

»Monsieur Röber! Um Himmels willen!«

Die Stimme zerrte ihn aus der Finsternis fort, doch als er versuchte, die Augen zu öffnen, durchfuhr ihn ein heftiger Schmerz. Zunächst wusste Röber weder, wo er war, noch welche Tageszeit herrschte. Er wusste auch nicht mehr, wie er auf den Fußoden gekommen war. Alles, woran er sich erinnern konnte, war, dass er seinen Lehrling losgeschickt hatte, um die königlichen Wachen zu benachrichtigen.

»Monsieur Röber, was ist passiert?« Es war Paul, der da fragte.

Ein beißender Geruch stieg ihm in die Nase. Pfeffer. Es war der Pfeffer, der in seinen Augen brannte. Er blinzelte gegen die Schmerzen an. Dann nieste er laut und merkte, dass das Pulver überall auf ihm und um ihn herum lag. Verwirrt sah er nach oben. Sein Gehilfe beugte sich gerade über ihn. Hinter ihm im Fenstergeviert ließ sich das Rot des aufziehenden Morgens erkennen. Die königliche Wache stand anscheinend vor der Kontorstür. Er konnte die Männer zwar nicht sehen, vernahm aber ihr Murmeln.

Stöhnend und die Augen unter Tränen zukneifend richtete er sich in eine sitzende Position auf. Der Pfeffer rieselte in kleinen Wolken von ihm herunter. Seine Schläfe brannte und pochte. Etwas klebte an seiner Wange. Mit einer unbewussten

Geste rieb er es sich von der Haut, und als er seine Augen weit genug aufbekam, um seine Hand zu betrachten, sah er Blut, vermischt mit dem teuren Gewürz.

»Ist Euch das Glas auf den Kopf gefallen?«, fragte Paul, während er seinem Herrn vorsichtig den Pfeffer von den Kleidern klopfte.

Ein unvorstellbarer Wert war da verlorengegangen. Wegen der Verunreinigung durch das Blut konnte man das Gewürz nicht einmal wieder auffegen und in das Glas zurücktun. Röbers Verstand war allerdings noch zu träge, um den Verlust zu erfassen.

»Wo ist er nun, der Goldmacher?«, fragte der Hauptmann der Wache.

Böttger, erinnerte sich Röber. *Sie sind wegen Böttger hier.* »Im Lagerraum«, brachte er stöhnend hervor. Der Schmerz in seiner Schläfe ließ die Welt um ihn herum schwanken.

»Dort haben wir nachgesehen«, entgegnete der Gardist. »Er ist nirgendwo hier unten. Kann es sein, dass er Lunte gerochen hat?«

Röber wusste darauf zunächst nichts zu sagen.

»Kann es sein, dass er sich oben bei den Mägden verkrochen hat?«, fragte der Uniformierte ungeduldig weiter.

Die Erwähnung der Mägde löste in dem Krämer etwas aus. Der Nebel, der seinen Verstand verdunkelt hatte, lichtete sich. »Ihr braucht nicht oben nachzusehen, da ist er nicht.« Gestützt von seinem Gehilfen erhob er sich nun vollständig.

»Und wo kann er sein?«, fragte der Hauptmann verwundert.

Röber antwortete nicht darauf. Mit der Gewissheit, dass die beiden nicht zu Fuß geflohen waren, strebte er der Hoftür zu. Und stieß einen unchristlichen Fluch aus, als er sah, dass sein Wagen fort war.

Der Morgen zog langsam von Osten über die Stadt. Annalena blickte in den heller werdenden Schein und spürte Schweiß auf ihren Handflächen, in denen die Zügel des Pferdewagens lagen.

Sie hatte das Fuhrwerk gestern Nacht in die Gasse gelenkt, in der sich auch das Henkershaus befand. Dort hielt sie sich im Schatten. Die Nähe der Fronerei und des Hexenhauses schien eine magische Wirkung zu haben. Die Wachen, die nach Johann suchten, verirrten sich nicht hierher. Annalena vernahm ihre Schritte in den Seitenstraßen und rechnete damit, dass sie jeden Augenblick vor ihr auftauchen würden. Doch sie zogen weiter.

Aber jetzt, wo der Froner gleich sein Tagwerk beginnen würde, ließ sie die Pferde mit einem leisen Zungenschnalzen angehen. Johann steckte kurz seinen Kopf unter dem Segeltuch hervor, und die beiden verständigten sich mit einem stummen Blick. Der Wagen rumpelte langsam über die ausgefahrene Straße. Fuhrwerke, die diesen Weg zuvor genommen hatten, hatten tiefe Spuren in dem harten Boden hinterlassen, die selbst ein Regenguss nicht mehr glätten konnte.

Nach einer Weile erreichte Annalena das Tor. Zwei andere Fuhrwerke warteten dort bereits. Die Wagenlenker kümmerten sich nicht um sie. Sie erwarteten jeden Augenblick den Glockenschlag, der sie aus der unfreiwilligen Starre erlöste.

Annalena hielt nach den Torwächtern Ausschau, aber die saßen wohl noch immer in der Wärme ihrer Wachstube. Die Minuten verrannen zäh, und wäre nicht die voranschreitende Dämmerung, hätte man meinen können, die Zeit stünde still.

Plötzlich tönte das Glockenläuten über sie hinweg. Eine Schar Tauben, die es sich auf dem Tor gemütlich gemacht hatte, flatterte über die Fuhrwerke hinweg in die Stadt hinein.

Die Torwächter kamen nun aus ihrer Unterkunft. Ihre Uniformen saßen ein wenig unordentlich, wahrscheinlich hatte sie erst das Läuten geweckt. Mit trägen Bewegungen schoben sie den großen Riegel beiseite und öffneten die Torflügel. Rufe ertönten, dann rollten die Wagen nacheinander durch den Torbogen. Annalena schlug das Herz bis zum Hals, als sie sich den Fuhrwerken vor ihr anschloss.

»He, schönes Kind!«, rief plötzlich einer der Wächter und sie hielt erschrocken die Luft an. »Willst du es dir nicht noch mal überlegen und hierbleiben?«

Annalena tat, als hätte sie ihn nicht gehört. *Bitte*, flehte sie, *wenn du meine Gebete hören kannst, bitte, lass ihn von mir absehen.*

»Lass sie fahren, in der Stadt gibt es genug Weiber«, rief der zweite Wächter.

Sie schloss erleichtert die Augen, dann fuhr sie unter dem Torbogen hindurch. In der Ferne stiegen einige Krähen von einem Feld auf. Annalena folgte ihnen.

13. Kapitel

Aus den geheimen Aufzeichnungen des Johann Friedrich Böttger:

Den Mauern Berlins entkommen, fühle ich mich so frei wie schon seit langem nicht mehr. Gewiss, meine Zukunft und die von A. ist ungewiss, aber wenn dem Körper keine Fesseln mehr anliegen, hat der Geist auch Möglichkeiten, sich neue Ziele zu ersinnen.

Ich habe mich entschlossen, nach Wittenberg zu gehen, einer Stadt im Sächsischen. Dort lebt ein alter Freund meines Bekannten Kunckel, Kirchmaier ist sein Name. Er ist ordentlicher Professor an der dortigen Universität. Ich bin mir sicher, dass Kunckel meinen Namen ihm gegenüber schon erwähnt hat, und auch wenn ich nicht glaube, dass er als Gelehrter der Alchemie zugetan ist, wird er als guter Christenmensch einen Verfolgten sicher nicht abweisen.
Seit ich aus Berlin fort bin, überlege ich mir, wie das Leben eines Gelehrten wohl aussehen könnte. Bin ich dazu wohl geschaffen? Ist ein Forscher denn etwas anderes? Unter dem Deckmantel eines Studiums könnte ich meine Experimente weiterführen, bräuchte aber nicht zu befürchten, dass mir jemand auf die Schliche kommt. In Wittenberg kennt mich niemand, und ich denke auch, dass die Nachrichten aus Berlin nicht bis dorthin vorgedrungen sind.
Ich könnte mich wohl dem pharmazeutischen oder chemischen Studium verschreiben, ich könnte auch Philosophie studieren oder Medizin. Doch eine Entscheidung darüber werde ich erst treffen, wenn wir in Wittenberg angekommen sind.
A. liegt mir damit glücklicherweise nicht in den Ohren, wie es andere Frauen getan hätten. Sie ist zufrieden mit dem, was der Tag ihr bringt, und sie scheint überzeugt zu sein, dass es immer einen Weg voran gibt, immer einen Ausweg, egal aus welcher Lage.
Jetzt, wo ich sie ständig bei mir habe, entdecke ich mehr und mehr Dinge an ihr, die mich faszinieren. Sie ist schweigsam, aber nie habe ich das Gefühl, dass Schweigen zwischen uns herrscht. Wenn ihre Augen, so grau wie der Himmel an einem regnerischen Tag, in die Ferne blicken, als könnte sie dort Dinge sehen, die anderen verborgen blieben,

frage ich mich, was in ihr vorgeht. Erst jetzt habe ich bemerkt, dass ich so gut wie nichts über sie weiß. Sie war Magd, sie kommt aus dem Mecklenburgischen, aber bislang hat sie kein Wort darüber verloren, wie ihre Kinderzeit und das Leben vor unserem Zusammentreffen ausgesehen hat. Aus dem Nichts scheint sie gekommen zu sein, und unsere Begegnung scheint das Werk des Schicksals zu sein, denn ohne sie wäre ich gewiss verloren gewesen und würde jetzt in einem Turm des Cöllner Schlosses schmoren.
Dank A. bin ich frei und kann von einem Leben jenseits von Kerkermauern träumen. Und das tue ich jedes Mal, wenn ich ihr Haar sehe, das so dunkel ist wie die schützende Nacht.

Sie fuhren zwei Tage, ohne zu rasten, und bemühten sich, abseits der gängigen Wege zu bleiben – sofern das Gelände es erlaubte. Ab und an mussten sie auf eine größere Straße zurückkehren, und das erfüllte Annalena mit so großer Unruhe, dass sie oftmals darauf bestand, auf dem Kutschbock zu bleiben, obwohl ihr die Augen beinahe von allein zufielen und Johann sich zum Schlafen in den Wagen zurückzog. Doch wie sollte sie Schlaf finden? Sie war sich sicher, dass inzwischen Flugblätter mit einer Zeichnung von Johann ausgegeben wurden, damit die Leute, die auf die Prämie aus waren, ihn erkennen konnten.

Gewiss hatte Röber den Zeichnern eine gute Beschreibung geben können. Und er hatte ihnen sicher auch gesagt, wie Annalena aussah. Frauen mit so schwarzen Haaren waren in dieser Gegend selten, und wenn man sie obendrein Zigeunerin nannte, würden die Leute sie ohne Bedenken anklagen. Aus diesem Grund hatte sie sich ein Tuch, das sie im Wagen gefunden hatte, um den Kopf gebunden, denn ihre Haube war in Röbers Haus geblieben. Mit dieser Tarnung fühlte sie sich ein wenig sicherer.

Am dritten Tag ihrer Flucht wurden sie gegen Abend von einem Unwetter überrascht. Blitze zuckten über den Himmel und Donnergrollen ließ die Erde erbeben. Der Regen setzte zögerlich ein, wuchs sich dann aber zu einer wahren Sintflut aus, die so heftig auf die Wagenplane einstürzte, dass sie fürchteten, sie würde reißen. Die Wassertropfen waren groß wie Kiesel und durchnässten alles innerhalb weniger Augenblicke.

Annalena bot Johann an, die Zügel zu übernehmen, doch der weigerte sich. »Bleib du drinnen, ich will nicht, dass du dir was einfängst.«

»Aber ich bin doch schon nass, es tropft an allen Ecken und Enden durch das Segeltuch.«

»Trotzdem bleib besser hinten, ein löchriges Dach über dem Kopf ist besser als gar keins.«

Als der Regen fast schon wieder aufhörte, fanden sie schließlich eine Feldscheune. Dunkel, fast drohend, erhob sie sich gegen den Abendhimmel, der immer noch von schweren Wolken verdunkelt wurde. Blitze fuhren über den Horizont, und auch das Grollen blieb. Annalena kam es sogar so vor, als käme es schon wieder näher.

»Wenn wir Pech haben, wird die Scheune so voller Stroh und Heuhocken sein, dass wir selbst kaum Platz haben«, sagte Johann, befestigte die Zügel und kletterte vom Kutschbock.

»Aber wenn wir Glück haben, werden wir und die Pferde samt Wagen ebenfalls Platz haben. Komm, lass uns nachschauen.« Annalena sprang auch vom Wagen, ging zum Tor und versuchte, den schweren hölzernen Riegel, mit dem die Torflügel verschlossen waren, beiseitezuschieben.

Johann sprang ihr bei, und wenig später klaffte das Tor wie das Maul eines riesigen Ungeheuers auf. Wieder zuckte ein Blitz über den Himmel und beleuchtete für einige Sekundenbruchteile das Innere der Scheune. Der Augenblick genügte, um sie erkennen zu lassen, dass die Scheune leer war. Offenbar war sie schon seit einiger Zeit nicht mehr genutzt worden. Etwas Stroh gab es, aber das war auf dem Boden verstreut und schien schon einigen Menschen als Lager gedient zu haben. Annalena lenkte den Wagen in die Scheune, danach half sie Johann beim Schließen des Tors.

»Wir brauchen Licht«, sagte Johann. »Ich schau mal nach, ob ich auf dem Karren etwas finde.«

Damit verschwand er im Wageninneren. Er kramte eine Weile in den Kisten, die dort standen und die sie sich bisher erst flüchtig angeschaut hatten. Dann kam er wieder zu ihr, in der Hand einen Krug, aus dem es nach Lampenöl roch, Feuersteine und ein Stück Stoff. Röber hatte dergleichen offenbar für längere Reisen in dem Wagen aufbewahrt. »Ich glaube, damit können wir etwas anfangen.«

In den nächsten Minuten konnte Annalena beobachten, wie er sich mühte, ein Feuer zu entfachen. Er brauchte eine Weile, doch schließlich gelang es ihm. Die Flamme schlängelte sich an dem Lappen empor, der mittlerweile mit dem Öl getränkt war. Das unruhige Flackern konnte in die Tiefen des Gebäudes nicht vordringen, doch es hüllte sie in einen gemütlichen Kreis aus Licht ein. Gemeinsam schirrten sie nun die Pferde ab und banden sie an Stützpfosten fest.

»Wir sollten aus unseren Kleidern heraus«, sagte Johann. »Sonst holen wir uns noch den Tod. Auf dem Wagen sind Decken, in die können wir uns wickeln.«

Die Stunde der Wahrheit, dachte Annalena und spürte, wie sich ihre Eingeweide vor Furcht zusammenzogen. Die Lampe spendete nicht besonders viel Licht, aber es würde ausreichen, um die Narben auf ihrem Rücken zu erkennen. Sie nickte stumm und hielt Ausschau nach einer Ecke, die dunkel genug war, um sich darin zu verbergen. Als er vom Wagen zurückkam, reichte er ihr eine Decke.

»Dreh dich bitte um.«

Johann folgte ihrem Befehl ohne Spott oder Widerworte und wandte den Blick dem Tor zu, hinter dem es noch immer grollte und blitzte.

Annalena trat ein Stück zurück und entledigte sich erst ihrer Kleider, als sie völlig in der Dunkelheit stand. Als sie fertig war, schlang sie die Decke so um ihren Körper, dass sie fest an ihrem Rücken anlag. An den Narben war der rauhe Stoff alles andere als angenehm, aber das war in ihren Augen ein geringer Preis dafür, dass er ihr Geheimnis nicht entdeckte.

»Ich bin fertig«, sagte sie nun, die Augen auf Johann gerichtet, der sich so langsam umdrehte, als fürchte er, doch noch etwas zu sehen, was nicht für seine Augen bestimmt war.

»Gut, dann bin ich an der Reihe. Meinetwegen kannst du hinschauen«, sagte er lächelnd, doch Annalena wandte sich um.

Ihre Decke hielt sie dabei so fest an den Körper gezogen, dass sie jede einzelne Faser an ihrem Rücken spüren konnte. Der Wind pfiff zwar nur ganz leicht durch die Ritzen, trotzdem konnte sie nichts gegen die absurde Angst tun, dass ein Windstoß ihr die Decke vom Leib reißen könnte.

»Kannst dich wieder umdrehen«, sagte Johann belustigt, während er seine Kleider auf dem Stroh ausbreitete. Annalena holte ihre eigenen Sachen und legte sie daneben. Dabei war sie seinem nackten Oberkörper so nahe, dass sie seine Wärme spüren konnte. Danach setzten sie sich ins Stroh und schmiegten sich aneinander.

»Erzähl mir etwas von dir«, flüsterte er schließlich.

Annalena versteifte sich unwillkürlich.

Als Johann das spürte, fügte er hinzu: »Du musst mir nichts erzählen, aber bitte versteh, dass ich mich für dich interessiere. Immerhin weiß ich fast gar nichts von dir, und das, obwohl wir uns so viele Male geküsst und sogar andere Dinge getan haben.«

Er hatte recht, das wusste Annalena. Ihre Beziehung war in den vergangenen Tagen enger geworden und hatte einen Punkt erreicht, an dem sie vielleicht ehrlich sein sollte. Doch ihre Angst stemmte sich gegen die Pforte, die sie ihm zuliebe nur zu gern öffnen würde. Sie sah Johann in die Augen und fragte sich, wie viel Wahrheit er vertragen würde.

»Bitte erzähl mir doch etwas von dir«, bat Johann eindringlich. »Etwas Belangloses. Irgendetwas. Du musst ja nicht gleich mit den schlimmsten Sünden beginnen. Ich möchte nur ein wenig mehr über die Frau wissen, in die ich mich verliebt habe.«

Hatte er das wirklich gesagt oder bildete sie sich das nur ein? Annalena schwirrte der Kopf. War es vielleicht ein Vorwand, um hinter ihr Geheimnis zu kommen? Doch wenn er es ernst meinte, würde ihn die Wahrheit nicht schrecken. Oder?

»Was ist, wenn gerade das Schlimme das ist, was mich ausmacht?«, fragte sie, und jetzt war Johann derjenige, der verwirrt dreinschaute.

»Hast du dir in der Vergangenheit etwas zuschulden kommen lassen? Wenn ja, dann lass dir gesagt sein …«

Annalena unterbrach ihn, indem sie ihm einen Finger an die Lippen legte. Noch ein tiefer Blick in seine Augen, dann nahm sie allen Mut zusammen und begann. »Ich hatte einen

Mann, ihm bin ich davongelaufen, bevor es mich nach Berlin verschlug.«

Johann wirkte überrascht. »Du warst verheiratet? Das kann ich mir nur schwerlich vorstellen.«

»Ja, ich war verheiratet, und diese Ehe hat Spuren hinterlassen. Furchtbare Spuren, die mich für den Rest meines Lebens zeichnen werden. Ich will, dass du davon weißt, bevor du sie aus Zufall siehst und das Falsche von mir denkst.«

»Was für Spuren meinst du?« Johann blickte sie fragend an. Doch in seinen Augen erkannte sie, dass er bereits die richtige Schlussfolgerung zog.

Tue ich das Richtige oder verderbe ich mir gerade alles?, fragte sie sich, doch jetzt gab es kein Zurück mehr. Sie wandte sich um, so dass der Schein der rußenden Flamme auf ihren Rücken fiel. Dann ließ sie die Decke hinuntergleiten. Ein kalter Schauer glitt über ihr Rückgrat und sie zog unwillkürlich die Schultern hoch. Die Haut über dem Narbengewebe spannte dadurch unangenehm.

»Großer Gott«, kam es Johann über die Lippen.

Da Annalena sich von ihm abgewandt hatte, konnte sie sein Gesicht nicht sehen, doch sie war sicher, dass sich seine Augen vor Schreck geweitet hatten. Als sie wenig später die sanfte Berührung seiner warmen Hände spürte, wusste sie allerdings, dass sie sich nicht in ihm getäuscht hatte.

»Hat er dir das angetan?«, fragte er.

»Ja, das hat er«, antwortete sie. »Erst vor einem halben Jahr hatte ich den Mut, mich gegen ihn zu erheben. Er hat mich sehr oft gezüchtigt, zunächst im Streit, dann wegen Kleinigkeiten und schließlich ohne Grund. Es bereitete ihm Vergnügen.«

Johann zog die silbrigen und rötlichen Spuren auf ihrer Haut vorsichtig nach. Noch nie hatte ihre Haut solch zärtliche Berührungen erfahren. Annalena seufzte leise auf.

»Dieser Mann muss ein Ungeheuer gewesen sein.«

»Das war er«, antwortete sie. »Er hat mich gezeichnet. Was meinst du, was die Menschen denken, wenn sie eine Frau sehen, die Wunden wie ich trägt.«

Johann biss die Zähne zusammen, bevor er mit gepresster Stimme antwortete. »Sie halten sie entweder für eine Diebin oder eine Hure.«

»Genau, eine Hure. Das war vermutlich genau das, was er für mich im Sinn hatte.«

»Aber selbst Verbrechen wie diese werden nicht mit derart vielen Hieben bestraft!« Der Zorn auf den Unbekannten ließ Johanns Stimme zittern.

»Glaubst du wirklich, die Menschen achten darauf oder zählen nach?«, gab Annalena zurück. »Sie sehen die Wunden und schon steht ihr Urteil fest. Menschen werten viel zu schnell.«

»Ich mache das nicht«, entgegnete Johann leise und strich weiter über die geschundene Haut, ganz zart, als seien seine Finger Federn. Fast kam ihm ihr Rücken wie eine Landkarte vor, eine Karte jenes Weges, der bereits hinter dieser Frau lag. Mehr denn je wollte er sie beschützen, mehr denn je begehrte er sie.

»Doch, du tust das auch«, widersprach Annalena und schloss die Augen. »Was ist mit den Henkern? Der Geschichte von den Krähen, den Geistern der Getöteten?«

»Das sind alte Geschichten, die von Mund zu Mund gehen. Ich gebe natürlich nichts darauf, weil ich weiß, dass es ganz andere Gefahren gibt, denen Menschen anheimfallen können.«

»Und dennoch gibt es Menschen, die diese Geschichten für bare Münze nehmen, wenn sie sie aus deinem Mund hören. Wenn nur eine Person mitbekommt, dass man mich eine

Hure oder Diebin nennt, bin ich für alle anderen auch gestempelt. Niemand wird mir glauben, dass ich kein Verbrechen begangen habe, sondern ein Verbrechen an mir begangen wurde.«

Auf diese Worte kehrte Stille in die Scheune ein. Annalena wandte sich um, um Johann endlich in die Augen sehen zu können.

»Ich werde dich nie verurteilen. Und ich werde auch nie Vermutungen über dich anstellen. Alles, was zählt, ist das Hier und Jetzt. Ich liebe dich, weil du bist, wer du bist, Annalena.«

Vorsichtig, als wollte er etwas Zerbrechliches berühren, streckte er die Hand aus und strich über ihre Wange.

Annalena schloss zitternd die Augen. Eine einzelne Träne rollte über ihre Wange. Johann fing den Tropfen mit einem Finger, beugte sich dann vor und küsste sie, so zögerlich, als erwarte er Widerstand von ihr.

Doch für Annalena war es in diesem Augenblick, als sei er die Hand, nach der sie nur greifen musste, um gerettet zu werden. Sie hatte so lange auf ihn gewartet, und jetzt war er da, und sie wollte ihn nie mehr loslassen. Annalena schlang ihre Arme um seinen Nacken und vertiefte den Kuss. Ihre Lippen teilten sich, ihre Zunge traf auf seine.

Kurz kam es ihr in den Sinn, dass sie ihm nun auch erzählen könnte, dass sie die Tochter eines Henkers war, aber dieser Gedanke trat hinter die aufkeimende Lust zurück.

Voll Wonne ließ sich Annalena mit ihm auf das Stroh sinken. Sie streckte die Arme begehrlich nach ihm aus, und Johann kam ihrem Wunsch freudig nach. Er schmiegte sich an die vollen Brüste mit den dunklen Spitzen, an den flachen Bauch und den runden Venushügel mit den schwarzen Locken.

Sie küssten und liebkosten sich und schließlich öffnete Annalena ihre Schenkel und umfasste sein Gesäß, um ihn an sich zu ziehen.

Behutsam drang Johann in sie ein.

Annalenas Lider flatterten, als er vorsichtig zu stoßen begann und dabei ihren Hals und ihre Schultern küsste. Dieses Mal fühlte sie die Lust noch wesentlich intensiver als im Dunkel des Apothekenhofes. Sie hob ihm ihre Hüften entgegen, streichelte seinen Rücken und schon bald erfüllte ihr Stöhnen die Scheune. Im selben Moment, in dem er sich in sie ergoss, breitete sich eine glühende Welle reinen Wohlgefühls in ihr aus, die ihr beinahe die Sinne raubte. Aneinandergeschmiegt blieben sie schließlich unter den Decken liegen.

»Wohin wollen wir nun gehen?«, fragte Annalena schließlich. Sie hatte ihren Kopf an seiner Brust geborgen und schaute in die ersterbende Flamme im Ölkrug. Bisher hatten sie darüber noch nicht gesprochen. Johann hatte die Pferde lediglich in eine bestimmte Richtung gelenkt und Annalena gebeten, diese beizubehalten, wenn sie an der Reihe war, auf den Kutschbock zu klettern. Aus dem Lauf der Gestirne konnte sie in etwa ablesen, dass es nach Süden ging, doch der Süden war groß und hatte viele Städte. Annalena kannte keinen dieser Orte und es war ihr auch nicht wichtig, welches Ziel sie hatten, doch vielleicht hatte Johann einen Plan.

»Nach Wittenberg«, antwortete er. »Mein alter Lehrmeister Kunckel hat dort einen Bekannten, bei dem können wir unterkommen. Sein Name ist Kirchmaier, er ist Professor an der Universität.«

»Meinst du nicht, dass das gefährlich ist? Immerhin könnte es sich bis dorthin rumgesprochen haben, dass ein Kopfgeld auf dich ausgesetzt ist. Und du wirst Kirchmaier deinen richtigen Namen sagen müssen.«

»Wittenberg ist nicht mehr Hoheitsgebiet des preußischen Königs, es gehört zu Sachsen. Die Preußen können mir dort nichts tun. Außerdem wird Kirchmaier schon dafür sorgen, dass man uns in Ruhe lässt. Ich werde mich als Student an der Universität einschreiben und vielleicht schon bald ein ehrbarer Mann sein.«

»Und das Gold? Wirst du das Goldmachen sein lassen, nachdem es dir so viel Ärger gebracht hat?« Annalena sah Johann prüfend an, und was sie in seinen Augen sah, gefiel ihr ganz und gar nicht.

»Es wäre gelogen, wenn ich behaupten würde, dass ich es lasse, und ich will dich nicht anlügen«, antwortete er. »Ich werde aber nur im Geheimen forschen, falls dich das beruhigt.« Johann bemerkte die Zweifel in ihrem Blick. »Diesmal werde ich vorsichtiger sein, das verspreche ich dir.«

Er beugte sich vor und ihre Lippen fanden sich erneut, und da sie weder an das, was zurücklag, noch an das, was kommen würde, denken wollte, zog sie ihn in ihre Arme.

Das Treffen sollte vertraulich bleiben, und so achtete Röber darauf, dass er von nicht allzu vielen Leuten gesehen wurde. Trotz der zunehmenden Dunkelheit und der sich leerenden Straßen suchte er seinen Weg durch schmale Gassen und über Pfade, die man nicht mal als Gassen bezeichnen konnte. Er hatte seinen schlechtesten Rock angelegt und niemand hätte vermutet, dass er ein reicher Kaufmann war, den es auszurauben lohnte. Höchstens der Kopfverband machte ihn zu einem lohnenswerten Ziel, denn Verwundete waren leichte Beute. Dank des Pfeffers hatte sich die Platzwunde entzündet, und der Medicus meinte, dass er eine deutliche Narbe zurückbehalten würde, die er jedoch mit seinem Haar oder einer anständigen Perücke verbergen konnte.

Röber erreichte den Treffpunkt, ein altes Haus in der Nähe des Stadtrandes, unbehelligt. Für einen kurzen Moment hatte er das Gefühl, in eine Pestgasse eingebogen zu sein, so totenstill war es hier. Wenn es in den angrenzenden Gebäuden Bewohner gab, so hatten diese sich bestimmt schon auf ihre Strohsäcke gelegt.

Das Haus vor ihm ächzte leise im eisigen Ostwind, und obwohl die Fensterläden geschlossen und verriegelt waren, klapperten sie im Wind, als nähere sich der Tod auf seinem fahlen Gaul.

Er klopfte gegen die Tür, von der Farbe abblätterte und auf seinen Rock rieselte, und als hätte man nur auf seine Ankunft gewartet, wurde ihm sofort aufgetan. Zunächst konnte er nichts sehen. Wer auch immer ihn erwartete, tat das in vollkommener Dunkelheit.

Doch dann sprühten Funken und im nächsten Moment wurde eine Kerze entzündet. Die kleine Flamme vermochte den Raum nicht mit Licht zu füllen, doch immerhin beleuchtete sie die Gesichter von zwei Männern.

»Ihr seid also Röber?«, fragte einer von ihnen. Er war um einiges jünger als der Kaufmann, hatte buschige Augenbrauen und ein breites Kinn, das sicher den einen oder anderen Schlag hinnehmen konnte, ohne zu brechen.

»Ja, der bin ich. Mit wem habe ich das Vergnügen?«

»Unsere Namen tun nichts zur Sache«, entgegnete sein Gesprächspartner. »Nur so viel, wir sind vom König gesandt worden, um mit Euch über diesen Goldmacher zu sprechen. Ihr hattet vor, Euch das Kopfgeld zu verdienen, habe ich recht?«

»Ich wollte Ihrer Majestät zu ihrem Recht verhelfen.«

»Sehr löblich von Euch«, mischte sich nun der andere ein. »Seine Majestät weiß das zu schätzen, und deshalb machen wir Euch ein Angebot. Soweit wir in Erfahrung gebracht haben, hatte der Bursche eine Zeitlang Umgang mit Euch.«

Röber nickte.

»Und bevor Ihr Euch entschlossen habt, ihn dem König auszuliefern, habt Ihr ihm Unterschlupf gewährt.«

»Das ist ebenfalls richtig«, antwortete der Krämer.

»Dann würdet Ihr diesen Burschen also erkennen können, auch wenn Ihr ihn nur flüchtig unter vielen anderen Menschen seht?«

»Ich würde ihn sogar im Dunkeln noch erkennen!«, prahlte Röber, obwohl er genauso gut wie die beiden Fremden wusste, dass das maßlos übertrieben war.

»Dann seid Ihr unser Mann«, sagte darauf der erste Fremde. »Erzählt uns alles über seine Flucht aus Eurem Haus.«

Was gab es da zu erzählen? Röber zog die Augenbrauen zusammen und Ärger machte sich in ihm breit. Wenn diese beiden Männer so gut informiert waren, wussten sie gewiss auch, dass er am Boden gelegen hatte, mit einer bombastischen Beule an der Schläfe und dem Gesicht im Dreck – und im Pfeffer.

»Er ist mit einem Wagen geflohen, der von meiner Magd gelenkt wurde. Wie die ganze Sache vonstattenging, weiß ich nicht, denn das Weibsstück hat mich mit einem schweren Glas niedergeschlagen. Aber sie muss belauscht haben, wie ich meinen Gehilfen zur Wache schickte. Wie sie es angestellt haben, aus der Stadt zu kommen, weiß ich nicht.«

»Aber auch sie würdet Ihr wiedererkennen?«

Röber ballte, für die Männer unmerklich, die Fäuste. »Und ob ich sie wiedererkenne! Mit ihr verhält es sich ebenso wie mit Böttger. Beide erkenne ich wieder, selbst dann noch, wenn mich mein Verstand und mein Augenlicht verlassen haben.«

Die beiden Männer sahen sich kurz an, und das reichte ihnen bereits, um sich zu verständigen. »Wir haben Kunde, dass ein Krämerwagen südlich von Berlin gesichtet wurde. Und wir vermuten auch, dass Böttger einen Bekannten in Wittenberg hat. Sein Name ist Kirchmaier, er ist ein Freund von Kunckel von Löwenstein. Sagt Euch der Name etwas?«

Röber lächelte boshaft. Beinahe rieb er sich vorfreudig die Hände, »Kunckel ist ein Freund von Böttger. Er stand mit ihm in regem Kontakt, es ist also gut möglich …«

»Dass er bei Kirchmaier Unterschlupf sucht?«

Röber überlegte. Er hatte den Goldmacher als überlegten jungen Mann kennengelernt. Er würde es sicher zu schätzen wissen, in ein gemachtes Nest flüchten zu können. »Ich denke schon, dass er das tun würde. Wohin sollte er sonst gehen? Soweit ich von seinem Lehrherrn vernommen habe, versuchte er einmal, nach Breslau zu flüchten, aber diese Route wählt er gewiss nicht in dieser Jahreszeit. Und zu Kunckel selbst ist der Weg weit.«

»Gut, dann werden wir nach Wittenberg reisen«, sagte der zweite Mann. »Und Ihr werdet mit uns kommen.«

Röber hatte zwar nichts dagegen, selbst auf die Jagd zu gegen, er fühlte sich allerdings ein wenig überrumpelt. »Aber was wird dann aus meinem Geschäft?«

»Ihr sagtet doch etwas von einem Gehilfen, überlasst es ihm«, antwortete der erste. »Und keine Angst vor Verlusten, der König wird Eure Mithilfe bestens honorieren. Das Kopfgeld ist noch immer auf Böttger ausgeschrieben, und da ihn in Sachsen niemand kennen wird, stehen eure Chancen, es zu bekommen, sehr gut. Außerdem wird Seine Majestät sich auch dergestalt erkenntlich zeigen, dass er Euch gewisse Einbußen und Spesen während der Reise ausbezahlt.«

Er könnte mir die Taler, die ich Böttger in den Rachen geworfen habe, ersetzen, ging es Röber durch den Kopf, doch diesen Gedanken sprach er nicht aus. Wenn der König wirklich so generös war, würde das, was er ihm bezahlte, reichen, um den Verlust auszugleichen. Und wenn sie Böttger erst einmal in Gewahrsam hatten, würde er ihn seine Schulden zurückzahlen lassen, und zwar auf Heller und Pfennig.

»Also gut, gebt mir zwei Tage, damit ich alles regeln kann.«

»Einen Tag«, entgegnete der zweite Fremde. »Wir erwarten Euch morgen um diese Zeit wieder hier. Und kein Wort zu Eurem Personal. Ihr macht eine Reise, etwas anderes brauchen sie nicht zu wissen. Habt Ihr das verstanden?«

Protest stieg in Röbers Kehle auf, doch er schluckte ihn wieder hinunter. Schließlich sprach er mit Beauftragten des Königs. »Verstanden. Ich werde da sein.«

Die beiden Männer nickten, dann führten sie ihn zur Tür. Ihre Namen kannte er noch immer nicht, wahrscheinlich wollten die misstrauischen Kerle sichergehen, dass er sie niemandem verriet oder gar Böttger zukommen ließ. Doch Namen waren eh Schall und Rauch, und so verließ Röber ohne weitere Worte das Haus.

Während er dem Klang seines Atems und seiner Schritte lauschte, legte er sich ein paar Sätze zurecht, mit denen er Paul und Hildegard seine Reise glaubhaft machen konnte.

Viertes Buch

Königsliebe

Wittenberg/Dresden,
Winter 1701

14. Kapitel

Aus den geheimen Aufzeichnungen des Johann Friedrich Böttger:

Ich habe mich so sehr geirrt! Hier in Wittenberg glaubte ich, Frieden zu finden, doch dies war ein Trugschluss.
Bereits unsere Ankunft in der Stadt war von einem schrecklichen Omen überschattet. Professor Kirchmaier, bei dem wir Zuflucht suchen wollten, ist verstorben, nur wenige Monate zuvor. Seine Frau und sein Sohn waren nicht imstande, uns aufzunehmen, aber sie verschafften uns eine Unterkunft in einer Schenke, die auch häufig von Studenten frequentiert wird. Ich selbst trug mich mit dem Gedanken, mich an der Universität einzuschreiben, doch es kam anders.
Ich weiß nicht, woher sie wussten, wo sie uns finden konnten. Eines Nachmittags, als Annalena zum Markt unterwegs war, kamen sie. Sie drängten durch die Tür, packten mich und verlangten, dass ich beim Amtshauptmann vorspreche.
Mir blieb nichts anderes übrig, als mich zu fügen. Draußen sah ich Annalena gerade die Straße hinaufkommen, doch ich gab ihr durch ein Zeichen zu verstehen, dass sie nicht eingreifen solle. Ich wollte nicht, dass sie ebenfalls in Gefahr geriet. Ich sah ihren fassungslosen Blick, der sich jedoch schon bald in Entschlossenheit wandelte. Ich weiß, dass sie mir helfen wird. Irgendwie.

Wir strebten dem Elbeturm, der zum Wittenberger Schloss gehört, zu. Er erhob sich finster und drohend vor der Kulisse des grauen Novemberhimmels. Der Winter war nicht mehr weit, ab und an ließ er die Stadt bereits mit eisigen Stürmen spüren, was ihr in den kommenden Monaten bevorstehen würde. So auch an diesem Tag.

Die Stube des Amtmannes jedoch war warm. Ein Feuer flackerte im Kamin und gab dem Gesicht des Mannes einen rosigen Schein.

»Uns ist zu Ohren gekommen, dass Er jener Goldmacher ist, der aus den Preußenlanden entfloh und hier nun Unterschlupf gesucht hat. Stimmt das?«

Ich wusste nicht, was ich darauf antworten sollte. Der Mann schien bestens über mich Bescheid zu wissen, und vorzugeben, dass ich nur ein Studiosus wäre, das Opfer einer bedauerlichen Verwechslung, wäre sicher vergebliche Liebesmüh gewesen. Also blieb mir nichts anderes übrig, als die Flucht nach vorn anzutreten.

»Ja, ich bin der Goldmacher und ich floh, weil ich vom preußischen König verfolgt wurde. Ich bin von Geburt her sächsischer Landsmann, und wenn ich einem Herrn diene, dann nur dem sächsischen Kurfürsten.«

Der Amtmann sah mich daraufhin lange an. Fast fürchtete ich, er sei mit offenen Augen eingeschlafen. Dann endlich regte er sich wieder. »Kann Er denn seine Künste unter Beweis stellen? Er weiß doch sicher, was mit Scharlatanen geschieht.« Der Amtmann fuhr sich mit dem Finger über seine Kehle.

»Das kann ich, und ich habe schon einige Transmutationen im Beisein von Zeugen durchgeführt. Sogar bei meinem Lehrmeister Friedrich Zorn, Apotheker in Berlin.«

Der Amtmann wirkte beeindruckt. Er schien zu wissen, dass die meisten Apotheker mit der Goldmacherei nichts am Hut *haben und sie mit größter Skepsis betrachten. Wenn ein Mann wie Zorn, dessen Name auch in Sachsen bekannt ist, an meine Kräfte glaubte, dann würden sie wohl rechtens sein. »Nun, vielleicht sollte Er uns eine kleine Demonstration seines Könnens geben. Unser gnädiger Herr, der Kurfürst, würde es sicher zu schätzen wissen, einen solch begabten Untertanen zu haben.«*

Ein Klopfen ertönte, bevor ich antworten konnte. Eigentlich hatte sich der Amtmann ausgebeten, dass uns niemand stören sollte, doch der Besucher hatte es anscheinend mit beharrlicher Aufdringlichkeit geschafft, die Wachen dazu zu bewegen, ihn durchzulassen. Der Amtmann bat ihn murrend herein, denn es konnte ja sein, dass es ein königlicher Kurier mit einem dringlichen Papier war.

Doch der Mann, der eintrat, trug einen dunklen Rock, dem der schwache Duft von Gewürzen anhing. Röber! Ich hatte geglaubt, ihn nie mehr wiederzusehen, ich dachte, dass ich ihn ebenso wie mein altes Leben in Berlin zurückgelassen hätte. Doch in beidem hatte ich mich offensichtlich getäuscht.

Ich fragte mich, was er hier zu suchen hatte, doch dann wurde mir alles klar. Ihm habe ich es zu verdanken, dass ich vorgeladen wurde. Seine Miene wirkte unbewegt, aber ich wusste, dass er sich innerlich freute, mich erwischt zu haben. Nun würde er endlich das Kopfgeld einstreichen können, das der König auf mich ausgesetzt hat.

»Monsieur Röber, was führt Euch zu mir?« Der Amtmann klang verstimmt, bestätigte mit seinen Worten allerdings meinen Verdacht.

»Wenn Ihr erlaubt, würde ich diesen Mann gern unserer gnädigen preußischen Majestät zuführen«, sagte er in schmeichelndem Ton.

Der Amtmann sah einen Moment lang so aus, als würde er

seinen Vorschlag in Erwägung ziehen. Dann jedoch schüttelte er den Kopf. »Der Kerl da hat behauptet, in Sachsen gebürtig zu sein, also untersteht er nur Ihrer Majestät, dem Kurfürsten Friedrich August. Diese Stadt hier ist seine Stadt, und ich würde mich in Teufels Küche bringen, wenn ich einen Befehl des preußischen Königs über das Wohl meines Kurfürsten stellte.«

Ich wusste, was den Amtmann vorrangig zu dieser Aussage bewegte. Wenn er mich seinem Herrn übergibt, nachdem mir die Transmutation gelungen ist, wird er gewiss zu Ruhm und Ehren kommen. Außerdem würde es ihm wohl an den Kragen gehen, wenn bekannt würde, dass er mich den Preußen ausgeliefert hätte.

Röbers Augen funkelten zornig. Er blickte zu mir, als hoffte er, dass ich verlangte, mit ihm zu gehen. Doch da kann er lange warten. Der Sachsenfürst mag nicht besser sein als der Preußenkönig, doch Ersterer hatte noch keinen Preis auf mich ausgesetzt und wird mich vielleicht mit offenen Armen empfangen. Wohingegen Friedrich mich sicher bei der kleinsten Verfehlung aufknüpfen lassen würde.

»Herr Amtmann, wenn Ihr mir einen Gefallen tun wollt, schickt mich nicht zu den Preußen. Ich verspreche, ich werde unserem allergnädigsten Kurfürsten ein treuer Diener sein.«

»Dieser Mann schuldet mir Geld!«, fuhr Röber den Amtmann daraufhin an, als sei dieser Belang wichtiger als die Interessen der Herrscher.

»Nun, das müsst Ihr mit Böttger ausmachen – nachdem entschieden wurde, wohin er kommt. Jetzt wird er uns erst einmal eine Probe seines Könnens geben, und wenn diese gelingt, wird Seine Majestät, der Kurfürst, über sein Schicksal entscheiden.«

Röber knirschte mit den Zähnen, so laut, dass sogar ich es

vernehmen konnte. Ich empfand heimlich Freude, obwohl ich wusste, dass mein Kopf noch lange nicht aus der Schlinge heraus war.
Um die geforderte Transmutation durchführen zu können, brauche ich ein paar Dinge, doch die wird der Amtmann sicher holen lassen, und er muss, notfalls durch seine eigene Person, auch sicherstellen, dass das Arkanum unversehrt zu mir gelangt.
Wichtiger als das ist jedoch, dass ich die geheime Zutat, die bereits beim Experiment im Zorn'schen Keller geholfen hatte, in die Finger bekomme. Es gibt nur eine Person, zu der ich genug Vertrauen habe, dass sie sie mir besorgen kann. Ich kann nur beten, dass sie es schafft, einen Weg in dieses Gemäuer zu finden.
Röber wurde nach dieser Unterhaltung einfach stehengelassen, und als man mich in meine Zelle führte, spürte ich seinen Blick wie einen Stich zwischen meinen Schulterblättern. Am liebsten würde er mich sicher auf Knien nach Berlin zurücktreiben. Aber dazu hat der Kaufmann weder die Macht noch die Kraft.
Meine Zelle ist wesentlich kleiner als die Studentenkammer, die ich zusammen mit A. bewohnt habe. Doch irgendwie komme ich mir sicher innerhalb dieser Mauern vor. Vielleicht empfängt mich der sächsische Kurfürst freundlich, vielleicht auch nicht, aber das ist immer noch besser, als zurück nach Preußen geschleppt zu werden, um dort den Kopf zu verlieren.

Annalena drückte sich zitternd in die Schatten der Häuser und blickte hinüber zum Wittenberger Schloss.

Sie hatte von einigen Studenten erfahren, dass Johann dort war, die noch vor wenigen Tagen mit ihm beim Guck-

guck, wie das Bier hier genannt wurde, zusammengesessen hatten. Sie hatten über ihre Studienfächer und wahrscheinlich auch über das Goldmachen gesprochen. Annalena hatte das sorgenvoll beobachtet, aber gehofft, dass Johanns Gesicht hier nicht bekannt war.

Ein Trugschluss, dachte sie bitter. Die Steine in ihrem Rücken waren noch kälter als die Luft, und ihr Atem gefror vor ihrem Mund zu einer kleinen Wolke. Sie konnte nichts dagegen tun, dass ihre Zähne klapperten. Zwei Tage saß Johann jetzt schon in Haft. Annalena fröstelte noch stärker, als sie wieder daran dachte, wie er ihr flankiert von zwei Stadtwächtern entgegengekommen war. Ihre Blicke hatten sich kurz getroffen, aber das hatte gereicht, um alles zu erklären. Das Gold hatte ihn wieder eingeholt.

Zunächst hatte Annalena vermutet, dass einer seiner Studentenfreunde ihn verraten hatte. Als sie jedoch in der ersten Nacht hier unten, vor dem Tor des Schlosses, gestanden hatte und auf Johanns Freilassung oder zumindest eine Gelegenheit, ihn zu sehen, wartete, hatte sie drei Männer bemerkt, die aus dem Schloss kamen. Zwei davon kannte sie nicht, aber bei einem von ihnen hatte sie zunächst geglaubt, dass ihre Augen ihr einen Steich spielen würden.

Der dritte Mann war Friedrich Röber.

Allein die Tatsache, dass er hier war und sich nicht um die Angelegenheiten in seinem Kontor kümmerte, zeigte, dass er noch immer darauf aus war, sich das Kopfgeld zu verdienen. Vielleicht hatte es der König mittlerweile sogar erhöht. Nur woher wusste er, dass Johann hier war? Sie hätten in alle Richtungen verschwunden sein können. Sie hätten sogar nach Schlesien gehen können oder ins Ausland. Welcher Hexenkräfte hatte sich Röber bedient?

Nachdem sie diese Entdeckung gemacht hatte, war sie

schnell zu ihrem Quartier gelaufen. Unzählige Gedanken wirbelten wild durch ihren Kopf, und taten es noch lange, nachdem sie sich frierend auf das Bett in ihrer Wirtshauskammer gelegt hatte.

Am nächsten Morgen war sie fast überzeugt, dass alles nur ein schlechter Traum war. Sie hatte gehofft, dass Johann neben ihr liegen würde, wenn sie die Augen öffnete. Doch der Platz neben ihr war kalt. Johann war immer noch im Elbturm.

Den ganzen Tag über hatte sie also überlegt, wie es ihr gelingen konnte, in den Turm zu kommen. Inzwischen tuschelten die Wittenberger schon in den Schenken davon, dass die Preußen vor der Stadt lagen, und Annalena fürchtete, dass man ihnen Johann ausliefern würde. Schließlich war ihr eine Idee gekommen, von der sie hoffte, dass sie ihr das Schlosstor öffnen würde.

Und nun war sie hier.

Sie bückte sich nach dem Korb, der neben ihr stand. In Johanns Bündel hatte sie einige Münzen gefunden, von denen sie ein paar dazu verwendet hatte, einen Korb, etwas zu essen und einen Krug Wein zu kaufen. Noch einmal atmete sie tief durch, dann näherte sie sich dem Schloss. Zwei Soldaten wachten vor dem Tor. Gewiss standen sie nicht immer dort, denn von Studenten wusste sie, dass das Schloss mittlerweile nur noch Amtssitz des Kreisamtmannes Gottfried Ryssel war. Wenn der Elbeturm sonst Gefangene beherbergte, dann sicher nicht so wertvolle wie Johann.

Die beiden Wächter bliesen sich ihren Atem in die Hände, in der Hoffnung, dass sie dadurch wärmer würden. Erst als Annalena beinahe vor ihnen stand, nahmen sie Notiz von ihr.

»Was willst du hier?«, fuhr sie einer der Uniformierten an.

»Ich bringe Verpflegung für den Gefangenen.«

Die Wächter blickten sie an, als hätten sie sie nicht richtig verstanden.

»Ich möchte zu Johann Böttger«, sagte Annalena daraufhin. »Das hier ist ein Korb von der Witwe Kirchmaier. Sie sagte, ich solle es dem armen Jungen bringen.« Der Name Kirchmaier war in Wittenberg ein Begriff, beinahe jedermann hatte den dahingeschiedenen Professor gekannt und gemocht. Auch die beiden Wächter wussten etwas damit anzufangen, Platz machten er und sein Kamerad ihr trotzdem nicht.

»Hast du in deinem Korb auch Wein?«, fragte der ältere der beiden, ein Mann von gedrungener Gestalt mit kräftigem silbergrauem Schnurrbart über den Lippen.

Annalena verstand, die beiden wollten etwas zum Aufwärmen. »Ja, das habe ich«, antwortete sie und tat so, als wüsste sie nicht, worauf die Wächter hinauswollten. Eine Beute besaß mehr Wert, wenn man sich mühen musste, um sie zu erringen. »Die Frau Kirchmaier sagte, ich solle ja alles dem Jungen so überbringen, wie es ist.«

Der ältere Wächter blickte den jüngeren an. Stumm trafen sie eine Übereinkunft, dann sagte der ältere: »Lass uns den Krug Wein hier, dann bringt dich einer von uns in den Turm.«

Annalena zögerte zum Schein, aber schließlich tat sie, was der Wächter verlangt hatte. Sie nahm den Krug hervor, gab ihn dem Mann aber nicht gleich in die Hand.

»Sperrt erst die Tür auf.«

Der Wächter lächelte grimmig. Hatte er wirklich geglaubt, dass er ihr den Wein wegnehmen und sie dann einfach davonjagen könnte?

»Die Kleine ist gerissen«, sagte er zu seinem Nebenmann und wandte sich dann wieder Annalena zu. »Deine Herrin muss wirklich zufrieden mit dir sein.«

Offenbar hielt er sie für eine Dienstmagd der Witwe Kirchmaier. Das war Annalena nur recht. »Das ist sie, und wenn ihr keinen Ärger mit ihr kriegen wollt, trinkt ihr den Wein schnell und gebt mir den Krug nachher wieder mit.« Annalena reichte dem Mann das mit Korb umhüllte Behältnis. Der Wächter grinste sie unverschämt an, dann bedeutete er seinem jüngeren Kameraden, dass er sie zum Schloss bringen sollte.

Der junge Mann ging voran, den Blick des anderen Wächters spürte sie in ihrem Rücken. Unvermittelt umklammerte sie den Henkel des Korbes fester. Was war, wenn er ihnen folgte? Und im Turm auf dumme Gedanken kam? Oder noch schlimmer, wenn der junge Wächter sie zum Kreisamtmann brachte und die Bestechung offenlegte?

Schweigend folgte sie dem Mann über den Schlosshof, auf dem der Wind das letzte braune Laub tanzen ließ. Der Turm erhob sich imposant vor ihnen, einige Fenster waren erleuchtet. Annalena hätte damit gerechnet, dass der Weg hinein über das Schloss führte, das bei Tageslicht beinahe noch trauriger aussah als bei Nacht, doch der Turm hatte seinen eigenen Zugang. Vor diesem machten sie schließlich halt.

»Den Rest des Weges schaffst du wohl allein«, sagte der Wächter zu ihr. Wahrscheinlich wollte er eiligst wieder zurück, um noch etwas von dem Wein abzubekommen. Sie hatte sich ganz umsonst Sorgen gemacht. »Geh einfach hoch zu der Tür, die sich an die Treppe anschließt, und sag dem Wächter dort, dass wir dich durchgelassen haben.« Damit öffnete er die Tür und schloss sie gleich wieder, nachdem Annalena den Turm betreten hatte.

Eine einzige rußende Fackel beleuchtete die steinerne Wendeltreppe nach oben. Der Wind, der draußen nur durch das Rascheln des Laubs wahrzunehmen war, machte hier drinnen ein schauriges Geräusch, beinahe wie das Heulen eines hungrigen Wolfes.

Zögernd erklomm sie die Stufen, bis ihr ein helles Licht entgegenstrahlte. Stimmen wisperten so leise, dass man sie für das Raunen des Windes halten konnte. Annalena hielt genau darauf zu. Wenig später traten ihr erneut zwei Wächter entgegen. Diesen würde sie keinen Wein mehr geben können, und hoffentlich reichte die Tatsache, dass sie von der Wache unten reingelassen wurde, aus, um zu Johann zu kommen.

»He, was willst du hier?«, fragte einer der Uniformierten, als würde er ihr zutrauen, dass sie die Wächter unten überwältigt hatte.

»Ich bringe einen Korb von der Frau Kirchmaier für den Herrn Böttger.«

Der Wächter lachte auf und wandte sich an seinen Kameraden. »Hast du gehört? Sie hat ihn Herr Böttger genannt, diesen grünen Burschen.«

»Wie ich ihn nenne, ist doch einerlei, oder?«, fuhr Annalena den Wächter ungehalten an. »Lasst ihr mich ein oder muss sich die Frau Kirchmaier selbst hierher bemühen?«

Jetzt konnte sie sehen, welche Wirkung ein bekannter Name haben konnte. Mit ihrer zornigen Rede hatte sie anscheinend genau den richtigen Ton getroffen. Die Wachen verstummten, sahen sie an und machten ihr dann Platz.

»Also gut, meinetwegen geh rein. Der Herr Amtmann ist im Moment nicht da, kann aber jederzeit zurückkommen, du solltest dich also beeilen.«

Annalena nickte dem Wächter zu, und daraufhin öffnete sich die Tür zur Wachstube mit einem markerschütternden Ton, der den schlafenden Wächter darin aufschreckte. Er sah sich mit großen Augen um, die Hand an seinem Säbel, doch als er Annalena mit dem Korb erblickte, atmete er erleichtert aus.

»Was willst du hier, Mädchen?«, fragte er und ließ Annalena nicht die Zeit, sich umzuschauen.

»Ich bringe einen Korb mit Essen von der Frau Kirchmaier«, antwortete sie. »Sie will, dass ich es dem Herrn Böttger bringe.«

Der Wächter schnaufte, erhob sich dann von seinem Platz und kam auf sie zu. »Stell den Korb auf den Tisch, damit ich ihn mir anschauen kann.«

Annalena tat wie geheißen und hatte nun einen kurzen Moment, ihre Umgebung zu betrachten. Johann befand sich offenbar in einer Art Arrestzelle, die an den Wachraum angrenzte. Während der Uniformierte ihren Korb nach Dingen untersuchte, die dem Gefangenen zur Flucht verhelfen könnten, schweifte ihr Blick in die Zelle. Bevor sie Johann entdeckte, spürte sie ihn. Sie fühlte seinen Blick aus dem Halbdunkel heraus. Als könnte er kaum glauben, dass sie hier sei, verharrte er zunächst auf seiner Pritsche, doch dann endlich erhob er sich und trat an das Gitter. Ihre Blicke trafen sich, und Annalena wurde Zeuge, wie seine ausgezehrten Züge von einem Hoffnungsschimmer erhellt wurden. Er bedeutete ihr, nichts zu sagen und warf ihr dann einen Handkuss zu.

Inzwischen war der Wächter mit seiner Untersuchung fertig und sagte: »Ist gut, kannst ihn hierlassen.«

»Und wer sagt mir, dass Ihr ihm den Korb gebt? Ich will ihn in seine Zelle bringen.«

Der Wächter verzog beleidigt das Gesicht. »Was soll das, Mädchen? Glaubst du etwa, dass ich mich über das Essen hermache?«

Annalena ließ ihren Blick auf seine Körpermitte schweifen. Der Bauch, der sich unter seiner Uniformjacke wölbte, sprach Bände. Als der Wächter erkannte, was sie damit sagen wollte, schnaufte er und zog pikiert seine Uniform zurecht. »Also gut, bring ihn rein. Aber wäre der Herr Amtmann da, hätte ich es dir nicht gestattet.« Damit nahm er sein Schlüsselbund und schlurfte zur Zelle.

Als er die Tür so weit geöffnet hatte, dass der Korb hindurchpasste, stemmte er den Fuß dagegen. Wahrscheinlich, um so einen Ausbruch zu verhindern.

Annalena sah zu Johann. Sie wartete auf ein Zeichen, dass sie ihm helfen sollte, hier rauszukommen. Den Wächter niederzuschlagen würde nicht leicht sein, aber vielleicht gab es eine andere Möglichkeit, ihn außer Gefecht zu setzen.

Doch Johann entfernte sich vom Gitter. Wollte er hierbleiben? Oder wusste er, dass ein Ausbruchsversuch töricht war?

Annalena stellte den Korb ab und schob ihn mit dem Fuß durch den Türspalt. Der Wächter schloss daraufhin wieder ab.

»Bitte, ich möchte einen kurzen Moment mit ihm sprechen«, rief Annalena schnell, bevor der Wächter sie wegschicken konnte. »Die Frau Kirchmaier hat gesagt, dass ich etwas ausrichten soll, etwas Privates.«

Der Wächter verzog unwillig das Gesicht. Doch der Name Kirchmaier ließ auch ihn einwilligen. Schnaufend zog er sich zurück und setzte sich wieder auf seinen Stuhl, doch anstatt sein Nickerchen fortzusetzen, beobachtete er sie argwöhnisch.

Annalena trat so nah wie möglich an das Gitter. Johann kam zu ihr, so dicht, dass sie die Wärme seines Körpers spüren konnte.

»Nun, was willst du mir ausrichten?«, fragte er vorsichtig und warf einen Blick über ihre Schulter auf den Wächter. Es schien, als würde er abschätzen, wie leise er sprechen musste, damit er sie nicht hörte.

»Die Frau Kirchmaier macht sich Sorgen um Euch und will

wissen, ob es Euch gutgeht.« Annalena hoffte, dass Johann verstand, dass sie eigentlich etwas anderes sagen wollte.

»Mir geht es gut«, antwortete Johann, jetzt leiser, und trat noch ein Stück näher ans Gitter heran.

In seinem Haar hing noch immer der Geruch des Bettleinens und der Speisen, von deren Ausdünstungen die Schenke erfüllt war. Ein kleiner Hauch des Laborgeruches, der seine Kleider nie verließ, war ebenfalls an ihm wahrzunehmen. Sie sehnte sich so sehr danach, ihn zu berühren, doch Johann, der ihre Absicht erkannte, zog warnend die Augenbrauen hoch.

»Annalena, du musst mir einen Gefallen tun«, flüsterte er dann so leise, dass selbst sie Schwierigkeiten hatte, ihn zu verstehen. Sie hielt die Luft an und lauschte. »Bring mir die Goldmünzen, die ich neben dem Kamin versteckt habe.«

»Willst du etwa …«

Johann legte ihr den Finger auf die Lippen, bevor sie den Satz zu Ende sprechen konnte. »Diese Münzen sind vielleicht der Preis für die Freiheit.«

Das konnte nur bedeuten, dass er die Wächter bestechen wollte. Doch bei Johanns nächsten Worten lief ihr ein kalter Schauer über den Rücken.

»Sie wollen, dass ich eine Transmutation durchführe«, fuhr er fort. »Sei also darauf gefasst, dass der Amtmann in die Schenke kommt. Er wird mein Bündel abholen. Aber lass ihn nicht an die Münzen kommen.«

»Sie wollen …«

»Ja, aber damit habe ich gerechnet. Und es gibt mir auch ein wenig Zeit, um alles zu durchdenken. Hole mir nur die Münzen, dann wird alles gut werden, das verspreche ich dir.«

Annalena nickte, bereit, ihm zu glauben, denn einen anderen Halt als seine Zuversicht hatte sie in diesem Augenblick nicht.

»So, es ist genug mit dem Reden!«, rief der Wächter plötzlich und erhob sich ächzend von seinem Stuhl. Vermutlich schlief er nicht gern in Anwesenheit von Menschen, die sich nicht hinter Gittern befanden.

»Sag der Frau Kirchmaier schönen Dank für ihre Gabe und dass ich hoffe, das Missverständnis bald aufklären zu können«, sagte Johann laut, damit der Wächter sie diesmal auch sicher hörte.

»Das werde ich«, antwortete Annalena. Nur zu gern hätte sie Johann durch die Gitterstäbe hindurch geküsst, doch das war unmöglich. Sie konnte nur hoffen, dass der Wächter nichts von ihrer Unterredung mitbekommen hatte.

Schweren Herzens musste Annalena nun die Wachstube verlassen. An der Tür sah sie sich noch einmal zu ihm um, und der Anblick, wie Johann da hinter den Gittern stand, presste ihr das Herz zusammen. Ihr stiegen Tränen in ihre Augen, doch bevor er oder der Wachmann sie bemerken konnten, wandte sie sich um und stieg die Treppe hinab.

Der Wind draußen war nun schärfer geworden und zerrte heftig an ihrem Schultertuch, als sie über den Schlosshof in Richtung Tor strebte. Die Wachen dort hatten dem Wein offensichtlich schon kräftig zugesprochen. Noch war der Amtmann weit und breit nicht zu sehen, doch wenn sie so weitermachten, würden sie ihn bei seiner Rückkehr wohl lallend begrüßen. Allerdings waren sie nicht so betrunken, dass sie nicht bemerkt hätten, dass Annalena wieder zurück war.

»He, willst du nicht mit in meine Kammer kommen und dich von mir ein wenig aufwärmen lassen?«, rief der ältere Wächter und erntete trunkenes Gelächter von seinem Nebenmann.

Annalena ignorierte das Angebot und begann zu rennen. Der Krug, den sie eigentlich hatte wiederhaben wollen, war ihr einerlei. Sie musste die Dukaten holen, bevor sie jemand an sich nehmen konnte.

Ein paar Schneeflocken, die den Weg zum Boden noch nicht überleben würden, legten sich feucht und kalt auf ihre Wangen, doch dies nahm sie nicht einmal wahr. Als sie die Schenke fast erreicht hatte, tönten ihr Schritte entgegen. Annalena stoppte abrupt und lauschte. Sie hörte fast sofort, dass es nicht die Schritte von Leuten waren, die weinselig aus der Schenke kamen. Dazu klangen sie zu gleichförmig. Es mussten Soldaten sein. Rasch drückte sie sich in den Schatten eines Torbogens und beobachtete dann die Männer, die an ihr vorübergingen. Es waren tatsächlich Soldaten, in derselben Uniform, die auch die Turmwächter getragen hatten. In ihrer Mitte ging ein dicklicher Mann im pelzverbrämten Mantel und mit gepuderter Perücke auf dem Kopf. Das musste der Amtmann sein.

Annalena dankte Gott dafür, dass er den Wächter dazu gebracht hatte, sie aus dem Turm zu schicken. Wäre sie ein paar Minuten länger geblieben, wäre sie dem Amtmann direkt vor den Schlosstoren in die Arme gelaufen. Nun mochte er zwar erfahren, dass Johann Besuch gehabt hatte, er würde jedoch nicht wissen, wie sie aussah.

Zudem war sie sich recht sicher, dass er bei einer Magd der Witwe Kirchmaier nicht argwöhnen würde, dass sie jemand war, der beinahe alles tun würde, um Johann seinen Fängen zu entreißen.

Während Röber gemütlich vor dem Kamin saß und seine Pfeife rauchte, gingen ihm die Ereignisse der vergangenen Tage noch einmal durch den Kopf. Vieles war so gekommen, wie er gehofft hatte – und einiges ganz und gar nicht.

Es war für den Kaufmann wie eine Offenbarung gewesen, Annalena durch die Stadt gehen zu sehen. Er war seit einer Woche mit den beiden preußischen Spionen, die sich ihm mittlerweile als Marckwardt und Schultze vorgestellt hatten, in der Stadt gewesen und hatte immer mehr das Gefühl gehabt, dass ihnen das Glück abhold sei. Kirchmaier war verstorben, und sie fanden keinerlei Hinweis auf Böttger.

Doch dann hatte er sie gesehen.

Sie war über den Markt geschlendert, den Körper in warme Kleider gehüllt, doch ohne Haube auf dem Kopf. Wie ein Trauerflor waren ihre schwarzen Haare hinter ihr hergeweht. Der Drang, sie bei diesen Zigeunerhaaren zu packen und sich für die erlittene Schmähung zu rächen, war beinahe übermächtig. Noch immer verspürte er zuweilen ein Zucken in der Schläfe, an der sie ihn erwischt hatte. Hätte ein Mann dieses Glas auf seinen Kopf geschmettert, wäre er sicher tot gewesen.

Doch er beherrschte sich, denn ohne es zu wissen, hatte sie ihm nun den Goldmacher in die Hände gespielt. Allerdings fand er es betrüblich, dass der Herr Amtmann Dr. Ryssel so engstirnig war. Zunächst hatte es so ausgesehen, als würden sie ein leichtes Spiel haben. Kaum wussten sie, dass Böttger hier war, hatten sie den Leutnant der Gardetruppe, die ihnen gefolgt war und jetzt vor den Toren Wittenbergs lagerte, vorgeschickt, um Ryssel mitzuteilen, dass sich eine verdächtige und aus Preußen flüchtige Person in den Mauern der Stadt aufhielt. Der Amtmann selbst war nicht anwesend gewesen, dafür aber sein Actuarius Rappe. Dieser nahm den Bescheid des Leutnants auf und versprach, ihn an seinen Vorgesetzten weiterzuleiten.

Doch dann war etwas geschehen, womit weder der Leutnant noch Schultze oder Marckwardt gerechnet hatten. Ryssel ließ Böttger zwar festnehmen, aber er lieferte ihn nicht aus.

Röber sah sich daraufhin genötigt, ebenfalls bei dem Amtmann vorzusprechen, und auch er geriet nur an den Actuarius. Diesem erzählte er nun, dass Böttger wegen betrügerischer Goldmacherei gesucht wurde, in der Hoffnung, dass sich der Amtmann dadurch genötigt sehen würde, ihn auszuliefern. Doch das Gegenteil war der Fall. Ryssel erkannte offenbar den Wert seines Gefangenen, und nun hatten sie den Schlamassel …

Ein Klopfen an seine Kammertür holte ihn aus seinen Gedanken fort. »Herein«, rief er, worauf seine beiden Begleiter eintraten.

Sie schienen nahezu aus der Finsternis herauszuwachsen, mit den schwarzen Kleidern waren sie nur durch ihre blassen Gesichter von der Dunkelheit des Ganges zu unterscheiden.

»Was bringt Ihr an Neuigkeiten?«, fragte der Kaufmann, nachdem sie die Tür wieder zugezogen hatten.

»Der Versuch wird in zwei Tagen stattfinden«, sagte Marckwardt. »Danach wird man einen Kurier gen Dresden schicken, denn es steht wohl außer Frage, dass der Goldmacher die Prüfung besteht.«

Röbers Auge zuckte. Das war eine nervöse Angewohnheit, die ihn seit Böttgers Flucht quälte. Vielleicht rührte sie auch vom Schlag auf den Kopf her. Wie gern würde er dieses verkommene Weibsstück dafür zur Rechenschaft ziehen! Doch zuerst galt es, Böttger in die Finger zu bekommen, und da die Soldaten vor den Toren Wittenbergs keine große Hilfe waren, mussten Röber und die beiden Spione sich auf sich selbst verlassen.

»Und was sollen wir tun, wenn sie Böttger nicht rausrücken?«, fragte der Krämer.

»Nun, es gibt zweierlei Möglichkeiten«, entgegnete Marckwardt. »Entweder entführen wir ihn oder wir drohen dem Amtmann.«

»Eine Drohung wird ihn nicht einschüchtern, er hat den Kurfürsten auf seiner Seite«, entgegnete Röber. »Außerdem könntet Ihr in Schwierigkeiten kommen, wenn Ihr unseren Soldaten befehlt, die Stadttore zu durchqueren. König Friedrich wird kaum Krieg mit Sachsen wollen.«

Die Spione schienen sich dessen bewusst zu sein. »Dann bleibt eben nur die Entführung«, meldete sich Schultze zu Wort.

»Böttger wird sich nach Leibeskräften wehren, wenn er weiß, dass die Reise nach Preußen geht. Das fürchtet er weiß Gott mehr, als vor den sächsischen Kurfürsten zu treten.«

»Vielleicht sollten wir es auf diplomatischem Wege versuchen«, schlug Schultze daher vor. »Ich könnte zurück nach Cölln reiten und um Rat bitten. Der Herr Kolbe könnte ein Schreiben an den Amtmann senden.«

Röber bezweifelte, dass ein Schreiben des Premierministers zu etwas nütze war. Aber seinetwegen, sollte Schultze nach Cölln reiten. Böttger würde nicht davonlaufen, im Schloss saß er sicher hinter Gittern.

»Und was ist mit den Soldaten?«, fragte Röber. »Wollt Ihr sie noch weiter vor der Stadt warten lassen? Der König könnte sie vielleicht anderweitig gebrauchen.«

»Der König hat diese Männer eigens zu diesem Zweck abgestellt«, entgegnete Marckwardt. »Falls Ihr Euch Sorgen um die Belohnung macht, die steht Euch zu, auch dann, wenn Böttger dem Leutnant ausgeliefert wird.«

Genau das war Röbers Sorge gewesen. Aber was war, wenn sich die Soldaten von Böttger narren ließen, so dass er aus ihrer Obhut verschwinden konnte? Nein, was Böttger anging, musste er auf Nummer sicher gehen. Er war überzeugt, dass seine Präsenz wirksamer war als irgendwelche Fesseln allein – immerhin stand Böttger in seiner Schuld. Und auch wenn er von diesem Weibsstück dazu verleitet worden war zu fliehen, war er im Grunde seines Herzens doch ein guter Bursche, dem angesichts seines Gläubigers der Mut sinken und der sich seiner Schuld erinnern würde. »Denkt aber daran, dass ich den Goldmacher begleiten will, wenn er inhaftiert wird. Ich habe noch einiges mit ihm zu bereden.«

Schultze und Marckwardt sahen sich erst an und nickten dann. »Solange Ihr keine Anstalten macht, ihm den Stein der Weisen abzunehmen, soll es uns egal sein.«

»Meine Herren, Ihr beleidigt mich!«, rief Röber empört aus. »Glaubt Ihr wirklich, ich würde es über mich bringen, Seine Majestät zu betrügen?«

Doch wo sie es schon erwähnen, fügte er in Gedanken hinzu. *Ich wäre doch dumm, wenn ich das Rezept nicht an mich nehmen würde. Eine rasch angefertigte Abschrift würde schon genügen.*

Die Spione sahen ihn an, als würden sie ihm alles zutrauen, doch sie hatten nichts gegen seinen Wunsch einzuwenden. »Gut, Ihr sollt Euren Platz neben ihm bekommen«, sagte Marckwardt. »Aber erst einmal müssen wir ihn haben.«

»Ich werde auf dem Weg aus der Stadt mit dem Leutnant sprechen und ihn anweisen, darauf achtzugeben, dass der Junge nicht heimlich aus der Stadt gebracht wird«, fügte Schultze hinzu und machte sich sogleich an die Reisevorbereitungen.

Röber erhob sich und trat an das Fenster der Kammer. Eine Gestalt mit langen dunklen Haaren huschte auf der Straße gerade vorbei und brachte den Gedanken an seine ehemalige Magd zurück. Doch da sie selbst Böttger nicht aus dem Turm befreien konnte, war er nicht beunruhigt. Er würde schon dafür sorgen, dass sie ihn nicht wiedersah und seine Pläne vereitelte – und wenn das Glück auf seiner Seite war, würde er vielleicht sogar Rache an ihr nehmen können.

Annalena hatte gedacht, dass es beim zweiten Mal schwieriger werden würde, bis zu Johann vorzudringen. Diesmal hatte sie keinen Wein dabei, und sie wollte auch keinen Dukaten an die Wächter verschwenden. Doch allein das Versprechen, ihnen beim nächsten Mal wieder eine Weinflasche mitzubringen, reichte, um von den Torwachen hereingelassen zu werden.

Während sie die Stufen des Turmes erklomm, musste sie wieder daran denken, wie sie Johanns Studentenkammer vorgefunden hatte, als sie gestern Nacht zurückgekehrt war. Der Amtmann hatte die Kammer mit seinen Leuten durchsucht. Sie hatten die Tasche mitgenommen, in der das Arkanum und einige andere Zutaten für seine Experimente gesteckt hatten, doch den Beutel mit den Dukaten hatten sie zum Glück nicht gefunden. Es war ihnen anscheinend nur um den Stein der Weisen gegangen – und um das Gold, das sie sich von Johann erhofften. *Gold, immerzu nur Gold*, dachte sie und wünschte sich voller Inbrunst, dass Johann in einer anderen Wiege gelegen hätte. Wenn er als Sohn eines Henkers geboren wäre, hätten sie ein glückliches Leben führen können, missachtet zwar von den Leuten der Stadt, aber dafür voller Liebe.

Nun stand sie erneut vor dem Gitter und spürte den Blick des Wächters zwischen den Schulterblättern.

»Hast du sie?«, fragte Johann, und Annalena nickte. Sie nahm das kleine Bündel, in dem die Münzen eingewickelt waren, hervor und steckte es Johann unbemerkt von dem Wächter zu, der unterdessen mit dem Messer seine Nägel auskratzte.

»Ich danke dir.« Annalena nickte, in der Hoffnung, dass sie Johann bald wieder in die Arme schließen konnte.

Er schaute hinüber zum Wächter, dann zog er unter seinem

Hemd ein Heftchen hervor, in das er ein klein gefaltetes Blatt lose eingelegt hatte. Er nahm das Papierstück hervor und reichte es ihr, ebenfalls so, dass der Wärter nicht darauf aufmerksam wurde. »Bring das dem Herrn Johann Kunckel von Löwenstein. Du erinnerst dich doch, dass ich dir von ihm erzählt habe?«

Annalena nickte und verstaute den Zettel unter ihrem Leibchen.

»Er wird dir zuhören, wenn du ihm den Zettel zeigst. Bitte ihn, mir eiligst zu helfen. Ich werde solange versuchen, die Männer hier bei Laune zu halten.«

»Und die Preußen? Ich habe gehört, dass sie vor der Stadt lagern.«

»Sie werden mich nicht in die Finger bekommen, wenn ich den Amtmann überzeuge, dass ich nur dem Kurfürsten dienen will. Dieser Ryssel ist kein Dummkopf. Er verspricht sich allerhand davon, seinem Herrn einen Goldmacher zu liefern, und diese Chance wird er nicht so leicht verspielen. Erst einmal werde ich ihm mein Kunststück vorführen und ihn dazu bringen, mich als wertvoll anzusehen. Dann sehen wir weiter. Nur reite du jetzt, so schnell du kannst zu Kunckel.«

»Und wo kann ich ihn finden?«

»Soweit ich weiß, ist er wieder auf sein Gut nahe Dresden zurückgekehrt. Die Leute dort werden es kennen und dir Auskunft geben können.«

Annalena nickte unter Tränen. Plötzlich streckte Johann seinen Kopf vor und seine Lippen berührten durch die Gitterstäbe die ihren. Für einen kurzen Moment schmeckte sie ihn, dann zog er sich wieder zurück. Da keine Rüge seitens des Wachmannes erfolgte, schien er es nicht mitbekommen zu haben.

»Wir sehen uns bald wieder. In Freiheit«, versprach Johann ihr. »Bring du nur das Schreiben zu meinem Freund und pass auf dich auf. Die Wälder in der Gegend sind gewiss nicht sicher, beeil dich also, dass du durch sie hindurch kommst.«

»Keine Sorge, ich reite schnell und bin wieder hier, ehe du dich versiehst.« Mit diesen Worten und einem Lächeln, das hoffentlich strahlend genug war, damit Johann es in seiner Erinnerung behalten würde wie einen Schatz, verabschiedete sie sich von ihm und verließ den Turm. Noch vor Einbruch der Dunkelheit würde sie sich auf den Weg machen.

15. Kapitel

Aus den geheimen Aufzeichnungen des Johann Friedrich Böttger:

Der Morgen graut, und meine Gedanken sind bei A. Ich hoffe, dass sie meinen Freund Kunckel schnell und sicher erreicht. Er ist ein sehr einflussreicher Mann, und vielleicht gelingt es ihm, mir zu Hilfe zu kommen.
Noch in dieser Nacht hat mich der Herr Amtmann aufgesucht und mir zwei Schreiben vorgelegt. Meine Auslieferung sei unausweichlich, betonte er, es sei denn, ich protestiere dagegen. Als ich darauf hinwies, dass ich das bereits getan hätte, meinte er nur: »Schriftlich. Ihr müsst schriftlich protestieren.«
Er wusste, dass ich darauf eingehen würde, und hatte bereits zwei kunstvoll ausgefertigte Schreiben bei sich. Ihr Wortlaut war sehr verklausuliert, doch ich war sicher, dass diese

Papiere nicht zu meinem Nachteil waren. Sie werden mich vielmehr vor dem Galgen bewahren, der in Preußen auf mich wartet.
Ein Schreiben soll nach Cölln gehen, das andere nach Dresden, zum gnädigen Kurfürsten August. Letzteres wird mich dem Schutz des Sachsenfürsten anbefehlen. Natürlich wird dieser mir nicht die Freiheit gewähren, ohne dass ich eine Gegenleistung erbringe. Doch ist dies besser als die Auslieferung an Röber und die Soldaten, die meinetwegen vor der Stadt lagern.
Ich unterzeichnete also ohne langes Nachsinnen und stellte mir dabei hämisch vor, was für ein Gesicht Röber ziehen würde, wenn er von diesen Schreiben erfuhr. Mein Wohltäter, der mich so schändlich verraten hat. Zur Hölle soll er fahren und die Preußen mit ihm!
Der Amtmann zog daraufhin von dannen und ich blieb in meiner Zelle zurück, von deren Fenster aus ich einen sehr schönen Blick auf die Elbe habe. Ich würde mich nicht scheuen, mich in die Fluten zu werfen und mein Schicksal dem kalten Wasser und meinen Schwimmkünsten anzuvertrauen, doch das Fenster ist vergittert und die Höhe auch nicht ganz unbeträchtlich, so dass ich einen Sprung wohl kaum überstehen würde. Doch meine Gedanken rauschen mit dem Fluss dahin, und mir gefällt der Gedanke, dass A. dort draußen ist und vielleicht gerade am Flussufer entlangreitet.
Geliebte A., meine letzte Hoffnung …
Doch bevor ich mich wieder in der Erinnerung an meine liebe Freundin verliere, will ich noch berichten, dass heute ein preußischer Leutnant bei Dr. Ryssel vorgesprochen hat. Er wolle nicht eher aus dem Schloss weichen, bis ich ausgeliefert würde. Ryssel, der die von mir unterzeichneten

Schreiben bereits dem Kurier zur Auslieferung übergeben hatte, sagte ihm darauf nur, dass es ihm freistünde, die Zelle neben mir zu beziehen.
Ich habe jetzt also einen Zellennachbarn, und auch wenn ich mir eine bessere Gesellschaft vorstellen kann, entlockt mir dieser Umstand ein breites Lächeln, denn ich weiß, dass der Herr Leutnant sich auf einen ziemlich langen Aufenthalt wird einrichten müssen, und das, so Gott und Sachsens gesalbter Herrscher es wollen, vollkommen umsonst.

Begleitet vom protestierenden Krächzen einiger aufflatternder Krähen preschte Annalena an einem weiteren reifbedeckten Feld vorbei gen Süden. Während die Hufe unablässig auf den Boden stampften und Dreckklumpen hinter sich aufwirbelten, konnte sie die ganze Zeit über nur daran denken, was passieren würde, wenn die Preußen Johann in die Finger bekamen.

Sie kannte den König nur vom Hörensagen, doch sie wusste um die Gerechtigkeit höherer Herren. Ein Ratsherr unterschied sich sicher nicht wesentlich von einem gekrönten Haupt. Johann musste fort aus Wittenberg, und zwar so schnell wie möglich!

Nachdem sie sich in der ersten Nacht nur kurz ausgeruht hatte, tauchte in den Nachmittagsstunden des zweiten Tages Dresden vor ihr auf. Ein wenig erinnerte sie die Stadt an Berlin, denn auch durch sie schlängelte sich ein breiter Fluss. Mehrere Kirchen reckten ihre Türme in den Himmel, die Wehranlagen waren trutzig und eine lange steinerne Brücke führte über den Fluss.

Annalena sprengte über die Steine hinweg, und angesichts der Geschwindigkeit, mit der sie an den Menschen auf der Brücke vorbeistob, schüttelten einige missbilligend die Köpfe oder hoben sogar die Fäuste. Selbst die Leute auf den Kähnen unterhalb der Brücke wandten sich um.

Annalena schenkte ihnen keine Beachtung. Der Hufschlag dröhnte in ihren Ohren, und erst, als sie die Torwächter sah, brachte sie das Pferd dazu, langsamer zu laufen und schließlich ganz anzuhalten.

»Sagt, wo finde ich den Herrn Johann Kunckel von Löwenstein?«, fragte Annalena einen der Torwächter, die ihren Unterstand verlassen hatten, um nachzuschauen, wer da wie der Teufel auf ihr Tor zugeritten kam.

Als sie sahen, dass es eine Frau war, wirkten sie doch ziemlich überrascht. So überrascht, dass sie überhaupt nicht auf ihre Frage reagierten.

»Johann Kunckel, wo finde ich ihn bitte?«, wiederholte sie, und endlich antwortete der Wächter: »Das gönnen mir dir ooch nich sachn, mir gennen nisch alle Leude in der Schdadd.«

Annalena blickte die Wächter erstaunt an. Zunächst hatte sie kaum ein Wort verstanden, und erst, als sie die Worte rekapitulierte, kam sie dahinter, was der Wächter gemeint hatte.

»Was guggsde so?«, fragte der Wächter nun. »Biste vielleechd daub?«

Nein, ich habe dich nur nicht verstanden, dachte Annalena, aber da der Mann ohnehin keine Hilfe war, bedankte sie sich und trieb das Pferd wieder an. Der Hufschlag hallte dumpf, als sie den Torbogen durchquerte, und die Blicke der Wächter, die nun ebenfalls den Kopf schüttelten, folgten ihr.

Ein Marktplatz, ging es Annalena durch den Sinn. *Vielleicht weiß man dort, wo sich das Gut von Kunckel befindet.* Sie folgte der Straße und wich geschickt den Passanten aus, die ihr dennoch ein paar Flüche hinterherschickten. Sie wusste nicht, wo es hier in Dresden einen Marktplatz gab, doch vor jeder

Kirche gab es einen großen freien Bereich, und wenn dort kein Markt sein sollte, so doch sicher einige Leute, die ihr weiterhelfen konnten. Sie suchte sich also einen der hoch aufragenden Kirchtürme der Stadt aus und ritt darauf zu.

Zwischen den anderen Gebäuden erhaschte sie kurze Blicke auf ein Schloss. Soweit sie es erkennen konnte, war es zum Teil abgebrannt, während die noch stehenden Mauern vielfach schwarze Rußspuren zeigten. Sie fragte sich, ob das wohl das Schloss des Kurfürsten war und wo er jetzt wohnte.

Aber um hohe Herren brauchte man sich keine Gedanken zu machen. Noch nie hatte es einen König gegeben, der kein Dach über dem Kopf hatte. Selbst im Felde bekam der König immer das beste Zelt, und gewiss besaß ein Kurfürst nicht nur das eine Schloss.

Nachdem sie eine weitere Gasse durchquert hatte, tat sich vor ihr ein großer Platz auf. Zahlreiche Menschen waren hier unterwegs oder standen zusammen, um einen Plausch zu halten. Annalena sah bunte Röcke und helle Kleider unter wollenen Mänteln, manche Leute trugen gegen die Kälte des einkehrenden Winters Pelze auf den Schultern, die Männer verbargen ihre Haartracht unter breitkrempigen Hüten.

Sie selbst hatte nichts weiter als einen wollenen Umhang, aber mittlerweile hatte sie sich an die Kälte gewöhnt. Wäre sie zu Fuß unterwegs gewesen, hätten die Leute sie gewiss übersehen, doch da sie hoch zu Ross war, blickten einige von ihnen zu ihr auf. Ihre Blicke verweilten kurz auf ihrem groben Kleid, dem Umhang, den schmutzigen Beinen und den Holzpantinen, an denen ebenfalls Dreck klebte, bevor sie sich wieder abwandten. Einige Männer sahen ihr ins Gesicht oder bewunderten ihr Haar, doch meist senkten sie ihren Blick gleich wieder und widmeten sich weiter ihren Gesprächen.

Bevor sich Annalena entschließen konnte, einen der Vorübergehenden anzusprechen, ertönte ein lautes Krachen. Eine Kutsche war mit einem Händlerkarren zusammengeprallt. Während die Kutscher begannen, aufeinander einzuschimpfen, entdeckte Annalena etwas, das ihr das Blut gefrieren ließ.

Ein Kind war unter eine der Kutschen geraten.

Die Fuhrleute bemerkten es nicht, und auch die Umstehenden blickten nur auf die Wagen und die beiden Streithähne. Der Junge lag neben einem der Räder und seine Kleider färbten sich bereits rot.

Annalena trieb ihr Pferd an und verschaffte sich durch seinen massigen Leib den nötigen Platz. Die Leute sprangen erschrocken zur Seite, wieder hagelte es Flüche. Bei den Wagen angekommen sprang sie vom Pferd und kroch, ohne dass die Wagenlenker es mitbekamen, unter das umgestürzte Gefährt.

»Kleiner, kannst du mich hören?«, fragte sie, doch der Junge antwortete nicht. Der Schmerz musste ihm das Bewusstsein genommen haben. Annalena tastete nach seiner Brust und spürte erleichtert, dass das Herz noch schlug.

»Ä Kind!«, kreischte plötzlich eine Frauenstimme. »Under dem Waachn is ä Kind!«

Annalena hörte nicht darauf und zog den Jungen unter dem Wagen hervor. Soweit sie es erkennen konnte, war das größte Problem eine große Wunde am Oberschenkel, die kräftig blutete.

Von ihrem Vater wusste sie, dass die Adern an den Beinen sehr groß waren und man in kurzer Zeit verbluten konnte, wenn keine Aderpresse angelegt wurde.

Nur ein einziges Mal hatte sie in Walsrode solch eine Behandlung durchgeführt, an einem Mann, der sich an einer gesplitterten Wagendeichsel verletzt hatte. Der Körper eines Kindes unterschied sich nicht wesentlich von dem eines Erwachsenen, nur war er kleiner und die Menge des Blutes, das die Adern führten, wesentlich geringer. Sie musste sich also beeilen. Andere Leute liefen herbei, Rufe nach dem Chirurgus wurden laut.

Angebote, ihr zu helfen, schlug Annalena aus und vertrieb entschlossen alle Leute, die versuchten, ihr den Jungen zu entreißen. »Ich weiß, was ich tue! Geht weg, sonst stirbt er!«

Keine Unsicherheit war in ihrer Stimme, und es war ihr auch egal, wen sie anschnauzte. Alles, was zählte, war das Kind vor ihr. Flink riss sie sich ein Stück vom mürbe gewordenen Rocksaum ab, dann griff sie nach einem Stück Holz, das von dem Kutschenrad abgebrochen war. Wie es ihr Vater ihr einst gezeigt hatte, legte sie damit eine Aderpresse.

»Martin!«, brüllte plötzlich eine Stimme, doch Annalena kümmerte sich nicht darum. Sie zog den Stoff so straff sie nur konnte und verknotete ihn dann. Der Blutfluss ebbte sofort ab, dennoch war das Gesicht des Jungen sehr weiß, weißer, als es hätte sein dürfen. Bevor Annalenas Hand seine Wangen erreichen konnte, wurde sie hart zurückgerissen.

»Was machst du mit meinem Sohn?«, fuhr sie ein wütender Mann an. Seine Perücke hing ihm schief vom Kopf und in seinen Augen glänzte Zorn.

»Ich habe ihm eine Aderpresse gelegt«, antwortete sie ruhig. »Er war unter einen der Kutschwagen gekommen, wie die Leute hier bezeugen können. Ich wollte ihm nur helfen.«

Der Mund des Mannes öffnete sich, wahrscheinlich um eine Schimpftirade loszulassen, aber dann fiel sein Blick auf seinen Sohn, auf die Blutlache unter ihm und auch auf den Verband, der den Blutfluss offensichtlich gestoppt hatte. Er klappte den Mund wieder zu.

»Bringt ihn am besten schnell zu einem Medikus«, sagte Annalena und hob den Jungen auf ihre Arme. Er war vielleicht acht Jahre alt und schwer für ihre dünnen Arme, aber sie brauchte ihn nur einen kurzen Moment zu halten, dann übernahm ihn der Vater, der noch immer sprachlos war.

»Sag mir deinen Namen«, brachte er schließlich hervor.

»Annalena«, antwortete sie und verzichtete darauf, ihren Nachnamen zu nennen. »Wo kann ich Euch finden, um nach dem Jungen zu sehen?«

»Ich heiße Tilman Heinrich und wohne in der Scheffelgasse.« Mehr sagte er nicht, sondern lief los, seinen ohnmächtigen Sohn auf den Armen.

Annalena blickte ihm nach und spürte die Blicke der Leute auf sich. Hinter ihr machten sich ein paar Männer daran, das umgekippte Fuhrwerk wieder aufzurichten, doch dafür schienen die Umstehenden kein Interesse zu hegen.

Als Annalena den Mann aus den Augen verlor, blickte sie an sich hinab und sah, dass ihre Kleider und Hände voller Blut waren. Sicher würde der Herr Kunckel einen gewaltigen Schrecken bekommen, wenn er sie so sah, aber daran war jetzt nichts mehr zu ändern. Sie spürte die Blicke genauso unangenehm auf sich, wie den Schweiß, der jetzt, da die Aufregung vorbei war, einen kalten Film auf ihrer Haut bildete. Sie ging rasch zu ihrem Pferd und schwang sich wieder auf seinen Rücken.

Tilman Heinrich in der Scheffelgasse, wiederholte sie im Kopf, um sich den Namen einzuprägen. Sie erwartete keinen Dank, war es dem Jungen aber schuldig, dass sie sich nach seinem Befinden erkundigte. Das hatte sie bisher mit jedem so gehalten, den sie behandelt hatte.

Doch jetzt musste sie wieder an den Brief für Kunckel denken. »Verzeiht, kann mir einer von euch sagen, wo ich den Herrn Kunckel von Löwenstein finden kann. Johann Kunckel«, wandte sie sich an die Umstehenden, die sie noch immer mit einer Mischung aus Bewunderung und Entsetzen ansahen.

»Da mussde aus dor Schdadd naus«, rief schließlich eine Frau. »Däs Gud ist ä baar Meilen ösdlisch von hier. Da reidsde am besden durch das Birnaer Dor.«

Annalena hatte keine Ahnung, welches Tor sie meinte, aber wenn sie es genauso aussprach, wie es die Frau getan hatte, würden ihr weitere Leute sicher den Weg weisen können.

»Habt vielen Dank«, entgegnete sie und trieb unter den Blicken und dem Getuschel der Menschen ihr Pferd Richtung Osten an.

Der zerlumpte Mann hatte den Tumult auf dem Marktplatz ebenfalls mitbekommen, doch er kümmerte sich nicht darum. Was ging ihn schon das Schicksal anderer Leute an?

Er war auf dem Weg zur Ratsfronfeste in der Großen Frongasse. Dort befand sich nicht nur das Stockhaus, in das Gefangene eingeschlossen wurden, dort hatte auch der Henker der Stadt seinen Sitz. Wenn man den Leuten aus der umliegenden Gegend glauben durfte, war sein Name Christian Pötzsch, und er sollte ein wirklich guter Henker sein. Vermutlich brauchte er keinen Knecht, aber er wollte es trotzdem bei ihm versuchen. Auch wenn er keinerlei Referenzen vorzuweisen hatte.

Ein bitteres Lächeln stahl sich auf seine Lippen, als er in die Gasse einbog. Über ein halbes Jahr war es nun her, dass ihm seine Frau entwischt war, ein halbes Jahr, das sein Leben komplett verändert hatte. Wahrscheinlich lachten sämtliche Henkersfamilien in Mecklenburg und Niedersachsen inzwischen über den Namen Peter Mertens.

Er hatte zuerst bei Annalenas Verwandten nach ihr gefragt. Die Rachsucht war wie ein Wolf gewesen, der sich durch seine

Eingeweide fraß. Sie wuchs mit jedem Mal, wenn er die Antwort erhielt, man habe Annalena nicht gesehen. Bald schon eilte ihm sein Ruf voraus und die Verwandten seiner Frau erwarteten ihn bereits, doch keiner von ihnen konnte oder wollte helfen. Angesichts des Wahns, der aus seinen Augen sprach, wünschten viele Annalena insgeheim Glück.

Danach hatte er die größeren Städte und ihre Umgebung abgesucht. Verwandte hatte sie dort nicht, aber die örtlichen Henkersfamilien würden ihr sicher Obdach gewähren. Immerhin gab es den ungeschriebenen Ehrenkodex, dass Henker und ihre Familien anderen Mitgliedern ihres Standes Schutz und Hilfe boten, wenn sie es ersuchten.

In Oranienburg war er erfolglos gewesen, obwohl er in der Nähe, in einem verlassenen Gehöft im Wald, endlich eine Spur gefunden hatte, die ihn allerdings auch nicht weiterbrachte. Danach hatte er in Berlin nachgefragt, doch der Henker kannte keine Frau dieses Namens. Er war nach Frankfurt weitergezogen, doch auch der dortige Henker wusste nichts von einer Lübzer Henkerstochter. Weiter war die Reise nach Wittenberg und Leipzig gegangen, aber auch dort keine Spur von ihr. Als er die letzte Stadt ohne ein Ergebnis verließ, verfluchte er die Größe des Reiches und seiner Städte, die unendlich viele Verstecke für eine Flüchtige boten.

Es gab auch zu viele Frauen mit Haaren wie Krähengefieder. Einige von ihnen hatte er ausfindig gemacht, aber nur, um festzustellen, dass sie es nicht war. Vermutlich würde es besser sein, wenn er die Suche aufgab und erst einmal wieder dafür sorgte, dass sich seine Taschen füllten. Vielleicht war das elende Teufelsweib auch in irgendeiner Gosse verreckt. Geschähe ihr recht.

Nach Walsrode zurückkehren konnte er nicht, wahrscheinlich hatte ihn sein alter Meister bereits in Grund und Boden geflucht. Auch war er viel zu weit von seiner alten Heimat entfernt und hatte dort obendrein sein Gesicht verloren. Nein, er wollte sich dieser Schmach nicht ergeben. Er beschloss also, weitere Städte Sachsens zu bereisen, in der Hoffnung, dass irgendwo ein Knecht gebraucht wurde – und dass jemand von Annalena gehört hatte.

Zuvor war er in Freiberg gewesen, wo man ihm gesagt hatte, dass er beim Pötzsch in Dresden nachfragen sollte. Und jetzt war er hier.

Nach einer Weile bog er in die Große Frongasse ein. Die Ratsfronfeste war nicht zu übersehen. Es war ein riesiges Gebäude mit einem kleinen Turm zur Straße hin. Der Henker, der hier sein Amt versah, hatte gewiss ein gutes Auskommen und würde sich vielleicht dazu bringen lassen, einen Knecht anzustellen.

Ein seltsamer und doch allzu bekannter Geruch schlug Mertens entgegen, als er den Hof der Fronerei betrat. Ein paar Hühner flatterten gackernd vor ihm davon, und an der Seite des Hofes konnte er einen Karren sehen, vor dem ein großes und schwerfällig wirkendes Pferd angespannt war. Seinen Nüstern entwichen weiße Atemwolken, während es den Boden nach etwas Fressbarem absuchte.

Mertens konnte Stimmen vernehmen, sah allerdings nicht, von wem sie stammten. Das änderte sich, als er sich der Tür näherte, die trotz der Kälte sperrangelweit offen stand, als wollte man etwas nach draußen bringen. Tatsächlich erschienen im nächsten Moment zwei Henkersknechte, die den leblos wirkenden Körper eines Mannes nach draußen trugen.

Der Mann sah aus wie eine Leiche, doch seine Beine waren unter dicken Verbänden verborgen, und Mertens erkannte nun, dass der Kerl einem peinlichen Verhör unterzogen worden war, wahrscheinlich mit spanischen Stiefeln, einer Apparatur, die dem Gefangenen die Beine zerquetschte. Die Knechte legten den Mann auf dem Karren ab und setzten sich dann selbst auf den Kutschbock.

Wenig später erschienen ein Ratsdiener und zwei Männer mit dunklem Talar, die jeweils einen dicken Folianten unter dem Arm trugen. Das mussten Mitglieder des Gerichts sein. Ihnen folgte schließlich noch ein blasser Schreiber, der gerade seine Umhängetasche verschloss, damit die Federn und das Papier nicht herauspurzelten. Dann setzten sich der Karren mit dem Gefangenen und die versammelten Männer in Bewegung. Mertens hielt sich im Hintergrund, so dass er die Prozession beobachten konnte, ohne selbst von den Herren bemerkt zu werden.

Erst ein anderer Mann bemerkte ihn hingegen. Er war inzwischen in die Tür getreten und schien den Rahmen mit seinem Leib fast vollständig auszufüllen.

»He, du da!«, rief er Mertens zu. »Was suchst du hier?«

Der Henkersknecht war sich sicher, den Herrn der Fronerei vor sich zu haben. Er hatte blondes Haar, einen vollen Bart und Arme, denen man zutraute, mit dem rechten Schwert einen Schafsnacken mit einem Hieb zu durchtrennen.

Mertens warf einen kurzen Blick zur Seite und sah, dass der Karren nun vom Hof geführt wurde. Dann wagte er sich näher an diesen großen Burschen heran. »Mein Name ist Peter Mertens, vormals war ich Henkersknecht in Walsrode.«

Der stämmige Mann musterte ihn einen Moment lang von Kopf bis Fuß, dann trat er ihm entgegen. »Und was willst du nun hier?«

Mertens lag die altbekannte Frage nach Annalena auf der Zunge, aber vielleicht war es besser, erst einmal eine Anstellung zu finden. Wenn sie in der Fronerei war, würde er sie dann so oder so zu Gesicht bekommen. »Ich wollte fragen, ob ein

Knecht benötigt wird. Ich könnte Euch zur Hand gehen, in einer Stadt wie dieser werden die Dienste eines Henkers doch sicher häufig in Anspruch genommen.«

Der riesige Mann lachte auf. »Da sprichst du was Wahres. Nur sag mir, warum hast du deinen vorherigen Meister verlassen?«

Mertens presste die Lippen zusammen. Mit einem Zeugnis konnte er natürlich nicht dienen. Und genauso wenig konnte er erzählen, dass er seine Frau verfolgt hatte, die ihn beinahe umgebracht hatte und dann weggelaufen war. Aber was würde der Henker hier schon vom Henker in Walsrode wissen? »Mein alter Meister ist gestorben«, log Mertens also. »Ich wollte seine Stelle übernehmen, doch der Rat wollte sie mir nicht geben. Da bin ich weitergezogen.«

»Du bist ein Mann, der etwas erreichen möchte, wie?«, fragte Pötzsch und stemmte die Arme in die Seiten, als wollte er ihm gleich eine Abreibung verpassen.

»Nein, ich möchte nur mein Auskommen haben und meinem Herrn dienen. Dass ich selbst nach dem Schwert gestrebt habe, war töricht, aber damals wusste ich es nicht besser.«

»Nun, du scheinst zumindest ein ehrlicher Mann zu sein«, entgegnete Pötzsch. »Und so will ich auch ehrlich mit dir sein. Eigentlich brauche ich keinen neuen Knecht, doch in der Abdeckerei gibt es immer Arbeit, da würde eine zusätzliche Hand nicht schaden. Ich stelle dich für drei Monate auf Probe ein. Hast du dich bis dahin bewährt, darfst du bleiben.«

Drei Monate waren nicht viel, aber auch nicht wenig. Drei Monate bedeuteten jetzt, im beginnenden November, dass er über das Jahr kommen würde und vielleicht auch über den Winter. Dies war das Beste, was er kriegen konnte, also schlug er ein.

Annalena erreichte das Landgut von Johann Kunckel in den frühen Abendstunden. Es war ein prächtiges Anwesen, die weißgetünchten Wände des Hauses strahlten trotz der beginnenden Dunkelheit und erste Lichter flammten hinter den hohen Glasfenstern auf. Schon bald würden diese Lichtpunkte das Einzige sein, was einen Reisenden in der Dunkelheit zu diesem abgelegenen Gut führen konnte. Ob viele Leute hierherkamen, wusste Annalena nicht, aber sie war froh, es gefunden zu haben.

Sie preschte durch das hoch aufragende Tor und brachte das Pferd auf dem Hof zum Stehen. Hundegebell wurde laut und weil sie fürchtete, dass sich eine mit scharfen Zähnen bewehrte Bestie gleich auf sie stürzen würde, blieb sie lieber noch einen Moment im Sattel. Doch die Tiere tauchten nicht auf, und als sie wenig später hörte, dass sie sich wütend gegen die Gitterstäbe eines Zwingers warfen, stieg Annalena ab.

Da öffnete sich auch schon die Haustür und zwei Männer kamen ihr entgegen. Sie mussten Diener sein, wenn es nach den langschößigen Röcken ging, die sie trugen.

»Was wollt Ihr hier?«, fragte einer von ihnen und hielt ihr eine rußende Öllampe entgegen, um ihr Gesicht besser sehen zu können.

»Ich möchte den wohlgeborenen Herrn Kunckel sprechen. Ich habe eine wichtige Botschaft für ihn.«

Die beiden Männer musterten sie von Kopf bis Fuß. Annalena raffte den Umhang zusammen, damit sie das getrocknete Blut des Jungen nicht gleich sahen. »Welche Botschaft könntet Ihr schon für unseren Herrn haben?«

»Eine sehr wichtige, doch ich musste versprechen, dass ich sie nur Herrn Kunckel offenbare.« Annalena spürte Unsicherheit in sich aufsteigen, denn sie wusste, sie sah nicht besser als eine dahergelaufene Bettlerin aus, aber sie hatte nicht vor, sich fortschicken zu lassen. Johanns Wohl hing davon ab! Sie atmete tief durch und fügte dann mit fester Stimme hinzu: »Also, ist er da oder nicht?«

Die letzten Worte klangen schärfer, als sie beabsichtigt hatte, doch sie verfehlten ihre Wirkung nicht. Die beiden Diener blickten sich an, dann sagte der ältere zu dem jüngeren: »Geh du rein und sag unserem Herrn Bescheid. Ich passe auf sie auf.«

Als ob ich etwas stehlen würde, dachte Annalena, setzte aber ein Lächeln auf, damit der Diener keinen noch schlechteren Eindruck von ihr bekam.

Der jüngere Diener verschwand wie geheißen in der Tür, während der ältere Annalena nicht aus den Augen ließ. »Woher kommt Ihr?«, fragte er nach einer Weile.

»Aus Wittenberg«, antwortete sie.

»Dann hat Euch wohl ein Studiosus geschickt. Oder vielleicht ein Professor?«

»Das ist eine Sache, die ich nur Herrn Kunckel mitteile, wie es mir aufgetragen wurde.«

Bevor ihr der alte Mann mit weiteren Fragen auf den Leib rücken konnte, erschien der jüngere Diener wieder. Sein Herr hatte offenbar nicht lange für eine Entscheidung gebraucht.

»Unser Herr ist bereit, Euch zu empfangen«, sagte er, und beinahe schien sein Dienstgenosse enttäuscht darüber zu sein.

Annalena kümmerte sich jedoch nicht um ihn und folgte dem Diener ins Haus. Hatte sie das Äußere bereits prachtvoll gefunden, so wurde sie von der Opulenz der Innenräume überwältigt. Ein großer Lüster aus Hirschgeweihen hing von der getäfelten Decke herab, goldgerahmte Bilder zeigten Personen und Landschaften und auch die eine oder andere frivole Szene.

Zeit zum genaueren Betrachten hatte sie jedoch nicht,

denn der junge Diener drängte zur Eile. »Mein Herr hat sein Laboratorium für Euch verlassen. Ihr tätet gut daran, Euch mit Eurem Anliegen zu beeilen, da er es nicht schätzt, Zeit zu verlieren.«

Dann ist er wohl wirklich der Richtige, um Johann aus dem Turm in Wittenberg zu holen, dachte Annalena und folgte dem Diener durch einen langen Korridor bis zu einer Tür. Hinter dieser befand sich ein Raum, den man wohl einen Jagdsalon nannte. Zahlreiche Trophäen hingen an den Wänden und starrten mit toten Augen auf die Hereinkommenden.

In der Mitte dieses Kabinetts stand ein Mann. Er war hemdsärmelig, unrasiert und hatte sein graumeliertes Haar zu einem Zopf zusammengebunden. Dass er gerade aus dem Laboratorium gekommen war, stimmte offensichtlich, denn über seinen Kleidern trug er eine Schürze aus Segeltuch, die zahlreiche Flecke aufwies. Der Geruch, der Annalena entgegenströmte, erinnerte sie an Johann. Ihr Herz zog sich schmerzhaft zusammen, als sie wieder daran dachte, welches Bild er in seiner Zelle abgegeben hatte.

Kunckel musterte sie ausgiebig, und obwohl Annalena nicht wusste, wie man solch einem hohen Herrn begegnen sollte, versuchte sie sich an einem Knicks. Dieser fiel allerdings so unglücklich aus, dass er Kunckel ein Lächeln entlockte.

»Nun, wie ist Euer Name und in welcher Angelegenheit verlangt Ihr, mich zu sprechen?«

Annalena blickte sich nach dem Diener um, der immer noch hinter ihr stand, und Kunckel verstand diese Geste. »Martin, lasse Er uns allein.«

Der Diener verbeugte sich und zog sich zurück. Als die Tür ins Schloss gefallen war, antwortete Annalena: »Ich komme im Auftrage von Johann Böttger und soll Euch diesen Brief überbringen.«

Sie zog das Schreiben unter ihrem Hemd hervor. Dass dabei der Umhang aufklaffte und die Blutflecke preisgab, war ihr egal, denn sie hatte ihr Ziel erreicht.

Kunckel nahm ihr das Schreiben ab und Annalena hatte fast den Eindruck, als würde er die Wärme, die das Kuvert von ihrer Haut angenommen hatte, genießen. Doch dann schlug er rasch den Brief auseinander und studierte ihn. Annalena beobachtete, wie sich die Falte auf seiner Stirn vertiefte.

»Da scheint es unseren jungen Freund ziemlich hart getroffen zu haben«, sagte Kunckel schließlich. »Allerdings wundert es mich nicht, dass der Preußenkönig seiner habhaft werden will. Er hat für ziemlichen Wirbel gesorgt, selbst uns hier in Sachsen haben die Nachrichten von seinen gelungenen Versuchen schon erreicht. Ich könnte mir gut vorstellen, dass sich auch der sächsische Kurfürst für ihn interessieren wird, wenn ihn die Nachricht in Warschau erreicht.«

Annalena wusste, dass dies gewiss nur etwas Schlechtes für Johann bedeuten konnte. »Könnt Ihr erwirken, dass er freigelassen wird? Immerhin hat er nichts Unrechtes getan!«

»O doch, und ob er etwas Unrechtes getan hat!«, erwiderte Kunckel. »Er hat seine Person und sein Talent dem König entzogen. Das ist ein schwerwiegendes Verbrechen und es würde mich nicht wundern, wenn ein sattes Kopfgeld auf ihn ausgesetzt wäre.«

»Tausend Taler«, sagte Annalena niedergeschlagen und ließ die Schultern sinken.

»Es gibt das Kopfgeld also schon?«

Annalena nickte. »Schon bevor wir aus Berlin geflohen sind.«

Kunckel legte das Schreiben auf den Tisch neben sich und seufzte. »Eine derartige Summe! Ich fürchte, da werde ich nicht mehr viel für ihn tun können. Sicher sind zahlreiche

Glücksritter und anderes Gesindel bereits auf der Suche nach ihm. Es ist vielleicht von Vorteil, dass sich der Amtmann seiner angenommen hat. Papier, das aus den Amtsstuben stammt, geht lange Wege. Und ein sächsischer Amtmann wird ihn nicht den Preußen ausliefern, so viel steht fest.«

Aber offenbar war Kunckel nicht davon überzeugt, dass es Johann beim sächsischen Herrscher bessergehen würde. Annalena blickte den Alchemisten flehend an. »Gibt es denn gar nichts, was Ihr tun könnt? Johann setzt alle Hoffnungen auf Euch. Ihr allein könnt ihn davor bewahren, seinen Kopf auf dem Richtblock zu verlieren!«

Kunckels Miene wirkte jetzt beinahe belustigt. »Johann ist er für Euch also. Er scheint bei allem Unglück wenigstens noch in einer Sache Fortunas Gunst zu haben.«

Annalena konnte nicht verstehen, wie er in einer Situation wie dieser die Muße haben konnte, sie unverschämt zu betrachten. Ihre Stimme überschlug sich nun beinahe vor Verzweiflung. »Versteht doch, Herr, Ihr müsst ihm helfen!«

Augenblicklich wurde die Miene ihres Gegenübers wieder ernst. »Ich werde ihm helfen, wenn es in meiner Macht steht. Aber ich sage Euch gleich, ich weiß nicht, ob meine Bemühungen überhaupt etwas bewirken können. Ihr solltet Euch besser in Geduld und Gebeten üben, denn etwas anderes wird keinen Sinn haben.«

Annalena senkte den Kopf. Ein Schluchzen stieg in ihrer Brust auf. Sie hatte den Weg nach Dresden auf sich genommen, in der Hoffnung, bald wieder mit Johann vereint zu sein. Doch offenbar würde, wenn es denn überhaupt geschähe, bis dahin noch viel Zeit ins Land gehen.

Kunckel bemerkte die Enttäuschung der jungen Frau, aber sosehr er wollte, er konnte ihr nichts versprechen. »Habt Ihr für die Nacht ein Quartier?«, fragte er also.

Annalena schüttelte den Kopf. »Nein, ich bin es allerdings gewohnt, die Nacht draußen zu verbringen.«

»Das braucht Ihr nicht«, gab Kunckel zurück. »Ich werde Euch für diese Nacht ein Quartier in meinem Haus geben, wenn Ihr wollt. Wie Ihr gesehen habt, ist dieses Anwesen groß, ich hätte sogar genug Platz, um Euch eine Weile hier aufzunehmen.«

Annalena spielte schon mit dem Gedanken, das Angebot auszuschlagen, denn sie wollte Kunckels Aufbruch nicht im Wege sein. »Wann wollt Ihr losreisen, um Johann zu helfen?«

Kunckel schmunzelte. »Keine Sorge, meine Abreise soll nicht von Eurem Aufenthalt hier abhängig sein. Und außerdem ist es mir ein Vergnügen, die Freundin eines Mannes zu beherbergen, den ich wie einen Sohn schätze. Also, wie steht es?«

Annalena dachte nach. Heute war es schon spät und sie wollte morgen nach dem Jungen schauen, den sie unter dem Wagen hervorgeholt hatte. »Ich nehme Euer Angebot gern an«, sagte sie schließlich. »Allerdings nur für eine Nacht. Ich werde am kommenden Morgen in Dresden erwartet.«

»Oho, Ihr werdet erwartet! Sollte sich unser Johann vielleicht Sorgen machen?«

Annalena bekam rote Ohren. Die ständigen Anspielungen waren ihr unangenehm. »Ich möchte nur nach einem verletzten Kind schauen, weiter nichts.«

»Ein verletztes Kind?«

Annalena deutete auf die Blutflecken. »Als ich über einen Marktplatz in Dresden geritten bin, habe ich beobachtet, wie zwei Kutschen aneinandergeraten sind. Ein Kind war dazwischengekommen, ich habe es unter den Wagen hervorgeholt.«

»Dann seid Ihr ja eine Heldin! Dabei fällt mir ein, Ihr habt mir immer noch nicht Euren Namen genannt.«

»Annalena«, antwortete sie und senkte ein wenig verlegen den Kopf. »Mein Name ist Annalena Habrecht.«

»Ein guter Name«, entgegnete Kunckel und nahm den Brief dann wieder auf. Er faltete ihn sorgsam zusammen und ließ ihn in seinem Hemdsärmel verschwinden. »Unverwechselbar, genau wie Ihr.« Er lächelte, kam mit einer einladenden Geste auf sie zu und legte ihr schließlich die Hand auf die Schulter. Der Geruch nach Chemikalien, wie Johann sie nannte, wurde durch seine Nähe stärker, darunter mischten sich die Ausdünstungen seines Schweißes. Diese waren Annalena genauso unangenehm wie seine Berührung, aber sie ließ sie über sich ergehen. *Für Johann*, dachte sie. *Ich darf um keinen Preis die Hilfe dieses Mannes aufs Spiel setzen.*

Als sie das Jagdzimmer verlassen hatten, löste er sich auch schon wieder von ihr. Offenbar wusste er genau, wo die Grenzen des Schicklichen lagen.

»Martin!«, rief er nach seinem Diener, der sogleich dienstbeflissen herbeigeeilt kam. »Richte Er ein Zimmer für die Dame her und begleite sie nach oben. Und dass Er dafür sorgt, dass sie keine Störungen zu erleiden hat.«

»Sehr wohl, Herr«, entgegnete der Diener, und Annalena konnte ihm deutlich ansehen, dass er sich fragte, warum sein Herr solch ein zerlumptes Wesen wie sie in ihrem Haus aufnahm. Doch er wagte nicht, den Befehl in Frage zu stellen. Also verneigte er sich vor seinem Herrn und ging dann zur Treppe.

»Ihr seid doch sicher nicht zu Fuß hierhergekommen, nicht wahr?«, fragte Kunckel und Annalena verneinte. »Nein, auf einem Pferd.«

»Dann werde ich Martin auftragen, sich darum zu kümmern. Und wenn Ihr einen Wunsch habt, scheut nicht, ihn meinen Dienern mitzuteilen.«

Annalena nickte, doch sie wusste, dass sie die Dienste der beiden Männer nicht in Anspruch nehmen würde. Wer war sie denn, dass sie Diener befehligen konnte? Sie würde sich über das weiche Bett freuen und im Morgengrauen zurück nach Dresden reiten. Sie bedankte sich bei Kunckel und folgte dem Diener dann nach oben, wo sie tatsächlich ein gemütlich eingerichtetes Zimmer erwartete.

Friedrich August III., herrschender Spross des Hauses Wettin, Kurfürst von Sachsen und seit einigen Jahren auch König von Polen, betrachtete sich in dem goldgerahmten Spiegel seines Schlafzimmers. Sein Schneider, ein Mann mit grauer Perücke und tadellosem, wenngleich einfachem Rock, zupfte an seinem Habit herum, richtete dort eine Spitze, glättete da eine Falte und rückte an einigen Stellen ein paar Zierschleifen zurecht.

»Niemand wird bestreiten können, dass Seine Majestät eine stattliche Erscheinung abgibt«, schmeichelte er ihm dann, und August war sogar gewillt, ihm zu glauben, denn er hatte ja selbst Augen im Kopf und war sehr zufrieden mit seinem Aussehen.

Sein Haar war voll, lockig und jederzeit einer juckenden Perücke vorzuziehen. Hier und da waren einige silberne Fäden zu sehen, aber wenn man sein Haar puderte, fielen sie nicht auf. Sein Bauch rundete sich zwar, aber dennoch wirkte er nicht plump. Seine lange Nase, die er von seiner Mutter und Generationen dänischer Könige geerbt hatte, verlieh seinen Zügen etwas Edles, die buschigen Brauen, die seine Augen krönten, gaben seinem Gesicht etwas Entschlossenes. Wenn er einen Raum betrat, verblassten sämtliche Schönlinge, die seinen Hof bevölkerten. Wenn er in einem Saal war, drehte sich alles nur um ihn wie um die Sonne.

August, in seinem 31. Lebensjahr, wusste nur zu gut, welche Wirkung er auf die Frauen hatte. Bereits die dritte offizielle Mätresse teilte das Lager mit ihm, und es schien, als könne er jedes Weib haben, das ihm ins Auge fiel. Neiderfüllte Zungen an seinem Hof und an dem des Preußenkönigs sagten ihm nach, dass sich die Zahl seiner Kinder bereits auf mehr als hundert beliefe, aber er wusste nur zu gut, dass das gelogen war. Er goutierte die Liebe sooft er nur konnte, doch nicht jede Liebesnacht brachte ein Kind hervor – nicht einmal bei einem Mann wie ihm. Außerdem konnte eine schwangere Frau kein zweites Kind empfangen.

»Wie lange wird Er brauchen, um alles fertig zu bekommen?«, fragte August und ließ seinen Blick über die Stoffballen gleiten, die der Schneider mitgebracht hatte. Neben den Gewändern, die er gerade anprobiert hatte, hatte er weitere Röcke, Hemden und Kniehosen geordert, genug, um die Ballsaison im Winter zu überstehen.

»Wann es Eure gnädige Majestät wünschen«, antwortete der Schneider untertänig, obwohl er wusste, dass die gesamte Arbeit Wochen in Anspruch nehmen würde. Der König achtete peinlich genau darauf, dass alles bestens genäht war und keine noch so kleine Perle oder anderer Zierat locker saß.

»Nun, drei Wochen kann ich Euch geben, dann allerdings gedenke ich einen Ball zu veranstalten und will nicht gerade in dem Habitus erscheinen, in dem mich meine Adligen kennen. Sie könnten sonst den Eindruck gewinnen, dass ich an Geldmangel leide.«

Beim Sprechen musste August aufpassen, dass er nicht wieder in seinen gewohnten sächsischen Dialekt verfiel. In seiner Heimat Sachsen verstand ihn jedermann, doch hier, in Warschau, hatten die Deutschen und vor allem die deutschsprechenden Polen, die in seinen Diensten standen, Schwierigkeiten, ihn zu verstehen. Obwohl er es als König nicht nötig hatte, Eingeständnisse zu machen, wollte er doch Wohlwollen zeigen, indem er so sprach, wie es ihm sein Erzieher aus Kindertagen beigebracht hatte. Doch ab und an, besonders dann, wenn ihn etwas stark bewegte, brach der Akzent wieder durch. Dann erntete er verwirrte Mienen seitens seiner Höflinge, die aber sogleich Verständnis heuchelten.

Bevor der Schneider versichern konnte, dass alles zu seiner Zufriedenheit erledigt werden würde, klopfte es an der Tür. Eigentlich hatte er sich ausgebeten, nur in dringenden Fällen gestört zu werden. Solche Fälle waren Rebellionen, Kriegserklärungen und Nachrichten aus dem Feldlager. Zwar hielt er es für sehr unwahrscheinlich, dass eine solche Nachricht auf ihn wartete, denn August hatte sich erst vor kurzem dem Schwedenkönig geschlagen geben müssen, aber man konnte nicht wissen, was dieses Kind, wie August den noch sehr jungen Karl XII. von Schweden nannte, wieder ausgeheckt hatte.

»Trete Er ein!«, rief August, ohne den Blick vom Spiegel abzuwenden.

Die Tür öffnete sich und herein trat sein Vizelehnssekretär Michael Nehmitz in Begleitung eines Mannes, dessen Kleider vor Schlamm und Dreck nur so starrten. Beide Männer verneigten sich augenblicklich vor dem König und erhoben sich erst, als August fragte: »Was habt Ihr für mich, Nehmitz?«

»Eine Nachricht aus Dresden ist soeben eingetroffen, Majestät. Vom Herrn Statthalter Fürstenberg.« Nehmitz ließ sich von dem Boten das Schreiben reichen und gab es an August weiter.

Was kann der schon wieder wollen, fragte sich der König, war aber zumindest erleichtert darüber, dass es nicht irgendwelche Nachrichten von den Schweden waren, die sich im lettischen

Kurland ein gemütliches Winterlager eingerichtet hatten. Er brach das Siegel seines Statthalters und überlegte sich, wie es seine Angewohnheit war, noch vor dem Lesen, worum es gehen könnte. Lächerliche Beschwerden, Bittgesuche oder gar den Wunsch seines Volkes, seinen Herrscher wieder mehr im Sachsenland zu sehen?

Er wusste selbst, dass er Sachsen, seit er polnischer König geworden war, vernachlässigte, aber Polen war nun mal ein Land, das man nur unter beständiger Anstrengung und stetem Geldfluss halten konnte. Es war ein Land mit Adligen, die nur darauf warteten, den König davonzujagen, um sich selbst die Krone aufs Haupt zu setzen. Wahlmonarchie nannte man diese polnische Angewohnheit, ein jeder, ganz gleich welcher Nationalität, konnte König werden – vorausgesetzt, der Sejm, das polnische Parlament, wählte ihn.

Friedrich August, genannt August der Starke, wollte den Thron frühestens in der Stunde seines Todes räumen. Und ihn danach nur an seinen Sohn übergeben. Doch jetzt galt es erst einmal, Fürstenbergs Geschreibsel zu betrachten. Was er zu lesen bekam, überraschte August dann aber doch.

»Ein Goldmacher aus Berlin, soso«, murmelte er vor sich hin, während er Fürstenbergs kunstvoll ausgeschmückten Bericht über dessen Festsetzung in Wittenberg folgte.

August hatte schon viele vermeintliche Goldmacher erlebt, und die meisten von ihnen saßen entweder im Kerker oder waren gleich einen Kopf kürzer gemacht worden – je nachdem, wie groß die Enttäuschung war, die sie ihrem Herrn bereitet hatten. Doch dieser Bursche schien ganz anders zu sein. Fürstenberg schrieb, dass Böttger vor Zeugen in Wittenberg Gold tingiert hätte und dass seine Methode nicht nur glaubwürdig, sondern auch absolut vielversprechend sei. Der berühmte Lascarius sei sogar sein Lehrer gewesen! Nun würde er gern wissen, wie weiter mit dem Burschen verfahren werden sollte. Die Preußen würden mit ein paar Soldaten vor Wittenberg campieren und die Herausgabe des Jungen verlangen. Der Goldmacher selbst fühle sich aber als sächsischer Untertan und wolle nur Rechenschaft vor seinem Kurfürsten ablegen.

Und das war noch nicht alles.

Dem Brief des Statthalters lag ein eigenhändig von dem Burschen unterzeichnetes Schreiben bei, in dem er sich dem Schutz Friedrich Augusts überantwortete und um Hilfe gegen die preußischen Nachstellungen ersuchte.

»Mir scheint, wir sollten uns gnädig zeigen und diesen Burschen zu uns bringen lassen. Was sagt Ihr, Nehmitz?«

»Ganz, wie Eure Majestät es wünschen«, entgegnete der Vizelehnsherr beflissen.

»Gut, dann setze ich sogleich ein Schreiben auf, mit dem Ihr unverzüglich nach Dresden reisen werdet. Von da an seid Ihr für diesen Böttger verantwortlich.«

»Ich werde versuchen, mein Amt nach Eurem Wohlgefallen zu versehen.« Nehmitz verneigte sich tief, und August bedeutete ihm daraufhin, dass er wegtreten konnte. Zusammen mit dem Boten, der nicht ein einziges Wort gesagt hatte, entfernte er sich aus dem Raum.

Ein Goldmacher, soso, hallten seine eigenen Worte durch Augusts Verstand. Vielleicht war er der Schlüssel zu einer verborgenen Schatzkammer, zu finanzieller Sorglosigkeit, wie sie sich jeder Monarch erträumte.

Rasch ließ sich der König aus dem prunkvollen Rock helfen, schickte den Schneider mit der Weisung, ja pünktlich zu liefern, von dannen und verschwand in seine Schreibstube, um das Schriftstück für Fürstenberg aufzusetzen.

16. Kapitel

Aus den geheimen Aufzeichnungen des Johann Friedrich Böttger:

Gern würde ich die Zeit, die ich hier absitzen muss, vollends mit dem Niederschreiben meiner Gedanken füllen, doch ich muss noch mehr als früher darauf achtgeben, dass man das Heft, das ich wie immer am Körper trage, nicht bemerkt. Meine Ungeduld plagt mich und ich hoffe, dass A. sicher nach Dresden gelangt ist. Natürlich ist es vermessen anzunehmen, dass Kunckel bereits auf dem Weg zu mir ist. Der Weg nach Dresden nimmt einige Zeit in Anspruch, der Weg zurück ebenso. Der Winter rückt nun erbarmungslos näher, was ich auch in meiner Zelle zu spüren bekomme. Aber mehr als die Kälte plagt mich die Ungewissheit.

Der Leutnant ist mittlerweile aus der Zelle nebenan wieder ausgezogen, wahrscheinlich ist es ihm zu kalt geworden.

Der Transmutationsversuch, den ich zur Probe durchführen sollte, war natürlich von Erfolg gekrönt, wofür ich A. zu danken habe. Der Kreisamtmann war erstaunt und entzückt und hat sogleich einen Boten entsandt, wahrscheinlich, um seinen Fürsten zu benachrichtigen. Seit ich Ryssels Dokumente unterzeichnet habe, bin ich mir darüber im Klaren, dass mich mein Weg zu Kurfürst August führen wird. Es ist nur noch eine Frage der Zeit. Kein Herrscher kann einem Goldmacher widerstehen, der seine Kunst dem Augenschein nach so vortrefflich beherrscht.

Eine Absonderlichkeit habe ich ebenfalls zu berichten. Heute gelang es einem Mann, Zutritt zum Schloss zu erlangen. Ich weiß nicht, wie er es geschafft hat, und ich bin mir auch nicht sicher, ob er ein preußischer Spion ist, doch er stellte sich mir als Dr. Pasch vor und behauptete, wenn ich nur gut mitspielen würde, könnte er mir den Weg in die Freiheit ebnen. Genauere Auskunft konnte er mir allerdings nicht geben, denn der Wächter trat zu ihm und schickte ihn fort. Immerhin habe ich jetzt etwas Neues, worüber ich nachsinnen kann. Wird dieser Pasch wirklich versuchen, mich hier rauszuholen? Und wenn ich mit ihm gehe, was wartet dann auf mich? Die Freiheit oder der preußische Kerker?

Nachdem sie sich in aller Frühe erhoben und von Kunckel verabschiedet hatte, machte sich Annalena auf den Weg nach Dresden. Sie wollte dort nach dem Jungen sehen. Und sie musste sich einen Ort suchen, an dem sie bleiben konnte, bis Johann wieder frei war. Zu dieser Entscheidung war sie gestern Nacht gelangt. In Wittenberg konnte sie nichts ausrichten, im Gegenteil, vielleicht würde sie selbst gefangen gesetzt. Kunckel war jetzt ihre einzige Hoffnung auf Johanns Befreiung, also blieb sie am besten in seiner Nähe. Doch sein Gut war nicht der geeignete Ort für sie.

Glockengeläut tönte Annalena entgegen, als sie das Pirnaer Tor erreichte. Sie fragte die Wachen nach der Scheffelgasse und nachdem ihr die Männer in ihrem eigentümlichen Dialekt klargemacht hatten, in welche Richtung sie reiten musste, trieb sie das Pferd wieder an.

Die Scheffelgasse befand sich in der Nähe des Schlosses, zumindest wenn sie die Wächter richtig verstanden hatte. Annalena ritt an einer Kirche vorbei und über einen großen Platz und erreichte nach einer Weile den Marktplatz, auf dem sie dem Jungen geholfen hatte. Dort fragte sie einen alten Mann, der ihr schließlich den genauen Weg wies.

Als sie in die Gasse einbog, öffneten einige Frauen gerade die Fensterläden und nur knapp konnte Annalena dem gelben Schwall aus einem der Nachttöpfe ausweichen. Sie sah aufmerksam nach oben, um einen weiteren Zwischenfall zu vermeiden und fragte dann eine Frau, die ebenfalls gerade ihr Fenster aufriss, um das Nachtgeschirr zu leeren, welches Haus Tilman Heinrich gehörte.

»Dor Heinrisch wohnd zwee Häuser weider!«

Das Haus des Mannes unterschied sich nicht wesentlich von den anderen in der Nachbarschaft. Es war nicht klein, aber auch nicht groß, die Fassade war von Fachwerkbalken durchzogen, das Mauerwerk dazwischen weiß gestrichen. Eine Rose rankte an der Wand empor, anstelle der Blüten prangten jedoch dunkelrot leuchtende Hagebutten, die nur darauf zu warten schienen, von den Vögeln abgepflückt zu werden. Die Fensterläden waren geschlossen und von drinnen erklang kein einziger Laut.

War es so still, weil der Junge doch gestorben war? Annalena wurde unwohl zumute, und sie zögerte, vom Pferd abzusteigen.

Gewiss würde es keinen herzlichen Empfang für sie geben, wenn der Junge nicht mehr lebte. Vielleicht würde man ihr sogar die Schuld am Tode des Sohnes geben, obwohl sie versucht hatte, ihn zu retten. Bevor sie sich entschließen konnte, abzusitzen oder wegzureiten, wurde die Tür geöffnet und eine dunkle Gestalt trat ihr entgegen.

Der Mann trug einen schwarzen Rock, aus dem die hellen Rüschen seiner Ärmel und ein weißes Halstuch hervorschauten. Er trug auch heute eine Perücke, und das Gesicht darunter wirkte übernächtigt.

Annalena wusste nicht, wie sie ihn ansprechen sollte. Sie hätte ihm einen guten Morgen wünschen können, aber die Worte blieben ihr im Hals stecken. Stattdessen trafen sich ihre Blicke, ohne dass einer von ihnen etwas sagen konnte.

»Wie geht es Eurem Sohn?«, brachte Annalena schließlich hervor und versuchte, das Pferd ruhigzuhalten. Absteigen wollte sie noch immer nicht. Wenn der Mann sie zum Teufel jagen wollte, würde es gewiss besser sein, gleich im Sattel zu sitzen.

Tilman Heinrich betrachtete sie ernst, doch ob das an Trauer oder nur Übermüdung lag, konnte sie nicht sagen. Endlich antwortete er: »Der Doktor meinte, dass Gott ihn wohl zu sich genommen hätte, wäret Ihr nicht gewesen. Er ist zuversichtlich, dass er wieder genesen wird.«

»Das freut mich zu hören«, entgegnete Annalena erleichtert und wollte dem Mann schon einen guten Tag wünschen und weiterreiten, denn es lag ihr fern, eine Belohnung zu verlangen.

Doch Heinrich hielt sie zurück. »Kommt doch ein Weilchen ins Haus«, sagte er und deutete mit einer einladenden Bewegung auf die Tür. »Meine Frau schläft noch, sie hat die ganze Nacht am Bett unseres Sohnes gewacht. Aber ich will versuchen, Euch zu bewirten.«

Annalena wollte schon ablehnen, als ihr Magen sie daran erinnerte, dass sie nicht wusste, wann sie die nächste Mahlzeit bekam. Sie nickte ihm zu, saß ab und band das Pferd neben dem Haus fest.

Die Familie wohnte in bescheidenen aber nicht ärmlichen Verhältnissen. Der Geruch von Rauch und Kräutern hing in der Luft. Auf dem Küchentisch stand eine Schüssel, über deren Rand ein mit Blutflecken übersätes Tuch hing. Anscheinend hatte diese Schüssel dem Arzt gedient, um seine Hände darin zu waschen.

Im gleichen Moment, als sie ihrer ansichtig wurde, bemerkte auch Heinrich, dass er das Behältnis vergessen hatte, und nahm es schnell weg. »Wundert Euch nicht über die Unordnung, der gestrige Tag hat mein Weib ziemlich mitgenommen. Martin ist ihr Ein und Alles.«

Dass es dem Mann auch nicht anders ging, war ihm deutlich anzusehen.

»Es stört mich nicht«, entgegnete Annalena. »Ich möchte Euch keine Umstände machen.«

»Seid versichert, die macht Ihr nicht«, versicherte ihr Gastgeber. »Ihr seht mir so aus, als könntet Ihr ein Morgenmahl vertragen, nicht wahr?«

»Das könnte ich, vielen Dank.« Annalena setzte sich auf den Stuhl, den Heinrich vom Küchentisch abzog.

Aus der Speisekammer holte er einen Kanten Brot und ein Stück Speck, das er auf einem groben, mit zahlreichen Kerben und Einschnitten versehenen Brett hereintrug.

»Ich nehme an, dass Ihr nicht von hier seid. Habt Ihr Verwandte in der Stadt? Oder seid Ihr nur auf der Durchreise?«, fragte Heinrich, während er sich daran versuchte, eine Scheibe von dem Brot zu schneiden. So ungelenk, wie er sich anstellte, fürchtete Annalena um seine Finger. Am liebsten hätte sie ihm den Kanten aus der Hand genommen, doch dann schaffte er es, eine Scheibe abzuschneiden, ohne seinen Daumen dabei einzubüßen.

»Nein, ich bin eher zufällig nach Dresden gekommen. Ich habe eigentlich kein bestimmtes Ziel«, antwortete Annalena, nachdem sie kurz überlegt hatte, wie viel sie preisgeben wollte. »Vielleicht werde ich mir hier eine Anstellung suchen. Sicher gibt es Schenken, die eine Magd brauchen.«

Heinrich sagte dazu nichts, stattdessen fragte er: »Woher kommt Ihr?«

Immer diese Frage nach dem Woher, dachte Annalena. »Ich komme aus Berlin. Ich habe dort als Magd bei einem Krämer gearbeitet, doch dann hat es mich fortgezogen. Ich kann nicht lange an einem Ort sein.« *Ohne Ärger zu bekommen,* fügte sie im Stillen hinzu. *Immer gibt es etwas, das es mir unmöglich macht, zu bleiben.*

»Ihr seid ein Wandervogel, nicht wahr?« Heinrich blickte sie an. Es schien, als wollte ein Lächeln auf sein Gesicht treten, doch seine Züge blieben ernst.

»Nicht immer«, antwortete Annalena. »Wenn es mir an einem Ort gefällt, dann bleibe ich auch länger oder vielleicht für immer.«

»Also hat es Euch in Berlin nicht gefallen?«

»Doch, mein Weggang hatte andere Gründe.«

»Seid Ihr der Liebe gefolgt?«, fragte Heinrich und schnitt ein zweites Stück von dem Kanten ab. Seinen Daumen verfehlte er glücklicherweise auch diesmal.

»So in etwa. Doch er ist nicht mehr bei mir.« Annalenas Blick wurde abwesend, als die Sorge um Johann sich in ihre Gedanken drängte. *Ob Kunckel bereits auf dem Weg zu ihm ist?*, fragte sie sich.

Heinrich zeigte eine betroffene Miene. Dachte er, dass ihr Freund tot war? »Wenn Ihr wirklich vorhabt, eine Weile hierzubleiben, könnte ich Euch eine Anstellung im Schloss verschaffen. Dort werden immer Mägde gebraucht. Es ist anzunehmen, dass der Kurfürst in den nächsten Wochen oder Monaten nach Dresden zurückkehrt. Dann gibt es noch mehr Arbeit als jetzt, wo nur der Statthalter und der Hofstaat versorgt werden müssen. Es wäre gewiss ein Leichtes, euch dort unterzubringen. Es ist das Mindeste, das ich für Euch tun kann, nachdem Ihr meinen Sohn gerettet habt. Zumindest, wenn Ihr das wollt.«

Annalena wusste im ersten Moment nicht, was sie dazu sagen sollte. Mit solch einem Angebot hatte sie nicht gerechnet. Sie hatte sich vielmehr darauf eingerichtet, wie schon in Berlin mühsam sämtliche Schenken abzuklappern und nachzufragen, ob eine helfende Hand gebraucht wurde.

»Ihr müsst Euch nicht sofort entscheiden«, sagte Heinrich, als sie nicht gleich antwortete. Wahrscheinlich missdeutete er ihr Zögern.

Annalena schüttelte den Kopf. »Da brauche ich nicht lange zu überlegen. Ich nehme Euer Angebot gern an, vorausgesetzt, Euch entsteht dadurch wirklich kein Ärger.«

Jetzt lächelte Heinrich zum ersten Mal. »Es macht keinen Ärger. Ich denke wirklich, dass man Euch gut gebrauchen kann. Eine Frau, die so beherzt ist, ein Kind unter einem Wagen hervorzuziehen, und eine Aderpresse legt, wie sie ein Chirurgus nicht besser machen könnte, wird sich gewiss auch in anderen Tätigkeiten bestens zu behelfen wissen.«

Mit diesen Worten schnitt er ein Stück Speck ab und reichte es Annalena, die sich zwingen musste, es nicht wie ein Wolf hinunterzuschlingen.

»Ihr habt da ein schönes Tier, aber warum reitet Ihr ohne Sattel?«, wunderte sich Heinrich, als sie schließlich das Haus verließen.

»Ich habe keinen«, entgegnete Annalena. »Das Pferd war ein Geschenk eines Freundes, damit ich weite Strecken nicht zu Fuß laufen muss.« Sie musste ein Lächeln unterdrücken, wenn sie daran dachte, wie Röber wohl geflucht haben musste, als er das Fehlen der Pferde und des Wagens bemerkte.

Heinrich war anzusehen, dass er gern mehr über diese Geschichte gewusst hätte, doch er ahnte wohl auch, dass sie nicht darüber reden wollte. »Wenn Ihr wollt, könnt Ihr es bei mir lassen. Oder Ihr verkauft es. Ich bin mir sicher, dass Ihr ein gutes Sümmchen dafür bekommen werdet. Es sei denn, Euer Herz hängt wegen Eures Freundes daran.«

Wegen ihm ganz sicher nicht, ging es Annalena durch den Kopf, doch sie lächelte und antwortete: »Ich lasse es besser bei Euch, wenn es Euch nichts ausmacht. Ihr könnt es auch gerne reiten.«

Heinrich lächelte. »Mein Sohn wird sich darüber freuen. Er liebt Pferde. Reiten lasse ich ihn aber nicht. Noch nicht.«

Annalena nickte zustimmend, und nachdem sie dem Pferd noch einmal den Hals getätschelt hatte, ging sie mit Heinrich die Scheffelgasse hinunter. Nachdem sie an etlichen Passanten vorbeigeeilt und nur knapp zwei durch die Straßen preschenden Schweinen ausgewichen waren, tauchte das Schloss vor ihnen auf. Schon von weitem konnte man das Hämmern der Handwerker hören, die damit beschäftigt waren, den niedergebrannten Teil des Schlosses wieder in den alten Zustand zu versetzen.

Trotz der Wunde, die der Brand geschlagen hatte, wirkte das Gebäude immer noch mächtig mit seinem Turm, der sich hoch in den Himmel reckte und der weitestgehend von den Flammen verschont geblieben war. Doch über dem ganzen Gelände schwebte nach wie vor ein leichter Brandgeruch und nur zu deutlich konnte man an anderen Gebäudeteilen die Spuren eines Feuers sehen. Ein Flügel des Schlosses war eingefallen, über andere Teile hatten die Flammen nur hinweggeleckt und schwarze Spuren hinterlassen.

»Im März diesen Jahres hat es im Schloss gebrannt«, erklärte Heinrich. »Nun ist man damit beschäftigt, den Georgenbau neu zu errichten. Es wird sicher noch einige Zeit brauchen, bis das Schloss wieder im alten Glanz erstrahlt.«

Annalena sagte darauf nichts, zu gebannt war sie von dem Anblick, doch Heinrich erwartete auch keine Antwort. Er erinnerte sich nur zu gut, wie er selbst staunend vor dem Tor gestanden hatte, als er seinen Dienst zum ersten Mal antrat. »Ich werde Euch dem Hofmarschall vorstellen, er residiert dort.« Heinrich deutete zunächst auf einen Teil des Schlosses, der vom Feuer nicht so arg in Mitleidenschaft gezogen worden war, dann zeigte er auf zwei andere Bauten, die selbst wie Schlösser wirkten. »Dort drüben könnt Ihr das Fürstenberg-Palais sehen. Fürstenberg ist der Statthalter des Königs, er residiert dort. Und da hinten ist das Lusthaus des Königs.«

Annalena ließ ihren Blick über die prachtvollen Gebäude schweifen und fühlte sich fast schwindlig. Auch in Berlin hatte es schöne Häuser gegeben, doch weiter als bis zum Molkenmarkt und zum Spreeufer war sie nie gekommen. Das Königsschloss in Cölln hatte sie nicht gesehen und das Schloss in Oranienburg kannte sie nur von weitem. Aber verglichen mit den Gebäuden, die sich jetzt vor ihr erhoben, wirkte es schlicht und unauffällig. Neben dem Schloss und den Palästen gab es hier noch andere kleinere Gebäude. In einem von ihnen wurden sie vom Hofmarschall in Empfang genommen. Er war ein hagerer Mann mit eingefallenen Wangen und einer weißen Perücke auf dem Kopf, der aussah, als litte er unter Magengeschwüren.

»Heinrich, wen bringt Ihr mir da?«, fragte er, während er sich aus einem Döschen etwas Schnupftabak nahm und zu Gemüte führte. Anschließend unterzog er Annalena einer gründlichen Musterung.

Sie war sich bewusst, dass sie keinen besonders repräsentativen Eindruck abgab. Der Staub der vergangenen Tage war tief in ihre Kleider und auch in ihre Haut eingezogen. Ihre Haare waren verfilzt und würden nur mit einem feinen Kamm in Ordnung gebracht werden können. Der Gedanke daran, dass Johann ihr bei ihrer ersten Begegnung geraten hatte, einen Kamm zu kaufen, versetzte ihr einen kleinen Stich, doch sie wurde von dem Gespräch schnell abgelenkt.

»Das ist Annalena Habrecht aus Berlin«, stellte Heinrich sie vor. »Ich wollte sie Euch als Dienstmagd anempfehlen.«

Der Hofmarschall schürzte nachdenklich die Lippen. »Und welche Reputation hat sie?«

Annalena glaubte, dass der Hofmarschall die Frage an sie richtete, immerhin sprachen hohe Herren Niedergestellte auf diese Weise an, doch Heinrich versetzte ihr unmerklich einen kleinen Stoß, der bedeutete, dass sie besser schweigen sollte.

»Sie hat bei einem Berliner Kaufmann gedient, bis ein Heiratsversprechen sie dazu bewogen hat, aus dem Dienst auszuscheiden. Leider war der Mann nicht so ehrenvoll wie gedacht, so dass es sie nun nach Dresden verschlagen hat, wo sie eine Anstellung sucht. Da ich als Kammerdiener ein wenig Einblick in die Zahl des Personals habe, ersuche ich Eure Gnaden untertänigst, sie als Magd in die Dienste Ihrer Majestät aufzunehmen.«

In Annalenas Ohren klang dieses Gesuch furchtbar umständlich, doch ihr Begleiter hatte damit offenbar genau den richtigen Ton getroffen.

»Wie kommt Ihr zu dieser Person, Heinrich?«, fragte der Hofmarschall interessiert und lehnte sich auf seinem prunkvollen, samtbezogenen Stuhl zurück. Die Locken seiner Perücke verfingen sich dabei an einer Tresse seines Rockes, aber das schien er nicht zu bemerken.

Heinrich blickte zu Annalena, als wollte er fragen, ob es ihr recht sei, dass er die Umstände erklärte. Sie nickte ihm zu, und er antwortete daraufhin ganz ehrlich: »Sie hat gestern meinem Sohn das Leben gerettet.«

Der Hofmarschall betrachtete sie daraufhin wieder schweigend, und als er schließlich sprach, hatte Annalena keine Zweifel, dass diesmal wirklich sie gemeint war. »Dann ist Sie wohl eine couragierte Person, nicht wahr?«

»Es ist unsere Christenpflicht, unseren Mitmenschen zu helfen«, antwortete sie, worauf ihr Gegenüber nickte und sich dann wieder nach vorn beugte, um die Hände auf der Tischplatte zu falten.

»Nun gut, das allein wäre noch kein Grund, Sie in Diensten zu nehmen, aber weil der Herr Heinrich sich für Sie einsetzt, werden wir Sie der Küche zuteilen. Wie mir der Küchenmeister sagte, braucht er ein paar Spülmägde.« Damit wandte er sich wieder an Heinrich. »Bringt sie zum Küchenmeister, aber sorgt dafür, dass sie sich vorher vernünftig kleidet. Und eine Haube soll sie aufsetzen. Ihr wisst, dass es die Herrschaften hassen, Haare in der Suppe zu finden, zumal solche schwarzen.« Mit einer Geste seiner Hand entließ er sie.

»Vielen Dank, Herr Hofmarschall«, sagte Heinrich und verneigte sich. Annalena tat es ihm gleich, dann zog sie ihr Begleiter nach draußen.

»Wenn du dich anständig verhältst und fleißig bist, ist dein Bleiben hier so gut wie sicher«, versicherte er ihr, während sie sich auf den Weg zu einem anderen Gebäude machten. Es war die Waschküche, wie Annalena an dem heißen Dunst erkannte, der ihnen entgegenschlug. Dort ließ Heinrich ihr neue Kleider bringen und Annalena zog sich in Windeseile hinter einem der aufgespannten Laken um. Als sie fertig war, brachte Heinrich sie in die Küche. Diese war heller, als es Annalena erwartet hatte. Durch große, teilweise beschlagene Fenster fiel Licht in den Raum, der von warmem Dampf und vielerlei Gerüchen erfüllt war.

Das Erste, was ihr hier ins Auge fiel, war eine riesige Esse, in der mehrere Kessel von ungeheurem Ausmaß hingen. Die Ketten waren unterschiedlich hoch eingestellt, je nachdem, wie schnell die jeweilige Speise garen sollte. Wenn man nur wenige Schritte in den Raum vordrang, schlug einem bereits eine regelrechte Höllenglut entgegen, so warm war es.

Ihr Begleiter schien daran nichts zu finden, auch die Köche, Mägde und Küchenjungen, die hier arbeiteten, mussten sich an die Hitze gewöhnt haben. Im ganzen Raum herrschte geschäftiges Treiben, und bereits auf den ersten Blick war zu erkennen, wer welche Aufgabe innehatte. Auf einer Seite bereiteten die Mägde die Zutaten für die Speisen vor, auf der gegenüberliegenden Seite wurde das benutzte Geschirr aufgestapelt, damit es gewaschen werden konnte. Mittendrin, an Tischen vor der großen Esse, bereiteten die Köche das Essen zu. Da es noch früh am Morgen war, roch es nach Milch und Grütze und nach etwas Süßlichem, dessen Geruch Annalena an wilde Honigwaben erinnerte, wie sie sie früher zusammen mit ihren Brüdern im Wald gesucht hatte.

Derlei müßige Gedanken verschwanden sogleich, als ihnen ein Mann entgegentrat, dessen blütenweißes Hemd wie auch seine restlichen Kleider unter einer langen Schürze verborgen waren und der ein Tuch um den Hals gebunden trug. Annalena hatte ihn schon beim Eintreten bemerkt. Er war zwischen den Köchen und den Küchenjungen umhergeeilt und hatte an die jüngsten Burschen ein paar Kopfnüsse verteilt. Der Küchenmeister, denn um niemand anderen konnte es sich handeln, war das genaue Gegenteil vom Hofmarschall. Er schob einen Kugelbauch vor sich her und seine Wangen waren rund und rosig wie die Hinterbacken eines Ferkels. Sein blondes Haar lichtete sich an einigen Stellen, und die Haare, die er noch hatte, wurden grau, aber das schien ihn nicht weiter zu betrüben.

»Guten Morgen, Tilman, was führt Euch zu mir?«, fragte er, als er sie erreicht hatte. Offenbar kannte der Mann Tilman Heinrich recht gut.

»Ich habe hier ein neues Mädchen für Eure Küche. Der Hofmarschall sagte, ich solle sie bei Euch abliefern.«

Der Küchenmeister betrachtete sie eine Weile und sein Blick war zwar aufmerksam, doch auch freundlich. Noch bevor er den Mund aufmachte, schätzte Annalena ihn als einen herzlichen Menschen ein, der nur ungemütlich wurde, wenn ihm etwas gegen den Strich ging. Die Kopfnüsse bewiesen es. Annalena war nicht versessen darauf, ebenfalls welche zu bekommen. Sie machte einen Knicks und faltete die Hände sittsam vor dem Körper.

»Sie ist ein wenig dünn geraten, aber das zeugt gewiss davon, dass sie sich flink bewegen kann. Wo hast du bei deinem früheren Herrn gearbeitet?«

»In der Küche und auch außerhalb des Hauses.«

»Kennst du dich mit Kräutern aus?«

»Ein wenig.« Das war untertrieben, in Wirklichkeit kannte sie sich sehr gut aus, denn ihre Mutter hatte einen großen Kräutergarten gehabt. Natürlich diente er meistens der Küche, aber wichtiger war noch, dass ihr Vater dort die Pflanzen für seine Heilmittel gewann. Deshalb verschwieg sie ihr Wissen lieber, denn sie wollte sich nicht fragen lassen, woher sie es hatte.

»Und was ist mit dem Geschirr, hast du da Schaden angerichtet?«, fragte der Küchenmeister weiter.

»Nein, Herr, es ist alles heil geblieben.«

»Und aus welchem Grund bist du entlassen worden?«

»Sie wurde nicht entlassen«, schaltete sich Heinrich ein, denn er schien zu spüren, dass der Küchenmeister Annalenas Ehrlichkeit anzweifelte. »Sie ist fortgegangen, weil sie von einem ehrlosen Kerl an der Nase herumgeführt worden ist.«

»Dann lässt sie sich also gern mit Männern ein?«

Obwohl die Frage an Heinrich gerichtet war, antwortete Annalena. »Das ganz gewiss nicht, Herr. Ich wollte nur den einen und der ist nun nicht mehr bei mir. Und ich konnte auch nicht bei ihm bleiben.«

Sie spürte, wie sich ihr beim Reden eine beklemmende Schwere auf die Brust legte, wie sonst nur, wenn sie anfing zu weinen. Sie atmete tief durch, was Heinrich und der Küchenmeister als Versuch, sich von schlechten Erinnerungen zu befreien, deuten mochten.

Noch immer lag der aufmerksame Blick des Küchenmeisters auf ihr. »Der Hofmarschall hat dir doch sicher gesagt, dass du erst einmal auf Probe genommen wirst?«

»Nein, aber ich kann es mir denken, das war bei meinem vorherigen Herrn auch so.«

»Gut, ich gebe dir drei Monate Zeit, dich zu bewähren. Schaffst du es, werde ich dich hierbehalten. Aber ich erwarte von dir, dass du stets ordentlich und gründlich bist und keinen Schaden machst. Jedes Stück, das du zerbrichst, musst du ersetzen.«

Annalena nickte gehorsam. »Ich werde Euch nicht enttäuschen.«

»Dann folge mir, Mädchen.«

Annalena blickte noch einmal zu Heinrich und nickte ihm dankend zu. Dann schloss sie sich rasch dem Küchenmeister an, der bereits ein Stück weit voraus war. Er führte sie zu dem Tisch, auf dem das gebrauchte Geschirr abgestellt wurde. Zwei weitere Mägde arbeiteten dort, doch es war zu merken, dass sie die Arbeit nur mit Mühe schafften. Auch zu dritt war das dreckige Geschirr im wahrsten Sinne des Wortes ein Riesenberg Arbeit.

»Martha«, sprach er eine der Frauen an. Sie war ein paar Jahre jünger als Annalena. Unter ihrer weißen Haube schauten blonde Locken hervor und die Schürze, die sie über ihrem braunen Kleid trug, wies zahlreiche Wasserflecken auf.

»Ja, Herr Küchenmeister?«, entgegnete sie mit einem fröhlichen Lächeln.

»Das ist Annalena, die neue Scheuermagd. Zeig ihr, was sie zu tun hat.«

»Mit dem größten Vergnügen, Herr Küchenmeister.« Sie knickste höflich, aber bei ihr hatte jede Bewegung und jedes Wort etwas Spöttisches an sich, das Annalena nie an den Tag zu legen gewagt hätte. Der Küchenmeister schalt sie deswegen allerdings nicht, sondern machte ohne weitere Worte kehrt und ging zu den Köchen.

»Also ich bin die Mardha. Du bist nisch von hier, noor?«

In ihren Worten schwang ein bisschen Dialekt mit, doch wie Annalena gerade eben noch gehört hatte, konnte sie auch anders sprechen. Der Küchenmeister redete so wie die Leute im Norden, dass er ein echter Sachse war, wagte Annalena zu bezweifeln. Seine Untergebenen hatten sich offenbar seiner Art zu sprechen angepasst. Oder er hatte es ihnen mit dem Kochlöffel beigebracht? Diese Vorstellung brachte Annalena zum Schmunzeln. »Nein, ich komme aus dem Mecklenburgischen. Mein Vater wohnte in Lübz.«

»Nie gehört.« Martha zuckte mit den Schultern, dann deutete sie auf den Abwasch. »Damit wirst du anfangen. Sieh dich vor mit dem Porzellangeschirr, es ist sehr teuer, und der Küchenmeister verpasst dir eine Maulschelle, wenn du nur eines davon fallen lässt.«

Annalena ließ den Blick über die Teller, Schalen, Tassen, Kännchen und andere Behältnisse schweifen, deren Namen sie nicht einmal kannte. Ihr fiel das Gespräch mit Seraphim ein. Offenbar liebte auch dieser Herrscher das Porzellan, dabei sah es nicht einmal so besonders aus. Es war weiß wie Schnee, ja, aber Annalena konnte nicht erkennen, was daran so kostbar sein sollte. Schalen aus Ton konnten weiß angemalt werden und kosteten gewiss nicht so viel wie Porzellan. Aber vielleicht war der hohe Preis ja genau das, was die Fürsten und Könige daran schätzten.

»He, dräumst de oder was?« Martha knuffte sie mit dem Ellbogen.

»Nein, ich habe nur …«

»Mach dich besser an die Arbeit, ehe dich der Küchenmeister beim Träumen erwischt. Er schätzt es nicht, wenn Zeit vergeudet wird.« Martha lächelte Annalena zu und begab sich dann wieder an ihren Platz.

Annalena machte sich ebenfalls an die Arbeit und stellte fest, dass man, wenn man nur achtgab, nichts fallen zu lassen, bei dieser monotonen Beschäftigung herrlich nachdenken konnte. Sie hatte wirklich Glück, hier sein zu dürfen.

Am Nachmittag, als das Geschirr fertig war, führte Martha sie in die Orangerie, in der im Winter die Küchenkräuter in großen Tontöpfen gezogen wurden.

Ein berauschender Duft schlug ihnen entgegen. Einige der seltsamen Bäumchen, die sich dort in großen Kübeln drängten, hatten weiße Blüten, wie Annalena sie noch nie zuvor gesehen hatte. Ihr Geruch mischte sich mit den Aromen der Kräuter. Annalena war überrascht, dass Kerbel, Petersilie, Rosmarin und Majoran hier tatsächlich auch im Winter wuchsen. Außer diesen Kräutern gab es noch andere wie Pomeranzen, Lorbeer, Salbei und Mangold. Es hätte Annalena nicht verwundert, wenn in einem der Töpfe eine Alraune stecken würde.

»Im Sommer werden die Kräuter draußen im Küchengarten gezogen, doch der Frost hat die meisten Pflanzen absterben lassen. Da es die hohen Herren schätzen, wenn ihre Speisen gewürzt sind, müssen wir dafür sorgen, dass das gewünschte Kraut stets da ist. Einiges kann man trocknen, aber dann verliert es den Geschmack.«

Annalena fragte sich, ob die Kräuter auch zu Heilzwecken angewandt wurden. Sie kannte einige Verwendungsmöglichkeiten für die angebauten Pflanzen, doch wahrscheinlich vertraute man in einer großen Stadt wie Dresden eher auf einen Apotheker. Also schwieg sie, merkte sich jedoch, was hier alles wuchs, für den Fall, dass sie selbst mal ein Zipperlein plagte.

»Wir beide werden abwechselnd die Kräuter gießen und Unkraut zupfen. Zum Trocknen wird meist im Frühjahr und Sommer geerntet, diese Pflanzen hier sind nur für den frischen Gebrauch. Ginge auch nicht anders, denn wie du sehen kannst, sind sie nicht so tiefgrün wie echte Sommerkräuter.« Offenbar verstand Martha einiges von Kräutern, und auch sonst konnte Annalena sie gut leiden.

Als sie die Orangerie wieder verließen, wehte ihnen ein schneidender Wind entgegen. In den wenigen Augenblicken, die sie drinnen verbracht hatten, war es merklich aufgefrischt. Ein unerwarteter Windstoß fegte Annalena die Haube vom Kopf und ihr Haar wehte frei um ihre Schultern. Erschrocken blickte sie sich um und sah, dass sich die Haube an einem kleinen Obstbaum verfangen hatte. Dort flatterte sie wie eine Fahne und drohte, sich jeden Augenblick von dem zarten Stamm zu lösen. Annalena stürmte auf sie zu und bekam die Haube noch gerade rechtzeitig zu fassen. Da störte es sie auch nicht, dass der Wind ihr Haar in einer wilden Wolke tanzen ließ.

»Du hast Haare wie Federn von 'nem Grächnvochel«, sagte Martha bewundernd, während sie weiter über den Hof liefen und Annalena sich mühte, die losen Flechten zu einem Zopf zu drehen und wieder unter der Haube zu verstauen. Bei der Länge ihres Haars und dem Wind, der ihr die Flechten immer wieder entriss, gestaltete sich das als ziemlich schwierig.

»Was ist ein Grächnvochel?«, fragte Annalena, denn sie hatte wohl verstanden, dass es ein Vogel sein sollte, doch sie hatte noch nie von einem derartigen Tier gehört.

»Eine Krähe«, sagte Martha fröhlich.

Krähenweib, kreischten die Stimmen aus ihrer Erinnerung. Obwohl sie die Gedanken an ihre Vergangenheit energisch beiseiteschob, musste ein erschütterter Ausdruck auf ihr Gesicht getreten sein, denn Martha fragte: »Habe ich was Falsches gesagt? Es sollte keine Beleidigung sein, ich mag Krähen wegen ihres schillernden Gefieders sehr gern. Dein Haar hat mich einfach daran erinnert.«

Annalena zwang sich zu einem Lächeln. »Ist schon gut. Es ist nur, dass man mich schon mal in anderem Zusammenhang mit Krähen verglichen hat, und das war nicht gerade schmeichelhaft.«

Martha hakte sich bei ihr ein. »Du darfst nicht so viel darauf geben, was andere über dich denken. Der eine mag Krähen, der andere nicht. Das gilt auch für vermeintlich edlere Dinge wie Tauben oder Blumen oder Herbstlaub. Einer findet es schön, der andere nicht. Ich mag Krähen, ihr Krächzen erinnert mich an den Winter und ich schaue ihnen gern zu, wenn sie den Schlossturm umkreisen. Ist dir schon mal aufgefallen, wie majestätisch sie sich im Wind treiben lassen? Ich schwöre dir, wenn ich dich mit einer Krähe vergleiche, so ist das ein Lob.«

Angesichts ihres Lächelns hätte wohl niemand mehr auf Martha böse sein können. Auch Annalena konnte es nicht. Die Worte stimmten sie allerdings nachdenklich. Wieder einmal merkte sie, wie sehr sie die vergangenen Jahre doch geprägt hatten.

Werde ich die Zweifel je verlieren?, dachte sie. *Wird sich mein Krähengefieder je in das eines Singvogels verwandeln?*

Wieder in der Küche angekommen blieb keine Zeit fürs Nachdenken. Das Abendessen für den Statthalter und den Hof musste vorbereitet werden. Auf dem Speiseplan stand gebackener Hecht, außerdem grüne Bohnen, Hühnchen, Wurzelgemüse und Apfelkrapfen.

»Das ist nicht mal ein Bruchteil dessen, was aufgetischt wird, wenn der Kurfürst im Schloss ist«, erklärte Martha, als sie sich an die Arbeit machten. »Aber das wirst du noch früh genug erleben. So ruhig, wie es jetzt ist, bleibt es nicht, also genieß es besser.«

Annalena konnte sich allerdings nicht vorstellen, dass es noch hektischer werden konnte. Die Küche war ein einziges Gewusel und laute Rufe hallten von den Wänden wider. Die Scheuermägde mussten beim Gemüseputzen und Apfelschälen helfen. Annalena hielt unter dem Gemüse Ausschau nach jenen seltsamen Tartuffeln, die sie im Haus des Oranienburger Händlers gegessen hatte, aber diese Knollen gab es hier nicht. Dafür haufenweise anderes Gemüse, von dem sie nicht geglaubt hätte, dass es das um diese Zeit noch frisch gab. Aber die Orangerie war groß, und Martha hatte ihr nur einen kleinen Teil davon gezeigt.

»Man könnte fast glauben, der Küchenwagen käme auf den Hof geprescht«, sagte Martha, als lautes Hufgetrappel über den Hof klapperte. Doch als sie aufblickte, sah sie, dass es nur die Kutsche des Statthalters war.

»Küchenwagen?«, fragte Annalena, die ebenfalls den Hals reckte und sah, wie einem Mann mit langer grauer Perücke und blauem Rock von einem Lakaien aus dem Wagen geholfen wurde.

»Ja, eine Kutsche, die zwischen der Nordsee und Dresden

verkehrt. Wenn unser gnädiger Kurfürst hier ist, schickt er diesen Wagen los, um frische Austern, Fisch und Wein zu holen.«

Annalena hatte keine Ahnung, auf wie viele Meilen sich die Strecke belief, doch da selbst von Walsrode aus die Nordsee sehr weit war und Berlin auf halber Strecke zwischen Walsrode und Dresden lag, musste es ein sehr langer Weg sein.

»Und da bleiben die Austern frisch?«

»Sie werden in Wasserbottichen am Leben erhalten, das ist die einzige Möglichkeit. Sonst würde man sie schon riechen, wenn sie durch das Stadttor kommen. Hast du schon mal welche gegessen?«

Annalena schüttelte den Kopf. Solch einen Luxus gab es nicht in Henkershäusern, und Röber hatte nicht mehr Geld als nötig in Lebensmittel investiert. »Nein, das habe ich nicht. Aber ich habe die Leute mal davon reden hören. Austern sind eine Art Muscheln, stimmt's?«

»Stimmt, und zwar die köstlichste Art Muschel, die es gibt. Seine Majestät liebt diese Speise, denn man sagt ihr nach, dass sie die Manneskraft verstärken soll.« Martha zwinkerte ihr anzüglich zu.

Annalena spürte plötzlich Hitze auf ihren Wangen.

»Wenn welche übrig bleiben, können wir uns vielleicht mal eine abzweigen und probieren«, fügte Martha hinzu, worauf eine andere Magd namens Lina meinte: »Als ob dir das gelingen würde! Die Pagen und Küchenjungen sind dreimal schneller.«

»Dann muss ich wohl einen von ihnen für mich gewinnen.« Martha grinste Annalena und Lina an. »Ich werde schon noch eine Auster bekommen, verlasst euch drauf!«

Die beleibte Magd schüttelte den Kopf, doch Martha schien voller Zuversicht, und ein verträumtes Lächeln stand auf ihrem Gesicht, während sie ihre Arbeit fortsetzte.

Am Abend zeigte Martha Annalena ihre Kammer. Sie teilten sich den kleinen Raum mit zwei weiteren Mägden, die Annalena ebenfalls in der Küche gesehen hatte, deren Namen sie bisher aber nicht kannte. Eine von ihnen hatte braunes Haar, das sie zu einem Zopf geflochten trug, die andere war wie Martha blond, nur einen ganzen Ton dunkler.

»Das sind Nele, die eigentlich Cornelia heißt, und Katrin«, stellte Martha sie vor. »Und das ist Annalena. Sie wird den Platz von Gunda einnehmen.«

»Na, hoffentlich schnarchst du nicht so wie Gunda«, sagte Katrin mit einem breiten Lächeln und Nele fügte hinzu: »Wir hatten uns eigentlich gefreut, mehr Platz zu haben, aber du bist ja zum Glück nicht so dick wie Gunda.«

»Warum ist Gunda nicht mehr hier?« Annalena musste unwillkürlich an Marlies denken und drängte die damit zusammenhängenden Bilder erschaudernd zurück.

»Sie hat geheiratet«, antwortete Martha. »Einen der Kammerburschen hier. Der hat es lieber, dass sie zu Hause bleibt, zumal es schon vor der Hochzeit nicht zu übersehen war, dass sie ein Kind kriegt.«

Die Mädchen lachten auf, und Annalena tat so, als sei die Geschichte für sie ebenfalls ein Grund zur Fröhlichkeit, doch in Wirklichkeit wurde ihr das Herz schwer. Wahrscheinlich würde sie nie erfahren, wie es sich in einer guten Ehe lebte. Oder als Mutter. Nur der Himmel wusste, was mit Johann geschehen würde.

»Du solltest dich gut zudecken, neben Gundas Bett zieht es mächtig«, fügte Martha hinzu, während sie auf das Bett neben der Tür deutete. »Dafür biste aber schneller draußen, wenn's brennt.« Die Bemerkung klang scherzhaft, aber Annalena nahm sie durchaus ernst, denn im Schloss hatte es ja schon gebrannt.

Nickend ließ sie sich dann auf ihren Strohsack nieder, um sich aus dem Kleid zu schälen, während die anderen Mädchen munter zu plappern begannen, unheimlich schnell und so dialektgefärbt, dass sie nahezu nichts verstand. Aber das störte sie in diesem Augenblick nicht, denn Annalena musste eine Antwort auf ihre dringlichste Frage finden: Wie verbarg sie ihre Narben am besten vor den anderen?

Sie musste ihren Rücken einfach bedeckt halten und hoffen, dass niemand Verdacht schöpfte. Sie band einen doppelten Knoten in die Schleife, die ihr Hemd zusammenhielt, damit es in der Nacht nicht verrutschte. Nachdem sie ihr Kleid über einen wackligen Stuhl gehängt hatte, legte sie sich auf den Rücken und starrte zur Decke, bis die anderen verstummten und sie endlich einschlafen konnte.

Die Kutsche mit dem Wappen des polnischen Königs war über und über mit Schmutz bedeckt und die Pferde schienen sie mit letzter Kraft zu ziehen. Der Kutscher war nach der langen Reise erschöpft, und nicht anders erging es dem einzigen Reisenden, der sich auf der harten Sitzbank den Hintern plattdrückte. Seit fünf Tagen waren sie nun unterwegs, und wie es der Wunsch seines Herrn gewesen war, hatte die Kutsche nur die nötigsten Pausen eingelegt.

Nun hatten sie endlich Dresden erreicht, dessen Mauern sich majestätisch gegen den Abendhimmel erhoben. Michael Nehmitz, der den Brief des Königs zum Statthalter bringen sollte, schloss die Augen und schickte ein Dankgebet gen Himmel. Sie waren am Ziel! Da machte es auch nichts, dass die Tore der Stadt bereits geschlossen waren. Er würde den Kutscher einfach zu den Torwachen schicken und verlauten lassen, dass er eine wichtige Order Ihrer Majestät bei sich trug, die unverzüglich überbracht werden musste.

Seine Hand lag auf der Ledertasche, in dem sich das Schreiben verbarg. Nicht mal, wenn er seine Notdurft verrichten musste, hatte er sie aus der Hand gelegt. Er hatte keine Ahnung, was der König Fürstenberg befohlen hatte, doch er wusste, dass es um den Goldmacher ging. Wie viele von diesen Quacksalbern und Scharlatanen hatte Dresden schon hängen gesehen! Für den Unbekannten hoffte er, dass diesmal mehr dahintersteckte als Flittergold – und dass er diese Schinderei nicht für jemanden auf sich genommen hatte, der es letztlich nicht wert war.

»Wollt Ihr vielleicht aussteigen, Eure Durchlaucht?«, fragte der Kutscher, der nun an der Tür erschienen war.

Nehmitz schüttelte den Kopf. »Nein, geh zu den Wachen und frage, ob sie uns passieren lassen. Sag ihnen, dass es wichtig sei, nein, sag, dass es um Leben und Tod geht. Ich habe nach dieser Höllenfahrt nicht vor, mir noch länger die Knochen von dieser Kälte einfrieren zu lassen.«

»Sehr wohl, Eure Durchlaucht.« Der Kutscher verbeugte sich und wandte sich um.

Nehmitz beobachtete, wie er zu den Wachen ging und mit ihnen redete. So heftig, wie er nach einer Weile gestikulieren musste, schienen sie ihm die Wichtigkeit der Angelegenheit keineswegs abzunehmen. Als Nehmitz bereits erwog, sich einzumischen, machte der Kutscher schließlich kehrt und kam zum Wagen gelaufen.

»Was ist, lassen sie uns durch?«

»Sie sagen, dass sie Order haben, niemanden durchzulassen.«

»Und ich sage, dass ich Order des Königs habe, und die muss ich dem Statthalter so schnell wie möglich überbringen.« Nehmitz presste die Lippen zusammen. Diese ignoranten Tröpfe wollten ihn offenbar die ganze Nacht hier vor den

Toren campieren lassen. »Schwing dich auf den Kutschbock und fahr mich näher an das Tor heran. Ich rede mit ihnen.«

Der Kutscher kam der Anweisung seines Herrn unverzüglich nach. Als die Wachposten in Rufweite waren, winkte Nehmitz einen von ihnen heran.

»Höre Er, ich fürchte, mein Kutscher hat sich nicht ganz richtig ausgedrückt. Ich muss durch dieses Tor, und es ist mir egal, welche Anweisungen Er hat. Ich habe hier eine wichtige Order des Königs, von der Leben und Tod abhängt.«

»Und uns hat man befohlen, die Tore geschlossen zu halten, für den Fall, dass die Schweden kommen.«

Nehmitz verdrehte die Augen gen Himmel und murmelte ein Stoßgebet. Er versuchte, so ruhig wie möglich zu bleiben, und konnte doch nicht verhindern, dass seine Stimme einen scharfen Ton annahm. »Wie es aussieht, weiß Er nicht, wen Er vor sich hat. Die Schweden sind in Lettland im Winterquartier. Dresden ist nicht in Gefahr. Ich bin der Vizelehnsherr des Königs und muss umgehend zum Statthalter Fürstenberg. Und wenn Er mich nicht durchlässt, wird Er morgen Nacht keine Arbeit mehr haben. Also, was ist, öffnet Er nun das Tor?«

Der Wachposten blickte sich erschrocken nach seinem Kumpan hinter ihm um und die beiden liefen los, um die Torflügel aufzustoßen.

Nehmitz atmete tief durch. Er wollte nur noch seinen Auftrag zu Ende bringen und dann in ein weiches Bett fallen. Der Hufschlag hallte vom Torbogen wider, als sie passierten, und wenig später fuhr die Kutsche vor dem Palais Fürstenberg vor. Der Statthalter des Königs hatte sich bereits zu Bett begeben, doch sein Ärger darüber, dass man ihn den weichen Daunen entriss, würde schon vergehen, wenn er die Order des Königs las.

Noch auf dem Weg zur Eingangtür des Palais kam Vizelehnsherr Nehmitz ein Lakai entgegen. Seine Perücke und seine Kleider saßen unordentlich, wahrscheinlich hatte er sich beides in aller Eile übergeworfen. Aber aufgrund der Uhrzeit würde sein Herr gewiss gnädig sein.

»Ich muss unverzüglich zu Seiner Gnaden, sieh zu, dass er geweckt wird. Ich bringe Order vom König!«

Der Lakai verneigte sich, dann bedeutete er dem Gast, dass er ihm folgen möge. Er führte Nehmitz in den Salon, und so unfroh wie er dreinschaute, als er diesen verließ, um seinen Herrn zu wecken, erwartete ihn offenbar ein ziemliches Donnerwetter.

Nehmitz vertrieb sich die Zeit damit, die Gemälde und die prachtvolle Deckengestaltung zu bewundern – und gegen den Schlaf anzukämpfen. Schließlich erschien Anton Egon von Fürstenberg. Über seinem Nachtgewand trug er einen Morgenmantel aus dunkelblauem Samt, seine graumelierten, kurzgeschnittenen Haare wurden diesmal nicht von einer Perücke bedeckt.

»Was gibt es, Nehmitz, dass Ihr mich aus meinem Schlaf reißt?«

Er klang gereizt, aber Fürstenberg wusste genauso gut wie Nehmitz, dass eine Order des Königs nicht warten durfte. Er reichte ihm die Ledertasche. »Das hier lässt Euch Seine Majestät zukommen mit dem Befehl, alles, was dieses Etui an Anordnungen enthält, sofort in die Wege zu leiten.«

Fürstenberg legte sie auf einen Tisch, brach das königliche Siegel und entnahm die Briefe. Nehmitz wünschte sich, dass der Statthalter ihn entlassen möge, denn mehr als den Boten spielen sollte er eigentlich nicht. Zumindest nicht, bis der Goldmacher hier eintraf. Doch er wagte auch nicht, sich eigenmächtig zu entfernen. Und so blieb er stehen, zupfte an seinen Ärmelmanschetten und versuchte, nicht zu auffällig von einem Bein aufs andere zu treten.

»Nehmitz, Ihr werdet mit ein paar Leuten, die ich Euch stelle, nach Wittenberg reisen, und zwar unverzüglich«, sagte Fürstenberg, nachdem er die Schreiben durchgesehen hatte, die der König mit dem Vermerk versehen hatte, dass sie zuerst erledigt werden sollten.

»Aber, Euer Gnaden, ich bin eben erst angekommen. Die Pferde sind erschöpft und …«

Fürstenberg hob die Hand und brachte ihn damit zum Schweigen. »Seine Majestät wünscht ausdrücklich, dass Ihr dafür Sorge tragen sollt, dass der Junge unversehrt hier ankommt.«

Nehmitz wollte noch einmal protestieren, doch der Blick des Statthalters ließ keinen Zweifel daran, dass er seine Anweisung weder zurücknehmen noch wiederholen würde.

»Wie Euer Gnaden wünschen«, sagte er daher resigniert und verbeugte sich.

»Gut, ruht Euch etwas aus, das Zusammenrufen der Männer dürfte ein paar Augenblicke in Anspruch nehmen. Sagt meinem Diener einfach, dass er Euch in eines der Gästezimmer führen soll.«

Da fiel dem Vizelehnsherrn noch etwas ein. »Und wenn sich der Bursche wehrt oder versucht zu flüchten? Ich bin kein Soldat, der ihn halten könnte.«

»Keine Sorge, ich werde Euch nicht irgendwelche Männer an die Seite geben, sondern kampferprobte Recken. Außerdem ist Generalmajor Albendyll vor Ort in Wittenberg, für ihn werde ich Euch die Order mitgeben, dass er Euch und den Goldmacher begleiten soll.«

Nehmitz kannte Albendyll nur vom Hörensagen, und im Großen und Ganzen war es ihm sowieso egal, wer ihn begleitete, Hauptsache, derjenige hatte einen Degen an der Seite und konnte damit umgehen. »Wie auch immer es Eure Durchlaucht für richtig halten.«

Fürstenberg hatte nichts anderes erwartet. »Gut, dann werde ich Euch Bescheid geben lassen, sobald sich die Männer gesammelt haben.«

Mit diesen Worten und mit einem leichten Kopfnicken bedeutete er Nehmitz, dass er gehen sollte. Der Vizelehnsherr zog sich aus dem Salon zurück und traf im Flur auf den Lakaien, der sich in gebührendem Abstand von der Tür aufhielt, damit er bei seinem Herrn nicht in den Verdacht geraten konnte, zu lauschen.

Nehmitz trug ihm auf, dem Kutscher Bescheid zu geben, dass er sich noch nicht zu entfernen hatte. Nachdem das geschehen war, ließ er sich in das von Fürstenberg angebotene Zimmer bringen und machte es sich dort auf einer Chaiselonge gemütlich. Wie lange diese Verschnaufpause währen würde, wusste er nicht, auch war er mit einem Mal viel zu aufgeregt, um zu schlafen. Dennoch zwang er sich, die Augen zu schließen, denn er war sicher, dass unruhige Zeiten auf ihn zukamen.

17. Kapitel

Aus den geheimen Aufzeichnungen des Johann Friedrich Böttger:

Ein neuer Morgen bricht an, ein trüber, kalter Morgen. Ich habe keine Ahnung, welchen Tag wir haben und ich habe auch nicht vor, danach zu fragen. Helligkeit wechselt sich mit Dunkelheit ab, Tag um Tag vergeht. Die Zelle ist jetzt noch unwirtlicher als zuvor, von überall zieht es herein, und ich frage mich, wie lange man mich hier noch festhalten wird. Meine Bücher, meine Arbeit und vor allem mein schwarzhaariger Engel fehlen mir dermaßen, dass ich mich frage, ob es überhaupt richtig war, mich dem Goldmachen zu verschreiben und aus Berlin fortzugehen. Ich hätte weiterhin bei Zorn bleiben und vielleicht eines Tages seine Apotheke übernehmen können. Ich hätte meine eigene Apotheke eröffnen, A. heiraten und Frieden haben können. Mein Freund Schrader wird das zweifelsohne tun, und ich bin mir sicher, dass er eines Tages zu den geachtetsten Bürgern der Stadt zählen wird. Er wird sich eine Frau suchen und Kinder in die Welt setzen und ein glückliches Leben führen. Aber wenn ich ehrlich bin, muss ich zugeben, dass ich niemals ohne die Goldmacherkunst und meine Experimente leben könnte …

Schritte kommen den Gang hinauf. Wollen sie mich erneut prüfen? Haben sie Nachrichten für mich? Ist es gar Kunckel, der kommt, um mich hier rauszuholen?

Oder ist es eine Neuigkeit von diesem Dr. Pasch?

Als ich gestern vorgab zu schlafen und meine Wächter sich deshalb sicher fühlten, miteinander zu schwatzen, hörte ich, dass drei Männer, die um das Schloss geschlichen waren, Ryssels Wachen nur knapp entkommen sind. Man vermutet dahinter preußische Aufrührer, die versuchen wollten, mich, den Goldmacher, zu befreien.

Die Tür geht. Ich werde den Rest meiner Notiz vertagen müssen.

Böttger hatte sein Heft gerade unter seinem Hemd verborgen, als die Tür des Wachraumes geöffnet wurde. Die Männer, die eintraten, trugen staubige Röcke und Dreispitze auf dem Kopf. Sie wirkten, als seien sie in einer amtlichen Angelegenheit hier, und die Degen an ihrer Seite machten deutlich, dass ein Fluchtversuch keine gute Idee wäre.

Ach, Annalena, hast du mich vergessen?, dachte Johann, denn er hielt es für unwahrscheinlich, dass Kunckel ihm diese Männer gesandt hatte. Dazu sahen sie zu sehr nach einer offiziellen Eskorte aus, die der Kurfürst oder einer seiner Minister geschickt hatte. Immerhin würde er aus Wittenberg fortkommen, aber einem ungewissen Ziel entgegen. Der Kurfürst residierte in Dresden, ganz in der Nähe von Kunckels Landsitz. Vielleicht schaffte er es, eine zweite Nachricht aus seinem Gefängnis zu schmuggeln, damit sein Freund endlich etwas tat, um ihn zu befreien. Doch wie sollte er das schaffen ohne Annalena? Hoffentlich ging es ihr gut.

»Johann Friedrich Böttger?«, fragte einer der Besucher, gleich so, als wüsste er nicht längst um seine Identität. Hinter ihm konnte Johann zwei Gardisten und den Amtmann Ryssel erkennen. Offenbar hatte er die Männer hierher geführt.

»Der bin ich«, entgegnete Johann, worauf die Gittertür aufgesperrt wurde.

»Wir haben Order, Euch von hier fortzubringen.« Auf einen Wink des Fremden traten zwei seiner Begleiter vor und ergriffen Johann. So hart, wie sie ihn anpackten, fürchtete er, dass Ryssel dem Bestreben Röbers und des Leutnants nachgegeben hatte. Schließlich hatte er bisher nichts getan, um den sächsischen Kurfürsten gegen sich aufzubringen.

Doch wäre Röber dann nicht mitgekommen, um seiner Auslieferung beizuwohnen? Vielleicht erwartete er ihn unten mit einem spöttischen Grinsen auf dem Gesicht. Panik erfasste Johann und er überlegte verzweifelt, ob es nicht doch eine Möglichkeit gab zu flüchten. Aber wahrscheinlich warteten unten außer Röber auch noch andere Bewaffnete auf ihn.

»Wohin wollt Ihr mich bringen?«, fragte er schließlich mit erzwungener Ruhe. Immerhin war es möglich, dass er voreilige Schlüsse zog.

»Das werdet Ihr noch früh genug erfahren«, gab der Fremde zurück. »Aber Ihr könnt sicher sein, dass Euch nichts geschehen wird.«

Die Männer führten ihn aus der Zelle in den Wachraum. Die einzige Formalität, die noch erledigt werden musste, war die Übergabe eines Schreibens, dessen Inhalt er wohl nie erfahren würde. Dann brachte man ihn aus dem Turm.

Zu Johanns großer Erleichterung warteten vor dem Schloss keineswegs Röber und die Preußen. Vielmehr stand der sächsische Leutnant Albendyll, der ihn während seiner Haft einmal besucht hatte, neben einer schlichten Kutsche, an der keinerlei Wappen angebracht waren.

»Steigt ein!«, befahl ihm der Fremde, und im nächsten Moment fand er sich im Kutschenschlag wieder. Die anderen Männer setzten sich zu ihm, umringten ihn regelrecht wie Jagdhunde ihre Beute. Dann gab man dem Kutscher das Zeichen, dass es losgehen sollte.

Während der morgendliche Nebel um die Häuser kroch, preschte die Kutsche durch die menschenleeren Gassen Wittenbergs, der Stadt, von der Johann sich so viel versprochen hatte. Jetzt würde er sehen müssen, wohin ihn sein Weg führte.

In den nächsten Tagen gewöhnte sich Annalena nicht nur an die Arbeit und den Dialekt der Menschen hier, sie erfuhr auch einiges über den Hof und den Kurfürsten. Es blieb bei ihrer doch recht langweiligen Arbeit nicht aus, dass man sich die Zeit ein wenig mit Schwatzen vertrieb – vor allem, wenn der Küchenmeister gerade nicht da war, um ihnen auf die Finger zu schauen und Kopfnüsse zu verteilen.

Die Küchenjungen und Mägde gaben dabei jede Neuigkeit zum Besten, die sie irgendwo aufschnappten, und da sie die meiste Zeit im Schloss verbrachten, drehten sich die Gespräche vorrangig um das Leben hier. Annalena war natürlich eine willkommene Zuhörerin, da sie auch den alten Geschichten fasziniert lauschte. So erfuhr sie vom Brand des Schlosses im Frühjahr und davon, dass es wahrscheinlich ein rauschendes Fest geben würde, wenn die Bauarbeiten abgeschlossen waren. Das bedeutete nichts anderes, als dass in der Küche von früh bis spät gebraten und gesotten werden musste – doch ein Fest dieses Ausmaßes würde auch dem Personal zugutekommen, denn die Reste des Mahls würden an sie fallen.

Natürlich hatte das Küchenpersonal auch jede Menge Klatsch vom Hof auf Lager. Dazu gehörten Geschichten über die Mätressen des Kurfürsten Friedrich August, den man hier nur August den Starken nannte, seit er es geschafft hatte, ein Hufeisen mit bloßen Händen auseinanderzubiegen. Seine Favoritin war momentan eine Polin, Ursula Lubomirska, die er zur Gräfin von Teschen erhoben hatte. Sie entstammte dem polnischen Adel und war verheiratet, aber das hielt den Kurfürsten und König nicht davon ab, dem Ehemann für eine satte Abfindung regelmäßig Hörner aufzusetzen. August erhoffte sich, dass durch diese Verbindung der polnische Adel ein wenig gnädiger gestimmt werden würde, denn dieser sah es alles andere als gern, einen Ausländer zum König zu haben – obwohl sie ihn doch gewählt hatten und er der polnischen Krone wegen zur katholischen Konfession übergetreten war.

Doch es kam noch besser, der eigentliche Klatsch fing hier erst an. August hatte eine zweite Geliebte. Diese war zwar nicht offiziell zur Mätresse erhoben worden, aber sie genoss hier in Dresden alle Vorteile dieses Standes. Eine Türkin sei sie, sagten die Mägde, und die Küchenjungen erzählten sich, dass er sie von einem englischen Offizier geschenkt bekommen habe, als sie selbst noch ein Kind war. Als Heranwachsende habe sie bei der fürstlichen Mätresse Aurora von Königsmarck gedient, doch die Königsmarck hatte vor kurzem die Gunst des Fürsten verloren und Fatime, wie der Name der Türkin lautete, war inzwischen zu einer schönen Frau herangewachsen.

»Sie sieht beinahe so aus wie du, nur dass deine Haut heller ist«, meinte Martha und stieß ihr neckend den Ellbogen in die Seite.

Mittlerweile hatten die Mägde mitbekommen, dass sie ziemlich still war, und so ließen sie keine Gelegenheit aus, um sie ein wenig aus ihrer Scheu hervorzulocken.

Annalena wusste dies zu schätzen, versuchte aber dennoch, so unsichtbar wie möglich zu bleiben. Da sie sich diesmal das Quartier mit drei anderen Mägden, unter ihnen auch Martha, teilen musste, war noch größere Vorsicht geboten als in Röbers Haus. Sicher würden es die Frauen nicht gutheißen, eine mutmaßliche Verbrecherin unter sich zu haben, und sie würden im Gegensatz zu Johann wohl kaum glauben, dass diese Narben nicht die Überbleibsel einer Strafe waren.

Glücklicherweise gab es nichts, woran man ihre Herkunft als Henkerstochter erkennen konnte. Für das Personal hier war sie einfach die stille Berlinerin, die man mit allen Mitteln versuchen musste aufzutauen. Zumindest schien sich Martha das auf die Fahnen geschrieben zu haben, denn es war nicht das erste Mal, dass sie Annalena ganz bewusst in Verlegenheit brachte.

»Ich bin mir sicher, dass ich nicht wie eine Türkin aussehe«, gab sie zurück, obwohl sich das nicht gerade gewandt anhörte und gewiss nicht Marthas Spottlust mildern würde.

»Nein, deshalb sage ich ja, deine Haut ist heller«, entgegnete sie grinsend. »Und deine Augen auch. Aber du hast genauso schwarzes Haar wie sie. Seine Majestät liebt Frauen mit Haaren, die aussehen wie Krähenfedern.«

Wieder der Vergleich mit den Krähen! Martha zwinkerte ihr zu und erinnerte sie damit an ihre Worte vor der Orangerie. Dass Krähen in ihren Augen schöne, anmutige Geschöpfe waren.

Die anderen Mägde kicherten und die Küchenjungen bedachten Annalena mit einem breiten Grinsen. Ihr wurde unter ihrem Kleid auf einmal heiß. Ihre Narben begannen zu jucken, und nur mit Mühe konnte sie sich bezwingen, den Juckreiz nicht mit einem Kratzen zu lindern.

»Ich glaube kaum, dass Seine Majestät etwas mit einer Frau wie mir anfangen wollte. Ich bin nur ein ganz einfacher Mensch.«

Annalena hoffte, dass das Thema damit erledigt war, aber Martha ließ nicht locker. »Wer sagt denn, dass Fatime kein einfacher Mensch ist? Niemand weiß genau, woher sie kommt, sie kann genauso gut die Tochter eines Bauern wie die eines reichen Mannes sein. Nicht mal Seine Majestät weiß …«

Bevor sie weitersprechen konnte, rief einer der Küchenjungen: »Der Küchenmeister kommt!« Augenblicklich verstummten alle und senkten den Blick auf ihre Arbeit. Annalena atmete erleichtert durch. Jetzt würde sie Ruhe haben, bis der Küchenmeister sich erneut von seinem Platz entfernte.

Doch im nächsten Augenblick stellte sich heraus, dass es nur falscher Alarm war. Der Bursche hatte sich einen Spaß gemacht und erntete nun geschüttelte Fäuste und Beleidigungen dafür.

»Du Riehbl!«, rief auch Martha, aber sie lachte dabei, denn sie nahm dem Küchenjungen den Streich nicht übel. Dazu saß ihr der Schalk selbst viel zu tief in den Knochen. »Wo waren wir stehengeblieben, Annalena?«

»Du wolltest mir noch ein bisschen was über die Küche erzählen«, antwortete sie unschuldig, doch Martha konnte sie damit nicht narren.

»Nein, das wollte ich eigentlich nicht, denn alles, was du wissen musst, weißt du schon.«

»Dann erzähl mir was über Dresden. Es gibt doch sicher Geschichten über die Stadt.«

»Und ob es die gibt!«, sprang ihr Lina bei, denn sie hatte ein mitleidiges Herz und merkte, dass Annalena sich in die Enge gedrängt fühlte. »Du solltest ihr die Geschichte von dem Mönch erzählen.«

»Ja, erzähl mir die Geschichte vom Mönch!«, bat Annalena nachdrücklich, denn sie war es leid, ständig mit einer Mätresse verglichen zu werden.

»Na gut«, entgegnete Martha, aber ihr Blick besagte, dass das Gespräch über die Türkin noch nicht vergessen war. »Auf den Festungswällen der Stadt soll der Geist eines Mönches umherschweifen, mit einer Laterne in der Hand und seinem Kopf unter dem Arm. Der Kopf ist ihm abgeschlagen worden, weil er einst den alten Kurfürst Moritz und dessen Bruder belauscht haben soll. Seitdem geht er auf dem Festungswall um, und es heißt, dass immer dann, wenn er auftaucht, ein Unglück über die kurfürstliche Familie kommt. Das letzte Mal soll er gesehen worden sein, als der Bruder unseres jetzigen Kurfürsten starb.«

»Manchmal erschreckt er aber auch nur die Schildwachen und treibt seinen Schabernack mit den Vorbeigehenden«, fügte Lina hinzu. »Du solltest also besser aufpassen, wenn du dich an der Stadtmauer herumtreibst.«

Annalena wollte gerade fragen, wie man sich vor einem Geist in Acht nehmen sollte, und noch mehr interessierte es sie, warum ein Mönch wegen Lauschens geköpft worden war, doch dann kam der Küchenmeister wirklich, und augenblicklich verstummte das Geschnatter und wich einer murmelnden Geschäftigkeit, die kaum das Brodeln in den Kesseln übertönen konnte.

Der Tross war nur klein und ließ in keinster Weise vermuten, dass sich in seiner Mitte der polnische König und sächsische Kurfürst befand. August hatte für diese Reise, die offiziell gar nicht stattfand, eine einfache Kutsche gewählt und seine Begleiter geheißen, den Habitus gewöhnlicher Handelsleute anzunehmen.

Diese Maskerade kam seiner Vorliebe für Verkleidungen sehr entgegen. Wenn er einen Ball gab, verlangte er von seinen Gästen oftmals, Masken zu tragen, und er liebte es auch, sich seinen Geliebten in verschiedenen Rollen zu nähern, um dann leidenschaftliche Nächte mit ihnen zu verbringen. Mit der Königsmarck hatte er einst eine orientalische Nacht zelebriert, in der sie nur leichte durchsichtige Gewänder getragen und er als huldvoller Sultan ihre Gunstbezeugung angenommen hatte.

Überhaupt hatte August eine Neigung zum Orientalischen, obwohl er wie alle christlichen Fürsten die Bedrohung durch die Türken ernst nahm und auch schon gegen sie vorgegangen war. Doch glücklicherweise stellten die Muselmanen momentan kein akutes Problem dar, Karl XII. von Schweden war da wesentlich gefährlicher. Sobald er sein Winterlager abbrach, würde er gewiss wieder gegen seine Ländereien ziehen. August musste die Zeit bis dahin also nutzen, um seine Truppen zu verstärken und neues Kriegsgerät zu besorgen. Was käme da gelegener als ein Bursche, der Gold machen und ihn von allen finanziellen Sorgen befreien konnte?

Die Reise diente nicht nur dazu, den Goldmacher zu Gesicht zu bekommen, sie hatte auch noch einen unterhaltsameren Zweck: Endlich würde er seine geliebte Fatime wieder in die Arme schließen und ihren Geschichten von fernen Ländern lauschen können. Endlich würde er für wenige Momente vergessen können, dass er der polnische König war, den ein Schwedenbengel besiegt hatte und den die Schulden drückten.

Um peinliche Zusammenstöße zwischen ihr und seiner polnischen Mätresse zu vermeiden, hatte er sich entschlossen, Fatime in Dresden zu lassen. Die Lubomirska konnte eine Wildkatze sein, und er wollte nicht, dass die zierliche Türkin in ihre Krallen geriet.

Das letzte Mal hatte er sie im September besucht, unter dem Vorwand, den Wiederaufbau seines vom Brand beschädigten Schlosses begutachten zu wollen. In Wirklichkeit hatte er Fatime überzeugen wollen, endlich eine leidenschaftliche Nacht mit ihm zu verbringen, denn bis dahin hatte sie sich ihm immer noch verweigert. Fatime war sehr auf ihre Keuschheit bedacht gewesen, sie hatte sich sogar einen Keuschheitsgürtel anfertigen lassen. Doch letztlich hatte sie ihn freiwillig abgenommen, überwältigt von seinem allseits gerühmten Charme und seiner Lebensfreude.

Er konnte es kaum erwarten, sie wiederzusehen.

Als er seinen Blick aus dem Fenster richtete, tauchte Dresden gerade vor ihnen auf. Er konnte die Kirchtürme ausmachen und den Turm seines Schlosses, einige Häuser der Pirnaischen Vorstadt und den Festungswall, der den Stadtkern umschloss. Seit er die Regierung angetreten hatte, war die Stadt stetig gewachsen. Das seit dem Brand von 1685 nahezu brachliegende Alt-Dresden war einer Neustadt gewichen, die mittlerweile den Vergleich mit anderen Städten nicht mehr scheuen musste. Es gab eine Postlinie zwischen Leipzig und Dresden, und man konnte sich über die Zahl ausländischer Besucher und die Summe der Zölle, die sie zahlten, nicht beklagen.

August hatte bereits ein genaues Bild im Kopf, wie er die Stadt eines Tages verschönern und vergrößern würde, damit sie eines Königs würdig war. Das alte Schloss würde irgendwann einem neuen weichen, und er hatte auch vor, eine neue Kirche zu errichten. Wenn er in vielen Jahren diese Welt verließ, sollte man sich für alle Zeiten an ihn erinnern.

Endlich erreichte der Tross das Pirnaische Tor. Die Verkleidung war so überzeugend, dass sich die Wachen tatsächlich erkundigten, woher die Männer kamen. Natürlich verlangten sie auch Zoll, aber dann erkannten sie den Hauptmann der kurfürstlichen Garde und nahmen mit roten Köpfen und zahlreichen Verbeugungen davon Abstand.

Da der Besuch nicht angekündigt war, erwarteten ihn auch keine jubelnden Massen – genauso, wie es August gewollt hatte. Vor den Augen der Welt seine Macht zu demonstrieren und ein wichtiges Geschäft im Geheimen zu tätigen, waren zweierlei Dinge. Wenn es angebracht war, würde er seinen Einzug feiern lassen – heute jedoch nicht.

Immerhin schickte August einen Boten zum Palais Fürstenberg voraus, damit seine Ankunft zumindest den Statthalter nicht allzu überraschend traf. August wusste, dass Fürstenberg ein vielbeschäftigter Mann war, und er wollte jedem Risiko aus dem Weg gehen, dass der Mann einen Schlagfluss erlitt – immerhin hatte er das vierzigste Lebensjahr bereits überschritten, ein gefährliches Alter für Männer.

Während der Bote davonsprengte, wandte der König sich an Wolf Dietrich von Beichlingen, seinem Vertrauten und Großkanzler. Beichlingen wurde von vielen als Emporkömmling angesehen, doch tatsächlich hatte er erst vor kurzem durch einen bezahlten Genealogen erfahren, dass seine kleinadelige Familie einige hochherrschaftliche Beziehungen vorweisen konnte. Davon abgesehen, hatte er ein hervorragendes

Talent, mit Leuten zu sprechen, und daher hatte August ihn an den Hof geholt, um diplomatische Aufgaben zu versehen.

In der Situation mit dem Goldmacher war sein Können besonders gefragt, denn August wollte auf keinen Fall, dass der preußische König erfuhr, dass er direkt involviert war. Die Weigerung, Böttger auszuliefern, hatte Friedrich sehr erbost und August hatte gar mit einem militärischen Übergriff in Wittenberg gerechnet, was sich hoffentlich durch das Fortschaffen Böttgers von der Grenze vermeiden ließ.

»Meint Ihr, dass unser Goldjunge schon da ist?« August zog ein Tuch aus seinem Ärmel und hielt es sich unter die Nase. Ihm haftete der Duft eines orientalischen Parfüms an, das ihn stets an seine schöne Türkin erinnerte.

»Gut möglich«, entgegnete Beichlingen, der den Geruch ebenfalls wahrnahm und wusste, was er zu bedeuten hatte. »Nehmitz ist sehr gewissenhaft, und sicher wird er darauf gedrungen haben, Fürstenberg gleich bei seiner Ankunft zu sprechen.«

Ja, das musste August ihm lassen, Nehmitz war gewissenhaft, manchmal sogar ein wenig penetrant, aber er erreichte sein Ziel.

»Meint Ihr, dass dieser Pabst von Ohain der richtige Bewacher für Böttger ist? Wir haben zwar einige löbliche Dinge von ihm gehört, aber diese Aufgabe ist herausfordernd für einen Mann allein.«

Der Hüttenmeister Gottfried Pabst von Ohain war ein Vorschlag Fürstenbergs gewesen, um den Goldmacher im Auge zu behalten.

»Ich denke schon, Eure Majestät, dass er geeignet ist«, entgegnete Beichlingen. »Fürstenberg hält große Stücke auf ihn.« Er richtete seinen Blick aus dem Fenster und sah etwas, das ihn zu der nächsten Frage inspirierte. »Meinen Eure Majestät, dass der Bursche würdig wäre, ins Goldhaus gebracht zu werden?« Er deutete auf den Bau, an dem sie gerade vorbeizogen. Er wirkte noch immer imposant, doch der Kurfürst wusste ebenso wie sein Großkanzler, dass dem Gebäude die Zeit der Vernachlässigung zugesetzt hatte. »Ein fähiger Alchemist könnte dem alten Gemäuer ein wenig von seinem alten Glanz zurückbringen.«

»Wenn es stimmt, was man von ihm erzählt, sicher«, stimmte August ihm zu. »Ich wäre sogar bereit, seinetwegen etwas Geld in die Renovierung des Goldhauses zu stecken. Aber wir sollten abwarten und nicht den Tag vor dem Abend loben. Er wäre nicht der erste Goldmacher, den ich wegen Betruges hängen würde.«

August stieß ein Lachen aus, in das Beichlingen und die beiden anderen Männer in der Kutsche sogleich einstimmten. Doch der Großkanzler wusste nur zu gut, welche Hoffnungen der Kurfürst auf die Goldmacherei setzte – und dass er sich diesmal sicher war, den richtigen Mann gefunden zu haben.

Die Ankunft des königlichen Trosses brachte jegliche Tätigkeit im Schloss für ein paar Minuten zum Erliegen. Alles stürmte auf die Fenster zu. Da Annalena nahe am Fenster stand, war sie noch vor Martha und den anderen dort angekommen und hatte die beste Sicht auf das Geschehen. Da störte es sie auch nicht, dass sie sogleich von den anderen Mägden eingekeilt wurde. Nach allem, was sie gehört hatte, brannte Annalena darauf, den Kurfürsten mit der polnischen Königskrone mit eigenen Augen zu sehen, wenn auch nur aus der Ferne.

Der Besuch Augusts kam für alle überraschend. Erst als die Kutschen schon fast da waren hatte man hier in der Küche Bescheid bekommen, und es schien, dass nicht einmal der

Statthalter von der Rückkehr des Königs gewusst hatte. Dementsprechend konnte niemand die sonst üblichen Vorkehrungen für die Ankunft des Herrschers treffen. Den Küchenmeister hatte die Nachricht jedenfalls in helle Panik versetzt.

Auch die Gerüchteküche begann, sogleich zu brodeln. Kam der Kurfürst zurück, weil es Schwierigkeiten in Polen gab? War der Schwedenkönig so weit vorgerückt, dass es für August in Warschau bedrohlich wurde? Oder war er seiner polnischen Mätresse überdrüssig und suchte Zerstreuung in den Armen seiner schönen Türkin? Und wenn Letzteres stimmte, warum dann diese Geheimniskrämerei? Jedermann im Schloss wusste doch von Fatime, und gewiss war es Ursula Lubomirska, Gräfin von Teschen, auch nicht entgangen, dass er hier ein zweites Eisen im Feuer hatte. Warum sollte also niemand wissen, dass der Kurfürst auf dem Weg nach Dresden war?

»Es ist komisch, dass er schon wieder zurück ist«, wisperte Martha, während sie den Hals lang machte, um besser sehen zu können. »Er war grad erst vor zwei Monaten hier, und es hieß, dass er vor dem neuen Jahr nicht wieder nach Dresden kommen würde.«

»Bestimmt hat er sich mit seiner Polin gestritten. Sie soll ja ein hitziges Temperament haben. Oder seine Frau will wieder etwas von ihm«, mutmaßte Lina, die direkt neben Annalena stand und ihr mit ihrer Körperfülle nicht nur den Platz streitig machte, sondern auch den anderen die Sicht nahm.

»Seine Frau?«, entgegnete Martha und schnaubte spöttisch. »Sie ist doch vom Hof verschwunden, weil sie ihm den Übertritt zu den Katholischen nicht verziehen hat. Ich glaube nicht, dass sie ihn sehen will. Außerdem sagt man, sie habe inzwischen ihren eigenen Hof und auch etliche Günstlinge, die sie die Abwesenheit ihres Gemahls vergessen lassen.«

»Für solche Reden könntest du im Kerker landen!«, rief jemand aus der hinteren Reihe, doch Martha ließ sich nicht beirren.

»Warum denn? Ist es nicht die Wahrheit?«

»Vielleicht geht es auch um etwas anderes«, mischte sich Annalena ein, denn sie wollte nicht, dass ein Streit losbrach und der Küchenmeister ob des Gezeters ärgerlich wurde und sie wieder an die Arbeit schickte.

Erst nachdem sie die Worte ausgesprochen hatte, wurde ihr klar, dass sie den wahren Grund für die Reise des Kurfürsten eventuell kannte. War er wegen Johann hier? Im besten Falle war es Kunckel gelungen, ihn freizubekommen. Wahrscheinlicher war aber, dass der Kurfürst für Johanns Abtransport aus Wittenberg gesorgt hatte.

»Und welchen Grund sollte es deiner Meinung nach geben?«, fragte Helene, eine etwas ältere Küchenmagd, die für das Putzen des Gemüses zuständig war und die meisten Frauen hier um mehr als einen Kopf überragte.

»Nun ja, es wäre doch möglich, dass es etwas Wichtiges zu besprechen gibt unter den hohen Herren«, antwortete Annalena. Sie würde auf keinen Fall preisgeben, dass sie einen Goldmacher kannte, der von zwei Königen begehrt wurde.

»Und was genau?«, hakte Helene neugierig nach.

»Woher soll ich das wissen?«, entgegnete Annalena und wusste selbst, dass sie sich ziemlich einfältig anhörte. »Aber solche Männer haben doch immer irgendwelche wichtigen Staatsgeschäfte zu erledigen, oder?«

»Na, wir werden wohl abwarten müssen«, stellte Lina fest. »Irgendein Kammerdiener wird schon was hören und dann plaudern.«

»Das wird gar nicht lange dauern, verlasst euch drauf!«, prophezeite Martha und deutete dann aufgeregt nach draußen, denn die Herren waren nun samt und sonders den Kutschen entstiegen und gingen über den Schlossplatz. Bei den vielen prachtvollen Gewändern, die die Männer trugen, war es zunächst schwer, den Kurfürsten unter ihnen auszumachen. Annalena hatte kein Auge dafür, welcher Stoff besonders kostbar war, aber schließlich erblickte sie einen Mann, der nahezu alle seine Begleiter um Haupteslänge überragte. Sein volles Haar wirkte auf den ersten Blick wie eine Perücke, sein Gesicht zeigte einen energischen Ausdruck und das Kinn stand ein wenig vor. Alle anderen Männer umringten ihn, so dass er das Zentrum eines edel gewandeten Männerhaufens bildete.

»Ist der große Mann da hinten der Kurfürst?«, fragte sie Lina neben sich.

»Natürlich ist er das, Kindchen! Ein schmucker Kerl, findest du nicht?«

Annalena antwortete nicht darauf, denn sie hatte die Frotzeleien über ihre Ähnlichkeit mit seiner Mätresse noch im Kopf und wollte ihnen nicht neuen Zunder geben.

Die Männer auf dem Hof bewegten sich auf den verbrannten Teil des Schlosses zu. Wahrscheinlich inspizierten sie die Bauarbeiten. Der Kurfürst entschwand ihren Blicken, dennoch sah sich das Personal nicht genötigt, vom Fenster zu verschwinden, bis hinter ihnen eine Stimme donnerte: »Donnerlittchen, das ist jetzt genug! An die Arbeit, aber flott!« Augenblicklich verteilten sich die Mägde, Küchenjungen und Köche an ihre Plätze.

Martha, Annalena und Lina machten sich daran, die gewaschenen Teller abzutrocknen, während der Küchenmeister durch die Reihen schritt und jedem über die Schulter blickte. Schließlich verschwand er wieder an seinen Platz und begann, die Speisenfolge zu planen, denn der Kurfürst hatte ihn beauftragt, für diesen Abend ein besonderes Mahl auf den Tisch zu bringen.

Annalena nahm sich einen Moment Zeit, um durchzuatmen, und betrachtete ihr Abbild in der spiegelnden Oberfläche der Teller. Sie fragte sich, wie sie wohl in Erfahrung bringen konnte, weshalb der Kurfürst hier war. Natürlich hatte es sie nichts anzugehen, wenn politische Gründe dahintersteckten, doch was war, wenn er wirklich wegen Johann hier war? Wenn er sich von ihm eine Scheune voller Gold erhoffte?

»Bist du eingeschlafen?«, blaffte der Küchenmeister plötzlich direkt hinter ihr. Annalena erschrak darüber dermaßen, dass ihr der Teller aus der Hand rutschte. Sie stieß einen Schrei aus, doch es war schon zu spät. Das Porzellan zerbrach auf dem Boden in hundert Teile.

Einen Moment lang blickte sie erschüttert zu Boden, und als sie den Kopf hob, um sich zu entschuldigen, traf sie eine Ohrfeige. Annalena schossen die Tränen in die Augen und sie legte ihre Hand auf die Wange, die wie Feuer brannte. Sie erinnerte sich, dass Martha sie gewarnt hatte, nicht das teure Porzellan fallen zu lassen, doch sie hätte nicht gedacht, dass sie sich deshalb einen Schlag einfangen würde.

»Sammle das auf und sieh zu, dass das nicht noch einmal passiert, sonst kannst du meine Küche gleich verlassen!« Der Küchenmeister, dem noch sichtlich der Schrecken über die Ankunft des Kurfürsten in den Gliedern steckte, blickte sie eisig an, verschränkte dann die Hände auf dem Rücken und ging weiter.

Während sie ihre Hand weiterhin aufs Gesicht presste, starrte sie dem Küchenmeister hinterher. Erst jetzt bemerkte sie, dass es rings um sie herum mucksmäuschenstill geworden war. Die meisten starrten sie an, einige sahen betreten zu Boden. Zorn stieg in Annalena auf. Hätte der Küchenmeister sie nicht angesprochen, hätte sie den Teller gewiss nicht fallen lassen.

»Mach dir nichts draus«, wisperte Martha und hockte sich neben sie, um ihr beim Aufsammeln zu helfen.

Annalena sagte darauf nichts und kämpfte gegen die drohenden Tränen. Sie sammelten alle Scherben in ihre Schürze, dann brachte Annalena sie fort. Eine der Scherben behielt sie jedoch.

Sie würde sie für immer an die Zeit hier erinnern – und daran, dass sie vorsichtig sein musste, egal in welchen Belangen.

Der Schmerz in ihrer Wange hatte nachgelassen, und auch die Rötung war nach einigen Minuten verschwunden, wie sie heimlich in der spiegelnden Oberfläche ihrer Scherbe überprüft hatte.

Sie hatte erwartet, dass sie der Küchenmeister nun stärker im Auge behalten würde, aber er behandelte sie wie immer, was hieß, dass er sie bis auf einen prüfenden Blick ab und an ignorierte. Die Vorbereitungen für das abendliche Mahl, das nun wegen des Kurfürsten üppiger ausfallen würde, nahmen ihn allerdings auch voll ein.

Annalena gab sich dessen ungeachtet trotzdem besondere Mühe, gründlich zu arbeiten, selbst, als sich ihre Gedanken wieder auf Johann richteten. Wieder ging ihr die Vermutung durch den Sinn, August könnte wegen ihm hier sein. Der Einzige, der ihr vielleicht darüber Auskunft geben könnte, war Kunckel. Sie musste also zu seinem Gut , nur wie sollte sie ihre Abwesenheit erklären? Vielleicht half ihr Heinrich mit einer Ausflucht? Er würde sicher Verständnis dafür haben, dass sie ihr Pferd ausreiten wollte. Allerdings bezweifelte Annalena, dass heute noch genug Ruhe ins Schloss einkehren würde, um sich unbemerkt davonstehlen zu können. Gewiss ließ man sie bis in die späten Nachtstunden Teller schrubben. Aber vielleicht konnte sie am Morgen ein paar Stunden abzweigen.

»Annalena, Martha, ihr helft beim Auftragen!«, tönte plötzlich die Stimme des Küchenmeisters durch den Raum.

Martha schien zu wissen, was das bedeutete, denn mit diesen Worten ging förmlich die Sonne in ihrem Gesicht auf. Sie riss sich mit einem breiten Lächeln die Schürze vom Leib. Als Annalena es ihr nicht sofort nachtat, fragte sie: »Worauf wartest du? Wir dürfen in die oberen Gemächer!«

Das bedeutete, dass sie den Kurfürsten sehen würde. Rasch zog sie die Schürze aus und folgte Martha. Wenig später trafen sie in einem Nebenraum des Speisesaales ein. Ein paar Kammerdiener waren bereits dort. Sie trugen feine Livreen und weiße Handschuhe und beaufsichtigten das Eindecken der Tische im Saal. Dass er inoffiziell hier war, hielt den Kurfürsten nicht davon ab, ein festliches Bankett auftragen zu lassen. Ein Mann trat den beiden Mägden schließlich entgegen. In seiner Livree hätte Annalena ihn bald nicht wiedererkannt.

»Herr Heinrich!«, rief sie aus und lächelte ihn herzlich an.

»Schön, Euch wiederzusehen«, entgegnete der Kammerdiener.

»Wie geht es Eurem Sohn?«

»Besser.« Ein Lächeln zog nun auch über Heinrichs Gesicht. Doch sogleich wurde er wieder förmlich, denn sie hatten keine Zeit zu verlieren. »Ihr und Martha werdet euch bei Thomas melden, ihr beide könnt die Blumengebinde verteilen.«

»Machen wir doch gern!«, entgegnete Martha und zog Annalena an der Hand mit sich. Während sie die Gebinde, die der Hofgärtner eiligst gefertigt hatte, holten und nach Heinrichs Anweisung auf die Tische setzten, beobachtete Annalena, mit welcher Sorgfalt die anderen Diener und Kammerjungen vorgingen, als sie goldene, silberne und Porzellanteller auf die Damasttischtücher legten. Den Tellern folgten Messer und seltsame Gebilde, die wie kleine Forken aussahen.

»Was sind das für Forken?«, fragte Annalena neugierig.

»Man nennt sie Gabeln.« Martha lachte. »Wusstest du das nicht?«

»Mein früherer Herr hat so etwas nicht besessen.«

»Er war ja auch kein Fürst, oder?«

Annalena schüttelte den Kopf. »Nein, das war er ganz sicher nicht.«

»Na siehst du. So was können sich nur Menschen von Adel leisten.« Damit machte sie sich wieder an die Arbeit.

Als auch die letzte Gabel ihren Platz gefunden hatte, kehrten Annalena und Martha in die Küche zurück. Auf halbem Weg kamen ihnen eine ganze Reihe von Küchenjungen entgegen, die abgedeckte Schüsseln und Tabletts vor sich hertrugen. Der Küchenmeister ging neben ihnen her und beaufsichtigte den Zug, auf dass keiner der Burschen auf die Idee kam, einen Mundraub zu begehen. Sobald er die beiden Mägde sah, wies er sie scharf an: »Lauft in die Küche und holt, was noch da ist. Beeilt euch, Seine Majestät wünscht keine Säumigkeit.«

Annalena und Martha nahmen die Beine in die Hand. Wenig später waren sie ebenfalls mit einem Tablett auf dem Weg in den Speisesaal. Inzwischen hatte sich der Raum mit den Gerüchen der aufgetragenen Speisen gefüllt. Plötzlich nahm ihr einer der Köche das Tablett aus der Hand. »Lauf los zum Kellermeister und hol noch Wein«, trug er ihr auf. »Da hinten ist die Kanne. Beeil dich!«

Annalena nickte, schnappte sich einen Krug und lief los.

Sie war noch nicht weit gekommen, da sah sie plötzlich den Kurfürsten mit ein paar Männern den Gang hinunterschreiten. Annalena war noch nie so hohen Herren begegnet, sie wusste nicht, was die Etikette von ihr verlangte. Sollte sie knicksen, einfach vorbeihuschen oder warten? Auch flößte Augusts Person ihr ziemlichen Respekt ein, so dass sie sich nicht anders zu helfen wusste, als hinter ein Treppengeländer zu flüchten. So lebhaft, wie sich die Männer unterhielten, würden sie bestimmt nicht nach links oder rechts schauen.

»Meine Herren, ich sage euch, dass dieser Kinderkönig im nächsten Jahr den Kürzeren ziehen wird«, donnerte der Kurfürst entschlossen. »Ich werde ihn zurück nach Schweden treiben, mit Hilfe Peters des Großen!«

Annalena hatte die Mägde schwatzen hören, dass es Krieg in Polen gab. Der Schwedenkönig machte August seine Ländereien streitig und hatte ihm sogar schon einige Landstücke abgenommen.

Sie reckte den Hals, um einen Blick auf den Kurfürsten zu erhaschen. Nur einen winzigen Moment war sie dabei unachtsam, doch er reichte, um den Krug aus ihren Händen gleiten zu lassen. Er zerschellte mit einem lauten Scheppern auf dem Fußboden. Starr vor Schreck sah Annalena auf die Scherben, und natürlich war die Gruppe jetzt auf sie aufmerksam geworden.

»Was ist das?«, fragte der Kurfürst. Als er keine Antwort erhielt, sagte er zu Annalena: »Komme Sie her, damit wir Sie betrachten können!«

Verdammter Krug, dachte Annalena, *warum musste er mir gerade jetzt herunterfallen? Wenn der Küchenmeister davon erfährt, wird er sein Versprechen wahr machen und mich rauswerfen.* Oder schlimmer noch, es würde ihr so gehen wie dem Dresdner Mönch.

»Verzeiht, Eure Majestät, ich …« Annalena versank in einen so tiefen Knicks, dass sie beinahe umgefallen wäre.

»Erhebe Sie sich!«, sagte er schließlich und trat ihr ein paar Schritte entgegen.

Annalena war sich sicher, dass sie eine schlimme Strafe zu erwarten hatte. Sie malte sich aus, was nun mit ihr passieren würde. Sie hielt den Blick demütig gesenkt, doch der Mann griff nach ihrem Kinn. Von ihm ging ein kräftiger Geruch nach Leder, Schweiß und Pferd aus.

»Sie ist neu hier, habe ich recht?«

Annalena dachte, ihr Brustkorb müsse unter den raschen Herzschlägen bersten. Die Männer, die ein paar Schritte hinter ihrem Fürsten zurückgeblieben waren, murmelten und lachten verhalten.

»I…ich bin vor zwei Wochen hier in den Dienst getreten, Eure Majestät.«

»Und wo versieht Sie Ihren Dienst?«

»In der Küche.«

»Und wie ist Sie zu dieser Anstellung gekommen? Mein Hofmarschall ist ein strenger Mann.«

»Durch den Herrn Heinrich«, antwortete Annalena wahrheitsgemäß.

Was hatte seine Bemerkung wohl zu bedeuten? Glaubte er etwa, dass sie nicht geeignet war für den Hofdienst? Wenn man den zerbrochenen Krug und ihren ungeschickten Knicks bedachte, musste sie zugeben, dass diese Vermutung durchaus legitim war.

»Ich habe seinen Sohn in der Stadt vor dem Verbluten bewahrt«, setzte sie hinzu, damit Heinrich keine Schwierigkeiten bekam.

»Soso, mir scheint, dann könnten wir Sie auch gut auf dem Feld gebrauchen. Als Feldscher.« Ein Lächeln huschte über das Gesicht des Kurfürsten. Die Männer im Hintergrund brachen in pflichtschuldiges Gelächter aus, ohne dass er es zur Kenntnis zu nehmen schien. Er musterte sie noch eine Weile, dann wandte er sich seinen Begleitern zu. »Aber ich denke, es würde ziemliche Verwirrung bei meinen Männern stiften, wenn solch ein hübsches Ding in ihrer Mitte wäre. Was meint Ihr, meine Herren?«

Die Männer äußerten Zustimmung und wiederum folgte Gelächter. »Außerdem scheint sie kein Händchen für grobes Steinzeug zu haben. Ihre Talente müssen wohl auf anderen Gebieten liegen.«

Annalena ahnte, was er meinte, und wurde rot.

»Ich denke, sie wäre gut für den Salon meiner kleinen Türkin, was meint Ihr, Beichlingen?«

Der Angesprochene, ein ebenfalls stattlicher, gutaussehender Mann in Reiteruniform zögerte einen Moment lang, dann antwortete er: »Wie Eure Majestät meinen.«

»Wie ist Ihr Name?«, wandte sich August wieder an sie.

»Annalena … Habrecht«, antwortete sie, vollkommen überrascht.

»Nun, Annalena Habrecht, da Ihr Geschick für die Küche Sie nicht gerade auszeichnet, werde ich Sie zur Magd meines hochgeschätzten Fräuleins Fatime machen.«

Annalena durchlief es heiß und kalt. Hatte sie richtig gehört? Zunächst vermutete sie, dass der Kurfürst sich einen Scherz mit ihr erlaubte. Doch er nahm seine Worte nicht zurück. Stattdessen rief er einen seiner Männer zu sich.

»Feldhoff, nehmt Euch dieses reizenden Kindes an und bringt sie gleich morgen früh zu Mademoiselle Fatime. Richtet ihr meine Grüße aus und meinen Wunsch, dass dieses Mädchen ihr von nun an dienen möge, wie auch immer sie es für richtig hält.«

Der Mann nickte und trat dann neben Annalena. »Wie Ihr befehlt, Eure Majestät«, sagte er dann mit einer kleinen Verbeugung.

»Aber ich …«, entgegnete sie, verstummte aber augenblicklich, als der Mann ihr einen tadelnden Blick zuwarf.

Der Kurfürst lachte amüsiert auf, dann sagte er: »Wir werden uns sicher wiedersehen, Fräulein Annalena.«

Damit kehrte er zu den anderen Männern zurück. Die Gruppe setzte sich wieder in Bewegung und ließ Annalena und den Mann namens Feldhoff zurück. Dieser schien seine Aufgabe dermaßen erfreulich zu finden, dass er sie sogleich entrüstet anfuhr: »Dummes Ding! Seiner Majestät widerspricht man nicht!«

»Verzeiht, aber ich hatte nicht vor, zu widersprechen. Ich wollte nur sagen, dass ich Wein holen sollte.«

»Und mit welchem Krug?« Feldhoff deutete auf die Scherben.

»Ich werde sie aufsammeln, aber bitte, lasst mich das noch erledigen, damit mich der Küchenmeister nicht tadelt.«

Feldhoff ließ sie gehen, unter der Maßgabe, sich nach dem Bankett in seinem Arbeitszimmer einzufinden, damit er sie für den nächsten Tag instruieren konnte. In diesem Augenblick war ihr noch nicht klar, dass der Küchenmeister von nun an nicht mehr ihr Dienstherr war.

Nachdem er gespeist hatte, löste August die Tafel früher als gewöhnlich auf und kehrte in sein Arbeitszimmer zurück. Normalerweise zog er es vor, sich gleich zu seiner Mätresse zu begeben, damit sie ihn die Strapazen der Reise vergessen lassen konnte. Doch heute Abend war er von einer nervösen Unruhe erfüllt.

Der Goldmacher war noch nicht da. Eigentlich hatte er

damit gerechnet, ihn bereits hier vorzufinden, denn er war zwei Tage nach Nehmitz aufgebrochen.

August durchstreifte rastlos den Raum, nahm einige Schriftstücke von seinem mit Papier überladenen Schreibtisch zur Hand und legte sie wieder ab. Schließlich stellte er sich ans Fenster seines Schreibkabinetts und blickte hinüber zu dem Teil des Schlosses, bei dem der Wiederaufbau in vollem Gange war. Im Dunkeln konnte er die hölzernen Baugerüste nur schemenhaft erkennen.

Es hatte ihn entsetzt, zu hören, dass das Schloss im März in Brand geraten war. Die Flammen hatten unter anderem Räume verzehrt, die sein Vater und Großvater angelegt hatten und in denen er als Kind umhergelaufen war, damals, als er noch glaubte, niemals Kurfürst zu werden, denn sein Bruder stand in der Erbfolge vor ihm. Sein Bruder, den die Liebe zu einer Frau das Leben gekostet hatte.

Er vertrieb den Gedanken, der ihn trotz aller damals vorhandenen Rivalität traurig stimmte, und sah wieder auf den Georgenbau. Der Aufbau ging gut voran, die Bauherren waren sogar so optimistisch zu behaupten, dass die zerstörten Zimmer schon bald wieder bezogen werden konnten. Solange musste man sich mit den Räumen begnügen, die das Feuer verschont hatte. Das waren bei weitem nicht die schönsten und repräsentativsten – aus diesem Grund hatte August es auch vorgezogen, weiterhin in Warschau zu bleiben. Doch für die Unterbringung des Alchemisten würden sie ausreichen.

Das Schloss, die polnische Herrschaft, das alles waren bodenlose Löcher, die das Geld nur so verschlangen. Dass er jetzt einen Goldmacher in die Hand bekommen sollte, hellte sein Gemüt erheblich auf. Ein Klopfen an die Tür des Kabinetts holte ihn aus seinen Gedanken fort. »Kommt rein!«, rief er und begab sich hinter seinen Schreibtisch.

Im nächsten Moment trat der Herr Statthalter ein. Wie immer ganz die Würde in Person, saßen der smaragdgrüne Samtrock und die passenden Beinkleider tadellos.

»Ah, Fürstenberg, welche Nachrichten habt Ihr für mich?«

»Nur die besten, Eure Majestät«, antwortete er. »Soeben habe ich Kunde erhalten, dass die Kutsche, die den Goldmacher beherbergt, auf dem Weg hierher gesichtet wurde. Ich habe dem Herrn Generalmajor Albendyll die Order gegeben, ihn nach Moritzburg zu bringen, ich hoffe, das war in Eurem Interesse.«

»Und ob es das war, Fürstenberg!«, entgegnete August mit einem breiten Lächeln. Hätte Fürstenberg nicht diese Nachricht gebracht, hätte er sich wohl die Frage gefallen lassen müssen, warum der Bursche noch nicht hier war.

»Wollen Majestät, dass wir sofort dorthin aufbrechen oder …« Fürstenberg brach mit einem dezenten Hüsteln ab.

August wusste, was der Statthalter andeuten wollte. Aber diese Nacht würde Fatime leider allein verbringen müssen.

»Nein, lasst sofort anspannen, Fürstenberg. Ich gedenke, den Burschen in Empfang zu nehmen, sobald er da ist. Sorgt aber dafür, dass ich im dazugehörigen Protokoll nicht erwähnt werde und auch sonst nichts verlautbar wird. Ihr wisst, das Verhältnis zu unserem Verwandten in Berlin-Cölln ist wegen diesem Subjekt nicht gerade das beste.«

»Ich verstehe, Eure Majestät.« Fürstenberg deutete eine untertänige Verbeugung an.

»Gut, dann macht Euch an die Arbeit. Eine Reise nach Moritzburg ist mir allemal lieber, als die Erledigung dieses Papierkrams.«

Fürstenberg sah ihn daraufhin an, als wollte er sagen, dass dieser *Papierkram* die Essenz des Staatsgeschäftes war, doch solcherlei auszusprechen hätte er nie und nimmer gewagt. Er zog sich also zurück, und erfreut, dass sich offenbar alles so entwickelte, wie er es gewünscht hatte, folgte der Kurfürst seinem Statthalter aus dem Kabinett.

Später am Abend – dem letzten Abend, den sie im Quartier der Mägde verbrachte – lag Annalena mit offenen Augen auf dem Strohsack und starrte an die Decke. Wenn sie ehrlich war, machte ihr die neue Aufgabe Angst. Was erwartete sie? Würde sie den Anforderungen gewachsen sein?

Martha und ihre anderen Zimmergenossinnen hatten zunächst nicht glauben wollen, dass sie dem Kurfürsten begegnet war und von ihm diese Stelle erhalten hatte. Aber da sie ab morgen ein anderes Quartier bezog, musste es wohl stimmen.

Katrin und Nele machten ein paar spöttische Bemerkungen, doch die kamen nur daher, dass sie neidisch waren. Martha wirkte ein wenig traurig. »Du wirst mir fehlen«, sagte sie, als sie das Licht löschte. »Bis auf den zerbrochenen Teller hast du gut abgewaschen, und wer weiß, wann Lina und ich wieder Hilfe bekommen.«

Annalena wollte gerne versprechen, dass sie sie besuchen und sich auch weiterhin um die Kräuter in der Orangerie kümmern würde, doch sie wusste ja gar nicht, ob sie diese Versprechen überhaupt einhalten konnte. Also schwieg sie lieber und nahm sich im Stillen vor, Martha nicht zu vergessen.

Bevor ihr schließlich doch die Augen zufielen, hörte sie von draußen Hufgetrappel. Eine Kutsche schien den Hof zu verlassen, was seltsam schien, denn wohin hätte sie zu dieser nachtschlafenden Zeit fahren sollen. Die Stadttore waren doch geschlossen! Vielleicht war es der Kurfürst, der sich die Tore von seinen Wachen öffnen ließ.

Ihre letzten Gedanken vor dem Einschlafen galten Johann. Die Anstrengungen und Überraschungen des Tages hatten sie ihn ganz vergessen lassen, doch sobald sich die Gelegenheit ergab, würde sie seinen Freund Kunckel aufsuchen, um zu erfahren, was mit ihm geschehen war – und ob der Kurfürst ihn wirklich in seiner Gewalt hatte.

18. Kapitel

Johann hatte keine Ahnung, wohin ihn die Kutsche brachte.

Kurz nachdem sie Wittenberg verlassen hatten, wurde ihm eine Augenbinde angelegt, als fürchteten seine Bewacher, er könnte sich wie ein Hund den Weg merken und wieder nach Hause laufen.

Eine ganze Weile ging es über Stock und Stein. Nur wenn einer von ihnen seine Notdurft verrichten musste, wurde angehalten, ansonsten fuhren sie ununterbrochen. Mahlzeiten wurden unterwegs eingenommen. Da man Johann weder die Augenbinde abnehmen noch seine Handfesseln lösen wollte, fütterte man ihn kurzerhand. Wenigstens war die Wegzehrung besser als das, was er im Kerker bekommen hatte – von Annalenas Korb mal abgesehen.

Wieder und wieder war sie ihm in den Sinn gekommen. Er hoffte beinahe, sie hätte ihn und seine Bitte um Hilfe einfach vergessen, doch während der Fahrt fielen ihm mehr und mehr Gründe ein, die Kunckels Auftauchen in Wittenberg verhindert haben könnten. Er war vielleicht abgefangen worden – oder man hatte Annalena überfallen und ihr das Schreiben abgenommen. Sie könnte getötet worden oder Kunckel vor Schreck einem Herzanfall erlegen sein.

Das alles erschien ihm wahrscheinlicher, als dass Annalena unterwegs das Schreiben in den Wind geschickt und sich dann davongemacht hatte. Mit bangem Herzen fragte er sich, ob er sie jemals wiedersehen würde. In Wittenberg war sie nicht wieder aufgetaucht, vielleicht hatte Kunckel ihr angeboten, auf seinem Gut zu bleiben.

Sollte er August, oder wem auch immer er vorgeführt werden würde, die Bedingung stellen, Annalena zu suchen, im Austausch gegen seine Künste? Nein, das wäre dumm, und Johann hatte genug von seinen eigenen Torheiten. Sie hatten ihn letztlich hierhergeführt. Jetzt galt es, besonnen zu handeln und den Geist des Forschers über die Repressalien siegen zu lassen.

Nach einer scheinbar endlosen Reise machte die Kutsche irgendwann endgültig halt. Daran, wie die Geräusche des Geschirrs und der Räder widergehallt waren, schloss Johann, dass sie auf einen gepflasterten Hof gefahren waren, der von hohen Gebäuden umstanden wurde. »Wir sind da!«, sagte einer seiner Begleiter, dann wurde die Tür des Kutschenschlages geöffnet und man half ihm nach draußen.

Nach der langen erzwungenen Blindheit schienen sich Johanns andere Sinne zu schärfen. Er lauschte, als einer der Männer mit dem Kutscher flüsterte. Er meinte den Namen Fürstenberg zu hören, doch Weiteres konnte er nicht verstehen, denn sein Nebenmann packte seinen Arm und schob ihn vorwärts. Der Griff war nicht so fest, dass es schmerzte, aber fest genug, damit er nicht auf die Idee kommen konnte, sich loszureißen. Die Männer drängten ihn beständig voran, ungeachtet dessen, dass er zuweilen stolperte oder ein Schwindel ihn erfasste, wenn es zu schnell um die Ecke ging. Er hörte seine Schritte auf dem Pflaster, spürte, wie sich die Steine an die Sohlen seiner Stiefel schmiegten. Ein eisiger Luftzug fuhr ihm unters Hemd, der allerdings verschwand, als sich der Untergrund unter seinen Füßen änderte. Sie waren ins Innere eines Gebäudes getreten.

Nach einigen Metern sagte einer seiner Begleiter: »Gebt Obacht, da ist eine Treppe.«

Johann wünschte die Augenbinde und die Fesseln zum Teufel. Die ersten Stufen brachte er nur zögerlich hinter sich, doch als er herausgefunden hatte, welche Schritthöhe erforderlich war, konnte er schneller ausschreiten. Die Treppe war gleichmäßig und wand sich. Offenbar ging es ein gutes Stück hinauf. Als sie schließlich oben angekommen waren, führte man ihn durch einen Gang, in dem die Schritte von Teppichen gedämpft wurden. Nach einer Weile machten sie halt, und Johann hörte, dass einer seiner Begleiter an eine Tür klopfte. Die Stimme, die daraufhin antwortete, klang weich, aber dennoch bestimmt. Sie bat die Neuankömmlinge herein. Johann vernahm das Quietschen der Angeln, und wurde dann in den Raum geführt. Als ihm unvermutet die Augenbinde abgenommen wurde, war er zunächst geblendet von dem Licht, das ihm entgegenstrahlte.

Nach und nach nahm er die Möbel und den Zierat an der Wand wahr, erkannte dann kleinere Einzelheiten und erblickte schließlich einen Mann, der ihm in einem feinen Gehrock entgegentrat. Die Perücke auf seinem Kopf saß tadellos und seine Miene war unbeweglich, als sei sie aus Marmor gehauen.

»Ich heiße Euch willkommen, Monsieur Böttger«, sagte er, als sich ihre Blicke trafen und er gewiss sein konnte, dass der Gefangene ihm zuhörte. »Mein Name ist Anton von Fürstenberg, ich bin der königliche Statthalter in Sachsen.«

Es wäre geheuchelt gewesen, wenn Johann behauptet hätte, dass es ihm eine Freude sei, ihn kennenzulernen. »Wo bin ich hier?«, fragte er stattdessen, denn da der Mann ihn bereits kannte, war eine Vorstellung nicht mehr vonnöten.

»Ihr seid in der Obhut unseres gnädigen Kurfürsten Friedrich August, auf Schloss Moritzburg.«

Johann hatte von diesem Schloss gehört, es war das Jagdschloss des Kurfürsten. Der Ruf seiner Falknerei war bis nach Berlin gedrungen, in der Zorn'schen Apotheke hatte er einmal zwei Adlige belauscht, die sich darüber unterhalten hatten. Die Erinnerung versetzte ihm einen Stich, denn er wäre wohl kaum in dieser Situation, wenn er wie der Schuster bei seinen Leisten geblieben wäre.

»Ich versichere Euch, dass alle Unbill, die Ihr durch Preußen zu erleiden hattet, nun ein Ende hat. Seine Majestät, der Kurfürst von Sachsen und König von Polen, wird Euch freundlichst aufnehmen.«

Johann brauchte eine Weile, um das Gehörte zu verdauen und sich zu einer Antwort durchzuringen. »Das ist sehr freundlich von Seiner Majestät.«

Bevor Fürstenberg etwas darauf entgegnen konnte, öffnete sich eine Tür und ein weiterer Mann erschien. Er überragte alle Anwesenden um Haupteslänge. Über seinem Nachthemd trug er einen langen purpurfarbenen Morgenmantel, der mit goldenen Ornamenten bestickt war, und sein schwarzes, nur von einigen Silberfäden durchzogenes Haar war so dicht, dass man es für eine Perücke halten konnte. Wer dieser Mann war, dämmerte Johann erst, als sich die anderen vor ihm verneigten.

»Nun, Fürstenberg, das ist der Bursche?«, fragte er den Statthalter.

»Ja, das ist er, Eure Majestät. Ihr erinnert Euch sicher des Bittgesuchs, das er an Euch gesandt hat.«

Der stattliche Mann nickte und trat näher an Johann heran, um ihn in Augenschein zu nehmen. Böttger wusste, dass er keinen besonders repräsentativen Eindruck machte, doch der Kurfürst würde es ihm sicher nachsehen. Schließlich konnte er von sich selbst auch nicht behaupten, elegant angezogen zu sein.

»Wir haben schon einiges an Nachricht von Ihm erhalten«, sagte der Kurfürst. »Unser Amtmann in Wittenberg zeigte sich sehr beeindruckt von Seiner Arbeit.«

»Ich habe nur getan, was mir mein Lehrmeister beigebracht hat.«

»Lascarius war es, nicht wahr? Ryssel hat Uns einen sehr detaillierten Bericht geschickt.«

»Ja, sein Name war Lascarius. Er gab mir das Rezept für den Stein der Weisen.« Johann spürte, wie ihm der Schweiß ausbrach. Durch die Kälte, die in diesem Raum herrschte, fühlten sich seine Kleider schon bald klamm an. Es war ihm plötzlich, als hätte ihn ein Geist berührt.

»So, das geheimnisvolle Arkanum hat er Ihm also in die Hand gegeben. Wo ist Sein Lehrmeister nun?«

»Das weiß ich nicht, Majestät. Er verließ Berlin schon vor einigen Monaten.«

Der Kurfürst und sein Statthalter blickten sich an, als teilten sie ein Geheimnis, von dem sie nicht wussten, ob sie Böttger einweihen sollten.

»Sein Lehrmeister ist vor einigen Wochen in Stralsund gestellt worden«, erklärte August schließlich. »Er lag auf dem Sterbebett und konnte der preußischen Abordnung nur noch sagen, dass er das Arkanum an Euch weitergegeben habe und er dafür im Fegefeuer schmoren würde.«

Johann blickte den Kurfürsten erschüttert an. War das Arkanum also wirklich ein Schwindel? Denn wie konnte Lascarius sterben, wenn er das Mittel zum ewigen Leben in den Händen hielt? Aber vielleicht verlängerte es das Leben auch nur und der Mönch war einfach am Ende seiner Spanne angekommen.

»Wir würden uns sehr freuen, wenn Er uns eine kleine Kostprobe Seines Könnens liefern könnte«, sagte der Kurfürst nun. »Man sagt, Er sei sehr geschickt im Tingieren; und das Gold, das Er hergestellt hat, sei von feinster Qualität.«

Das hatte ihm Ryssel zweifelsohne mitgeteilt. Doch Johann konnte frohlocken. Die übereilte Abreise erwies sich jetzt als Vorteil. »Um laborieren zu können, brauche ich einige Zutaten. Mein eigener Vorrat ist samt und sonders in Wittenberg geblieben«, antwortete er. »Soweit mit bekannt ist, hat ihn der Herr Kreisamtmann in einem Kellerraum eingeschlossen. Sofern meine Herren Begleiter die Kiste nicht mitgenommen haben, wird sie wohl immer noch dort stehen.«

August sah zu Fürstenberg hinüber. Wieder schienen sich der Monarch und sein Statthalter nur durch Blicke zu verständigen. »Wir werden dafür sorgen, dass Er alles, was Er für seine Forschungen braucht, auch erhält, nicht wahr, Monsieur von Fürstenberg?«

Der Statthalter nickte pflichtschuldig, und August wandte sich nun wieder an den Goldmacher: »Schaffe Er mir Gold, Böttger, und Er wird zu hohen Ehren gelangen. Ich werde aus Ihm einen Baron machen und obendrein einen in der ganzen Welt berühmten Mann!«

Was er mit ihm tun würde, wenn seine Transmutation nicht gelang, fügte der Kurfürst nicht hinzu, aber Johann wusste es nur zu gut. »Ich werde mein Bestes geben und Euch nicht enttäuschen, Eure Majestät.«

August nickte. »Fürstenberg, Ihr werdet Monsieur Böttger nach Dresden überführen lassen. Ich habe den Grafen von

Beichlingen angehalten, einen geeigneten … Herrn zu finden, der ihm dort Gesellschaft leisten wird.«

Wohl eher einen geeigneten Bewacher, dachte Johann. Es wäre ein Trugschluss zu glauben, dass er irgendwelche Freiheiten genießen würde. Sein Gefängnis wäre hier vermutlich nicht so drakonisch wie unter dem preußischen Herrscher, aber es blieb dennoch ein Gefängnis.

»Eure Majestät sind zu gütig«, sagte Böttger mit einer Verbeugung, die August mit einem Lächeln hinnahm.

»Auf bald, Böttger, ich bin begierig, Seine Kunst zu sehen.«

Gier war es wirklich, die in den Augen des Kurfürsten leuchtete, offenbar sah er in ihm die Lösung all seiner Probleme. Johann hoffte nur, dass er, wohin er auch gebracht wurde, die Gelegenheit bekam, entweder seine Flucht oder ein Täuschungsmanöver vorzubereiten, das ihm Zeit verschaffte, neues Arkanum zu fertigen.

Man führte ihn aus dem Schloss und zur Kutsche, verband diesmal aber nicht seine Augen. Als Zeichen guten Willens? Oder als Zeichen, dass er ihnen sowieso nicht mehr entkommen würde?

Das Kleid, das Annalena trug, fühlte sich trotz des einfachen Schnittes besser an als alles, was sie bisher auf ihrer Haut gehabt hatte. Feldhoff hatte ihr klargemacht, dass es eine große Ehre war, als Dienerin der kurfürstlichen Mätresse die abgelegten Kleider der Hofdamen tragen zu dürfen. Normalerweise bekam eine Frau wie sie solche Gewänder höchstens als Näherin in die Finger.

Bewundernd strich sie über die leicht abgewetzte, himmelblaue Seide, über der sie eine feine weiße Batistschürze trug. Damals, in Walsrode, hätte sie nicht einmal zu träumen gewagt, solch ein Kleid je zu tragen. *Wie ein Singvogel sehe ich jetzt aus*, dachte sie lächelnd. *Mit schillernden Federn, von allen bewundert. Niemand wird das Krähengefieder auf meinem Haupt bemerken*.

Ein Klopfen an der Kammertür riss sie aus ihren Gedanken fort. »Bist du fertig?«, fragte der Diener, der geschickt worden war, um sie abzuholen.

»Ja, ich komme!«, entgegnete sie und huschte schnell zur Tür.

Offenbar wollte er gerade zu einer Schimpftirade ansetzen, doch ihr Anblick ließ ihm die Kinnlade herunterfallen. »Komm mit!«, sagte der Mann schließlich nur, und wenig später fanden sie sich im Herzen des Schlosses wieder. Annalena, die nicht viel mehr als die Küche und Dienstbotenquartiere kannte, war erstaunt über das verwinkelte Labyrinth von Gängen. Auch wenn der prachtvollere Teil des Schlosses ausgebrannt war, so wirkte der angeblich weniger prachtvolle trotzdem überwältigend auf sie.

Schließlich erreichten sie die Gemächer der Mätresse. Vor der Tür wurden sie vom Hofmarschall erwartet, nur er konnte einer solch hochgestellten Person wie Fatime eine neue Dienerin präsentieren. Der Diener, der Annalena begleitet und ihr die ganze Zeit über unverhohlen auf den Hintern gestarrt hatte, zog sich zurück. Entweder erkannte der Hofmarschall sie in ihrem neuen Kleid nicht oder er hatte ihr Gesicht vergessen, seit sie vor einigen Wochen als neue Küchenmagd sein Zimmer verließ. Jedenfalls ließ er keine Bemerkung darüber fallen, dass sie sich jetzt schon wieder gegenüberstanden.

»Du wirst vor allem niedere Arbeiten übernehmen. Benimm dich ja anständig«, ermahnte er Annalena stattdessen. »Zeige dich fleißig und tu alles, was das Fräulein Fatime und deren Vertraute, die Gräfin Löwenhaupt, von dir verlangen. Gib keine Widerworte und sei nicht saumselig.«

»Ja, Euer Gnaden«, entgegnete Annalena und versuchte, sich nicht anmerken zu lassen, dass ihre Hände kalt vor Aufregung waren. Sie war ein wenig ängstlich, aber auch gespannt, wie Fatime wohl aussehen mochte und ob das, was Martha und die anderen über ihre Ähnlichkeit gesagt hatten, wohl stimmte.

»Gut, dann komm jetzt.«

Der Hofmarschall klopfte an und trat von Annalena gefolgt ein. Ein süßer Duft strömte ihr entgegen, und wenn sie geglaubt hatte, das, was sie zuvor gesehen hatte, sei prächtig, so wurde dieser Eindruck von dem jetzigen noch einmal übertroffen. Das Gemach war ausgestattet wie das einer Königin. Die Einrichtung schillerte nur so vor Gold und Farben, und obwohl Annalena noch nie gehört hatte, wie türkische Fürsten lebten, so musste es in den Palästen des Morgenlandes ähnlich wie hier aussehen. Ob diese Räume wohl die eigentlichen Gemächer der Kurfürstin waren, die im selbst gewählten Exil auf Schloss Pretzsch an der Elbe weilte, aus Verbitterung über die Lieblosigkeit ihres Gatten und dessen Übertritt zum katholischen Glauben?

»Eure Durchlaucht möge die Störung verzeihen, aber ich komme auf Order Seiner Majestät. Er möchte Euch wohlmeinend ans Herz legen, dieses Mädchen als Magd aufzunehmen. Er meint, dass es eine erfreuliche Ergänzung Eurer Damen ist.«

Erst, als der Hofmarschall sich verneigte, nahm Annalena die Frauen wahr, die auf großen Kissen am Boden saßen. Über ihnen war ein großer Seidenbaldachin gespannt, der in allen Farben des Regenbogens leuchtete. Die Frauen selbst trugen allerdings keine orientalischen Kleider, sie waren in feine Seidenkleider gehüllt, die ein wenig ihrem Kleid ähnelten, nur dass sie keine Schürzen und Brusttücher darüber trugen. Sie musterten Annalena von Kopf bis Fuß, doch sie bemerkte es gar nicht, denn ihr Blick wurde unweigerlich von einer der Damen angezogen, die mit ihrem Aussehen zwischen den anderen herausstach wie ein Blutstropfen im Schnee.

Martha hatte nicht übertrieben, Fatime war wirklich sehr schön. Ihre makellose Haut hatte einen goldenen Ton, den sie nicht wie am Hofe üblich mit Schminke übertünchte, und ihre Augen waren mandelförmig. Solche Augen hatte Annalena noch nie gesehen, weder ihre Form noch ihre leuchtende dunkelblaue Farbe. Ihr Blick richtete sich nun unverwandt auf Annalena und blieb an ihrem Gesicht hängen, auch dann noch, als sie den Kopf senkte.

»Wie ist der Name dieses Mädchens?«, fragte eine der Damen, die wohl die Kammerfrau sein musste und damit für Fatimes Haushalt und die Dienerinnen zuständig war. Das überraschte Annalena, denn eigentlich hatte sie erwartet, dass Fatime sie ansprechen würde. Doch die betrachtete sie nur weiterhin, und Annalena fragte sich, ob sie ihre Sprache nicht beherrschte oder einfach nicht reden wollte. Letzteres könnte zu den fremden Gebräuchen einer Sultanstochter passen.

»Annalena Habrecht. Sie ist vor einigen Tagen in den Dienst Ihrer Majestät getreten und er fand, dass sie sich gut unter Euren Damen machen würde.«

Die Kammerfrau blickte zu Fatime, und diese nickte ihr zu. Das bedeutete wohl, dass sie einverstanden war. »Eine neue Magd kommt uns ganz recht!«, sagte daraufhin die Dame. »Richtet Ihrer Majestät unseren untertänigsten Dank aus, Herr Hofmarschall!«

Fatime nickte ihm zu, ohne ein Wort zu sagen, und der Hofmarschall verbeugte sich und zog sich zurück. Annalena blieb an der Tür stehen und wusste nicht recht, was sie jetzt tun sollte. Sie spürte, dass der Blick Fatimes unablässig auf sie gerichtet war, und ihr wurde ziemlich unwohl zumute, als sie sich wieder an das Geschwätz erinnerte, dass sie und Fatime vom gleichen Typ waren.

»Du wirst zum Goldt-Mohr in der Webergasse gehen und ihm dieses Schreiben übergeben«, sagte die Dame, die sie begrüßt hatte, im nächsten Moment und drückte Annalena einen versiegelten Brief in die Hand. »Beeil dich und sag dem Burschen dort auch, dass wir seinen Meister so bald wie möglich erwarten.«

Annalena nickte und nahm das versiegelte Briefchen an sich. Dann holte sie ihren Mantel und machte sich auf den Weg. Wenn sie ehrlich war, hatte sie sich den Dienst bei Fräulein Fatime etwas anders vorgestellt, aber wenn sie den Laufburschen spielen sollte, war es ihr ebenfalls recht. So brauchte sie nicht gegen die Befangenheit anzukämpfen, die sie angesichts der schönen und an das Hofleben gewöhnten Damen überkam.

Die Wächter hielten das Schlosstor weit offen, als erwarteten sie, dass eine Kalesche vorfuhr. Annalena schlüpfte an ihnen vorbei, jedoch nicht unbemerkt, denn einer der Soldaten pfiff ihr nach, was sie allerdings mit einem Lächeln hinnahm. Sie freute sich, dass jemand ihre Veränderung mit dem neuen Kleid bemerkte.

In der Stadt wurde es gerade geschäftig. Das Morgenmahl war verzehrt, nun mussten die Vorbereitungen fürs Mittagessen bald losgehen. Zwischen die Hühner, Hunde und Katzen, die auf den Straßen herumliefen, mischten sich mehr und mehr Menschen. Frauen strebten mit Körben unter dem Arm dem Marktplatz zu, Männer in feinen Gehröcken unterhielten sich, Handwerker schleppten an Taschen mit Werkzeug und Laufburschen huschten zwischen den Passanten umher. Im

Grunde genommen sah es hier aus wie in Walsrode und Berlin, nur die Anzahl der Kirchtürme, um die die Krähen fliegen konnten, unterschied sich.

Der Weg, den Annalena entlangeilte, war vom Regen aufgeweicht. Fuhrwerksräder hatten tiefe Rinnen im Boden hinterlassen. Über einige Pfützen musste sie springen. Schließlich bog sie in die Webergasse ein und entdeckte dort das richtige Geschäft.

Das Türschild war aus blankpoliertem Messing, in das die Lettern Goldt-Mohr feinsäuberlich eingeprägt waren. Den Schriftzug zu entziffern hätte Annalena viel Zeit gekostet, doch das Zunftzeichen des Schneiders war ein goldener Mohr, und da es in der Webergasse kein anderes Zeichen dieser Art gab, musste sie hier richtig sein.

Im großen Fenster neben der Tür stand eine Schneiderpuppe, auf die ein Kleid drapiert wurde. So etwas hatte es in Walsrode nicht gegeben. Einen Moment lang verlor sie sich im Anblick der Spitze und Perlen, dann trat sie ein.

Angelockt durch das Geläut der Türglocke trat ein Mann in den Verkaufsraum und sah sie überrascht an. Seine Augen waren grün wie eine regennasse Wiese und sein Haar so golden wie frisch geschnittenes Stroh.

»Guten Tag, meine Dame, was kann ich für Euch tun?«, fragte er und strich sich seinen Rock glatt.

»Ich … ich habe hier ein Schreiben. Aus dem Palast. Die Dame Fatime möchte Euch so rasch wie möglich im Palast sehen.«

Der junge Mann kam lächelnd auf sie zu und nahm ihr das Schreiben aus der Hand. Ein paar Krümel Wachs rieselten auf den Boden, als er das Siegel brach und dann die Nachricht las. Zwischen den Wörtern huschten seine Augen immer wieder zu ihrem Gesicht.

»Eine ziemlich große und eilige Bestellung. Dürft Ihr verraten, was der Anlass ist?«

Annalena schüttelte den Kopf. »Ich bin gerade erst in die Dienste Ihrer Majestät getreten.«

»Nun, wie mir scheint, hat er sich eine loyale Dienerin für seine Mätresse ausgesucht.«

»Ich muss gehen«, entgegnete Annalena, denn ihr wurde das Gespräch unangenehm. Außerdem erwartete die Kammerfrau doch sicher, dass sie gleich wieder zurückkehrte.

»Bleibt doch noch«, entgegnete der junge Mann. »Ich könnte Euch gleich ein paar Muster unserer Stoffe zeigen.«

»Ich glaube nicht, dass ich davon etwas verstehe«, wehrte Annalena ab, doch der Schneider wollte noch nicht aufgeben.

»Und wie seid Ihr in die Dienste der Türkin gekommen? Bei Eurem Haar könnte man glauben, dass Ihr eine Landsmännin seid.«

Annalena atmete tief durch. Früher hatte man sie für eine Zigeunerin gehalten, jetzt verglich sie jeder mit Fatime. Nicht, dass das nicht schmeichelhaft gewesen wäre, aber wenn das so weiterging, sagte man ihr bald eine Affäre mit dem Kurfürsten nach. »Ich komme nicht aus den Türkenlanden«, stellte sie also klar.

»Und woher kommt Ihr?«, hakte er sofort nach.

»Aus dem Schloss, das seht Ihr ja«, entgegnete sie kühl. »Ich muss jetzt wirklich gehen, sonst wird mich die Kammerfrau schelten.«

Der Schneider wollte nach ihrer Hand greifen, doch sie war schneller und entwand sich ihm.

»Verratet mir wenigstens Euren Namen«, rief der junge Mann ihr hinterher, und einfach grußlos zu gehen, kam ihr doch sehr unhöflich vor. Also drehte sie sich noch einmal um und antwortete. »Annalena.«

»Gut, Fräulein Annalena, sagt Eurer Herrin, dass mein Meister und ich so schnell wie möglich zu Euch kommen und die bestellte Ware liefern werden.«

Er machte eine galante Verbeugung, die sie lächeln ließ, doch dann beeilte sie sich, aus der Tür zu kommen.

Es schien, als würde Friedrich Röber nur zu seinem Vergnügen über den Neumarkt schlendern, doch tatsächlich plagte ihn sein altes Magenleiden – und allerhand Gedanken. Früher hatte er sich mit Arbeit abgelenkt oder damit, Paul zu rügen, doch seit er Berlin verlassen hatte, blieb ihm nichts weiter übrig, als Spaziergänge einzulegen und zu versuchen, seine Gedanken in die rechte Ordnung zu bringen – und vielleicht eine brauchbare Apotheke zu finden, die ein Magenpulver hatte, das dem von Zorn in der Wirkung gleichkam.

Vor vier Tagen waren er und die beiden Preußen in Dresden angekommen, nachdem sich die Anhaltspunkte dafür verdichtet hatten, dass Böttger bei Nacht und Nebel in die Stadt gebracht werden sollte. Boten waren zwischen Dresden und Wittenberg hin und her gehetzt, gewiss mit Befehlen den Goldmacher betreffend im Gepäck. Schultze hatte vermutet, dass er entweder in Dresden oder in Warschau erwartet wurde. Soweit ihre Leute es herausgefunden hatten, weilte der König noch in Polen, doch das konnte sich jederzeit ändern.

Röber hatte den Vorschlag gemacht, einen Boten abzufangen, damit sie sich sicher sein konnten, dass sie nicht vergebens in Dresden warteten, während Böttger nach Warschau geschafft wurde. Doch diese Idee war bei den Preußen nicht auf Gegenliebe gestoßen.

»Sie würden wissen, dass wir es waren, und das könnte diplomatische Konsequenzen nach sich ziehen«, hatte ihm

Marckwardt erklärt. »Außerdem hat uns der König befohlen, diskret zu sein, und daran werden wir uns halten.«

Also warteten sie, und Röber vertrieb sich die Zeit mit Spaziergängen. Dresden war eine prachtvolle Stadt. Seit er das letzte Mal hier gewesen war, hatte sich viel getan. Der preußische König baute ein neues Schloss nach dem anderen, aber Dresden hatte sein ganz eigenes Flair. Wenn er das Kopfgeld für Böttger bekommen hatte, würde er vielleicht eine Filiale in Dresden einrichten und sich hier niederlassen. Das Geschäft in Berlin könnte Paul führen und er würde hier die hohen Herren bedienen und vielleicht schon bald zu ihnen gehören …

Als er seinen Blick schweifen ließ, fiel ihm plötzlich eine Frau auf der gegenüberliegenden Straßenseite ins Auge. Sie trug ein blaues Kleid, das beinahe zu fein für eine Bürgersfrau war, und sie war genau die Sorte Frau, die ihm gefiel. Obwohl sie schlank war, wölbten sich ihre Brüste prall unter ihrem Dekolleté und ihre Hüften wogten einladend unter dem weiten, mit zahlreichen Unterröcken ausgefütterten Rock.

Seit er Berlin verlassen hatte, hatte er sich kein Vergnügen dieser Art mehr gegönnt. Gewiss, in Wittenberg gab es ebenso wie hier Dirnenhäuser, doch seine preußischen Freunde missbilligten sein Begehren, dort einzukehren. Sie verlangten stattdessen, dass er seine Sinne beisammen hielt und sie sich nicht von Weibern trüben ließ. Aber der Anblick der Frau, die aus der Menge herausstach wie eine einsame Butterblume in einem Meer von Gras, erhitzte sein Gemüt. Entzückt von den zarten Rundungen ihres Körpers richtete er seinen Blick auf ihren Kopf, den sie leicht zur Seite drehte, als würde sie sich nach etwas umschauen. Und auf einmal erstarb sein Lächeln.

Annalena!

Wieder einmal lief er ihr über den Weg. Das letzte Mal hatte er sie auf dem Marktplatz in Wittenberg gesehen. Da hatte sie noch kein feines Kleid getragen. Hatte sie sich für ein paar hübsche Stoffe zur Hure gemacht? Doch mehr noch interessierte es ihn, ob sie wegen dem Goldmacher in Dresden war. Es wäre schon ein sehr großer Zufall, wenn sie ohne einen Grund gerade hier in Dresden war.

Röber lehnte sich an eine Hauswand und zog ein Taschentuch hervor. Mittlerweile war sie ihm ganz nahe, und er konnte nicht riskieren, dass sie ihn sah. Er hielt sich also das Tuch vor das Gesicht, als müsse er sich Schweiß von der Stirn tupfen.

Tatsächlich ging sie in Gedanken versunken an ihm vorbei, ohne ihn zu bemerken.

Röber sah ihr nach. Sie hatten noch keine Nachricht erhalten, ob Böttger Wittenberg verlassen hatte. Aber vielleicht half es, wenn er ihr folgte und sah, wem Annalena jetzt diente – oder wessen Liebchen sie geworden war.

Als sie ein Stück weit voraus war, schloss er sich ihr an. Andere Passanten drängten sich zeitweilig zwischen sie, prachtvoll gekleidete Frauen flanierten an ihm vorbei, doch seine Augen wichen nicht ein einziges Mal von ihr.

Er folgte ihr, ohne auf die Straßen oder auf andere Menschen zu achten. Einige Passanten rempelte er an und ignorierte ihr Schimpfen. Andere schüttelten bei seinem Anblick den Kopf, denn sein Blick glich dem eines Wahnsinnigen. Röber bekam davon nichts mit, bis er schließlich das Gebäude erkannte, dem sie zustrebte. Hoch ragte es in den Novemberhimmel hinein, an dem dichte graue Wolken die Sonne verdunkelten.

Ins Königsschloss geht sie also.

Sein Herz schlug schneller, diesmal aber nicht aus altem Groll heraus, sondern vor Neugierde. War Böttger vielleicht schon da? Hatte man seine kleine Hure zu ihm gelassen, um sich seiner Dienste zu versichern?

Röber blieb noch eine Weile stehen und beobachtete, wie Annalena hinter den Toren des Schlosses verschwand. Dann wandte er sich langsam um und strebte seiner Unterkunft zu. Marckwardt und Schultze waren gewiss noch unterwegs und versuchten, Informationen zu bekommen, doch wenn sie zurückkehrten, würde er mit dieser Neuigkeit trumpfen können.

Nachdem sie der Kammerfrau mitgeteilt hatte, dass der Schneider ihren Auftrag baldmöglichst erledigen würde, ließ man sie Tücher und Spitzen sortieren, und immer wieder wurde sie beauftragt, etwas herzuholen oder wegzubringen. Als sie in einer kurzen Verschnaufpause aus dem Fenster blickte, sah sie Martha über den Hof eilen. Sie vermisste das fröhliche Gegacker der Mägde. Sogar der Küchenmeister fehlte ihr. Die Hofdamen unterhielten sich nur im Flüsterton, und immer dann, wenn sie ihnen nahe genug war, um etwas verstehen zu können, unterbrachen sie ihr Gespräch.

Die Zofen, die eine nicht ganz so hohe Stellung wie die Hofdamen einnahmen, schienen nett zu sein, doch mussten sie sich, wie die Mägde auch, in Gegenwart der Herrin ruhig verhalten. *Wie dienstbare Schatten sind wir,* ging es Annalena durch den Sinn.

Der Hof eines Fürsten oder Königs konnte ein tödliches Gewirr aus Intrigen sein, ein Ort, an dem die Damen Dolche an ihren Strumpfbändern trugen und Boshaftigkeit auf der Zunge. Es wurden Spötteleien ausgetauscht, doch gleichzeitig aufmerksam gelauscht. Jede der Damen, die schon länger hier waren, schien ein ausgezeichnetes Gespür für Machtverschiebungen zu haben, und wenn sie merkten, dass ein Gleichgewicht kippte, neigten sie sich gewiss der Seite zu, die mehr Gewicht hatte. Annalena war die gekünstelte Art vieler der Hofdamen bald zuwider.

Ihr fiel ein, dass Fatime einst das Kammermädchen der Aurora von Königsmarck gewesen war. Wann hatten deren Damen wohl bemerkt, dass ihr Stern im Sinken begriffen war und August sich der Türkenprinzessin zuneigte? Wann hatten sie begonnen, Fatime zu umschmeicheln, und was würden sie tun, wenn eine neue Frau erschien, für die sich der Kurfürst interessierte?

Wie Annalena feststellen musste, war das Leben einfacher Leute doch um einiges … nun ja, *einfacher*. Natürlich gab es auch unter ihresgleichen Neid und Missgunst, aber nicht annähernd so viel Falschheit wie hier. Doch ein Zurück gab es für sie nicht mehr. Der Kurfürst hatte sie an Fatimes Seite befohlen, und dort würde sie auch bleiben müssen. Wo sollte sie sonst auch hin? Wo sonst sollte sie warten, bis Johann wieder frei war?

Plötzlich wurde sie aufgeregt, als ihr ein neuer Gedanke kam. Ob die Damen wohl erfahren würden, wenn es Neuigkeiten über einen Goldmacher gab? Es war zwar nicht gesagt, dass Annalena diese Nachrichten dann auch hören würde, aber vielleicht konnte sie etwas aufschnappen. Der leise Ton hier würde ihre Ohren bestimmt schärfen.

Als der Abend heraufdämmerte und es Zeit wurde, das Essen einzunehmen, begannen die Frauen, Fatime umzukleiden. Sie selbst musste mit einem weichen Lappen die Juwelen polieren, die Fatime tragen wollte – natürlich unter der Aufsicht einer der Hofdamen, denn es war ja möglich, dass sie lange Finger machte. Während sie die herrlich funkelnden Steine vorsichtig abwischte, obwohl kein einziges Stäubchen darauf zu sehen war, blickte Annalena einige Male zu Fatime. So bemerkte sie, dass die Türkin sie beobachtete. Die Frauen hatten ihr inzwischen die fließenden Gewänder abgenommen und schnürten sie in ein steifes Korsett, in das sie Stäbe aus Holz einschoben. Noch immer sprach sie nicht, gab nicht einmal ein Kommando in einer fremden Sprache oder beklagte sich darüber, dass die Damen die Schnürung zu fest anzogen, und so begann Annalena zu glauben, dass sie vielleicht gar nicht sprechen konnte.

Dass einem Menschen die Fähigkeit zu sprechen abhandenkam, kannte Annalena nur in Verbindung mit Taubheit. Dadurch, dass sie sich nicht hören konnten, erlernten diese Menschen auch das Sprechen nicht oder nur so unvollständig, dass sie niemand verstehen konnte. Doch Fatime konnte hören – und sie verstand alles. Sie lauschte den Gesprächen der Frauen, doch wenn sie überhaupt reagierte, dann höchstens mit einem Nicken, einem Kopfschütteln oder einem Lächeln. Konnte es sein, dass die Verschleppung aus ihrer Heimat sie so erschüttert hatte, dass sie nicht mehr sprechen konnte? Oder wollte? Doch wenn sie den Kurfürsten als ihren Feind ansah, hätte sie doch gewiss nicht eingewilligt, seine Mätresse zu werden.

»Du sollst nicht träumen, sondern polieren!«, schnarrte sie eine der Damen an und versetzte ihr einen so harten Stoß gegen die Schulter, dass ihr das Schmuckstück beinahe aus der Hand gefallen wäre. Sie konnte es gerade noch festhalten und musste sich beherrschen, die Frau nicht ihrerseits anzurempeln. Sie polierte weiter, bis sie ihr Spiegelbild in den Juwelen sehen konnte.

Endlich waren die Damen mit dem Ankleiden fertig. Als Annalena einen weiteren Blick auf Fatime warf, fand sie diese vollkommen verändert vor. Sie trug ein cremefarbenes Kleid, das mit viel Spitze und zahlreichen Perlen verziert war. Ihr

Haar war kunstvoll aufgesteckt, eine lange Locke fiel über ihre Schulter. Sie war wunderschön, und Annalena war sich sicher, dass Martha die Türkin nie wieder mit ihr vergleichen würde, wenn sie Fatime so sehen könnte.

Im nächsten Augenblick nahm ihr eine der Damen die Juwelen aus der Hand, und die Frau, die sie bislang beaufsichtigt hatte, verschloss die Schatulle und reichte den Schlüssel der Kammerfrau. Die Damen begleiteten Fatime nun zu einem großen Spiegel, vor dem sie ihr den Schmuck anlegten und ihr Haar mit weiteren Juwelen schmückten. Die anderen Mägde hoben die am Boden liegenden Kleidungsstücke auf, falteten sie sorgsam zusammen und legten sie in die dafür vorgesehenen Truhen. Da man ihr nichts anderes aufgetragen hatte, tat Annalena es ihnen nach. Sie wechselte ein paar unsichere Blicke mit den Mädchen neben sich, und erntete hin und wieder ein aufmunterndes Lächeln.

Als Fatime schließlich fertig war, erinnerten nur die Farbe ihrer Haut und die Form ihrer Augen daran, dass sie nicht aus diesen Breiten stammte. Die Damen zogen in den Speisesaal, während die Mägde wie selbstverständlich zurückblieben. Später dann bekamen sie das, was von der Tafel übrig blieb – und das war eine Menge.

Nach dem Abendessen war der Dienst für die Mägde allerdings noch nicht vorbei. Man fand sich in geselliger Runde zusammen, wobei Annalena und die anderen dafür zuständig waren, die Damen mit Getränken und Naschereien zu versorgen und ihnen auf Wunsch auch Dinge zum Zeitvertreib zu holen.

Es war interessant zu beobachten, wie ein Wink der zarten Finger Fatimes den Damen ebenso viel galt wie ein Befehl. Keine von ihnen wollte es sich erlauben, bei der kurfürstlichen Mätresse in Ungnade zu fallen. Angesichts der weichen Züge und der verträumt dreinblickenden Augen war es schwer vorstellbar, dass die Türkin ihre Damen mit Wutausbrüchen quälte, doch es brauchte auch nicht mehr als eine sanft geäußerte Unmutsbekundung, damit der Kurfürst eine unliebsame Dame vom Hof entfernte.

Nach einem Tag in Fatimes Diensten fragte sich Annalena ernsthaft, ob sie nicht in der Küche besser aufgehoben gewesen war. Die Möglichkeiten, sich unbemerkt aus dem Schloss zu entfernen, waren durch ihre neue Anstellung noch kleiner geworden. Blieb nur die Hoffnung, dass die Damen darüber reden würden, wenn sie etwas über einen Goldmacher erfuhren. Gewiss würden sie sich neues Geschmeide erhoffen oder golddurchwirkte Kleider.

Das heutige Gespräch drehte sich allerdings um die Rückkehr des Kurfürsten aus Moritzburg. Man hatte seine Karosse auf den Schlosshof rollen hören, es war also ganz sicher, dass er wieder zurück war. Trotzdem hatte er sich den ganzen Tag über nicht in den Gemächern seiner Mätresse blicken lassen. Man rechnete allerdings damit, dass er in dieser Nacht kommen würde.

Die Damen sollten recht behalten. Gerade als man sich darüber zu unterhalten begann, welche Haarfarbe wohl die begehrteste bei Hofe sei, öffnete sich die Tür und herein trat der Kurfürst. Augenblicklich fielen die Damen in einen Hofknicks. Auch Fatime verneigte sich, was Annalena seltsam fand. Sie war für einen Moment dermaßen überrascht, dass sie darüber die eigene Respektsbezeugung für den Fürsten vergaß. Erst als die Kammerfrau sie mit einem bösen Blick bedachte, fiel ihr wieder ein, was sie zu tun hatte. Sie knickste ebenfalls, war in ihrer Eile aber so ungeschickt, dass sie schwankte und auf die Knie fiel. Ihr Schultertuch verrutschte ebenso wie ihre Haube, und auch ohne hochzuschauen, wusste sie, dass die feinen Damen spöttisch grinsten.

Der Kurfürst wurde natürlich sogleich auf sie aufmerksam. Nachdem er Fatime und die Damen höheren Ranges begrüßt hatte, wandte er sich ihr zu. Die anderen Mägde behielten den Blick gesenkt, doch Annalena konnte nicht anders, als zu dem Riesen aufzublicken. Heute trug er keine Stiefel, sondern Schnallenschuhe, Seidenstrümpfe und Samthosen. Sein Rock war dunkelrot und die Spitzenmanschetten, die aus den Ärmeln hervorschauten, blütenweiß. Kein Wäschestück, das sie je im Waschzuber hatte, war so weiß gewesen.

»Da ist ja unsere kleine Küchenmagd«, sagte er mit einem Lächeln und streckte ihr seine Hand entgegen.

Annalena wusste nicht, wie sie darauf reagieren sollte, und so senkte sie verlegen den Blick.

»Was meint Ihr, meine Liebe, sie passt doch hervorragend zu Euren Damen?« Das sagte er zu Fatime. Annalena widerstand der Versuchung, den Kopf zu heben, und verpasste die Reaktion der Türkin, denn so wie sie den ganzen Tag über nichts gesagt hatte, so sprach sie auch jetzt nicht. Doch auf irgendeine Weise gab sie ihm wohl zu verstehen, dass sie mit Annalena einverstanden war.

Der Kurfürst schwieg einen Moment, bevor er sich mit erhobener Stimme an alle Anwesenden wandte. »Wenn die Damen uns nun entschuldigen würden? Ich habe das werte Fräulein Fatime schon so lange Zeit entbehren müssen, deshalb möchte ich ihr heute Abend Gesellschaft leisten.«

Als Annalena den Kopf zur Seite drehte, sah sie, dass einige Damen erröteten. Andere bissen sich auf die Lippen, damit sie nicht kichern mussten. Nach dem, was sie in der Küche gehört hatte, konnte sich Annalena denken, was der König mit Fatime tun würde. Und sicher würde Fatime nicht gezwungen sein, ins Wasser zu gehen, wenn daraus ein Kind erwuchs. Wie man sich erzählte, hatte er bislang noch jedes seiner Kinder anerkannt und dafür gesorgt, dass sie nicht in Armut aufwachsen mussten. Das hatte Annalena für den Kurfürsten eingenommen.

Die Kammerfrau klatschte in die Hände und Hofdamen, Zofen und Mägde erhoben sich daraufhin. Angeführt von ihr verließ eine nach der anderen den Raum, nachdem sie noch einmal vor dem Kurfürsten geknickst hatten. Annalena hielt es für angebracht, als Letzte den Raum zu verlassen. Dabei blickte sie noch einmal zum Kurfürsten und bemerkte, dass er sie beobachtete. Fatime hingegen hielt den Kopf scheu gesenkt, während er ihre Hände hielt. Doch Augusts Blick lag auf Annalena, und sie war nicht imstande, ihm auszuweichen. Erst als sie ein Zischen von einer der anderen Mägde vernahm, brach sie den Blickkontakt und eilte dann mit hochroten Wangen aus dem Raum.

Die Kammerfrau bedachte sie draußen mit einem finsteren Blick und zischte ihr zu: »Beim nächsten Mal wirst du dich schneller bewegen und Ihre Majestät nicht anstarren, hast du verstanden?«

Annalena hätte sich am liebsten in ein Mauseloch verkrochen. Sie nickte, worauf die Kammerfrau von ihr abließ.

Nachdem auch die letzten Arbeiten verrichtet waren und feststand, dass der König das Zimmer Fatimes in dieser Nacht nicht wieder verlassen und sie die Dienste ihrer Frauen daher nicht mehr benötigen würde, erteilte die Kammerfrau den Zofen und Mägden die Erlaubnis, sich zur Ruhe zu begeben. Annalena ging mit den anderen Mägden in ihre Kammer ganz in der Nähe der Herrin, für den Fall, dass sie etwas benötigte. Dieser Raum war besser als der für die Küchenmägde, heller und größer, mit Fenstern, die zum Hof hinaus zeigten. Da man auf eine weitere Magd nicht gefasst gewesen war, musste sie sich mit einem Strohsack begnügen, der in ein Laken eingeschlagen war, während die anderen Holzbetten hatten, aber das machte ihr nichts aus.

Auch hier, wo sie unter sich waren, erwiesen sich die anderen Mägde nicht als sehr gesprächig. Die Arbeit war keineswegs erschöpfend gewesen, doch bis auf ein paar kurze Worte und dem Nachtgebet ließen sie nichts von sich hören.

Nachdem auch sie gebetet hatte, zog Annalena ihr Kleid aus, behielt aber das Hemd an. Anschließend ließ sie sich auf den Strohsack nieder, der ruhig etwas mehr Stroh hätte vertragen können, stopfte die Decke fest um sich und lauschte dem Raunen des Windes, der um das Schloss strich.

Während die anderen Mädchen schon bald leise vor sich hin schnarchten, meinte sie, irgendwo in den Tiefen des Schlosses ein leidenschaftliches Stöhnen zu hören. Sie wusste, von wo es kam, und der Gedanke, dass der Kurfürst mit Fatime dasselbe tat wie Johann mit ihr in der Scheune, ließ ihre Wangen glühen. *Ach könnte ich nur bei ihm sein*, dachte sie voller Sehnsucht und Trauer. Es war eine Erleichterung, als ihre Augen schließlich zufielen und sie in die Tiefen des Schlafes und des Vergessens sinken konnte.

August starrte an den Baldachin des Bettes, in dem er neben Fatime lag. Ihr Körper war dicht an ihn geschmiegt, ihr Kopf ruhte auf seiner Brust.

Erschöpft vom Liebesspiel würde er normalerweise längst schlafen, doch die zahlreichen Gedanken in seinem Kopf verhinderten dies. Wie wohl er sich hier bei Fatime fühlte! Der Duft ihrer Haut und ihres Haares konnten ihn alles vergessen machen. Im Gegensatz zu Ursula von Teschen war sie ein sanftes Geschöpf, das dankbar für jedes Geschenk war und aus deren Augen unerschöpfliche Liebe leuchtete. Doch zu einer ersten, offiziellen Mätresse würde er sie nie machen können.

Die Beziehungen zu Polen hingen von Ursula und der einflussreichen Adelsgruppe um ihren Vater ab. Sie an seiner Seite zu haben, bedeutete wenigstens das Wohlwollen eines Teils des polnischen Adels und des Sejms zu haben. Das durfte er auf keinen Fall aufs Spiel setzen.

Doch was würde geschehen, wenn sein Same in Fatime aufging? Bislang hatte noch jede Frau, der er beigewohnt hatte, früher oder später ein Kind bekommen. Die Königsmarck hatte ihm einen kräftigen Jungen geschenkt, der eines Tages den Titel Chevalier de Saxe tragen würde. Ursula hatte ihm ebenfalls einen Sohn geboren. Und Fatime? Was würde er tun, wenn sie ebenfalls schwanger wurde? Ursula würde ihm die Augen auskratzen, wenn sie es erfuhr, und auch wenn er sich der Treue seiner Untertanen zwar gewiss sein konnte, so war es doch unmöglich, so viele Menschen zur Verschwiegenheit zu verpflichten. Der Hofklatsch würde unweigerlich zu Ursula vordringen.

Und das durfte nicht geschehen. Wenn Fatime wirklich von ihm schwanger wurde, musste er einen Mann für sie finden, einen reichen und freundlichen Mann, der sie gegen eine Abfindung seinerseits gut versorgte.

Er streichelte ihren Rücken. Ihre Haut war so weich und duftete heute nach Zimt und Nelken. Er erinnerte sich an das erste Mal vor zwei Monaten, als sie sich ihm hingegeben hatte, nach langem Widerstand, den sie sogar durch einen Keuschheitsgürtel unterstrich. Doch im September, als das goldene Licht des vergehenden Sommers durch die Fenster fiel und die Luft erfüllt war vom Duft später Rosen, hatte sie ihm nicht mehr länger widerstehen können. Offenbar hatte dieses erste Mal keine Frucht in ihr aufgehen lassen, denn an ihrem Körper zeigten sich keine Veränderungen. Doch was war mit der jetzigen Nacht? Und denen, die folgen würden? Ein paar Tage würde ihn Warschau noch entbehren können und er wollte, ja brauchte diese Tage bei Fatime. Er war zwar so stark, dass er ein Hufeisen verbiegen konnte, aber er war nicht stark genug, um den Reizen der Frauen zu widerstehen.

Als Fatime sich regte und ihr Atem über seine Brusthaare strich, kehrte er in die Wirklichkeit zurück. Wenn die Zeit gekommen war, würde ihm sicher etwas einfallen. Heute Nacht würde er sie nur halten und freudig den nächsten Morgen erwarten.

Schützend legte er seine Arme um sie und schließlich kam der Schlaf mit dem Rauschen des Nachtwindes.

19. Kapitel

Am nächsten Morgen, nachdem die Betten gemacht waren und sie den Damen beim Anziehen geholfen hatte – all das gehörte ebenfalls zu ihren Pflichten –, wurde Annalena erneut in die Stadt geschickt. Diesmal nicht zum Goldt-Mohr, sondern zum Dinglinger, dem Hofjuwelier, der neben seiner Tätigkeit im Schloss auch noch ein kleines Geschäft in der Stadt führte. Zähneklappernd zog sie den Mantel enger um sich, als sie nach draußen trat. Ein Gutes hatte die Kälte zumindest: Der Boden war hart gefroren, so dass sie nicht fürchten musste, mit ihren neuen Schuhen im Schlamm einzusinken.

Der Frost hatte die Stadt überrascht. Die letzten Wochen waren verhältnismäßig mild und feucht gewesen. Doch in der vergangenen Nacht hatte der Wind merklich aufgefrischt und die Luft wurde klar und schneidend wie ein scharfes Küchenmesser. Die Häuser waren heute Morgen mit Reif bedeckt und an einigen Fenstern wuchsen Eisblumen. Auch an den Fenstern des Mägdequartiers hatten sich wunderschöne Muster gebildet.

Während sich die Mägde auf den Winter und das bevorstehende Weihnachtsfest freuten, musste Annalena sich alle Mühe geben, ihr Unwohlsein zu verbergen. Sie kannte es schon aus Walsrode, dass ihre Narben bei plötzlichem Frost mehr schmerzten als sonst. Da sie in den vergangenen Wochen einigermaßen Ruhe gegeben hatten, hatte sie schon geglaubt, dass es diesmal anders sein würde. Doch der Wetterumbruch brachte ihren Rücken dazu, sich anzufühlen, als hätte Mertens sie in der Nacht besucht.

Diese Gedanken hatten sie den ganzen Morgen verfolgt und ließen Annalena auch jetzt frösteln, doch hier draußen, auf Dresdens Straßen, konnte sie sich ablenken, indem sie sich die Leute ansah und nach der von der Gesellschafterin genannten Adresse suchte. Der Neumarkt war voller Menschen, und mittlerweile war ihr die Art, wie die Leute sprachen, vertraut. Sie schnappte einige Gesprächsfetzen auf, in denen es um den Kurfürsten ging und um die Mode am Hof, die Steuern und den Krieg mit Schweden. Einige junge Burschen zwinkerten ihr zu, einige Männer grüßten sie und Frauen, deren Kleider einfacher waren, betrachteten sie mit neidischen Mienen. Wie sehr sich ihr Leben doch verändert hatte, seit sie aus Walsrode geflüchtet war.

Ganz plötzlich überfiel Annalena das Gefühl, beobachtet zu werden, wie eine kalte Hand, die ihr über den Nacken strich. Sie blieb stehen und blickte sich um, doch in der Menge der Leute, die sie umringte, konnte sie niemanden ausmachen, der sie gezielt beobachtete. Alle schienen sie für einen Moment anzusehen und dann wieder wegzuschauen, und jetzt, da sie sich umgewandt hatte, ließ auch das Gefühl wieder nach. Doch als sie in eine Gasse einbog, kehrte es mit Macht zurück.

Annalena lief schneller. Auch in der Gasse kamen ihr noch immer Passanten entgegen, was sie eigentlich hätte beruhigen sollen, denn niemand, der es auf sie abgesehen hatte, würde sie vor Zeugen angreifen. Wurde sie wirklich verfolgt oder war alles nur ein Hirngespinst? Annalena sah sich um – wieder niemand – und schüttelte schließlich den Kopf über die eigene Torheit. Doch das mulmige Gefühl ließ sich nicht abschütteln.

Endlich am Geschäft des Monsieur Dinglinger angekommen, stürmte sie geradezu zur Tür herein. Der Laden wirkte nicht so, als gehöre er einem Goldschmied, wenn überhaupt, war das einzig Kostbare hier ein goldgerahmter Spiegel, der das Bild der Inneneinrichtung, und nun auch Annalenas, zurückwarf. Im Hintergrund konnte man es leise hämmern hören. Auch hier erwartete sie ein Bursche, der allerdings viel jünger war als der Gehilfe des Schneiders. Er blickte sie einen Moment lang mit großen Augen an, aber noch bevor sie ihm erklären konnte, was sie hier wollte, erschien der Hausherr.

Monsieur Dinglinger war ein stattlicher Mann mit Schnurrbart und braunen Locken, der einen kostbaren, mit Zobel besetzten Mantel trug. Er musterte Annalena von Kopf bis Fuß, dann fragte er, was ihr Begehr sei. Es war ihm klar, dass sie von irgendeiner Herrschaft geschickt worden war.

»Dich schickt also die Kammerfrau der Mätresse«, sagte er, nachdem sie ihm das Schreiben überreicht hatte.

Annalena nickte.

Der Mann studierte das Schreiben kurz und verschwand dann mit einem nicht zu deutenden Brummen im Hinterzimmer. Wenig später kehrte er mit einem kleinen Päckchen zurück. »Geh ja vorsichtig damit um!«, mahnte er Annalena, als er es ihr aushändigte. »Wenn du es verliert, musst du es ersetzen!«

»Ich werde aufpassen«, entgegnete Annalena und verstaute das Päckchen in der Tasche ihrer Schürze.

Der beleibte Juwelier nickte und trug ihr auf, der Gesellschafterin auszurichten, dass er sich so schnell wie möglich um ihren Wunsch kümmern werde, dann entließ er Annalena wieder in die Winterkälte. Vor dem Haus blieb sie stehen und sah sich nach allen Seiten um. Noch immer eilten Menschen vorbei, aber keiner schien sie besonders zu beachten.

Sie war gerade in die Schösser-Gasse eingebogen, als sie plötzlich von einem Arm gepackt und zur Seite gezogen wurde. Annalena wollte schreien, doch eine Hand legte sich auf ihren Mund, und ehe sie auch nur zu einem Schlag ausholen konnte, fand sie sich in einem kleinen Hinterhof wieder. Dort warteten bereits zwei andere Männer. Hatten sie es auf das Päckchen abgesehen, das sie vom Dinglinger erhalten hatte?

Annalena versuchte verzweifelt, sich aus dem Griff des Mannes zu winden, doch ihre Gegenwehr erstarb schlagartig, so überrascht war sie, als sie einen der beiden Männer erkannte.

Der Kaufmann Röber trat aus einer Nische hervor, während der andere Mann seinen Dolch zückte, einen Hirschfänger, mit dem er sie mühelos durchbohren konnte. Der Mann hinter ihr ließ sie nun los, nur um sie im nächsten Moment hart gegen die Wand zu schleudern. Ihr Kopf schlug gegen die Steine und machte sie benommen, doch das Gefühl des Messers an ihrer Kehle ließ sie sofort wieder zu sich kommen.

»Was wollt Ihr von mir?«, presste sie hervor. Es war ein Wunder, dass sie überhaupt ein Wort hervorbrachte, die Angst vor dem kalten Metall an ihrer Haut schnürte ihr die Kehle zu.

»Das weißt du genau!«, antwortete nicht Röber, sondern der Fremde, der sie mit dem Dolch bedrohte.

»Ich habe keine Ahnung, wovon Ihr sprecht«, entgegnete Annalena.

»Oh, ich denke schon«, sagte nun Röber und trat näher an sie heran. »Siehst du diese Narbe?« Er strich sein Haar beiseite, so dass sie einen Blick darauf werfen konnte. Sie war nicht besonders groß und mittlerweile ausgeheilt, doch das blaurote Mal war gut zu sehen. An dieser Stelle musste ihn das Glas getroffen haben. »Eigentlich hätte ich nichts dagegen, wenn dich diese Männer töten. Du magst jetzt vielleicht bessere Kleider tragen, aber du bist noch immer ein dreckiges kleines Miststück.«

Er nickte dem Mann mit dem Dolch zu, der daraufhin die Klinge zurückzog. Röber streckte die Hand nach ihrer Wange aus, doch Annalena drehte den Kopf beiseite, was er mit einem grimmigen Lächeln quittierte.

»Aber du kleine Hure könntest dich für uns als wertvoll erweisen. Oder hast du die Striemen nicht der Hurerei, sondern dem Stehlen zu verdanken?«

Annalena schnappte nach Luft. Der Schlag auf den Kopf hatte Röber nicht vergessen lassen, was er im Mondlicht auf ihrem Rücken gesehen hatte.

Der Kaufmann schien ihren Gedanken zu erraten. »Ja, ich erinnere mich noch an deine Narben. Immer, wenn ich meine im Spiegel sehe, sehe ich auch deine. Du willst doch gewiss nicht, dass es publik wird, wer du wirklich bist, oder? Besonders nicht bei deiner hohen Herrschaft.«

Annalena sagte nichts dazu. Röber brauchte nicht zu wissen, wie sie wirklich zu den Narben gekommen war. Abgesehen davon, dass er ihr wahrscheinlich nicht glauben würde, würde es eh keinen Unterschied machen.

»Erinnerst du dich an unsere Abmachung?«, kam er endlich auf den Punkt. »Sie gilt noch immer! Ich will Böttger. Und du erzählst uns jetzt, wo wir ihn finden.«

Annalenas Mund wurde trocken, und das nicht allein aus Furcht. Wenn Röber nach Johanns Verbleib fragte, dann war er gewiss nicht mehr in Wittenberg. War es Kunckel gelungen, ihn aus dem Elbeturm zu holen? Versteckte er ihn gar? Für einen Moment vergaß sie Röber und seine Spießgesellen. Wenn Johann in Freiheit war, dann würde sie zu ihm reiten, Anstellung hin oder her. Wenn sie wieder mit ihm vereint war, würde sie darauf drängen, mit ihm zu fliehen, nach Süden, nach Westen oder in jede andere Himmelsrichtung. Vielleicht sogar in die Neue Welt, in der Tartuffeln wuchsen.

Ein Stoß gegen die Schulter holte sie in die Wirklichkeit zurück. »Ich hab dich was gefragt!«, schnarrte Röber sie an. »Ich will wissen, wo er ist. Wo ist Böttger?«

»In Wittenberg, soweit ich weiß«, antwortete Annalena trotzig. »Im Schloss, wo Ihr ihn habt hinbringen lassen.«

»Nicht wir haben ihn verhaftet, das waren die Sachsen«, entgegnete Röber und blickte zu seinen beiden Spießgesellen, die gelangweilt dreinschauten, als sei das hier alles Zeitverschwendung. Der Mann mit dem Hirschfänger wog seine Waffe ungeduldig in der Hand. »Aber das tut nichts zur Sache, denn aus Wittenberg ist er klammheimlich verschwunden. Also, wo hat man ihn hingeschafft? Ist er hier in Dresden?«

Annalena konnte nicht anders, als zu lächeln. Vielleicht verlor sie jetzt ihr Leben, aber wenigstens hatten ihn die Preußen nicht in die Finger bekommen. Doch ihr Lächeln verschwand sofort wieder, denn sie wusste ja nicht, wie es

Johann ging, und ob ihn nicht jemand anderes verhaftet hatte.

»Woher soll ich das denn wissen?«, antwortete sie im nächsten Moment. »Ich bin nur eine kleine Magd in den Diensten des Kurfürsten. Ich habe Böttger das letzte Mal in Wittenberg gesehen, danach nicht mehr.«

Wieder tauschten die Männer Blicke aus, und einer von Röbers Begleitern sprach aus, was die beiden augenscheinlich die ganze Zeit schon gedacht hatten. »Töten wir sie und lassen sie hier. Das bringt doch alles nichts.«

»Ihr solltet nicht so vorschnell sein, mein lieber Freund.« Röbers Ton klang herablassend. »Habt Ihr nicht zugehört? Sie sagte, sie sei Magd im Dienste des Kurfürsten. Wenn er den Goldmacher in seine Finger bekommen hat, könnte sie herausfinden, wo er ihn versteckt. Sie hat Zugang zum Schloss, also ist es nur logisch, wenn sie für uns spioniert.«

Würde er jetzt ihr Leben bedrohen, damit sie zustimmte? Oder sie mit ihren Narben erpressen? Aber sie waren hier in Sachsen und die preußischen Spione lebten ebenso gefährlich wie sie. Es wäre ein Leichtes sie zu verraten. »Woher wollt Ihr wissen, dass ich das tue?«, fragte sie also trotzig.

»Oh, das wirst du«, entgegnete Röber siegessicher. »Und dazu brauchen wir dir nicht einmal drohen. Das, was ich dir anzubieten habe, wirst du nicht ausschlagen.«

»Und das wäre?«

»Dein geliebter Goldmacher«, entgegnete Röber, und sein Lächeln wurde so breit, wie sie es im Kontor nicht ein einziges Mal gesehen hatte. »Wenn du uns hilfst, ihn zu befreien und nach Preußen zu bringen, werde ich persönlich beim König vorsprechen und erwirken, dass ihr heiraten könnt. Vielleicht könnt ihr sogar gemeinsam eine Wohnung in Cölln nehmen. Deine Narben werden vergessen und du eine ehrbare Frau sein. Natürlich vorausgesetzt, der Bursche verweigert dem König nicht den Dienst.«

Annalena stockte der Atem. Was Röber da beschrieb, hatte sie nicht einmal zu träumen gewagt. Doch sie durfte nicht vergessen, wer er war. Sie sprach hier mit Röber, dem Mann, der eine schwangere Magd in den Tod getrieben hatte – oder Schlimmeres. Er würde sein Wort gewiss nicht halten. Aber vielleicht war es klug, so zu tun, als ob sie ihm glaubte. Wenn sie auf seine Forderung einging, würde er sie gehen lassen. Sie konnte dann zu Kunckel reiten und herausfinden, ob er Johann befreit hatte oder ob die Leute des Kurfürsten schneller gewesen waren. Ihr Herzschlag beschleunigte sich: Wenn Ersteres zutraf, dann konnte sie vielleicht noch heute mit Johann fliehen.

»Also gut, ich werde Euch helfen«, sagte sie, und versuchte dabei, möglichst überzeugt zu klingen.

Röber setzte ein triumphierendes Lächeln auf. Ihm schien nicht in den Sinn zu kommen, dass sie ihn hereinlegen könnte. Ganz im Gegensatz zu den Preußen, von denen sich jetzt der andere, der die ganze Zeit über geschwiegen hatte, zu Wort meldete. »Bedenkt das Risiko, Röber. Sie könnte uns beim König verraten. Das habe ich Euch schon gestern gesagt.«

»Sie wird niemanden verraten, nicht wahr?« Röber streckte erneut sine Hand aus, und jetzt ließ Annalena zu, dass er ihre Wange berührte. Das Gefühl seiner Finger auf ihrer Haut erregte in ihr noch immer Übelkeit, doch sie wusste, dass sie sich gefügig zeigen musste, damit Röber es sich nicht noch einmal anders überlegte.

»Ich will, dass Johann wieder bei mir ist«, sagte sie entschlossen, meinte in Wirklichkeit aber, dass sie wollte, dass Johann wieder frei war. »Glaubt Ihr, ich wäre so dumm, unsere gemeinsame Zukunft zu riskieren? Allerdings dürft Ihr nicht erwarten, dass ich Zugang zu geheimen Räumen habe. Ich bin nur eine Magd, nichts weiter.«

»Und im Allgemeinen ist bekannt, dass Mägde neugierig sind, gern an Türen lauschen und das eine oder andere mitgehen lassen«, entgegnete Röber. »Du wirst dich umhören, und sollte dir zu Ohren kommen, wo sich der Bursche befindet, wirst du es uns sofort wissen lassen.«

»Und was dann?«

»Dann werden wir alle weiteren Schritte bereden. Im Moment müssen wir nur wissen, wo er ist.«

Annalena war sich sicher, dass sie das nicht so ohne weiteres herausfinden konnte, aber sie hielt es für klüger, nichts zu sagen. »Ich werde mich umhören.« Ihre Stimme gehörte jetzt wieder der Annalena, die keine Angst gehabt hatte, einem Mann das Bein zu amputieren. »Wo soll ich Euch treffen, wenn ich etwas in Erfahrung gebracht habe?«

Röber blickte sich zu seinen Kumpanen um, und wenn Annalena deren Blicke und das kaum merkliche Kopfschütteln richtig deutete, dann sollte er ihr auf keinen Fall ihren Unterschlupf nennen. Seine Antwort war daher nicht unerwartet. »Wir kommen zu dir. Meine Freunde werden Ausschau nach dir halten. Solltest du etwas herausfinden, komm zum Neumarkt, sie oder ich werden dich dann ansprechen.«

Der Neumarkt war eine hervorragende Wahl, um dort Informationen auszutauschen, das war selbst Annalena klar. In dem dort herrschenden Gedränge konnte man sehr gut untertauchen und in dem Stimmengewirr, das über dem Platz schwebte, würde man einzelne Worte nur dann ausmachen können, wenn sie direkt neben einem gesprochen wurden. Selbst wenn ihr einer der Männer seinen Dolch in die Rippen stieße, würden es die Leute wohl erst bemerken, wenn sie tot zu Boden fiel.

»Ich werde da sein«, sagte sie, worauf die Preußen zurücktraten. Der Mann mit dem Dolch hielt es noch immer nicht für nötig, seine Waffe einzustecken.

Annalena rückte Kleid und Mantel wieder zurecht. Sie schaute nicht hin, spürte aber Röbers amüsierten Blick. Doch sie kümmerte sich nicht darum, ihre Gedanken wirbelten viel zu wild durch ihren Kopf, um sich an etwas so Belanglosem festzuhalten.

»Und dass du uns keine Mätzchen machst, wir behalten dich im Auge!«, drohte Röber, als Annalena sich schon einige Schritte entfernt hatte. Doch weder entgegnete Annalena etwas noch sah sie zu dem Krämer zurück.

So fiel ihr Blick auch nicht auf die dunkle Figur, die die ganze Szene zwischen ihr und den Männern beobachtet hatte.

Peter Mertens löste sich aus der Nische, in der er sich versteckt hatte, und sah der Frau in dem blauen Kleid nach.

Ist sie es wirklich?, fragte er sich.

Die Kleider, die sie trug, waren viel feiner als früher, so dass man sie für eine Bürgersfrau oder für die Magd eines sehr reichen Herrn halten konnte. Doch ihr schwarzes Haar, das dem Gefieder einer Krähe glich, war unverwechselbar. Sie ging auch noch wie früher, wenngleich jetzt etwas gerader, vermutlich weil ihr Rücken nicht mehr schmerzte.

Die dunkel glänzenden Flechten hatten seinen Blick angezogen und ihn vergessen lassen, dass er eigentlich auf dem Weg zur Ratsfronfeste war, wo Meister Pötzsch ihn erwartete. Ohne zu wissen, dass sie diejenige war, nach der er schon so lange vergeblich suchte, war er der Frau gefolgt.

Je länger er ihr folgte, desto aufgeregter wurde er. Konnte es wirklich Annalena sein? Und wenn sie es war, wie konnte er ihrer habhaft werden? War sie es jedoch nicht, an wem konnte er dann seinen unbändigen Zorn auslassen?

Er konnte zu einer Hure gehen, musste dabei aber vorsichtig sein. Eine Hure konnte sich kaum beschweren, wenn ein Freier sie prügelte, aber dummerweise war sein Meister sehr aufmerksam, was die Freudenmädchen anging. Regelmäßig sah er sich in den Hurenhäusern um, und nur der Umstand, dass Mertens ihnen einen falschen Namen nannte, hatte ihn bisher vor dem Groll seines Meisters bewahrt.

Doch er brauchte überhaupt keine Hure, wenn er seiner Frau habhaft werden konnte. Als er sie schließlich erkannte, hatte er es fast nicht glauben können. Endlich! Mit wachsender Erregung war er ihr gefolgt, wollte sich aber zurückhalten, bis er wusste, was sie hier tat.

So hatte er auch das Gespräch zwischen ihr und den drei Männern belauscht. Offenbar war sie in eine Sache verstrickt, die ihr alles andere als wohl bekommen würde, wenn sie nicht tat, was die drei von ihr verlangten. Die Worte Goldmacher und Schloss waren an Mertens' Ohr gedrungen, beides passte überhaupt nicht zu Annalena, aber offenbar hatte sie sich ein gutes Leben eingerichtet und damit einiges zu verlieren.

Er schwankte nun, ob er ihr folgen oder versuchen sollte, mehr über die Männer herauszufinden, die Annalena bedroht hatten. Vielleicht sollte er sich mit ihnen zusammentun. Männer wie diese brauchten gewiss einen Handlanger. Ihm würde es die Möglichkeit geben, sich an Annalena zu rächen. Und dafür möglicherweise noch entlohnt zu werden. Also wartete er noch, bis die drei Männer den Hinterhof verließen, und schloss sich ihnen dann so unauffällig wie möglich an.

Mit rasendem Herzen kehrte Annalena ins Schloss zurück. Die Begegnung mit Röber und seinen finsteren Spießgesellen steckte ihr tief in den Knochen. Sie hatte Mühe, sich aufrecht zu halten, die Luft war ihr knapp und sie zitterte am ganzen Leib. Doch jetzt blieb ihr nichts anderes übrig, als sich wieder in den Griff zu bekommen.

Bei ihrer Rückkehr in die Gemächer der Mätresse traf sie auf den Schneidermeister und seinen Gehilfen. Der Anblick der farbigen Seide, des glänzenden Brokats, der Spitze und des schillernden Tafts zog ihre Aufmerksamkeit auf sich und half ihr, sich zu beruhigen. Rasch eilte sie zu Fatime und der Gräfin Löwenhaupt, um ihnen die Antwort des Juweliers mitzuteilen und das Geschenk zu überreichen. Die beiden Frauen nickten zufrieden und schickten sie dann wieder zu den anderen Mägden, die bereitstanden, um heruntergefallene Stoffstücke und Bänder aufzuheben und dem Schneider bei der Präsentation zur Hand zu gehen.

Der Schneidergehilfe entrollte einzelne Stoffballen vor den Damen, während sein Meister passende Bänder und Borten aus einer Schachtel nahm und sie über die glänzenden Bahnen legte. »Für die diesjährige Wintersaison empfehle ich Euch Goldbrokat aus Frankreich sowie Seide aus dem Orient. Außerdem habe ich auch neue Spitze aus Brüssel erhalten.«

Für eine Weile lenkte dieses Treiben Annalena ab, doch dann kehrten ihre Gedanken zu Röber zurück. Wie hatte er sie nur finden können? Und wo war Johann bloß? Ein Kichern seitens der Mägde holte sie in die Wirklichkeit zurück. Gerade früh genug, um mitzubekommen, dass der junge Schneidergeselle vor ihr auf die Knie fiel, als wollte er um ihre Hand bitten. Annalena schreckte zurück.

»Verzeiht, ich wollte mich nur nach einem Knopf bücken«, erklärte er mit einem schelmischen Lächeln. Tatsächlich förderte er einen großen goldenen Knopf zutage. Er erhob sich, reichte seinem Meister das wiedergefundene Gut und entrollte dann einen weiteren Stoffballen, der bei den Damen verzückten Applaus hervorrief. Es handelte sich um himmelblaue Seide, die mit Silber durchwirkt war. Annalena hatte noch nie zuvor solch einen prächtigen Stoff gesehen. Fasziniert betrachtete sie die fließenden Bahnen, bis sich unvermittelt die Tür öffnete und ein Mann den Raum betrat, den Annalena schon im Gefolge des Kurfürsten gesehen hatte. Er schien von Rang und Namen zu sein, denn einige Damen knicksten vor ihm und die Schneider verneigten sich.

Vor Fatime war allerdings er es, der den Rücken beugte. »Verzeiht die Störung, aber Seine Majestät hat mich gebeten, dieses Billett unverzüglich dem Fräulein Fatime zu überbringen.« Damit streckte er seine Hand aus, in der ein versiegelter Brief lag.

Fatime nahm ihn an sich, brach das Siegel und las. Dann reichte sie das Schreiben an ihre Gesellschafterin weiter. Offenbar war es nichts Persönliches.

»Seine Majestät wünscht, dass wir uns unverzüglich nach Moritzburg begeben«, gab die Gräfin bekannt, was bei den Damen für Applaus sorgte und beim Schneidermeister eine säuerliche Miene hervorrief. Offenbar war er mit der Vorstellung seiner neuesten Stoffe noch nicht fertig. Doch es wäre äußerst dumm von ihm gewesen, seinen Unmut laut zu äußern. Also hieß er seinen Gesellen, wieder zusammenzupacken, und wie sich zeigte, zahlte sich seine Fügsamkeit aus, als ihm die Gräfin einen Orderzettel reichte, auf dem die Wünsche Fatimes und der anderen Damen verzeichnet waren. Nachdem alles zusammengepackt war, katzbuckelten er und sein Gehilfe zur Tür.

Nun begann für die Mägde das große Packen. Da niemand wusste, wie lange sich der Hof in Moritzburg aufhalten würde, richtete man sich auf eine längere Zeitspanne ein, so dass ein Großteil des Hausrates der Damen mitgenommen werden musste. Kleider, Schuhe, Mäntel, Schmuckkästchen und Behältnisse gefüllt mit kostbarer Seife oder Parfüm gingen durch Annalenas Hände. Sie und die anderen Mägde verstauten alles in riesige Kisten, die von Pagen abgeholt und auf Pferdewaren verladen wurden. Als sie mit allem fertig waren, oblag es den Mägden, den Damen beim Anlegen ihres Reisehabits zu helfen. Annalena war angesichts der Felle und dicken Stoffe ein wenig neidisch, denn ihr eigener Mantel ließ mehr Kälte durch, als dass er sie abhielt.

Nachdem die Damen fertig waren, mussten auch die Mägde ihre Sachen in Windeseile zusammenpacken. Während die anderen Mädchen in ihrem Quartier dies und jenes hatten, was sie in ein Tuch schlagen konnten, hatte Annalena nicht einmal mehr ihre alten Kleider. Ihr Besitz erstreckte sich lediglich auf zwei Kleider, das eine, das sie gerade trug, und das zweite, das sie bei ihrem Dienstantritt in der Küche bekommen hatte, sowie die Scherbe des Porzellantellers. Doch vielleicht war es besser, mit leichtem Gepäck durchs Leben zu reisen. Wer nichts hatte, dem konnte nichts genommen werden …

Doch dieser Gedanke erfüllte sie plötzlich mit Angst, anstatt sie versöhnlich zu stimmen. Denn sie hatte zwar keine Güter, die man ihr nehmen könnte, aber zu verlieren hatte sie trotzdem viel.

Johann …

Es war durchaus Kalkül, den Hof nach Moritzburg reisen zu lassen, während man den Goldmacher nach Dresden brachte. August hatte Fürstenberg und Nehmitz genaue Instruktionen gegeben, wie der Transport des kostbaren Gastes vonstatten zu gehen hatte. Man würde ihn nicht unter aller Augen ins Schloss bringen, sondern durch den sogenannten Schwarzen Gang, der von der Festungsmauer direkt unter das Schloss führte.

Inzwischen müsste der Trupp bereits in Dresden sein, ging es August durch den Kopf, während er zusammen mit einigen Männern dem Kutschentross vorausritt. Er wandte den Kopf zur Seite und sah dort Beichlingens missmutiges Gesicht vor sich. Wolf Dietrich wäre nur zu gern in Dresden geblieben, um mit dem Goldmacher zu sprechen, aber August hielt es für besser, wenn der Junge sich erst einmal mit dem Schloss und seinem Bewacher vertraut machen konnte.

Hüttenmeister Pabst, Böttgers offizieller Bewacher, weilte seit gestern in dem für beide vorgesehenen Quartier. Ein Jammer war es nur, dass die Habe Böttgers noch immer in Wittenberg ruhte, und es wohl noch Tage dauern würde, bis sie hier eintraf. Der Kurfürst war von Neugierde und Ungeduld erfüllt, was die Vorführung betraf, nur ein kleiner Teil in ihm zweifelte daran, dass es dem Jungen gelingen würde. Er glaubte fest daran, dass der Bursche ihm Gold machen konnte. So viel, dass er davon eine Armee aufstellen würde, die dem kleinen Schweden das Fürchten lehrte.

In seiner Phantasie malte er sich bereits aus, wie er siegreich in Riga einziehen würde und Karl XII. ihm demütig die Hand küsste. Vielleicht würde es ihm sein neuer Reichtum sogar erlauben, dem Schwedenkönig Teile seines Landes abzunehmen. Auf jeden Fall würde er diesen vorwitzigen Jüngling dorthin zurücktreiben, wo er hingehörte: in die Kinderstube seines Schlosses Tre Kroner in Stockholm.

Dieser Gedanke beseelte ihn mit derart guter Laune, dass er sich sogleich an Beichlingen wandte, dessen Gedanken ebenso wie sein Blick ziellos durch den beginnenden Abend schweiften. »Was haltet Ihr davon, zur Zerstreuung eine Jagd zu veranstalten? Gleich morgen früh. Ich denke, meine Falken könnten mal wieder etwas Wind unter ihren Schwingen gebrauchen.«

Beichlingen zwang sich zu einem Lächeln. »Das ist eine glänzende Idee«, antwortete er, obwohl ihm anzusehen war, dass er lieber einer Demonstration des Goldmachers beigewohnt hätte. Als der Kurfürst ihm erzählt hatte, dass Böttgers Habseligkeiten noch im Gewölbe des Wittenberger Schlosses ruhten, hatte er sich sogleich erboten, loszureiten und sie zu holen. Doch August hatte ihn an seiner Seite haben wollen, und sosehr ihm das auch schmeichelte, die Ankündigung einer Jagd konnte ihn nicht so recht vertrösten.

Allerdings hatte Beichlingen auch nicht vor, seinen Status als Favorit des Kurfürsten aufs Spiel zu setzen. Ihm war bewusst, dass es viele, darunter Statthalter von Fürstenberg, gab, die ihm seine Position und seinen Einfluss neideten. Fürstenberg war es in den letzten Monaten gelungen, Jacob Graf von Flemming, einen einflussreichen Günstling Augusts, für sich einzunehmen. Diese Männer waren ebenso mächtig wie gefährlich und nur der Umstand, dass Beichlingen August immer wieder seiner Freundschaft versichern konnte, rettete ihm seine jetzige Stellung. Eigenmächtigkeiten und Übereifer im Falle des Goldmachers konnten Fürstenberg und seinen anderen Feinden genug Pulver liefern, um ihn wie ein fettes Rebhuhn abzuschießen. Als er sich darauf besann, verlieh er seiner Miene sogleich wieder einen fröhlichen Ausdruck, denn er wusste, dass sein Herr ein scharfes Auge besaß, was die Stimmungen seiner Höflinge betraf. Auf keinen Fall durfte August seine Loyalität in Zweifel ziehen.

»Nun denn, Ihr werdet meinen Falknern und meinen Jagdleuten Bescheid geben, dass für morgen alles bereit sein soll.

Es wäre doch gelacht, wenn es mir nicht gelänge, einen Hirsch zu erlegen, dessen Geweih noch prachtvoller ist als die im Steinsaal meines Großvaters!« Mit diesen Worten trieb der Kurfürst lachend sein Pferd an, so dass der Schnee von seinen Hufen nur so aufstob.

Gold und eine schöne Frau, ging es Beichlingen durch den Kopf, als er versuchte, ihn einzuholen. *Es gibt kein besseres Lebenselixier für einen Mann.*

Dass Annalena als Letzte in die Gesindekutsche eingestiegen war, hatte seine Vorteile, denn nun genoss sie das Privileg eines Fensterplatzes.

Außer ihr waren noch die anderen drei Mägde und zwei niedere Kammerfräulein in der Kutsche, die quietschte und ächzte, als würde sie jeden Augenblick ihre Räder verlieren.

»Ich werde froh sein, wenn diese Tortur vorüber ist«, stöhnte eine der Kammerzofen, die mit den Mägden reisen musste. Wahrscheinlich hätte sie sich nicht beschwert, wenn sie in der herrschaftlichen Kutsche gesessen hätte, mit der Fatime und ihre Gesellschafterinnen reisten. Aber in die gut gepolsterte Kutsche passte nur eine begrenzte Anzahl an Personen, und so hatten die beiden Zofen, von denen eine ihr Schicksal ziemlich gelassen nahm, das Nachsehen.

Annalena achtete nicht auf ihre Unmutsbekundungen. Unberührt vom Ungemach der Reise hatte sie den Blick zu den entlaubten Baumkronen gehoben. Dort beobachtete sie ein paar Krähen, die über ihnen kreisten und sich auf ihren großen schwarzen Schwingen vom Wind tragen ließen. Ihr fiel wieder ein, wie sie sich in Walsrode gewünscht hatte, eine von ihnen zu sein, in der Luft zu schweben und jeden Ort nach Belieben erreichen zu können, ohne an irdische Fesseln gebunden zu sein.

»Schau, da ist das Schloss!«, rief plötzlich die Magd, die neben Annalena saß, und stieß sie mit dem Ellbogen an. Ihr Name war Maria. Sie war eines der lebhaftesten Mädchen in Fatimes Gefolge und stets bemüht, die ruhigeren ein wenig aus der Reserve zu locken.

Annalena richtete den Blick auf den prunkvollen Bau jenseits des Sees, den sie jetzt umrundeten.

»Es ist wunderschön, nicht wahr?«, fragte Maria.

Annalena konnte ihr nur recht geben. Das Schloss war wirklich schön. Zwar übertrumpfte es das halbzerstörte Dresdner Schloss nicht, aber es wirkte auf seine Weise würdevoll. Vier prunkvolle Giebel blickten jeweils in eine andere Himmelsrichtung und ein hoher Turm reckte sich in den grauen Winterhimmel. Das Schloss lag auf einer kleinen Insel inmitten des Sees. Eine Brücke führte zur Insel, und dieser strebte der Tross nun zu.

»Seine Majestät hält dort wunderbare Falken in großen Volieren, und die Falkner sind alle hübsche Männer«, erklärte Maria augenzwinkernd weiter.

Annalena fragte sich, wie sich Falken in Gefangenschaft wohl fühlten. Waren sie nicht wie Krähen dazu gemacht, frei in der Luft zu schweben? *Was nützt es, ein prachtvoller Falke zu sein, wenn man nicht dorthin fliegen kann, wohin man will?*, fragte sie sich. *Den Krähen bindet niemand die Flügel zusammen! Und selbst, wenn man sie fängt, flattern sie irgendwann aus dem Fenster davon.*

Auch sie war gefangen worden, von Röber und seinen Forderungen. *Doch warte nur. Ich werde davonfliegen und meinen Liebsten mitnehmen.*

Gelegenheit, diesen Gedanken weiterzuverfolgen, hatte sie nicht mehr, denn im nächsten Moment rollte die Kutsche auf den Schlosshof.

Da die Damen erwarteten, dass man ihnen aus den Kutschen half, blieb den Mägden nicht viel Zeit, die schmerzenden Rücken zu strecken. Sogleich hieß es für sie, wieder an die Arbeit zu gehen, und während Annalena dabei half, einige leichtere Körbe abzuladen und in das Schloss zu tragen, hielt sie nach den Falken Ausschau. Doch leider konnte sie keinen einzigen entdecken. Dafür saßen Krähen in den Bäumen und krächzten der Gesellschaft einen Willkommensgruß entgegen.

Am Abend fanden sich Röber und die beiden Preußen zu einer Unterredung in ihrer Unterkunft zusammen.

»Ich sage Euch, es ist Zeitverschwendung!« Marckwardt verschränkte die Arme vor der Brust und marschierte im Zimmer auf und ab. »Das Weib wird uns nie und nimmer sagen, wo sich Böttger aufhält. Außerdem ist es fraglich, ob sie es überhaupt herausfinden kann. Das Schloss ist groß.«

Röber sah die ganze Sache ein wenig gelassener. »Ich bin davon überzeugt, dass sie ihn ausfindig machen wird. Immerhin ist sie sein Liebchen, und wie man sehen kann, ein sehr treues.«

»Dann wird sie versuchen, ihn zu warnen«, entgegnete Schultze und ballte seine am Kaminsims aufgestützte Hand zur Faust.

»Und wo ist das Problem?«, fragte Röber.

»Dass sie uns verraten könnte!«, entgegnete der Spion aufgebracht. »Wir hätten sie unauffällig beobachten und ihr folgen können, wie wir es in Wittenberg getan haben.«

»Meint Ihr wirklich, dann hätte sie sich auf die Suche nach ihm gemacht?« Ein listiges Lächeln huschte über Röbers Gesicht. »Sie glaubte ihn schließlich noch in Wittenberg. Wenn wir uns an ihren Rockzipfel hängen, können wir ihn bald nach

Cölln bringen und …« Bevor er weiterreden konnte, hämmerte jemand gegen die Kammertür.

Die Männer unterbrachen ihr Gespräch augenblicklich. Schultze zog seine Pistole, Marckwardt seinen Dolch, und nachdem sich beide neben der Tür plaziert hatten, bat Röber den Gast herein.

Der Mann wirkte grobschlächtig, ja, es kam Röber so vor, als würde er den gesamten Türrahmen ausfüllen. Der Hüne sah sich beim Eintreten kurz um, erblickte nicht nur Röber, sondern auch die beiden Spione, die sich bereithielten, einen Angriff zu parieren.

»Verzeiht die Störung, meine Herren«, sagte der Fremde, und für einen Moment glaubte Röber, dass er sich lediglich in der Tür geirrt hatte. Doch seine nächsten Worte räumten jeden Zweifel daran aus, dass er hier genau richtig war. »Ich habe Euch auf der Straße belauscht und bin Euch hierher gefolgt.«

Die Direktheit seiner Worte nahm Röber einen kurzen Moment lang den Atem. Jeder andere hätte nach irgendeiner Ausflucht gesucht, nach einem Vorwand, aber dieser Mann war in seiner Ehrlichkeit beinahe schon dreist. Vielleicht, weil er etwas gegen sie in der Hand hatte?

»Und aus welchem Grund ist Er uns nachgeschlichen?« Röber lehnte sich entspannt in seinen Sessel zurück. Er sah, dass die beiden Preußen bereitstanden, dem Kerl von einem Moment auf den anderen den Garaus zu machen.

»Ich könnte Euch helfen«, sagte der Mann und lächelte so breit, dass man einen Blick auf seine verfaulten Zähne und die Zahnlücke dazwischen werfen konnte.

»Wer ist Er, und warum sollten wir Hilfe von Ihm brauchen?«, fragte der Krämer, während er den Mann abschätzig musterte.

»Ich kenne das Weib, mit dem Ihr gesprochen habt.«

Röber blickte zu seinen Gefährten. Dass der Kerl ihre Unterredung mit Annalena mitbekommen hatte, hatten sie gar nicht bemerkt. Vielleicht war es auch eine Lüge? Konnte es sein, dass Annalena den Spieß umdrehen und einen Spitzel in ihre Reihen einschleusen wollte? Nein, der Gedanke war lächerlich, das traute Röber ihr nicht zu. Sie mochte vielleicht gerissen sein, aber sie war nur ein einfaches Weib, eine Magd, die von den Winkelzügen der Politik und der Spionage keine Ahnung hatte.

»Das beantwortet nicht die Frage danach, wer du bist!«, meldete sich jetzt Marckwardt zu Wort, der seine Pistole an den Kopf des Mannes hob.

Dieser wirkte von der Pistole nicht im Geringsten eingeschüchtert. »Mein Name ist Peter Mertens. Ich bin Knecht bei Meister Christian.«

»Meinst du etwa den Henker?«, fragte Marckwardt.

»Ganz recht, den meine ich.«

»Wie kommt ein Henkersknecht dazu, uns nachzuschnüffeln?«

»Ich glaube, Ihr könntet meine Dienste brauchen.«

Röber blickte zu den beiden Preußen. In ihren Mienen konnte er den identischen Vorwurf lesen, dass sie die Frau besser in Ruhe gelassen oder getötet hätten, und wenigstens diesen Störenfried unmittelbar ausschalten sollten. Doch er bedeutete ihnen mit einem Nicken, dass er erst hören wollte, was Mertens zu sagen hatte.

»Wer ist die Person, die du zu kennen glaubst?«

»Eine Frau. Ihr Name ist Annalena. Sie ist mein angetrautes Weib.«

Röber zog überrascht die Augenbrauen hoch. Er hätte seiner ehemaligen Magd einiges zugetraut, aber gewiss nicht, dass sie das Weib eines Henkersknechtes und ihm weggelaufen war.

»Und inwiefern wäre uns Seine Hilfe von Nutzen?«, fragte er weiter und versuchte, sich seine Überraschung nicht anmerken zu lassen.

»Ich könnte das Weib umbringen und verschwinden lassen.«

Die Unverfrorenheit dieses Angebotes machte Röber sprachlos. Der Mann musste zweifelsohne sehr viel von ihrer Unterredung mitbekommen haben, dass er es wagte, so offen zu sprechen.

»Warum sollten wir die Frau umbringen lassen?«, fragte er schließlich ausweichend, denn es war ja immerhin möglich, dass dieser Mann ein falsches Spiel trieb. Wenn man Henkern und Henkersknechten vertraute, kann man sich das Schwert auch ebenso gut selbst auf den Nacken legen.

»Sie wird Euch nur Ärger machen, glaubt mir«, antwortete Mertens mit Nachdruck. »Sie war einst mein Weib und hat mich betrogen. Sie hat versucht, mich umzubringen. Ich bin sicher, dass sie versuchen wird, auch Euch reinzulegen. Wenn sie tot ist, kann sie das nicht mehr tun.«

Das Leuchten in seinen Augen gefiel Röber nicht. Es war gefährlich, sich mit Verrückten einzulassen, denn sie waren unberechenbar. Doch der Kerl kannte Annalena besser als sie. Und dass er ihnen die Drecksarbeit, sie aus dem Weg zu räumen, abnehmen wollte, konnte recht nützlich sein.

»Was verlangt Ihr für Eure Hilfe?«, fragte Röber und sah aus dem Augenwinkel, wie sich die beiden Preußen zunickten.

»Der Tod dieses Weibes reicht mir schon. Ich verlange nichts von Euch. Wenn Ihr mir aber eine … Aufwandsentschädigung geben wollt, wäre ich den Herren sehr verbunden.«

Ja, es war zweifelsohne Wahnsinn, der aus den Augen des Henkersknechtes leuchtete. Doch das Angebot gereichte ihnen zweifelsohne nur zum Vorteil. Röber blickte zu seinen beiden Gefährten, und nachdem sie sich gegenseitig zugenickt hatten, sagte er: »Also gut, Er kann sie haben. Und auch ein paar Taler, wenn sie ohne Aufsehen verschwindet. Allerdings noch nicht gleich, denn sie ist uns noch von Nutzen.«

»Was macht Euch so sicher, dass Ihr bekommt, was Ihr wollt?«

»Wir haben ein sicheres Unterpfand«, entgegnete Röber lachend. »Die Liebe, mein Freund, geht manchmal seltsame Wege, aber eines ist gewiss, sie macht die Menschen berechenbar. Das ist meine Versicherung, und ich bin überzeugt, dass sie ihre Wirkung tun wird.«

Mertens schnaufte unwillig. Offenbar war es ihm nicht recht, sie nicht gleich in die Finger zu bekommen. Oder störte es ihn, dass seine Frau herumhurte?

»Er kann sein Weib erst haben, wenn sie uns geliefert hat, was wir von ihr wollen«, unterstrich Röber seine Forderung noch einmal mit Nachdruck. »Solange wird Er sich gedulden müssen.«

In Mertens' Gesicht zuckte etwas, aber er nickte. »Nun gut, Ihr findet mich in der Ratsfronfeste. Gebt mir Bescheid, wenn Ihr meine Dienste benötigt.«

»Das werden wir, darauf kann Er sich verlassen.«

Röber entließ Mertens mit einem Nicken, und nachdem dieser noch einen kurzen Blick auf die Preußen geworfen hatte, zog er sich zurück.

Draußen auf der Straße konnte Mertens endlich dem Verlangen nachgeben, seine Fäuste zu ballen. Er war wütend und ungeduldig. Die Zusicherung, dass er Annalena bekommen konnte, hatte er erhalten. Doch wer sagte ihm, dass die Kerle ihn nicht betrogen? Vielleicht würden sie gar auf die Idee kommen, sie zu verschonen!

Er fühlte ein wildes Untier in seinem Innern rumoren, das nach Annalenas Blut verlangte. Aber er kämpfte es nieder. Sie war hier, und selbst wenn die Männer ihn betrogen, würde er sie erwischen.

Was sein Gesprächspartner von der Liebe gefaselt hatte, hatte er nicht verstanden, wahrscheinlich waren solche verqueren Gedanken eine Vorliebe der hohen Herren. Seine Sprache war eine andere, ihre Buchstaben bestanden aus Blut, und er würde auf den Körper der treulosen Hure, die seine Frau war, ein Buch so lang wie die Bibel schreiben.

Er konnte es kaum noch erwarten, sie vor sich liegen zu sehen, blutend und vor Schmerzen stöhnend. Er würde ihr keinen schnellen Tod gewähren, nein, das wäre zu gnädig. Er würde sie vielmehr für die ihm seit Monaten entgangene Lust strafen, indem er ihr langsam und genüsslich die Haut abschälte. *Ich werde dich vögeln und schlagen und peitschen, bis du mich um deinen Tod anflehst*, drohte er ihr im Stillen, und diese Gedanken ließen ihn wohlig erzittern. Sein Glied schwoll an, als er sich daran erinnerte, wie Annalena weinend vor ihm gelegen hatte, und er sich vorstellte, wie sie es wieder tun würde. Er wusste, dass es nur einen Ort gab, um sich vorübergehende Linderung zu holen: das Hurenhaus.

Er war sich sicher, dass er dort ein Mädchen finden konnte, das ihr ähnelte, und auch wenn er sich bei ihr im Zaum halten musste, konnte er so das Fieber stillen, das nun so vehement wieder aufgeflammt war. Also schlug er den schnellsten Weg zum nächsten Freudenhaus ein.

Lärm tönte ihm entgegen, betrunkene Huren wurden von ihren Freiern in dunkle Ecken gezerrt und lachten dort schamlos, wenn die Männer zwischen ihre Schenkel kamen. Schon in Walsrode hatte er Gefallen an Orten wie diesen gefunden, wenngleich er sich seine tiefsten Gelüste immer für seine Frau aufgespart hatte. Huren konnten sich beschweren, sie konnten beim Henker vorsprechen, wenn sie nicht anständig behandelt wurden. Aber er war hier noch unbekannt, und so würde es möglich sein, ein Mädchen zu finden, das mit ihm ging.

Beim Eintreten ignorierte er die anderen Männer und ließ seinen Blick durch den Raum schweifen, der von Tabakdunst erfüllt war. Er fand eine blonde Frau mit strammem Dekolleté, doch die erschien ihm zu weich für das, wonach es ihn verlangte. Eine sehnige Rothaarige war da schon eher was für ihn, sie sah aus, als sei sie schon lange im Geschäft und kenne eine Vielzahl männlicher Wünsche. Doch dann sah er sie.

Sie saß in einer Ecke und war gerade damit beschäftigt, ihr Mieder wieder in Ordnung zu bringen. Offenbar hatte sie gerade einen Freier gehabt und wartete auf den nächsten. Was ihn an diesem Mädchen anzog, war das Haar. Es war schwarz wie das Gefieder einer Krähe. Schwarz wie das von Annalena. Nicht genauso lang, auch nicht so schön, aber schwarz. Wenn die Strähnen den Großteil ihres Gesichtes verdeckten, würde es ihm nicht schwerfallen, sie für sein untreues Weib zu halten und wenigstens für einige Momente die guten alten Zeiten heraufzubeschwören.

Er ging also zu ihr, wie ein Wolf zu seiner ahnungslosen Beute. Tatsächlich war das Mädchen so sehr mit ihrem Mieder beschäftigt, dass sie ihn nicht gleich bemerkte. Erst, als er dicht neben ihr stand, blickte sie auf. Braune Augen, die falsche Farbe. Das schwarze Haar müsste ihr also auch über die Augen fallen.

»Hallo, mein Großer, kommen wir ins Geschäft?«, fragte sie und nahm ihre Hände von der Schnürung. Es würde sich nicht lohnen, sie zu schließen, wenn gleich jemand Neues zu ihr wollte.

»Wie ist dein Name?«

Die Frau reckte ihren Busen hervor, warf das Haar nach hinten und lächelte ihr falsches Hurenlächeln. »Lisa. Egal, welchen Wunsch du hast, ich erfülle ihn dir.«

Mertens grinste. Er hatte die Daumen in seinen Gürtel gehakt, spürte das Leder und fragte sich, welches Geräusch es wohl auf der Haut der Hure machen würde. »Dann sind wir im Geschäft«, sagte er und reichte ihr die Hand. Ihre Haut fühlte sich weich an, vielleicht ein wenig zu weich für seine Zwecke, doch das war eher ihr Problem als seines.

Nachdem sie einen Lohn für ihre Dienste ausgemacht hatten, führte er sie nach draußen, fort von den Ecken, in denen die anderen zugange waren, bis sie ein einsames, dunkles Plätzchen fanden. Als er schließlich den Gürtel von seinem Wams zog, durchströmte ihn das Gefühl einer unendlich großen Macht. *Wenn ich dich erst mal in die Finger bekomme, Anna, werde ich keine Gnade haben*, dachte er, während sich sein Blick auf die Hure richtete, die ihre Röcke raffte.

Fünftes Buch

Krähenweisheit

Dresden,
Winter 1701

20. Kapitel

Aus den geheimen Aufzeichnungen des Johann Friedrich Böttger:

Endlich ist mir ein bisschen Zeit vergönnt, um die Ereignisse der vergangenen Tage niederzuschreiben. Ich muss mich beeilen und darf auch nicht weit ausschweifen, denn jeden Moment könnte ich gestört werden.
Ich habe einen Bewacher erhalten, einen Hüttenmeister namens Pabst von Ohain. Er scheint mir ein umgänglicher Mann zu sein, dennoch hat er die strikte Order, mich nicht aus den Augen zu lassen. Nur selten, wie in diesem Moment, verlässt er den Raum, um irgendwelche Dinge zu regeln. So nutze ich die Zeit, um zu schreiben.
Nachdem ich gestern den Kurfürsten traf – ohne Zweifel ein imposanter Mann – und er mir unmissverständlich klargemacht hat, dass ich ihm Gold schaffen soll, wurde ich bei Nacht und Nebel nach Dresden gebracht. Meine Ankunft hier gestaltete sich sehr abenteuerlich. Nachdem die Kutsche vor der Festung haltgemacht hatte, führte man mich durch einen geheimen Gang, der direkt unter dem Schloss endete. Der Marsch dauerte eine ganze Weile und die Luft dort unten war so stickig, dass man meinte, das Gas regelrecht greifen zu können.
Immer wieder versicherte man mir, dass dieses Vorgehen nur

zu meinem eigenen Wohl geschehe, und daran habe ich auch keinen Zweifel. Ich bin dem Kurfürsten lieb und teuer, er will mich nicht verlieren, und schon gar nicht an die Preußen. Das hat mich jetzt sogar meinen Namen gekostet. Ich soll Anonymus sein, mein Name soll nicht einmal mehr ausgesprochen werden, damit die Kunde von meiner Anwesenheit nicht durch unliebsame Lauscher weitergetragen wird. Denn wenn die Preußen nichts mehr über mich erfahren, können sie dem Lande Sachsen meinetwegen auch keine Ungemach bereiten.
Was soll ich sagen, es ist mir recht, dass mich die Preußen nicht finden können. Doch es schnürt mir die Kehle zu, wenn ich daran denke, dass es auch allen anderen unmöglich sein wird, mich zu finden. Wenn Kunckel auf dem Weg zu mir ist, wird er ins Leere laufen. Wenn A. nach mir sucht, wird sie mich nicht finden. Ich weiß nicht, ob ich hoffen kann, sie je wiederzusehen. Ja, ich weiß ja nicht einmal, ob ich einen neuen Frühling erleben werde. Alles, was ich tun kann, ist beten und auf meinen Verstand setzen.
Man hat mir einen Raum im Schloss zugewiesen. Er ist nicht klein wie eine Kammer, aber auch kein Saal. Etwas dazwischen würde es treffen, Stube nennen kann man es allerdings nicht, denn dazu fehlt es an Gemütlichkeit. Ich teile mir diesen Raum mit Pabst, der stets bei mir ist. Natürlich versteht es sich von selbst, dass vor der Tür eine Wache postiert ist und dass man die Fenster nicht öffnen kann, obwohl der Raum dringend Frischluft benötigt. Aber immerhin ist es besser als eine Kerkerzelle.
Es wird noch eine Weile dauern, bis meine Sachen hier eintreffen, und solange werde ich mein Experiment planen. Im Futter meiner Weste befinden sich noch einige Dukaten, aus denen ließe sich etwas machen. Was für ein Glück es

ist, dass ich der Stiefsohn eines Münzmeisters bin, denn mein Stiefvater lehrte mich die Zusammensetzungen der Münzen. Dukaten enthalten Gold und wenn ich es geschickt anstelle, ist mir zumindest mein Leben sicher.

Schritte rissen ihn von der Niederschrift fort. Rasch ließ er das Heft unter dem Hemd verschwinden. Die Tinte war gewiss noch nicht trocken, aber das war nebensächlich.

Wenig später trat Pabst durch die Tür, flankiert von zwei Wachposten. Er war ein hagerer, streng aussehender Mann, der wirkte, als würde ihn ein Magenleiden plagen.

»Was hat das zu bedeuten?«, fragte Johann und deutete auf die Uniformierten. »Machen wir wieder einen Ausflug?«

»Nicht direkt«, entgegnete Pabst. »Man hat mir aufgetragen, Euch den Raum zu zeigen, der Euch als vorläufiges Laboratorium dienen soll. Es sind einige Kuriere losgeschickt worden, um Eure Habe aus Wittenberg zu holen, natürlich mit dem strikten Befehl, nichts anzurühren.«

Johann nickte und setzte eine dankbare Miene auf, doch eigentlich wäre es ihm lieb, wenn jemand das Arkanum verschütten würde. So hätte er die Möglichkeit, die Vorführung noch ein wenig hinauszuzögern.

Man führte ihn in den Keller des Schlosses. Die Schatten waren dort so tief, dass sich hinter jedem von ihnen ein Geheimgang befinden könnte. Johann musste an seine Ankunft hier denken, an den Durchgang, den seine Bewacher den »Schwarzen Gang« nannten und die Tatsache, dass er nicht nur in das Schloss hinein-, sondern auch hinausführte. In die Freiheit.

Die Wachen hinter ihm würden allerdings zu verhindern wissen, dass er sich auf die Suche nach einem Geheimgang machte.

Vor einer dicken, eisenbeschlagenen Tür machten sie halt. Dahinter konnte Johann Stimmen vernehmen. Pabst öffnete, und tatsächlich befanden sich in dem Raum drei Männer. Sie wirkten hager unter ihrer einfachen Kleidung; als Bergmeister hatte Pabst sie wohl aus irgendeinem Bergwerk abgezogen. Nur einer schien jünger zu sein als Johann selbst, die anderen waren einige Jahre älter.

»Das wird, solange Ihr Euch in diesem Schloss aufhaltet, Euer Labor sein«, verkündete Pabst beinahe feierlich, doch Johann achtete nicht auf seine Worte. Sein Blick erkundete den Raum, den Ofen, der sicher nicht erst vor kurzem hier aufgestellt worden war, und die Tische, die hingegen verquer standen, als hätten die Männer sie gerade hereingeschleppt. Er fragte sich, ob in diesem Raum schon andere Goldmacher laboriert hatten. Er konnte nicht verhindern, dass sich ihm ein Bild davon aufdrängte, wie der Henker sie am Galgen baumeln ließ.

Aber an seinen Tod wollte er nicht denken. Vielmehr trieb ihn sein Lebenswille dazu, wieder jene Kühnheit an den Tag zu legen, die er früher besessen hatte. Die ihm Kraft gegeben hatte, entgegen aller Widerstände sein großes Ziel weiterzuverfolgen. »Ihr wisst aber schon, dass ein einzelner Ofen allein nicht reicht, um zu laborieren. Ich benötige Tiegel, Kolben und Zangen sowie weitere Gerätschaften. Als ich Berlin verließ, habe ich nur Zutaten, Bücher und das Arkanum mitgenommen.«

Pabst schob die Unterlippe vor und nickte dann. »Seine Majestät hat mich angewiesen, alles herbeizuschaffen, was Ihr benötigt.«

Das mag sein, dachte sich Johann, *aber das Wichtigste, das ich benötige, werdet Ihr mir ganz sicher nicht gewähren: die Freiheit.*

Doch laut antwortete er: »Nun, wohlan, Herr von Ohain, dann besorgt mir, was ich brauche. Ihr, der Ihr Euch in der Chemie auskennt, werdet wohl wissen, was nötig ist. Wenn meine Habe eingetroffen ist, werde ich Euch und jedem anderen hohen Herrn eine Kostprobe meines Könnens geben.«

Dass er ihn mit einem hohen Herrn gleichsetzte, schien Pabst zu schmeicheln. Dennoch ließ er sich nicht dazu verleiten, Johann allein in dem entstehenden Labor zu lassen. Er gab ihm noch etwas Zeit, sich alles anzusehen, und bedeutete den drei Arbeitern, dass sie unterdessen schweigen sollten. Schließlich verließen sie, gefolgt von den Wächtern, den Keller und wenig später wurde der Schlüssel im Schloss seines Zimmers wieder herumgedreht.

Soweit Annalena von den anderen Mägden, vorrangig von Maria, in Erfahrung bringen konnte, war das Jagdschloss Moritzburg bereits von dem Großvater des Kurfürsten erbaut worden. Es gab zahlreiche prunkvolle Räume, die wesentlich heller und luftiger wirkten, als die im Dresdner Schloss. Das hatte allerdings zu dieser Jahreszeit den Nachteil, dass sie schlecht zu beheizen waren.

Obgleich die Mägde während ihres Dienstes für Fatime kaum Zeit hatten, sich umzusehen, erhaschte Annalena doch den einen oder anderen Anblick, der sie staunen ließ. Besonderen Eindruck machte auf sie der Steinsaal, der an einer Seite mit zwei Reihen hoher Fenster ausgestattet war, durch die der Saal nachmittags von Licht durchflutet wurde. Natürlich nur, sofern die Sonne schien. An den weißen Wänden hingen zahlreiche Geweihe, eines größer als das andere. Das Prachtstück unter ihnen hatte 22 Enden.

Die Gemächer der Damen waren schlichter als in Dresden, aber ebenfalls hell und mit großen Kaminen ausgestattet, die zwar ihre Zeit brauchten, um anzuheizen, doch wenn das Feuer endlich in ihnen flackerte, erwärmte sich die Luft und machte die zugigen Räume angenehmer.

Das Quartier der Mägde, das sie sich wie zuvor schon die Kutsche mit den zwei Kammerzofen teilen mussten, war hingegen besser als im Dresdner Schloss. Es war ehemals eine herrschaftliche Stube, der momentan kein rechter Zweck zugeordnet werden konnte, und so überließ man sie entweder Gästen oder dem Personal der Mätresse.

»Was ist mit dir, hast du Angst, wir könnten dir etwas abschauen?«, fragte Maria plötzlich, als Annalena abends an die einzige Waschschüssel trat und nicht ihr Hemd herunterzog wie die anderen.

Es war das erste Mal, dass etwas zu ihrer Angewohnheit gesagt wurde. Annalena durchzog es heiß und kalt, während sie wünschte, dass Maria sie einfach weiterhin ignoriert hätte. »Mir geht es nicht gut, ich glaube, ich habe mir vom Windzug etwas eingefangen«, antwortete Annalena schnell und hoffte, dass die anderen diese Erklärung akzeptierten.

»Nun, hier sind die Fenster dicht«, fuhr Maria fort. Ihrem Tonfall war nicht zu entnehmen, ob sie scherzte oder nicht.

Annalena zwang sich, ruhig zu bleiben. »Zum Glück! Sonst würde ich womöglich morgen Fieber haben.«

Auf ihre Worte rückten die beiden Zofen, die am Fenster standen und sich die Haare bürsteten, ein Stück von ihr ab. Sie hatten offenbar Respekt vor Fieber jedweder Art. Doch was war mit Maria? Sie funkelte sie beinahe angriffslustig an.

»Nun gut, tu was du willst«, sagte sie nach einer Weile, und erst jetzt bemerkte Annalena, dass sie mit dem Waschen innegehalten hatte. »Wenn du mit nassem Hemd schlafen willst, ist das deine Sache. Aber ich glaube kaum, dass es deiner Gesundheit zuträglich ist.« Damit wandte Maria sich ab.

Sie hockte sich auf ihren Strohsack und kramte in ihrem Bündel, doch Annalena, die ihre Wäsche fortsetzte, meinte, immer wieder Marias Blick auf sich zu spüren. Ahnte sie etwas? Hatte sie vielleicht sogar etwas gesehen, was sie nicht sehen sollte?

Annalena entschied sich abzuwarten. Immerhin war es möglich, dass Marias Frage ganz harmlos gemeint gewesen war. Und sie wollte hier ja auch nicht für immer bleiben. *Wenn Johann bei mir ist,* sagte sie sich, *werden wir Dresden verlassen. Auf dem verborgenen Gehöft im Wald würde uns kein König der Welt finden.*

Am nächsten Morgen schickte sich der Kurfürst an, zur Jagd aufzubrechen. Aus diesem Grund hatte er Fatimes Gemächer bereits sehr früh in der Nacht verlassen. Aufgeregtes Hundegebell übertönte die morgendliche Betriebsamkeit, die Tiere, die die ganze Zeit über in ihren Zwingern hatten verharren müssen, zerrten nun ungeduldig an ihren Leinen. Die Falkner hatten Anweisung bekommen, des Kurfürsten beste Falken vorzubereiten, und die Rufe der Raubvögel mischten sich schrill unter das Gebell.

Doch nicht nur für den Jagdmeister und seine Gehilfen war die Nacht früh vorüber, auch die Damen verließen schon zeitig das Bett, um den edlen Herren und vor allem Ihrer Majestät Glück zu wünschen. Von den Mägden wurde erwartet, dass sie noch früher als ihre Herrschaft wach waren, um warmes Wasser zum Waschen zu holen und Pantoffeln und Kleider am Ofen vorzuwärmen. Das Wetter schien noch kälter geworden zu sein, selbst die lodernden Kaminfeuer schickten bestenfalls einen lauwarmen Hauch durch die Gemächer.

Annalena spürte ihre Narben noch schmerzhafter als sonst, als sie sich von ihrem Strohsack erhob. Sie musste sich sehr beherrschen, angesichts des vertrauten und doch schon lange nicht mehr in dieser Stärke verspürten Ziehens nicht aufzustöhnen. Immerhin gab Maria Ruhe und sprach sie nicht mehr auf irgendwelche Eigenheiten an. Soweit sie es beurteilen konnte, saß ihr Hemd, das sie am Abend höher als sonst geschlossen hatte, noch so, wie es sein sollte. Maria hatte ihren Schlaf also nicht ausgenutzt, um nachzuschauen, welches Geheimnis Annalena unter dem Stoff verbarg.

Doch spätestens als Fatime und ihre Damen auf den Beinen waren, hatte sie keine Muße mehr, sich wegen Maria zu sorgen. Die Damen mussten angekleidet und ihre Haartracht gerichtet werden. Annalena staunte wieder einmal darüber, wie gut die anderen Mägde mit einer Haartracht namens Fontange zurechtkamen, bei der ein Drahtgestell unter die Haare kam, auf dem die Locken drapiert wurden. Die Damen verzogen zwar ein paarmal die Gesichter, während die Mägde an ihren Haaren arbeiteten, aber keine von ihnen litt dermaßen große Schmerzen, dass sie aufschrie oder nach den Mägden schlug. Annalena blieb hierbei nur übrig, zu beobachten und Haarnadeln zu reichen, sie selbst würde solch eine Frisur sicher nie hinbekommen.

Ihre Freude über die kunstvollen Frisuren wurde ein wenig getrübt, als sie Fatime erblickte. Trotz des goldenen Schimmers ihrer Haut, wirkte sie bleich, und mehr als einmal ließ sie sich von der Gesellschafterin ein Fläschchen mit Riechsalz reichen. Ihr Aussehen beschwor in Annalena eine ungute Erinnerung herauf. Doch Zeit, um darüber nachzudenken, hatte sie nicht. Schon hetzte man sie wieder durch die Gänge, um dies und das herzubringen, und schließlich wurden alle Mägde losgeschickt, um das Frühstück für die Damen zu holen.

Die Küche hier war leider bei weitem nicht so gut wie die im Dresdner Schloss, das merkte selbst Annalena, die nicht zimperlich war, wenn es um Speisen ging. Die Krapfen und die Milchgrütze hatten einen ganz anderen Duft als in Dresden, und es würde sie nicht wundern, wenn sich die Damen darüber beschwerten.

Sie war zwar bei dem Frühstück der Damen nicht zugegen, doch als sie abräumten, sah sie, dass Fatime ihr Gedeck kaum angerührt hatte. Das war an noch keinem Morgen zuvor der Fall gewesen. Hatte sie sich beim vergangenen Abendessen den Magen verdorben? Zu gern hätte Annalena Maria oder eine der anderen gefragt, ob Fatime einen schwachen Magen hatte, doch das wagte sie unter den Blicken der Kammerfrau nicht.

Nachdem die Damen mit ihren Vorbereitungen fertig waren, schickte man sich an, zur morgendlichen Andacht in die Schlosskirche zu gehen. Ihr Turm reckte sich prachtvoll und mächtig in den rosafarbenen Morgenhimmel. Tauben flatterten vom Dach auf und drehten eine Runde um das Schloss. Die Falken in den Käfigen witterten sie und kreischten laut, doch die kleinen Vögel wussten wohl, dass sie sicher vor den Räubern waren.

Annalena musste wieder daran denken, wie sie in der Walsroder Kirche neben dem Henkersgestühl stehen musste, weil man sie und auch alle anderen Henkersleute nicht zwischen den übrigen Gläubigen duldete. Sie hatte die Worte des Heils zwar deutlich vernommen, konnte aber keinen Blick auf den Altar werfen, und stets war es ihr so vorgekommen, als würde sie gar nicht richtig am Gottesdienst teilhaben können.

Hier war es anders. Obgleich sie in der hinteren Reihe sitzen musste, konnte sie den Altar sehen und sogar das Antlitz des Herrn Jesus auf dem Kreuz dahinter. Ob der Gottesdienst katholisch oder protestantisch abgehalten werden würde, war ihr einerlei. Endlich würde sie die Worte hören können, ohne ausgeschlossen zu sein. Endlich konnte sie darauf hoffen, dass Gottes Gnade auch sie erreichen würde.

Ein heller Aufschrei riss sie aus ihren Gedanken. Als Annalena aufblickte, sah sie gerade noch, wie Fatime zu Boden sank. Welchen Grund es dafür gab, wusste sie nicht, doch im Gegensatz zu den anderen Damen, die erschrocken einen Satz nach hinten machten, lief sie zu ihr.

In diesem Augenblick dachte sie nicht darüber nach, dass es ihr als einfacher Magd nicht erlaubt war, die königliche Mätresse ohne Erlaubnis zu berühren. Sie hockte sich vor die Türkin, barg ihren Kopf auf ihrem Schoß und strich sanft über ihre Schläfen. Ihr Atem ging unregelmäßig, und ein beißender Geruch deutete darauf hin, dass sie sich kurz vor dem Fall übergeben hatte.

»Holt Riechsalz!«, rief sie den anderen Frauen zu, die vor Verwunderung gar nicht daran dachten, sie für ihr Verhalten zu schelten.

Doch im nächsten Moment kam Fatime wieder zu sich, und ihre dunklen Augen trafen Annalenas graue. Plötzlich überfiel sie ein Krampf. Annalena deutete ihn richtig und drehte sie zur Seite, damit sie sich erneut erbrechen konnte. Während die Gesellschafterinnen beinahe angewidert auf die Mätresse herabschauten, hielt Annalena ihren Kopf und wartete, bis es vorüber war. Schließlich reichte man ihr das geforderte Riechsalz. Annalena hielt es der Mätresse unter die Nase, und spürte, wie ihr Körper sich entspannte. Allmählich floss das Rot zurück in ihre Wangen und Annalena war ihr einige Minuten später dabei behilflich, sich aufzurichten.

Fatime fragte nicht, was geschehen sei, sie schien es zu wissen. Noch einen Moment lang verharrte sie im Sitzen, dann bedeutete sie Annalena, dass sie aufstehen wollte. Sobald sie wieder auf den Beinen war, umringten sie sogleich ihre Damen und Annalena wurde beiseite gedrängt. Als sie sich umwandte, sah sie den Kurfürsten zu ihnen eilen.

»Was ist geschehen?«, fragte er, während er sich seinen Weg durch die Reihen der Damen bahnte.

»Sie hat einen Schwächeanfall erlitten, Eure Majestät«, antwortete die Gräfin Löwenhaupt. August beachtete ihre Worte kaum und zog Fatime an sich. Es schien, als würden die beiden miteinander reden, doch Annalena stand zu weit weg, um es genau sagen zu können. Vielleicht legte Fatime lediglich ihren Kopf auf seine Schulter. Nach einer Weile sah August auf, und sein suchender Blick machte bei Annalena halt. Sie spürte, wie ihr das Blut ins Gesicht schoss, und senkte sofort demütig den Blick.

Wie lange sie der Kurfürst betrachtete, wusste sie nicht. Sie wagte erst wieder aufzusehen, als die kräftige Stimme des Kurfürsten von draußen erklang und den Jagdmeister anwies, die Hunde zurückzubringen.

Nachdem sich die Aufregung etwas gelegt und man sich wieder im Schloss eingefunden hatte, wurde Annalena vor den Augen aller anderen Damen, Zofen und Mägde von einem Diener zum Kurfürsten beordert. Die Frauen blickten ihr teils ungläubig, teils neugierig nach. War der Raum eben noch von leisem Gemurmel erfüllt gewesen, so war er jetzt so totenstill, dass Annalena ihr eigenes Herz schlagen hörte.

Etwas Unangenehmes hatte sie eigentlich nicht zu befürchten, dank ihres schnellen Handelns ging es Fatime jetzt schließlich besser. Dennoch war ihr alles andere als wohl zumute. Nicht nur, weil sie der Kurfürst noch immer so einschüchterte, dass sie fürchtete, in seiner Gegenwart kaum ein Wort herauszubekommen, gewiss würde er auch wissen wollen, woher sie sich so gut mit Kranken auskannte. Sicher wollte er ebenso den Grund für das Unwohlsein seiner Mätresse erfahren. Jemand, der zu helfen wusste, konnte kaum behaupten, dass er die Ursache nicht kannte.

Der Diener brachte sie zum Kabinett des Kurfürsten. Dort gab es eine Art Vorraum, der dazu gedacht war, die Bittsteller darin warten zu lassen.

»Setz dich«, sagte der Diener und deutete auf eine der samtbezogenen Sitzbänke. »Wenn Seine Majestät so weit ist, dich zu empfangen, wird er es dich wissen lassen.«

Damit verschwand er, ohne dem Kurfürsten Bescheid gegeben zu haben. Der Grund dafür wurde ihr erst klar, als Stimmen durch die nur angelehnte Kabinettstür zu ihr drangen.

»Der Goldmacher ist in Dresden angekommen und Pabst übergeben worden«, sagte eine Stimme, die ihr bekannt vorkam, auch wenn sie ihr kein Gesicht zuordnen konnte. »Man hat außerdem begonnen, ihm ein Labor einzurichten.«

Annalenas Beine trugen sie auf einmal nicht mehr und sie ließ sich auf einen der Hocker fallen. Es war also geschehen. Der Kurfürst hatte Johann in seiner Gewalt. Offenbar hatte Kunckel versagt – oder sie vielleicht sogar verraten?

»Hervorragende Neuigkeiten, Beichlingen«, entgegnete eine Stimme, die sie als die des Kurfürsten erkannte. »Was ist mit seiner Habe?«

»Sie wird in Kürze eintreffen. Ich bin zuversichtlich, dass Eure Majestät schon bald einer Vorführung beiwohnen kann.«

»Das hoffe ich«, entgegnete August. »Ich werde nicht mehr lange bleiben können. Inzwischen dürften die Spatzen von den Dächern pfeifen, dass ich in der Stadt bin, und so wird es auch der Preußenkönig erfahren. Er hat seine Lauscher überall.«

»Nun, zumindest was den Grund Eurer Anwesenheit angeht, wird er nichts in Erfahrung bringen können. Fürstenberg hat jedermann angehalten, den Namen des Burschen nicht auszusprechen.«

»Friedrich ist nicht auf den Kopf gefallen und wird zweifellos die richtigen Schlüsse ziehen. Ich will den Burschen so bald wie möglich laborieren sehen, damit ich weiß, ob ich ihn ins Goldhaus sperren oder ihm den Kopf abschlagen lassen muss.«

Annalena schlug das Herz bis zum Hals. Johanns Leben war mehr denn je in Gefahr! Und es gab nichts, das sie für ihn tun konnte! Sie wusste ja nicht einmal, wo er war. Dresden war eine große Stadt, Johann konnte genauso gut im Kerker sitzen wie im Schloss oder in einem geheimen Haus. Sie musste Kunckel fragen, was er darüber wusste! Wenn möglich, noch in dieser Nacht!

Das laute Rauschen in ihren Ohren machte es für einen Moment unmöglich, weiter zu lauschen. So bekam sie nicht mit, dass das Gespräch rasch beendet wurde. Als die Tür plötzlich geöffnet wurde, schreckte Annalena hoch.

Beichlingen verließ den Raum, ohne Annalena eines Blickes zu würdigen. Wenig später trat auch der Herrscher selbst heraus. In seinem roten Rock, den er über seine Jagdkleidung geworfen hatte, wirkte er noch imposanter als sonst.

Er war nicht überrascht, Annalena hier vorzufinden, vielmehr schien er nichts anderes erwartet zu haben. Er betrachtete sie einen Moment lang, und wieder fiel Annalena zu spät in ihren Hofknicks, was August lächeln ließ.

»Sage mir«, begann er. »Warum bist du regelrecht starr, wenn du mich siehst? Du scheinst vor lauter Angst sogar deine Manieren zu vergessen. Bin ich etwa so zum Fürchten?«

»Nein, Majestät, es ist nur …« Annalena wusste nicht, wie sie es erklären sollte. Angst war es nicht, die sie verspürte, wenn sie ihn sah, eher konnte man es Überwältigung nennen.

Noch vor Monaten hätte sie sich nicht mal träumen lassen, dass sie einem Herrn wie ihm begegnen, ja sogar mit ihm sprechen würde. Außerdem hatte sie das Gehörte über Johann aus der Fassung gebracht, aber das konnte sie kaum sagen.

»Nun, sprich freiheraus!«, forderte der Kurfürst, als sie stockte.

Annalena atmete tief durch und versuchte, ihre Worte so sorgsam wie möglich zu wählen. »Ich habe noch nicht viele edle Herren wie Euch gesehen, und Ihr seid der Höchste von allen. Es ist Respekt, den ich fühle und der ist wohl so groß, dass er meine Glieder lähmt.«

Der Kurfürst warf den Kopf in den Nacken und lachte auf. »Solche Untertanen wie dich könnte ich auch andernorts gut gebrauchen, besonders in Polen! Komm herein, ich will mit dir über das Fräulein Fatime reden.«

Annalena folgte ihm in den Raum und achtete beim Schließen der Tür darauf, dass sie auch wirklich zu war. Der Kurfürst begab sich hinter sein Schreibpult, auf dem lediglich ein silbernes Tintenfass stand. Sie faltete züchtig ihre Hände vor dem Körper und blickte auf ihre Schuhspitzen. Noch einmal wollte sie nicht unangenehm vor dem Kurfürsten auffallen.

»Du hast heute Morgen dem Fräulein Fatime beigestanden«, sagte August. »Das war sehr löblich. Und du wusstest offenbar auch genau, was du tun musstest, im Gegensatz zu den anderen Damen.«

»Ich habe nur getan, was ich für richtig hielt, Eure Majestät. Immerhin habe ich …« Als Annalena begriff, was sie gerade sagen wollte, brach sie ab. Doch es war schon zu spät.

»Was hast du?«, fragte der Kurfürst nach.

»Ich wollte sagen, ich …« Annalena brachte es nicht über sich auszusprechen, was ihr durch den Kopf ging. *Es wird dich in Teufels Küche bringen*, dachte sie nur.

»Mädchen, hab keine Angst. Ich habe nicht vor, dich zu bestrafen, egal, was du jetzt sagst.«

Annalena schloss resigniert die Augen. »Ich wollte sagen, dass ich schon ein paarmal mit schwangeren Frauen zu tun hatte, das letzte Mal bei meiner früheren Herrschaft.« Als sie die Augen wieder öffnete, sah sie einen erstaunten Ausdruck auf dem Gesicht des Kurfürsten.

»Du meinst, sie trägt ein Kind?«

Annalena nickte. »Ich nehme es an. Frauen übergeben sich oft in den ersten Monaten und zuweilen neigen sie auch dazu, in Ohnmacht zu fallen. Ich denke, Fräulein Fatime weiß es am besten, sie müsste bemerkt haben, dass ihr Blut ausbleibt.«

Der Kurfürst sagte dazu erst einmal nichts. Er zupfte an der Manschette seines Hemdes und begann dann, auf und ab zu gehen. Annalena hätte zu gern gewusst, was in seinem Kopf vor sich ging. Überlegte er nun, wie er die Mätresse loswerden konnte? Röber hatte dergleichen getan.

»Du hast keine Ausbildung als Wehmutter, nehme ich an«, fragte August.

»Nein, Eure Majestät. Aber ich habe in meiner Heimatstadt Nachbarinnen beim Gebären beigestanden.«

»Und woher weißt du von den Anzeichen? Warst du selbst in diesen Umständen?«

»Nein, Eure Majestät, aber ich habe den schwangeren Frauen zugehört.«

August setzte seinen Marsch fort, während Annalena ihn verstohlen beobachtete. Sie sah, wie sich seine Stirn runzelte und seine Lippen zusammenpressten. Es schien, als würde er mit seinen Gedanken ringen. Dann blieb er unvermittelt stehen.

»Ein Kind«, murmelte er, und nun zog ein Lächeln seine Züge in die Breite. »Sie bekommt ein Kind.«

»Eure Majestät, das ist nur eine Vermutung …«, wandte Annalena ein, denn sicher sein konnte sich nur Fatime.

»Ich werde es von meinem Leibarzt überprüfen lassen. Solltest du recht haben, werde ich dir einen Wunsch gewähren.«

»Ihr seid sehr gütig, Eure Majestät«, antwortete Annalena und jetzt kam ihr Knicks genau im richtigen Moment. Sie wusste, dass er ihr den einen Wunsch, den sie hatte, nicht gewähren würde. Wahrscheinlich würde er sein Versprechen schon vergessen haben, bevor der nächste Morgen anbrach, aber Annalena war dennoch dankbar für die Großzügigkeit des Gedankens.

»Was würdest du davon halten, wenn ich dich zu einer von Fatimes Damen mache?«, sagte er plötzlich. »Du könntest dich um ihr gesundheitliches Wohl kümmern. Immerhin scheinst du auf diesem Gebiet Talente zu haben. Wenn ich mich recht entsinne, hattest du mir doch auch was von Heinrichs Sohn erzählt.«

Annalena wusste im ersten Moment nicht, was sie sagen sollte. Es war schon schlimm genug, wie die Damen um die Mätresse sie jetzt anschauten. Was würde erst sein, wenn sie, die nie eine herrschaftliche Erziehung genossen hatte, ihnen gleichgesetzt werden würde? So verlockend es war, sie konnte dieses Angebot unmöglich annehmen.

»Eure Majestät, bitte verzeiht, aber mein Stand ist zu gering, um solch eine Stelle einzunehmen. Ich diene dem Fräulein Fatime mit ganzem Herzen, nur lasst mich dort, wo ich bin. Ich fürchte, dass es mich in solch gesellschaftlichen Höhen schwindelt.« Ihr fiel wieder ein, dass Feldhoff ihr gesagt hatte, dass man dem Kurfürsten nicht widersprach, doch sie konnte nicht anders.

August bedachte sie nun wieder mit einem belustigten Blick. »Du bist wirklich ein seltsames Frauenzimmer. Ich kenne keine, die solch eine Ehre ausgeschlagen hätte. Bedenke, du hättest viele Kleider und könntest dich bedienen lassen.«

»Ich arbeite gern«, entgegnete Annalena, auch auf die Gefahr hin, den Kurfürsten zu verärgern. »Und ich würde mich nicht wohl fühlen unter Damen, die viel höher geboren sind als ich. Genauso wenig wie sie sich mit mir. Ich verspreche Euch, ich werde da sein, wenn es dem Fräulein Fatime nicht gutgeht, und wenn Ihr es wünscht, werde ich Euch davon berichten.«

Augusts Lächeln blieb auch nach diesen Worten unverändert. »Nun, dann sei es so, wie du wünschst. Ich werde mein Angebot aufrechterhalten, falls du es dir überlegst.« Sein Blick wurde prüfend, dann fuhr er fort: »Aber ich denke, du wirst dich gewiss nicht anders besinnen, oder?«

Annalena schüttelte den Kopf. Ihre Wangen glühten.

»Es ist erstaunlich, dass man die besten Menschen zuweilen in den unteren Ständen findet«, sagte August schließlich. »Mein Urgroßvater, der dänischer König war, soll sich mit fähigen Leuten aus dem Volk umgeben haben. Vielleicht täte ich gut daran, dies ebenso zu halten. Wenn du dich um Fräulein Fatime sorgst, dann will ich beruhigt sein.«

Damit war die Unterredung beendet. Annalena knickste noch einmal, dann verließ sie das Kabinett. Weder ein Diener noch ein neuer Bittsteller erwartete sie im Vorzimmer, dafür überfielen sie sofort ihre Gedanken. Angst, Sorge, Freude und noch einiges mehr mischten sich zu einem verwirrenden Gewühl in ihrem Herzen.

Hättest du auch so gedacht, als du Walsrode verlassen hast, fragte sie sich, als sie langsam wieder den Gemächern der Fatime zustrebte. *Hättest du diese Ehre, die dir noch größere Freiheit bringen würde, ausgeschlagen?*

Sie kannte die Antwort. Sicher hätte sie es nicht getan. Aber in den vergangenen Monaten hatte sie erfahren, dass jedes Glück einen Preis hatte. Sie hatte einen anständigen Mann gefunden, doch dem wurde aufgrund seines Könnens die Freiheit verwehrt. Sie war in königliche Dienste getreten, musste aber mehr denn je aufpassen, dass niemand die Striemen auf ihrem Rücken sah.

Wenn sie sich über ihren Stand erheben würde, das wusste sie, müsste sie sich gegen Neid, Missgunst und Intrigen wehren. Das wollte sie nicht. Alles, was sie wollte, war ein einfaches Leben, zusammen mit Johann.

Sicher, wenn er seine Freiheit erlangte, dann sicher nicht mit Augusts Segen. Sie würden also nicht am Hof bleiben können, aber ihr Leben hier tauschte sie gern ein, wenn ihr Lohn die Liebe war, die sie nur bei Johann finden konnte.

Während der Kurfürst mit seinen Begleitern am Nachmittag doch noch zur Jagd aufbrach, blieben die Damen in den Gemächern der Mätresse. Fatime sah jetzt ein wenig wohler aus, wenngleich unter ihren Augen immer noch dunkle Schatten lagen.

Nach ihrer Rückkehr aus dem Kabinett des Kurfürsten hatte niemand etwas zu ihr gesagt. Froh darüber machte sich Annalena an die Arbeit, bis sie schließlich eine Hand auf ihrem Arm spürte. Sie erwartete, dass es eine der Damen war, die einen Wunsch hatte, doch als sie zur Seite blickte, sah sie Fatime neben sich stehen. Sie lächelte sie strahlend an, und Annalena war so gefangen von ihrem Blick, dass sie gar nicht bemerkte, wie die anderen Frauen neidisch zu ihr herübersahen.

»Komm mit«, sprach die Türkin sie an, zum ersten Mal überhaupt hörte sie ihre Stimme. Sie war leise und wohltönend. Die Worte klangen ein wenig fremdartig, aber sie gaben Annalena die Gewissheit, dass Fatime sprechen konnte.

Nachdem sie den Frauen bedeutet hatte, dass sie zurückbleiben sollten – was die Gräfin Löwenhaupt nur unter Protest tat –, verließ sie zusammen mit Annalena das Gemach und durchschritt den langen Gang, der zum Steinsaal führte.

»Ich danke dir, dass du geholfen hast«, sagte sie nach einer Weile. Die Worte waren hart akzentuiert und trugen die Erinnerung an eine fremdländische Sprache in sich. »Ganzen Tag ich bin umringt von Frauen, deren Worte leer sind. Hast du dich gefragt, warum ich nicht spreche?«

»Ich dachte, ihr vermögt nicht zu sprechen.« Annalena senkte verlegen den Kopf.

»Ich jetzt bin schon viele Jahre bei Hofe und verstehe Sprache gut, nur sprechen ist noch schwer.«

Es wäre wohl angebracht gewesen, ihr zu widersprechen, denn auch wenn nicht jedes Wort richtig saß, sprach sie sehr gut. Doch Fatime ließ ihr keine Zeit dazu.

»Als ich vor Monaten reiste nach Polen, ich habe Horoskop machen lassen. Man sagte, dass ich werde in anderen Umständen sein.«

Annalena sah sie überrascht an. Offenbar hatte sie recht gehabt, als sie vermutete, dass Fatime über ihren Zustand Bescheid wusste.

»Ich versucht habe, Keuschheitsgürtel zu bekommen. Damen lachten darüber, aber ich nicht wollte Kind empfangen. Ich weiß, dass August hat noch andere Frau und Geliebte in Polen. Sie meinen Tod würde wünschen, wenn sie wüsste. Aber nun es ist zu spät.«

Annalena konnte sich nicht vorstellen, dass August sie der Rachsucht der polnischen Mätresse überlassen würde. Schließlich hatte er sich über das Kind gefreut und Annalena eine große Belohnung angeboten.

»Seine Majestät freut sich über Euren Zustand«, sagte sie daher auch zu Fatime, denn sie wollte nicht, dass sich die Mätresse, die so sanft erschien, unnötig Sorgen machte.

»Ja, August sich freuen. Alle Frauen kriegen Kind von ihm. Jetzt ich auch.« Obwohl von einer Rundung noch überhaupt nichts zu sehen war, strich sie sich über den Bauch, und über ihr Gesicht huschte ein Lächeln.

»Und ich werde haben jemanden, der es ehrlich meint. Die Frauen, sie lächeln, aber ich weiß, dass sie in mir sehen nur die Dienerin, die ich einst war. Manchmal ich sehne mich nach meiner Heimat.«

Annalena fragte sich, warum sie ihr das alles erzählte. Immerhin war sie erst seit einigen Tagen bei ihr und sie war die niedrigste ihrer Dienerinnen. Es konnte doch nicht daran liegen, dass sie ihr heute beigestanden hatte, das war schließlich etwas Selbstverständliches.

»Wie ist Eure Heimat?«, fragte Annalena, neugierig geworden.

»Oh, ich erinnere mich nur wenig daran. Es war Krieg damals. Ich weiß nur von Feuer und von Menschen und Angst. Auch ich hatte Angst. Doch August ist guter Mann, besser als Soldat, der mich hat geraubt. Wenn er bei mir ist, dann ich glücklich bin. Er ist meine Heimat nun.«

Eine Weile wandelten sie den Gang entlang, dann blieb Fatime stehen und griff unvermittelt nach Annalenas Händen. Der Unterschied hätte kaum größer sein können. Während Annalenas Hände rauh waren, wirkten Fatimes Hände so weich wie die eines Kindes.

»Ich fühle, dass du bist guter Mensch. Etwas ist mit dir, du wirkst wie jemand, der hat verloren viel in der Vergangenheit.

Ich spüre, dass du bist wie ich, und so ich will dir helfen, wenn du in Not bist.«

Das war das zweite Mal am heutigen Tag, dass Annalena ein zu hoher Rang angeboten wurde. Fatime versprach ihr kein Amt, aber das, was sie ihr antrug, war ungleich mehr. Annalena wusste nicht, ob sie dem gerecht werden konnte. Doch sie wollte diese Frau mit den verträumten schwarzen Augen nicht enttäuschen. Nicht, solange sie es nicht musste.

»Wenn Ihr Hilfe braucht oder über etwas reden wollt, dann könnt Ihr mir vertrauen«, sagte sie sanft. »Ich kann Geheimnisse hüten.«

Fatime blickte sie prüfend an, und Annalena war es, als könnte sie für einen kurzen Moment in ihre Seele schauen. Was sie dort sah, schien sie zu überzeugen. Sie lächelte ihr zu und sagte dann: »Es ist Zeit, dass wir zurückkehren. Die Gräfin Löwenhaupt sich Sorgen macht.«

Damit kehrten sie zu den Gemächern zurück, und in dem Augenblick, als sie die Tür durchschritten, wurden sie wieder zu der schweigsamen Mätresse und der Dienstmagd. Doch die Blicke, die sie sich von Zeit zu Zeit zuwarfen, waren die von Freundinnen.

Friedrich Röber stand in einer kleinen Gasse, den Mantel fest um sich geschlungen und den Blick zum Schloss erhoben, das sich finster in den Abendhimmel reckte. Die Preußen hatten sich in der Stadt umgehört, doch niemand wollte etwas von der Ankunft eines Goldmachers wissen. Vielleicht hätten sie versuchen sollen, die Wachen zu bestechen, doch diese Sachsen waren ein unberechenbares Volk. Obwohl ihr Kurfürst sie enttäuscht hatte, indem er für die polnische Krone katholisch wurde, war er doch immer noch beliebt bei ihnen, besonders deshalb, weil er das geltende Gesetz, dass der Landesherr die

Religion seines Volkes bestimmte, für sie außer Kraft gesetzt und ihnen den lutherischen Glauben gelassen hatte. Jemanden zu finden, der ihn verraten würde, wäre äußerst schwierig gewesen.

Leider schien auch Annalena noch keinen Erfolg gehabt zu haben. Wenn sie denn überhaupt nach Böttger suchte. Die Preußen hatten vielleicht recht, geschützt von den Schlossmauern dachte sie möglicherweise, dass sie sie an der Nase herumführen könnte. Aber irgendwann müsste sie das Schloss wieder verlassen. Wenn sie zweimal auf Botengang geschickt wurde, würde es auch ein drittes Mal geben, und dann Gnade ihr Gott!

Doch heute Abend blieb das Schlosstor zu, niemand ging hinaus, niemand hinein. Nach und nach flammte Licht hinter den Fenstern auf, auch wenn der Kurfürst nicht hier war, beleuchtete man die Räume. Röber schaute wie gebannt auf das Schloss, als sich ihm plötzlich eine Hand auf die Schulter legte.

»Es gibt Neuigkeiten«, raunte ihm eine Stimme ins Ohr, und nur der Umstand, dass er sie sofort erkannte, hielt ihn davon ab, vor Schreck laut aufzuschreien.

»Himmel!«, rief er nur aus und wandte sich dann Marckwardt zu, der mit der Wand hinter ihm zu verschmelzen schien. Wie lange mochte er ihn schon beobachtet haben?

»Was gibt es?«

»Der Kurfürst weilt hier. Inoffiziell. Er hat Dresdens Stadttore mit kleinem Gefolge durchfahren und gewünscht, dass diese Nachricht niemandem kundgetan wird. Ich würde meine Pistolen darauf verwetten, dass es dafür einen guten Grund gibt.«

»Böttger«, entgegnete Röber und blickte sich instinktiv nach allen Seiten um, aber wären Zuhörer in der Nähe gewesen, hätte Marckwardt ihn nicht angesprochen.

»Ja, wie es scheint, ist der Goldjunge wirklich schon hier. Ich frage mich, wie lange es dauern wird, bis die Frau uns Bescheid gibt.«

Röber hörte in diesen Worten deutlich eine Antwort: nie. Aber er wollte seine Hoffnung, sie mit der Aussicht auf eine ehrbare Zukunft geködert zu haben, nicht aufgeben.

»Wir werden sehen«, antwortete er also.

»Ja, das werden wir wohl.« Marckwardt ließ seinen Blick über die Silhouette des Schlosses schweifen. »Die Schlösser unseres Königs Friedrich sind prachtvoller. Der Sachsenfürst scheint den Goldmacher wirklich dringend zu brauchen.«

»Vielleicht sind seine Schlösser in Polen noch übler«, fiel Röber in die Lästerei ein.

»Mag sein. Man munkelt, dass seine polnische Krone wackelt. Der Schwedenkönig macht ihm mehr zu schaffen, als man in Sachsen zugeben will. Wenn er seinen Goldmacher verliert, käme das unserem eigenen König nur zugute, denn ein starkes Sachsen ist gewiss nicht das, was er will.«

Röber sagte dazu nichts. Als Kaufmann wusste er, dass man eine Ware erst dann feilbieten konnte, wenn man sie im Lager hatte. Noch waren sie weit davon entfernt, Böttger in ihrer Hand zu haben. »Lasst uns gehen. Ich bin mir sicher, dass sich heute Abend hier nichts mehr regen wird. Meine angefrorenen Zehen könnten einen heißen Gewürzwein gut vertragen.«

Als sie sich aus ihrem Quartier schlich, war sich Annalena bewusst, dass sie gerade ihre Stellung aufs Spiel setzte. Wenn man ihr Fehlen und das des Pferdes bemerkte, würde man sie sicher rauswerfen oder zumindest wieder der Küche zuordnen – kurfürstliche Dankbarkeit hin oder her –, doch sie konnte nicht anders. Nach dem, was sie vor der Tür des Kabinetts belauscht hatte, musste sie Gewissheit haben.

Sie huschte auf nackten Füßen, mit ihren Schuhen in der Hand, durch die Galerie und schließlich die Treppe hinunter, die zum Dienstbotenausgang führte. Überall war es still, nur der Wind raunte durch die Hallen und der Schnee schlug mit einem leises Knistern gegen die Fensterscheiben.

Es überraschte sie daher nicht, als sie über einen weißen Schneeteppich zu den Ställen schlich. Leise knirschte es unter ihren Füßen. Mitternacht war bereits vorüber, in keinem der Fenster brannte noch Licht. Auch im Stall war alles ruhig. Die Burschen schliefen in einem kleinen Gebäude nebenan, hoffentlich fest genug, um nicht zu bemerken, dass sie eines der Tiere entwendete.

Annalena öffnete die kleine Tür, die in das große Stalltor eingelassen war, und schlüpfte hinein. Die warme Luft, die mit dem Geruch von Mist und Pferdefell erfüllt war, nahm ihr für einen Moment den Atem, doch rasch gewöhnte sie sich daran und suchte sich einen Weg durch die Dunkelheit. Eine Lampe zu entzünden wagte sie nicht, sie ließ sich von ihrem Gehör leiten und nutzte das wenige Licht, das durch die Fenster fiel.

Als sie sich vorsichtig einem Pferd, dessen Fellfarbe sie in der Dunkelheit nicht ausmachen konnte, näherte, schnaubte es leise. Annalena hoffte, dass es noch sein Geschirr trug, denn das würde sie ihm in der Dunkelheit unmöglich anlegen können.

Sie tastete sich mit den Händen auf dem Fell voran in Richtung Kopf, vorsichtig, damit das Tier nicht zusammenschreckte und sie mit seinem massigen Körper von den Füßen riss. Am Kopf angekommen spürte sie einen Riemen, der ihr die Gewissheit gab, dass das Pferd gezäumt war. Nachdem sie die Leine ertastet hatte, machte sie es los und führte es dann zum Tor. Das Klappern der Hufe auf der steinharten Tenne alarmierte sie. Sicher würde irgendwer das Geräusch hören, wenn sie vom Hof ritt. Sie entschied sich also, ihren Unterrock zu zerreißen und die Flicken um die Beine des Tieres zu wickeln, um den Lärm ein wenig zu dämpfen. Immer wieder wanderte ihr Blick nach draußen, doch von den Wächtern war keiner zu sehen. Wahrscheinlich verbrachten sie die Nacht lieber in der Wachstube, als sich draußen Zehen und Hände abzufrieren.

Als sie fertig war, führte Annalena das Pferd aus dem Stall heraus. Der Mond hatte es inzwischen geschafft, sein Licht durch die wild dahinziehenden Wolken zu schicken. Da es von der Schneedecke zurückgeworfen wurde, war die Nacht hell genug, dass Annalena erkennen konnte, dass sie einen Apfelschimmel gewählt hatte, wie ihn früher auch ihr Vater besaß. Wenn sich die Wolken nicht wieder vor den Mond schoben, würde sie keine Probleme haben, den Weg zu Kunckels Gut zu finden.

Die einzige Hürde, die sie jetzt noch überwinden musste, war das Tor. Doch in dieser Nacht schien ihr das Glück hold zu sein. Während sie sich in den Schatten drückte, vernahm sie den Lärm einer schnell herankommenden Kutsche. Geschirre klirrten, Pferde schnaubten und der Lärm der Räder übertönte sämtliche Geräusche in ihrer Nähe.

Annalena wusste nichts von einem nächtlichen Besucher. Als sie um eine Ecke des Stalls spähte, sah sie, dass es nicht nur eine Kutsche war, die auf den Schlosshof fuhr, sie wurde zudem von einigen Reitern eskortiert. Wenn sie jetzt nicht verschwand, bekäme sie heute sicher keine Gelegenheit mehr. Rasch schwang sie sich auf den Pferderücken und trieb den Apfelschimmel an.

Tatsächlich gelang es ihr, das Tor zu passieren, bevor jemand auf sie aufmerksam wurde. Glücklicherweise ließ die

Angst ihre Glieder erst zittern, als sie das Schloss schon ein Stück hinter sich gebracht hatte.

Drei Stunden später erreichte sie das Gut. Trotz der späten Stunde fand sie das Haus hell erleuchtet vor. Da das Tor offenstand, sprengte sie sogleich auf den Hof. Dort erblickte sie eine Kutsche, und obwohl sie sich sagte, dass Hoffnung töricht wäre, flammte in ihr ein kleiner Funke auf. Vielleicht war Johann ja hier? Die Diener, die gerade dabei waren, das Gepäck vom Wagen zu laden, erschraken, als Annalena ihr Pferd vor ihnen zügelte.

»Der Herr Kunckel, ist er hier?«

Die Diener nickten einhellig, worauf sie aus dem Sattel sprang und durch die Tür stürmte. Offenbar war der Hausherr erst vor wenigen Augenblicken von seiner Reise zurückgekehrt, denn er stand noch in der Eingangshalle.

War er jetzt erst in Wittenberg?, fragte sich Annalena erbost. *Immerhin sind schon etliche Wochen vergangen, seit ich bei ihm vorgesprochen habe.*

Kunckel blickte sie überrascht an, dann sagte er: »Der Kurfürst hat ihn nach Dresden geschafft. Ich komme gerade von dort, aber man hat mir nicht sagen wollen, wo er untergebracht wurde.«

Annalena erstarrte. Sie hatte es ja eigentlich schon gewusst, und trotzdem spürte sie das Erlöschen der Hoffnung schmerzhaft.

»Ich nehme an, dass sie ihn im Schloss versteckt haben. Jedenfalls meine ich, so eine Andeutung in den Worten des Kreisamtmannes Ryssel vernommen zu haben«, fuhr Kunckel fort. »Es ist natürlich der beste Ort, um jemanden Tag und Nacht bewachen zu lassen. Nur die Feste Königsstein wäre dafür noch besser geeignet, aber wahrscheinlich will August Johann vorerst nicht in Ketten legen lassen.« Er schnaubte spöttisch. Es war deutlich, wie aufgebracht er war. »Ich nehme an, dass August erst versuchen wird, seine Freundschaft zu erringen, und ihm trotz verschlossener Zimmertür vorgaukelt, dass Johann ihm mit seiner Arbeit einen persönlichen Gefallen tut. Als ob …« Kunckel stockte, als wäre ihm auf einmal klargeworden, dass solche Worte ihn in den Kerker bringen könnten.

»Du hast dich gemacht«, sagte er dann zu Annalena, als er ihres feinen Kleides gewahr wurde. »Hast du eine Anstellung in Dresden bekommen?«

»Ich diene der königlichen Mätresse«, entgegnete Annalena und strich verlegen über ihr Kleid und ihren Mantel. Wieso antwortete sie bloß auf etwas so Unwichtiges? Johann war in Dresden, sie mussten doch irgendetwas tun. Aber sie konnte kein einziges Wort herausbekommen.

»Nun, wenn das so ist, dann hast du vielleicht bald Gelegenheit, Johann zu sehen«, entgegnete Kunckel. Sein Blick war schmerzerfüllt, er sah aus wie jemand, der seinen Sohn verloren hatte. »Vielleicht könntest du ihm dann erzählen, dass ich es versucht habe? Dass ich ihn aus dem Wittenberger Schloss rausholen wollte, ihn aber nicht mehr angetroffen habe?«

Annalena wollte einwenden, dass sie so schnell ganz sicher nicht auf Johann treffen würde. Doch weil seine Miene so verzweifelt wirkte, antwortete sie: »Ich werde es ihm ausrichten, wenn ich ihn sehe.«

Unvermittelt fasste Kunckel sie daraufhin bei den Armen, und Annalena konnte nur allzu deutlich spüren, dass seine Hände zitterten. »Er ist wie ein Sohn für mich, verstehst du? Ich habe davon geträumt, einmal Seite an Seite mit ihm zu arbeiten. Aber darauf darf ich jetzt wohl nicht mehr hoffen.«

Annalena hörte deutlich, dass in seinen Worten noch etwas anderes mitschwang. Er war nicht nur traurig, weil Johann jetzt Gefangener des Kurfürsten war, er trauerte auch darum, dass er vermutlich nie hinter das Geheimnis der Goldmacherei kommen würde.

»Ich verstehe Euch«, sagte sie, konnte ihre Enttäuschung aber nicht verhehlen. Röber war nun ihre einzige Hoffnung. Was für ein furchtbarer Gedanke!

»Es tut mir leid, dass ich euch beiden nicht helfen konnte«, sagte er schließlich. »Wenn es eine Möglichkeit gibt, wie ich euch unterstützen kann, dann gebt mir Bescheid. Ich werde hier sein und über meinen Studien zu vergessen suchen, dass ich ihn im Stich ließ.«

Vielleicht gibt es etwas, das Ihr tun könnt, schoss es Annalena plötzlich durch den Sinn. *Ihr könntet mir helfen, Röber auszutricksen. Doch dazu muss ich erst einmal erfahren, was er vorhat.*

Sie verabschiedete sich also mit dem Versprechen, ihn zu benachrichtigen, wenn ihr etwas zu Ohren käme. Dann machte sie sich wieder auf den Weg nach Moritzburg, denn der Morgen war nicht mehr fern.

August lag wieder einmal wachend neben der schlafenden Fatime und betrachtete sie. Sie wirkte noch immer ziemlich mitgenommen. Ihre Haut war blasser als sonst und dunkle Schatten zogen sich um die Augen. Er hatte seinen Leibarzt Haberkorn angewiesen, gleich am nächsten Morgen nach ihr zu schauen, ihm allerdings die Vermutung der Magd verschwiegen. Wenn Fatime schwanger war, würde es der Medikus auch ohne diesen Hinweis herausfinden.

Zärtlich strich er über ihr Haar. Ein Kind. Ihrer beider Kind. Er fragte sich, wie es aussehen würde. Bekäme es die Farbe ihres Haars und ihrer Haut, den Schnitt ihrer Augen?

Ein Merkmal, das er bislang all seinen Kindern mitgegeben hatte, war die Nase seiner dänischen Mutter, ein Erbstück des holsteinischen Geschlechts, das seit einigen hundert Jahren die dänische Königskrone trug. Ob auch dieses Kind sie bekommen würde?

Einen stattlichen Offizier würde er aus seinem Sohn machen und wenn es eine Tochter wurde, dann würde er sie mit einem einflussreichen polnischen Adeligen verheiraten. Dieser würde sich glücklich schätzen können, denn gewiss wäre das Mädchen eine Schönheit, und sie würde seinen Geist besitzen und vielleicht auch sein Temperament im Bett.

Aber zuvor musste er dafür sorgen, dass Fatime ein gutes Leben ohne Schande führen konnte. Vor kurzem war ihm ein junger Beamter aufgefallen, von Spiegel war sein Name. Er entstammte einer alten Adelsfamilie und war noch ledig, was ihn zum idealen Kandidaten machte. Wenn man ihn mit den entsprechenden Ämtern bedachte, würde er vielleicht darüber hinwegsehen, wenn sich der Kurfürst statt seiner ins Bett seiner Frau legte.

Ein verhaltenes Klopfen an der Tür riss ihn aus seinen Gedanken. Sämtliche Diener hatten strikte Order, ihn nur dann zu stören, wenn es wirklich etwas Wichtiges gab. Da kein einziger Kammerherr oder -junge es wagen würde, seinen Herrn zu verärgern, musste es sich wohl tatsächlich um etwas Wichtiges handeln. August verließ das Bett so vorsichtig wie möglich, um Fatime nicht zu wecken, dann warf er sich wütend seinen Morgenmantel über. Nachdem er Fatime einen Kuss auf die Stirn gegeben hatte, verließ er das Schlafgemach.

Sein Minister Flemming erwartete ihn im Audienzzimmer. So bleich, wie er um die Nase war, fürchtete August fast, dass der Preußenkönig ihm wegen des Goldmachers den Krieg erklärt hatte. Doch es kam noch schlimmer.

Flemming fiel in eine tiefe Verbeugung und nachdem ihm der Kurfürst zu reden gestattet hatte, sagte er: »Verzeiht die Störung, Eure Majestät, ich hätte es niemals gewagt, Euch in Eurer Nachtruhe zu behelligen, wenn es nicht eine Angelegenheit von größter Dringlichkeit …«

»Kommt zur Sache, Flemming!«, unterbrach August ihn. Zu dieser Stunde hatte er keine Lust auf seinen geziert formellen Ton. Keine Schmeichelei und keine Entschuldigung würde seine gestörte Nachtruhe rückgängig machen.

»Eure Majestät, wir haben Kunde erhalten, dass der schwedische König sich anschickt, sein Winterlager zu verlassen. Unsere Spione haben herausgefunden, dass Vorbereitungen zum Aufbruch getätigt werden, und ich hielt diese Nachricht für dermaßen bedeutend, dass ich sie Ihrer Majestät dringlich mitteilen musste.«

August fühlte sich, als hätte er gerade eine Ohrfeige erhalten. Ein Vormarsch zu dieser Jahreszeit war mit Vernunft besehen glatter Wahnsinn, doch dem tollkühnen Schwedenjungen traute er alles zu. Auch, dass er die winterliche Waffenruhe brechen und zu einem Überraschungsschlag ausholen würde.

Und das könnte fatal sein. Nicht nur, dass Augusts Armee nach der letzten verlorenen Schlacht ihre eigentliche Stärke noch nicht wiedererlangt hatte, diesmal würde Karl gen Warschau ziehen. Es würde keineswegs zu den Glanzpunkten seiner Regierung gehören, aber in diesem Falle müsste er den Hof nach Krakau verlegen. Das bedeutete allerdings auch, dass er sogleich nach Polen zurückkehren musste und somit nicht auf die Vorführung des Goldmachers warten konnte.

Flemmings Blick ruhte abwartend auf ihm, der Minister wagte allerdings nicht, ihn direkt anzusehen. August ließ ihn noch ein Weilchen schmoren, dann sagte er: »Sorgt dafür, dass Beichlingen unverzüglich vor mir erscheint. Wir reisen so schnell wie möglich ab.«

»Sehr wohl, Eure Majestät«, antwortete Flemming und verbeugte sich noch ein Stück tiefer. In dieser Haltung verharrend näherte er sich rücklings der Tür.

Es dauerte keine Viertelstunde, bis Wolf Dietrich von Beichlingen im Audienzzimmer eintraf. Sein Haar war im Nacken locker zusammengebunden, sein Nachthemd unter einem braunen Samtmantel mit goldenen Verbrämungen verborgen. »Eure Majestät wollten mich sprechen?«, fragte er mit einer tiefen Verbeugung.

Der Kurfürst nickte und bedeutete ihm, dass er Platz nehmen sollte. Beichlingen war darüber besorgt, denn es schien fast so, als hätte August eine Nachricht für ihn, die ihn alles andere als erfreuen würde. Die späte Stunde tat ein Übriges, um seine Besorgnis wachsen zu lassen.

»Der Schwedenjunge macht neuerlichen Ärger. Ich werde zum Hof nach Polen zurückkehren müssen.«

Diese Nachricht war allerdings wie geschaffen, einen Mann von den Füßen zu werfen. »Er rückt vor? Im Winter?« Der Großkanzler schüttelte fassungslos den Kopf. Dieser Schwede war ja noch schlimmer als sämtliche Türken, Russen und Tataren zusammen!

»Bis jetzt noch nicht, aber Flemming meldete mir soeben, dass unsere Spione Hinweise auf einen Aufbruch in seinem Lager beobachtet haben. Ich halte es für möglich, dass er die Frechheit besitzt, nach dem Weihnachtsfest zuzuschlagen.«

»Aber der Winter wird seiner Mannschaft gewiss hinderlich sein.«

August winkte ab. In seinem Gesicht konnte Beichlingen beinahe so etwas wie Resignation sehen, was eigentlich gar nicht zu einem Mann passte, der Hufeisen verbiegen konnte.

»Wir haben geglaubt, dass so manches diesem Burschen hinderlich wäre. Seine Jugend, seine Hitzköpfigkeit, seine Unerfahrenheit. Aber er hat uns ein ums andere Mal vorgeführt und bewiesen, dass er kein Mann ist, den man unterschätzen sollte. Selbst der russische Zar musste zugeben, dass dieser junge König ein ernstzunehmender Gegner ist.« August legte eine nachdenkliche Pause ein, dann blickte er seinem Vertrauten geradewegs in die Augen. »Ihr werdet mich unterrichten, wenn die Requisiten des Goldmachers eingetroffen sind. Ich will, dass er vor Euren Augen und denen Fürstenbergs unverzüglich einen Versuch unternimmt.«

Beichlingen nickte dienstbeflissen. »Ich werde dafür sorgen, dass es ihm an nichts mangelt und dass er seine Arbeit sogleich aufnehmen kann.«

Diese Antwort schien den Kurfürsten zufriedenzustellen, denn er klopfte Beichlingen auf die Schulter. »Recht so, mein Freund! Ich zähle auf Euch. Ich würde gern hierbleiben und es mir selbst anschauen, denn ich habe das Gefühl, dass dieser junge Mann einige Überraschungen für uns bereithält. Seid mein Auge und mein Ohr an diesem Ort und gebt auf Euch acht.«

»Das werde ich, Eure Majestät.« Mit diesen Worten verneigte er sich und küsste Augusts Krönungsring. »Ich bereite sofort alles für Eure Abreise vor.«

Der Kurfürst nickte und bedeutete Beichlingen, dass er gehen konnte. Anstatt zu Fatime zurückzukehren, blieb er noch eine Weile in seinem Kabinett sitzen und starrte in die Luft. Im Gegensatz zu vorhin, als er eine glänzende Zukunft für sein Kind erträumte, waren es nun finstere Bilder von Tod und Zerstörung, die vor seinen Augen erschienen. Er sah sich selbst die Königskrone an den Schweden abgeben, sah seinen gedemütigten Rückzug aus Polen und den Spott, den ihm der Adel von allen Seiten zukommen lassen würde. Den Polen war es gleich, wer sie regierte, wenn es denn nur ein glanzvoller König war. Und dem protestantischen Schwedenbengel war sogar zuzutrauen, dass er sie alle bekehrte, anstatt sich selbst der katholischen Konfession zuzuwenden.

Als Annalena Moritzburg kurz vor Morgengrauen erreichte, sah sie, dass die Knechte gerade dabei waren, die Pferde aus dem Stall zu holen. Offenbar wollte der Kurfürst so früh schon ausreiten, allerdings sah es nicht so aus, als würde eine neuerliche Jagd stattfinden. Wollte er vielleicht zurück nach Dresden?

Ihr Herz begann zu rasen. Wenn der Kurfürst Johann im Schloss untergebracht hatte, wäre es vielleicht doch möglich, ihn zu sehen. War ihr das auf Kunckels Gut noch aussichtslos erschienen, hatte die eisige Morgenluft ihren Verstand so weit geklärt, dass ihr eine Idee kam, wie sie Johann finden könnte. Sie erinnerte sich noch sehr gut an den Klatsch in der Küche, vielleicht konnte ihr dieser von Nutzen sein.

Jetzt musste sie allerdings sehen, dass sie das Pferd unbemerkt zurückbrachte und dann ins Schloss kam. Die schlaflose Nacht würde sie gewiss bald müde und nachlässig machen, aber im Moment war sie viel zu aufgeregt, weil ihr Johann plötzlich wieder so nahe schien.

Kurz verbarg sie sich hinter einigen Baumstämmen und beobachtete von dort das Treiben auf dem Schlosshof. Dann, als gerade sämtliche Knechte im Stall waren, ritt sie zu den anderen Pferden. Zeit, die Flicken von den Füßen ihres Tieres zu entfernen, hatte sie nicht, aber vielleicht würden es die Burschen für einen Streich halten, den sich einer von ihnen erlaubt hatte. Bevor sie ihrer ansichtig werden konnten, huschte Annalena zurück ins Schloss und sah dann zu, dass sie zu ihrem Quartier kam.

Auf halbem Wege stieß sie dabei auf den Kurfürsten und seine Begleiter und verbarg sich hinter einer Säule. Sie wollte nicht gefragt werden, was sie hier um diese Stunde schon suchte.

»Diesen missratenen Buben soll die Pest überfallen!«, wetterte der Kurfürst und zeterte dann in seinem heimatlichen Dialekt weiter, was Annalena nur bruchstückhaft verstand. Sie bekam mit, dass es wohl darum ging, dass der schwedische König sein Winterlager verlassen und gen Warschau marschieren wollte, was August nicht nur zur Rückkehr in die polnische Hauptstadt zwang, sondern ihn auch veranlasste, über kurz oder lang den Hof in die Residenz in Krakau zu verlegen.

Schließlich entließ er seine Begleiter nach draußen, hielt aber einen Mann zurück und zog ihn mit sich hinter eine der Säulen. Annalena musste schnell ihren Standort wechseln, damit sie nicht entdeckt wurde.

»Ich sage es Euch noch einmal, passt mir gut auf den Goldmacher auf. Die Preußen dürfen auf keinen Fall erfahren, dass er hier ist.«

»Ihr könnt Euch auf mich verlassen, Majestät. Wenn es sein muss, werde ich den Burschen mit meinem eigenen Leben schützen.«

»Das weiß ich, Beichlingen, das weiß ich nur allzu gut. Also dann, lasst uns voneinander scheiden. Ich überantworte Euch gleichermaßen das Wohl Fatimes. Haltet mich auch über ihren Zustand auf dem Laufenden.«

Offenbar hatte August seinem Vertrauten von ihrem Verdacht erzählt, Fatime könnte schwanger sein.

»Das werde ich, Majestät«, antwortete Beichlingen, und damit war ihre Unterredung beendet. Als der Kurfürst zur Tür hinaus und Beichlingen in die entgegengesetzte Richtung an ihr vorbeigeeilt war, kam Annalena vorsichtig hinter ihrer Säule hervor und lief dann mit fliegenden Röcken zum Mägdequartier.

21. Kapitel

Aus den geheimen Aufzeichnungen des Johann Friedrich Böttger:

Ich dachte nicht, dass man mir meine Habe so schnell bringen würde, doch offenbar hat der Kurier sein Pferd nicht geschont. Pabst eröffnete mir heute in aller Frühe, dass die Kiste mit meinen Habseligkeiten soeben eingetroffen sei. Der Kurier hätte sie noch gestern Abend gebracht, doch leider hatte man ihn am Tor nicht durchlassen wollen.
Ob die Wachen den Kurier wohl aufgefordert hatten, die Kiste zu öffnen? Eine Hexenküche hätten sie erblickt, alles Dinge, die für sie nicht von Wert sind.
Deshalb fürchte ich nicht, dass irgendetwas verlorengegangen sein könnte. Und selbst wenn das der Fall ist, beunruhigt es mich nicht. Dank meines Rezeptes kann ich jederzeit neues Arkanum herstellen, und auch die Goldmacherei ist nicht gefährdet – jedenfalls nicht das, was ich den Leuten hier zeigen will, um meinen Kopf zu retten.
Mittlerweile bin ich zu der Einsicht gelangt, dass es mich hätte schlechter treffen können. Meine Briefe werden

zweifelsohne gelesen, also habe ich die Nachricht an meine Eltern so formell wie möglich gehalten. Ich dankte ihnen für die Unterstützung und erkundigte mich nach Zorn und Schrader. Ich erwarte nicht, dass sie mich verstehen, aber ich hoffe, dass sie sich jetzt, da ich in der Obhut des sächsischen Kurfürsten weile, keine Sorgen mehr um mich machen.
Ich wünsche nur, ich könnte A. ebenfalls einen Brief senden und ihr sagen, dass es mir gutgeht, doch ich weiß leider nicht, wo ich sie finden kann. Ist sie hier in Dresden oder bei Kunckel? Oder hat sie die Hoffnungslosigkeit unserer Lage erkannt und ist weitergezogen? Nein, das will ich nicht glauben. Der Gedanke, sie eines Tages wieder in meine Arme schließen zu können, hält mich aufrecht und gibt mir Kraft.

Ein Klopfen an der Tür brachte Johann wieder einmal dazu, sein Heft in Windeseile verschwinden zu lassen. Pabst hatte ihn kurz allein gelassen, um nach dem Fortschritt der Arbeiten im Labor zu sehen. Jetzt rechnete er mit seiner Rückkehr, doch es war der Page, der dafür zuständig war, ihm Essen zu bringen.

»Nur herein, mein Freund!«, sagte Johann, während er beobachtete, wie der junge Mann mit gesenktem Kopf eintrat und das Tablett mit dem Frühstück zum Tisch brachte. Das hatte er schon etliche Male getan, ohne auch nur einmal den Blick zu heben oder irgendwas zu sagen. Wahrscheinlich hatte ihm Pabst untersagt, mit ihm zu sprechen. Johann versuchte trotzdem immer wieder, ihn zu einem Gespräch zu animieren – bisher ohne Erfolg.

»Was gibt es Neues dort draußen?«, fragte er. Der Page

stellte das Tablett ab und rückte die Schalen und Kännchen darauf zurecht.

»Ich kann mir vorstellen, dass in einer Stadt wie Dresden so einiges geschieht. Kannst du mir nicht etwas berichten?«

Wieder keine Antwort, aber Johann konnte dem Burschen ansehen, dass er mit sich rang. Er wusste nicht, was man ihm erzählt hatte, aber der Junge war bestimmt neugierig auf den geheimnisvollen Gast. Doch er hielt stand. Er verrichtete seine Arbeit und wandte sich dann um.

»Bis heute Abend!«, rief Johann ihm nach, als er der Tür zustrebte. Als der Page einen kleinen Moment stockte, schien es Johann fast, als würde er nun doch etwas sagen wollen, doch dann entschied er, dass ihm seine Anstellung lieber war als die Befriedigung seiner Neugierde. Noch bevor Johann sich an den Tisch setzen konnte, erschien Pabst. Er war bester Dinge.

»Ich komme, um Euch mitzuteilen, dass wir alles wie gewünscht ins Laboratorium gebracht haben. Außerdem habe ich mir erlaubt, den Herrn von Fürstenberg davon in Kenntnis zu setzen. Er wird Seine Majestät benachrichtigen, und sobald er eintrifft, könnt Ihr uns eine Vorführung geben.«

Johann starrte auf sein Frühstück, alles andere als erfreut über Pabsts Überschwang. Doch er machte gute Miene zum bösen Spiel.

»Vielen Dank, Monsieur Bergmeister, ich bin Euch sehr verbunden.« Wie echt seine Worte geklungen hatten, wusste er nicht, aber es war ihm in diesem Augenblick auch egal. Gleich, wenn Pabst fort war, würde er seine Dukaten hervorholen und dann versuchen abzuschätzen, wie viele er brauchte und vor allem, wann er sie in dem Tiegel unterbringen konnte.

Nachdem bekanntgeworden war, dass der Kurfürst noch an diesem Morgen zurück nach Polen reisen würde, wurden auch bei den Damen Reisevorbereitungen getroffen. August schickte seinen Leibarzt, um nach Fatime zu sehen, doch da er sie für reisetauglich hielt, wurden die Kisten, die erst vor kurzem abgeladen und ausgepackt worden waren, wieder eingepackt und auf die Wagen befördert.

Die Hektik war allerdings nicht so groß, dass die Gräfin Löwenhaupt keine Zeit gehabt hätte, sich auf Annalena zu stürzen. »Wo bist du gewesen? Mir ist zu Ohren gekommen, dass du heute Morgen nicht in deinem Quartier warst. Ich dulde es nicht, wenn die Mägde sich herumtreiben!«

Annalena schoss das Blut in die Wangen. Sie konnte der Gräfin unmöglich erklären, dass sie nachts weggeritten war.

»Sie war für mich unterwegs, ein Auftrag«, schaltete sich Fatime ein, was das Getuschel im Hintergrund zum Verstummen brachte. Die Gräfin hätte nun fragen können, um was für einen Auftrag es sich gehandelt hatte, doch das wagte sie nicht.

»Nun gut, dann geh an die Arbeit!«, fuhr sie Annalena an und warf ihr einen warnenden Blick zu, als wüsste sie, dass Fatime sie mit einer Lüge in Schutz nahm. Dann wandte sie sich wieder mit zuckersüßer Miene an die Mätresse.

Annalena hätte Fatime gern gedankt, aber in ihrem Interesse war es besser, wenn sie nichts sagte. Es blieb bei einem kurzen Blick, von dem sie hoffte, dass er all ihre Dankbarkeit ausdrückte.

»Ich habe gesehen, wie du heute Morgen auf Hof reitest«, flüsterte ihr Fatime später in einem unbeobachteten Moment zu. »Geht es um einen Mann?«

Annalena wusste nicht, was sie dazu sagen sollte. Doch da die Liebe zu einem Mann für Fatime vermutlich die verständlichste Erklärung war, nickte Annalena schließlich.

»Du nächstes Mal mehr achtgeben«, sagte die Türkin daraufhin und lächelte ihr zu.

»Vielen Dank«, flüsterte Annalena, als Fatime sich schon wieder ihren Gesellschafterinnen zuwandte. Sie war sich trotzdem sicher, dass sie ihre Worte gehört hatte.

Nachdem alle Gepäckstücke verstaut waren, nahmen alle in den Kutschen Platz. Annalena nahm sich vor, kein einziges Wort mit den beiden Kammerfräulein zu reden, die sie offenbar an die Gräfin verpfiffen hatten. Schließlich setzten sich die Kutschen in Bewegung, fuhren die Brücke entlang und scheuchten, am Seeufer angekommen, einen Krähenschwarm aus den Baumkronen auf.

Ihr seid frei, um zu fliegen, wohin ihr wollt, dachte Annalena, als sie ihnen nachsah. *Ich wünschte, mir und Johann wäre das auch vergönnt.*

Das Auspacken von Fatimes Reisegepäck nahm eine ganze Weile in Anspruch. Erst am späten Nachmittag ergab sich eine Gelegenheit, aus den Gemächern zu entkommen, als Annalena losgeschickt wurde, einen Korb Wäsche in die Wäscherei zu bringen.

Sie hätte Maria bitten sollen mitzukommen, denn der Korb wog einiges. Aber anschließend wollte sie noch schnell in die Küche huschen und mit Martha sprechen, also schleppte sie die Wäsche allein.

Das Glück war ihr hold, gerade, als sie den Korb abgeliefert und die feuchtheiße Luft der Wäscherei hinter sich gelassen hatte, sah sie, dass Martha zur Orangerie eilte. Rasch lief sie ihr nach.

Die Küchenmagd schien irgendwelchen Gedanken nachzuhängen, jedenfalls bemerkte sie Annalena erst, als sie direkt hinter ihr war.

»Jesus, hast du misch erschreggt!«, rief sie aus und griff sich an die Brust.

Annalena lächelte sie an. »Verzeih, das wollte ich nicht. Ich habe dich nur gesehen und wollte kurz mit dir reden. Sonst komme ich ja nicht mehr dazu.«

Martha zog verwundert die Augenbrauen hoch. In der Küche war sie es immer gewesen, die ein Gespräch begonnen und versucht hatte, Annalena aus der Reserve zu locken. Als sie das Quartier der Küchenmägde verlassen hatte, hatten die beiden sich ordentlich voneinander verabschiedet, doch irgendwie hatte Annalena das Gefühl, dass Martha ihr den Aufstieg in die Gemächer der Mätresse doch nicht ganz so sehr gönnte, wie sie vorgab.

Martha erwiderte ihr Lächeln. »Wie geht es dir denn so bei der Türkin? Wenn man dich so anschaut, könnte man meinen, besser als bei uns in der Küche.«

Hörte sie da einen Vorwurf heraus?

»Mir geht es gut, aber die Arbeit ist ebenfalls anstrengend. Und es gibt niemanden, mit dem ich reden kann. Die anderen Mägde schweigen vor sich hin, die Zofen sind eingebildet und zu den Kammerfrauen, Gesellschafterinnen oder Fatime selbst wage ich nicht zu schauen.«

»Aber allein das Zuhören muss dein Mundwerk ein wenig lockerer gemacht haben«, entgegnete Martha und streckte dann die Hand nach Annalenas Kleid aus. »Das ist wirklich schön. Ist das eines der Kleider von Fatime?«

Annalena versuchte, sich die Kleider der Mätresse ins Gedächtnis zu rufen. Jedes von ihnen, selbst die orientalisch anmutenden, waren wesentlich prachtvoller als das, was sie gerade trug. »Nein, ich nehme an, dass es eine ihrer Damen getragen hat. Wir bekommen die abgelegten Kleider von ihnen und müssen sie so gut wie möglich instand halten.«

Martha stieß einen sehnsuchtsvollen Seufzer aus. Während sie noch einmal über den Stoff strich, sagte sie: »Ich wünschte, der Kurfürst hätte mich zu der Türkin geschickt. Wie ist sie denn so?«

Das Gefühl, mit diesem Gespräch Zeit zu verlieren, machte Annalena unruhig, doch sie versuchte, geduldig zu bleiben. »Sie ist sehr liebenswürdig. Die Damen um sie herum sind wie aufgeputzte Hühner, aber Fatime ist still und freundlich, und sie scheint Seine Majestät wirklich sehr zu lieben.«

»Also gibt es keinen Klatsch, den du mir berichten könntest? Das kann ich nicht glauben.«

Plötzlich, und ohne dass sie es geplant gehabt hätte, tat sich vor Annalena eine Möglichkeit auf. Zwar musste sie ihre Freundin belügen, aber sie überlegte nicht lange. Sie musste wissen, ob Johann im Schloss war!

»Und ob es Klatsch gibt!«, antwortete sie daher und sah, wie Marthas Augen begierig aufleuchteten. »Es geht die Rede, dass der König einen Goldmacher aufs Schloss gebracht hat. Ich dachte, du wüsstest darüber Bescheid. Immerhin muss ein Gast essen, also muss auch jemand das Essen für ihn abholen.«

Martha überlegte kurz, dann reckte sie ihren rechten Zeigefinger nach oben wie ein Schulmeister, der seine Schüler zur Aufmerksamkeit ermahnen will. »Es gibt tatsächlich etwas, das seltsam war in den vergangenen Tagen.«

»Und was?« Annalena musste die Hände in ihre Schürze krallen, um nicht aufgeregt damit umherzufuchteln.

»Ein Page wurde zu uns geschickt, der morgens, mittags und abends jeweils Essen für eine Person angefordert hat. Das erschien mir seltsam, denn die Speisen werden immer vom Küchenpersonal verteilt. Der Page gehört zu Fürstenbergs Leuten, und ich dachte erst, dass der Herr Statthalter vielleicht darauf besteht, von diesem Burschen bedient zu werden. Aber dann erfuhren wir, dass der Herr Statthalter seine Mahlzeiten wie immer einnimmt.«

Annalenas Gedanken gerieten in Bewegung. War es möglich, dass diese Portion für Johann gedacht war? Konnte man etwas aus dem Pagen herausbekommen? Aber wenn er von Fürstenberg selbst für diesen Dienst ausgesucht worden war, war er gewiss verschwiegen.

»Kennst du den Pagen? Und kannst du herausfinden, wo er die Speisen hinbringt?«

Wie sie es nicht anders erwartet hatte, blickte sie Martha misstrauisch an. Aber sie war gezwungen gewesen, diese Frage zu stellen.

»Wer er ist, kann ich dir sagen«, antwortete sie trotzdem. »Sein Name ist Martin. Er ist noch nicht lange im Schloss, aber der Küchenmeister mag ihn und hält ihn für zuverlässig. Aber warum um alles in der Welt willst du wissen, wohin er das Essen bringt? Willst du dir den Goldmacher etwa anschauen gehen?«

»Vielleicht«, entgegnete Annalena. »Es wäre sicher nicht schlecht, wenn ich den anderen Frauen etwas an Wissen voraus hätte.«

Offenbar nahm Martha die Lüge für bare Münze, denn sie antwortete: »Also wenn du ihn dir anschauen gehst, dann komme ich mit! Auch ich kann neuen Tratsch in der Küche gut gebrauchen.«

»Versprochen, wir machen es zusammen.« Das war eine weitere Lüge, die Annalenas Gewissen belastete, denn sie bezweifelte, dass sie bis zu Johanns Zelle kommen würden. Sie hatte gesehen, wie er in Wittenberg bewacht worden war, und die Möglichkeiten eines Kurfürsten waren wesentlich größer als die eines Kreisamtmannes. Aber davon brauchte Martha nichts zu wissen.

»Gut, ich werde sehen, was ich tun kann. Der Page ist auch nur ein Mann, ein junger zwar, aber doch ein Mann. Es wäre doch gelacht, wenn ich ihm nicht etwas entlocken könnte.«

»Ich danke dir.« Annalena lächelte sie an, gewiss eine Spur erleichterter, als es angebracht gewesen wäre, doch Martha bemerkte es offenbar nicht. »Wann wollen wir uns treffen?«

»Ich denke, dass du heute Nacht zu unserem Quartier kommen solltest. Ich werde versuchen, ihm das Geheimnis gleich heute Abend zu entlocken.«

»Dann bis heute Abend«, sagte Annalena und zog sie spontan in die Arme, eine Geste, die Martha gleichermaßen wie sie überraschte. Damit verabschiedeten sich die beiden Frauen voneinander.

Martha kümmerte sich wieder um die Kräuter des Küchengartens, Annalena kehrte in die Gemächer der Mätresse zurück. Auf die Frage, wo sie denn solange geblieben war, antwortete sie, dass noch andere Mägde in der Waschküche waren, die ihre Körbe abliefern wollten.

Gräfin von Löwenhaupt glaubte ihr, Fatime warf ihr ein Lächeln zu und alle anderen kümmerten sich nicht um das, was sie tat.

»Der Kurfürst ist abgereist«, berichtete Pabst, nachdem er die Tür von Böttgers Kammer hinter sich zugezogen hatte. Johann saß am Fenster, den Blick auf die länger werdenden Schatten des späten Nachmittags gerichtet und das Buch des Basilius Valentinus auf dem Schoß, dem er allerdings bisher keinen einzigen Blick gewidmet hatte. Er wusste, dass alles, was darin stand, falsch war, dass dort keine Lösungen zu finden waren – jedenfalls nicht für ihn.

Seit heute Morgen hatte er sich darüber Gedanken gemacht, wie er seine Demonstration am effektvollsten gestalten konnte, doch nun schien ihm das Schicksal zu Hilfe gekommen zu sein.

»Wie bedauerlich«, entgegnete er und versuchte, sich seine Freude nicht anmerken zu lassen. Wenn August nach Polen reiste, würde es gewiss eine Weile dauern, bis er zurückkehrte und der Transmutation beiwohnen konnte.

»Nun, es wird Euch sicher freuen, dass der Herr Statthalter Fürstenberg und der Herr Großkanzler Beichlingen anstelle Ihrer Majestät Eurem Experiment beiwohnen werden. Sie lassen nun anfragen, ob es Monsieur le Baron genehm ist, die Vorführung heute Abend zu geben.«

Monsieur le Baron. Johann wusste nicht, ob er darüber lachen oder weinen sollte. Anstelle seines Namens sprach man ihn jetzt mit diesem Titel an, damit man ihn überhaupt irgendwie ansprechen konnte. Ein Baron war er damit noch lange nicht, aber wahrscheinlich glaubte der Statthalter, ihn so bei Laune halten zu können.

Obwohl selbst das absurd schien, denn war er nicht ein Gefangener? Und seit wann wurden Gefangene nach ihrer Laune gefragt?

»Es ist mir genehm«, antwortete Johann und setzte ein selbstsicheres Lächeln auf. »Allerdings muss ich darauf bestehen, vorher noch einmal das Laboratorium zu besichtigen, um meine Vorbereitungen treffen zu können.«

»Vorbereitungen?«, fragte Pabst misstrauisch. Johann erinnerte sich an die Skepsis der beiden Geistlichen in Zorns Laboratorium. Ob Pabst auch darauf bestehen würde, das Blei selbst in den Tiegel zu geben?

Soll er ruhig, sagte sich Johann. *Solange ich die Möglichkeit habe, vorher den Tiegel zu präparieren …*

»Wenn Ihr glaubt, dass ich Euch betrügen will, könnt Ihr gern die Kiste mit meinen Ingredienzien inspizieren. Ihr werdet außer dem Stein der Weisen nichts finden, was absonderlich wäre.«

Der Bergmeister sah ihn prüfend an, doch Johann konnte ihm geradewegs in die Augen blicken. Schließlich befand sich das, was ihm helfen würde, wirklich nicht in seinem Kasten.

»Also gut, so sei es. Wenn es Euch beliebt, dann könnt Ihr das Laboratorium sogleich in Augenschein nehmen.«

»Ich danke Euch.« Johann erhob sich und klemmte sich das Buch unter den Arm. Er würde es für seine Transmutation nicht brauchen, die Thesen, die Basilius aufstellte, waren ohnehin größtenteils falsch, doch es machte Eindruck auf den Bergmeister. Und vielleicht würde es, wenn er es überraschend auf den Laboratoriumstisch knallte, den Bergmeister und seine Gehilfen einen Moment lang von dem leisen Klirren der Dukaten im Tiegel ablenken.

Am Abend, als alle anderen Zofen bereits tief und fest schliefen, schlich sich Annalena aus der Kammer und durch die stillen Gänge des Schlosses. Der Herr Statthalter Fürstenberg war heute Abend aus seinem Palais ins Schloss gekommen, was, wie sie den Reden der Kammerzofen entnehmen konnte, ungewöhnlich war, wenn der Kurfürst nicht hier war. Auch Beichlingen war gesehen worden. *Vielleicht kommen sie wegen Johann*, war Annalenas erster Gedanke gewesen, und das hatte sie dem Treffen mit Martha noch gespannter entgegensehen lassen.

Leise hallte das Tappen ihrer Schritte durch die Galerie. Sie hatte sich entschlossen, ihre Schuhe in der Kammer zu lassen, damit sie sich möglichst lautlos bewegen konnte. Die Kälte des Bodens stach in ihre Fußsohlen, machte sie aber gleichzeitig hellwach.

Wachposten waren hier nirgends zu sehen. Sie scharten sich vermutlich im Wachhaus um den sauren Wein, der ihnen für ihren Dienst zustand. Doch kaum unten angekommen hörte sie die Stimmen der Wächter vom Hof. Um zur Küche und zu den Kammern daneben zu gelangen, gab es keinen anderen Weg als über den Hof. Nach kurzem Überlegen kam ihr in den Sinn, dass sie, wenn sie bemerkt wurde, vorschützen konnte, etwas im Auftrage Fatimes oder der Gräfin von Löwenhaupt aus der Küche zu holen. Das gab ihr neues Selbstvertrauen und beruhigte ihren Herzschlag ein wenig.

Damit war es im nächsten Augenblick wieder vorbei, denn draußen im Hof sah sie plötzlich ein seltsames, grünes Licht in einem der unteren Fenster. Die Wachen würde dieses Licht sicher in helle Aufregung versetzen. In so einem fahlgrünen Licht könnte nur der Teufel sein Unwesen treiben. Doch anscheinend hatten sie nichts bemerkt.

Annalenas Herz schlug beim Anblick des seltsamen Leuchtens auch höher, jedoch nicht aus Angst. Es ähnelte dem, das sie gesehen hatte, als sie nach Marlies' Tod zu Zorns Apotheke gelaufen war, um mit Johann zu sprechen.

Ein sehnsuchtsvolles Brennen bahnte sich seinen Weg von ihrer Brust in ihre Kehle und ließ sie aufschluchzen. Annalena presste ihre Faust gegen die Lippen, um die Geräusche nicht zu laut werden zu lassen.

Johann! Irgendwo in den Kellern war Johann und er war wieder dabei zu experimentieren.

Jetzt verschwamm das grüne Leuchten zu einem undeutlichen Fleck, denn Tränen quollen unter ihren Lidern hervor. Sie war ihm so nah und doch so unendlich fern, denn er war immer noch ein Gefangener des Kurfürsten.

Heute Nacht mochte sich entscheiden, ob sein Kopf fiel oder nicht.

Sie konnte nicht anders, als hinter einer Säule stehen zu bleiben und das Fenster zu betrachten, als sei es Johanns Gesicht, selbst dann noch, als das grüne Leuchten erlosch und dem trüben Schein eines Ofenfeuers wich. Wie lange sie dort verharrte, wusste sie nicht, doch das Geräusch von Schritten holte sie in die Wirklichkeit zurück.

»Ein bemerkenswerter Bursche, findet Ihr nicht?«, sagte eine Männerstimme, von der sie sich erinnerte, dass sie Beichlingen gehörte. Sie drückte sich fester an die Säule und hoffte, dass er und sein Begleiter sie nicht bemerkten.

»Ja, das ist er in der Tat«, antwortete eine unbekannte Stimme. »Und das Aurum scheint mir echt zu sein. Das würde bedeuten, dass die Staatskasse einer Sanierung entgegensehen darf.«

»Ich werde Ihrer Majestät sogleich berichten, was sich heute zugetragen hat«, erbot sich der Großkanzler, doch Fürstenberg lehnte ab.

»Ihr werdet im Lande bleiben, Beichlingen. Sobald ich meine Geschäfte erledigt habe, werde ich persönlich zu Ihrer Majestät reisen und ihm die Transmutation vorführen.«

Darauf sagte Beichlingen im ersten Moment nichts, doch dann wollte er es genauer wissen. »Und was ist mit dem Goldmacher? Wollt Ihr den mitnehmen? Bei allem Respekt Euch gegenüber, Herr Statthalter, aber Ihr seid schwerlich ein Feuerphilosoph.«

»Natürlich werde ich ihn mit nach Polen nehmen«, antwortete der Mann, der niemand anderes als Fürstenberg war.

Polen, dachte Annalena schockiert. *Und was dann? Wenn seine Goldmacherei beim nächsten Mal fehlschlägt, werden sie ihm dort den Kopf abhacken.*

»Macht Ihr Euch keine Sorgen darüber, dass der Bursche

unterwegs verlorengehen könnte?«, hörte sie Beichlingen wie aus weiter Ferne fragen, während sie immer noch den Schrecken über dieses Vorhaben abzuschütteln versuchte. »Er könnte fliehen oder die Preußen könnten …«

»Haltet Ihr mich etwa für einen Dummkopf, Beichlingen?«, fiel der Statthalter ihm ungehalten ins Wort. »Ich werde schon geeignete Maßnahmen treffen. Und Ihr tätet gut daran, mich dabei nach Kräften zu unterstützen.«

Annalena spürte, auch ohne seine Miene zu sehen, dass Beichlingen Mühe hatte, eine ganz und gar nicht angebrachte Erwiderung hinunterzuschlucken.

»Das werde ich, Monsieur Fürstenberg. Ihr könnt Euch meiner Treue gewiss sein«, gab er schließlich klein bei. »Wann gedenkt Ihr aufzubrechen?«

»Morgen, gegen Mitternacht«, entgegnete Fürstenberg. »Wir bringen den Burschen durch den Schwarzen Gang vor die Mauer, wo die Equipage auf uns warten wird. Ihr sorgt bis dahin für seine Sicherheit, Beichlingen.«

Schon morgen.

Schon morgen würde er fort sein, ohne dass sie die Gelegenheit hatte, ihn zu sehen und ihm zu sagen, dass sie jeden Tag an ihn dachte. Dass sie noch immer für ihn hoffte.

Doch vielleicht gab es eine Möglichkeit, die Reise zu verhindern!

Es widerstrebte ihr, mit Röber in Kontakt zu treten. Aber er war ihre letzte Hoffnung.

22. Kapitel

Aus den geheimen Aufzeichnungen des Johann Friedrich Böttger:

Die Demonstration ist geglückt, mein Hals fürs Erste gerettet. Ich muss zugeben, dass mir ein Teil meiner früheren Impertinenz abhandengekommen ist. Selbst in Wittenberg waren meine Hände ruhiger, als in den Augenblicken, da die Augen des Statthalters und des Großkanzlers auf mir ruhten. Pabst, misstrauisch wie er war, baute sich in meinem Rücken auf und betrachtete jede meiner Regungen. Er tat das auch schon bei unserem Laborbesuch früher am Tage. Unerwartet kamen mir die Burschen, die mir als Assistenten zugeteilt waren, zu Hilfe, indem sie etwas fallen ließen, was nicht nur Krach machte, sondern auch die Aufmerksamkeit des Bergmeisters ablenkte, so dass ich die Goldmünzen unbemerkt in den Tiegel schmuggeln konnte.
Die Vorführung an sich gestaltete sich nicht wesentlich anders als die anderen zuvor. Der mir bekannte Statthalter hatte einen jüngeren Mann bei sich, der mir als Großkanzler von Beichlingen vorgestellt wurde. Ich sah Eifer und Neugierde in seinem Blick leuchten. Er ist anders als alle Männer, mit denen ich es bisher zu tun gehabt habe. Für sie hat nur das Ergebnis gezählt, für ihn zählt der Prozess. Während der ganzen Zeit beobachtete er jeden meiner Handgriffe genau, und bald war meine Anspannung dermaßen gewachsen, dass mir die Schläfen schmerzhaft zu pochen begannen.
Doch wie zuvor war das Ergebnis auch diesmal ein Goldregulus, der bei den Anwesenden Staunen erregte.

Fürstenberg versicherte mir, dass ich ein extraordinäres Talent sei, das Seine Majestät mit höchstem Wohlwollen zu fördern bereit wäre. Ich schützte Freude vor, aber in Wirklichkeit wollte ich nur raus aus diesem Keller, fort von diesem Ort, an dem ich ein weiteres Mal meine Wissenschaft verraten habe.

Nachtrag: Soeben war Pabst bei mir und hat mich davon unterrichtet, dass ich morgen Abend mit dem Herrn Statthalter auf eine Reise gehen werde. Zunächst wollte er mir nicht sagen wohin, doch auf mein Drängen rückte er mit der Sprache raus und erklärte mir, dass man mich zum Kurfürsten an seinen Hof in Warschau bringen wird. Fürstenberg hofft, die Kutsche Ihrer Majestät unterwegs einholen zu können, damit ich gleich nach der Ankunft in Warschau mein Kunststück noch einmal wiederholen kann. Glücklicherweise habe ich noch ein paar Dukaten …

Fröstelnd und mit schmerzendem Rücken stand Annalena am Rand des Marktplatzes und ließ ihren Blick über die wenigen Passanten schweifen, die in diesem Wetter unterwegs waren. Ein schneidender Wind heulte durch die Gassen, wehte Schnee von den Dächern und trieb ihn mit sich fort. Die meisten Männer hatten die Hüte tief ins Gesicht gezogen und die Mäntel fest um die Schultern gewickelt.

Annalena hatte die Gelegenheit genutzt, sich aus dem Schloss zu stehlen, als man ihr auftrug, frische Wäsche zu holen. Wahrscheinlich würde die Gräfin toben, wenn sie davon erfuhr, aber das war ihr egal. Sie musste verhindern, dass Johann nach Polen gebracht wurde.

Nun hielt sie Ausschau nach den Preußen und Röber. Hatten sie ihre Unterkunft in der Nähe, so dass sie den Marktplatz überblicken und sie entdecken konnten? Sie wusste nicht, wie lange sie es noch aushalten würde, hier zu warten.

Tue ich das Richtige?

Was sie vorhatte, war gefährlich, denn sie hinterging nicht nur die eine Seite, sondern gleich beide, und wie bei einer Prügelei auf der Straße konnten aus zwei Feinden schnell Verbündete werden, wenn es gegen einen gemeinsamen Gegner ging.

»Kein Wort«, raunte plötzlich eine Stimme hinter ihr und ein Gegenstand wurde in ihre Seite gedrückt.

Eine Pistole!, durchzuckte es Annalena.

»Komm mit!«, zischte ihr die dunkle Stimme zu.

Annalena lief ein Schauer über den Rücken, aber seltsamerweise verspürte sie keine Angst. Solange sie den Preußen die Informationen, die sie haben wollten, nicht gegeben hatte, würde man ihr trotz der Drohgebärde nichts tun.

Der Mann fasste nach ihrem Arm, und so, wie sie über den Marktplatz gingen, hätte man sie für Liebende halten können. Sie betraten die Schenke, die sich auf der gegenüberliegenden Seite des Platzes befand, und Annalena erkannte, dass ihr Verdacht richtig gewesen war. Von hier aus konnten die Männer den gesamten Platz überschauen, und sie so leicht entdecken.

Als sie eintraten, schlug ihnen ein abgestandener Geruch nach ranzigem Fett, Wein und Bier entgegen. Von einem Schenkenwirt war nichts zu sehen. Sie wurde eine Treppe hinaufgeführt, die selbst unter ihrem geringen Gewicht bedrohlich ächzte, dann ging es durch einen niedrigen Gang zu einer Tür. Wenn es keinen guten Grund gegeben hätte, gerade in dieser Schenke einzukehren, hätte man glauben können, dass der preußische König seine Spione nicht besonders gut bezahlte. Der Mann klopfte nicht an die Tür, er öffnete sie einfach. Offenbar hatten die anderen sie bereits kommen sehen. Röber erhob sich, als sie eintraten. Der andere Preuße stand neben dem Fenster, eine Pistole in der Hand.

»Ich habe schon fast nicht mehr geglaubt, dass du auftauchen würdest, umso erfreuter bin ich, dich zu sehen«, sagte Röber und setzte ein übertriebenes Lächeln auf. »Ich hoffe, du hast gute Neuigkeiten für uns.«

Annalenas Puls hämmerte in ihren Schläfen. Ihr Mund war so trocken, als hätte sie wochenlang nichts zu trinken bekommen. »Ich weiß, wo Johann ist«, antwortete sie, bevor sie es sich noch einmal überlegen konnte.

»Ich bin ganz Ohr«, entgegnete Röber, und ihr entging nicht das triumphierende Leuchten in seinen Augen.

»Er ist im Schloss, aber nicht mehr für lange. Fürstenberg will ihn gegen Mitternacht aus der Stadt bringen. Durch den Schwarzen Gang.«

Röber sah zu den beiden Spionen. Diese wussten offenbar, was der Schwarze Gang war.

»Und aus welchem Grund soll das geschehen?«, fragte der Kaufmann misstrauisch.

»Er hat gestern eine Transmutation durchgeführt und Fürstenberg war davon so angetan, dass er mit ihm nach Polen zum König reisen will. Er soll durch den Schwarzen Gang zur Festungsmauer geführt werden, wo eine Kutsche auf ihn wartet.«

Die Spione musterten sie argwöhnisch. »Woher willst du das alles wissen?«, fragte Marckwardt schließlich.

»Ich habe es mit eigenen Ohren gehört. Gestern Nacht bin ich durch das Schloss geschlichen, weil es Gerüchte gab. Dabei bin ich auf den Statthalter Fürstenberg getroffen. Er unterhielt sich gerade mit Großkanzler von Beichlingen.«

Röber sah sie zweifelnd an, aber da es die Wahrheit war, konnte er wohl auch nichts anderes aus Annalenas Miene herauslesen.

»Wie viele Männer wird er bei sich haben?«, fragte er schließlich. »Hat Fürstenberg etwas über Wachen verlauten lassen?«

Annalena bemühte sich, ihre Unschuldsmiene beizubehalten. »Soweit ich weiß, werden nur Beichlingen und Fürstenberg bei ihm sein. Die Sache ist geheim, sie wollen kein Aufsehen erregen.«

Ganz sicher würde Fürstenberg nicht ohne Wachschutz reisen, und Röber und seine Freunde würden das auch ahnen, das war Annalena klar. Aber was sie nicht wusste, konnte sie nicht weitergeben.

Der Kaufmann kaute auf seiner Unterlippe herum, während er immer wieder zu den Preußen blickte.

»Beinahe schade, nicht wahr?«, fragte er, und Annalena fragte sich alarmiert, was er damit meinte. »Solch ein Talent wäre doch etwas für den Dienst Ihrer Majestät.«

Keiner der Spione antwortete. Sie schienen auf ein Zeichen von Röber zu warten. Dieser ließ sich allerdings Zeit. Als wollte er irgendeinen Triumph auskosten, ließ er seinen Blick gierig über ihr Gesicht und ihren Körper gleiten, und Annalena überkam das verzweifelte Verlangen, herumzuwirbeln und aus der Tür zu laufen. *Röber wird dich betrügen*, schrie es in ihrem Verstand, doch bevor sie handeln konnte, war der Mann, der sie hierhergeführt hatte, hinter ihr und hielt sie fest.

»Bindet sie«, beschied Röber derweil, ein Urteil, das wohl schon festgestanden hatte, bevor sie den Raum betrat. »Und sagt diesem Ungetüm Bescheid. Er kann sie haben.«

Angst schnürte ihre Kehle zu und ihr Herz begann zu rasen. Annalena wehrte sich mit aller Kraft gegen den Mann hinter ihr, sie schlug, trat, versuchte zu beißen. Doch der zweite kam ihm zu Hilfe, und zusammen waren die Männer erst recht stärker als sie.

»Nein!«, kreischte sie, doch da hielten sie ihr auch schon den Mund zu und zerrten sie zu einem Stuhl.

Annalena überließ sich ihnen trotzdem nicht kampflos. Während die Angst in ihrem Bauch wütete wie ein wildes Tier, während der Puls in ihren Ohren donnerte und sie gegen das Zittern in ihren Gliedern ankämpfen musste, versuchte sie weiterhin zu kratzen und zu treten. Vergebens. Brutal wurden ihr die Hände nach hinten gerissen und gefesselt. Gleiches taten die Männer mit ihren Beinen, und ein Tuch verschloss ihren Mund. Nachdem sie ihr auch noch ein Seil um die Taille geschlungen hatten, das sie mit der Stuhllehne verband, betrachteten die Preußen zufrieden ihr Werk.

Röber grinste und beugte sich vor, um Annalena noch einmal ins Gesicht zu sehen. Er wollte seine Rache diesen letzten Moment lang genießen. Obwohl Todesangst in ihr wütete und Tränen in ihre Augen schossen, funkelte sie ihn zornig an.

Doch Röber ließ sich davon nicht beeindrucken. Fast zärtlich streichelte er ihren Busen und seine Stimme war sanft, als er sagte: »Du hast doch nicht wirklich gedacht, ich würde dir nach allem, was vorgefallen ist, eine Belohnung zuteilwerden lassen.«

»Fahr zur Hölle!« Die Worte waren wegen des Knebels undeutlich, doch Röber verstand sie anscheinend.

»Ich lasse dir den Vortritt, Hure. Ich bin mir sicher, dass du schon vor deinem Tod die Hölle erleben wirst.« Damit richtete er sich auf und wandte sich an die Spione. »Meine Herren, ich denke, wir sollten aufbrechen, die Vorbereitungen werden uns Zeit und Mühe kosten. Ach ja, und sagt unserem Mann, dass er keine große Sauerei veranstalten soll. Es muss alles diskret über die Bühne gehen.« Damit wandte er sich noch einmal Annalena zu, und die Boshaftigkeit in seinem Blick versprach ihr ein schlimmeres Schicksal als den Tod.

Die drei Männer nahmen ihre Mäntel und verließen den Raum. Der Schlüssel wurde von außen im Schloss herumgedreht. Wenn sie dieses Geräusch das nächste Mal hörte, würde es ihr Henker sein, der zu ihr kam.

Annalena wusste, dass ihr letztes Stündlein schlagen würde, wenn sie es nicht schaffte, aus den Fesseln herauszukommen. Die Furcht vor dem Tod lähmte sie beinahe, aber ihr Lebenswille setzte sich durch. Wie viel Zeit ihr noch blieb, wusste sie nicht, aber sie würde hier nicht einfach auf ihr Schicksal warten.

Da sie wegen des Knebels nicht um Hilfe schreien konnte, ließ sie ihren Blick durch den Raum schweifen, auf der Suche nach etwas, womit sie vielleicht ein Stück der Fessel durchtrennen könnte. Eine Waffe hatten die Preußen ihrem Handlanger nicht dagelassen, wahrscheinlich verfügte er über seine eigenen Messer. Eine unangenehme Erinnerung an Mertens' Dachboden überfiel sie, doch sie schob sie beiseite. Sie zerrte an ihren Fesseln, doch die Männer hatten gute Arbeit geleistet. Sie gaben kein bisschen nach.

Schließlich blieb ihr Blick an der Kerze hängen, die in einem Leuchter auf dem Tisch stand. Die Kerze war nicht mehr besonders groß, bestenfalls brannte sie noch eine Viertelstunde, wenn ein Luftzug sie nicht vorher löschte. Sie könnte ihre Fesseln verbrennen. Das würde zwar schmerzhaft werden, war aber ihre einzige Option. Nur wie sollte sie zum Tisch und damit zur Kerze gelangen?

Plötzlich kam ihr etwas in den Sinn. Den wenigen Bewegungsspielraum, den sie hatte, nutzte sie, um ihr Gewicht nach vorne zu verlagern. Es reichte noch nicht, um auf die Füße zu kommen, doch als sie vorsichtig kippelte, gelang es ihr. Wären ihre Beine nicht zusammengebunden gewesen, hätte sie laufen können, so musste sie sich damit begnügen, dass sie nur mit kleinen Hüpfern springen konnte.

Doch auch mit kleinen Sprüngen konnte man an sein Ziel gelangen. Der Leuchter auf dem Tisch wackelte, als die Bodenbretter unter ihren Sprüngen bebten, doch er fand immer wieder in seine ursprüngliche Position zurück. Annalena spürte, wie sich Schweiß unter ihrem Hemd und auf ihrer Stirn bildete. Ihre Narben kribbelten unter dem Film, der sich auf ihre Haut legte. Doch schließlich hatte sie es geschafft. Sie war dem Tisch so nahe, dass sie die Kerze erreichen konnte.

Die Flamme war inzwischen etwas länger geworden, ein Zeichen dafür, dass sie schon bald aufgebraucht sein würde. Annalena hatte keine Ahnung, wie viel Zeit inzwischen vergangen war, aber es musste ziemlich lange gedauert haben, bis sie sich endlich in die richtige Position gebracht hatte.

Immerhin bot der kurze Kerzenstummel den Vorteil, dass er nicht umkippen konnte. Annalena streckte die Arme nach hinten und biss die Zähne zusammen, als ihre Gelenke und Sehnen unter der Belastung protestierten. Sie schloss die Augen, versuchte, die Wärme der Kerze zu erfühlen. Als sie mit dem Handgelenk die Flamme berührte, wimmerte Annalena leise auf und biss die Zähne auf dem Knebel zusammen. Sie versuchte, das Seil genau über die Kerze zu halten, und nachdem sie sich ein weiteres Mal verletzt hatte, erfasste die Flamme endlich das Seil und brannte es durch.

Die Schlingen lockerten sich und Annalena gelang es nun, sich von ihnen zu befreien. Die Brandwunden schmerzten, als würde die Flamme noch immer auf ihnen brennen, doch Annalena achtete nicht darauf. Bei Mertens hatte sie schlimmere

Dinge aushalten müssen, und wenn sie sich nicht schnellstens befreite, würde sie mit aller Wahrscheinlichkeit auch heute noch sehr viel Schlimmeres erleiden.

Jetzt, wo sie die Hände frei hatte, war das Lösen des Knebels und der Seile um Taille und Beine kein schwieriges Unterfangen mehr. Schon wenig später konnte sie sich von dem Stuhl erheben. Die Kerze verlosch unterdessen, und Annalena erschauerte kurz, doch dann schob sie jeden Gedanken daran, was sie hätte tun sollen, wenn das schon vorher geschehen wäre, resolut zur Seite.

Da sie wusste, dass die Tür verschlossen war, strebte sie dem Fenster zu. Sie hatte immer noch Angst, doch konzentrierte sie sich entschlossen auf die Aufgabe vor ihr. *Den Krähen bindet niemand die Flügel zusammen! Und selbst, wenn man sie fängt, flattern sie irgendwann aus dem Fenster davon.*

Da sie sich im ersten Stockwerk befand, war der Fall nach unten nicht besonders tief, dennoch bestand die Gefahr, dass sie sich den Knöchel umknickte, wenn sie falsch aufkam. Da Annalena ihre Beine noch brauchte, ließ sie ihren Blick am Boden entlangschweifen und fand schließlich eine Stelle, an der sie weich landen würde.

Als Schritte deutlich hörbar die Treppe hinauf- und dann auf die Tür zukamen, stieg sie auf den Sims unter dem Fenster und hangelte sich Schritt für Schritt an der Hausfassade entlang. Von unten konnte sie hören, dass einige Marktbesucher auf sie deuteten, tuschelten und raunten, aber das kümmerte sie nicht. Sie ging weiter, bis sie sich oberhalb eines Sandhaufens befand. Dann ließ sie sich in die Tiefe fallen.

Sand spritzte auf, als sie zuerst mit den Füßen landete und dann auf Hände und Knie fiel. Der Sand füllte nicht nur ihre Schuhe, sondern auch ihren Mund. Annalena spuckte aus und sah sich um.

Einige Leute blickten sie fragend an, doch niemand sagte etwas. Kurz blickte sie zum offenen Fenster auf, dann lief sie los. *Am besten in eine Seitenstraße*, sagte sie sich. *Wenn Röbers Ungetüm bereits hier ist, wird es nicht vermuten, dass ich diesen Weg genommen habe.*

Sie rannte auf die nächstbeste Gasse zu und verschwand darin. Ihr Herzschlag übertönte beinahe ihre Schritte. Zwischendurch blickte sie sich immer wieder ängstlich um.

Ich muss zu Fürstenberg, donnerte es durch ihren Verstand. *Ich muss ihm sagen, was die Preußen und Röber vorhaben.*

Jede Hoffnung, dass sie mit Johann entkommen könnte, war nun verloren. Sie hatte vorgehabt, ihn im Chaos der miteinander kämpfenden Preußen und Sachsen zu befreien. Doch da sie nun nicht wusste, wo und wann die Preußen zuschlagen würden, blieb ihr nur noch zu verhindern, dass sie Johann in die Finger bekamen. August war sicher das kleinere Übel.

Als sie kaum noch Luft bekam, verlangsamte sie ihr Tempo. Sie war schon beinahe am Schloss angekommen. Versunken in ihre Gedanken an Johann und das kommende Gespräch mit Fürstenberg, gewahrte sie die Bewegung in den Schatten neben ihr nicht. Eine Gestalt schoss plötzlich vor.

Einen Atemzug später traf ein Schlag Annalenas Kopf. Sterne explodierten vor ihren Augen, dann wurde alles um sie herum schwarz. Ihre Beine versagten den Dienst und knickten ein. Dass ihr Körper auf dem Boden aufschlug, spürte sie schon nicht mehr.

Peter Mertens blickte mitleidlos auf den reglosen Körper vor sich. Ein eisiges Lächeln verzerrte seine Züge. Eigentlich war er auf dem Weg zur Schenke gewesen, wie die Preußen ihn angewiesen hatten. Doch das Bündel, das er abholen sollte, war nicht da, wo es sein sollte. Es lief schon auf dem Marktplatz vor ihm weg. Aber jetzt hatte er sie endlich!

Er beugte sich zu Annalena herunter. *Wie hübsch sie doch ist, wenn sie wie tot daliegt,* ging es ihm durch den Sinn. Wie leicht wäre es, ihr mit dem Knüppel den Rest zu geben. Doch das war keine angemessene Rache für die Schmach, die sie ihm bereitet hatte. Sie sollte leiden, schlimmer als je zuvor!

Nachdem er sich vergewissert hatte, dass sie wirklich noch lebte, hob er den schlaffen Frauenkörper mühelos in die Höhe. Wenn ihm jemand begegnete, würde er behaupten, dass sie sein betrunkenes Weib war.

Es traf sich gut, dass der Henker und die anderen Knechte heute nicht in der Ratsfronfeste zugegen waren. So konnte er Annalena die ganze Nacht lang quälen und ihr erst im Morgengrauen den Gnadenstoß versetzen.

Der Schwarze Gang hatte seinen Namen daher, weil sich sein Eingang in einem aus schwarzen Brettern gezimmerten, länglichen Gebäude neben der Festungsmauer befand.

Durch die dunkle Hütte wirkte der gesamte Abschnitt der Mauer unheimlich, und obwohl dies ein Ort war, an dem sich niemand gern aufhielt, und von dem auch niemand vermutete, dass hier ein Geheimgang ins Schloss führen könnte, wurde er doch besser bewacht als das Schlosstor.

Es hatte die beiden Preußen einige Dukaten gekostet, sich überhaupt in der Nähe der Hütte aufhalten zu dürfen. Normalerweise achtete die Schildwache darauf, dass hier niemand herumlungerte, aber durch ein kleines Bestechungsgeld und die Behauptung, dass sie sich dieses seltsame Gebilde aus Neugierde ein wenig näher anschauen wollten, hatten sie Zeit gewonnen.

»Einen Weg hinein werden wir wohl nicht finden«, sagte

Marckwardt, nachdem er sich das Gebäude eine Weile besehen hatte. »Wir sollten warten, bis sie rauskommen.«

Röber nickte beipflichtend, während er sich nach allen Seiten umsah. Ihm war unbehaglich zumute, nicht nur wegen des kalten Wetters, das sich von klarem Frost in eine feuchtkalte, von Nebel durchzogene Brühe gewandelt hatte. Auch die Gefahr, dass sie bei ihrer Tätigkeit entdeckt werden könnten, zerrte an ihm. »Dort hinten gibt es gutes Buschwerk, hinter dem wir uns verbergen können.«

Schultze nickte. »Also gut, verbergen wir uns dort. Vielleicht gelingt es uns, Böttger abzufangen, bevor er fortgebracht wird.«

Röber blickte hinauf zum Stadtwall. Nicht mehr lange, dann würde die Wache wieder hier entlangschreiten und sie mussten zusehen, dass sie sich schnell verbargen. Die vergangenen Stunden hatten sie darauf verwandt, in aller Eile die Details ihrer Unternehmung zu planen.

Die wichtigsten Vorbereitungen hatten sie schon bei ihrer Ankunft hier getroffen. So hatten sie einige Gehilfen gedungen, die ihnen beim Abtransport ihrer menschlichen Beute helfen würden. Momentan mussten sie auf dem Weg hierher sein. Außerdem wartete ein kleines Boot auf sie, das sie über die Elbe bringen würde. Am anderen Ufer stand dann eine Kutsche parat, mit der sie ins Brandenburgische reisen würden. Wenn ihnen das Glück hold war, würden sie in ein paar Tagen die Tore Cöllns durchqueren und ihren Fang beim König abliefern.

Ein Lächeln zog sich über Röbers Gesicht, wenn er daran dachte, mit welchen Ehren er überschüttet werden würde – vom Kopfgeld mal abgesehen, das die ihm zustehenden Schulden begleichen würde. Doch als Kaufmann wusste er, dass man seine Rechnung erst nach Abschluss des Geschäfts stellte.

Und bis jetzt war es immer noch möglich, dass dieses Geschäft überhaupt nicht zustande kam. Wenn alle Stricke rissen, konnte er sich hoffentlich immer noch aus dem Staub machen. Bei aller Liebe zu seinem König war er doch nicht bereit, wegen Spionage in Ketten gelegt zu werden.

Ein Schwarm Krähen zog krächzend über die Mauer hinweg und lenkte Röbers Gedanken auf Annalena Habrecht. Wahrscheinlich würde Mertens ihre Leiche bereits heute Nacht im Fluss verschwinden lassen. Die Vorstellung daran ließ ihn lächeln.

Annalena öffnete die Augen, als ein verbrannter Geruch in ihre Nase stieg. Für einen kurzen Moment wusste sie weder, wo sie war, noch was geschehen war. Sie schmeckte Blut in ihrem Mund, und schließlich setzte die Erinnerung an den Überfall wieder ein.

Panik überfiel sie. Sie hatte den Angreifer nicht gesehen, doch viele Möglichkeiten gab es nicht. Ihr Entführer war entweder einer der Preußen oder das Ungeheuer, von dem Röber gesprochen hatte. Ihr Herz krampfte sich zusammen und in ihrem Magen rumorte es, als sie versuchte, den Kopf zu drehen.

Wo bin ich? Was machen die mit mir? Wollen sie mich töten?

Der Versuch, ihre Arme zu bewegen, scheiterte. Fesseln schnürten sich tief in ihre Handgelenke und ließen ihr kaum Spielraum. Diesmal war sie wirklich ausgeliefert. Es würde keine helfende Kerzenflamme geben.

Annalena schluchzte angstvoll auf, als sie Schritte vernahm. Eine Tür öffnete sich knarrend und wurde daraufhin wieder verriegelt. Ihr Häscher war zurückgekehrt. Sie bebte am ganzen Körper, versuchte ihr Schluchzen allerdings zu unterdrücken, indem sie ihren Kopf an der Schulter barg. Mit schweren Schritten kam der Mann auf sie zu, während er ein Liedchen summte. Der bekannte Klang seiner Stimme ließ Annalenas Atem stocken, als drücke ihr jemand die Kehle zu.

Mertens!

Lieber Gott, nein, flehte sie im Stillen und schloss die Augen, als sie spürte, dass er sie musterte. *Wenn ich mich schlafend stelle, verschont er mich vielleicht noch für einen Augenblick. Vielleicht fällt mir etwas ein.*

Als Mertens weiterging, öffnete Annalena die Augen. Ihre Wangen waren tränenfeucht und sie versuchte, gegen das unkontrollierbare Klappern ihrer Zähne anzukämpfen. Sie sah sich um, in der verzweifelten Suche nach einem Ausweg. Mertens stand mit seinem breiten Rücken zu ihr. Er legte sorgsam seine Instrumente bereit. Zangen, Daumenschrauben, Haken und ein Schwert.

Als Mertens sich wieder herumdrehte, kämpfte sie gegen die Panik in ihrem Leib an und stellte sich bewusstlos.

Seit wann ist er hier?, fragte sie sich. *Wie lange schon hat er mich beobachtet und auf seine Chance gewartet?*

Wieder drohte die Panik sie zu überwältigen, als sie daran dachte, was er mit ihr tun würde. Doch unter all der Angst und Verzweiflung, entdeckte sie auch ihren Kampfwillen.

Ich bin diesen ganzen Weg nicht gegangen, um von ihm abgeschlachtet zu werden, sagte sie sich. *Mein Vater wollte, dass ich mich nicht für wertlos halte, und ich bin nicht wertlos. Ich werde mich wehren, und wenn es das Letzte ist, was ich tue.*

Wieder begann Mertens mit seinem unsäglichen Summen. Diesmal mischten sich in ihre Angst auch Hass und Zorn. *Verdammt, hör auf damit!*, schrie es in ihr. Aber die Vernunft riet ihr, dass sie besser still blieb. Solange sie bewusstlos schien, hätte Mertens keine Lust, sie zu quälen.

Schließlich ging das unmelodische Summen in Worte über. »Du hast gedacht, dass du mir entkommen kannst, wie?«, brummte er. »Aber nicht mit mir, mein Täubchen. Du bist mein Eigentum, und ich kann mit dir machen, was ich will. Einen untreuen Hund schlage ich tot. Und genauso halte ich es mit einem untreuen Weib.«

Ein Schluchzen stieg in ihrer Kehle auf, da hörte sie plötzlich die Stimme ihres Vaters in ihrem Geist. *Lass nie ein Unrecht zu, das dir zugefügt werden soll.*

Es war an der Zeit, dass es aufhörte. Sie hatte es schon einmal geschafft, sich gegen Mertens zu wehren, sie würde es ein zweites Mal schaffen. Mittlerweile war sie nicht mehr dieselbe Frau, die damals in Walsrode vor ihm gekuscht hatte. Sie war es schon seit dem Augenblick nicht mehr, in dem sie aus Walsrode floh. Und wenn der Versuch, sich zu befreien, ihr Leben kostete, war das eben der Preis dafür. Aber vielleicht war Gott ja mit ihr!

Nachdem Mertens sein Messer geschliffen hatte, trat er vor sie. Spöttisch grinsend drehte er sie mit dem Stiefel herum, so dass er ihr ins Gesicht sehen konnte. Noch immer hielt Annalena die Augen geschlossen, und unter ihrem Rock konnte Mertens nicht sehen, dass sich ihre Beine anspannten.

Ich muss den richtigen Moment abpassen, dachte sie und konzentrierte sich so sehr darauf, dass sie darüber fast ihre Angst vergaß. Damals, als er sie die Treppe hinaufgescheucht hatte, hatte sie aus Reflex gehandelt. Diesmal wusste sie genau, was sie tat.

»Tu nicht so, als wärst du noch immer nicht wach«, raunte Mertens ihr zu. »Ich kenn dich. Du hast mich vielleicht vorher getäuscht, aber jetzt nicht mehr, Anna.«

Annalena bewegte sich noch immer nicht. Und sie machte

auch keine Anstalten, die Augen zu öffnen. Sie wollte, dass er nach ihr griff, wollte, dass er ihr nahe kam.

»Ich werde dich an einen Haken hängen, dann wirst du schon wach werden.«

Als er sich über sie beugte, um sie an den Schultern zu packen, riss Annalena ihre Beine hoch und trat mit aller Kraft, die sie aufbringen konnte, in seine Magengrube.

Überrascht von dem Angriff taumelte Mertens zurück, verlor das Gleichgewicht und fiel gegen den Tisch, auf dem er die Instrumente für sie vorbereitet hatte. Ein lautes Klirren ertönte, als einige von ihnen zu Boden fielen. Schneller, als er es für möglich gehalten hätte, war Annalena auf den Beinen. Ihre Füße nicht zu fesseln war ein Fehler gewesen, wie Mertens jetzt einsah.

»Offenbar kennst du mich nicht gut genug!«, fauchte Annalena und lief zu dem Schwert, das ebenfalls auf dem Boden gelandet war.

Mertens rappelte sich mit einem Wutschrei auf. »Du verdammte Hure, dir drehe ich den Hals um!«, schrie er, doch da war das Richtschwert schon in ihrer Hand. Obwohl ihre Hände zusammengebunden waren, schwang sie es mit überraschender Geschicklichkeit über den Kopf. Das Schwert war eigentlich viel zu schwer für sie, aber in diesem Augenblick wütete der Hass so tief in ihr, dass er ihre Arme erstarken ließ.

Mertens wich zur Seite aus und griff nach einem langstieligen Haken, der in seiner Reichweite war. Damit parierte er die Hiebe der Frau, die wegen ihrer fehlenden Muskeln nicht sehr kräftig ausfielen.

Annalena kreischte in hilflosem Zorn. Sie spürte, dass sie unterliegen würde, wenn sie Mertens nicht bald überwältigen konnte.

Als der Henkersknecht merkte, dass ihre Arme erlahmten, stieß er ein triumphierendes Lachen aus. »Wenn ich dich erwische, werde ich dir die Haut vom Körper schälen wie die Schale von einem Apfel.«

Annalena schlug wieder nach ihm, doch durch das Gewicht des Schwertes wurde sie zur Seite gerissen. Für einen kurzen Augenblick war ihre Seite ungeschützt, und Mertens nutzte ihn aus, um ihr mit dem Haken eine Wunde in den Arm zu fetzen.

Der Schmerz peitschte von ihrem Arm in ihren ganzen Körper. *Lange halte ich nicht mehr durch*, ging es ihr angstvoll durch den Sinn. Mit aller ihr noch verbliebenen Kraft holte sie aus und führte einen Streich gegen Mertens' Hals.

Diesmal konnte er nicht zurückweichen. Ein Schwall Blut schoss aus seinem Hals hervor. »Du verdammtes Miststück«, gurgelte er. »Ich schlitz dich auf!« Er schleuderte den Haken von sich und griff nach seinem Messer.

Das Blitzen des Messers versetzte Annalena in eine verzweifelte Rage. »Du wirst mich nie wieder anfassen!«, schrie sie ihn an, riss das Schwert hoch und schlug erneut nach ihm.

Mertens versuchte, zu parieren, doch das gelang ihm nicht. Der Stahl riss eine tiefe Wunde in seine Schulter. Der Blutverlust ließ ihn taumeln und schließlich ging er zu Boden.

Annalena bemerkte es nicht. Nach diesem ersten Schlag, holte sie wieder und wieder aus. Sie konnte nicht denken oder sich selbst zur Zurückhaltung zwingen. Nur zwei Worte tönten in ihrem Geist: *Nie wieder!* Ihr kam es vor, als würde sie diese Worte laut schreien, doch ihrem Mund entwich kein einziger Ton.

Irgendwann glitt ihr das Schwert aus der Hand und sie sank zu Boden. Als sie ihre blutigen Hände ansah und dann den Blick zu Mertens' Leiche hob, kam sie wieder zur Besinnung.

Was habe ich getan, fragte sie sich entsetzt, als sie zurückprallte.

Der Blick ihres Mannes war bereits erstorben, eine Spur Überraschung war noch darin zu sehen. Sein Kopf war nicht ganz abgetrennt, aber zum größten Teil. Die Adern und Sehnen waren zerfetzt, ein paar Wirbel schauten aus dem Rumpf. Eine riesige Blutlache breitete sich rasch unter seinem Körper aus und tränkte seine Kleider.

Annalena drehte sich der Magen um und sie übergab sich. Der Anblick würde sie gewiss in ihre Träume verfolgen.

Aber ich lebe, ging es ihr durch den Sinn, als sie die Reste der Galle, die sie hervorgewürgt hatte, ausspuckte. *Ich lebe und ich habe vielleicht noch die Gelegenheit, Johann zu retten.*

Am ganzen Leib zitternd wandte sie sich dem Fenster zu. Es war mittlerweile dunkel, aber vielleicht war es noch nicht zu spät.

Sie warf keinen weiteren Blick auf den Toten. Der Blutlache ausweichend, folgte sie einem langen Gang und erreichte schließlich eine Tür, die sie nach draußen führte.

Annalena lief auf direktem Weg zum Palais Fürstenberg. Sie legte die Strecke wie in einem Nebel zurück. Als sie die Fronerei verließ, wurde ihr Zittern so heftig, dass sie sich kaum aufrecht halten konnte. Sie sah weder nach links noch nach rechts, sondern konzentrierte sich darauf, einen Fuß vor den anderen zu setzen. Irgendwann fühlte sie plötzlich, wie Stoff über ihren Kopf gestülpt wurde, und prallte erschrocken zurück. Sie stürzte und erkannte erst auf dem Boden liegend, was passiert war. Sie war in eine Wäscheleine gelaufen. Zum Glück war sie geistesgegenwärtig genug, ihr blutdurchtränktes Kleid gegen eines auszutauschen, das beinahe steif gefroren auf der Leine hing.

Der Stoff war mittlerweile aufgetaut und schmiegte sich eisig feucht an ihren zitternden Leib. Aber das war immer noch besser, als blutgetränkt vor dem Statthalter zu erscheinen.

Als sie das Palais erreichte, hatte der Schock etwas nachgelassen und sie war wieder in der Lage, einen klaren Gedanken zu fassen. Sie sah zu dem prunkvollen Gebäude hoch. Es lag dem Schloss gegenüber und war nur geringfügig kleiner als selbiges. Durch das Gitter der Umzäunung war eine Kutsche zu erkennen.

Ist das die Kutsche, mit der Johann reisen wird?, fragte sich Annalena, während sie durch das Gitter spähte.

Schließlich gab sie sich einen Ruck und ging zum Tor. Dort traten ihr zwei Wächter entgegen. Wahrscheinlich hatte Fürstenberg sie wegen der Reise zu erhöhter Wachsamkeit angehalten.

»Was willst du hier?«, fuhr sie der ältere von beiden an und legte die Hand auf seinen Degen.

»Ich muss zum Herrn Statthalter!«, entgegnete sie.

»Der wird gleich zu einer Reise aufbrechen.«

»Das darf er nicht!«

Annalena kreischte fast, und obwohl sie wusste, dass sie gegen die Wächter nichts ausrichten konnte, war sie bereit, sich mit ihnen anzulegen. »Es geht um Leben und Tod, es geht um den Kurfürsten! Bitte, lasst mich zu ihm!«

»Was ist da los?«, tönte eine Stimme über den Hof. Eine Stimme, die Annalena kannte. Sie blickte über die Schulter des Wächters und sah einen Mann im schwarzen Rock auf sie zukommen. Er trug eine Perücke, ein Degen klimperte an seiner Seite und seine Beine steckten in glänzenden Reitstiefeln.

»Hier ist eine Verrückte, Euer Gnaden, die verlangt, Euch zu sprechen, weil es angeblich um Leben und Tod geht.«

»Es geht um Böttger!«, rief Annalena mit schriller Stimme. Sie wusste, dass allein schon der Umstand, dass sie seinen Namen kannte, den Statthalter davon abhalten würde, sie davonzujagen.

»Lasst sie durch!«, rief Fürstenberg so auch ohne Umschweife. »Und ihr bleibt zurück!«

Annalena durfte passieren, und als sie Fürstenberg erreicht hatte, packte dieser sie am Arm und zog sie grob mit sich. Er war vielleicht ein Statthalter und Fürst, aber seine Hände waren hart wie die eines Soldaten.

»Wer bist du, Weib, und was weißt du von Böttger?«, fuhr er sie an und packte sie bei den Schultern, als wollte er sie durchschütteln. Offenbar erkannte er sie nicht mehr, obwohl auch er damals zu dem Gefolge des Kurfürsten gehört hatte, als sie den Krug fallen gelassen hatte.

»Ich bin Magd im Dienste vom Fräulein Fatime, mein Name ist Annalena Habrecht«, antwortete sie und entgegen jeder Vernunft, fügte sie hinzu: »Ich bin mit Johann Böttger befreundet und habe erfahren, dass preußische Spione versuchen wollen, ihn zu entführen. Noch heute Nacht.«

Fürstenberg blickte sie durchdringend an. »Woher weißt du das?«, fragte er, und in seiner unbeweglichen Miene ließen sich seine Gedanken unmöglich lesen.

Wenn du jetzt ein falsches Wort sagst, geht es dir an den Kragen, dachte sie. Aber sie hatte nicht vor, ihren Kopf in die Schlinge zu legen. Dorthin gehörte Röbers Kopf, nicht ihrer.

»Ich habe meinen früheren Dienstherrn Friedrich Röber hier gesehen«, antwortete Annalena. »Er hat Johann in Berlin Geld geliehen für seine Arbeit. Ich habe ihn und zwei Männer belauscht, die davon gesprochen haben, dass sie Johann abfangen wollen, wenn er durch den Schwarzen Gang kommt. Irgendwie müssen sie erfahren haben, dass Ihr ihn fortschaffen wollt.«

Wenn man schon so lange wie sie Geheimnisse hütete, fiel es nicht schwer, die eigene Beteiligung zu leugnen. Vielleicht würden die Spione, wenn man sie schnappte, behaupten, dass sie mit ihnen unter einer Decke gesteckt hatte, aber dann konnte sie schon längst von hier verschwunden sein.

»Aber davon hat doch niemand gewusst!«, rief Fürstenberg aus, bevor er kurz nachdachte. Der Verdacht, der ihm dann kam, war ebenso offensichtlich wie falsch, aber das kümmerte Annalena nicht. Sollte er doch glauben, dass Beichlingen ein doppeltes Spiel spielte.

»Ihr müsst unbedingt verhindern, dass er ihnen in die Hände fällt«, flehte Annalena den Statthalter an. »Er sagte immer, dass er Ihrer Majestät August dem Starken dienen wollte und niemand anderem.«

Obwohl Fürstenberg noch immer verwundert darüber war, dass Böttger eine Freundin hatte und diese auch noch in den Diensten der Mätresse stand, schien er ihrer Behauptung doch Glauben zu schenken. »Wache!«, rief er scharf, und die beiden Männer, die ohnehin nichts Gutes von Annalena erwartet hatten, schienen nun zu glauben, dass sie sie vor die Tür setzen oder sogar einsperren durften. »Ihr werdet diese Frau hier zu meinen Gemächern führen und auf sie aufpassen.«

Die Wächter salutierten gehorsam, und Fürstenberg wandte sich noch einmal an Annalena. »Solltest du gelogen haben, wirst du deine Strafe erhalten, damit du es weißt.«

Annalena nickte und verzog keine Miene. Der Statthalter würde schon sehen, wem er am Schwarzen Gang begegnete. Ganz sicher nicht dem Mönch mit dem Kopf unter dem Arm.

Nachdem sie sich noch einen Moment lang in die Augen gesehen hatten, wandte er sich um und Annalena wurde in das erste Stockwerk des Fürstenberg-Palais geführt.

Die kommenden Stunden waren quälend für Annalena, nicht nur, weil sie auf Fürstenbergs Rückkehr warten musste.

Obwohl das Gemach, in das man sie geführt hatte, prachtvoll war und dem Auge viel an Schönheit bot, hatte Annalena keinen Blick dafür. Die Ereignisse der vergangenen Stunden verfolgten sie.

Seit Berlin war nichts so gelaufen, wie es sollte, ging es ihr durch den Sinn. *Vielleicht hätten wir nicht in Wittenberg halten sollen, vielleicht hätten wir gleich woanders hingehen sollen. Nach Mecklenburg oder nach Dänemark. Oder vielleicht zu dem Gehöft im Wald.*

Doch sie sah ein, dass es müßig war, sich einen anderen Weg zu wünschen, wo man den falschen bereits beschritten hatte und in die Falle geraten war. Jetzt war es nur noch wichtig, dass Johann den Preußen nicht in die Hände fiel. Wenn sonst schon nichts gelang, dann wenigstens dieser kleine Triumph.

Sie richtete ihren Blick seufzend gen Himmel, wo ein einsamer Stern inmitten des nächtlichen Purpurblaus, das Dresden wie eine Decke überspannte, aufleuchtete. *So einsam wie Johann in seinem Gefängnis*, ging es ihr durch den Sinn.

Hufgetrappel ertönte schließlich. Als sie auf den Hof hinunterschaute, erkannte sie Fürstenbergs Männer. *Ist es ihnen gelungen, die Preußen und diesen verdammten Röber zu fangen?* Doch so schnell die Reiter gekommen waren, so schnell verschwanden sie auch wieder in der Dunkelheit. Dennoch tat sich etwas. Schritte näherten sich dem Gemach, die Tür wurde geöffnet, und herein trat einer der Wächter, die sie hierher begleitet hatten. »Seine Durchlaucht Fürst von Fürstenberg will dich sehen.«

Annalena nickte, strich sich die Schürze glatt, als würde es noch etwas nützen, und folgte dann dem Wächter. Der Statthalter erwartete sie in seinem Kabinett. Offenbar war er gerade erst zurück.

»Man stelle sich vor, diese Burschen haben sogar die Dreistigkeit besessen, in den Schwarzen Gang zu kriechen!«, sagte Fürstenberg und warf seine Reithandschuhe und den Degen auf die Tischplatte. Dann öffnete er die Knöpfe seines Rockes. Ohne offenkundig aufgeregt zu wirken, ging von ihm eine zornige Aura aus, die jeden seiner Untergebenen gewiss zurückschrecken ließ. »Aber wir sind ihrer habhaft geworden. Wie es aussieht, hat Sie die Wahrheit gesprochen!«

Annalena atmete zitternd durch. Es war vorbei. Röber und seine Spießgesellen waren gefangen genommen worden. Zumindest das war eine gute Nachricht.

»Was ist mit Johann?«, fragte sie, worauf Fürstenberg sie erstmals direkt ansah.

»Was soll mit ihm sein? Der Umstand, dass einer der Männer entkommen zu sein scheint, zwingt mich dazu, ihn hierzulassen. Ich kann kein Risiko eingehen, das versteht Sie sicher.«

Annalena nickte. Also blieb er weiterhin ein Gefangener.

»Sie weiß hoffentlich, dass Sie uns mit Ihrem Wissen gefährlich werden könnte«, fuhr Fürstenberg fort. »Außer dem engsten Kreis des Kurfürsten weiß niemand auch nur den Namen dieses Burschen.«

Annalena senkte schweigend den Kopf.

»Dass du mich davor bewahrt hast, einen schwerwiegenden Fehler zu begehen, zeigt, dass du nichts tun würdest, was ihm gefährlich werden könnte, nicht wahr?«

Fürstenberg wechselte nun in die vertraulichere Anrede, doch Annalena nahm das nur beiläufig wahr.

»Ich will, dass es ihm gutgeht«, antwortete sie. »Nichts anderes.«

»Nun, Seine Majestät wird ihn gut behandeln, solange er gute Arbeit leistet, und nach dem, was ich gesehen habe, braucht er wirklich nicht um sein Leben zu fürchten. Im Gegenteil, ich sage ihm eine große Zukunft voraus.« Fürstenbergs Stimme wurde erstaunlich sanft. »Allerdings wird es eine Zukunft sein, in der eine Frau und die Liebe keinen Platz haben.«

Er sah sie eindringlich an, und Annalena hatte Mühe, ihre Tränen zurückzuhalten. Sie wusste, was diese Worte bedeuteten. Eigentlich hatte sie es auch schon vorher gewusst, aber jetzt hatte es jemand ausgesprochen. Jemand, dem sie keine Boshaftigkeit unterstellen konnte.

»Was bittest du dir für den Dienst, den du mir erwiesen hast, aus?«, fragte Fürstenberg. Doch erst, als sie seinen Blick spürte, fing sie an, das Gesagte zu begreifen. Danach zögerte sie keinen Moment. Obwohl der Statthalter sicher etwas anderes erwartet hatte, gab es nur einen Wunsch, den sie in diesem Augenblick hegte. Keine Anstellung im Schloss, kein Haus in Dresden, keine Dukaten.

»Ich möchte zu ihm«, antwortete sie einfach. »Ich möchte Johann noch ein einziges Mal sehen und mit ihm sprechen. Allein.«

Fürstenberg hätte empört sein können, und wenn sie ehrlich war, erwartete sie nichts anderes. Ihr Wunsch war mehr als dreist. Sie war nur eine Dienstmagd und vor ihr stand der Statthalter des Kurfürsten, der sie genauso gut ohne einen Dank aus seinem Kabinett werfen konnte.

Doch Fürstenberg tat nichts dergleichen. Er sah sie nur an, so eindringlich, als könnte er mit seinem Blick ihre Gedanken erforschen. Ob es ihm gelang, wusste sie nicht, und so wartete sie geduldig auf seine Antwort.

Da er wohl glaubte, dass ein schwaches Weib weder dem Goldmacher noch den Plänen des Königs gefährlich werden konnte, sagte er schließlich: »Jeden Abend geht ein Page hinauf zu Böttger und bringt ihm seine Mahlzeit. Sein Nachtmahl hat er wegen der Reise gewiss noch nicht bekommen. Ich werde dir ein Schreiben geben, das den Pagen anweist, dir das Tablett zu überlassen und dir den Weg zu weisen. Und es wird dir Pabst vom Hals schaffen, allerdings nicht so weit, dass er euch nicht erwischen könnte, solltet ihr töricht genug für einen Fluchtversuch sein.« Fürstenbergs Blick schien sie beinahe zu durchbohren. Annalena fürchtete schon, dass er es sich noch einmal überlegen würde, dann fuhr er jedoch fort: »Es hätte mich sehr viel Ärger, wenn nicht sogar den Kopf kosten können, wenn den Preußen der Schlag gelungen wäre, also gebe ich dir einen Rat: Nutze die Zeit. Eine weitere Gelegenheit werdet ihr nicht haben.«

Damit setzte er sich an sein Schreibpult und begann, das kurze Schreiben aufzusetzen.

Johann hörte, wie sich Schritte seiner Tür näherten.

Jetzt kommen sie mich holen, ging es ihm durch den Sinn. *Dann geht es auf nach Polen*.

Abwartend lehnte er sich auf seinem Stuhl zurück, hörte, wie aufgeschlossen wurde, und sah, wie sich die Türklinke nach unten bewegte. Ein Tablett war das Erste, was aus der Dunkelheit des Ganges auftauchte, dann sah er die Livree und schließlich die gesamte Gestalt des Dieners.

Was soll das, fragte er sich. *Warum bringt man mir ein Abendessen, wo ich doch eigentlich abreisen soll?*

Dann merkte er, dass etwas mit dem Pagen nicht stimmte.

Er war kleiner als der übliche Diener und auch hagerer. Seinen Kopf hielt er gesenkt, so dass er sein Gesicht nicht gleich erkennen konnte. Sein schwarzes Haar war ziemlich lang und zu einem Zopf gebunden. Schweigsam stellte er das Tablett ab – und hob dann den Kopf.

Johann, der gerade zu einer Bemerkung ansetzen wollte, stockte der Atem. Sein Mund öffnete sich, doch er brachte keinen Ton heraus. Stattdessen formten seine Lippen stumm den Namen, den er seit Tagen und Wochen nur in seinen Gedanken ausgesprochen hatte.

Annalena.

Ein kurzer Blick genügte, und es war, als wären sie niemals getrennt gewesen. Ohne ein Wort fielen sie sich in die Arme.

»Wir haben nicht viel Zeit!«, wisperte sie ihm schließlich ins Ohr, doch bevor er antworten konnte, küsste sie ihn, zärtlich und fordernd zugleich.

Johann war voller Fragen, aber das Gefühl, sie in seinen Armen zu halten, sie zu küssen, ließ jedes Wort unwichtig erscheinen. Erst nach einer Weile ließen sie voneinander ab und sahen sich an.

»Wie bist du hierher gelangt?«, flüsterte Johann, doch Annalena schüttelte den Kopf. Die Geschichte mit den preußischen Spionen würde ihm vielleicht eines Tages zu Ohren kommen und dann konnte er sich das seine denken.

»Fürstenberg hat es mir erlaubt. Aber frage jetzt nicht weiter. Wir haben nicht viel Zeit.«

Sie wollte eine letzte Erinnerung an Johann haben, eine Erinnerung, die nicht von unerfüllten Wünschen und Abschiedsschmerz geprägt wäre. Also knöpfte sie die Jacke der Livree auf und zog das Hemd über der Brust auseinander. Johann betrachtete sie, als hielte er das alles für einen Traum.

»Bitte liebe mich«, flüsterte sie fiebrig, während sie die Arme um seinen Nacken schlang. »Ich habe dich so lange entbehren müssen und will dich endlich wieder spüren.«

Der Duft ihres Körpers und das Gefühl ihrer weichen Haut entfachten sein Begehren, und es war wieder wie damals, als sie im Schatten der Zorn'schen Apotheke gestanden hatten und zum ersten Mal ihre Körper miteinander geteilt hatten. Sie vergaßen sich in ihrer Lust und für ein paar kurze Momente gab es nur sie beide auf der Welt. Sie liebten sich leidenschaftlich auf dem Boden seiner Zelle und hielten sich danach eng umschlungen in den Armen.

»Es ist das letzte Mal, dass wir uns sehen, nicht wahr?«, wisperte er schließlich.

Annalena schloss die Augen. Hatte sie wirklich geglaubt, ihr Abschied könnte schmerzlos sein? Dies war vielleicht der größte Schmerz, den sie je erlitten hatte. Mertens' Peitsche hatte sie zwar körperlich verletzt, aber Johann hier zurücklassen zu müssen, erfüllte ihre Seele mit weitaus größerer Pein.

»Ich will nicht, dass du gehst«, raunte Johann ihr ins Ohr. »Ich könnte vom Kurfürsten fordern, dass sie dich bei mir lassen.«

Annalena hätte nichts lieber getan, als zu bleiben, aber sie wusste, dass es nicht möglich war. »Der Kurfürst wird es nicht erlauben. Er wird glauben, dass ich dich ablenke. Er würde dich wieder von hier fortschaffen, nur damit du deinen Geist auf das Gold lenkst, das du für ihn erschaffen sollst.«

Johann konnte darauf nichts erwidern, denn er wusste, dass sie recht hatte.

»Was soll nun aus uns werden?«, flüsterte er, als sei ihre Zukunft etwas unendlich Fragiles, das durch unvorsichtige Worte zerstört werden könnte. *Doch gibt es überhaupt eine Zukunft für uns?*, fragte sein verräterischer Verstand.

»Das wird sich zeigen«, entgegnete sie und versuchte, die Tränen zurückzudrängen, die in ihr aufstiegen. »Es wird davon abhängen, ob du Gold machst oder nicht.«

»Was das Gold angeht …«

Doch Annalena legte ihre Finger auf seinen Mund. Sie ahnte, was er ihr beichten wollte. »Sag nichts. Ich will es nicht wissen.«

»Aber du würdest doch nicht …«

»Nein, aber die Wände haben Ohren.«

Damit erhob sie sich und begann, ihre Kleider zu richten. Johann blieb liegen und betrachtete sie so intensiv, als wollte er jeden Zoll ihres Körpers und jede Bewegung in sich aufsaugen.

»Ich denke, wir sollten Abschied nehmen«, sagte Annalena mit brüchiger Stimme. Allein schon der Gedanke, ihn zurücklassen zu müssen, ließ ihr Herz schmerzen und Verzweiflung in ihr aufsteigen. Aber sie musste stark sein. Stark sein für ihn. In ihren nächsten Worten lag nur noch ein leichtes Zittern. »Der Wächter duldet mich schon zu lange hier drin.«

Johann bemerkte, dass sie wirkte, als würde die Kraft sie jeden Augenblick verlassen. »Sehen wir uns wieder?«, kam es kraftlos über seine Lippen.

Annalena sah in seinen Augen, dass er die Antwort darauf bereits kannte. Während Tränen ihre Sicht verschleierten, zog sie die Porzellanscherbe aus der Tasche, die sie immer bei sich trug, um sich daran zu erinnern, dass sie vorsichtig sein musste. Als sie sie betrachtete, glaubte sie wieder die Ohrfeige zu spüren, die ihr der Küchenmeister versetzt hatte.

Doch die Erinnerung verflog, als sie Johann die Scherbe reichte und seine Hand darum schloss. »Etwas anderes habe ich nicht, was ich dir geben kann. Doch jemand sagte einmal zu mir, dass Porzellan ebenso viel wert ist wie Gold. Und vielleicht erinnerst du dich an mich, wenn du sie betrachtest.«

Als sie aufblickte, konnte sie sehen, dass Johann Tränen in den Augen hatte.

»Ich werde sie in Ehren halten«, sagte er und legte seine freie Hand auf ihre. »Doch sei versichert, dass ich mich auch ohne sie an dich erinnern werde. Immer.«

Ein Schluchzen stieg in Annalena auf, das sie jetzt nicht mehr zurückhalten konnte. Sie warf sich ihm in die Arme und weinte, bis ein Klopfen an der Tür ihr unmissverständlich klarmachte, dass ihre Zeit abgelaufen war.

»Ich muss gehen«, sagte sie und wollte sich von ihm lösen, doch er ließ es nicht zu.

»Wenn ich freikommen sollte«, flüsterte er. »Wo kann ich dich dann finden?«

Annalena wusste, dass sie aus Dresden fortgehen würde. Sie würde es nicht ertragen können, ständig in seiner Nähe zu sein, aber gleichzeitig unendlich weit entfernt.

Das Maunzen einer Katze kam ihr plötzlich in den Sinn. Die Zweige eines Apfelbaums. Zwei Menschen in inniger Umarmung bis in den Tod.

Ach könnten wir beide nur wie sie sein, dachte sie. *Auf immer vereint an diesem versteckten Ort, wo es nur sie gab.*

»Wenn du freikommst …« Annalenas Stimme brach, und sie musste noch einmal anfangen. »Wenn du freikommst, geh nach Oranienburg und von dort weiter nach Westen. Es gibt dort ein großes Waldgebiet und versteckt darin ein Gehöft, das scheinbar verlassen ist. Dort werde ich auf dich warten. Wenn wir wieder zusammen sind, können wir ein Leben beginnen, in dem es kein Gold gibt. Und keinen König, der dich in seine Dienste presst.«

Sie sahen sich noch einen Moment lang an, dann löste sich Annalena endgültig von ihm und hatte dabei das Gefühl, als würde man ihr einen Teil ihres Herzens entreißen.

»Warte!«, sagte Johann da und ließ eine Hand in seiner Tasche verschwinden. Als er sie wieder hervorzog, lagen die letzten von Röbers Dukaten darin.

»Nimm diese für den Weg. Ich will, dass du sicher ankommst.«

»Aber ich kann doch nicht …«, entgegnete sie, denn sie wusste was diese Dukaten für Johann bedeuteten. Doch er legte sie ihr in die Hand und schloss ihre Finger darüber.

»Nimm sie. Entweder werde ich die beste Komödie spielen, die je aufgeführt wurde, oder wirklich Gold herstellen. Mach dir keine Sorgen um mich.«

Damit küssten sie sich ein letztes Mal, und Annalena ging, ohne sich noch einmal nach ihm umzusehen, zur Tür.

Draußen wartete Pabst. Annalena wischte sich hastig die Tränen von den Wangen und versuchte, sich nicht anmerken zu lassen, dass sie am liebsten vor Johanns Tür zusammengebrochen wäre. Sie nickte Pabst dankend zu, dann verließ sie zum letzten Mal das Schloss.

Draußen im Hof war es klirrend kalt, obwohl der Morgen bereits heraufdämmerte. Mit festem Schritt strebte Annalena dem Schlosstor zu und passierte es dank dem Schreiben, das sie von Fürstenberg erhalten hatte, ohne Probleme.

Sie machte sich auf den Weg zu Tilman Heinrich, um ihr Pferd zu holen. Irgendwann hörte sie über sich ein paar Krähen krächzen. Sie blieb stehen, blickte zum Himmel auf und versuchte, sie im Zwielicht auszumachen.

Guten Morgen, meine Schwestern, dachte sie dabei. *Ich bin jetzt eine von euch.*

Denn Krähen leben dann am besten, wenn sie frei sind.

Nichts anderes will ich sein.

Epilog

1719

Ein Heft aus Pergament, doch wer kannte die Geschichte dahinter? Wer erinnerte sich angesichts der Worte an die Gesichter der Menschen, von denen sie erzählten? An die Hand, die die Tinte wohlgeformt zu Papier gebracht hatte?

Ein Heft war alles, was August dem Starken von seinem Goldmacher geblieben war. Viele engbeschriebene Seiten, in denen er das Geheimnis des Goldmachens vermutete.

An jenem Frühlingsabend im Jahre 1719 saß der sächsische Kurfürst am Kamin seines Jagdzimmers in Moritzburg und blätterte mit klammen Fingern in dem Heftchen, das einen sonderbaren Geruch verströmte.

Der Geruch des Teufels, schlich es ihm durch den Sinn.

Böttger hatte es am Leib getragen, wo es sich mit seinem Schweiß und den Dämpfen seiner Arbeit vollgesogen hatte. Erst, als man ihm das Leichenhemd überziehen wollte, fand man es, und nur der Geldgier eines Dieners hatte er es zu verdanken, dass es überhaupt in seine Hände gelangt war.

Wenn der Diener gewusst hätte, was er da gefunden hatte, hätte er sich gewiss damit aus dem Staub gemacht und das Heft an die Österreicher oder Preußen verscherbelt, dachte

August lächelnd. Denn was sollte es anderes verbergen als die Geheimnisse von Böttgers Künsten? Es musste von großer Bedeutung für ihn gewesen sein, wenn er es so dicht an seiner Haut getragen hatte.

Zuweilen hatte August ein wenig Mühe mit der Schrift, denn wie viele Gelehrte schrieb Böttger mal sorgsam, mal fahrig, je nach Gemütsverfassung. Die Passagen, die er in Angst oder wissenschaftlicher Erregung geschrieben hatte, waren nur schwer zu entziffern.

Eine lange Nacht steht mir bevor, dachte August. Dennoch hatte er nicht vor, das Heft aus der Hand zu legen, bevor er nicht alle Seiten gelesen hatte. Vor seiner Tür wartete sein Kammerdiener, der ihn mit Wein und allem anderen, wonach es ihn verlangte, versorgen würde. Er war auch der einzige Zeuge seines Wachens. Aus Angst, jemand könnte die gewonnenen Erkenntnisse stehlen und zu seinen Gunsten nutzen, hatte er darauf bestanden, allein zu bleiben, egal, wie viele Stunden ihn die Lektüre auch kosten würde.

Das Heft hatte vielversprechend begonnen. Böttger berichtete von seinen Forschungen, seiner Zuversicht. Mit jeder Seite, die er umschlug, war August mehr und mehr überzeugt davon, dass dieses Heft ihm den Weg zum Stein der Weisen aufzeigen würde.

Doch dann kamen ihm Zweifel. Immer wieder schrieb Böttger über eine Frau, die er nur A. nannte, und die ihm offenbar lieb und teuer gewesen war. *Wie seltsam*, dachte August und kratzte sich den Kopf unter seiner Perücke. *Böttger liebte eine Frau.*

In der Festung und den Labors, in die man ihn gesteckt hatte, war Böttger ihm zuweilen als geschlechtsloses Wesen erschienen, das nur für die Forschung lebte. Dass er auch geliebt hatte, erstaunte den Fürsten, der Vater so vieler Kinder war. Was für eine Weibsperson war imstande gewesen, sein Herz so fest und über so lange Zeit gefangen zu halten?

Wäre Böttgers Niederschrift früher entdeckt worden, hätte er ihn fragen können, doch nun nahm der Goldmacher sein Geheimnis mit ins Grab. Die Beisetzung sollte morgen stattfinden.

Aber eigentlich interessierte August das Liebesleben seines Goldmachers nicht, auf diesem Gebiet hatte er selbst genug Ärger. Die Cosel, seine langjährige Mätresse, war auf Stolpen festgesetzt, die Leidenschaft zur Bielinska flachte allmählich ab. Eine neue Mätresse war bislang nicht in Sicht, und er spürte auch, dass seine Leidenschaft für die Frauen allmählich nachließ.

Sein Verlangen nach Gold war dagegen noch immer unerfüllt. Würde er eine Antwort darauf in diesem Heft finden?

Natürlich hatte er allen Grund, zufrieden zu sein. Böttger hatte ihm einen der größten Schätze der Welt zu Füßen gelegt. Nach zahllosen Fehlschlägen und vielen Monaten vergeblicher Mühe hatte Böttger ein weiteres Forschungsziel ins Auge gefasst. August war überrascht gewesen, als er ihm vorschlug, Porzellan herzustellen.

»Das Porzellan würde Euch mit Gold aufgewogen, wenn es mir gelingt«, hatte er ihm begeistert geschildert und dabei die Hand um eine einfache Porzellanscherbe geklammert, als sei sie ein unermesslich wertvoller Schatz.

Der Kurfürst hatte ihm den Wunsch gewährt und ihm gleichzeitig qualifizierte Helfer zur Seite gestellt. Pabst von Ohain war darunter wie auch Gottfried Tschirnhaus.

Den drei Männern gelang es schließlich, im Laboratorium in der Jungfernbastei zunächst rotes Steinzeug zu brennen. Von Ohain schlug vor, weiße Erde, das sogenannte Kaolin, unter die Mischung zu geben und daraus entstand ein Porzellan von solch guter Qualität, dass es durchaus mit dem chinesischen, dessen Rezeptur der dortige Kaiser wie ein Zerberus hütete, mithalten konnte.

Natürlich hatte es auch bei der Verfeinerung des Verfahrens Rückschläge gegeben, doch schließlich gelang die Herstellung des »weißen Goldes« so gut, dass August beschloss, eine Porzellanmanufaktur zu gründen. Meißen erschien ihm dazu geeignet, und am 23. Januar 1710 nahm die Manufaktur ihre Arbeit auf.

Mittlerweile war diese Manufaktur in der ganzen Welt bekannt und füllte dem Kurfürsten die Schatzkammern. Und das vermutlich weitaus besser als jeglicher Goldmacher es vermocht hätte.

Diesen Reichtum hatte August allerdings auch bitter nötig, denn seine Krone war erneut durch den revoltierenden polnischen Adel bedroht. Außerdem schickte August sich an, seinen Sohn mit der Kaiserstochter Maria Josepha zu verheiraten. Die Feier würde ihn ein Vermögen kosten! Da wäre es doch mehr als beruhigend, über eine weitere Einnahmequelle zu verfügen.

Da stand es wieder! *Geliebte A., meine einzige Hoffnung bist du ...*

August stieß ein unwilliges Murren aus und riss sich die Perücke vom Kopf. Das ehemals volle Haar, das nie von einer künstlichen Haarpracht bedeckt werden musste, war inzwischen grau und ausgedünnt. Die Krankheit, die ihn plagte – Zuckerkrankheit nannten es die Ärzte –, hinterließ auch auf seinem Schopf Spuren. Der Gedanke, dass Böttger jemanden mehr geliebt und verehrt hatte als seinen Dienstherrn, den Kurfürsten, entfachte in August die Eifersucht.

Er erhob sich von seinem Stuhl, legte das Heft aber nicht beiseite, als fürchte er, dass eine Ratte kommen und es mit sich schleppen könnte. Er nahm es mit sich zum Fenster. In dem See, der sich vor dem Schloss erstreckte, spiegelten sich die Lichter der zahlreichen Fenster und wetteiferten mit der Mondsichel, die hoch über allem stand.

Mit diesem einmaligen Ausblick konnten Frauenherzen geöffnet werden, doch August blickte nicht auf das Lichtspiel dort draußen, sondern auf sein eigenes Gesicht.

Er hat die Goldmacherei aufgegeben, erkannte der Kurfürst. *Selbst wenn ihm mehr Zeit vergönnt gewesen wäre, hätte er sie nur noch mir zuliebe durchgeführt.* Es würde niemals goldene Berge geben, niemals Sorglosigkeit für Fürsten, denen das Geld knapp wurde.

So sprach denn auch die letzte Seite des Heftchens keineswegs vom Goldmachen:

Ich fühle meine Kräfte stetig schwinden. Falls ich nicht mehr in der Lage bin, jemandem meinen letzten Wunsch mitzuteilen, will ich ihn an dieser Stelle niederschreiben.
Bringt die Porzellanscherbe, die ihr bei dem Heft findet, nach Oranienburg. Im Westen der Stadt, mitten im Wald, gibt es ein scheinbar verlassenes Gehöft. Sagt der Frau, die dort lebt, dass ich sie immer geliebt habe und dass mein letzter Gedanke ihr galt.
Ihr Name ist Annalena Habrecht.

Der Kurfürst war perplex. Der Name brachte ihm das Gesicht einer Frau vor Augen, die er flüchtig gekannt und in die Dienste seiner Türkin gestellt hatte. Sie war es also, die Böttgers Herz besessen hatte. Sie war sein wahres Gold. Ein anderes gab es nicht.

Diese Erkenntnis brachte ihn dazu, das Heftchen wutentbrannt in den Kamin zu schleudern, der nur noch schwach glomm. Er rechnete zwar damit, dass das Feuer durch die neue

Nahrung noch einmal entfacht werden würde, doch plötzlich schoss eine Stichflamme über dem Papier hervor. Als hätte der Teufel in den Seiten gesessen und sei nun befreit worden, brannte sie so grell, dass der König zurückweichen und seine Augen beschirmen musste, um nicht geblendet zu werden.

Er wollte schon nach den Wachen rufen, doch er brachte kein einziges Wort heraus. Ein Frösteln durchzog ihn plötzlich, so als würde Böttgers Geist durch den Raum schweben und ihn gemahnen, ihm seine letzte Bitte nicht zu verwehren.

Der Frühling belebte den Landstrich. Die Kälte und das Grau des Winters wichen überall neuen Farben und Gerüchen, im Wald, auf den Feldern und sogar in den Räumen des kleinen Gehöfts.

Zufrieden blickte Annalena zum Weizenfeld hinüber, auf dem das erste Grün spross. Nicht mehr lange, und leuchtende Ähren würden sich unter einem blauen Himmel im Wind wiegen.

Das Leben ist wie ein Mühlstein, dachte sie lächelnd. *Es dreht sich unermüdlich im Kreis und endet nie – auch wenn die Menschen kommen und gehen.*

Achtzehn Jahre lebte sie nun hier, abgeschieden von der Welt und dennoch nicht ganz von ihr vergessen. Als Heilerin hatte sie sich hier niedergelassen und als solche kannten sie die Leute in einigen Dörfern und sogar in Oranienburg.

Ihr schwarzes Haar war inzwischen von grauen Strähnen durchzogen und Falten hatten sich auf ihrem Gesicht eingegraben, aber ihre Augen waren immer noch die der jungen Frau, die einst in den Süden gezogen war, um ihr Glück zu finden.

Erst die Rückkehr in den Norden hatte es ihr gebracht.

Nachdem sie Dresden verlassen hatte, war sie wochenlang durch die Ortschaften in nördliche Richtung gewandert. Manchmal hatte sie gebettelt oder ihre Dienste als Heilerin angeboten. Hin und wieder hatte sich ihr eine Tür auch ohne eine Gegenleistung geöffnet. Bevor der Frühling über das Land hereinbrach, hatte sie wieder vor den Toren Oranienburgs gestanden.

Eigentlich hatte sie vorgehabt, Seraphim nicht zu behelligen, doch die Neugierde, wie es dem Händler ergangen war, hatte sie zu seinem Haus getrieben.

Das Kontor hatte unverändert gewirkt, doch in seinem Inneren war vieles anders geworden. Seraphim war vor einigen Monaten gestorben. Seine Frau hatte das Kontor verkauft und war fortgezogen. Nun wohnte ein anderer Kaufmann mit seiner Familie dort. Diese hatten nur verwunderte Blicke für sie übrig.

Ihrer Erinnerung folgend war sie dem Weg nach Westen gefolgt und hatte schließlich die Stelle gefunden, wo sie vor beinahe einem Jahr, auf der Flucht vor Mertens, zusammengebrochen war.

Von all ihren Erinnerungen war es der Geist ihres Ehemannes, der sie am längsten verfolgte. Es verging kaum eine Nacht, in der sie sein blutüberströmtes Gesicht nicht vor sich sah. Manchmal machte er ihr Vorwürfe, manchmal beschimpfte er sie wie in jener Nacht. Aber sie wachte nicht mehr schweißgebadet auf, wie zu Zeiten, als er noch gelebt hatte, denn sie wusste, dass seine Hände sie nie wieder erreichen konnten. Reue fühlte sie wegen ihrer Tat nicht. Gewiss hätte alles anders werden können, doch das Schicksal hatte seine eigenen Gesetze.

»Mutter!«

Der Ruf einer hellen Frauenstimme riss sie aus ihren Gedanken. Als sie ihren Blick auf den Weg richtete, sah sie ihre Tochter auf sich zulaufen.

Johanns Kind, dachte sie lächelnd, und sie verspürte einen bittersüßen Schmerz in ihrer Brust. Selbst nach achtzehn Jahren hatte sie die Hoffnung, er würde ihr auf diesem Weg eines Tages selbst entgegenkommen, nicht aufgegeben.

Schon auf der Reise nach Norden hatte sie Zeichen ihrer Schwangerschaft festgestellt. Zunächst war sie sicher, sich zu irren, waren doch alle Versuche, ein Kind von ihrem Mann zu empfangen zwecklos gewesen. Doch Johanns Samen war in ihr aufgegangen. Sie gebar ihre Tochter an einem stürmischen Spätsommertag und nannte sie Johanna.

Sie großzuziehen, allein und in dem einsam gelegenen Gehöft, war nicht immer leicht gewesen. Wo ein Erwachsener der Kälte vielleicht trotzen mochte, brauchte ein Kind behagliche Wärme. Und ihr Mädchen sollte auch keinen Hunger leiden. Das Kind fest an den Körper gebunden war sie also nach Oranienburg gegangen und hatte nachgefragt, ob die Dienste einer Hebamme oder Heilerin benötigt wurden.

Die ansässigen Hebammen und Medizi sahen es zwar nicht gern, dass Annalena ihnen einen Teil ihrer Arbeit wegnahm, doch dank ihrer Fähigkeiten dauerte es nicht lang, bis viele Bürger Oranienburgs ihren Rat suchten. Schon bald mussten sie auf ihrem kleinen Hof nichts mehr entbehren. Sie säten Korn aus, hielten Hühner und eine Kuh. Im Winter hatten sie genug Feuerholz, das sie im Wald fanden, im Sommer kühlte das Brunnenwasser ihre Kehlen.

Das Einzige, was Johanna fehlte, war der Vater.

All die Jahre waren weder er noch eine Nachricht von ihm aufgetaucht. Und trotzdem verlor sie nicht die Hoffnung, dass er vielleicht doch noch käme. Irgendwann.

Johanna kam näher. Etwas verbarg sie in den Händen, die sie fest an ihren Leib presste. Annalena winkte ihr und ging ihr dann entgegen.

»Sieh nur, was ich gefunden habe!«, rief die junge Frau, die bis auf die blauen Augen Annalenas Ebenbild war, begeistert und löste die Hände dann vom Leib.

»Mohrchen hat Junge bekommen!«

Drei winzige Katzen lagen in ihren Händen. Zwei waren grau getigert, die dritte pechschwarz. Ihre Augen waren noch geschlossen und das Fell dünn wie zerschlissener Samt. Ihre Köpfe wirkten übergroß, ihre Körper zart und hilflos, doch die winzigen Krallen an ihren Pfoten deuteten bereits jetzt darauf hin, dass sie eines Tages fähige Jäger sein würden.

Als Annalena damals auf dem Gehöft angekommen war, hatte sie nach der alten Katze gesucht, doch die war verschwunden. Da es in dem Haus dagegen noch immer zahlreiche Mäuse gab, hatte Annalena sich eine Katze aus der Stadt geholt. Sie war pechschwarz wie eine Krähe. Annalena hatte das Tier auf Anhieb gefallen.

»Drei Katzen mehr, die den armen Krähen nachstellen werden«, entgegnete sie nun lächelnd.

»Die Krähen werden wegen ihnen schon nicht aussterben«, gab Johanna zurück. »Sie geraten ja nicht mal Mohrchen in die Fänge. Außerdem sind sie noch klein.«

»Vielleicht stellen sie sich einmal geschickter als ihre Mutter an.«

»Dann muss ich ihnen beibringen, dass sie sie in Ruhe lassen. Ich weiß ohnehin nicht, warum du dir immer so große Sorgen um die Schwarzgefiederten machst.«

»Weil ich sie eben mag«, entgegnete Annalena lachend und fügte im Stillen hinzu: *Und weil ich eine von ihnen bin.*

Annalena zog Johanna vorsichtig in ihre Arme, um die

Katzen nicht zu zerdrücken, dann gab sie ihr einen Kuss auf die Stirn.

»Bring die Kleinen jetzt aber der Mutter zurück. Sonst wird das Nest kalt und sie will sie nicht mehr.«

Johanna wirbelte herum, doch sie hatte gerade erst ein paar Schritte getan, da ertönte Hufgetrappel. Die Krähen, die sich in einem Baum am Wegrand niedergelassen hatten, flatterten krächzend auf. Niemand kam an ihnen vorbei, ohne dass Annalena es von ihnen erfuhr.

Der Reiter war allein. Zwischen die Hufschläge mischte sich das Rasseln eines Degens. Das Pferd schnaufte schwer, offenbar hatte es bereits einen langen Weg hinter sich.

»Gib mir die Jungen und frag nach, was er will.«

Johanna reichte ihr die winzigen Tiere, strich sich die Schürze glatt und stapfte dann zum Tor.

Als der Reiter sein Pferd zum Stehen gebracht hatte, trat das Mädchen vor ihn. Der Mann musterte Johanna verwundert, offenbar hatte er mit jemand anderem gerechnet.

»Verzeiht, ich habe eine Nachricht aus Dresden, gibt es hier eine Frau namens Annalena Habrecht?«

»Mutter«, rief Johanna laut. »Der Herr hier hat eine Nachricht für dich.«

Annalena gab die Katzenjungen ihrer Tochter zurück und schickte sie in den Stall. Dann betrachtete sie den Boten. Als sie das Wappen auf seiner Brust erkannte, zog sie verwundert die Augenbrauen hoch. Ein Sachse hier in Preußen?

Im nächsten Moment wurde ihr heiß und kalt zugleich. *Geht es um Johann?*, fragte sie sich, während freudige Erregung in ihrem Herzen mit beklemmender Angst rang. *Ist es eine gute oder schlechte Nachricht?*

»Ihr seid Annalena Habrecht?«, fragte der sächsische Bote, während er sie von Kopf bis Fuß musterte.

»Ja, die bin ich. Was habt Ihr für mich?«

Der Mann griff in seine Rocktasche und zog ein kleines Bündel hervor. Es war in Samt eingeschlagen und mit einer Schleife verschlossen. »Mein Herr hieß mich, Euch dies zu überbringen. Und solltet Ihr nicht wissen, von wem es ist, bin ich befugt, es Euch zu erzählen.«

Annalena betrachtete das Päckchen einen Moment lang, dann zog sie mit zitternden Händen die Schleife auf. In ihren Gedanken tobte ein Sturm, der abrupt abbrach, als sie den Inhalt sah.

Mit einem Mal war es ihr, als würde der Boden unter ihr schwanken. Die Scherbe war das Pfand ihrer Liebe gewesen. Auch wenn Johann versichert hatte, dass er sie nicht brauchte, um sich an sie zu erinnern. Warum ließ er ihr die Scherbe zurückbringen? War er frei? Oder war seine Liebe vergangen?

»Was ist geschehen?«, fragte sie den Boten. »Was ist mit Johann Böttger?«

»Er ist vor einigen Wochen gestorben. Sein letzter Wille war es, dass Ihr diese Scherbe bekommt. Und dass man Euch ausrichtet, dass er Euch stets geliebt hat.«

Johann ist tot?, hallte es ungläubig durch ihren Verstand. Annalena streckte die Hand aus, suchte Halt. Da sie ihn nicht fand, sank sie in die Knie. Sie fühlte sich, als würde ihr jemand Herz und Seele aus dem Leib reißen.

Das Grau in ihren Augen verschwamm, verschwand wie hinter einem Regenschleier. Tränen rannen aus ihren Augenwinkeln, fielen auf ihre Hände und die Porzellanscherbe.

Noch immer weigerte sich ihr Verstand, es zu glauben.

All die Jahre soll ich vergeblich gewartet haben? So viele Jahre Hoffnung verfielen nun zu Staub.

»Mutter, was ist dir?« Die erschreckte Stimme ihrer Tochter klärte die Finsternis, die sich um ihren Geist legte. Johanna kniete sich hinter sie und legte besorgt die Arme um ihre Schultern.

»Habt Dank für die Nachricht«, sagte Annalena wie betäubt zu dem Boten.

Der Mann sah sie voller Mitgefühl an, tippte schließlich wortlos an seinen federgeschmückten Dreispitz und wendete sein Pferd. Während die Krähen über dem Anwesen kreisten, verschwand er in der Ferne.

Annalena blickte mit tränenfeuchten Augen zum Himmel auf. Die Trauer war überwältigend, doch sie würde sie zu akzeptieren lernen. Und ein Teil von Johann lebte in seiner Tochter weiter. *Er hat mir dieses Wunder geschenkt*, dachte sie. *Wenn es einen Himmel gibt, so wird er sie von dort aus sehen können.*

»Komm, mein Kind«, sagte sie schließlich, während sie sich erhob. Sie blickte Johanna in die blauen Augen, die sie von ihrem Vater geerbt hatte, dann gab sie ihr einen zärtlichen Kuss. »Ich will dir von deinem Vater erzählen. Du sollst wissen, dass er ein großer Mann war.«

Johanna sah ihre Mutter überrascht an, ließ sich von ihr aber in den Arm nehmen und ins Haus führen.

Währenddessen beäugte die Katze misstrauisch die Krähen am Himmel, bevor sie im Stall verschwand, um ihre Jungen zu säugen. Die Krähen kreisten noch ein paarmal über dem Haus, und ließen sich erst auf ihrem Baum nieder, als die Tür hinter den Menschen ins Schloss gefallen und alles wieder ruhig war.

Im Innern des Hauses flammte eine Kerze auf, und ihr Schein fiel auf die Porzellanscherbe in Annalenas Händen, während in ihren Worten Johann Friedrich Böttger wieder zum Leben erwachte.

Nachwort

Kurz vor seinem Tod im Jahre 1733 hat sich Friedrich August I. von Sachsen die Goldkegel bringen lassen, die Johann Böttger während seiner Haft in Wittenberg angefertigt hatte. Das Metall war inzwischen angelaufen, doch er erkannte die Reguli wieder und soll sie eine ganze Weile andächtig in den Händen gehalten haben.

Ob er in jenen Augenblicken darüber nachgesonnen hat, wie Böttger sie erschaffen konnte, aber später kläglich an dieser Aufgabe scheiterte?

Klaus Hoffmann behauptet in seiner sehr lesenswerten Biographie »Johann Friedrich Böttger – Vom Alchemistengold zum Porzellan«, dass Böttger ein Pergamentheftchen geführt hat, aus dem August später das Geheimnis des Goldmachens herauslesen wollte. Das Studium dieser Seiten soll ihn allerdings dermaßen wütend gemacht haben, dass er das Heft ins Feuer warf – worauf eine grelle Flamme durch den Kamin schoss.

Diese Flamme ist sicher durch die chemischen Substanzen zu erklären, mit denen das Heft bei Böttgers Experimenten durchtränkt worden ist. Doch der Zorn des Kurfürsten? Hatte Böttger in dem Heftchen festgehalten, durch welchen Trick er es geschafft hat, das Gold zu erschaffen? Oder war er zu der Einsicht gekommen, dass es unmöglich war? Hat er ihm vielleicht etwas ganz anderes offenbart?

Johann Friedrich Böttgers weiterer Werdegang ist bekannt. Nach Jahren zäher und erfolgloser Forschung entdeckte er, zusammen mit Ehrenfried Walther von Tschirnhaus das Porzellan wieder. Obwohl es kein Gold war, machte dieses »Weiße Gold« August den Starken reich. Dennoch ließ er seinen Goldmacher nie frei. 1714 entließ man ihn zwar aus der Haft, aber er blieb weiterhin an seinen Kurfürsten gebunden. 1719 starb Johann Friedrich Böttger mit siebenunddreißig Jahren in Meißen an den Folgen seines Umgangs mit chemischen Substanzen, neun Jahre nachdem die Meißner Porzellanmanufaktur gegründet worden ist. Böttger hatte ihr als Administrator vorgestanden.

Befreiungsversuche hat es wirklich gegeben, allerdings waren sie erfolglos. Ein gewisser Dr. Pasch landete schließlich in der Festung Königsstein, von wo es ihm gelang, zu fliehen. Seine Figur floss in die Gestaltung der beiden preußischen Spione ein.

Wie passt nun eine Frau in diese Geschichte?

Ich muss zugeben, mir gefiel der Gedanke, Böttger eine Frau an die Seite zu stellen. Eine, die nie offiziell erwähnt wurde, aber dennoch wichtig war. Ausschlaggebend für diese Entscheidung war die Tatsache, dass Böttger es während seiner Haft in Wittenberg schaffte, ein Schreiben an seinen Freund und Mentor Kunckel zu schicken. Es wird gemutmaßt, dass ein Student der Bote war, in meiner Vorstellung könnte es aber auch die Frau gewesen sein, die Böttger liebte. Eine Frau, die nicht zimperlich war und bereit, für ihre Liebe einiges aufs Spiel zu setzen. Annalena, die Henkerstochter.

Was Annalena angeht, so habe ich bei ihr Fakten mit Fiktion vermischt. Ihr aktenkundig nachgewiesener Vater Joachim Habrecht war Scharfrichter zu Lübz und hatte mehrere Kinder. Seine Söhne übernahmen das Henkersamt in Lübz und in anderen Städten, seine Töchter heirateten mehr oder weniger angesehene Mecklenburger Henker oder Henkersknechte. Die Namen der Töchter begannen alle mit Anna; eine von ihnen wurde von ihrem Mann misshandelt, wie sich später in einem Prozess wegen Hurerei und angeblichem Kindesmord herausstellte. Diese Frau habe ich mit meiner Figur vermischt und so eine Henkerstochter erschaffen, wie es sie gewiss gegeben haben könnte.

Die Henker selbst bildeten zu dieser Zeit eine durch ihre Ausgrenzung bedingte verschworene Gemeinschaft, die ihre eigene Hierarchie hatte und durch eine Art Kodex zur Hilfe gegenüber anderen Henkern und ihren Familien angehalten war. Das galt insbesondere für die Hinterbliebenen verstorbener Henker, so dass Frauen zum Beispiel die Nachfolger ihrer verstorbenen Ehemänner heirateten (wie es auch bei Pastoren Brauch war, um eine Versorgung für die Frau zu schaffen).

Natürlich hatte nicht jeder Henker sadistische Tendenzen, wie ich sie bei Peter Mertens auf die Spitze getrieben habe, die meisten waren liebevolle, besorgte Väter und Ehemänner, die das Gesetz und den Glauben achteten und darunter litten, dass sie vom Rest der Gesellschaft nicht anerkannt wurden.

Es sind sogar Fälle bekannt, bei denen Henker unter der Last ihres Amtes verzweifelten oder es angesichts des bemitleidenswerten Schicksals eines Delinquenten nicht über sich brachten, die Axt zu schwingen und diese Aufgabe ihren Gehilfen überlassen mussten.

Nun zum Schicksal der historisch verbürgten Figuren des Romans:

Lascarius, der geheimnisvolle Mönch, starb 1701 in Stralsund. Er bekannte gegenüber seinen Häschern, dass er Böttger den falschen Stein der Weisen gegeben hatte, aus dem kein Gold gewonnen werden konnte. In der Folgezeit traten noch weitere Männer mit dem Namen Lascarius auf und erweckten den Eindruck, dass der Alchemist, der gern als Bettelmönch reiste, unsterblich sei. Das ließ hoffnungsvolle Goldmacher natürlich glauben, dass Böttger doch den wahren Stein der Weisen hätte.

Friedrich Röber, die ewige Krämerseele, versuchte bis zu Johanns Tod und darüber hinaus, an das Kopfgeld und die Summe, die er ihm schuldete, zu kommen – vergeblich.

Johann Kunckel verwand die Inhaftierung seines Freundes und die damit einhergehende Unterbrechung ihres Forschungsaustausches nicht. Im Jahre 1703 starb er auf Gut Dreißighofen nahe Berlin. Für den Roman habe ich ihm auch einen Landsitz in der Nähe von Dresden gegeben, um Annalena mit ihm zusammentreffen zu lassen.

Johann Christian Pötzsch, in meiner Geschichte einfach nur Christian Pötzsch, wird für das Jahr 1705 als Henker von Dresden erwähnt. Ich habe mir die Freiheit genommen, ihn bereits 1701 in der Stadt wirken zu lassen.

Wolf Dietrich von Beichlingen, Großkanzler und Günstling Augusts des Starken, fiel im Jahre 1703 durch eine Intrige Fürstenbergs beim Kurfürsten in Ungnade und wurde eingekerkert, bis der Kurfürst ihn im Jahre 1707 rehabilitierte. 1725 starb er in Zschorna bei Wurzen.

Anton Egon Fürst von Fürstenberg starb im Jahre 1716 in Dresden.

Fatime gebar August insgesamt zwei Kinder. Ihr Sohn Friedrich August, der spätere Graf Rutkowski, kam 1702 zur Welt, ihre Tochter Katharina 1706. Fatimes Heirat mit dem Adligen von Spiegel, die sie zu Anna Maria von Spiegel machte, hielt August nicht davon ab, sie noch lange Jahre als Mätresse an seiner Seite zu behalten. Es wird gerätselt, ob sie edlen Geblütes war oder nicht. Fakt ist, dass sie den Nachnamen »von Kariman« angab, der darauf schließen lässt, dass sie einem türkischen Adelshaus entstammte.

Bleibt noch August der Starke. Wie kein anderer Kurfürst vor oder nach ihm ist er den Sachsen im Gedächtnis geblieben. Die ihm angedichteten 365 Kinder sind eine Legende, doch mehr als die acht offiziell anerkannten Sprösslinge werden es wohl gewesen sein.

Mal trug er die polnische Krone, mal wurde sie ihm wieder abgenommen. Er ließ zahlreiche neue Prunkbauten errichten, wie z. B. den Zwinger, und verwandelte insbesondere das Gesicht der Stadt Dresden in das einer Weltmetropole seiner Zeit.

Im Jahr 1733 starb er, schwer von Diabetes und anderen Nachwirkungen seiner Ausschweifungen gezeichnet, in Warschau.

Die in dem Roman vorkommenden Handlungsorte sind größtenteils real, wenngleich es nötig war, einige Beschreibungen der Phantasie entspringen zu lassen.

Das Dresdner Königsschloss brannte zum Teil im Jahre 1701 nieder. Es wurde wieder aufgebaut, doch August stand der Sinn nach einem Prunk, der Versailles ähnlich kam, und so entstand in den Jahren 1710 bis 1719 der Zwinger.

Die Beschreibung des Schlosses Moritzburg ist jene vor dem Umbau in den Jahren 1723 bis 1733, bei dem es sein heutiges Antlitz erhielt. Vorher war es wesentlich schlichter, so, wie ich es im Roman beschrieben habe.

Von der Ratsfronfeste in Dresden ist nichts übriggeblieben, sogar die Straße, in der sie sich befand, ist mittlerweile überbaut worden.

Auch Walsrode, Oranienburg und Berlin habe ich so authentisch wie möglich geschildert, mein Dank geht hierbei an Dr. Jörg Kunkel (meines Wissens weder verwandt noch verschwägert mit Kunckel von Löwenstein), der mich für die beiden letztgenannten Städte mit wertvollen Informationen versorgt hat.

Last but not least ein kleiner Hinweis. Friedrich der Große mag den Kartoffelanbau zwar gefördert haben, doch tatsächlich, wie jeder Oranienburger Geschichtsforscher bestätigen kann, war es Luise Henriette von Oranien, die Gemahlin des »Großen Kurfürsten« Friedrich Wilhelm I., die die Kartoffel in deutsche Lande brachte – genauso, wie es Seraphim Annalena erzählt hat.

Obwohl in diesem Roman einiges an Fiktion vorhanden ist, so habe ich doch darauf geachtet, dass nachgewiesene Fakten stimmen, und hoffe, dem Denken und Handeln der Figuren gerecht geworden zu sein.

Corina Bomann, 2010

»Opulent und spannend!« *Augsburger Allgemeine*

CORINA BOMANN

Die Spionin

ROMAN

Sie kann niemandem vertrauen. Sie darf sich nicht verlieben. Und sie verstößt gegen alle Regeln.

London 1585: Als die junge Straßendiebin Alyson in den Tower gebracht wird, scheint ihr Schicksal besiegelt zu sein. Doch dann erkennt man ihre besonderen Fähigkeiten und macht ihr ein unglaubliches Angebot: Sie soll Sir Francis Walsingham, dem Ersten Minister von Elisabeth I., als Spionin dienen. Aber das bringt Alyson schneller, als sie für möglich hält, in tödliche Gefahr …

KNAUR